隧道

肖建军——著

新世界出版社
NEW WORLD PRESS

图书在版编目（CIP）数据

隧道 / 肖建军著．-- 北京 ：新世界出版社，2019.6

ISBN 978-7-5104-6741-7

Ⅰ．①隧… Ⅱ．①肖… Ⅲ．①侦探小说－中国－当代 Ⅳ．①I247.5

中国版本图书馆 CIP 数据核字 (2019) 第 063234 号

隧道

作　　者：肖建军
策划编辑：张铁成
责任编辑：张晓翠
责任印制：王宝根
出版发行：新世界出版社
社　　址：北京西城区百万庄大街 24 号 (100037)
发行部：(010)6899 5968　(010)6899 8705（传真）
总编室：(010)6899 5424　(010)6832 6679（传真）
http://www.nwp.cn
http://www.nwp.com.cn
版权部：+8610 6899 6306
版权部电子信箱：nwpcd@sina.com
印　　刷：三河市骏杰印刷有限公司
经　　销：新华书店
开　　本：1/32
字　　数：702 千字　　印张：18
版　　次：2019 年 6 月第 1 版　2019 年 6 月第 1 次印刷
书　　号：ISBN 978-7-5104-6741-7
定　　价：59.80 元

目　录

CONTENTS

楔　子

幽暗、深邃的隧道里，雨声、雷声混合着一种奇特的声响在狭小的空间回荡，其中隐约传出人的惨叫和呻吟声。

一道闪电撕开了黑幕，出现了几个扭曲晃动的人影，似乎是在搏斗，光亮转瞬即逝。

片刻之后，连续亮起数道闪电。雨帘中，一只沾满鲜血的手伸了出来，雨水冲刷着鲜血，手在颤抖，可见这只手的小指断了一截。

黑暗中传来了两个人的低声交谈。

年轻人的声音有些颤抖："他死了吗？"

年长者没有说话，递给他一把榔头。

年轻人一手高举榔头，停在半空。

年长者说："记住，命运就在自己手里，全力以赴！"

年轻人猛地砸下，传来骨头碎裂的声音。他发出粗重的喘息声，像疯了一样连砸了好几下。

"很好，还有一个。"

年轻人犹豫了一下："那只是个孩子。"

"你忍心让他们父子分离吗？"

又是一道闪电，黑暗中闪过一双少年的眼睛，眼神极度恐惧，面容呆滞。他的眼前，不倒翁在摇晃。

突然，一只沾着鲜血的脚踩住了不倒翁，脚上穿的是打了补丁的球鞋。

榔头再次举起。

少年本能地闭上了眼。

天际处传来天崩地裂的巨响。

年轻人惊慌地说："泥石流，隧道要塌方了！"

年长者冷冷地说："天助我也！上帝与我们同在，会站在我们这一边。"

黑暗笼罩了一切，只有雨声和雷声还在继续……

第一章　魔盒里的噩梦

河山市郊的公路上，夜幕低垂，华灯初上，一辆毫不起眼的旧面包车在车流中穿梭。

曹元明蜷缩在车内，戴着眼罩，口里塞着布团，双手被反绑，稍一活动酥麻的身体，旁边就响起粗重的警告：“不准动！”

曹元明无法动弹，但耳朵和鼻子一刻也没有松懈，随着汽车前行，各种声响和气息从破损的车窗中传来：海关大楼的钟声、西市街烧烤摊的孜然味、城关路的广告音响……他脑海的记忆齿轮飞速运转，展开了一张精确的城市地图，不断地标记行车线路。

车辆连续转向，上了环城高架，就要出城了……车厢剧烈颠簸，过减速带了，一、二、三……从间距看，是四号路口，汽车往城南方向而去……车速慢了下来，周围响起大货车的喇叭声，远处还有驳船的汽笛声……这里是港口仓储区的中石化加油站，因为修路只有半边通行，道路非常拥堵……

面包车驶入一条蜿蜒的小路，无边的浓墨涂抹在天际，连星星的微光都没有，车灯在斑驳浓密的树影中时隐时现。

曹元明根据估计的车速推测离加油站的距离，一公里、两公里、三公里……汽车一直往南，又开始颠簸，一下、两下……这是在通过铁路道口，看来到了离山厂矿区……大约过了十分钟，面包车戛然而止。

曹元明下车，被推搡着往前走。他嗅到一股清新的油菜花气息，几声蛙鸣传来，附近肯定有水。锈蚀的铁门“嘎嘎”作响，霉味扑面而来，磕磕绊绊上了楼梯，有人让他站住，取出了口里的布团，揭开眼罩。他乍见强光，眼前白茫茫一片，好一阵子才看清周围的情况。

迷茫中，首先看到的是一个黑洞洞的枪口，正对着自己的眉心。

曹元明问：“朋友，你这是什么意思？”他用余光快速扫视了一下四周，发现身处一座废弃的仓库，里面空荡荡的，门窗紧闭，头顶是一盏白炽灯。持枪者是一个马脸汉子，旁边还站着一个手持砍刀的汉子，左颊有颗毛痣。

马脸冷冷地说：“别演戏了，你是警察！你找我时，我头一眼就看出来了。把你带到这里，就是要给你挑块僻静的坟地。”

曹元明说：“你误会了，我真的是来找炮哥买枪的。”

马脸拉动手枪套筒，子弹上膛：“你说见过炮哥，但炮哥根本没见过你！”

曹元明镇定地说：“你带我去见炮哥。”

马脸冷笑：“今天就让你死个明白！”朝旁边持刀的汉子使了个眼色。

那个汉子把对面的门推开，有两个人一前一后走了出来。

前面的人叼着香烟，满脸横肉，凶神恶煞，后面的跟班脸色灰暗，尖嘴猴腮，表情木然。

满脸横肉的汉子大大咧咧走到曹元明面前，拿下香烟，一口浓烟喷到他脸上："小兔崽子，敢冒老子的名号，今天就挖了你的胆，看看到底有多肥。"

马脸打开了手枪保险。

曹元明一颗心怦怦猛跳，面上依然不动声色，脑海里飞速掠过各式各样的犯罪嫌疑人的摄像头监控画面，最后定格于一张模糊的正脸。

开口道："你不是炮哥！"

众人一怔。

曹元明转向后面的灰脸汉子："炮哥，久仰。"

炮哥脸上阴沉沉的，用浓重的南方口音问："你真的见过我？"

曹元明点头："是的。猫叔遭人陷害，现躺在医院里，身上插着七八根管子，他让我找你买枪，要跟仇家算账……"

炮哥摆手："废话！我问你，你什么时候、在什么地方见过我？我对你一点印象都没有。"

曹元明沉吟片刻，脑海里瞬间将数以千百计的监控画面按时间轴梳理完毕。他说："去年 5 月 26 日，元宝酒店的地下停车场，你和猫叔谈生意，我是猫叔的司机，没下车，你没有注意我。猫叔告诉我，你平时都是让这位大哥代你出头。"他指了一下满脸横肉的汉子，"只有跟老朋友才是真面目。"

炮哥缓缓点了点头："警察一直想逮我，可是他们连我长什么样都没见过。"他使了个眼色，马脸放下了枪。

曹元明说："谢谢炮哥。猫叔说了，他一分钱都不还价，但货一定要地道！”

炮哥“唔”了一声：“要多少？”

“十条狗，外加十斤狗粮。”

炮哥翻了一下白眼：“明天你带现钞来验货，要这个数。”伸出两根指头比画了一下。

曹元明说：“好的。”轻轻舒了一口气。

炮哥打了个手势，马脸汉子重新给曹元明蒙上眼。

“不要见怪，警察的鼻子灵得很，你怎么来的，还得怎么回去。”

翌日凌晨，河山市公安局刑侦支队会议室，烟雾缭绕，气氛凝重，市局几个重要领导聚集一堂，抓捕重大贩枪嫌疑人的紧急会议正在进行。

刑侦支队重案大队的副队长曹元明简明扼要汇报了案情，然后说：“今天上午九点，我在海关大楼前的十字路口等那个马脸，他开车带我过去，当场一手交钱一手交货。”曹元明现年三十三岁，身材中等却很结实，面部线条刚毅，浓眉下是双能直视一切的明澈眼睛。

副局长兼刑侦支队队长臧进荣是个魁梧的黑脸大汉，粗眉阔鼻，颇有几分凶相。他猛吸几口烟，说：“你按他们说的上车，无线电追踪器藏钱袋里，我们采取接力盯梢远远跟着，特警外围支援，交警管制交通，控制他们的车速。到了交货现场，你见机行事，我们里应外合，来个人赃并获！”

曹元明否定：“不行！这帮家伙警惕性很高，有较强的反侦察经验。我昨天一上车，身上所有的东西都被搜走，连鞋底都检查。别看那车脏兮兮的，后视镜却擦得锃亮。这段路很长，稍有不慎，被他们察觉就前功尽弃了。”

臧进荣问：“你的意见呢？”

曹元明说：“你们先分批化装过去，在周围埋伏好，等我到现场看了货，你们再出击。”

第一副局长兼技术支队队长娄昆戴着黑边眼镜，头发梳得整齐，像个白面书生，他的手指不停地弹桌沿，这是在思考的习惯：“问题是，如何确定地址？”

技术部门调取了交通监控，查看那辆面包车的去向，因为车辆没有违章，没有触发抓拍，只有视频信息，天太黑，截取的图片做了锐化处理，许多细节还是看不清，而且在关键时间段丢失了目标。

“这车多半是套牌车，要从源头查起，时间又太紧。”娄昆看了一下手表，皱起眉头，“只剩四个多小时了。”

曹元明说：“我感觉有一段路是机耕道，没有安装摄像头，他们有意这么做。”

臧进荣拧灭烟蒂：“那你还让我们先过去？”

曹元明的话掷地有声：“我知道他们躲在哪儿！”

娄昆问：“你不是来回都蒙着眼吗？”

“但我还有耳朵和鼻子。”曹元明胸有成竹，“给我一张详尽的全市地图。”

一张巨大的电子地图在投影仪上打开。

曹元明闭目沉思，记忆闸门打开，大脑中储藏的各种声音和气息纷沓而来，片刻之后，他睁开眼，用铅笔在地图上绘制出面包车的路线：海关大楼、西市街、城关路、环城高架、港口仓储区、中石化加油站、铁路道口、离山厂矿区……笔尖移动速度渐渐慢了下来，在一处建筑物前停顿，边上有个大水塘。他指着周围的大片植被："种的是油菜花吗？"

年轻的刑警高航将高清卫星地图放到最大："这里原来是市第二化肥厂的仓库，关掉快两年了……嗯，这片应该是菜地，至于是不是油菜花……"他摇了摇头。

曹元明说："环城高架下面就有一大片油菜地，两张图对比一下。"

高航将两张地图调出来，经过比对，植被的特点相符："没错，那片是油菜花。"

曹元明将那个仓库圈起来："就是这个地方！"

娄昆和臧进荣对望了一眼，点了点头。

娄昆说："好，就按元明的方案办！江湖绰号'炮哥'的贩枪团伙是个跨国走私组织，与东南亚黑社会和我国黑恶势力有交集，行事狡猾，危害极大，务必一网打尽！"

在炮哥和马脸的带领下，曹元明进入了化肥厂仓库的地下室。地下室有好几层，来到最底一层，马脸将手电筒搁在地上，扒开稻草，从犄角旮旯拖出一个沉重的木箱，撬开箱子，倒出沙土，里面是码得严严实实的油布包裹，打开一个包裹，露出乌黑锃亮的手枪零部件和子弹盒。

马脸得意地说："我们的货都是现役装备，不是手工作坊可比，质量国际一级，而且都没在国内用过，没案底，尽管放心。"

曹元明一眼就认出，这是大名鼎鼎的格洛克手枪，和马脸手里的是同一型号。这种手枪可靠性好，火力猛，是国外军警广泛装备的枪，由于性能优良，近年来国内警方也开始引进。作为重案大队副队长、全市民警射击冠军，他曾亲手测试过这种手枪。

曹元明拍了一下沉甸甸的钱袋："我可以在这里试一下吗？"

马脸说："当然。"

曹元明问："怎么装配？拿你的枪给我演示一下。"

马脸眼光询问炮哥，炮哥面无表情，点了一下头。

马脸从腰间抽出手枪，拆分成套筒、握把、复进簧、击锤、空仓挂机杆、弹匣等零部件，摆在曹元明面前，说："看好了，我只做一遍。"

突然，急促的手机铃声响起，在寂静的地下室显得格外刺耳。炮哥一接听，脸色便大变，退向门口。

曹元明一直关注炮哥的一举一动，知道出了意外，当机立断，猛地踩碎了手电筒，一把抓起油布包裹，一脚踢翻炮哥。

这一串动作都发生在间不容发之际，等马脸反应过来，曹元明已飞身出门。

炮哥杀猪般嚎叫："他是警察！杀了他！"

地下室一片漆黑。马脸赶紧在地上摸索，找拾他那支手枪的零部件。

曹元明跑上地下室二层，头上传来脚步声，守在上面的两个歹徒闻声而来。曹元明将第二层的门反锁，两个歹徒开始用重物砸门，一下、两下……这扇门眼看就要砸碎。

伸手不见五指的黑暗中，曹元明打开包裹，像平时蒙眼训练一样以极快的速度将手枪组装好，这是千百次训练培养出来的大脑记忆和肌肉反射。

随着一声轰响，歹徒踹门进来，曹元明侧身连连扣动扳机，枪声在地下室里震荡轰鸣，来人惨叫着双双倒地。

下面一时没有动静。曹元明拽下自己的夜光手表，挂在地下室底层的门把手上。隔了片刻，夜光表的荧光在一团漆黑中微微移动，门被悄无声息地推开了。马脸刚把头探了出来，黑暗中还来不及看清什么，曹元明的枪便响了。马脸脑浆迸裂，哼都没哼便倒在门口。

炮哥缩在最底层，不动不响。曹元明不敢冒险进去，用枪瞄着门口，喊："炮哥，我是警察，我们的人马上就到，你已无路可逃，投降吧！"

炮哥嘶哑着嗓子："姓曹的，你好狠，一下子杀了我三个兄弟！"

曹元明喊道："你放下武器，拍着手出来，我保证你的人身安全！"

炮哥怪笑着，犹如子夜枭啼："我干不过你，认栽，但你会有报应的！"

一声闷闷的枪响，接下来又是死一般的寂静，只有刺鼻的硝烟味在空气中弥散。

曹元明缓缓放下手枪，这才发现全身都被汗水浸透了，左肩膀流出了黏糊糊的液体，他伸手一摸，一阵火辣辣的疼。

头上传来大门被撞开的声响，脚步杂沓，喊声四起："警察，不许动！"

曹元明半躺在警车里，高航正用止血带给他包扎肩膀的伤口。

臧进荣叼着烟走来，问："不要紧吧？救护车马上到。"

曹元明淡淡地说："没事，跳弹，就擦破点皮。"

四具尸体被一一抬了出来，法医正在验尸、取指纹、拍照。炮哥开枪自杀，其余三人都是头胸等要害部位中弹当场毙命。

现场清查，共缴获手枪及零部件二十二件，步枪零部件一件，子弹一千多发，这个贩枪窝点简直就是一个小型武器库！经初步检验，这些枪支弹药均为国外军警的制式装备，杀伤力强大，这是一起罕见的特大武器走私案。

臧进荣拿下香烟塞到曹元明嘴里："来，吸两口。真有你的，这个炮哥上了公安部通缉令，他手下那个马脸枪法了得，听说在东南亚杀过好几个警察，几分钟就全被你报销了，一等功跑不了。"手枪本身的指向性和精度就差，尤其是实战中人处于高度紧张状态，往往会出现视野狭窄、听力下降、动作不协调等情况，即使近距离射击的命中率都很低，曹元明能枪枪击中对方要害，心理素质真是杠杠的。

曹元明微微一笑："主要是这枪好使，比小砸炮给力多了。"

臧进荣对高航说："小子，学着点儿。江湖上说：'曹队一出枪，歹徒准遭殃。'现在明白了吧？"

高航钦佩地说："曹队的身手，我不知什么时候能赶上。"

"他出去打个酱油的工夫，就破获了一起跨国贩枪大案，光靠身手行吗？你想赶上他，这辈子怕是没指望了。"臧进荣说，"一个了不起的刑警，最了不起的是这里。"说着拍了拍高航的脑袋。

高航有些不解。

臧进荣说："曹队的记忆力超群，过目不忘，他的大脑比电脑还厉害。昨天他逛街，在人群中和那个马脸打了个照面，就从大脑数据库里的犯罪嫌疑人画面里找准了榫头卯眼，这可是一等一的功夫。”

几个年轻警察都听呆了。

河山市公安局近年来大力推行摄像头全时空覆盖的“天网”工程，结合该市实际情况，从摄像头中截取了两千多名犯罪嫌疑人的图像建立了大数据库，其中有枪贩、毒贩、人贩、小偷、诈骗犯、杀人犯等，采用前端摄像头与后台视觉AI（人工智能）芯片相结合的动态人脸识别技术，以期达到对违法犯罪的无缝监控和快速治理。但受限于监控画面的像素，人脸的清晰度往往不高，电脑的大数据分析不尽人意，因为电脑无法移植人脑的经验。炮哥和马脸在中国境内没有留下确凿的作案记录，只是国际刑警发来了几张面部模糊的协查照片，告知中国警方危险人物已入境。曹元明不但准确记住了海量嫌疑人的图片视频以及对应的截取时间，而且在看到真人的一瞬间便抓取其脸部特征并加以锁定，没有超出常人想象的强大记忆分析能力是办不到的。

曹元明说：“臧局就别给我脸上贴金了，我可是盯了他好几眼，被他察觉，才骗他说是想买枪，差点把命搭上了。”

现场处置完毕，警车一辆接一辆撤离。

曹元明告诉臧进荣一个重要情况：“炮哥接到一个神秘电话，我的身份才暴露，肯定是内部有人通知他，不然他不可能知道我姓曹，这个电话必须查清楚！”

臧进荣脸色凝重：“这是一个不好的征兆，我们会进行全面排查，你觉得这个告密人的目的是什么？”

“这人可能和炮哥有利益捆绑……”曹元明沉吟，“但如果是这样，应该早点通知他跑路，为什么等我进去再打电话？”

这时，女法医唐媛媛赶来，把一个纸袋递给曹元明。

曹元明问：“这是什么？”

唐媛媛瞪了他一眼：“还吹什么记忆力超群？你忘了，昨天答应贝贝给她买书包，结果你这一出门到今天还不回去，你这个爸爸怎么当的？”

曹元明打开纸袋，里面是一个小猪佩奇造型的漂亮的小书包，眼前浮现出女儿天真可爱的小脸蛋，他不禁露出了温暖的微笑。

曹元明是西南政法大学刑事犯罪侦查专业的高才生，他直觉敏锐，智勇双全，从警后破获过多起大案要案。他与前妻欧阳绚离婚已三年，与六岁的女儿贝贝相依为命。刑警的工作没日没夜，陪贝贝的时间很少，他对女儿一直心存内疚，好在有唐媛媛经常帮忙照顾贝贝。

河山市公安局办公室。

臧进荣站起身来，“啪”地一声把烟灰缸砸到桌子上，烟灰撒了出来：“国安缺人，我们难道不缺人？他们要人，可以，我去！”

娄昆轻轻吹去烟灰：“老臧，你有情绪，我理解，我也舍不得，但组织安排，我们只能服从。”

臧进荣气呼呼地问：“什么案子这么重要，非得让曹元明去？”

娄昆说：“上面有他们的考虑，我们也不能问……我估计可能和 CLH82 芯片泄密案有关，这个案子的分量你是清楚的，像他这样出色的侦查员到哪儿都是香饽饽。”

臧进荣听到“CLH82芯片泄密案”，缓缓坐下：“这么大的涉枪案还没了结，他就要调走……太急了！对了，炮哥接的那个电话，技术查得怎么样了？”

“是从离山铁矿一个公用电话亭打出的，打电话的人具有较强的反侦察能力，戴帽子和墨镜，面部做了伪装，无法识别。”

“这个人要么是我们内部的人，要么是内部人员给他通风报信。”

“那个时间段里，从市局和特警队通信基站打出去的所有电话都查了一遍，没发现可疑的。”娄昆有些无奈。

“捉鬼的道士反倒被鬼迷了眼。”臧进荣眉头紧锁，“电话查不出，这个案子就无法结案。”

炮哥为首的四名枪贩均死亡，是否有同伙漏网、是否有枪支弹药外流，已无法取得口供。所有枪支上的序列号都已损毁，从现场找到的少量包装纸片分析，这些枪支是通过国际邮递公司以“音响设备”等名义从A国分批运入，经中间人层层转手到本市，这些人使用的身份、地址、联系方式均为虚构，犯罪链条的下游在境内，源头却在境外，侦查难度很大。

城东“温馨花园”小区。晨曦映照在洁白的窗帘上，床头的卡通小闹钟响起了《快乐起床歌》。

贝贝翻了个身，圆嘟嘟的小脸依然睡意十足，嘴角还挂着哈喇子。

曹元明系着围裙从厨房走了进来，拉开窗帘，房内一片明亮，拍了拍女儿：“小肥羊，再不起床，大灰狼要来咬鼻子了。”

贝贝睁开了惺忪的眼睛：“嗯……贝贝不怕大灰狼，爸爸是警察，大灰狼不敢来。”曹元明轻轻捏住女儿翘挺的小鼻子，贝贝忍不住“格格”笑了起来，从被窝里爬起扑到他怀里：“爸爸才是大灰狼。”又把鼻子凑到他脸上，“爸爸的烟味好大。”

曹元明说：“赶快洗脸刷牙，不然去幼儿园要迟到了。”他给女儿梳辫子，但辫子就是扎不好。

贝贝撇撇嘴：“爸爸真笨。”自己对着镜子扎了一个漂亮的小辫子，麻利地穿好衣裙。

曹元明亲了一下女儿：“贝贝真聪明。”看到桌角相框里多年前一家三口的合影，心中微微一酸：“贝贝又把相框拿出来了，孩子真需要一个妈妈。”他悄悄合上了相框，牵着女儿的小手出了卧室。

贝贝坐到餐桌旁，嘟着小嘴：“又是馒头豆浆。”

曹元明问：“你想吃什么？”

贝贝说：“我想吃‘琪美’的慕斯蛋糕，上次童童过生日，她爸爸就给她买了一个，可好吃啦。”

曹元明说：“等你过生日，爸爸给你买一个更大的，现在乖乖地把肚子填饱，好吗？”

贝贝“嗯”了一声：“爸爸可不能耍赖哦。”

曹元明和女儿拉钩：“骗你是小狗。”

父女俩吃完早饭，出门时，贝贝向窗台上的不倒翁摇摇手：“小囡再见。”“小囡”是不倒翁的名字，是过世的爷爷送给爸爸、爸爸再送给她的礼物。

打开门，一股突如其来的大风裹着水汽窜进屋子，把百叶窗吹得哗啦啦作响。天空阴云密布，雷声隐隐传来。

贝贝说："要下雨了。"

曹元明"嗯"了一声，一种异样的感觉从心底升腾起来，就像办公室里没日没夜的香烟烟雾那样朦胧不清而又挥之不去——是因为就要告别奋战了十年的刑侦支队的缘故吗？从心底里说，他舍不得这份虽然辛劳、危险却有成就感的工作，舍不得那些朝夕相处的战友。

这时，手机响了，他低头一看，来电显示是"顾昱"。

警笛声中，几辆闪烁着警灯的警车在风雨中疾驰。

半路上，特警的越野车和武警的卡车陆续加入进来，默契地跟在后面。车厢内，战士们全副武装，神色肃穆，坐得笔直。

为首的警车内，臧进荣脸色铁青，大口抽烟，雨水从敞开的车窗泼洒进来也无动于衷。他的心拧着，贩枪案还没了结，接着又发生了绑架案，真是一波未平一波又起。

高航报告："臧局，指挥中心报告，派出所和分局的人都已到位，娄局正赶往现场。"

臧进荣问："曹元明呢？"

高航说："你忘了，他的调令都下了，今天办手续。"

臧进荣猛地呛咳了一下。

高航问："杨所长说，兵法有云：不战而屈人之兵，善之善也。要不要去谈一谈？"

臧进荣骂道："还兵法？让他的人不要轻举妄动，一个顶用的都没有。"

车队驶入离山镇派出所。臧进荣披着雨衣，大步流星，赶往现场。

派出所的一位副所长迎了上来，给他点烟。

臧进荣马不停蹄："谈案情。"

副所长跟着他在泥泞地里一路小跑，一边汇报："今天上午九点，迟茂财的母亲带小孙子在乡下院子里玩耍，大人刚转身上了个厕所，小孩就被绑匪抱走了。半个小时后，迟茂财接到绑匪打来的电话，勒索赎金一百万，不准报警，否则撕票。迟茂财中年得子，这根独苗是全家的心肝宝贝，他本想花钱保平安，但又担心绑匪不讲信用，这才报了警。迟茂财是全市知名民营企业家、区政协委员，案发后，市委、市局领导高度重视，做出重要批示……"

臧进荣加快脚步："拣要紧的说！人质的具体位置？"

"绑匪经验并不足，根据手机信号定位，我们很快确定了他们和孩子的位置，就是在离山一座废弃的矿山隧道里。"

"身份和动机？"

"根据目击群众报告和电话录音判断，绑匪有两人，是兄弟俩，一个叫何大柱，一个叫何小柱。作案动机很简单：他俩是迟茂财的'茂源'沙石公司的临时工，包工头一直拖欠工资，最后因为躲赌债干脆卷款溜了，他俩白干一年没拿到钱，就把这笔账记在了公司老总迟茂财头上，绑了他的儿子。"

远处就是案发的离山隧道。交警在现场设置隔离带，特警和武警组成防线，派出所的辅警、联防队员远远拦住围观的群众和记者。

臧进荣看了一眼周围："怎么动静闹这么大？"

副所长说："我们接到报警后立即出动搜山，有个刚参加工作的小伙子太紧张了，手枪忘了关保险，靠近隧道时绊了一跤，枪走火，伤了腿，还惊动了绑匪。我们这才发现绑匪手里有枪，有炸药，案情重大，于是向分局报告请求支持，分局再请示市局，这不又得劳您大驾了。"

臧进荣"嘿"了一声："绑匪还没照面，人先伤了一个，你们真行。"

杨所长站在警车后面，拿着高音喇叭朝隧道喊话："里面的人听着，我是离山镇派出所所长，现在代表政府跟你们讲话。你们已经被包围了，我劝你们及早投降，放了孩子。外面有一百多号人枪，别说是两个人，就是一只耗子也休想溜走，顽抗到底就是死路一条，等待你们的将是法律的严惩！听明白了没有？"

隧道洞口，何大柱拿着一支短铳，何小柱拎着孩子，孩子身上绑着炸药。

何大柱高叫："放了孩子？哈哈，孩子还在老子手里你们就敢开枪，放了孩子老子还不成活靶子了？投降是死，不投降也是死！你们要是敢靠近，老子就点炸药，大家一块儿死！"

杨所长放下喇叭，抹了抹满脸的雨水："刚才是谁走的火？如果案子败在这一枪上，我处分他！"

臧进荣一把拿过喇叭："何大柱、何小柱，我是市公安局刑侦支队队长。你们这事干得不对，作案就跟做人一样有讲究，俗话说得好，冤有头债有主，为难一个六岁的孩子，这像是站着撒尿的人干出的事吗？说出去都丢人。你们要是真汉子，就把孩子放了，我保证政府宽大处理，保证你们的人身安全。你们有什么其他的要求都可以提，只要合理，我们都会满足你们。如果不放心，我可以进来代替孩子给你们当人质。”

何大柱回应：“少嚼舌头，你的鬼话老子一个字都不信，孩子是护身符，决不能放！”

臧进荣严厉地说：“你们已经犯法，不要敬酒不吃吃罚酒，我们手里的枪不是吃素的……”他话未说完，“　”的一声，何大柱朝天鸣铳作答，孩子吓得“哇哇”大哭。

高航对臧进荣说：“娄局到了，让你去临时指挥部开会。”

臧进荣一脚踢飞了脚边的石头。

离山镇派出所会议室正召开临时指挥部紧急会议。

娄昆主持会议：“人质案历来是各类案件的焦点和难点，解救成功，我们就是英雄，解救失败，我们就成了狗熊，丝毫大意不得。时间紧迫，大家长话短说，都说说自己的意见。”

杨所长说：“我去谈了，臧局长也去谈了，但丝毫不起作用，既然谈不拢，我的意见是强攻。”

臧进荣说：“两个家伙是茅坑里的石头又臭又硬，我看也只有强攻这一条路。”

娄昆说：“这条隧道只有一个出口，正面强攻肯定不行。”

臧进荣说：“我的方案是，假装答应绑匪的要求，提供钱和车辆，布置好狙击手，等绑匪出来后，在途中捕捉时机予以击毙，救出人质。”他走到黑板前，“唰唰”画出示意图，“隧道出口往东八十米有个斜坡，长满了灌木，有利于隐蔽，只要引诱绑匪出了隧道，就有机会在上车之前解决掉他们。”

娄昆说：“如果强攻，狙击手是关键，必须保证两枪同时命中两个绑匪的太阳穴，不能留给他们一丝一毫伤害人质的机会。”转头问特警队队长，“你们有把握吗？”

特警队队长回答：“我和臧局一起看过地形，绑匪有两人，我们出四名狙击手，两打一，这个距离有八成的把握。”

娄昆说：“无论如何，人质的安全是第一位的，没有百分之百的把握，不能贸然行动。”

臧进荣拍案而起：“不能等这个百分之百！要尽快行动，绑匪现在情绪很不稳定，随时可能撕票。我们不是挎菜篮子的家庭主妇，这是真刀真枪的较量，不可能不冒风险。”

娄昆说：“老臧，你冷静一下，这种情况下更不能急躁。歹徒手里有枪，孩子身上有炸药，一旦强攻出现丝毫闪失，所造成的后果都是无法弥补的。五年前港口区解救人质，我们犯过错误，付出了沉重的代价！”

臧进荣听他这么说，只得坐下：“我是怕磨叽贻误战机。特警队布置狙击手，由高航负责进隧道把绑匪骗出来，在准备射击的同时，我亲自带冲锋手上去救人，高航见机配合，这样把握有九成。”

娄昆摇头：“高航太年轻，经验不足。”

臧进荣叹了口气：“最理想的人选是曹元明，他在，我敢说强攻的把握有九成九……但这些都是废话。”

忽然，门口传来了曹元明的声音：“报告，我不同意强攻！”

众人吃惊地纷纷转过头来。

臧进荣眼前一亮：“说曹操，曹操还就到了。你不是接到调令了吗？”

曹元明说：“今天我还是市局的兵，站好最后一班岗。”

臧进荣点头：“好样的，说说你不同意的理由。”

曹元明说：“有一个细节我们不能忽略，人质只有六岁，就算把绑匪骗出了隧道，他们也会紧紧抱着孩子，还有一点……”他走到黑板前，指着示意图上的狙击位置，“现在是下午三点，狙击手将直面阳光，在这种风雨气象条件下，射击难度会大大增加。因此，再准的神枪手也难保百发百中。”

娄昆问：“那你的方案呢？”

曹元明说：“谈判！从国外处置劫持人质的成功案例来看，百分之八十是谈下来的。我在大学时专门学习过如何与绑匪谈判，还参加过解救人质的演习，我要求执行这次谈判任务！”

娄昆问：“你有多大成功把握？”

曹元明回答：“我没有百分之百的把握，但非武力手段无论成败，都不会危及人质安全。人质安全第一，这是铁的原则。”

杨所长双手一摊：“我和臧局前面已经谈了两盘，都是对牛弹琴，歹徒油盐不进。”

曹元明问：“你们谈了多久？”

杨所长略显尴尬：“几句话就谈崩了。”

曹元明说：“谈判需要耐心和技巧，美国有一起劫持人质案，警方谈了三十六小时最终说服了绑匪。另外，这两个绑匪是因为包工头拖欠工资才萌生歹意，没有犯罪前科，并非罪大恶极，处置这样的突发性案件的犯罪者，不应轻易剥夺其生命。”

杨所长头摇得像拨浪鼓：“不行，不行，绑匪已经丧心病狂，不可理喻。”

娄昆沉吟半晌，说：“我看可以。老臧，你的意思呢？”

臧进荣说：“小子翅膀长硬了。我看这样，我们做两手准备，元明去谈最后一次，同时，狙击手和冲锋手随时准备好，谈不成就强攻。”

曹元明说：“我有一个要求，马上疏散围观群众。根据绑架案犯罪心理学的研究，在劫持人质现场，围观人越多，绑匪就越兴奋，越有成就感，他们会藐视一切，包括法律和警察，在这种情况下去谈没有好结果。只有缓解绑匪的紧张度，降低他们的心理预期，我们才有成功的机会。”

娄昆连连点头：“好！我最后再强调一点，无论出现什么情况，无论付出什么代价，都要保证孩子的安全。开始行动！”

众人纷纷站了起来。

离山隧道外，警车内，曹元明正在安装微型无线电对讲机。

高航递来防弹衣和手枪，曹元明一把推开：“碍事，快拿犯罪嫌疑人的资料。”

迟茂财扒住车门，脸上肌肉不住颤抖：“曹警官，迟家祖孙三代一脉单传，可不能在我手里断了根，一切拜托，你一定要把我儿子救出来，一定要保证他平平安安……”

高航“哼”了一声：“早知这样，你就不该拖欠农民工的工钱。你的公司一天就能产生近百万的流水，这几个工钱算什么？”

迟茂财说：“小兄弟，莫听传言。这些年搞环保，很多河段禁挖，方方面面不打点根本开不了工，这一圈下来利润能有多少？只能靠走量，但现在沙子资源太多，托关系找门路送进工地，还得先欠着沙款，再加上我前段时间投资失利，资金链断了，哪有什么现钱？”

臧进荣厌恶地对高航说：“把他拉走。”转头对曹元明说，“进去后，一切见机行事，如果情况不对，你只要连续咳嗽三声，这边就立即强攻。”

曹元明试了一下对讲机的声音：“明白。”

臧进荣把点燃的香烟递给曹元明：“抽两口。”每一次行动，他都会让这位心爱干将“抽两口”。

曹元明猛抽两口：“如果我有什么意外，不要告诉贝贝，跟她说我出差了。”

臧进荣拍了拍曹元明的肩膀，说：“不会有什么意外，不就是两个讨薪的农民工嘛，对你来说还不是小菜一碟。”他颇有些感慨，过了今天，曹元明就是国安的人了，这将是两人最后一次合作。

曹元明走向隧道，高举双手，喊道：“里面的朋友听好了，我是市刑侦支队的，是来谈判的，别开枪！”

臧进荣目送曹元明，举起对讲机：“各单位注意，各就各位。”

身披伪装服的狙击手将枪口伸出灌木，荷枪实弹的特警以战斗队形半蹲在警车后面。

天际雷声不断。

曹元明进入阴暗潮湿的隧道，雷声、雨声在隧道内回响，忽然之间，他感到一阵心悸，眼前的视野开始晃动，耳畔出现了一种奇怪的声响，一种似曾相识的恐惧攫住了他的心。以前不知执行过多少次危急艰险的任务，从未有过这种情况，这是为什么？他站住了，深呼吸，让心跳缓下来。

何大柱用短铳指着他，喝道：“站住！”

曹元明解开上衣扔到地上：“看清楚了，我没带武器，不会伤害你们，我们谈谈吧。”

何大柱说：“你就是说破大天，孩子也不能交给你，快滚吧。”

“我不是来要孩子的，我是来帮你们找一条生路。”

“到了这一步，我们也没想过活路。”

“不想活，那你们还要钱干什么？”

何大柱烦躁地说：“少废话，快滚，不然连你一块儿干掉！”

曹元明不紧不慢地说：“大柱，就算你不想活，你弟弟呢？你当哥哥的就不为他想想？还有，你们家还有生病的老母亲，就不为老人家想想？”

何小柱插话：“犯了这么大的事，不掉脑袋也得蹲一辈子班房。”

何大柱喝止弟弟：“别听他忽悠！”

何小柱说：“大哥，先听他说些什么。”

何大柱短铳对准曹元明脑袋，警觉地问：“等等，你腰上鼓鼓囊囊的是什么东西？”

曹元明拽下微型对讲机：“别紧张，这是对讲机，不是手枪，你要不放心就拿去。”

何大柱一把夺过，踩了个稀巴烂：“给我脱光！”

臧进荣一把摘下耳机，一脸怒气：“信号断了。”

特警队队长问：“要不要行动？”

臧进荣看表：“再给曹元明一点时间。”

曹元明只穿一条裤衩坐在地上，和颜悦色地说：“大柱，咱们年纪都差不多，你们是农民工，我是警察，干的都是体力活，可以说是一家人，你要是不嫌弃，我们可以兄弟相称，我今年三十三，你要是比我大，我叫你一声哥。下面这番话，都是做兄弟掏心窝子的实在话，希望你们让我说完。”

何大柱说：“有话快说，有屁就放。”他的语气不那么粗暴了。

曹元明说：“你们今天惹的祸确实不小，触犯了《刑法》第二百三十九条绑架罪，来了那么多警察，逃也逃不了，但说到掉脑袋蹲一辈子班房，却没有那么严重。有两点你们可能没想到：第一点，你们虽然犯法，但事出有因，你们干了一年拿不到一分钱，被逼得没法子才出此下策，而且你们没前科没案底，是初犯，现在孩子好好的，只要你们主动释放人质，可以算投案自首，判个五六年也差不多了，只要服刑表现良好，没准三年就能出来，小柱是从犯，判得会更轻。”

何大柱冷笑：“说来说去，就是让我们投降。”

何小柱问：“还有一点呢？”

曹元明说：“第二点，我來之前已经和迟茂财谈过了，迟家拖欠工资，理亏在先，他答应我，只要你们平安送回孩子，不但补发拖欠你们的工资，在你们服刑期间还会照顾你们一家老小的生活，让你们没有后顾之忧。”

何大柱说：“迟茂财这浑蛋的话能信？我们一帮工人

找他要钱，他满口抵赖，说沙场生意不好做，没余钱，其实他当年以四块钱一吨的低价囤了两千万的货一直没出，今年涨到十块一吨卖出去，还供不应求，昧着良心拿泥沙充好沙，居然说没钱！”

曹元明说：“迟茂财说这些话的时候，当着公安局领导的面指天发誓，没有这个保证我怎么敢跟你夸口？这点工钱和儿子的命相比哪个重要，他这笔账还算不过来？对讲机坏了，要不我把他叫到洞口外，对着你和摄像机把这些话重复一遍？写保证书、按手印，都可以。”

何大柱不说话了。

曹元明说：“我是真心想帮你们。放下孩子，等于放下包袱，出了隧道，外面一片光明，生活又可以重新开始，你们不但能活下去，还可以好好地活下去。”

何小柱问：“你为啥要帮我们兄弟？”

曹元明俯身去拿地上的衣服。

何大柱喝道：“别动。”

曹元明说：“好，我不动。小柱，你帮我从衣服里拿张照片。”

何小柱从衣兜里拿出一张贝贝的照片。

曹元明指着照片说：“这是我女儿，可爱吗？你们看，她和这个孩子一样大，我能体会到一个父亲此时此刻的心情，孩子是无辜的。还有，我的父母都去世了，想尽孝都没机会，你们的老母亲还在等你们，这是你们比我强的地方。老人家中风躺在医院里，如果你们有个三长两短，她怎么活？人心都是肉长的，我不想你们一时冲动铸成大错，你们说是吗？”

何大柱手里的短铳慢慢垂了下来。

何小柱探头探脑地走出了隧道，接着是曹元明，何大柱手拿短铳抱着孩子，紧张地走在最后。

臧进荣对着对讲机："注意，出来了！"

雷雨更大了，曹元明又开始眩晕，刚走出隧道口，一道闪电划破天际，孩子大哭。他受到强烈刺激，眼前忽然出现隧道里影子杂乱的幻觉，一个趔趄险些跌倒，一个声音在他脑海响起："怎么回事，我怎么了？"

何大柱大喊："有诈，回来！"迅速退回隧道。

臧进荣骂道："怎么搞的！"

娄昆果断下令："开火！"

狙击手扣动了扳机，何小柱一头栽倒在泥水里。

何大柱举起短铳嘶叫："一块儿死吧！"

枪声让曹元明回过神来，他迅速转身夺下孩子身上的雷管。

何大柱的短铳打响了。

曹元明急忙侧头，但头部还是中弹，鲜血飞溅。他抱住孩子滚入了隧道里的排水井。

何大柱跳下，抡起短铳狠狠砸曹元明的后脑勺。曹元明晕了过去，但仍把孩子死死地护在身下。

特警队员们冲了进来。隧道里人影绰绰，打斗声、惨叫声、水声、脚步声，各种声响混合在一起，在曹元明昏迷的脑海里回荡……

救护车风驰电掣驶进河山医科大学附属医院，医护人员快速将担架车推进急诊大厅。

臧进荣和娄昆目送曹元明进手术室。

臧进荣面带忧色："今天他脑子不知出了什么问题，以往从不拖泥带水。"

娄昆说："有瑕疵，好在人质安全。"

臧进荣说："瑕疵？那是重大损失！"转头望着娄昆，"没想到你第一个下令开枪。"

娄昆避开他的目光："不开枪，后果不堪设想。"

一大群记者跟了过来。

臧进荣挥动手臂："都闪开，净添乱。"

娄昆说："记者朋友们，请到这边来，我负责回答你们的问题。"

河山市电视台的美女记者俞虹首先提问："请问娄局长，人质情况如何？绑匪是否全部落网？我方有伤亡吗？"

娄昆回答："人质安全救出，只受了一点儿擦伤，但因为惊吓过度，还不能见生人。犯罪嫌疑人有两人，已被全部击毙。在行动中，我方有一位警员不幸头部受重伤，生命垂危，他是解救人质的英雄。市领导在百忙之中做出重要批示，要院方不惜一切代价、尽一切可能抢救他。"

俞虹问："可以透露这位英雄警官的姓名吗？"

娄昆说："暂时不行。"

曹元明躺在手术台上。无影灯下，他双眼紧闭，脸色苍白。

各种手术器械在医护人员手里传递，医生的声音显得空旷而又遥远："钻开颅骨、止血、减压……"

手术机器人进入了曹元明的大脑，触碰到了某个部位，他全身痉挛了一下。

曹元明发出了粗重的喘息声，心电监护仪“嘟嘟”的警报声响起。

护士语带惊惶：“心率160次/分，血压75/40mmHg，血氧92%，病人在抽搐……”

主刀医生杜远达主任下达口头医嘱：“加快补液，减浅麻醉，去甲肾静推，爱洛静滴。”

手术一助问：“继续吗？”

杜远达额头都是汗水，眼睛从手术显微镜移开：“通知医院信息中心启用云视频平台，紧急请求孔烛尘教授进行技术指导。”

近年来，河山医科大学附属医院的脑外科水平有了长足发展，跻身于国内的领跑梯队，这得益于院领导的开创理念：他们是国内首批通过互联网与国外顶级医疗机构建立远程合作机制的医院，在这种新医疗模式下，万里之外的国际专家不但可以参与联合会诊，更神奇的是，手术室和会诊终端还采用了裸眼3D成像、AI高清图像识别和握臂反推力等先进技术，可以让国际专家操纵立体定向机器人和遥感机械臂对国内的病人实施精准、微创的脑外科手术。

大洋彼岸的A国远程医疗会诊中心。由于时差，那里已是晨光熹微的黎明。

一边的液晶大屏幕显示出术野图像、脑电波图形和各项生理参数，一边是全息投影技术下显示的大脑3D影像和手术路径。孔烛尘背手而立，他眉目儒雅、神采奕奕，雍容大度而又不怒自威，虽是花甲之年，但依然满头黑发、腰板挺直。他是国际知名的脑外科及心理学专家、脑科学专家，量子催眠和超深度催眠创始人之一。

杜远达通过网络视频问："孔教授，再往下走，就是您说的大脑'梦巢'，要继续吗？"

孔烛尘回答："继续。"

杜远达仍不放心："会不会有危险？"

孔烛尘泰然自若："有，但我在。"

杜远达应声："明白。"

但在剥离海马体组织时，机器人又一次停顿下来。

杜远达说："继续下去，可能会损伤'记忆扳机点'。"

孔烛尘说："头上的帽子着火了，我们是要帽子呢，还是要脑袋？"

杜远达还在犹豫："就怕后遗症……"

"不取出弹丸，他将性命不保。"孔烛尘微微一笑，"我来吧！"

手术室所有的医护人员都呆住了。虽然会诊专家可以遥控机器人手术，但能劳动孔烛尘大驾，这还是头一遭。

孔烛尘在操作台前坐了下来："医生没有冒险精神，医学就永远不能进步。请启动SHADOW系统。"他戴上了3D电子眼镜，手指在平板电脑上轻灵地点击，就像是在光滑如镜的舞台上的芭蕾舞姿，丝毫不显老态。随着SHADOW系统的启动，大脑各部位的神经元电脉冲活动被微电极记录下来，并转化为数字化模型呈现在大脑的3D解剖结构上。微型机器人在他的远程操控下，向着神秘莫测的脑组织深处前进……

杜远达赶紧让护士打开手术录像。早就听说孔教授的手术技术登峰造极，已经上升到了艺术层面，但他老人家轻易不出手，今天机会太难得，这盘录像将作为教学经典收藏。

曹元明身处昏迷之中，对周围毫无感知，他的感知被带到另一个奇妙的世界，看到了儿时的玩伴，听到了童谣和笑语，嗅到了花瓣和雨后泥土的清香……但这一切都是破碎的、凌乱的，很快一切感觉都隐去，他仿佛沉入了一个与世隔绝的无尽深渊，不知过了多久，下沉好像在慢慢停止，他睁开眼睛，却发现眼前一片漆黑。他惊恐地瞪大眼睛，渐渐有了图像，发现眼前是一条深邃幽暗的隧道，一种奇怪的声响伴随着雨声、雷声在回荡。

一道闪电撕开了黑幕。隧道里，几个扭曲的人影在晃动，似乎是在搏斗，光亮转瞬即逝，隐约传出惨叫和呻吟声。

片刻之后，又是闪电，两个人影正在拖拽什么东西，好像还有交谈声，但接着又是一片黑暗。

但隧道里所有的景象和声音都模糊不清，只是透着一种瘆人的恐怖。

河山医科大学附属医院手术室外，唐媛媛在空荡荡的走廊来回踱步，神色焦虑，不时看表。她是河山市公安局技术侦查支队的主检法医师，和曹元明共事多年，对他一往情深。

走廊长椅上，一个中年男子在打瞌睡。他名叫黄利平，是曹元明在政法大学的师兄，两人是好哥们儿，也是曾经的同事。黄利平从警多年后下海，开办了一家名为信息咨询服务的“协力公司”，实际上干起了私家侦探的活儿。

手术室门口电子屏上显示手术时间：11 小时 30 分。

门终于开了，杜远达主任走了出来。

唐媛媛赶紧摇醒黄利平：“大黄，医生出来了，你去问问。”

黄利平和杜远达交流，唐媛媛远远看着，嘴唇咬得紧紧的。

黄利平回转身来，唐媛媛紧张地问：“他说什么了？不要告诉我坏消息。”

黄利平说：“手术过程有些波折，好在请了国外的脑外科专家远程协助，总算顺利完成。现在已经关颅，人马上可以出来了。”

“有生命危险吗？”

“说是要送重症监护室观察几天。”

“会不会变成傻子或者植物人？”

“我问过了，杜主任说，现在神志已经恢复了一些，至于后遗症，他说可能会影响记忆力，还有就是以后可能会出现癫痫……”

唐媛媛“啊”了一声。

黄利平说：“你是学医的，应该知道开颅手术是外科手术里难度和风险最大的，而且有颗弹丸就在脑干旁边，脑干可是生命中枢，所以能保住这条命已经是万幸了。我看，元明以后不能当刑警了，这么优秀的一个人……”他叹息了一声。

唐媛媛幽幽地说：“活着就好，不当刑警更好，成天让人提心吊胆。”

戴着氧气面罩挂着输血袋的曹元明被推了出来。

唐媛媛赶紧迎上去，俯身询问：“元明，我是媛媛，你感觉怎么样？”

曹元明微微睁开眼：“好像做了一个很长、很长的噩梦。”

唐媛媛说：“家里有我，贝贝以为你出差了，很听话，你放心吧。”

曹元明虚弱地闭上了眼。

唐媛媛还要跟下去，护士拦住了她：“病人需要休息。”

唐媛媛目送曹元明远去。这时，一个男子的胖胖身影出现在走廊尽头。他名叫顾昱，是曹元明的发小，海归博士后，在河山市电子研究所工作，年纪轻轻就升任课题组长和高级工程师，可谓前途无量。

唐媛媛转身看见顾昱，嗔怪：“怎么才来？你这个朋友怎么当的？”

顾昱一脸疲态，歉然说：“最近忙课题的事，经常加班到半夜……元明怎么样了？”

唐媛媛说：“手术做完了，还要观察。”

黄利平说：“他的命一向很硬，阎王不敢收的……你脸色不太好？”

顾昱“嗯”了一声：“最近一直睡不好。”

黄利平直视着他：“那是有心事。”

顾昱目光躲闪：“还好。”

医院地下停车场。顾昱坐进汽车里发呆。

脚步声在寂静的停车场响起。汽车后视镜出现了一个人，是黄利平。

顾昱急忙发动汽车，但打不着火，他低声咒骂，连拍方向盘。

黄利平走近，问："怎么了？"

顾昱说："好像是电瓶没电了。"

黄利平探头一看："你的挡位没有放对。"

顾昱"噢"了一声，赶紧拉动车挡。

"遇事不能慌乱。"

顾昱"嗯"了一声。

"你昨天一早就去找了曹元明？"

顾昱颤声说："你怎么知道……我们就是聊些家长里短。"

"我没有问你们聊了什么。"

顾昱不知如何接口。

"他调职的事你知道吗？"

顾昱先点头，又赶紧摇头。

"你说最近睡不好？"

顾昱低声说："那个……那个噩梦又出现了。"

黄利平说："再去找马修斯，他是最好的心理咨询师，只有他能帮你，明白吗？"

顾昱点了点头。

曹元明在重症监护室待了十多天，终于脱离了生命危险，转入普通的康复病房，又过了一周，已可以下床活动了。

这天上午，病房里一阵喧哗，河山市的代市长郭正梁在市公安局、河山医科大学附属医院领导的陪同下前来慰问曹元明。

今年春天召开的春岭开发区筹备会议上，燕市长在听取报告时突发心梗，抢救无效不幸离世，由郭正梁代理市长一职。郭正梁四十出头，过去一直担任主管经济建设的副市长，年富力强，才干出众，作风踏实，政绩斐然，人人都认为，只等省委常委会、组织部以及市委的程序走完，市人代会一开，他这个“代”字就会去掉。他这次率团到欧洲和北美出访招商，二十多天旋风似的跑了十个国家，引资项目合同签了十八个，高科技项目敲定了五个，并为河山市的支柱产业——轻纺产品进一步拓宽了国际市场。他刚下飞机，听到接连发生的贩枪案和绑架案的汇报，不顾疲劳和时差，第一时间赶往医院看望这位了不起的英雄。

曹元明坐在轮椅上，激动地想要站起身来。郭正梁亲切地扶住他：“你是全市公安队伍的楷模，请你安心养病，工作和生活上有什么难处，组织上全力解决。”他的左手习惯性地插在口袋里，右手与曹元明相握，“你的手很有力，一定会很快康复！”杜远达主任介绍了病情。郭正梁听到手术是由国际著名专家孔烛尘教授亲自操刀，这才转危为安，不禁连连点头：“名家风范，名不虚传。你们医院开了一个好头，我们的各行各业都要有这种开放的学习精神，既要把外籍专家请进来，将来我们自己也要能走出去。”

迟茂财拉着曹元明的手感激涕零：“好兄弟，多亏了你呀，你是我们全家的大恩人。你放心养病，一切医药费用都由我承担。”

他将目光移向四周，满眼都是记者的闪光灯和少先队员手里的鲜花。在公众面前，曹元明努力保持微笑，谁也不知道他正遭受着怎样的病痛折磨。

曹元明在术后进行了一次头颅核磁共振检查，当平躺进入那个幽暗的检查孔时，那个手术过程中出现的隧道噩梦再一次浮现在脑海里，他全身抽搐，口吐白沫，这时他才知道，头部外伤导致的严重后遗症——癫痫，将会一直折磨他，更痛苦的是这个噩梦开始顽固地出现。

病房日间喧闹过后，夜间一片寂静。曹元明虚弱地昏昏入睡。

他又一次进入梦乡：

少年曹元明和父亲曹炳生一起在小河边钓鱼。鱼儿咬钩，在水里扑腾。曹元明跳下河，抓起一条大鱼，欢声叫道："晚上有鱼汤喝啦。"

曹炳生骑着自行车，从一座工厂出来，门口厂名写着"国营五八六厂"。曹元明在自行车后座上放风筝："爸爸，再快点。"曹炳生说："好嘞，坐稳了。"道边的树木快速后退，自行车飞快穿过街道。曹元明高呼："飞啊。"父子俩欢笑，风筝越飞越高，笑声越来越远……

这时，一条隧道出现了，像一条大蛇一样张开大口，将温暖的色彩吞噬，梦境转为黑白色。

另一个梦境紧接着出现：

奇怪的声响混合着雨声、雷声在隧道内回荡。

伴随着闪电，几个扭曲的人影在晃动，在搏斗，惨叫和呻吟声响起……

片刻之后，又是一道闪电，两个人影正在拖拽什么东西，好像还有交谈声，但接着又是一片黑暗。

和第一个梦境不一样的是，这个噩梦的景象和声音都模糊不清。

曹元明惊醒，坐起身来，冷汗涔涔。

他颤抖着从床旁柜上拿起药瓶吃药，喘息片刻，从枕头下拿出一个红皮小本子，写下了回忆起的噩梦信息：

地点：隧道（具体地址？）

人物：三个。

行动：搏斗？

声音：雷声，雨声，人的惨叫和说话（具体内容？），一种奇怪的声音（？）

事件：凶杀？

结果：一人遇害？

时间……

写到这里，他停下了笔，望着黑洞洞的窗外陷入沉思，眼睛中满是血丝。隔了片刻，他在本子上写下一个日期“1995年9月16日”，喃喃自语：“爸，咱爷俩分离马上就二十周年了，真是你在托梦给我吗？可是你为什么不多告诉我一些细节呢？我什么也看不清，什么也听不清。”

他扔下本子，双手抱头，发出痛苦的呻吟。

他在刑侦工作中抵达每一个新的现场时，大脑都会迅速清空，然后像一张白纸一样，敏感而精准地接受来自这个现场的点点信息，每个有效信息都会在白纸上树立起一个标记，最后综合这些标记，就能“重塑现场”——这是他十多年职业生涯培养出来的习惯和天赋——但他痛苦地发现，他的天赋失灵了，他无法抓取噩梦中的任何一点有效信息！

晚风吹动本子，可见很多页纸上都是这样的内容和问号——自从头部重伤后，这个发生于隧道里的噩梦，已不知多少次地再现于脑海中，同样的场景，同样的模糊，同样的恐怖，令他整夜难以入眠，整日精神恍惚。他向医生求助，吃了许多西药、中药，但那个噩梦就像定居在大脑里的魔鬼，病情越发严重，甚至在白天清醒时，噩梦也会冷不丁地闪现在眼前，让他心惊肉跳、毛骨悚然。医生认为，这个噩梦是绑架案创伤的后遗症，是妄想导致的焦虑、抑郁和神经衰弱。但他认为，噩梦中的隧道里虽然只有几个很模糊的影子，但肯定不是离山隧道绑架案的情景，直觉告诉他，噩梦的场景和事件是真实存在过的，绝不是妄想，随着噩梦的不断重现，他甚至萌生了更为异样的直觉——这个梦和二十年前父亲的离奇失踪有关！这个噩梦可能一直埋藏在大脑最深处，现在，潘多拉魔盒被意外地打开了，魔鬼复活了！

第二章　记忆黑洞

河山市电视台的黄金时段正在播放《河山焦点》，主持人俞虹的声音悦耳动听又富有感染力：“郭正梁市长在百忙中来到河山医科大学附属医院，看望在离山隧道绑架案中解救人质受伤的曹元明同志，关切地询问他的伤情，对他在人民群众生命安全遭受严重威胁的情况下，不顾个人安危果断处置的行为表示高度赞许，嘱咐他安心养伤，同时听取了医务科长和主治医生的医疗方案，对他们的救治工作表示感谢，指示院方要为英雄的早日康复创造一切条件……”

顾昱家中，客厅里，顾昱的父亲顾朝庚喝着茶：“元明这下出名了，都上了大新闻。”

顾昱母亲正在收拾餐桌：“哎呦，差点把命丢了，这种虚名不要也罢。”

顾昱站了起来：“我吃饱了。”转身进了房间，留下满桌饭菜。

顾母说：“这孩子怎么了？”

顾朝庚盯着电视里的郭正梁，不以为然地说：“大惊小怪。”

房间内，顾昱拨打曹元明的手机，问：“你什么时候出院？”

曹元明说：“术后复查还要几天。”

“等你出院了我们好好谈谈。”

“那是一定的。”

顾昱顿了一下，说：“我最近老做噩梦。”

曹元明说：“巧了，我也是。自从手术后，有个噩梦就像在脑子里生了根，一闭眼就冒出来，我都不敢睡觉，整天头涨、头痛，还有癫痫，受点刺激就发作，比死还难受。”

顾昱并不关心曹元明的梦，说：“我这个梦老早就有，好过一阵子，现在又发了。”

“什么梦？”

“我梦见自己站在一块悬浮在半空的大石头上，脚下就是万丈深渊。”

“你可能是太焦虑了，看过医生了吗？”

顾昱没有回答，反问：“你看过了吗？”

“我有点记不清了，让我看一下本子。”曹元明没有马上回答，而是打开一个绿皮笔记本，看着本子上的记录，“院方挺重视我的病情，组织了专家大会诊，脑外科、神经内科、精神科、中医科一大票专家都来了。脑外科医生说，癫痫是手术后遗症，开了一些德巴金之类的药物；精神科医生认为，这个噩梦是绑架案创伤的后遗症，是妄想导致的焦虑、抑郁和神经衰弱，开了一些缓解焦虑的药物，什么赛乐特、谷维素、维生素B6和氯硝西泮，还建议吃中药调理一下；中医说我是体虚久病，心脾劳伤，情志失调，开了安神补脑的方子。我这儿都快成药铺了，你要什么药我都有。”

顾昱吃惊地问：“就这么点破事你还用记本子上？你

的脑子不是活电脑吗？”

曹元明望着床旁柜里堆积成山的药盒、药瓶、药包，露出了一丝苦笑。随着时间的推移，身体机能在逐渐康复，但大脑的创伤却越来越明显，除了癫痫和噩梦，又有一个可怕的后遗症出现了：失忆——刚放下电话，可能就忘记了电话的内容；午觉过后，可能就忘了午饭吃了什么。但经过测试，他的智力、感知力和表达能力都正常，遗忘症（隧道绑架案）之前的生活习惯、知识记忆和工作技能都保留了下来。医生对此的诊断是：顺行性遗忘症，也就是说，对造成失忆的事件（隧道绑架案）之后所发生的事物发生遗忘。对于常人来说，这会带来生活上的困扰，而对于一直以超强记忆力自负的曹元明来说，这个诊断不啻于晴天霹雳。他痛苦地意识到，也许自己是该和热爱的刑警职业告别了。为什么会出现这种情况？该怎么办？医生无奈地说，打入他脑子里有十几颗土铳弹丸，中颞叶、海马体、基底前脑以及脑穹隆都受到损伤，这么严重的头部创伤能恢复到现有程度已经不错了，由于记忆的精确原理从微观上来看还是个谜，要想恢复过去那样的记忆力，可能性微乎其微。

顾昱听曹元明没有回音，问：“你在听吗？”

曹元明应了一声。

顾昱继续说：“噩梦吃药没用，我准备去看心理咨询师。”

“我也看过。”

“有效果吗？”

“心理咨询师让我做了一堆的心理测量表，用人格、条件反射、投射什么的一堆专业名词来解释这个噩梦，但咨询效果不好，他说我的心理问题是下游的问题，源头在头部的器质性病变，心理咨询师不是医生，没有处方权，所以，我要先去脑外科精神科治疗，等癫痫什么的都好了，再去找他……等于绕了个大圈子又回到原地。”

“他在踢皮球，你没找对人。”

“他可是河山医科大学的心理学掌门人，国家高级心理咨询师，上过中央电视台，临床心理咨询个案时间累计超过两万小时……我的情况可能真的很特殊。”

“这个东西不能看广告，得看疗效，国内真正有水平的心理咨询师凤毛麟角……”顾昱沉吟了一下，“我曾看过一个心理咨询师，几次催眠下来就驱散了噩梦，可以安心睡觉了，我这次还去找他。”

曹元明问：“哪个心理咨询师这么牛？”

“你听说过‘心岸’心理疗养院吗？”

“听过，很有名，在温泉湾，费用可是很贵的。”

“心岸”心理疗养院是由国际知名脑外科学、心理学及脑科学家孔烛尘教授发起、河山市政府大力扶持、民间融资创办的，重点服务对象是河山的国企领导、军工科研人员，向他们提供心理咨询，帮助他们缓解精神压力和机体疲劳，近年来蜚声海内外，每年有大批病患和学者慕名到访。孔烛尘出生于河山，虽然功成名就加入了外籍，但仍不忘反哺家乡，热心公益。

顾昱说：“我的心理咨询师就是‘心岸’的马修斯博士，是黄利平介绍的。马修斯是国际上量子催眠和超深度催眠创始人孔烛尘教授的高徒，他的水平可不是国内那些半道出家、花钱买证的心理咨询师可比拟的。你要是相信我们，可以找他咨询。至于费用，你不用操心，迟茂财不是说了嘛，你看病的一切费用都由他承担。”

“这件事我不能麻烦迟先生。”

“你还不知道吧，他的儿子因为在隧道里受到很大惊吓，整体不吃饭不说话，不敢见生人，经常做噩梦，梦见自己还在隧道里，一做梦就哆嗦、尖叫。马修斯给这个小孩做了心理疏导，几个疗程下来，小孩就好了很多，现在能吃能睡。”

“隧道”“噩梦”这两个词拨动了曹元明的心弦，他说：“孔教授是我的救命恩人，名师出高徒，你们又是我的朋友，我当然相信。”他放下手机，在小本子上记下：“去‘心岸’找马修斯博士咨询。”

顾昱放下手机，转身面对镜子。

两面大镜子相对平行而立，由于反射，镜内呈现出一系列相同的、无限循环的镜框，仿佛组成了一条无穷无尽的隧道，透出一种不可言状的诡异。

顾昱瞪着镜子里无数个自己，表情渐渐变得茫然，眼神空洞。他颓然倒在沙发上，闭目养神，渐渐入梦：

两男两女四个孩子在玩过家家，地上摆放着小碗小盆，上面装着鲜花和青草，远处是黛蓝色的山峰。

男孩明明拿起一只小篮子说：“菜不够，我们去买菜了，小胖，你和妹妹待在家里，要乖一点。”

男孩小胖说：“不，今天轮到我和小静了，你和妹妹待在家里。”

女孩小静牵着明明的手：“我要跟明明哥哥去买菜。”

小胖嘟起嘴："每次都是你们俩。"

明明说："小胖乖，我们很快就回来。"

小胖大叫："不要，不要。"

忽然"轰隆隆"作响，眼前的世界开始崩坍，地动山摇，山峰像积木一样散开倒下！他发现周围的人都不见了，只有自己一个人站在一块巨大岩石上，岩石悬浮在高空，眼前雾气弥漫，脚下云烟氤氲，深不见底。一阵大风吹来，衣裤呼呼直响，让他摇摇欲坠。他惶恐大喊："明明、小静、妹妹，你们在哪儿？"

温泉湾度假村，人工湖水光潋滟，湖畔杨柳依依，团花簇锦，绿草如茵，这里矗立着一座精致的中式庭院，门口写着"心之彼岸，花自盛开"，一进门，松柏苍翠，假山流水，这就是闻名遐迩的"心岸"心理疗养院。

疗养院里设置了好几个心理咨询室。咨询室不大，十多平方米，摆着一张沙发、一张桌子、两把椅子，墙上挂着欧普艺术画，桌上放着一副国际象棋，窗口摆放着精心修剪的绿植，房间布置朴素、淡雅而静谧。

A 国国籍的心理咨询师大卫·马修斯博士接待了曹元明，他身材修长，脸部轮廓分明，仿佛古希腊美男子的雕像。

曹元明的目光落在国际象棋上。

马修斯微笑着问："您喜欢玩国际象棋？"他的笑容亲切阳光，汉语流利。

曹元明说："小时候，我父亲教过我。"

马修斯问："有兴趣来一盘吗？"

曹元明推辞："我只是入门水平。"

马修斯说："彼此彼此，我也是业余水平，这是放松心情的好方法。"

两人对弈，曹元明采用意大利开局，攻势凌厉。

马修斯称赞："您的棋艺可不是入门水平。"

曹元明说："博士，承让了。"

"不，我并没有让您。"马修斯眨眨眼，"十步之内，您必输无疑。"

曹元明将信将疑，几步落子之后，马修斯走出一步"王车易位"，果然一举奠定胜局。曹元明怔怔看着棋盘："真是不可思议的逆袭。"

马修斯说："这局是我的老师教的，他说这叫作'舒伯特小夜曲'。当我的小兵走完这一步时，便大局已定，您吃马兑换或者退象进行防守都已经来不及了。"

曹元明有些奇怪："舒伯特小夜曲？"

马修斯解释："在《舒伯特小夜曲》那样轻快柔和的节奏中设下陷阱，当对方以为已经脱险，而实际上才真正开始。您的问题在于没有巩固中心，立足未稳，就急于侧翼进攻，这反映了您内心的焦躁不安和无助感。"

曹元明点头："博士，你说得太对了，我最近就是这种心态，所以我才会来到这里。我们正式开始吧。"

马修斯说："OK，我们先来做一个放松训练，让你的全身达到一种身心舒适的境界。首先，请坐到沙发上，轻轻闭上双眼。"

曹元明缓缓闭上双眼，忽然又睁开了。

马修斯问："怎么了？"

曹元明脸上掠过一丝迷茫："好像有个什么东西刚刚

经过我的脑子……”

马修斯凝望着他：“什么东西？”

曹元明歉然一笑：“我好像还没从棋局里出来……噢，要怎样坐？”最近经常发生这样的事，触景生情，好像记起了什么，但一下子就忘记了，连拿本子记下的时间都没有。

“随意，以你自己觉得最舒服最放松的姿势就行。”马修斯做了一个请坐的手势。

曹元明半躺在沙发上。

马修斯将自己的蓝色领带解下放在曹元明胸前，说：“这是一个小道具，在催眠中你可以把它想象成一条束缚身体的带子，这样能防止你突然蹦起来，因为有些人在催眠中会出现强烈的情绪反应。”

曹元明问：“你碰到过这种情况吗？”

“上个月有个失恋的姑娘在催眠中突然蹦起抱着我一阵亲吻。”

“这种体验很有趣。”

“不，那是沮丧的体验，因为患者和心理咨询师一旦发生身体接触，咨询关系就必须终止。”英俊的马修斯换了一种口吻，“这条古驰领带很贵，我祈祷你不会弄坏它，不然我可就亏大了。”

曹元明笑了：“博士，我不紧张了，请继续。”

“深呼吸，感受空气吸入你的肺部，然后舒缓地从鼻子呼出，你要尽可能慢……然后，放松你的脖子，让皮肤触碰到身子底下的沙发……接下来，放松你的身躯、胳膊、双手，还有每一根手指头……继续放松，让你的双腿，双脚也得到放松……很好，我们再来一遍，保持深呼吸，首先放松你的眼皮……”

曹元明深呼吸，身子变得越来越轻松，几乎是瘫软在了沙发上。

“你的身体非常放松、非常舒适……”马修斯拿出一张圆盘，上面画着一张奇特的图，图案是螺旋形循环的表盘，“现在请睁开眼，你所有的注意力完全集中在这张图上……完全集中在了这张图上……当你看这张图时，你会觉得自己的眼睛会变得很累，你的腿会变得很累，你全身都会变得很累……当我从1数到10时，你将进入更深的放松状态……”

曹元明的目光陷入了这张奇妙的图像之中，眼前的景象开始朦胧起来，他再次闭上眼。

“1……2……3……4……5……现在，你的整个身体都放松了，感觉非常舒服，让你非常享受……你再也不想睁开眼睛了，想睁也睁不开，不信你试一试……”

曹元明眼皮动了一下，但没有睁开。

“6……7……你现在越来越放松，越来越放松，当我数到10时，轻轻碰一下你的肩膀，你将进入彻底的放松状态，身体和心灵合二为一……8……9……10……”

曹元明身体陷入沙发之中，表情沉静。

“好了，现在你进入了一个空灵的世界，告诉我，你都看到了什么……”

曹元明进入半睡半醒的梦境中，他在旷野上漫步，远处传来了小伙伴们身影和招呼声，他加快了步伐……

顾昱躺在家中，抱着笔记本电脑，戴上VR（虚拟现实）头显，点开了一个程序，螺旋形旋转的表盘图案占据了他的视野，很快进入梦中：

一块悬空的元宝状大石头上，他独自一人团团乱转，就是找不到出路。

大石头正一节一节崩坍，下面就是深渊。他惊恐地望着脚下的地面越来越狭小，猛然，一只纤细的手伸出抓住他的脚踝，他本能地一蹬脚，手松开了，小女孩绝望的声音响起："哥哥，救我，救我。"

整个天地都倒转了，天空变成多重层叠的深渊，将他吸入……

他发出连声惨叫。

"心岸"心理疗养院，曹元明梦境：

一群小朋友正在欢快地玩耍，忽然人全都不见了，天地倒转，脚下出现一个深渊，深渊继续扩展，变成一条深不见底的隧道，各种混乱的声音和影子夹杂其中……

曹元明表情痛苦，脸色肌肉微微抽搐。

马修斯的声音响起："我倒数到 1 时，你将立即从催眠中清醒过来，请听，5、4、3、2、1……"语毕，他同时扬手打了个响指。

曹元明躺在沙发上睁开了眼，擦去了额头的冷汗。

马修斯指着桌上的水瓶："你喝点水。"

曹元明坐起身，自己倒水，大口喝水。

马修斯与曹元明相对而坐，问："这个发生在隧道里的噩梦是第几次重复？"

曹元明回答："无数次。"

"第一次出现在什么时候？"

“我在离山隧道受伤后做脑外伤手术时，麻醉苏醒后，手术中发生了什么我都不记得，只记得这个噩梦，而且从此不停地出现，不分白天黑夜刺激我的痛觉。这个噩梦往往和癫痫并发，特别是雷雨天气或者进入幽闭空间时。”

马修斯沉吟片刻，问：“你始终看不清梦里的一切？”

“是的，我拼命地想看清，虽然看不清，但我感到，梦境中的情景是真实发生过的，而且并不是发生在离山隧道，而是在很久、很久以前。”

“一种似曾相识的感觉？”

曹元明点了点头：“我不知道这是为什么。”

马修斯说：“负责记忆的大脑组织主要位于颞叶和海马体，频繁发作的‘似曾相识’其实是这些部位因为病变所导致的工作失误，强烈刺激下会引发癫痫，癫痫的异常神经元放电反过来又会进一步刺激颞叶内侧，让‘似曾相识’的错误记忆反复出现，但这种记忆的细节必然是模糊的。通俗地说，你的大脑由于外伤的刺激被不正常地瞬间重启了，持续的记忆流的时间标识被打乱，你搞不清这段记忆发生在什么时间，把眼前发生的以为是很久以前的，产生似曾相识的错觉。”

曹元明掏出绿皮小本子记下马修斯的话，见马修斯目光中有疑问，他不好意思地解释：“我最近经常忘事，只好把重要的东西用本子记下。”他叹息一声又说，“唯独这个噩梦无论如何也忘不了。”

马修斯拿出一张胶片：“这是你受伤后的核磁共振，受损的区域包括颞叶和海马体，你的手术记录也证实了这一点。你的噩梦和癫痫正是从那时开始，这个噩梦，其实就是由离山隧道那起绑架案的记忆碎片拼接而成的。”

曹元明将水杯放到桌子上：“那该怎么办？”

马修斯不经意地将水杯从自己眼前移开，说：“你这种情况属于创伤后应激障碍，我会帮助你慢慢忘掉这个荒诞的噩梦，解除痛苦的本源，当然，完全康复需要一些时间。”

曹元明沉吟片刻：“不，博士，我不想忘记这个噩梦。”

“为什么？这个噩梦让你寝食难安，陷入神经衰弱甚至是歇斯底里的状态，持续下去会造成不可逆的生理和心理病态。”

“直觉告诉我，噩梦里面的情景不是离山隧道绑架案，而是二十年前我父亲被害的情景，凶手至今逃匿无踪。我应该目睹过这个场景，只是不知怎么回事，这段记忆被遗忘了。现在，又不知怎么回事，这段记忆居然以噩梦的方式冒了出来。因此，我有一个奇特的想法：通过还原这个梦境可以帮助我找到那个凶手。”

马修斯“噢”了一声：“你的想法的确很奇特，我很愿意倾听。你有证据吗？”

曹元明说：“这个梦太模糊了，所以还找不出什么证据来证明我的直觉，这也就是我向你求助的目的：不仅仅是驱散噩梦带来的痛苦，更紧迫地是还原出梦中的细节。我看过弗洛伊德《梦的解析》，也求助过其他的心理咨询师和精神科医生，但如何还原梦境，他们无能为力。我的朋友极力推荐你，认为你是最棒的。”

马修斯问：“你看过一些心理学的书籍？”

“稍微看过一点。”

“每个人的内心，都有一间仓库。我们所经历过的事情和情感，都被一一输送到仓库里，分门别类地储存起来。其中有一些贴着精美的标签，那是让人欢愉的美好回忆，我们十分乐意时时拉开抽屉欣赏一番，也许还会拿出来与亲朋们分享。那些不愉快的记录，我们将它们贴上封条，放在犄角旮旯处，恨不能闭目塞听，永不开启，当那扇小门不经意地弹开时，我们会忙不迭地关上——心理的自我保护机制，使得意识不可能主动回想带有创伤性的记忆，所以，恢复记忆不一定是好事，上帝让人们学会遗忘不愉快的往事，是在保护我们自己。”

曹元明坚决地说：“不，我宁可遭受加倍的痛苦，也要恢复这段记忆！”

马修斯点了点头：“可以谈谈你父亲的情况吗？”

顾昱家中，从噩梦中惊醒的顾昱坐起喘息不已。

顾昱母亲敲门，关切地问：“小胖，你怎么了？不舒服？”

顾昱吼叫：“我没事，你走开！”他打开一个邮箱，写下一句话：“小静，我快要死了，我要马上见到你。”

顾昱母亲回到客厅，说：“这孩子越来越不对劲，刚才不知叫什么，好吓人，你去看看。”

顾朝庚只顾浇花：“我去有什么用？我们在他眼里都是多余的，身在福中不知福，都是你把他惯成个巨婴，这么大了连媳妇都谈不上。”

顾昱母亲说：“你个死老头子，连娶媳妇都怪我头上？你不知道他心里一直装着一个人？”

顾朝庚把洒水壶搁下，摇头说：“痴心妄想！人家心里根本没有他，不然会在国外那么多年？小时候人家就不跟他好，如果不是明明的父亲出了事，人家早就……”

顾昱母亲问：“你说明明的父亲怎么就不明不白地失踪了？”

顾朝庚连连摆手：“这种事就别提了，你不怕，我怕。”

曹元明告诉马修斯：“我父亲是一家军工企业的保卫科科长，某一天突然失踪，当时工厂正好发生了一起严重的泄密案件，有人怀疑他参与了泄密，有潜逃的嫌疑。但我知道，父亲是一个公正无私的人，绝不会做损害国家利益的事情，他是被谋害了。因为找不到父亲的尸体，不能作为刑事案件立案，他的下落成了一个永久的谜。为了替父亲洗脱冤屈，为了将凶手绳之以法，我这才报考了警校，哪怕穷尽一辈子的时间也要找出真凶。”

马修斯脸色凝重：“我很同情你，这是一个不幸的事件。”

曹元明恳切地说：“博士，请帮帮我！刑案的最长追诉期是二十年，我父亲是二十年前的9月16日失踪的，距离那个日子只有三个月，时间很紧迫，我必须回忆起梦境里的一切。”

马修斯问：“你确定目睹过你父亲被害时的场景？”

曹元明说：“是的，噩梦出现后，这种直觉就非常强烈。我说不清为什么，也许是多年刑侦工作所形成的条件反射，我破获过好几起大案，这种直觉一次都没错过。”

“破案不能依靠直觉，需要的是证据，就像医学和心理学的诊断，必须询证，而不是经验。”

“所以我才想尽可能地通过催眠还原那个噩梦，梦中的细节能提供找到证据的线索。我记得心理学上有这样的案例，在美国达拉斯，一位妇女目睹了街头一起枪杀案，凶手就从她眼皮底下逃走，但她由于惊吓过度，怎么也回想不起凶手的面貌，是心理医生通过催眠让她恢复了这段记忆，最终帮助警方破案。这个记载是真的吗？”曹元明过去在闲暇时阅读过大量的书籍资料，所幸的是，顺行性遗忘症没有损害到受伤前的这部分记忆。

马修斯说：“是真的，但你要回忆的是二十年前的事，而不是两天前，这个时间跨度太大，据我所知还没有这样的先例。”

曹元明又问：“听说催眠可以让一个人重返童年时代？”

马修斯耐心地解释：“我理解你急迫的心情，但不要误会，催眠不是无所不能的，这种年龄倒退现象只是为了遵从催眠师的指令而表现出的模仿行为，只是一种角色扮演，而不是真正地恢复童年记忆。”

曹元明还不死心：“我们可以试一试吗？”

马修斯耸耸肩：“当然，实际上，我们正在尝试。现在，你把梦中见到听到的一切再详细地复述一遍。”

咨询结束，马修斯做了记录和小结，并约定了下次咨询时间。曹元明告辞后，从“心岸”出来，黄利平、唐媛媛带着贝贝在外面等他。

曹元明一把抱起贝贝，贝贝说：“爸爸，明天带我去海洋公园，我要看海豚表演。”

曹元明打开本子一看，有些歉然：“明天爸爸还有点事，向你请个假。”

贝贝撒娇：“不行，就要明天嘛。”

曹元明亲了贝贝一下："乖宝，爸爸向你保证，以后一定带你去看海豚。爸爸把这个记下来。"在小本子上认真地记录。

"又是以后。"贝贝嘟起了嘴，抓着爸爸不依不饶，"不行，不行，就是不行！"

曹元明没辙，无奈地朝黄利平做了一个手势。

黄利平逗贝贝："贝贝别闹了，叔叔给你表演一个魔术，好吗？"

贝贝点了点头，还是抓着爸爸的衣角。

黄利平掏出五支香烟，点燃后深吸一口，然后张开嘴，舌头一卷，香烟全部吞入口中，再张开嘴，嘴巴里空荡荡的，看来五支香烟已经全部吞到肚子里去了。

贝贝惊奇地瞪大眼睛。

黄利平嘴巴咀嚼了一下，又一次张开嘴，五支香烟又神奇地出现在嘴里，而且还都点燃着。

贝贝破涕为笑，连连拍手："黄叔叔好棒。"

唐媛媛说："大黄，没想到你还有这一招。"

曹元明笑着说："大黄这张嘴就是个烟囱，十支烟都能藏得下。"

唐媛媛问他："明天不就是办个出院手续，还能有什么事？"

曹元明说："我和顾昱约了要谈一谈，有件事比较重要。"

黄利平问："催眠效果怎么样？"

曹元明说："睡了一个好觉，但还是无法回忆噩梦里的情景。"

黄利平说："有效果就好，慢慢来吧，你的心病一定会治好的。你要相信他，心理咨询这个东西有点儿像拜佛许愿，心诚则灵。”

“但愿如此……”曹元明有些伤感，“可这位博士好像不相信我的直觉。”

黄利平问：“什么直觉？”

“我父亲被害的直觉。”

黄利平连连摇头：“都是二十年前的事儿了，八竿子打不着，哪跟哪啊。”

唐媛媛却说：“你的直觉一直很准，就像你的记性一样神。”

唐媛媛刚参加工作时，有一次和曹元明一起去高航家里玩。高航家的墙上有一个小学时的集体合影照片，曹元明一眼就在上面找到了高航。这还不算什么，他指着另一个同学的头像问：“你这个同学有故事，他还健在么？”高航一看，说这个同学中学辍学成了流氓，在一次街头斗殴中被杀。大家都很好奇，问曹元明怎么想起来问这个了？曹元明说，看这个人的脸色泛灰，而且目光不善。照片由于年代久远有点泛黄，但大家仔细看也看不出和其他同学有什么差别。曹元明说可能是出于职业敏感吧。唐媛媛当时就感觉这太不可思议了，他这第六感真是神了！后来认识久了，发现他对犯罪的直觉能力确实逆天。

曹元明说：“但我的记忆力真是不行了，直觉只怕也不灵了。这段时间脑子就像一个黑洞，东西只进不出，明明看到了、听见了，打个盹的工夫，却什么都记不起。”

唐媛媛说：“大不了不当刑警呗！娄局已经和政治部干部处打过招呼了，就等局党委会开过后，到时调你到机关坐办公室，管管档案、报表，轻轻松松干到退休。”

曹元明说：“只怕我以后未老先呆，连收发室这样的工作都无法胜任。”

唐媛媛难过地问：“不会吧？”

贝贝搂着爸爸的脖子：“不，我不要。”

曹元明笑了笑，安慰女儿：“爸爸逗你呢。”

黄利平说：“元明开玩笑呢。像他这样的人，在办公室养老，那还不得憋死？到时候别真憋出老年痴呆来。我看，你也别在市局干了，来我们公司吧，不用你外面跑业务，只要给那帮小子上上课、分析分析案子就行，底薪起码是现在的两倍。”

曹元明摇了摇头：“贩枪案和绑架案都没有真正结案，幕后的东西还没查清，我哪能去养老。”

唐媛媛睁圆眼睛：“犯罪分子不是都被击毙了吗？”

曹元明没有多解释，只是说：“我们的职责不是杀人，正因为死了这么多人，所以我才觉得良心不安，必须有一个交代。”

黄利平说：“媛媛，‘霹雳手段，菩萨心肠’，这八个字就是元明的写照，你还不明白？”

万里长空，一架大型客机正在飞翔。

客机内，广播响起：“女士们先生们，由于目的地上空有雷雨云，本次航班将调整航线，延迟降落，对此给您带来的不便，敬请谅解。”

一位清丽脱俗的白衣女郎看了看手表，望着舷窗外，秀眉微蹙，眼神中透出焦虑。

旁边一位中年男子搭讪："美女，你是第一次来河山吗？"他满面红光，志得意满，肚子有些发福，身穿酒红色迪奥西装和蓝色拉尔夫·劳伦衬衣，脚穿伯尔鲁帝皮鞋，全身散发着淡淡的古龙水香味，一副成功男士派头。

白衣女郎摇了摇头。

"茫茫人海中，我俩能坐在一起是莫大的缘分，认识一下吧，这是我的名片。"男子递名片时有意展示了手腕上价值四百多万的理查德·米勒骷髅头手表，以及食指上代表单身贵族的钻戒。

白衣女郎没有接名片，只是扫了一眼，见上面写着"河山福万集团股份有限公司董事长刘万河"，说："失敬，您的事业做得很大啊。"

"还好。"刘万河得意地关注着她的表情，"你去河山好像有急事，如果需要帮助，可以联系我，在河山，我刘某人办不到的事不多。"

白衣女郎说："谢谢，我不需要。"

她的冷淡没有给对方的殷勤降温，刘万河说："方便的话，可以留个电话吗？不知为什么，第一眼看到你，我就有种不一样的感觉。"

白衣女郎问："是吗？您一直单身吗？"

刘万河笑眯眯地说："是啊，都说我是骨灰级的钻石王老五。"

"您这样的成功人士早该有家室了。"

"主要是太忙了，要打理这么大一个企业，实在是分身乏术，没时间处理个人问题。一天飞两三个城市是常态，半夜回到家，保姆都睡了，只能自己吃泡面。再说，我对另一半的要求一直很高。”刘万河的声音透着无奈和热情。

白衣女郎正色说：“刘先生，如果我没猜错，您有未婚妻了，是吗？”

刘万河的表情僵住了：“你怎么知道？”

白衣女郎说：“您很会随机应变，但下意识的眼神、语速变化和小动作暴露了您在撒谎。您刚上飞机时，钻戒明明戴在左手的中指上，而且这枚卡地亚钻戒是配对的，价格非常昂贵，说明您在热恋中并深爱着对方，难道您会让这份恋情和这架飞机一样遭遇雷雨吗？”

刘万河尴尬地问：“你到底是干什么的啊？”

河山医科大学附属医院，病房里，医生正给曹元明拆线。

曹元明的手机响了，来电显示是顾昱打来的。

医生说：“等会儿接，不要动。”

曹元明没接。过了片刻，顾昱又打来了。

曹元明说：“可能事情比较紧急，抱歉，我接一下。”他按了接听键，“小胖，是我，说吧……”

忽然，他站了起来。

“怎么搞的？”医生猝不及防，在他脑袋上划出血来，换药盘打翻在地。

曹元明忙说：“对不起。”顾不得擦额头血迹，起身就往外走，来到走廊角落，“……问题是很严重，为什么不早说？我会尽量帮助你……有一点你必须明确，你必须坦白，悬崖勒马，这样才能救自己，这是你最后的机会！”

顾昱在电话里说：“我现在在玉川酒店，马上要见到你！”

“好，你等着我。”曹元明放下手机往外赶。

医生在后面喊：“喂喂，你的线还没拆完……”

外面乌云密布，雷声阵阵，狂风大作，暴风雨即将到来。

曹元明打了个寒战，一阵眩晕，视觉刺激下，脑海又浮现出隧道噩梦的景象。他从口袋摸出药瓶，是空的。他扶着道边树坐了下来，好一会儿才站起来，招手叫来了一辆出租车。

玉川酒店，房间内，门窗紧闭，拉上了厚厚的窗帘。

顾昱一把扯掉 VR 头显，一拳把桌上的笔记本电脑打翻在地，像笼中困兽一样在房间里转来转去，抱头喃喃自语：“不，不是我推的……”

忽然，他停下来，眺望远方的元宝酒店。这家酒店造型别致，顶楼是一个元宝状的天台，夜色灯光下分外醒目，这个造型模仿了河山市春岭镇的地标埋甲山元宝台。

在他眼里，天台和故乡那座元宝状的山崖渐渐融合在了一起。

随熙熙攘攘的人群走出机场大厅，白衣女郎拉着行李箱，打开因为飞行关机的手机，一条信息跳了出来，她步履立即加快。

一辆奔驰迈巴赫驶到白衣女郎眼前，车窗降下，刘万河问：“我送你一程吧？”

白衣女郎摇了摇手，叫了一辆出租车：“去玉川酒店。”

刘万河只好说：“美女，我们有缘，会再见面的。”

这辆奔驰迈巴赫外表不太张扬，但内饰奢华，后排设有行政座椅、卫星电话和冰箱。刘万河从冰箱里拿出冰镇啤酒，打了一个电话："老迟，我刚从A国回来，密州的那个电动汽车工厂项目运行良好，你就放心吧，我们约个时间商谈追加投资的事。"他又打了一个电话："老大，遵照你的指示，那边的事我处理得差不多了，不会给组织留尾巴……"

暴雨如注，车流堵成长龙。

出租车内，曹元明焦急看表，打电话给顾昱："堵车，我马上就到，千万要等我！"

电话里传来顾昱阴郁的话音："你还记得今天是什么日子吗？"

曹元明回答："6月19日。"

"我问你是什么日子？"

曹元明一时不知如何回答。

一道闪电划过天际。

顾昱喃喃自语："你看，镜子把天空分割开了，好多好多的镜子，整个世界都颠倒了，无穷无尽，没有人能走出去……元宝台，我要去元宝台……"

曹元明连问："你说什么？"但电话挂断了，再也打不通。他在笔记本上写下"元宝台"三个字。

出租车犹如龟爬，曹元明离开车，冒着大雨一路跑向玉川酒店。

顾昱走出玉川酒店，在雨中踽踽而行，打了个电话："小静，我想见到你！"

他身后出现了一个男子的背影。

出租车内，白衣女郎催促：“司机先生，对不起，请改道去元宝酒店，要快！”

司机不耐烦地说：“开玩笑，堵得这么死，怎么改道？你换车吧！”

白衣女郎说：“先生，计价多少人民币，我付相同数额的美元。”

司机精神一振：“那你坐稳了！”

汽车冲过隔离带，驶入一条小巷，在狭窄的小巷中快速穿行。

曹元明跑到玉川酒店，四处询问、找寻，就是不见顾昱的踪影。他望着雨中的城市夜景一筹莫展，打开笔记本，“元宝台”映入眼帘，顾昱的话在耳畔响起：“元宝台，我要去元宝台……”他忽然醒悟过来，赶往元宝酒店。

曹元明在雨中飞奔，手机响了，赶紧接听，却是唐媛媛打来的：“你上哪儿去了？贝贝现在一个人还待在幼儿园！”他忙说：“你帮我接一下贝贝，我去元宝酒店找顾昱有急事。”

顾昱全身湿漉漉地站在元宝酒店的露天平台边沿，脚下就是蚂蚁般的车流，双眼呆滞无神，表情迷茫而痛苦。他仰天远眺，任雨水在脸上流淌。头顶的天空出现了魔幻般的景象，乌云化为巨大漩涡，漩涡中出现了天塌地裂的恐怖场景，耳畔又响起小女孩的声音：“哥哥，救我，救我。”

他哆哆嗦嗦地拿出手机，编写了一条信息，只有四个数字："1502"。他犹豫再三，点了发送键。

他的一只脚伸出了平台边沿……

马路对面的高楼，一个男子用望远镜正盯着顾昱和街道，看到曹元明正赶往元宝酒店，他拿起了手机。

曹元明刚到酒店门口，白衣女郎也从另一个方向赶到，忽然一个人影冲过来抢走了她的手提包，逃窜时正好撞上曹元明。

曹元明一把摁倒了歹徒，他体力尚未完全恢复，扭打中，歹徒拔出匕首划伤了他的手。

歹徒挣脱逃跑，人们看到他手里有刀子纷纷避让，眼看要跑远，白衣女郎用一招漂亮的跆拳道横踢将他利落地放倒。

酒店保安出来帮忙制服歹徒。

曹元明出示警官证，让保安立即报警，疾步进酒店。

白衣女郎跟上，曹元明锐利的目光与她清澈的目光相交，两人都是微微一怔。

曹元明大声说："你留在这，110会马上过来做笔录。"

白衣女郎不停步："我有急事。"

曹元明严厉地说："站住，不许跟着我！"

白衣女郎只得停下，拨打手机，但无人接听。她咬着下唇轻轻跺脚。

曹元明奔入电梯，焦急地看着电梯上的数字跳动，手上的血迹留在了电梯的按钮上。

酒店门口，人来车往，突然，一个人直挺挺从高空坠落，重重砸在了酒店门口的车顶上，他就是顾昱！

现场一片慌乱的惊叫声。白衣女郎看到这一切，惊恐地捂住了嘴。

曹元明奔出酒店，见顾昱七窍流血，当场死亡。强烈刺激下，他的脑袋又开始隐隐作痛，各种混乱的声响和影子充斥大脑。他脸色苍白，摇摇欲坠。

白衣女郎见他神色不对，关切地走近。

曹元明抱着脑袋大声说："别过来，谁都别过来！保护现场！"

他脑海里回荡着顾昱的话："你还记得今天是什么日子吗？""镜子把天空分割开了，好多好多的镜子，整个世界都颠倒了，无穷无尽，没有人能走出去……元宝台，我要去元宝台……"顾昱发来的最后一条短信"1502"，最后一句话："不，不是我推的！"

他掏出随身携带的笔记本，把这些重要的信息写下来，因为他知道，很快可能就什么也不记得！

110警车驶来，几个警察快步赶来，问曹元明："怎么回事？"

曹元明难受得说不出话，周围的一切都变得模糊不清，他扶着墙壁，极力让自己保持清醒。

人群中，一个名叫闵宝玉的酒店员工忽然指着曹元明尖叫："是他，就是他把人推下来的，他是杀人凶手！"

警察立即围住了曹元明和闵宝玉。

闵宝玉口沫横飞："我看得明明白白，那个胖子原来一个人站在天台上，这个人突然冲了上去，两人吵了起来，接着打架，他先动手，胖子打不过他，然后他就把胖子推了下来！”

曹元明脸色错愕，突然倒在地上，身体不停地抽搐。

一旁的年轻警察手足无措。

白衣女郎急忙走近，警察拦住她。

白衣女郎急道：“他发癫痫了！赶快让他平躺，解开衣领衣扣，把头偏向一侧，按住他的四肢……我是医生，请相信我。”

她和警察一起七手八脚地急救曹元明。

元宝酒店外，坠楼的现场拉上了黄色警戒线，警察正在疏散围观人群。

警车和救护车一辆接一辆赶来，技术人员和法医提着工具箱一路小跑而来进行现场取证。

曹元明苏醒过来，被铐上手铐，带上警车。他面无表情，不争辩也不反抗。

唐媛媛带着贝贝赶来，远远见到这一幕，眼里充满了惊讶和迷惑。贝贝哭喊着“爸爸”跑向警车，撞到白衣女郎，手里的不倒翁掉到地上。

白衣女郎抱住贝贝：“小朋友，你爸爸是干什么的？”

贝贝哭着说：“爸爸是警察。”

白衣女郎说：“爸爸是警察，他坐警车是去工作了，会回来的，不要怕。别哭，不然爸爸看到就不能安心工作啦。”

贝贝抽抽噎噎拾起不倒翁：“小囡摔破了，这是爷爷留下的。”

白衣女郎接过不倒翁，仔细端详：“阿姨答应你，一定送你一个一模一样的不倒翁，你叫什么名字？”

贝贝说："我叫贝贝。"

唐媛媛拉过贝贝："不要和陌生人说话。"问白衣女郎，"你是谁？你刚才怎么和他父亲在一起？"

白衣女郎说："我是一个路人，碰巧了。"

"这么巧？"唐媛媛打量了一下白衣女郎，见她眉似远黛，眼如秋波，又透着一股英气，不像普通女子。唐媛媛心中生出一股莫名的敌意，掏出警官证："不好意思，我是警察，刚才的事你也看到了，我想知道你的姓名和单位。"

白衣女郎回道："我名叫沈辞云，是'心岸'心理疗养院的心理咨询师。"

唐媛媛说："我记得他的咨询师是个男的，你是在'心岸'认识的曹元明？"

沈辞云说："不是，今天是我回国的第一天，还没来得及去报到。"

一个警察走来，对沈辞云说："要耽误你一些时间，请跟我们去一趟派出所协助调查。"

经过坠楼现场时，沈辞云不由停下脚步，悲痛地望着顾昱留在车顶的血迹。

一辆路虎正在疾驰。车内，臧进荣在接电话："为什么不盯紧一点？马后炮顶个屁用！人都挺尸了，连记者都到现场了，你们这帮人都是吃干饭的吗？"

臧进荣开得飞快，十字路口，一辆豪车突然横插过来，他赶紧打方向，还是发生了刮蹭。

车上下来几个膀大腰圆戴金链子的人，气势汹汹围住路虎："怎么开车的？没长眼睛吗？下车！"

臧进荣冷冷地说：“我有急事，恕不奉陪，想找麻烦，明天去交警队调监控。”

几个人拽开路虎的车门：“有这么便宜？熄火，下车！”

臧进荣纹丝不动：“想怎么样？”

一人说：“你也不看看是谁的车？这部凯迪拉克跟美国总统的同款，这么一蹭，光是补个漆就得十多万，别的还不算。你说怎么办？”

臧进荣出示警官证：“你们老大是鹰叔，对吧？识相点赶紧让路，不然挨他几个嘴巴算轻的。”他一捋衣服，露出腰间的手枪套。

几个人面面相觑。

凯迪拉克上下来一人，光头西装，鹰钩鼻，三角眼，一脸精悍之色，正是鹰叔。他堆笑着说：“哎呀，原来是臧局长，真是大水冲了龙王庙。”转头对几人喊，“瞎了你们的狗眼，连臧局长都不认得？还不快滚！”

几人悻悻退下。

臧进荣这才下车：“老鹰，这帮小子越来越出息了，你管教有方啊。”

鹰叔给臧进荣点烟：“大人不记小人过，冲我的薄面，别跟这帮龟孙一般见识，改天我做个小东，让他们当面敬茶道歉。”

臧进荣叼着烟：“不跟你扯淡，我有急事，马上让开。”

鹰叔挥挥手，凯迪拉克倒车。

臧进荣吐了一个烟圈，坐进汽车：“好好管束你手下这帮弟兄，犯了事别怪我不讲情面。上次老猫的事，跟你有关吗？”

鹰叔苦着脸说："别吓唬我，我和猫叔是几十年拜把子兄弟，他的医药费我都垫了几十万，怎么做得出那种事？"

臧进荣冷笑一声，发动汽车。

这时，载着曹元明的警车经过十字路口，曹元明隔着车窗目睹了这一幕。

看着远去的警车，鹰叔嘴角露出了笑容。

俞虹化好淡妆，娉娉袅袅地从新闻采访车下来，开始在元宝酒店门口做现场报道。

高航走过来劝阻："同志，谁让你们来的？请马上离开！"

俞虹说："我们是市电视台的，接到群众报料赶来，这是正常的采访工作。"

高航说："这不是一般的坠楼事件，不能采访，如果不听劝告，我可以以妨碍公务拘留你们。"

俞虹坚持："我们在警戒线之外，我们有我们的工作，请你不要无理干扰。"

心中的偶像曹元明被带走，高航正没好气，伸手遮挡摄像机，和摄像师发生推搡。

俞虹气恼地说："好，我们走。小伙子，我记下了你的警号，你会向我道歉的。"

臧进荣赶过来，高航汇报现场情况，望着俞虹的背影说："臧局，那个女记者态度很嚣张。"

臧进荣说："现在的年轻人都不看电视吗？她是市台的台花，后台很硬。曹元明人呢？"

高航回答："被 110 巡警带去城南派出所了。"

臧进荣大吼："没告诉你要等我来吗？什么时候？"

高航低下头："就刚刚，他们请示过娄局。"

臧进荣狠狠地吐掉香烟："晚了一步。"

城南派出所，警察办公室内，房间里空荡荡，只有两个人。

派出所指导员章国全给曹元明做笔录，将他的手机、皮带、笔记本统统没收。他说："曹队，虽然我们曾在一口锅里吃饭，情分归情分，公事还得公办。政策法规条条框框你背得比我熟，我就不浪费时间了，咱们直接进入话题。我这里有几个问题，希望你配合，如实回答。"

曹元明点了点头。

章国全问："今天十八点十五分左右，有一个男子从元宝酒店天台坠楼，当场死亡，你就在现场。这个人名叫顾昱，是电子研究所的高级工程师，你和他是什么关系？"

曹元明回答："他是我的发小，我们是好朋友。"

"你怎么会恰好在现场？"

"我们约定好要见面谈一谈。"

"谈什么？"

曹元明沉吟了一下："我不能在这里说，这涉及一个重要案件，这个案件现在还没公开。"

章国全逼视着他："你必须说，这是一起命案。"

曹元明毫不畏惧地迎着目光，问："命案？你这算是预审吗？"

"怎么，你心虚了吗？"章国全挑眉，眼神凌厉地盯着他。

曹元明反问了三个尖锐的问题："如果是预审，为什么在办公室而不是在讯问室？为什么只有你一个人？为什么不宣读权利义务告知书？"

章国全用笔敲打本子："曹元明，你知道讯问室是全程录像录音的，人一多，我想帮你也帮不了。我劝你端正态度，不把这个重要情况说清楚，你的麻烦会很大，早点了结，对你有好处。回答我的问题！"

"我这么大麻烦，你还帮我，这份人情我可还不起。"曹元明揶揄说，"我和顾昱的谈话内容，只能向新任的公安局长汇报，这是纪律。"

章国全有些气急败坏地问："什么纪律？"

曹元明沉默。

"你明知新局长还没有到任，这是在故意拖延时间。"

曹元明还是沉默。

章国全来到隔壁房间打电话："曹元明的嘴很紧……他说这是纪律，要向新局长汇报，我看他是不见棺材不掉泪……是，明白，要迂回不要强攻……"

章国全返回办公室，继续审问曹元明："既然你坚持不说，这个问题就暂时跳过去，我再问下一个：你在事发前，有没有发现顾昱有什么异常？"

"他情绪不正常，一开始约我在玉川酒店见面，后来又改成了元宝酒店，我赶到元宝酒店的天台时，他正好跳了下去，我想拉他都来不及。"

"你的意思是，死者是活得不耐烦自己跳楼的？那他自杀的动机呢？"

"我怎么知道？"

“你和他是发小，无话不说。”

“我要是知道，就不会让他跳下去。”

“你们在天台上照了面，对吗？有过交谈吗？当时的详细情况，他的表情、话语、动作，你回忆一下。”

“事发当时我脑子一片糊涂，什么都记不清了，只记得我和他没有肢体接触。”

章国全打开曹元明的手机，指着顾昱发来的最后一条信息，问：“1502是什么意思，是保险柜密码？还是房间号码？”

曹元明摇摇头：“我不知道。”

章国全翻看曹元明的两个笔记本，一绿一红，绿皮本子记载大多是什么时候吃药之类的鸡毛蒜皮，红皮本子是曹元明过去侦办案件的速记本，画着各种草图和符号，他的目光停留在后面几页。

曹元明说：“这两个笔记本是私人物品，还我。”

章国全扬了扬本子：“你也是懂规矩的，能不能还，你我说了都不算，要经过检查。”

曹元明向桌子伸出手。

章国全警惕地问：“你想干吗？”

曹元明说：“写几个字。”拿起桌上的笔，把“1502”写在手掌上，担心一会儿又会忘记这个数字。

章国全盯着他的手掌：“我愿意相信死者不是你推下去的，但目击证人的话实打实地搁在那儿，说清清楚楚看到你和顾昱发生了打斗并把他推下楼。如果你采取这种抗拒态度，谁也救不了你。”

曹元明说：“天台上应该有监控，你们为什么不调监控？

我刚动大手术，身体还没恢复，怎么有力气打架？”

“在酒店门口，你不是已经和人打过一架了吗？我没记错的话，你拿过全市的比武冠军，擒拿格斗和射击都是数一数二，就算你身体还没完全恢复，顾昱一个书生也不是你的对手。”

“你这是诱供。我脑子受过重伤，有严重的后遗症，医学上叫作顺行性遗忘症，一转身就忘事。顾昱跳楼后，我受刺激还发了癫痫，差点没缓过来。当时的事情，我这会儿真的记不得了。”

“老曹，大家都是明白人，掉花枪有用吗？”

曹元明说：“小章，办案切忌心浮气躁，说话不能无凭无据。”

章国全悻悻合上本子：“要凭据是吧？等着好了。”

河山市公安局。两个年轻的女警察正在走廊窃窃私语。

“听说咱们局里的大英雄被逮起来啦。”

“谁啊？”

“还能是谁？前不久在离山隧道救人质的孤胆英雄，刚评上全省十佳警察，住院的时候，郭市长亲自给他推轮椅！”

“啊哟，当时那么风光，怎么会……究竟怎么回事？”

“谁知道呢，这下唐媛媛要伤心了。”

“谁让她是欧巴控？平时那么高傲，还不是仗着有后台……”

她们发现娄昆就在身后，吓得赶紧闭嘴，一起说：“娄局。”

娄昆板起脸："局里积压了那么多案子，今天又出了大事，你们还有心思八卦？马上回到自己的工作岗位上去！我告诉你们，新局长就要来了，他是个非常严肃认真的领导，以后加班要常态化，你们这样松松垮垮可不行，都给我打起精神来！"

女警唯唯诺诺。娄昆走后，两个女警又低声交谈了几句。

"今天娄局好凶哦，以前见人都是笑眯眯的。"

"难怪，听说这个新局长的位置本来是他的……"

"你要死啊，赶紧干活去。"

办公室里，娄昆在接听手机："是……明白……案子有进展，我会随时向您汇报请示……"放下手机，他望着窗外的雨夜，眉头紧锁。

电话铃声响了。娄昆抓起电话，是臧进荣打来的。

臧进荣说："顾昱的案子是我在盯，你怎么横插一杠把曹元明带走了？"

娄昆说："老臧，不是我擅做主张，这是上面领导的意思。CLH82 芯片泄密案非同小可，顾昱坠楼让案情变得更加复杂，出现了许多新的疑点，曹元明是你的老部下，在这种情况下，我们是不是应该遵守回避制度？"

"怪不得上面要空降一个局长过来，真是有先见之明。"

"这个时候我们就不要发牢骚说怪话了，多想想怎么协助新局长的工作才是正经。"

"我最佩服你的就是顾全大局！"臧进荣一把挂掉电话。

娄昆苦笑着摇了摇头。

城南派出所，章国全让曹元明在讯问笔录上签字。

曹元明拿着笔录斟字酌句："这句话我没有说过……这个词用得不对，语气完全不一样……这里应该是句号，不是逗号……"

章国全哭笑不得："标点符号就别计较了吧？"

"会引起歧义，笔录是最重要的呈堂证供。"

章国全按他说的修改笔录，曹元明这才签字。章国全又拿出刑事拘留通知书让曹元明签字。曹元明不签。

章国全说："都到了这个份上，就别犟了。"

曹元明说："我有严重的精神和心理疾病，河山医科大学附属医院有完整的病历档案可以证实。我现在还在住院，不应该去看守所，我要求在医院里接受精神疾病鉴定和治疗。"

章国全冷冷地说："这可由不得你。"

曹元明沉吟一下："我想打个电话。"

章国全叫来一个警察："带他去值班室打个电话。"

在走廊里，曹元明遇到了那个在元宝酒店门口抢包的歹徒。

这个歹徒绰号"龅牙三"，在警察押送下前往看守所，一副满不在乎的模样，大大咧咧地说："去看守所有什么了不起？老子隔三岔五就去住上一阵子，那是小媳妇回娘家，享福去啦。"但他见到曹元明锐利的目光，却一下子紧张起来，目光躲闪，不敢对视，低头走过。

曹元明停下脚步，若有所思。

值班室，在身边警察的监视下，曹元明给黄利平打电话："大黄，我是曹元明，我惹上麻烦了，现在城南派出所……对，你老兄果然消息灵通……他们通知了刑拘，要送我去看守所，帮我联系一个好律师……还要拜托你一件事，帮我照看贝贝……"

黄利平说："自己兄弟，客套话少说，你的事就是我的事。贝贝那边，我和唐媛媛都会去照看，这孩子很懂事，你不用担心。我马上去找人，这边你想办法顶住，能不去看守所最好。"

曹元明说："不是小麻烦，这会儿就别想捞人了，至于看守所……"他顿了一下，"我还非去不可了！"

曹元明在刑拘通知书上签字，顺从地穿上橙色马夹，手里拿着写有自己姓名的小黑板，靠着有标尺的墙拍照，然后采集指纹信息，抽血做 DNA 采样。

章国全在一旁露出了得意的笑容："这种态度就对了嘛。"

曹元明戴上手铐被押上了警车，警车疾驰而去。

章国全通过后视镜注视着曹元明。

曹元明表情平静如水，甚至有些木然，但内心却像是翻江倒海，无论他怎么回忆，都无法克服记忆黑洞的魔力，无法形成连贯的记忆，那些支离破碎的记忆片段伴随着痛楚、耻辱、焦虑、恐惧纷涌而至，一大堆的疑问像野草般在大脑里疯长：

为什么顾昱会问 6 月 19 日是什么日子？先前说好在玉

川酒店见面，为什么又突然去了元宝酒店？顾昱为什么要跳楼？他当时的精神状态很不正常，这是什么缘故？如果不是在酒店门口被那个“龅牙三”耽误了时间，也许能拦住顾昱，“龅牙三”还有那个诬陷自己的闵宝玉，甚至章国全，背后受什么势力操纵？这些人的上蹿下跳，反而从侧面证明了顾昱不是单纯的自杀，而是巧妙策划的谋杀！如果是谋杀，动机又是什么？……还有那个白衣女郎，为什么恰巧出现在顾昱坠楼的当时当地？

他张开手掌，心中不禁一凉。刚才按手印时，章国全拿纸巾在他手掌里狠狠擦了几下，手心都是汗水，一擦之下，写上去的四个数字一片模糊，一个都看不清楚。这要是放在过去，不要说四个数字，哪怕是四十个，他也不会忘记，但现在完全不记得——顾昱临死前肯定是想告诉他什么重要的东西，是什么呢？这四个数字显然代表着某种线索，为什么不干脆地告诉他？

所有的疑问都毫无头绪，唯有一点是明确的——他已经坠入了看不见的敌人所设下的陷阱，这个精心设计的陷阱深不可测，不知暗藏着多少杀机和后招，而他孤立无援，昔日克敌制胜的强大记忆力已被黑洞吞噬，接下来的每一步棋都不能走错，否则将万劫不复！

第三章　死神的凝视

警车在离山看守所大门口停了下来。

章国全解开曹元明的手铐，和自己的手铐在一起，两人下车。

章国全说：“你建功立业的离山厂矿区和隧道就在附近，这才多久？真是天有不测风云，人有旦夕祸福啊。”

“就像一场噩梦。”曹元明眯眼看着远处云雾包绕的群山，“人生如梦，梦如人生。”

章国全笑嘻嘻地说：“这话有禅意。以后，你会有大把的时间研究人生哲学，参禅悟道。”他和岗亭里的武警说了几句话，武警打开黑铁门。曹元明尾随章国全进入看守所。

办理完入狱手续，曹元明换上囚衣，拎着洗漱用品和被子经过一间间监室，沉重的脚步声在走廊里回响。见有新人进来，囚犯们有的吹口哨，有的说“欢迎光临”，有的喊“打死他”。

曹元明注意到“龅牙三”待在九号监室。

来到十号监室，管教民警打开门让曹元明进去。

章国全说：“我送人送到监室，这可是头一遭，谁让我们曾经是同事。我关照过了，你的病还没好，这段时间可以不参加劳动。”

曹元明说："那你再帮我一个忙。我一到阴雨天就头痛发病，这间房背阴，我要求换到旁边向阳的九号。"

章国全和管教民警低声商量了一下："可以。"

九号监室里，十几双眼睛一起盯着新来的曹元明。

号长目露凶光，喝道："蹲下，抱头！你叫什么名字？番号？几岁？干什么的？犯了什么事？统统报上来。"

曹元明充耳不闻，说："我的铺位在哪儿？"

号长恶狠狠地使了个眼色，几个人站了起来，把曹元明围住。

号长假装亲热地把左手搭在曹元明肩头："老弟初来乍到，老哥得给你好好上堂课。"冷不防挥起右拳砸向他胸膛。

曹元明早有防备，闪电般地锁腕压肘，扭住右臂将其掀翻在地。号长连声哀号，众人惊呆了。

角落里的"龅牙三"嘶哑着嗓子说："我知道他是谁。他叫曹元明，是个警察，他杀了人！"

管教民警在外面敲窗："你们在搞什么鬼名堂？"

号长一张脸涨成猪肝色，恨恨地退开。

曹元明来到铺位，旁边一个叫姜阿奇的瘦弱少年帮忙将他的物品放在铺位上。

"心岸"心理疗养院，沈辞云在电脑上查看曹元明的资料。

屏幕上出现了曹元明的标准像，配有文字说明："河山市公安局刑侦支队重案大队副队长，西南政法大学刑事犯罪侦查专业毕业，法学院诉讼法专业在职研究生……”

沈辞云陷入沉思，元宝酒店门口与曹元明邂逅的一幕浮现在眼前：曹元明的神态、语气，以及贝贝手里那个手工制作的木头不倒翁……

马修斯悄无声息地出现在沈辞云身后，她说：“大卫，你可吓了我一跳。”

马修斯将手搭在她肩头，问：“亲爱的凯瑟琳，你对这位警官感兴趣？”

沈辞云轻轻推开马修斯的手：“他是‘心岸’的访客，是吗？”

“这你也知道？”

“你是他的咨询师？”

“是的。”

“能谈谈他吗？”

“这是一位很特别的访客，因为头部受过严重的外伤，一直被一个发生在隧道里的怪梦所困扰，而他却想通过那个梦回到二十年前。”

沈辞云微微侧头：“听上去是一个很有意思的案例，这个梦应该是潜意识发出的强烈诉求。”

“噢，关于这个我不能说太多，这涉及他的个人隐私。”

“抱歉。”

“说抱歉的应该是我。昨天我本该去机场接你，但正好有一个 VIP 访问，所以耽误了时间。听说你在派出所，真把我担心坏了，到底发生了什么？”

“一个男子不幸坠楼身亡，我正好目睹，这是一个可怕的意外。”

“究竟是怎么回事？”

“警察也很想知道，但我一无所知。”

马修斯继续追问：“你怎么会去那个酒店？”

“我说了，这是一个意外。大卫，请不要再问了，一想起当时的情景我就很难受，太可怕了。”

马修斯温柔地说：“对不起，凯瑟琳，请原谅我的好奇，但愿不要再有意外发生。从昨晚到现在你都没好好休息，你应该放下眼前的事情好好睡一觉。”

沈辞云合上电脑：“谢谢你，看来，我确实该去睡一觉了。”

看守所里，姜阿奇接到家人寄来的一个大包裹，有香烟、巧克力糖果、咖啡等食品，还有几本书。他正高兴，冷不防号长一把将包裹夺去，将香烟抽走，把书扔到地上，丢下一句话：“擦屁股都嫌硬。”姜阿奇眼巴巴地看着，敢怒不敢言。

号长正想拆香烟，一抬头发现曹元明怒目金刚般站在面前。

曹元明冷冷地说：“还给他。”

号长慢吞吞地说：“这是监规。”

曹元明不说话，只是把拳头捏得“格格”作响。

号长犹豫片刻，悻悻地把香烟还给姜阿奇。

曹元明从地上拾起书，交给姜阿奇。这是几本汽车维修的工具书。姜阿奇满脸感激。

晚上，“龅牙三”起身上厕所。突然，曹元明从背后扼住了他的喉咙，沉声说：“问你几句话，你要老实交代，否则拧断你的脖子！老子反正犯了死罪，不在乎多杀一个人。想活就点头，想死就摇头。”

“龅牙三”连连点头。

曹元明问：“在元宝酒店门口，你是故意冲撞我的，对吗？谁指使你的？”

“龅牙三”艰难地说：“让我喘口气。”

曹元明手稍稍松劲，

“龅牙三”说：“是刑警队的臧队长让我这么干的。”

曹元明喝道：“扯谎！”

“龅牙三”说：“我在鹰叔手下犯过事，把柄被他攥在手里，我不敢不听啊。”

曹元明怔住了，十字路口鹰叔给臧进荣点烟的一幕出现在眼前。

“龅牙三”乘机猛咬曹元明的手，挣脱后大声呼救：“杀人啦，杀人啦！”

号长跳了起来，叫道：“你小子想炸刺！”带着几个人围殴曹元明。

曹元明被逼到墙角，倒在众人的拳打脚踢之下，他猛力拽断了墙上的金属毛巾杆当武器，疯狂挥舞起来。

管教民警闻讯赶来打开门，曹元明已经进入癫狂状态，瞪着血红的眼睛追打号长，号长抱头鼠窜哀号：“他发疯啦，发疯啦……”

“龅牙三”蜷缩在角落里瑟瑟发抖：“救命，救命……”

几个民警都控制不住曹元明，最后用电棍击倒他，整个监狱的走廊都回荡着他野兽般的嚎叫。

曹元明戴上手铐脚镣被关进了禁闭室。他倚墙而坐，苦思冥想，月光将他孤独的影子拉得老长。

那串数字仿佛是四个鬼怪的精灵，不停地在他眼前闪烁、跳动，但就是看不清是哪几个。耳畔回响着顾昱仿佛是梦中的呓语，但又听不清其中的内容。遗忘症让昔日记忆力超群的他陷入了一团黑暗之中。

他百思不得其解，用头敲墙，各种记忆碎片再次充斥着大脑，刺激着他的痛觉神经。

他心力憔悴，沉沉睡倒，进入梦境：

家中，曹元明和贝贝一起玩游戏，蒙着眼睛给不倒翁画眉毛。曹元明输了。

“爸爸真笨，输了不许耍赖，要刮鼻子。”

“好。”

“要闭上眼睛。”曹元明顺从地闭上眼。

贝贝悄悄脱下鞋子，用脚丫子刮爸爸的鼻子。

曹元明发现不对劲儿，睁开眼，一把抱起贝贝呵痒，贝贝顺势骑到爸爸肩头，父女俩一起哈哈大笑。

笑声远去，他进入了另一个黑白色的世界。

奇怪的声响混合着雨声、雷声在隧道内回荡。

伴随着闪电，几个扭曲的人影在晃动、在搏斗，惨叫和呻吟声响起……片刻之后，又是一道闪电，两个人影正在拖拽什么东西，好像还有交谈声，但接着又是一片黑暗……

曹元明从噩梦中惊醒，大口喘气，双手抱头，痛苦呻吟。

他呆呆望着墙壁的一角，一只飞蛾正在蜘蛛网里徒劳地挣扎，贝贝的笑语声在耳畔回响：“爸爸，明天带我去海洋公园，我要看海豚表演。”

泪水涌出，眼前的景象模糊起来。

禁闭解除后，曹元明重新回到了九号监室。

“龅牙三”已经不在了，换成了一个目露凶光的彪形大汉，这个人皮肤黝黑，胸背都是龙虎刺青，绰号“青皮”。曹元明进来时，“青皮”故意撞了一下他的肩膀。号长露出幸灾乐祸的表情。

姜阿奇悄悄告诉曹元明：“不要惹这个人，听说是黑社会，砍了仇家几十刀，连脚筋都挑断了。”

曹元明认识“青皮”。隧道绑架案之前的记忆，依然是那么清晰：

两个月前，城中村一间破烂的出租屋，“青皮”赤膊从二楼窗户跳下，撒腿飞奔。两个受伤的警察一个捂着脑袋一个抱着肚子在后面追赶。

眼看“青皮”就要跑远，从巷子口冲出的一辆摩托车，将他猛地撞倒。曹元明跳下摩托车，一拳头狠狠砸到“青皮”脸上。“青皮”瘫倒在地，鼻血长流，吐出了一颗牙。

深夜的监室，除了鼾声四起，便是一片死寂。

曹元明饱受梦魇折磨，虽然合着眼，却难以入眠，知道“青皮”的鼾声是假装的，黑暗中，他那双眼睛正像狼一样盯着自己。

曹元明迷迷糊糊爬起来上厕所。“青皮”悄悄起身跟了上去，手里攥着一把尖利的改锥。

曹元明一手端着不锈钢杯子喝水，一边撒尿，“青皮”举起改锥对准了他的后脑勺，那里露出了术后缝合的一大片骨瓣。

曹元明一直在通过杯子的微弱反光观察身后，忽然一个急转，躲过了致命的一击，趁势一个背摔，将“青皮”摔倒在地。不等他爬起身，曹元明抡起马桶水箱的盖板重重砸到他头上。

众人惊醒爬了起来，姜阿奇连忙按响了监室的报警对讲机：“有人打架！”

“青皮”头破血流，眼冒金星，嚎叫：“快动手！”

曹元明一脚踩住他的嘴巴，喝道：“谁上来要谁的命！”

号长等人见曹元明威风凛凛，他们吃过苦头，谁也不敢动。

管教民警赶来了。

“青皮”恶人先告状，指着曹元明说：“是他先动手！”

管教民警问：“你们谁看到了？”

众人面面相觑，都不作声。

姜阿奇突然说：“我看到了，曹大哥上厕所，是你跟在他后面掏出改锥想害他。”

曹元明拾起改锥，交给管教民警，说：“他知道厕所里没有监控，用这个袭击我，他怎么会有这种致命的利器？肯定有人指使，我要求见驻所检察官，要求彻查这件事。”

管教民警说：“你说的我会向上面反映，但现在是周末，要下周才可以见检察官。”指着“青皮”，“你，跟我出来！”

“青皮”像只斗败的公鸡，垂头丧气出去。

曹元明和姜阿奇并肩睡下，两人悄声交谈。

“阿奇，谢谢你，为什么要帮我？”

“不用谢，你是好人，以前他们整天欺负我，你来了之后，我才能吃饱饭。”

“你怎么知道我是好人？”

“你一个人从隧道里把小孩救了出来，这事上过新闻，我看过的。你是个大英雄，坏人都怕你。”

“过去的提它干什么，你看我现在不是进来了吗？”

“你一定是被冤枉的！”

曹元明苦笑，问：“阿奇，你为什么进来的？”

姜阿奇说：“我的后爸经常虐待我妈，一喝醉酒就要打人。有一次我回家，看到他又在打我妈，强迫我妈跪地上用皮带抽，起因不过是我妈炒菜时多放了一点盐。我去拉他，他反过来打我，还拿酒瓶砸我。我气往上冲，就顺手拿起桌上的水果刀朝他肚子上捅了一下。”

“他没死吧？”

“没死，可我妈吓坏了。听说他住院补肠子花了好几万，这笔钱都要落到我头上，还说要让我坐一辈子牢。他是放高利贷收黑账的，黑白两道通吃，谁都不敢惹。我妈到处求人救我，下跪磕头，眼泪都哭干了，但没人理睬。我妈没钱，也托不到人，我怕是要判很多年。”姜阿奇说到这里，声音哽咽，“我不怕坐牢，就怕我妈在外面被他继续欺负。”

“你多大了？”

“再有两个月就满十八岁了。”

“你那些修理汽车的书是让妈妈买的？”

“嗯，我从小贪玩学习成绩不好，高中都没读，那时真不懂事。现在犯了这种事，不知要关几年，以后出去了也找不到工作，我得想法子养活自己，给我妈养老。”

“你伤人的行为属于防卫性质，是为了保护母亲和自己，顶多算防卫过当，而且你未成年，从法律上说应当减轻或者免除处罚。只要请个好律师，也许很快就能出去和妈妈团聚。我来帮你想办法。”

姜阿奇兴奋地问：“真的？”

曹元明把手指放在嘴唇上：“嘘，赶紧睡吧，妈妈在梦里等着你呢。”

在民警的带领下，曹元明来到驻所检察官办公室。

检察官说：“你反映的情况我们调查过了。他供述是为了报复你，他是被你抓进来的，这是个人行为，没有受谁指使。当然，将来法院量刑裁定时，他会为此付出代价的。”

曹元明问：“那把改锥哪里来的？”

检察官说：“他当过木匠，上次修柜子时偷偷留下的，这是管理上的疏漏，我们已经责成看守民警写检查。”

曹元明头一阵眩晕，默默转身离开。

这天下午，律师蔡东阳约见了曹元明，两人在接待室相对而坐。

蔡东阳说：“是黄利平托我来见你的，他说，你们是最好的朋友。”

曹元明点了点头，接过名片看了一眼：“蔡东阳？久仰，你很有名，也很贵。”

蔡东阳说：“你不必担心费用问题，我和大黄是至交，你要做的，就是全力配合我。今天我连合同也带来了，你看一下。”

曹元明接过合同，但没打开，而是放在桌上，问："要我怎么配合你？"

"首先，我需要你对案件事实的陈述，过程越详细越好。"

曹元明摇了摇头："只要一回想当时的情景，我的脑子就像灌满了糨糊，又痛又沉，什么也想不起来。"

蔡东阳皱起眉头："这段时间你应该不止一次地回忆过元宝酒店天台上的情景，真的什么也想不起来？"

"是的，我前不久脑子受过伤，记忆力和精神状态都不正常……天台上不是有监控吗？"

"很不巧，那个摄像头坏掉了。"

"脚印呢？"

"那天下大雨，地上都是水，这种情况下怎么勘验脚印？这方面你是行家，比我懂。"

曹元明沉吟片刻，说："我想向检察机关申请，对我案发时的精神状态进行司法精神医学鉴定。"

"这是你的权利，但司法鉴定精神病采用的是无病推定的思维，恐怕很难如你所愿。"

曹元明沉默不语。

"坦率地说，我得到的都是坏消息，所有的证据都对你很不利，这种情况下不能取保候审。如果你始终无法回忆起当时的情景，那么，目击证人的证词将是致命的。我建议做有罪辩护，无罪辩护几乎不可能成功。"

曹元明一字一字地说："我要求做无罪辩护。"

"你也是懂法的人，目前这种情况……"蔡东阳摇头，"我从不做没任何把握的辩护。"

“我不是要你为我辩护，而是为这里一个叫姜阿奇的少年做无罪辩护。”

蔡东阳愣住了：“你在开玩笑？”

“这里是开玩笑的地方吗？”

“我受人所托，但托的不是这件事，我不能答应你。”

“黄利平跟你怎么说的？”

“让我从法律层面尽一切可能帮助你。”

“你转告黄利平，帮那个孩子就等于是帮我，这是我唯一的要求。那孩子很可怜，为了救母亲防卫过当伤了人，他还年轻，如果判了重刑这辈子就废了，他母亲肯定痛不欲生，指不定会再出什么事。你这样的大律师只要肯出马，这个案子就大有转圜的余地，这等于救了两个人。”

蔡东阳问：“那你自己的案子呢？”

曹元明很干脆：“我的案子任何律师都解决不了，我放弃辩护的权利。”

蔡东阳说：“我提醒你，这是放弃了你自己最后的机会。你确定刚才这些话经过了深思熟虑？”

曹元明点了点头。

蔡东阳轻轻叹息一声，从桌上取回合同，站起身，说：“今天谈话先到这里吧，我们再约时间，这段时间你还可以重新考虑。”

城南派出所，章国全在给一个神秘男子打电话：“曹元明很不安分，一开始狡辩有病不去看守所，现在又要求司法精神医学鉴定。”

对方瓮声瓮气地说：“司法精神医学鉴定正合我意，

他就是不提，我们也要给他做。”

章国全附和：“他孙猴子再耍泼，也翻不出您如来佛的手掌心。他想玩，我们就陪他玩到底，看这个脑残玩得出什么花样来。”

“不要大意，他是不是真的脑残还不好说。这个人过去是有本事的，不能让他坏了大事。看守所那边暂时不要再搞动作，被他揪住辫子就不好办了。”

章国全应声：“是。”又说，“曹元明几次要求还给他笔记本，说很多事如果不马上记下来，转身就忘，好几次吃完饭走错了监室。”

“本子里面的内容都拍过照了吧？”

“是，没有本子，他就在床单上乱涂乱画，都是些乱七八糟的符号，不知道什么意思。”

对方沉吟了一下：“还给他。”

城南的“时光屋”咖啡馆。这家咖啡馆的设计别出心裁，半埋在地下，门和窗户都很低矮，设计者有意把灯光弄暗造成一种神秘色彩，每张桌子上的灯都只能照亮这张桌子，桌子四周用薄纱拦着，看不清周围人的脸。这里的咖啡是现磨的，室内弥漫着浓郁的咖啡香味和淡淡的桌椅原木香味。

蔡东阳、黄利平、唐媛媛三人在一角交谈。

蔡东阳说：“大黄，你这位朋友有点奇怪，他看上去不太喜欢我。”

黄利平“嘿”了一声：“这不奇怪。前不久那起重大伤人案，猫叔被捅成血葫芦，脚筋也被挑了，元明查到是鹰叔指使的，结果你帮鹰叔辩护，最后鹰叔屁事都没有，把个干湿活的小弟‘青皮’弄进去顶缸。换作是我，我也不喜欢你们这些律师。”

蔡东阳摆手：“别扯远了，我不过是拿人钱财替人消灾。我说的奇怪，是他说不记得当时的情景，这样的话，我就没办法去帮他减轻情节。依我看，他不一定是真的记不起来，而是另有隐情。”他掏出一个厚厚的信封，退还给黄利平，“无功不受禄。”

黄利平不接信封，说：“哥们儿，别啊，我知道这事挺难，价钱好商量。”

蔡东阳说：“老弟，你我白相识一场，我是这样的人吗？是你这位朋友自己说不需要律师辩护。”

唐媛媛说：“这不可能，事发当晚，他还在派出所打电话让大黄请律师。”

黄利平若有所思：“也许是看守所里发生了什么事，让他改变了主意。”

蔡东阳说：“实话告诉二位，我吃律师这碗饭二十多年，从没有碰到过这样的当事人，也算开了眼。他自己放弃辩护，却让我替一个素不相识的少年做无罪辩护，说这是他唯一的要求，帮那个少年就是帮他。”

黄利平和唐媛媛面面相觑，问：“那个少年又是怎么回事？”

蔡东阳说：“这个少年的案子我通过关系了解了一下，受害人是他继父，叫赵奎，在离山发电厂有份工作，但光领工资不上班，谁也不敢管，只因他有黑社会背景，一直在鹰叔的地盘收保护费。说是防卫过当、故意伤害，其实里面弹性很大，伤并不重，手术切了一段小肠，个把礼拜就出院了。

只要通过鹰叔传个话，沟通和赔偿到位，做无罪辩护难度不大。”他双手一摊，“可这算哪门子事啊？”

黄利平沉吟片刻，把信封推回去：“我看，就按元明说的办吧。这个少年的案子，就烦劳你费心了，需要我帮忙的地方，尽管提。”

唐媛媛有些着急：“可是……”

黄利平说：“他的性格你还不知道？他的决定，谁也改变不了。”

唐媛媛说：“那也不能自暴自弃啊，他就算不为自己也要为贝贝着想。”

黄利平说：“他不是自暴自弃的人，这么做肯定有他的理由。”

蔡东阳说：“对了，还有一件事他托我转告你。”

黄利平问：“什么事？”

蔡东阳说：“让你联系一下他的前妻欧阳绚，让她回国照看孩子。”

黄利平脸有忧色：“嗯，看来他的预感很不好。”

唐媛媛含着泪：“贝贝太可怜了，她算什么母亲？有眼无珠，不守着好男人过日子，一个人跑去国外，一去就是三年……”

黄利平赶紧拉了拉她的袖子。

看守所吃午饭时间到了，管教民警开了门，监室里的人拿着饭盒鱼贯而出，前往楼梯口，那里摆放着几个装饭菜的不锈钢大圆桶。

曹元明目光呆滞，步履蹒跚。管教民警催促：“别磨磨蹭蹭，动作快点。”

曹元明走到大桶前，忽然直挺挺地摔倒，大桶倒翻，饭菜汤汁洒了一地。管教民警去拽曹元明，他却发出野兽般的“嚯嚯”声，张嘴咬住民警的手，疼得民警直叫，场面一片混乱。曹元明的裤裆里都是尿水。

众人大叫。

“他又发疯了。”

“快送医务室。”

……

唐媛媛这段时间就像丢了魂似的，她犹豫着敲开了娄昆的办公室。

娄昆正在看文件，抬起头问：“有什么事吗？”

唐媛媛嗫嚅着轻声说：“表哥……”

娄昆放下文件：“不是说了嘛，工作场合不要这么叫。”

唐媛媛说：“这里不是没别人嘛。”

娄昆宽容地一笑：“坐吧。”

唐媛媛坐下，双手玩弄衣角，欲言又止。

娄昆习惯性地跷起二郎腿，说：“你有心事，一定是为了曹元明吧。”

唐媛媛点了点头：“我了解他，他是一个把情义看得比什么都重的人，绝不会杀顾昱。”

娄昆“嗯”了一声，示意她说下去。

唐媛媛说：“他和顾昱是多年的好朋友，从小一起长大，亲如兄弟。他有一次跟我提过，说顾昱最近情绪反常，可能遇到了不小的麻烦，可又不肯明说，这让他很焦急，不知该如何替顾昱分担。那时，他刚做过开颅手术，躺病床上，氧气管都没拔掉，就给顾昱打电话，劝导他。”

娄昆手指弹桌沿，问：“顾昱到底遇到了什么麻烦事？”

“他没跟我说。”

娄昆注视着唐媛媛的表情，觉得她没有撒谎，问：“出事那天，元明和你联系过吧，都说了些什么？”

“他说要去元宝酒店见顾昱，事情很急，让我去接贝贝，没有说其他的。他如果要杀顾昱，何必这么大张旗鼓？如果他和顾昱扭打，还出了血，那么，顾昱的指甲里必然会留下他的皮肤组织或者衣服纤维组织，但这些都没有。他明明是被人陷害！你要相信我，相信他！”

“假设从主观上说，元明不会伤害顾昱，但如果是在精神错乱的情况下呢？他自从在离山隧道受伤后，就留下了间歇性癫痫的后遗症。我带你走上法医岗位的第一天，是怎么跟你说的？证明‘是’最容易，可能只需要一个证据，要证明‘否’很难，因为推翻它往往也只需要一个证据。从顾昱的口腔里发现了曹元明衣服上的纽扣，这一点就足以致命。”

唐媛媛咬着嘴唇不说话。

娄昆说：“元明能力强，有上进心，是棵好苗子，出了这种事情，我也很难过。但我们常说一句话，以事实为依据，以法律为准绳，这就是我们的工作原则，在事实没有明了之前，我们不能感情用事。”

唐媛媛说：“他不要律师辩护，说他的事律师解决不了……我担心他在看守所会有危险，你能不能帮帮他？”

娄昆叹气：“这不是傻话吗？像这样的案件，必须要请辩护律师。看守所现在都装了监控，你的担心完全是杞人忧天。”

唐媛媛说：“我也说不上……我昨晚做了个噩梦，梦见他在看守所被人吊起来毒打。”

娄昆微微摇头：“他已经不在看守所了，刚刚送往康宁医院强制治疗。”康宁医院位于城南，是专门收治严重精神病患者的专科医院。

曹元明要被带走了，收拾行李时，发现床单已经换新，自己的笔记本也被撕烂了，许多页缺失，他犹如五雷轰顶，这意味着很多事物将永远从他记忆中删除！他愤怒地问：“谁干的？”

号长举起手，对管教民警说：“报告，我干的。拉肚子，忍不住，只好将就一下……这纸真硬，屁眼现在还疼。”

曹元明咬牙切齿，众人却“哈哈”大笑。

曹元明出门时，姜阿奇流下眼泪：“曹大哥，多保重。”

曹元明拍了拍他的肩膀，说：“阿奇，别哭，你不久就能见到妈妈了。记住，浪子回头金不换，出去后你就满十八岁了，是个正儿八经的男子汉了，不要再干傻事，找份工作好好孝敬妈妈。”

姜阿奇擦干眼泪，点了点头。

警车将曹元明送到康宁医院，下车时，他戴着手铐脚镣，两个警察一左一右押送。几个接收的医生如临大敌，眼神警惕，与他保持距离。

院长办公室，医生罗涛正向院长钱学易汇报：“院长，这个病人我管不了。”

钱学易胖胖的脸庞，一副老好人的模样，问：“为什么？”

罗涛交上曹元明的档案：“你看，以往送来的人，平日的监管基本上是半骗半哄，交流安抚为主，外加定期吃药，所以不会有什么大麻烦，但这个人特别危险。他原来是个警察，因为涉嫌杀人进了看守所，头部受过伤，经常做噩梦、发癫痫，闹成了个精神分裂，看似好好的，毫无征兆就发病，发起来彻底失去理智陷入疯狂的那种，逮到谁干谁，躁狂和暴力倾向直接爆表。这样的病人，谁敢管？”

钱学易翻看档案，说：“精神分裂？小罗啊，不是我说你，病人刚入院，诊断的流程一个都没走，你有什么证据说他是精神分裂？就算他是精神病，你是医生，医生怎么能害怕病人？这是一个负责的医生的态度吗？”

罗涛垂手而立，低下头。

钱学易说：“他的病情我会亲自过问的。你去吧，记住，他的服药和精神检查一定要按时按规，有问题及时汇报。”

罗涛出去了。

电话铃响了。钱学易拿起话机，是臧进荣打来的。

“老钱，今天看守所送来一个病人叫曹元明，你知道吗？”

“我正在看他的档案，他是你原来的部下吧？听说原来是个很能干的警察。”

“是啊，我正为他伤脑筋呢。不知道他中了什么邪，很多重要的事情都记不得了，可要把案子查清，还非得着落在他身上。治疗上请你多费心，想办法尽快让他恢复记忆；另外，你安排一下，我想和他单独谈一谈。”

钱学易为难地说：“你的第一个要求不近人情，他的病情很复杂，恢复记忆谈何容易，你这是强人所难嘛；第二个要求不合规矩……”

臧进荣打断他：“人情我会还，规矩免谈。老钱，不瞒你说，我现在是火烧眉毛，咱们是老朋友了，你可不能隔岸观火。”

“国际精神－心理疾病学术大会”正在河山市隆重召开，偌大的会场，来自全国各地乃至国外的精神病和心理学的专家学者济济一堂。

主持人说：“下面有请‘心岸’心理疗养院特聘心理咨询师沈辞云博士为我们做精彩演讲。沈博士刚回国，有些人还不太熟悉，我这里简单介绍一下这位才华横溢的专家：她是A国圣玛丽学院的应用心理学博士、临床精神医学博士、A国心理学会心理咨询协会国际会员、国际整体暨自然医学学会认证催眠师（IHNMA）、A国SHADOW计划的主要设计者。她运用核磁共振功能成像技术，首次提出人类大脑记忆区的生理活动是在量子层面展开的假设，这篇论文去年发表于《Nature》杂志，引起轰动。今天她为我们带来的演讲题目是《梦境、记忆与心因性失忆症的解析》，大家掌声欢迎。”

掌声中，两个中年男子低声交谈：

“你听说过这个SHADOW计划吗？”

“据说是运用AI技术还原梦境。”

“很科幻嘛，真搞成了，就没人会说心理学是伪科学了吧。”

“听上去高大上，依我看，不过是空对空的洋噱头，没有什么实用价值。”

“想搞出点名堂来，还真少不了这些洋噱头，没办法，有些人崇洋媚外嘛……（看到沈辞云的大幅照片）哟，这位博士挺年轻嘛，还这么漂亮，能有这样的成就很难得。”

“她是站在巨人的肩膀上，你知道她父亲是谁？”

“谁？”

“说出来吓你一跳，还是不说了吧。”

沈辞云手托水晶球，风姿绰约走上讲台，开始演讲：“人类的大脑是宇宙中最精妙、也是最不可思议的物体，它的生理活动充满了深不可测的奥秘，当我们试图归纳这些迷人的未解之谜时，总是会将‘梦’和‘记忆’位列其中。”她轻点水晶球，全息投影技术下，水晶球化为两个大脑半球，一双纤纤玉手将半球轻轻分开，大脑精细的解剖结构纤毫毕现、一览无余。

许多人露出了震撼的表情，停止了窃窃私语。

沈辞云说：“梦在心理学上说是一种无意识想象的极端形式，尽管梦的内容可以不合逻辑、荒诞离奇，但梦境中所形成的事件及场景、人物等元素都来自于人们已有的认知以及记忆，而不是凭空产生。古人的梦中不会出现手机，先天盲人的梦是没有色彩的。我们都知道，记忆是人脑对信息的编码、存储和提取的过程，当日常生活的记忆片段在梦境中呈现时，往往被认为是支离破碎的、扭曲的、缺乏逻辑的——但是，我们的最新研究发现，梦是人脑对存储在记忆中的信息进行再次编码、存储和提取的过程，是一种特殊的记忆形式，梦境能够对真实发生的事件片段进行非常真实的模拟，如果通过特殊的技术手段还原梦境，有可能再现真实的场景记忆——也就是说，记忆和梦境之间存在可逆的切换机制，二者在某种程度上是一种‘镜像运动’——这听起来真是妙不可言！下面，就让我们一起进入这个梦幻般的世界……”

伴随着她的解说，大脑的生理活动以栩栩如生的5D影像在整个讲台上呈现，全场听众如痴如醉。

散会时，钱学易找到沈辞云：“沈博士，你好。听了你的发言，真有茅塞顿开之感。俗话说得好，长江后浪推前浪，我们这些老古董怕是要赶不上潮流了。”

沈辞云说：“钱院长过谦了，这么说我可不敢当，您叫我小沈就可以了。”

钱学易说：“是这样，最近我院收治了一位病人，初步诊断为：神经症——广泛性焦虑障碍、躁狂抑郁、癫痫和失忆症。由于他身份的特殊性，易引起舆论对精神病诊断的质疑，令院方承受了不小的压力。希望你能就此提供一些专业性的指导意见，特别是如何恢复记忆的治疗建议。”

沈辞云婉言拒绝：“真是不好意思，我不能答应您。我主要是从事心理学和医学的理论研究，临床经验很缺乏，恐怕不能提出什么有益的见解，不恰当的干预反而会延误病人的治疗。您还是另请高明吧。”

河山电视台，直播间正播出《河山焦点》，今天的专题是“昔日真英雄，今为阶下囚”。主持人俞虹做了开场白：“曾几何时，我市公安局刑侦支队流传着这样一句顺口溜：

‘曹队一出枪，歹徒准遭殃’，说的就是刑侦支队重案大队的副队长曹元明，一位屡次立功受奖的警界英模，是鲜花、掌声和勋章的宠儿。现在，这位让歹徒遭殃的‘曹队’，却因为涉嫌杀人锒铛入狱。从天堂到地狱，从英雄到阶下囚，反差如此之大，这种堕落不禁让我们深思：这其中究竟发生了什么？是他的一念之差，还是伪装已久？善良的人们又该从中得到些什么启示呢？下面请看详细报道……”

河山市的西市街是著名的酒吧一条街，每当夜色斑斓，这里一片灯红酒绿，人流熙攘，处处流光溢彩，映衬着都市的喧嚣与奢华。

马修斯要了两杯科罗娜加柠檬，这是沈辞云的习惯口味，他向沈辞云举杯：“今天的演讲非常成功，祝贺你回国后有一个良好的开端。”

沈辞云说了声：“谢谢。”目光却被酒吧大屏幕电视上的《河山焦点》吸引住了。

只听俞虹说：“曹元明经河山市康宁医院法医精神病司法鉴定所司法鉴定，初步诊断为神经症－广泛性焦虑障碍、躁狂抑郁、癫痫和失忆症，限制刑事责任能力，从看守所转入康宁医院强制治疗……”

马修斯转身一看：“噢，又是这位警官，他真是位话题先生。”

沈辞云若有所思：“我感觉这不是真实的他。”

马修斯说：“太有意思了，你们只见过一次面，但好像认识了很久。”

沈辞云语气中略带忧伤：“也许你猜对了。”

马修斯笑了起来，露出一排白牙：“噢，是吗，我喜欢这种猜对的感觉。”

曹元明被由看守所送进康宁医院，经电视台披露，导致舆论哗然，微博、微信、BBS等社交平台纷纷转发消息，许多人留言：

“太搞笑了，如果他有精神病，那以前怎么当的警察？而且还是一个那么出色的警察？这明显是为了逃避法律制裁装病。如果这样都可以得逞，那法律不就成了儿戏，还有什么公正可言？”

“有什么好说的？这个社会就是这么奇怪，什么事情都可能发生，反正我是不会再相信什么英雄事迹的报道了，都是骗子。”

“人生如戏，全靠演技！让我们以最热烈的掌声祝贺曹元明荣获今年奥斯卡最佳男演员提名，这可比什么‘十佳警察’拉风多啦。”

……

郭正梁匆匆步出市政府会议厅，娄昆迎了上去：“郭市长。”

郭正梁说：“娄昆同志，让你久等了，还没吃饭吧？我等会儿有个重要会议，我们抓紧时间，边吃边谈。不过事先声明啊，我这里没有澳洲龙虾、燕鲍翅，只有工作餐。”

娄昆有些不好意思:“你看，你这么忙，我还来打扰……”

郭正梁说：“别这么说，这是你的职责。经济的发展，人民的幸福，一刻也离不开安全稳定的社会环境，离不开你们的保驾护航。这个案子现在闹得满城风雨，人民群众意见很大，不利于安定团结，你们要想办法消除负面影响。”

两人边走边谈，娄昆亦步亦趋，在后面保持半个身位：“我们的工作存在失误，我要检讨。我已经让网安支队密切关注网上舆情。”

“这个案子关系重大，案情复杂，现在自媒体这么发达，风吹草动都会引发全社会的关注，处理起来要慎之又慎。这对你们是一次大考，一定要把纠正失误落到实处，重要的不是检讨，而是最后能不能给人民交上一份满意的答卷。”一路上，郭正梁很随和地与遇到的每一个工作人员打招呼。

电梯内，清洁工推着满满的垃圾车进来。娄昆悄悄捂住鼻子。郭正梁毫不介意，问清洁工：“到几楼？我帮你按。”

清洁工从垃圾车后面探出头来，惊讶地说：“郭市长……我先出去。”

郭正梁说：“不用，这会耽误你的工作。”

市长办公室。鲁秘书敲门后，走了进来。

茶几上摆着两个人的工作餐，非常简单的盒饭。硕大的楠木办公桌上，却摆着一个有些破损的竹篮子，显得很醒目。篮子中有一块苍黄色的石头，系着红布，上写“民在心中”四字，落款是：“郭市长留念。春岭镇黄溪河村全体村民”。

郭正梁还在和娄昆促膝谈话：“不要因为局长换届的事有情绪，你的成绩是有目共睹的。敖文年同志既是位老公安，也是位老国安，市委给予充分信任，你情况熟悉，要积极配合他的工作。班子团结好，才能办大事。”

娄昆点头：“我明白，一定配合好敖局长。”

鲁秘书报告："市长，人都到齐了。"

郭正梁站了起来，"好了，娄昆同志，今天的谈话就到这里，你也回去忙你的工作吧。"

娄昆跟着站了起来："好的，您的话我铭记在心，我回去后马上向有关同志传达。"

鲁秘书看到盒饭还是满满的，问："市长，要不先吃完？我去给您热一热。"

郭正梁看了下表："不用了，已经下午两点了，大家时间都宝贵，不能因为我让那么多人干等。"

娄昆说："您还是吃两口吧，人是铁饭是钢。"

郭正梁摆摆手："来不及了，我约了国资委、开发区的几位同志谈话。春岭高新技术开发区和埋甲山风景旅游区的开发，是我市未来几年工作的重中之重，对实现全市经济跨越式发展有着重要的战略意义。燕市长为此呕心沥血，操劳过度而殉职，把这副千斤重担交到我肩头。我的才能远不及燕市长，要带着全市几百万人奔向现代化，深感任重道远，一想到他的遗愿未了，就不敢有丝毫懈怠。"

新局长敖文年身穿便衣来到公安局。他今年五十出头，身材不高，有些谢顶，脸色蜡黄，目光却炯炯有神。

警务宣传栏，几个保洁正把"优秀刑警"一栏里曹元明的宣传画撤下。

敖文年从地上捡起曹元明的宣传画，上面写着："……从警以来，破获'5.10'特大贩枪案荣立一等功一次，破获'5.25'绑架案荣立一等功一次，破获'3.24'持枪抢劫案荣立二等功一次，破获'7.28'杀人案荣立二等功一次，破获‘9.14’抢车杀人案荣立二等功一次，破获‘11.18’杀人抢劫案荣立二等功一次，破获‘12.21’特大杀人案荣立二等功一次……荣获‘全省十佳警察’一次、‘全省侦查破案能手’一次、‘河山市人民好卫士’两次、‘河山市政法战线先进个人’两次……”

娄昆回到市局，正好遇到敖文年，忙说：“敖局，您来之前也不打个招呼，我们都以为您明天到，还来不及准备呢。”

敖文年笑了笑：“有什么好准备的？局里工作忙，任务重，一切如常，不要惊动同志们，该干啥干啥，我今天就是先来看看。”指着宣传栏上留下的一大片空白，“你们准备换上谁？”

娄昆略显尴尬：“一时还真找不到人替代。”

敖文年感叹：“撤掉一张照片很容易，可要抹掉一个人的痕迹，就不那么容易了。等会儿，你，还有臧进荣局长，我们三个人开一个简短的碰头会。”

娄昆对旁边的警察说：“去通知臧副局长。”

警察回答：“他出去了。”

娄昆问：“出任务了？”

“不是。”

“去哪儿了？”

“好像是去康宁医院。”

娄昆皱起了眉头：“给他打电话。”

敖文年说：“先把曹元明的卷宗调来我看看。”

康宁医院的单间病房，窗户和门都加了铁栅栏。

臧进荣坐在病床前，曹元明躺着。

臧进荣说："我再问一遍，你那天赶去和顾昱见面，你们都说了些什么，做了些什么？"

曹元明说："我再回答一遍，我只记得他跟我说话了，但说了什么记不起来，还有，我没有碰他一根手指头。"

"顾昱给你发的那条短信是什么意思？"

曹元明摇头："什么短信？"

臧进荣有些失望地说："元明，我一直把你当兄弟，得知你出事，一开始打死我也不信。咱们多年的交情，我也不瞒你，从顾昱的口腔里找到了你衣服上的纽扣，你们之间的手机通信记录、电梯按钮上的血迹以及一路上的监控，加上目击证人，这些都表明你有重大杀人嫌疑。换作你是我，你会怎么想？"

曹元明双手枕头，微微一笑："我会想，证据是不是太多了？"

臧进荣"哼"了一声："你就尽管贫吧。医学专家们正在研究你的病情，他们说，人受到强烈刺激后，可能发生选择性失忆，但从你当晚在酒店门口和派出所的表现看，你的精神状态应该是正常的。这样的话，即使你零口供，只要证据链完整、过硬，也可以定罪。我很想帮你，你必须尽快恢复记忆，想起了什么就马上告诉我，不然谁也救不了你。"

曹元明眼前闪过十字路口臧进荣和鹰叔窃窃私语的画面，耳畔响起"龅牙三"的话音"是刑警队的臧队长让我这么干的"。他知道，臧进荣的人一直在盯着顾昱。他忽然问："新局长到任了吧，是谁？"

臧进荣脸上堆满了乌云："扯犊子，你脑子看来真有问题。”

就在这时手机响了，是公安局值班室打来的：“臧局，新局长到了，请你去开个会。”

臧进荣搁下手机，说：“干我们这行的都明白一个道理：真的假不了，假的也真不了，揣着明白装糊涂是糊弄不过去的。看到你这样，我真的很痛心，你好自为之吧。我走了。”

开完会已经是傍晚，敖文年看完案件的卷宗，在一张纸上写下“失忆”“噩梦”“癫痫”“心理咨询”几个词，点燃香烟，陷入沉思。这时，老伴打来电话：“这么晚还不回家？你忘了家里今天要来一位贵客。”

敖文年回到家。沈辞云站起身来，清脆地叫了一声：“舅舅。”

敖文年看着亭亭玉立的沈辞云，颇为感慨：“你越来越像你妈了……这次有没有给舅舅带一个外甥女婿回来啊？”

敖文年妻子说：“哪壶不开提哪壶，今天咱们不说这个。”

敖文年看到满满一桌饭菜：“哟，挺丰盛啊。”

敖文年妻子打开红酒斟酒：“一是替小静接风洗尘，二是祝贺你荣升局长。”

敖文年摆手：“我这个公安局长的位子下面就摆着一盆火，没什么好庆祝的。小静倒是要常来家里坐坐，你舅妈经常念叨你。”

敖文年妻子说：“你难道念叨少了？”

敖文年“呵呵”一笑，举起酒杯：“今天终于不用念叨了，来，干杯。”

沈辞云端起盛满橙汁的杯子，问：“表哥怎么还没回来？”

敖文年说：“不用等他了，我们先吃。”

敖文年妻子说：“敖勇在‘十方’建筑公司当采购部经理，最近有几笔大单，忙得脚打后脑勺，经常应酬到半夜才回来。”对敖文年说，“孩子忙成这样，你这个当局长的爸爸也得帮把手，那么多老同事老朋友都是领导，打个招呼也就是个人情的事儿。”

敖文年放下酒杯说：“你懂什么呀？人情能随便做？”又对沈辞云说，“你在国外这么多年都在研究心理学，还获了好几个国际大奖，很了不起啊。有人说，青出于蓝而胜于蓝，你迟早要超过你的父亲。在我们这些外行看来，心理咨询师很神奇，因为人的心理活动是看不见摸不着的，虚无缥缈，神秘莫测，你们是怎么把握这个东西的？能给舅舅说道说道吗？”

沈辞云说：“其实心理学没有那么神奇啦。我们有时自以为自我成长的精神世界是个与世隔绝的神秘领域，连我们自己都懵懂无知，其实这个世界的大门从来都没有对谁锁闭过，只要找到恰当的方法，我们就能推门而入一窥究竟，甚至能按我们自己的意愿改变这个世界。这就是心理咨询师的工作。”

敖文年问：“那么，恰当的方法又有哪些呢？”

沈辞云说：“比如说催眠，这是最常用的。”

敖文年妻子放下筷子：“催眠？我倒是经常失眠，如果学会催眠，就不用吃安眠药了？”

沈辞云含笑着说：“舅妈你误会了，催眠术不是让你睡觉，而是利用心理暗示与受术者进行潜意识沟通的技术。如果心理咨询师给你催眠时，你却呼呼大睡，那他的催眠就是失败的。西方人利用希腊神话中睡神 hypnos 的名字发明了‘hypnotism’这个词，中文翻译成‘催眠’并不准确，只是约定俗成也就不去更改了。但是也有简单的纯粹为放松而做的催眠，这个是可以让人睡觉的。”

敖文年妻子说：“你说的不太懂。我就想治好这个失眠，数羊也不管用。”

沈辞云笑着说：“外国人才数羊，中国人得数水饺。”

敖文年妻子问：“这又是什么讲究？”

沈辞云说：“英文里 sheep（绵羊）和 sleep（睡觉）谐音，换成中文，我们是不是该说‘水饺’（睡觉）？”

敖文年妻子呵呵大笑。

敖文年想了想，说：“与潜意识沟通？真有意思，那你现在就给我催眠试一试，看看能不能发现我的潜意识。”

敖文年妻子嗔怪：“老头子，吃饭时候开什么玩笑？”

沈辞云问：“舅舅，你认为男女应该平等吗？”

敖文年说：“当然啦！毛主席早就说过，妇女能顶半边天。我认为，现在中国妇女的地位已经高过男性了。”

沈辞云微笑着说：“那我给你出一个题目，请仔细听好，并根据我的描述在脑海里想象故事的画面。”

敖文年和妻子停下吃饭，认真聆听。

“某一天晚上，一辆汽车在高速公路上翻了车，车上坐着一对父子，等救护车赶到时，父亲已经不幸去世，副驾驶座上的儿子生命垂危，被紧急送往医院手术。医院的老院长、一位久负盛名的外科主任急忙赶到手术室，但当这位主任医师一眼看到他时，却惊叫起来：‘这不是我的儿子吗？他怎么会出车祸？’请问这究竟是怎么回事？”

敖文年回答：“也许主任医师的儿子和伤者长得太像了，莫非他们是失散多年的孪生兄弟？”

沈辞云摇头：“再猜。”

“嗯……这对车祸的父子不一定是亲生的，也许是领养关系，做手术的医师才是亲生父亲。”

沈辞云说：“都不对。其实答案很简单：那位主任医师，是孩子的母亲啊。”

敖文年哈哈一笑：“这个是脑筋急转弯啊，和催眠、潜意识有什么关系？”

沈辞云说：“其实，我讲这个故事的时候就用到了催眠术，而且你的回答暴露了你的潜意识。你嘴上说男女应该平等，那是意识让你这么说的，而不是代表你内心的真正想法，你潜意识里仍对女性有歧视。‘老院长’‘久负盛名’‘外科主任’这些词语就是无形的心理暗示，它们设定的情境，诱导你的潜意识自然而然得出一个结论：拥有这样优秀头衔的医生一定是男性，所以猜错了答案。”

敖文年妻子拊掌大笑：“老头子，这回认栽了吧？看你以后还敢不敢歧视妇女？”

敖文年连连摇头：“没想到，没想到。”

敖文年妻子问：“这就是读心术吧？只有你们心理咨询师才会吗？”

沈辞云说：“催眠或者说心理暗示是一种条件反射，可不是装神弄鬼的读心术，其实并不神秘，日常生活中随处可见，比如各种广告，还有前面我们说到的睡觉时数羊。就连古人也喜欢用，成语故事‘杯弓蛇影’‘望梅止渴’‘草木皆兵’都是一种心理暗示。”

敖文年伸筷夹菜，筷子停在半途，若有所思：“如果催眠术能看穿一个人的潜意识，发现他隐藏的心思，那用于犯罪心理分析将很有价值啊，小静，你怎么看这个问题？”

沈辞云摇头：“我不喜欢从事与犯罪有关的心理学研究。心理学不像万有引力那样万能，也不像一加一等于二那样黑白分明，这是一门存在诸多争议、挑战和未知的学科，不应该被滥用。我学习心理学，是因为这门走心的学科能给我们带来爱和温暖。”

敖文年妻子说：“你呀，三句话不离本行，今天难得欢聚，不要提这些扫兴的事儿。”

敖文年笑了笑，自嘲地说：“职业病又犯了，来，快吃菜，菜都凉了。”

这时，手机响了。

敖文年接过手机，刚听一句话，便一下子站了起来，语气大变：“你再重复一遍……好，我知道了，马上到，转告院方要不惜一切代价抢救，绝不能让他死掉！”他放下手机就往外走，吩咐妻子，“快把我的外套拿来。”

敖文年妻子问：“慌兮兮的，出什么事了？”

敖文年说：“有人在康宁医院自杀了。”

沈辞云一听也站了起来。

敖文年妻子问：“谁啊？”

敖文年说：“打听这些干什么，你陪着小静。”

沈辞云忽然问：“是曹元明吗？带上我！”

敖文年和妻子惊讶地望着她。

沈辞云说："你喝了酒，我来开车！"

康宁医院，医生护士推着抢救车在病房走廊里奔走，赶到曹元明的病床前紧急抢救。

曹元明表情痛苦，处于昏迷之中，朦胧地感到，有一个护士举起注射器排气……有一个医生翻开他的眼皮，用手电筒照射瞳孔……

强光下，似乎有一双透着冰冷杀气的眼睛凝视着他，像伺机扑食的猛兽那么贪婪，又像是隧道的洞口那样深不可测……第六感告诉他，这双眼睛很早以前就在暗处盯着他，这是死神的凝视！

他突然抽搐起来，挥手打翻了输液盘，护士一阵惊叫。

一个声音响起："加大剂量。"

曹元明陷入更深度的昏迷。

那个隧道里的噩梦再次出现，晃动的人影，奇怪的声音……

沈辞云驾驶汽车飞驰，她没有说话，但眼神中透出焦急，过十字路口时，差点和一辆汽车相擦。

敖文年赶紧拽了一下方向盘，说："沉住气，他还没死。"

敖文年和沈辞云快步走进医院，走廊里遇到了几乎同时赶到的娄昆。

钱学易已经守在现场，和娄昆打招呼："娄局长……"

娄昆说："噢，这是我们新任的局长敖文年同志，他是一把手。"对敖文年说，"这是钱学易院长。"

敖文年和钱学易握了一下手，问："怎么回事？"

钱学易说："晚上七点半，值班护士夜查房时发现曹元明昏迷不醒、呼吸微弱，身边有一个装安定片的空药瓶，考虑是服用了大量安定，立即通知了值班医生，启动了抢救程序。"

敖文年问："现在人怎么样？"

值班医生罗涛说："情况很不好，神志丧失，呼吸浅慢，血压下降，瞳孔散大，对光反射迟钝……"

臧进荣疾步赶来，看到娄昆和敖文年在交谈，放慢了脚步。

沈辞云走进病房，注视着心电监护仪。

几个护士正在给曹元明洗胃。

护士不客气地对沈辞云说："你是谁？这里正抢救病人，快出去！"

沈辞云出来，对钱学易说："钱院长，我在A国攻读精神医学博士时成功抢救过多起毒品中毒的案例，请让我参加抢救！"

敖文年赞成："让她试试吧。"

钱学易对一个护士说："给沈博士拿件工作服来。"

沈辞云不等工作服拿来便来到曹元明床前查看病情，将灌洗出来的胃内容物举到鼻前，眉头一皱："立即停止洗胃！"

护士愣住了。

沈辞云解释说："病人的胃里根本没有安定，如果是口服安定导致休克昏迷，那么量一定很大，灌洗液怎么会没有安定的气味？现在他处于深度昏迷状态，洗胃很可能引发气管误吸导致窒息。”

钱学易惊讶地说：“停止洗胃……难道不是安定中毒？可是临床表现还有空药瓶……”

沈辞云说：“我只是说他胃里没有安定，如果安定中毒的诊断成立，那途径就不是口服而是静脉注射。”

医生护士一阵骚动。

一个护士忍不住问：“你这么说是什么意思？”

罗涛说：“你说这话是要负法律责任的。”

沈辞云问：“纳洛酮用了多少？为什么不维持给药？”

罗涛说：“已经用了8毫克，仍没有缓解。”

沈辞云说：“继续用。”

罗涛提醒她：“8毫克是二十支。”

沈辞云说：“我最多用到过一百五十支。”

罗涛望着钱院长：“出了事情谁来负责？”

敖文年说：“曹元明没有可以签字的成年家属，在法院还没有宣判之前，他还是市公安局的人，我是局长，我来负这个责！”

钱学易犹豫了一下，说：“按沈博士说的做。”

沈辞云说：“马上，纳洛酮两支、尼可刹米一支静推。”

心电监护仪“嘟嘟”的警报声响起，心电描记呈现快速、无效、毫无规律的搏动，没有任何可识别的QRS（核磁共振血管造影）波群。

一个护士惊叫：“室颤，氧合下降到30%，血压测不出……”

病房里一片慌乱。

沈辞云冷静地说：“快把除颤仪推过来！通知麻醉科

到位，准备气管切开！”将秀发往头上一盘，立即骑在曹元明身上进行 CPR（心肺复苏术）。众人惊讶不已。

护士手忙脚乱把除颤仪推来。

沈辞云一边 CPR，一边下令：“360 焦异步直流电复律。”

罗涛拿着除颤仪，双手颤抖。

沈辞云抢过除颤仪，朗声说：“所有人离开病床……”除颤后接着下令，“肾上腺素一支静推，给除颤仪充电，再来一次。”

护士惊喜地汇报：“心律恢复窦性……氧合也上来了……”

沈辞云连续下达医嘱：“生理盐水 100 毫升加多巴胺 40 毫克快速静滴，醒脑静 20ml 静滴，纳洛酮两支再次静推……血压稳定后给予甘露醇 250 毫升快速静滴……”

曹元明微微睁开眼，那双恐怖的眼睛消失了，眼前是正在抢救的沈辞云。他眼神中闪过一丝激动，张开嘴，想说什么。沈辞云俯身倾听，曹元明微弱地说：“枕头下面……”

病房外，钱学易、敖文年、臧进荣、娄昆都目睹了这一幕。

沈辞云出来，有些疲惫地将盘着的秀发放下。

敖文年问：“怎么样？”

沈辞云说：“他的生命力和意志力都很顽强，现在生命体征趋于稳定，神志开始恢复，还需要观察一段时间才能确定是否脱离生命危险。”

钱学易长舒一口气：“谢天谢地，人终于救过来了。康宁医院很少出现这样的大抢救，我们的年轻医生还要加强这方面的培训。”

娄昆说："别谢天也别谢地，要谢，就谢眼前这位沈博士。"

钱学易说："对，对，多亏了沈博士。"翻看护士递来医嘱本，"这个抢救流程可以作为我们学习的成功案例。"

敖文年说："院长，曹元明的自杀非常突然，由于他的特殊身份，我们要找原因。等会儿，我们一起把今晚的事情经过详细回顾一下，请值班医生和护士都参加。"

臧进荣说："我不相信他这样的人会自杀，实在想不出他自杀的动机。"

娄昆说："曹元明平时行事稳重，但进看守所后多次斗殴，拒绝请律师辩护，就像变了个人。他手术后受病痛折磨，精神状态一直不稳定，再受到这样的刺激，陷入绝望，是有可能自寻短见。"

敖文年问："如果是自杀，他哪来那么多安定片？"

钱学易说："估计是平时发药时悄悄攒起来的。以前也有过这样的病人，当着护士的面把药片放到嘴里，护士一转身就吐出来。"

沈辞云问："你们一次给他发几片安定？"

罗涛说："一般是一到两片。"

沈辞云又问："安定的剂量规格是多少？"

罗涛说："2.5 毫克一片。"

沈辞云说："这种剂量的安定片是非常安全的，要攒满三四百片才有可能达到自杀目的，这得攒到什么时候？而且这么大把的药片得分个好几次才吃得下去。他身边二十四小时都有监控，怎么做得到？"

敖文年问："你刚才说，他是注射了过量的安定针？"

沈辞云对钱学易说："院长，借一步说话。"

第四章　唤醒装睡的人

院长办公室。沈辞云将一枚亮晶晶的注射针头放到桌子上，说："这是在曹元明的提醒下，从他的枕头下发现的。曹元明根本不是自杀，是被注射了过量的安定，这是他在生命垂危之际留下的谋杀证据。"

众人吃了一惊，都把目光集中在钱学易身上。

钱学易咳嗽了一声，整了整领口："我不知道曹元明从哪儿拿的针头，这是被害妄想。他的病情很复杂，除了外伤造成的癫痫、头痛和失眠，还有严重的精神——心理疾病，比如，他反复念叨，说一个二十年前父亲被害的噩梦会时不时从眼前蹦出来，这是典型的幻视、幻听。"他将曹元明的病历交给沈辞云。

沈辞云低头看病历。

钱学易继续说："我们进行过全院会诊，诊断是焦虑障碍、躁狂抑郁、癫痫和失忆症。入院后，曹元明的精神处于高度紧张状态，夜间甚至不敢关灯睡觉，心理波动很大，经常出现情绪暴躁、喜怒无常等歇斯底里般的症状，并出现了自杀自残的心理倾向。"

沈辞云问："钱院长，上次会后，你跟我提到的那个特殊病人，就是曹元明吧？"见钱学易点了头，她合上病历，

“恕我直言，对于贵院的诊断，我是存疑的。其一，精神病患者往往缺乏自知力，不知道自己有问题，对心理咨询采取的是回避态度，但他却主动前往‘心岸’接受咨询，而且，心理咨询师并没有发现他有严重精神疾患的征兆，否则会建议他来贵院治疗；其二，自杀者往往是万籁俱灭、心如死灰，但在抢救过程中，我能明显感到他强烈的求生意志力，这样的人不可能自寻短见；其三，这个针头里应该有残留药物，请送检验科化验一下里面的药物成分。”

钱学易说：“曹元明的诊断是专家会诊的意见，我们有完整的病史记录、讨论记录和诊断书，不能因为你一句话推翻。化验针头没有意义，即使有安定也说明不了什么。他今天确实静脉推注过安定针，傍晚时发过一次癫痫，但安定的剂量只有 10 毫克。”

沈辞云说：“我怀疑不是普通安定，而是强安定类药物。”

钱学易连连摇头：“真是异想天开。”

敖文年说：“院长，对于曹元明今晚的发病和抢救过程，我们要组织专家展开调查，请你们妥善保管病历资料，封存有关医疗物品，清点药品消耗，值班的医护人员，要逐一询问，并将这些调查形成文字材料。”

钱学易有些不情愿地应声：“好吧，我们会配合的。”

康宁医院门口，娄昆询问当值的民警高航：“你把事发当时的情况仔细回顾一遍。”

高航说：“晚上六点五十分左右，曹元明突然癫痫发作，不停地抽搐，口吐白沫，我马上通知护士，护士叫来医生，给他推了安定针，他渐渐缓和下来了，然后进入了睡眠……”

“护士一共给他打了几针？”

“几个医生护士围在床边，究竟几针我也没看清。”

“后来呢？”

“晚上七点半，护士夜查房，喊他，他一点反应都没有，一看不对，马上叫医生进来抢救。因为曹元明每次发癫痫后都会睡一觉，我也没在意，没有在第一时间发现情况，我有错。”他内疚地低下头。

“先别忙着认错。我再问你，曹元明今天白天表现有什么异常？”

高航沉默。

娄昆追问：“有没有见过什么人？”

高航欲言又止。

娄昆拍了拍他的肩膀：“别怕，如实汇报，我知道你是个好警察。”

敖文年正要上汽车，娄昆走了过来：“局长，我们谈谈。”

两人走到一边低声交谈。

娄昆说：“曹元明的抢救过程我问过值班警员，没发现有价值的线索。”

敖文年问：“值班的是谁？”

“高航。”

“谁安排的？”

“臧进荣，老臧和钱院长挺熟的，沟通比较方便。”

“高航平时表现怎么样？”

“小伙子有朝气，有干劲，但经验不足……噢，他反映了一个重要情况。”

“什么情况？”

“今天下午四点左右，臧进荣去见了曹元明。”

敖文年问：“他们都谈了什么？”

“不知道，藏进荣把旁边的人都支开了。”

敖文年眉头紧锁，沉默不语。

“高航一直受臧进荣的领导，没想到曹元明见过臧进荣后就出事了，小伙子心里有压力。”

敖文年说：“撤掉他！以后看守曹元明的人选，要经党组开会讨论决定，不能再出岔子。”

娄昆试探地问：“要不要问问老臧，他和曹元明都谈了什么。”

敖文年说：“这事他应当主动汇报……今天这起事件的调查由你来负责。”

娄昆说：“是。”

敖文年思忖片刻，问：“听说曹元明过去的记性非常好，过目不忘，比电脑还强，是这样吗？”

娄昆说：“确实如此。跟他交代任务从不需要重复第二遍；他上班第一天，一个小时就背下了全局职工的电话簿；去陌生的城市执行任务，只要走过一次的街道，什么招牌在什么地方，说得分毫不差。我再说个事儿，他前年追捕逃犯受伤，在病床上躺了一个多月，就用这点时间看书复习，结果国家司法考试拿了四百四十分，全国第二！我从来没见过记性比他更好的人，这么个绝顶好使的脑子突然断片儿了，谁能想到？我倒有个大胆的想法……”

敖文年问：“记性这么好，学习成绩一定很优异，为什么偏要当警察？”

“听说和他父亲有关。他父亲二十年前失踪，他一直认为是被害了，想找到凶手。”

“他父亲是不是叫曹炳生？原来五八六厂的保卫科科长？”

“这您也知道？”

“嗯……你刚才说到，对于曹元明的失忆，你有个大胆的想法？”

“是的。”娄昆环顾了一下四周，“元宝酒店天台上究竟发生了什么，作为当事人的曹元明如果能够恢复这段记忆，对于案件的定性和量刑都是至关重要的。如果常规的问讯和治疗不能帮助他恢复记忆，我们可以尝试一下非常规的方式方法。”

“你说的非常规是……”

“心理治疗，或者说心理咨询！”

“心理咨询？”敖文年若有所思，“你这个想法倒和我不谋而合。”

娄昆一怔，诧异地问：“是吗？你怎么也……”

“国际精神——心理疾病学术大会正在我市召开，有些关于记忆的报告很有意思，我看了之后脑洞大开，就想到了这个。”

“您还关注这种专业性很强的学术会议？”

“干刑侦这行不应该是‘专才’，而应该是上知天文下知地理的‘通才’，知识面一定要宽，什么物理、化学、微量物质，包括医学心理学，都要懂一些。”

“那倒是。”

“如果让心理咨询师介入调查，这在程序上和技术上会不会有问题，我们要研究一下。”

“倒没有什么大问题，这是有过先例的。”

这下轮到敖文年惊讶了：“先例？”

娄昆说：“五年前我们在追捕毒贩时，发生过一起误伤人质的意外，当事人一直不承认向人质开过枪，说是不记得了，我们通过心理咨询，让当事人回忆起了事件的细节，最后他承认了过错。”

敖文年点了点头：“对于心理咨询师，你有合适的人选吗？”

娄昆说：“曹元明此前接受过心理咨询，心理咨询师是‘心岸’心理疗养院的大卫·马修斯博士。我想让马修斯继续对他进行心理治疗，这样有一个连续性，他的依从性会比较好。另外，马修斯有这方面的经验，五年前就是他成功地还原了那起误伤人质的事件经过。”

敖文年问：“这位马修斯博士是哪国人？”

娄昆说：“A 国。”

“你对他了解吗？”

“他是一位非常优秀的心理咨询师，是国际上量子催眠和超深度催眠创始人孔烛尘教授的高徒。”

敖文年缓缓摇头：“我再考虑一下吧。”

臧进荣驾车返回，用蓝牙耳机与钱学易通电话：“老钱，我知道你对调查有抵触情绪，但是出了这种幺蛾子，不查没法交代。”

钱学易低声说：“如果真查出什么问题，就不是单纯的医疗事件了，医院的声誉会一落千丈。”

臧进荣问："你害怕了？"

钱学易说："现在医院正处在改制的当口，前些天职工的罢工维权刚摆平，我是怕……我是为全院几百号人的生计着想。"

臧进荣说："身正不怕影子斜。这次还好有人救场，如果不查清楚，再出问题就难收场了。"

钱学易关闭通话，把手机扔桌上，想了又想，又拿起手机拨打另一个电话号码，但还没拨出就挂断了。他抓起座机："喂，让今晚值班的几个人都来我的办公室。"

汽车内，敖文年问沈辞云："小静，曹元明在'心岸'接受过心理咨询吗？"

沈辞云："嗯。"

"他有什么心理问题？"

"我刚回国，还没来得及了解。他的咨询师是马修斯，我听说他一直被一个令人恐惧而又奇怪的噩梦所困扰。"

敖文年说："我看过报纸，你做过一个报告，提到通过还原梦境有可能重现真实的记忆，记忆和梦境之间是可以切换的。曹元明现在最大的问题，就是不记得出事那晚发生了什么……"他顿了一下，"如果有可能，你愿意做他的心理咨询师吗？"

沈辞云咬着下唇，没有回答。

"你不想和他相认？还是有其他的顾虑？"

"心理咨询师应该是一只脚在岸上，一只脚在水里，原则上和来访者不能有双重关系，这会产生移情和反移情，会影响咨询效果。"

“这个原则太死板了，就不能有一点弹性吗？你说心理学可以帮助获得爱和温暖，这正是他所需要的。”

沈辞云又沉默了。

“他三年前就离婚了，前妻外面有了人，去了 A 国。他一个人带着一个六岁的女儿，又当爹又当妈，很不容易，现在出事了，女儿没人照顾，他每一天都是在煎熬中度过。我看得出来，你很关心他……”

汽车突然嘎地刹住了。

沈辞云噙着泪扶着方向盘：“舅舅，请你别说了。”

敖文年奇怪地问：“为什么？”

“我也不知道为什么，我有种不祥的预感。”

“你不相信他？”

沈辞云摇了摇头。

唐媛媛在家里来回打转，打电话给娄昆，电话迟迟未接，她喃喃自语：“快点，快点。”

娄昆终于接听：“喂，媛媛吗？”

唐媛媛忙问：“表哥，听说曹元明吃安眠药自杀，怎么回事？”

“现在人救过来了。”

唐媛媛拍了拍胸口：“阿弥陀佛，我真的不敢想，万一他要是有个三长两短，贝贝怎么办？”

“事情闹得很大，敖局长还没正式上任就赶过去了，看来上面对曹元明很重视。”

“他怎么会抛下贝贝去自杀？不会真有什么问题吧？”

“你这可把我问倒了。”

唐媛媛声音有些哽咽："我该怎么办？我们得帮帮他啊。"

"你照顾好贝贝。我看看能不能申请到探视的机会，你利用这个机会去见曹元明，多多关心他，问问他还记得什么，发现有什么异常及时告诉我。他脑子有毛病，我担心他会做错事，这是在帮助他，保护他，你明白吗？"

唐媛媛连连点头："嗯，嗯。"

她放下电话，蹑手蹑脚地走到隔壁房间。

贝贝蜷缩着睡在床上，床头放着受损的不倒翁和一幅爸爸戴警帽穿警服的画像，这是贝贝自己画的，还写上了四个稚嫩的字："我的爸爸"。

唐媛媛给贝贝掖被子，贝贝忽然睁开了眼问："唐阿姨，爸爸什么时候回来？"

唐媛媛强颜欢笑："快睡吧，说不定爸爸明天就回来了。"

贝贝哭了起来："爸爸是不是不要我了？我听见你们打电话的声音了。"

唐媛媛把贝贝搂在怀里："不会的，爸爸会没事的，别哭。"她自己却潸然泪下。

市公安局会议厅正在举行欢迎新任局长敖文年到任的见面会。市委副书记、市政法委书记王铭德到场，公安局全体干部参加。

敖文年做就职发言："尊敬的王书记、同志们，今天，组织任命我为河山市公安局局长，能够成为你们中的一员，我深感荣幸，在此，衷心地感谢今天冒雨送我到任的王书记一行。刚才，王书记传达了市委组织部的通知，并做了重要讲话，今后，我和党委班子将认真学习，抓好贯彻落实。过去，河山市公安局在市委、市政府、政法委和省公安厅的领导下，不断增强公安工作的主动性、创造性，较好地完成了各项公安保卫任务，创出了许多在全市、全省有影响的亮点和品牌，涌现了一批英雄模范，为维护社会和谐稳定、促进经济社会发展做出了重要贡献。在此，我对现任和历届领导班子、对全体民警同志们表示深深地敬意！”

娄昆带头热烈鼓掌。

臧进荣不紧不慢地鼓掌。

旁边的人低声说：“这八股文硬是要的，一个标点都不用换。”

臧进荣冷笑一声。

敖文年说：“我由国安局副局长调任公安局局长，深感压力和责任，这不是客套话，是心里话。过去的成绩已成往事，我们不能原地踏步，更没有理由沾沾自喜，我们必须看到，河山市的治安形势是严峻的：一是刑事犯罪始终在高位运行，人民群众的安全感和满意度不高，对公安机关依法治国、实施精准打击和严密防控的能力水平提出了更高要求；二是面临复杂的国际和国内安全局势，我市拥有大量的涉军涉密企业和科研单位，成为境外敌情报组织觊觎的目标，我们作为全面贯彻总体国家安全观的主力军，如何强力推进确保一方平安，这方面的能力亟待加强；三是维稳形势不容乐观，特别是因征地拆迁、环境污染、就业讨薪、非法集资等热点难点问题突出，群体性上访事件频发，对我们的应对能力提出了全新的考验。不客气地说，我们自身有四大短板：一是基层思路不清，二是工作落实不力，三是民警能力不强，四是队伍作风不硬……”

娄昆和臧进荣的脸色渐渐难看起来。

只听敖文年继续说：“问题众多，情况复杂，时间紧迫，我们能安安稳稳坐等吗？一天都不能等！我举个例子，就是前不久发生的‘6.19’案，案情疑点重重，群众意见很大，深层次暴露了我们在执法能力、队伍建设能力以及维护国家安全能力等诸多方面的不足。这个案子处理不好，不但我这个局长位子坐不稳，整个河山公安队伍都会在警徽面前抬不起头。我决定，今天这个欢迎见面会，也就是‘6.19’案件的案情分析会，我们改进就从今天开始！”

王铭德带头鼓掌，台下爆发热烈掌声。

会议室里召开了“6.19”（顾昱坠亡）案的案情分析会。

高航首先作案情介绍：“一个多月前，河山大学外国语学院的外籍教师史蒂夫·布莱克，在西市街一家咖啡馆上网时，由于服务员疏忽，错将他人点的某种奶昔给他，引发了他的过敏性哮喘。慌乱中，布莱克又将随身携带的另一种药物当成哮喘药物服下，结果当即身亡。这是当时咖啡馆的监控录像。”

监控录像画面：一个外籍男子独自坐在咖啡馆不起眼的角落里，低头操作桌子上的笔记本电脑，不时抬头环视四周。咖啡馆生意不错，几乎座无虚席，服务员来去匆匆，将一杯奶昔放在他跟前。该男子正在看电脑，顺手端起喝下，不一会儿，突然捂着胸口歪倒在椅子上，服务员急忙赶来，男子挥手让她走开，自行从口袋里摸出药片，由于手抖几颗药片掉落地上。他急忙拾起一颗放入嘴里，但情况没有好转，反而出现全身抽搐，随即四仰八叉倒在地上。周围人群大乱，服务员急忙拨打报警电话……

高航继续汇报："我们赶到时，布莱克已经没有生命迹象。医生发现他的口唇、皮肤呈鲜红色，口鼻有苦杏仁味，结合咖啡馆服务员的描述，怀疑是氰化物中毒。我们抽取了他的血液，并对他携带的药物进行化验，一种药物为克仑特罗，另一种外形相似的药片则含有剧毒的氰化钾，确定他死于急性氰化物中毒。又检查了他的笔记本电脑，发现当时正在接收成批量的加密数据，由于猝死，他还来不及关闭程序，经过技术部门解密，发现这些数据涉及 CLH82 半导体微型芯片的核心机密信息。布莱克有境外间谍的重大嫌疑，而氰化钾很可能是他的上级为预防万一给他准备的。"

敖文年说："我插几句。CLH82 芯片可用于无人机、人工智能机器人及太空武器的技术革命，类似的技术是目前世界上最尖端、最前沿的科研项目之一，是各军事大国争夺的制高点，将会影响到未来战争的胜负。CLH82 芯片的泄密严重危害到了国家安全，给国家造成不可估量的重大损失。这是一起极其严重的泄密案！省厅、市委高度重视此事，指示我市公安局和国安局在这方面要统筹协调、联合行动，务必尽快把案子查个水落石出。娄昆同志，技术侦查这块是你在抓，这方面的情况请你谈一谈。"

娄昆说："是。我们和国安局的同事们一起分析了这部笔记本电脑，电脑本身很普通，无线传输数据包采用的也是最常用的 2.4GHz 频段，这正是他们的狡猾之处，现在电子科技高度发达，民用设备就够用了，特制设备反而会引人注目，如果不是布莱克意外死亡，这种做法几乎不会在浩如烟海的互联网上留下痕迹。他们传输方式可能是这样的：首先由布莱克发出一个无线信号，对方装作路人经过时用手机截获信号，再在车内或者屋内连接笔记本电脑，两个人根本无需照面就能完成情报交换。从信号的强度和速度看，双方距离应该在一公里内，但登录的IP是境外的处理器，用的是洋葱路由和VPN，无法确认地址。我们以咖啡馆为中心，试图对方圆一公里范围内的移动设备进行排查，由于不是案发当时，又是闹市，这种排查没有结果。”

敖文年示意高航继续。

高航说：“布莱克来到中国的时间很短，由于是外籍人士，我们的侦查主要从另一端入手。凡是能接触到CLH82半导体微型芯片机密的人都被列入审查名单，其中就包括在某电子研究所担任高级工程师和课题组长的顾昱，他的课题研究涉及CLH82芯片的某项关键技术。为了不打草惊蛇，调查是暗中进行的。我局对此很重视，臧局负责调查顾昱的家庭社会关系和社交网络，娄局则指示技术部门检查他所有的电子用品。”

娄昆说：“我们没有发现顾昱的办公和个人电子设备上有储存和传输涉密文件的任何痕迹。顾昱显然是个非常谨慎的人，又是电脑方面的专家，对敏感的东西处理得滴水不漏，在技术上没有留下‘尾巴’。我们从布莱克电脑里截获的数据中只成功解密了一小部分，传输者采用了多种加密方式，需要相同版本的软件里对应的解密格式才能解密，选错的话就会自动删除或者强制加密锁死。正是因为获取的有效信息不完整，我们才未能及早锁定目标。”

臧进荣说：“顾昱家世清白，父亲顾朝庚是五八六厂的退休工程师，母亲是家庭主妇，他原来还有个妹妹但很早就去世了，等于是独子，家人关系融洽。顾昱从小是学霸，海归博士后，智商很高，但情商似乎不高，平时沉默寡言，交际圈子很小，社会关系简单，因此三十多岁一直未婚，在单位既没有知心朋友，也没有和谁结怨。据研究所所长和书记说，他上班闷头搞科研，下班抬脚就回家，是个兢兢业业、才华横溢而又安分守己的人。”

敖文年“嗯”了一声：“领导对顾昱的评价很高嘛。”

臧进荣说：“顾昱所在的研究所是一级保密资格单位，如果发生泄密事件，单位的保密资格被撤销，对领导的前程和单位的福利都很不利，所以他们从自身利益出发，不愿相信 CLH82 芯片泄密的源头在这里。”

敖文年说：“但源头恰恰就出在这里。假设顾昱向境外组织出卖情报，那么必然有金钱来往。国安部门通过他的信用卡记录，发现他曾经在香港注册过一个秘密的私人账户，并通过这个账户在海外置业，从资金数额看，根本不是他的工资所能承担得了的。这说明，顾昱很可能就是给布莱克喂情报的人。正当我们将怀疑的焦点对准顾昱，准备采取进一步侦查措施时，他却坠楼身亡了。在这个节骨眼上绝不是意外身亡，很有可能是境外敌特势力操纵的谋杀案，这说明，我们的侦查行动已经惊动了敌人，是部署的疏漏还是内部有人泄密？”

敖文年环视四周，鸦雀无声。他说：“臧进荣同志，顾昱坠楼那天，是由你们负责监视，请你谈谈当时的情况。”

藏进荣说：“顾昱身亡，我们没有及时发现苗头并采取有效措施，是有责任的。”他让高航播放 6 月 19 日对顾昱的监控录像画面：

顾昱开车驶出研究所，在街道行驶……下车，进玉川酒店，进房间……出门，在雨中徘徊，打电话……前往元宝酒店，上电梯……

臧进荣指着画面说："顾昱在下午四点三十分离开单位，这是正常的下班时间，他的表现也没有什么异常……二十分钟后到达玉川酒店，在酒店里停留了大约五十分钟，五点四十分离开玉川酒店，在雨中步行前往元宝酒店……这时他的举止已经出现异常（画面显示，顾昱步态蹒跚，碰到行人，对迎面的车辆躲闪迟钝），侦查员在没有得到行动授权的情况下，只是向指挥中心做了口头报告，接到的命令是继续观察……没想到情况急转直下，六点十五分，顾昱从元宝酒店的天台上坠落，110随即赶到现场……"

画面上出现顾昱坠楼后的酒店场景，曹元明的身影出现了……臧进荣示意高航暂停。

敖文年问："当天负责跟踪的侦查员是谁？"

高航回答："报告，是我。"

敖文年皱了一下眉，说："顾昱在玉川酒店滞留了五十分钟，出来后便失魂落魄，精神上很可能受到某种巨大刺激，这段时间发生过什么是关键。尸检没有发现体内有毒品和酒精，说明当时有一种不为我们所知的力量左右了他的心智。"

娄昆说："顾昱坠楼后，老臧处理元宝酒店的现场，我这边去查了顾昱在玉川酒店开的房间，监控显示他在酒店内部没有和他人接触过，也没有人进过他的房间，房内没有监控，但我们进去后做过仔细检查，没发现有异常情况。这是当时的搜查录像。”

画面继续播放，出现了玉川酒店的房门，号牌是619。

敖文年说：“等一等，619，6月19日……这不就是他生命结束的日期吗，难道他早有预感？”

娄昆将画面暂停：“会不会是巧合？”

敖文年说：“不，这个数字应该有特别的意义。另外，还有一个数字值得我们高度重视。”

娄昆问：“你说的是1502？”

敖文年说：“是的，这是顾昱在坠楼前发给曹元明的一条信息。我们现在还不知道这个数字的含义，但它本身就说明，顾昱之死背后有黑手，否则他不会在死前留下这些似是而非的线索。他不想死，但身不由己，他想告诉我们什么，但顾虑重重，不敢明说——为什么不敢明说？”

高航说：“顾昱约曹元明见面，说明对后者抱有信任，两人是发小，关系亲密。曹元明肯定知道一些内幕，但案发后却选择缄口不言，他的失忆很可疑，可能在隐瞒什么重要的事情，突破口也许就在他身上。”

敖文年说：“‘可疑’‘可能’‘也许’这样的字眼，不应该出现在我们的工作报告中。”

高航面红耳赤。

娄昆说：“我们推测，1502最可能的含义还是房间号码，玉川酒店的房间号码是三位数的，我们检查了元宝酒店的1502房间，但没有发现异常。”

臧进荣有些意外：“元宝酒店的开房记录上没有登记顾昱的名字。”

娄昆说：“对于顾昱这样的电脑高手这不是问题，他可以轻易入侵酒店的网络系统，盗取开锁密码，再复制一张磁条，如果不是感应门卡而是机械锁，这个书生反倒没有办法。”

臧进荣有些悻悻然。

高航补充说：“国内的酒店安防意识不强，入侵酒店网络并不需要多高超的黑客技术，我试过了，用 WIFI 钓鱼就能获得管理员的用户名和密码。”

敖文年颔首以示赞同：“元宝酒店监控被黑客动过手脚，在顾昱坠楼那个时间段，天台和走廊的图像不是实况而是回放的，这又是一个很明显的谋杀证据。娄昆同志，请继续播放搜查录像。”

录像画面出现了玉川酒店 619 房间内的情景：房间凌乱不堪，一部笔记本电脑、一副 VR 头显扔在地上。

敖文年问：“电脑里发现了什么？”

娄昆说：“里面都是普通的工作软件和娱乐软件，还有一些办公文档，但不涉及泄密。”

“电脑在播放什么？”敖文年注意到笔记本电脑的屏幕还在闪光。

“噢，他当时在玩一款仿真度很高的 MMORPG 游戏，可能是为了缓解压力。”

“MMORPG？”

“这是一个英文缩写的新名词，翻译成中文叫‘大型多人在线角色扮演游戏’，它能营造出一个持续的虚拟世界，游戏玩家在其中扮演虚拟角色并控制角色的各种活动。”

“这款游戏的名字叫什么？”

“Tyrannosaurus hunter，中文译名‘暴龙猎人’，

这款游戏在国外很流行。”

“嗯……”敖文年修正了思路，“顾昱在那段时间里打过几个电话？接过几个电话？都是谁？”

娄昆回答：“那段时间他只和曹元明有通话，叫通的有两次，双方主叫各一次，另外，曹元明连叫他三次都未接通。”

“他只有一部手机吗？”

“登记在案的就一个号码。”

敖文年沉吟片刻，说：“我们的侦查力量要把重点放在曹元明身上。”

娄昆说：“曹元明从事刑侦工作十余年，经验丰富，有比较强的反侦查能力……”

敖文年说：“我们不能仅仅把他当成犯罪嫌疑人，这会束缚我们的视线和思路。这个案子疑点很多，大部分疑点都与他有关，这是对我们的技巧和耐心的一次大考验。”

曹元明躺在康宁医院的病床上，手持贝贝的照片呆呆地看着，耳畔响起了女儿的欢声笑语，不禁轻轻地抚摸照片。

护士长推车进来，说：“吃药了。”

曹元明问：“怎么护士长大人亲自给我发药？”

护士长瞪了他一眼，说：“她们不敢，领导也不放心。来，张嘴。”

曹元明顺从地吃药。

护士长看着他把药吃下去，说：“今天挺乖嘛。”看到照片，“哟，你女儿吧？好可爱哟。”

曹元明微笑着说：“我好想摸一摸她的小脸……对了，

这几天怎么没看到罗医生？”

护士长说：“他已经递交辞职报告了。”

曹元明奇怪地问：“怎么了？”

护士长说：“还不是因为那晚值班的事？你是 VIP，在鬼门关前这么一转悠，把公安局吓坏了，有个不知哪儿冒出来的女人，一口咬定有人暗算你，医院上上下下都紧张得要死，开会、检查、批斗，结果呢？医嘱核对和清点药物都没有问题，值班医生和护士也没有医疗过错，但罗医生受不了，说这样整下去自己都要变成精神病了，反正这个医院要卖掉了，还不如早点辞职。”

曹元明若有所思：“嗯……前段时间是听说过你们医院改制的消息，一些医护人员上街维权，动静不小。买家是谁？”

“还能是谁？‘福万’集团呗，号称民营航空母舰，从房地产到互联网，什么有利可图的地方都伸手，胃口撑大了，连医院也不放过。我们这些职工不想医院被收购，怕福利待遇没保障，但胳膊拧不过大腿，‘福万’老总刘万河在河山可是要风得风、要雨得雨的人物。”

“罗医生会去哪儿？”

“这你得问他。”

“你帮我问问。”

“好了，药吃好了，快休息吧。”

市公安局，娄昆将康宁医院的事件分析和总结报告送交敖文年。

敖文年戴上眼镜看完报告：“这么说，他们不承认院方存在医疗过错。”

娄昆说：“是的。钱院长还说，如果我们不认可他们单方面的报告，可以组织市内其他医院的有关专家成立调查委员会。”

“你怎么看？”

“封存医疗原始资料和现场实物，当事人的陈述笔录，这些都是在我们和卫生局同志的共同监督下完成的，没有有力的证据，要推翻他们的结论，恐怕……”

“曹元明在看守所时曾向驻所检察官投诉，这件事你知道吧？”

娄昆点头。

敖文年说：“我认为这两起事件不是孤立的，当然，就像你说的，有力的证据在哪里……”他摇摇头把报告扔到桌子上。

沈辞云步履匆匆，手机响了，是敖文年打来的。

“小静，晚上过来吃饭吧，你舅妈做了你爱吃的香菇豆腐羹。”

“嗯，我还有点儿事，要去见一个小朋友……对了，康宁医院那边有说法吗？”

“院方经过检查核实，认为事实是清楚的：不存在注射安定过量的过错。”

沈辞云站住了：“我很吃惊。”

敖文年说：“这说明曹元明没有脱离危险。上次我提过，希望你介入对他的治疗，利用你的专业知识帮助他，你能不能再考虑一下？”

沈辞云放下手机，眺望着远方的天空，那是故乡的方向。

幼儿园门口。放学时，几个小男孩围住贝贝起哄："你爸爸是杀人犯，我们以后不跟你玩了。"

贝贝小脸涨得通红，争辩："我爸爸是警察，是好人。"拿出爸爸穿警服的画像。

男孩子抢过画像撕掉："电视上都播了，你爸爸是大坏蛋。"

贝贝大哭。

唐媛媛身穿警服赶到，斥责小男孩："你们这些小屁孩，一点教养都没有！不许再欺负她，听到没有？"

几个小男孩吓得四散跑开，家长纷纷指责唐媛媛：

"童言无忌嘛，可你这个大人怎么说话的？吓唬孩子算什么本事？有本事去抓坏人啊！"

"放着那么多案子破不了，跑到幼儿园耍威风，你好意思吗？"

唐媛媛抱起贝贝扭头就走。

贝贝哭泣："唐阿姨，爸爸不是坏蛋，他是好人！"

唐媛媛说："贝贝，爸爸是好人，好警察，不要听他们胡说。"

贝贝说："我好想爸爸，爸爸呢？"

唐媛媛无言以对。

回到家中，贝贝迷迷糊糊睡去，脸蛋上兀自挂着泪痕。

门铃响了。唐媛媛开门，见是沈辞云。

沈辞云问："你好，请问贝贝小朋友是住这儿吗？"

唐媛媛双手抱胸，挡在门口："原来是你呀，你找贝贝干什么？"

沈辞云问："我可以进来吗？"

唐媛媛干脆地说："你不可以进来。"

沈辞云拿出一个不倒翁，说："那请你把这个交给贝贝。"

贝贝听到声音，跑出来一看，欢声叫道："谢谢阿姨。"

沈辞云说："阿姨说过，会送你一个一模一样的不倒翁，没有骗你吧？"

贝贝紧紧抱住不倒翁："阿姨没骗我。我记得你还说过，爸爸是去工作了，会回来的，这是真的吗？我只要一闭上眼睛就看到爸爸，可是一睁开眼睛爸爸就不见了，爸爸什么时候能回来？阿姨，你不会骗我的，快让爸爸回来吧。"

沈辞云抚摸贝贝的头发，说："爸爸暂时还回不来，但阿姨不会骗你，他一定会回来的。"

贝贝难过地说："可是电视上说爸爸是大坏蛋，被抓起来了。"她哭了，"我好害怕，我怕再也见不到爸爸了。"

沈辞云说："阿姨悄悄告诉你一个秘密。"她抱起贝贝，"阿姨先给你讲一个故事。从前，有一只大灰狼，经常去村里偷小羊吃，村民们想抓住它，但它很狡猾，一看到人就跑走了，怎么办呢？这时，有个聪明的猎人想了一个好办法，他披上狼皮，装成狼的样子在村子周围埋伏起来。那只大灰狼看到猎人，还以为他也是狼，就放松了警惕，走到近前说：'喂，伙计，快走开，这是我的地盘。'结果，猎人一枪就把这个坏蛋大灰狼给消灭了，保护了全村的小羊。这个故事听懂了吗？"

贝贝点头。

沈辞云说："爸爸就是这个猎人！他去执行一项特别的任务。有个狡猾的坏蛋藏了起来，爸爸的任务就是化装成坏人的模样，把这个真正的坏蛋找出来，抓住他。所以，电视上说爸爸是坏人，这都是假的，就像那张狼皮一样，是为了不让大灰狼起疑心。这下，你明白了吧？"

贝贝点了点头："嗯……可是，唐阿姨怎么没跟我说呢？"

沈辞云微笑着说："我们以前以为贝贝不懂事，所以就不告诉你，怕你会把这个秘密告诉别人，这样爸爸就抓不到坏人了。现在我们看到贝贝懂事了，就告诉你了，你愿意和我们一起保守爸爸的这个秘密吗？"

贝贝转头望向唐媛媛。

沈辞云向唐媛媛递了个眼神，唐媛媛点了点头。

贝贝高兴地勾住沈辞云的脖子亲了一下："阿姨，谢谢你。你一定是爸爸的好朋友，这才知道这么多，对吗？"

沈辞云悄悄在贝贝耳边说："你爸爸的生日是8月17日，对不对？"

贝贝很惊讶："阿姨这个也知道？"

沈辞云微笑："这下相信阿姨是爸爸的朋友了吧？"

贝贝高兴地说："相信，相信！"也把嘴巴附在沈辞云耳边说，"爸爸生日那天，我想给他买一双手套当礼物，这样爸爸冬天去上班就不会生冻疮了。我把钱都准备好了。"说着拍了拍不倒翁的大肚子。不倒翁是中空的，可以当储钱罐。

沈辞云低声问："你知道哪里有手套买吗？"

贝贝悄悄说："知道，儿童公园旁边的'新宝'，春节时爸爸给我买了双手套，是小鹿皮的。”

沈辞云轻轻推了一下不倒翁：“你看小囡，不管怎么推倒，都会自己站起来。爸爸是英雄，你是英雄的女儿，一定要像小囡一样坚强和勇敢。”

贝贝连连点头。

沈辞云对唐媛媛说：“请让我看一看曹元明的房间，好吗？”

唐媛媛问：“你想干什么？”

沈辞云说：“他是‘心岸’的访客，我们想做一个随访。我就是看一看，不放心，你可以在一旁。”

唐媛媛让开了身。

曹元明的房间陈设凌乱，桌子上是各种药瓶、药盒和脑科学、心理学书本，墙角还有酒瓶。

沈辞云站在房内，眼前浮现出曹元明犯病的情景：

曹元明被癫痫和噩梦反复折磨，陷入了严重的神经衰弱，甚至歇斯底里，痛苦地呻吟、抽搐、挣扎，用酒精麻痹自己……看到变得陌生的爸爸，贝贝害怕地躲到小房间里，从门缝里露出胆怯的眼睛……曹元明清醒后，看到缩在被窝里的女儿，这个警界英模、铮铮好汉，揪着自己的头发流下了痛苦的眼泪……

沈辞云的心在颤抖，拉开抽屉，见里面放着一张镜框，隐约是两个小朋友的合影，照片有些陈旧了。她想拿起来仔细看，唐媛媛冷冷地说：“别动这里的东西。”

沈辞云回到“心岸”心理疗养院，在灯光下仔细翻阅曹元明的病历，边看边记录，时而停下思索。

墙上的时钟指向二十一点。她合上病案，双手支额，陷入沉思。

马修斯出现在沈辞云身后，将她滑落的外衣重新披上。

沈辞云惊醒："噢，你又吓了我一跳，下次进来时能不能打个招呼？"

马修斯坐下来，深情望着沈辞云说："凯瑟琳，你决定要接手对他的治疗？"

"是的。这是个很特别的案例，值得研究。"

"能告诉我真正的原因吗？这不能用一般的感兴趣来解释。"

沈辞云说："我也说不清楚，一种直觉，或者说是冥冥之中的天意。"

马修斯握住了她的手："他不是一个普通的来访者，你的决定会给你带来大麻烦。"

沈辞云轻轻抽回手："大卫，谢谢你的提醒。"

马修斯迟疑片刻："噢，如果你已经决定了，那我只能祝你还有那位警官好运。如果你需要我的帮助，我会非常乐意。"

"谢谢，也许在咨询当中，我需要你的倾听和建议，帮助我分担压力，寻找治疗的盲点。"

"是的，我们在为他人咨询时要保护好自己，我们不能 味接受负面情感，也要有自己的宣泄口，如果我不是最棒的，别忘了，我们还有总督导，他无所不能。这段时间你一直闷闷不乐，走吧，我们去击剑馆，尽情释放一下。"

"太好了，我正需要一把刺穿黑暗的剑！"

“金爵”击剑馆。沈辞云手持长剑，身穿击剑服，头戴护盔，英姿飒爽。她与马修斯展开斗剑，你来我往，剑光霍霍。

几个回合后，沈辞云和马修斯脱下护盔，走下剑道到场边休息。

沈辞云打开一瓶纯净水，将另一瓶递给马修斯。

马修斯没有接：“我还是回去喝咖啡吧。”

沈辞云歉然一笑：“我差点忘了，你不喜欢水。”

马修斯说：“谈谈你的看法吧。”

“这个发生于隧道之中的怪梦显然不是空中楼阁和简单的机械运动，而是潜意识的某种强烈诉求。我和他没有交流过，你和他经历过了好几个咨询时间，对于梦境中表现出的情绪和动机，我特别想知道你的看法。”

“这是一个强迫症患者的梦，我认为，可以从马斯洛需求理论的存在本能来解释，这个模糊不清、毫无逻辑的梦所反映的是‘生理——性本能’的压抑，这种压抑造成了他的焦虑和痛苦，反过来又加强了左右他的潜意识。”马修斯说到这，停下来注视沈辞云的表情。

沈辞云停止了喝水：“嗯……请继续。”

“隧道是个特殊的场景，黑暗、潮湿、深邃，……隐喻他被压抑的性本能。他离婚三年多了，这个年龄段的男子的性生理需求是旺盛的，这个梦境在一定程度上满足了本能欲望，缓解积蓄的心理能量，但又引发了某种良心上的不安。”

“那隧道里出现的人影呢？”

“我把它通感为担心有人闯入了他的心窗，窥见了他的真实想法。人影的搏斗，清楚地展示了他担心隐私被他人觉察的焦虑不安。他一直坚信这个噩梦预示着二十年前父亲的被害情景，其实是臆想编造的让人另眼相看的‘事实’，以掩饰和缓解内心的焦虑。”

“你的意思是说，这是本能受到道德标准或者现实环境压抑所形成的无助、焦虑和神经症？”

马修斯点点头：“据说他是个工作狂，多次立功受奖，这也是价值本能受到长期压抑后，潜意识的一种补偿作用。”

“虽然说梦境是潜意识的投射，但梦中的情绪体验都是真实的，他表现出的这种强烈的恐惧和焦虑……”沈辞云若有所思，“用婚外情或者不伦之恋能合理地解释吗？”

“一个荣誉感和事业心很强的人，这种长期压抑所积蓄的心理能量的反弹有很强的杀伤力。法国有一个案例，一个凡尔登战役的战斗英雄，因为和自己的继母通奸，反复做着一个类似于隧道这样的幽闭空间的噩梦，他无法自拔，最后吞枪自尽了。”

沈辞云沉吟不语。

“另外，外伤导致的癫痫是另一个痛苦的来源，这大大伤害了‘尊重’和‘自我实现’的本能。我们想象一下，一个英雄人物，一个好父亲，却因为身体和心理上的残疾失去了自理能力，这种痛苦的创伤有多大？”马修斯说，“你认为呢？”

沈辞云说：“你的分析也许是有道理的。”

“所以，我不赞成你去担任他的心理咨询师。”

沈辞云坚定地说：“大卫，我的决心已定！”

马修斯仍在劝说：“他现在是待审的在押嫌疑人，你的决定是不明智的，你不知道里面的水有多深，这会把你卷进漩涡。你回到中国的工作是继续SHADOW研究，我们的时间是宝贵的。”

沈辞云说：“请给我一点时间。哪怕是死刑犯，他也有获得心理疏导的人权。我已经答应了钱院长作为访问学者去康宁医院研修……这里面还涉及另一个人的生命。”

马修斯立即问：“另一个人？谁？”

沈辞云没有回答，而是说：“他现在非常痛苦，如果我们袖手旁观，那研究心理学和医学的目的又是什么呢？督导不是说过，如果没有爱，我们的价值几乎是零。”

马修斯无奈地摇摇头。

深夜，沈辞云回到住所，沐浴后坐在飘窗台上，俯瞰星空下的城市。夜风将她的秀发吹起，就像一面黑色的小旗。

曹元明在元宝酒店门口的行动言语，以及贝贝手里那个不倒翁再次浮现眼前。

她打开手机，一段保留的顾昱的语音跳了出来：“小静，我想见到你！”

儿时的记忆和复杂的情感环绕着她。

她起身从柜子里取出小提琴，《舒伯特小夜曲》那深情而优美的旋律在夜色中流淌……

曹元明颓然倒在床上，迷迷糊糊之际，顾昱电话里忧郁的话音响起：“你还记得今天是什么日子吗？”……他又看见了顾昱站在天台上那失魂落魄而又绝望的眼神……

“不，不是我推的！”“不要跳！”……顾昱就像一片落叶被风雨吞没……

场景渐渐过渡到另一个风雨雷鸣的地方……又是那条恐怖的隧道，晃动的人影，奇怪的声响……

曹元明一阵眩晕头痛，他将头猛地磕到床头，让自己从噩梦中苏醒。

他看着墙上的日历，喃喃自语：“老爸，我要来不及了。”

就在这时，他忽然听到一声“爸爸”，抬头一看，唐媛媛微笑着牵着贝贝出现在病房门口。

曹元明大喜，跳下床，鞋子也不穿，跑到门口抱起贝贝转了几个大圈。

父女俩欢声大笑。

贝贝抱着曹元明的脸亲了又亲：“爸爸没刮胡子，好疼。”但就是不肯放手。

唐媛媛把带来的食品放到桌子上。

一旁的警察走近，说：“唐姐，他不能吃外面的东西，你带回去吧。”

唐媛媛瞪了他一眼：“怕我放毒？那这些新鲜水果总可以吧。”对曹元明说，“买了你最爱吃的肉末豆腐羹，可惜你没口福。”

曹元明抱着贝贝乐不可支：“见到你们比吃什么都强。”

贝贝问：“爸爸，你的病好了吗？”

曹元明说：“贝贝一到，爸爸的病马上就好。”

贝贝问：“那你什么时候出院？”

曹元明脸色黯淡下来。

贝贝凑近曹元明耳边低声说：“我知道，爸爸现在假装成坏人去抓一个大坏蛋，这是爸爸的秘密。放心吧，贝贝一定会保守这个秘密，等着爸爸胜利回家。”

曹元明激动地抱紧贝贝，问：“是唐阿姨告诉你的吧？”对唐媛媛说，“这些天，多亏你帮我照看贝贝，谢谢……”说到这里有些哽咽。

唐媛媛说：“我们之间还谢什么？贝贝懂事了，你就放心吧。”

贝贝说：“是一个穿白衣服的阿姨告诉我的。”

曹元明一怔：“白衣服的阿姨？”

唐媛媛说：“贝贝，你先到一旁玩一会儿，我和你爸爸说几句话。”

贝贝撒娇：“不，我要给爸爸讲故事，幼儿园有好多好多的故事。”

曹元明说：“乖宝，一会儿就好。”

小房间里，曹元明和唐媛媛坐在一起交谈，警卫隔窗看着。

曹元明问：“是娄局长让你来的吧？”

唐媛媛说：“是的，没有他的帮助，我和贝贝不知什么时候能见到你……你瘦了好多。”

曹元明摸了摸下巴，自得其乐地说：“看上去精干多了吧？”

唐媛媛嗔怪：“你呀，就不知道自己的问题有多严重！娄局长特地让我带话，劝你要为自己的前程和贝贝着想，采取积极的态度配合调查，有什么顾虑可以对他说，千万不能隐瞒，纸里包不住火，瞒着捂着只会对你不利，说出来才能解决问题……6 月 19 日那天晚上，究竟发生了什么事？”

曹元明揉着太阳穴，说：“我现在还是回忆不起来，一想起就头痛。”

“娄局长说，你想到了什么或者有什么要求随时可以联系他，我好担心，担心你，担心贝贝……他是有能力帮到我们的。”

“我明白。噢，对了，现在的新局长是谁？”

“敖文年，听说是从国安调来的。”

曹元明一怔：“敖文年？他年轻时是不是在五八六厂保卫科干过？”

“这就不清楚了……怎么，你认识他？”

曹元明“哼”了一声说：“岂止是认识？我父亲……”忽然住口。

唐媛媛问：“你说什么？”

“没什么。”曹元明把话岔开，“大黄最近在忙什么？”

唐媛媛：“他也着急，到处托人、找人……今天就是他送我们来的。他托我带来了一瓶人头马，不过进门前就被没收了。”

曹元明舔了舔嘴唇：“可恶，还是他最了解我……对了，那个孩子的事，蔡大律师摆平了没有？”

唐媛媛说：“按你说的，做了无罪辩护，马上要宣判了，说是胜率有八成。”

曹元明一拍大腿：“我就知道这对大律师是小菜一碟。”

唐媛媛哀怨地望着他：“现在谈的是你的事情，看你又扯哪儿去了？”

探视时间到了，唐媛媛带着贝贝出来。贝贝依依不舍，一步三回头。

康宁医院外，黄利平正靠在车旁抽烟，见她俩出来，扔掉烟头打开车门，将她俩接进车，问：“他怎么样？”

唐媛媛说：“还是那副天不怕地不怕的模样。”

黄利平说：“江山易改本性难移嘛……话说回来，我就佩服他这种个性，像个男人。那晚的事，他说什么了没有？”

唐媛媛摇头。

黄利平：“什么都不说，请再好的律师都没辙。”

这时，一辆汽车在康宁医院门口停下。

贝贝兴奋地说：“白衣服阿姨。”

只见沈辞云打开车门，径直朝医院走去。

唐媛媛说：“又是她。”

黄利平警觉地问：“她是谁？”

院长办公室。钱学易和罗涛站在窗前，看着沈辞云走进医院，走向病房。

罗涛说：“院长，都是因为她。让她进来，说不定还会出事。”

钱学易说：“话不能这么说，离开医院对你未尝不是件好事。”

罗涛问：“我的辞呈你准了？”

钱学易坐下，抚额长叹：“她的要求，我不能不答应。你的辞呈，我也不能不批。我这个院长座位还能坐多久，只有骑驴看唱本啦。”

唐媛媛带着贝贝走后，曹元明在纸头上写下“敖文年”三个字，然后打上一个大大的问号。

他眺望窗外，耳畔响起母亲临终的话：“你爸死得冤啊，连尸首都找不到，你叫我下去了怎么有脸见他？我死不瞑目啊……”

这时响起了敲门声，他把纸头揉成一团扔进垃圾篓。

打开门，他见到沈辞云，十分吃惊：“是你？”

沈辞云莞尔一笑：“还记得我吗？”

曹元明说：“你救过我两次，一次在元宝酒店，一次就是在这里，怎么不记得？”

沈辞云递上名片：“曹先生，我们正式认识一下，我叫沈辞云。”

“医院通知我说今天会来一位新的心理咨询师，没有想到是你。”曹元明接过名片一看，“哟，你这一串介绍挺长的嘛，海归博士，还是双学位，好多的国际头衔……嗯，辞云，‘朝辞白帝彩云间’，好优雅的名字啊，但又给人一种淡淡的忧伤感……”

沈辞云在他面前坐下，静静地看着。

曹元明放下名片，绞着手，身体后倾，问：“你怎么不说话了？”

“我来就是当一个倾听者。”

“那还需要心理咨询师干吗？我可以对着这面墙壁说。”

“你对着墙壁一句话都不会说，看到我，你紧张起来了，你越紧张的时候话越多。”

曹元明一笑："我有什么好紧张的？"

"你的小动作暴露了你的紧张和防备，因为你知道我是一个很厉害的心理咨询师，能窥见你内心的秘密。"

"窥见我的内心？你们要是有这么牛，还用得着我们去审犯人？我打赌你的工作经验肯定不足，否则不会这么自信。"

"那我们就来赌一赌。如果你赢了，我转身就走，从此不再打扰你；如果我赢了，你就老老实实配合我完成心理咨询。"

"一言为定。怎么赌？"

"我们来做个小游戏。"沈辞云从包里拿出一副扑克牌，"你看一下，这是一副普通的扑克牌。"

曹元明接过看了看，确实没有什么异常。

沈辞云问："一副扑克牌有几张Q？"

"有四张Q。"这是一个简单得不能再简单的问题。

"请把这四张牌拿出来放在桌上……你看，黑桃Q是埃莉诺，红桃Q是朱迪丝，方块Q是蕾切尔，梅花Q是克里斯蒂娜，她们的形象各不相同，寓意也不一样。"

"我平时不爱玩扑克牌，从不注意她们有什么不同。"

"现在我请你仔细看这四张Q，假设你只能且必须选择其中的一位作为自己的伴侣去闯荡天涯，你会选谁？你在脑子里好好想一想，想好了告诉我。"

曹元明低头看牌，很快抬起头来："好的，我想好了。"

"确定吗？"

曹元明点头："确定。"

"你把所选的牌翻过来。"

曹元明将梅花 Q 翻转。

“我说过，我能窥见你的内心。所以，在你做出决定之前，我已经料到了你会选这张牌，并把答案预先放在了扑克牌盒子里，你如果不信，可以检查一下。”

曹元明见她说得认真，将信将疑地拿起旁边的扑克牌盒子，里面只有一张牌。他拿出这张牌来，顿时瞠目结舌——这是一张空白牌，上面写着一句话“你选的是梅花 Q”！

沈辞云说：“这四位女王的形象，代表着四种不同的心理诉求。我查阅过你全部的病案资料、咨询记录和治疗情况，充分了解了你的个性和习惯，所以才能做出准确的判断。”

曹元明一时不敢相信，喃喃地说：“心理学真有这么神奇？”

沈辞云说：“你有过多次心理治疗失败的前史，还可能遇到过不合格的心理咨询师受到了二次伤害，内心产生了强烈的防卫意识，所以心理咨询的效果一直不好。但是，我想，从今天开始，我们可以一起携手来走出这个困境！前提是你对我要充分的信任。我们虽然打了赌，但你如果不相信我，仍可以反悔。”

曹元明说：“如果你也试图劝说我忘记那个隧道里的噩梦，那么，你还是及早打道回府。”

“要不要忘记这个梦的权利在于你，而不是任何其他的人。作为心理咨询师，我不会越俎代庖，代替你行使你的决定权，而是让你更了解这个梦，从而更好地行使这种权利。”

“周公解梦，占卜吉凶，是这意思吗？”

“梦只是记忆的一种特殊变体，所谓的梦能预兆未来是没有科学依据的，况且……”

“况且什么？”

“况且这不是一个普通的梦，而是你的潜意识所唤醒的记忆！”

曹元明精神一振：“我的直觉告诉我这不是梦，但没有人能理解。”

“你的直觉是对的。”沈辞云解释，“你这个梦的场景虽然整体上模糊不清，但每一次出现时，几个特征性的细节从没变过，你清醒后也记得非常清楚。普通的梦境细节不可能每一次都重复得这么好，因为人的大脑在梦中只开启了部分功能，无法完成精细的工作，比如，我们无法在梦中读出钟表的时间；而且我们清醒后会很快忘记梦的内容，因为梦中大脑的短期记忆是不工作的。”

仿佛是遇到知己一般，曹元明难掩激动地问：“那你能帮我完整地还原这段记忆吗？”

沈辞云说：“我现在无法承诺。布鲁克林学院的心理学家马修·埃德里说，人的记忆是有延展性的，人们恢复对遥远事件记忆的能力会随着时间的流逝而减弱或者加强。减弱不稀奇，难的是如何加强——回到我前面的话题，你信任我吗？”

“我必须回答吗？”

“心理咨询过程的前提就是建立身份意识，如果对心理咨询师没有绝对的信任，咨询效果就会大打折扣。”

曹元明沉思半晌，说：“你救过我的命，我相信你！”

“真的相信我，那就请你如实地回答我一个问题。”

“好的，你说。”

“很多人都问过你顾昱坠楼的情景，但你始终无法回忆起来，是吗？”

“是的，这就是你的问题？”

“不。”

“你来的目的，是想通过催眠帮助我回忆顾昱坠楼的情景吗？”

“我办不到。”

曹元明失望地问：“你这样厉害的心理咨询师都办不到？”

沈辞云说：“因为我无法唤醒一个装睡的人。”

曹元明脸色一变：“什么意思？”

沈辞云说：“我的问题是：你为什么要假装失忆？你刚才答应我会如实回答。顾昱坠楼时发生了什么，你实际上一清二楚！”

曹元明愣住了，他素来临危不乱，这时却有些结结巴巴：“不是的……我的大脑受过重伤，医生的诊断很明确，是顺行性遗忘症，不止一个医生这么说……”

“我否认的不是‘顺行性遗忘症’这个诊断。”沈辞云乘胜追击，不给他喘息之机，“你很乐意接受这个诊断，小心地把自己藏进失忆症的套子里，理直气壮地拒绝回忆顾昱坠楼时发生的一切。很多人被你瞒住了，但我不一样。我说过，我看过你所有的咨询和治疗资料，包括你在这间病房里有意无意的涂鸦——它们忠实地记录了你的内心世界——你并没有忘记当时的情景！你也别忘记，当时在现场的不仅有你，还有我这个能窥见你内心的心理咨询师！”

曹元明哑口无言，懊丧地望着垃圾篓，心想：“应该把那些纸片冲进马桶。”

沈辞云说：“我不知道你为什么要假装失忆，如果你认为靠装病能保护你，能逃避现实，那你就错了。”

曹元明沉默良久，摇了摇头：“我承认你说得对。但我不是为了保护自己，也不是逃避……你……你能帮我一个忙吗？”

清晨，敖文年夹着公文包步入公安局。

娄昆已经在布置工作了，见到敖文年打招呼：“局长，早上好。”

敖文年说：“我提早半小时上班，以为算是来得早的，没想到你更早。”

娄昆说：“最近案子焦头烂额，不抓紧点不行啊。”

敖文年问：“曹元明有什么动静吗？”

娄昆说：“还是说什么都记不起，我看他是吃了秤砣铁了心。”

这时，值班内勤急匆匆跑来：“局长，康宁医院打来一个紧急电话。”

敖文年问：“谁打来的？”

内勤说：“曹元明。”

敖文年马上走过去接听电话，娄昆跟上。

“什么，你说回忆起了顾昱坠楼的情况？”敖文年激动之下，声音拔高了几分，“你真的想明白了吗？”

娄昆的眉毛都竖了起来。

第五章　梦境迷宫

敖文年放下电话，眉头紧锁，来回踱步。

娄昆静静地站在一旁，隔了片刻，问："曹元明都说了些什么？"

敖文年说："曹元明报告说，经过治疗，好像记起了顾昱坠楼当时的一些情况，但仍不太清晰，要求去现场实地看一看，这样可以启发回忆。"

"指认现场？"娄昆说，"作为犯罪嫌疑人，这道程序是要走的。"

敖文年说："他有一个要求，让目击证人闵宝玉到现场协助他回忆，你认为呢？"

娄昆沉吟不语。

敖文年问："你同意他去现场，但不同意让闵宝玉一起去？"

"我不是这个意思，我是担心……"娄昆欲言又止。

"担心什么？"

"曹元明突然就恢复了记忆，这个转变太突然，会不会有问题？"

敖文年点了点头："既然他出招，我们就得接招，这个僵局必须打破。"

沈辞云用画笔和颜料修补从贝贝那里带回的破损不倒翁，在她的精心修补下，不倒翁变得跟崭新的一样。她凝望着不倒翁，耳畔响起了童年的欢笑声，嘴角露出了微笑。

电话响了，她用一块白布轻轻蒙在不倒翁上面，接听电话。

敖文年说："小静，我记得你说过，对曹元明的精神病诊断，焦虑障碍、躁狂抑郁、失忆症这几项，你都是存疑的？"

沈辞云说："是的，曹元明说话条理清晰、逻辑分明，眼神反应灵敏，这不是精神病人的表现。还有很重要的一点，抢救过程中，他虽然处于昏迷状态，但在潜意识的支配下表现出了强烈的求生欲，这是难以伪装的，说明他根本不想死，所谓的自杀自残倾向是不成立的。"

"他在记忆和情感方面的确存在严重问题，比如，他对你一点记忆都没有，这怎么可能？过去，他的记忆力可是出了名的'最强大脑'。你跟曹元明有过咨询接触，你认为他的失忆是真是假？"

沈辞云看着蒙上了布的不倒翁，幽幽地说："他确实有失忆症，忘却了很多年前的事情。"

"那最近的事情呢？比如顾昱坠楼的情景，他一直说不记得，现在突然说记起了一些。"

"这个就不好断定了。应激性障碍会让人下意识回避一些不愉快的记忆，而实际上，这些记忆一直储存在大脑中，只是没有被提取。"

"回到现场是不是有助于他提取记忆？"

“再现的场景可以触发记忆开关，这是有不少先例的。”沈辞云对此做了肯定的回答。

“好，明白了。”敖文年放下了电话。

一辆警车停在元宝酒店门口，在几名便衣警察的簇拥下，曹元明下了车，沈辞云和一名拎着急救箱的护士跟着下了车。

曹元明看着不远处的空地怔怔出神，眼前浮现出当时顾昱坠楼的景象。

高航将一件衣服搭在曹元明的手铐上，帮他遮掩，轻轻拍了拍他的肩膀。

曹元明回过神来，见沈辞云面带戚容，眼光也落在那个方向。

一行人走进酒店。

另一辆警车驶到酒店门口，章国全带着闵宝玉下了车。

闵宝玉东张西望，问：“有烟吗？”章国全递上香烟和打火机，他哆哆嗦嗦，几次都打不着火。章国全给他点上火，说：“别怕，有我在。”闵宝玉猛吸了几口烟，连连点头。

曹元明站在酒店楼顶的露天平台上，环顾四周，脸色有些茫然，大风吹得衣裤“哗哗”作响，他就是不吭声。几名警察分别站在四周，沈辞云和闵宝玉等人在最外围。

高航问：“想起了什么吗？”

曹元明摇了摇头，望着闵宝玉。

章国全推了闵宝玉一下：“你去帮他想想。”

闵宝玉清了清嗓子，边走边连比带画地说：“你从消防疏散通道的一号门出来……（走到一号门外）在这里和那个胖子讲话，然后你们就打了起来……从这里一直打到那里……胖子打不过你，被你逼到这里……（走到平台的边缘）从这里把他推了下去。”

曹元明问：“你当时在哪里？”

闵宝玉指着不远处：“我在疏散通道的二号门躲雨，离这就二三十米。”

曹元明问：“这么说你看得很清楚？”

闵宝玉说：“当然。”

曹元明问：“我用哪只手推他的？”

闵宝玉想了一下，做了几个手势。

曹元明挠了挠头：“我怎么一点儿也想不起来了……”走近几步，“你跟我一起演示一下好吗？”

闵宝玉回头望着章国全。

章国全说：“没必要吧？”

曹元明举起手铐：“你不是让他帮我想嘛，这里这么多人，我能把他怎么样？”

曹元明又走近了几步，面对闵宝玉，问：“究竟是哪只手？”

闵宝玉下意识地举起了右手，突然，曹元明以闪电般的动作抓起他的右手，将他从平台边缘甩下去。这几下兔起鹘落，一切都发生在间不容发之际！

众人大惊，等反应过来，闵宝玉整个身体已经悬在空中，只有右手被曹元明抓住，他发出连连尖叫：“妈呀！救我！”

几个警察疾步上前，曹元明大喝：“再靠近我就松手！”

高航喊：“曹队，别做傻事！”

章国全掏出手枪对准曹元明，喝道：“我数到三，你不把人拉起来，我就开枪！一！”

沈辞云喊：“别开枪！”

曹元明说：“他不敢，一开枪闵宝玉就没命了。”

“二！”

曹元明目光坚定，岿然不动。

章国全扳下手枪击锤，面目狰狞：“别逼我！”

沈辞云张开双臂挡住章国全的枪口，喊道：“请等一等！我是心理咨询师，我来想办法。”她的鼻尖渗出了汗珠，对曹元明说，“你冷静一下，我知道你的本意不是要杀人，你想让我们做什么？清楚地告诉我们，我们照做。”

曹元明一字一字地说：“所有的人，后退十步！”

高航首先退后，章国全无奈地放低枪口，跟着退后。

曹元明厉声对闵宝玉说：“我问你几个问题，你要是有半句假话，我就松手！”

闵宝玉额头冒汗，颤声问：“什么？”

“那天晚上，那个胖子究竟是怎么坠楼的？”

到了这一步，闵宝玉哪还敢充好汉，只得承认：“他……他是自己跳下去的。”

“我跟他有没有打架？”

“没有，你刚上来，还没靠近，他就跳楼了。”

“大声说，说实话，让这里所有的人都听到。”

闵宝玉扯开嗓门大声说：“我说实话：我看得清清楚楚，那个胖子是自己跳楼的，跟你没有关系！”

沈辞云等人满脸惊讶，章国全脸色阴沉。

曹元明问：“是谁让你诬陷我的？”

闵宝玉犹豫不语。

曹元明手微微松劲。

闵宝玉往下一沉，看到脚下蚂蚁般的车流，吓得尿湿了裤子，忙不迭地说："我说，我说！是孙洪给了我十五万，逼我这么说，不然就烧我房子，杀我全家。他还让我揪住你的时候，把你衣服上的扣子扯下来交给他，他当时就在酒店门口。"

曹元明问："孙洪是谁？"

"他是'威尼斯'夜总会的舵把子，心狠手辣，说到做到，我不敢不听啊。"

曹元明喝道："你有证据吗？再大点声！"

闵宝玉带着哭腔扯喊："有，有，卡里的十五万都还在，我一分钱没动！我什么都说了，求求你，快拉我上来，我的妈呀……"

曹元明转头向众人："你们都听清楚了没有？没有的话，我让他再说一遍。"

高航赶紧点头："听清楚了，快拉他上来。"

曹元明将闵宝玉拎上平台，闵宝玉像坨烂泥一样瘫软在地。

警车在市公安局门口停下，闵宝玉垂头丧气下了车，这回，他戴上了手铐。

众人都下了车，后座上只剩曹元明和沈辞云。

沈辞云正要下车，曹元明忽然说："谢谢你救了我。"

沈辞云说："你的命是你自己救的，不用谢我。"

"我挺佩服你，在那种情况下挺身而出，换别人早吓坏了……你怎么这么镇定？"

“心理学上有一个‘卡瑞尔公式’，告诉我怎么面对危急时刻。”沈辞云说，“但老实说，今天你还真是把我吓坏了，我只是故作镇定。”

“你这样厉害的心理咨询师应该可以未卜先知。”

“别讽刺我了。你让我帮你，向他们说明通过场景再现可以启发记忆，可我没想到你会采用这么极端的手段。如果你死了，那我会抱憾终生，因为我不该帮这个忙。”

“我是垂死之人，不下猛药没活路。”

“我不能认同你的做法，你这是拿两个人的性命去赌博！”

曹元明苦笑：“你又不是我，怎能了解我内心的痛苦？”

沈辞云看着他的眼睛：“如果我想了解，你愿意向我敞开心扉吗？”

曹元明垂下眼睑：“不，我长期与罪恶打交道，内心装着的都是阴暗面、负能量，不能传染你。”

“别这么快拒绝，你总有一天会答应的。”

“又来这一套，为什么？”

“为了那个梦。”

曹元明精神一振：“你……真的能解开那个噩梦？”

“不试一试怎么知道？”

看着沈辞云那一泓清水似的双眸，曹元明忽然呆了一呆，一种“似曾相识”的感觉像影子一样掠过了他的大脑。

春岭镇黄溪河村，红旗招展，锣鼓喧天，这里正举行玉川水库新大坝的竣工庆典。郭正梁穿着灰色夹克衫，头戴安全帽，在春岭镇政府、施工单位的领导陪同下视察大坝。

大坝像一条灰色的巨龙横卧在河床上，堤坝已经建好，正在砌盖混凝土板。

春岭镇镇长介绍说："玉川水库原有工程老化，管道腐锈，近年来春岭镇成了全市缺水最严重的地区，新的水库大坝建成后，可彻底解决全镇的饮水问题，可改善灌溉面积两万亩，将梯地部分改造成水田，可以新增灌溉面积五千亩，并可提高玉川江下游防洪标准，通过削峰错峰可减轻下游的洪涝灾害，防洪保护面积扩大为一万两千亩，防洪保护人口三千多人。市委市政府的这一举措，功在千秋啊！从水库前期的调研，到水保、水资源论证、环评、林地、财政、土地和省发改委、水利厅的报批，都是一路绿灯，没有郭市长大力支持，不可能这么快施工、竣工，我代表全镇人民向市长表示衷心感谢。"

郭正梁的左手插在口袋里，右手叉腰站在大坝上，遥望高耸入云的埋甲山和滔滔玉川江，颇有感慨地说："我就是从这山山水水走出来的农家子弟。由于地理闭塞，春岭镇一直是我市整体发展的一块短板，站在这里，我内心有愧啊。市委、市政府经过周密考虑和科学论证，做出开发春岭高新技术开发区和埋甲山风景旅游区的重大决策，这是新世纪具有重要战略意义的开局，今天我们终于迈出了重要的第一步，这步棋走好了，满盘皆活。机遇来了，能不能抓住，能不能抓好，能不能给人民一个满意的交代，要靠大家的共同努力。"

镇长说："郭市长的话高瞻远瞩、语重心长，我们深受鼓舞。我这里代表镇党委表个态：我们一定遵照市委市政府的指示，切实做好本职工作，把人民群众的利益落到实处，带领全镇人民打一个经济翻身仗。”

“好，我等的就是这句话！”郭正梁转头对“十方”建筑公司的施工负责人说，“这一带地形复杂，过去在汛期发生了多起泥石流灾害。新建水坝的施工，不但关系到开发区和旅游区的供电供水，更关系到下游群众的生命财产安全，容不得一丝一毫的马虎，要从对人民、对历史负责的认识高度来抓好质量建设。”

负责人之一的敖勇说：“请市长放心，我们在施工中对每一道工序都是严格把关的，刘总开过好几次动员会，公司上上下下都是一门心思，要把这座大坝做成行业的标杆和丰碑。”

郭正梁点头：“你们说到做到，我就放心了。我希望，这个工程不但是优质工程，还是廉洁工程、和谐工程、团结工程。”

一行人走下大坝，等候在那里的娄昆迎了上来：“市长，我向您做一个汇报。”

郭正梁和周围人打了个招呼，和娄昆走到汽车旁边。

娄昆从公文包里拿出报告递上：“根据已经查明的事实，顾昱坠楼事件中，曹元明的刑事嫌疑人身份予以撤销，检察院也不起诉了。”

郭正梁问：“你们是怎么查明事实的？这个案子影响很大，结论必须真实可靠，经得起检验。”

“主要是根据询问和讯问，特别是闵某最终的证言，还有现场勘查、视频侦查和检验鉴定。”

“对曹元明的二次司法医学鉴定怎么说？”

“判定为病情缓解，对自己的行为有辨认和控制能力，社会功能良好，评定为有完全责任能力，已经从康宁医院出院了。但由于他对闵某采用危害人身安全的过激手段逼供，已经被停职反省。”

“那个作伪证的人呢？”

“闵某因诬告陷害罪已批准逮捕，但收买他的孙洪却不知所踪，估计有人给他通风报信。”

“对于曹元明的后续任用，你们是怎么考虑的？”

“他的健康状况不理想，一直有头痛、间歇性癫痫，伤残等级鉴定为九级。无论是公安还是国安的一线工作，都不能胜任了，我们打算安排他去后勤或档案部门，工资待遇可能要调整一下，但有利于养病。”

“这么优秀的一位刑警……可惜了。”郭正梁看着远处的工地，“我看工资待遇就不要调了，曹元明有冲动的一面，但毕竟为人民做过贡献，又是因公负伤，你们和民政局做做工作，帮他多争取一些补偿。”

娄昆用笔在本子上记录：“我记下了。”

郭正梁拉开车门坐进汽车，问了一句：“他的记忆力怎么样了？”

娄昆跟着进车，关紧了车门。

敖文年上班时，传达室递给他一封信，他到办公室拆开一看，这是一封匿名举报信，信封里没有信纸，只是夹着一张光盘。他打开光盘，里面有一些视频和画面，都是臧进荣和鹰叔以及他的手下来往的内容，其中有一段监控录像，臧进荣和孙洪出现在同一帧画面，两人还有交流。

敲门声响起，门外响起曹元明的声音：“报告。”

敖文年将匿名信收好："进来。"

曹元明进来，交上一份材料："这是我的汇报和检查。"

敖文年仔细阅看，问："6 月 19 日那天，你和顾昱约好见面，要谈什么？"

曹元明说："顾昱那段时间心神不宁，说有一桩心事，不论我如何诱导启发，他一直不说，直到 6 月 19 日，他忽然提到有大麻烦，这事和 CLH82 芯片有关，要和我谈谈。我立即赶去，但还是晚了一步。"

"CLH82 芯片泄密案，你是了解的？"

"是。在这之前，政法委王书记找我谈过话，提到了 CLH82 芯片泄密案，国安已经成立专案组。因为芯片研制的主要负责人之一顾昱是我的发小，王书记让我从刑侦支队调专案组，但我还没来得及去专案组报到，就发生了离山隧道绑架案。我受了重伤，就没有抓紧顾昱这条线。"

"6 月 19 日那天，顾昱在情绪上有什么反常？"

"他的语气和神态显得很不正常，我见到顾昱时，他正迷迷糊糊站在高楼边，我刚叫一声'危险'，他看到我露出恐怖的表情，大叫'不，不是我推的'，跳了下去。"

"这话是什么意思？他推了什么？"

曹元明摇了摇头："顾昱有恐高症，经常说'独坐莫凭栏'，从不一人去高处，他家的几套房子都是在底层，他爬到那么高没有护栏的天台上，说明当时已是心智迷失，就像老百姓说的'鬼魂附体'，变成了另外一个人，但我不知道究竟是什么原因。"

"你和顾昱一家很熟，他和他的家庭成员有没有神秘的宗教信仰或者是接近过邪教组织？他之前流露出悲观厌世的情绪吗？”

“没有，他之前只是说工作压力大。”

敖文年放下材料，说：“这个案子要从这些地方寻找突破口。你是一位优秀的侦查员，可是却什么都不知道，一点端倪都没有？”

“还有一个突破口。”

“什么？”

“查清企图谋害我的幕后势力。”

“我们正在调查。看守所那边，‘青皮’的口供还是没变，否认受人指使；指使闵宝玉的孙洪在逃，现在还没有找到；顾昱坠楼的现场很混乱，除了法医，110 巡警、酒店保安和 120 医护人员都接触过顾昱的尸体，但监控上并没有看到孙洪接近尸体，不知他把纽扣给了谁，又是谁塞到顾昱嘴里的。”

曹元明嘴唇一动，欲言又止。

敖文年注意到他细微的表情，问：“你想说什么？”

曹元明说：“我们内部有问题。”

敖文年注视着他：“谈谈你的想法。”

但曹元明回答了三个字：“没想好。”

敖文年看着曹元明：“好，等你想好了，厘清了头绪，我们再探讨。”他把材料锁进文件柜，“这段时间你就不用上班了，好好配合医生治疗，好好休息。上级领导对你很关心，你以后的工作，市局政治处和市委组织部研究后会予以妥善安置，你尽可放心。对了，出于你的安全考虑，你要是外出，先到局里备案。”

曹元明心中微微一酸，看来，自己的嫌疑并没有完全排除，还要接受《重点人口管理工作规定》的约束。他说：

“报告，我想去看望顾昱的父母。”

敖文年说：“可以，你们毕竟是世交，好好谈谈，可能会有新发现。”

曹元明离开公安局时，在门口遇到了唐媛媛。

唐媛媛问：“你干什么去？”

曹元明说：“去顾昱家，找他父母好好谈一谈。出了这么大的事，两位老人家肯定很伤心，我还没去看过他们。”

唐媛媛说：“我陪你去。”

曹元明说：“你想溜班？那可不行。”

唐媛媛一笑：“就知道你不许。最近忙得很，我溜班，准有人打小报告。”

楼上，一双眼睛透过百叶窗正注视着曹元明和唐媛媛。

顾朝庚将门窗紧闭，取出成堆的笔记、信笺，在卫生间点燃，将灰烬倒进马桶冲走。做完这些，他回到卧室，望着儿子顾昱和幼年夭折的女儿顾滢的遗像怔怔出神，往事一幕幕闪现在脑海。

这时，门铃响了。

顾朝庚就像是听到了丧钟，喃喃地说：“是福不是祸，是祸躲不过。”颤巍巍地站了起来，摩挲了一下相框，“孩子们，爸爸就要来了。”

门开了，曹元明见顾朝庚双眼无神，面如死灰，问：“顾叔叔，您身体不好吗？”

顾朝庚无言地摇了摇头。

曹元明说：“小胖去世，我也很难过，他不应该就那么走了，有很多事我想和您聊聊，可以吗？”

顾朝庚说：“善恶有报，不是不报，是时候未到。我知道你想问什么，我会给你一个答案，也会给你父亲一个答案。”说完“砰”地关上门。

曹元明再按门铃敲门，就是不开。他听到里面传来了打碎玻璃的声音，接着是一片寂静，知道大事不好，去喊物业耽误时间，当下用开锁技术撬开防盗门，只见顾朝庚已悬梁自缢！房间里是一地的碎镜子。他来不及细查，急忙将顾朝庚放下紧急施救，正要拨打 110 和 120，章国全等几个警察已经闯了进来，不由分说扣住了曹元明。

医生赶来时，顾朝庚已经死亡。曹元明被带到公安局再度受审，他详细交代了当时的情况。

章国全说：“你的记性一下子又恢复了？”

曹元明不去理会嘲讽，说：“我要求回到现场勘查，或许会找到一些端倪。”

章国全问：“什么端倪？”

曹元明说：“顾叔叔死前的表现很不正常，还烧过东西，我一进门就嗅到了烧焦的气味，他的自杀很蹊跷。”

章国全“哼”了一声：“谁告诉你他是自杀？我很奇怪，就算他是自杀，怎么不早不晚，偏偏在你出现时自杀？”

曹元明反唇相讥：“我也很奇怪，你们怎么不早不晚，偏偏在我救人时把我逮走？你凭什么监视我？”

章国全冷冷地说：“因为你身上的‘巧合’太多了，只要你一到场，就有人‘自杀’，上次是顾昱，这次是他父亲，下一个又会是谁？你现在还要去他家，难道连顾昱的母亲也不放过？”

曹元明忍不住拍桌大骂："章国全你浑蛋！"

章国全喝道："注意你的态度！"

曹元明大闹审讯室，惊动了路过的臧进荣，他进门问："怎么回事？"

曹元明恳求地说："臧局，请你带我去看看现场，不能让顾昱父子死得不明不白。你们一直在监视我，现在又要把我扣起来，做的是亲者痛仇者快的事。"他情绪激动，"如果我耍花招，你可以当场枪毙我！"

"顾昱死得不明白，他家是监控点，我们一直有人蹲守，不是监视你。"臧进荣让章国全把曹元明的手铐打开。章国全不敢违拗，只得照办。

臧进荣说："顾朝庚的尸检表明，死因是压闭呼吸道和颈部两侧血管，导致机械性窒息和脑缺氧，这是典型的自缢死亡。你有什么话说？"

曹元明说："顾叔叔确实是自杀，顾昱也是自杀，但如何解释他们的动机？你难道不觉得他们的死是被人操纵吗？自杀只是表象，真相是谋杀！"

臧进荣问："你有证据？"

曹元明说："让我去现场找！"

"你已经停职了，去现场勘查是不合适的。"

"你们可以把我当特情人员用，我不需要编制，不需要报酬。"

曹元明的侦查能力毋庸置疑，身为上司的臧进荣不但深知，甚至佩服，一直将他视为左膀右臂。臧进荣想了一想，出去给敖文年打了一个电话。敖文年同意了曹元明的请求。

曹元明回到了顾朝庚自缢的现场，但现场已经在勘查过后做了清理，找不到什么有价值的东西，抽屉和书架有不少空着。高航告诉他，顾昱出事后，警方已经详细搜查过顾家，房间里的电脑书籍信件都被娄昆的人带走了。顾昱房间里有两个光秃秃的大镜框，显得有些奇怪，打碎的镜子碎片已经清扫干净。

曹元明在房内伫立片刻，陷入痛苦的回想。曹顾两家原是世交，他和顾昱都是五八六厂的职工子弟，情同手足。自己的父亲离奇失踪后，顾朝庚夫妇一直很关心自己，没想到顾昱跳楼后，顾朝庚跟着自寻短见，顾母也疯了。他暗下决心："小胖，我一定要将害你全家的凶手绳之以法。"

他细细品味顾朝庚留下的最后一句话："我知道你想问什么，我会给你一个答案，也会给你父亲一个答案。"他心中一动："难道二十年前我父亲的遇害与现在这个案子有关？"他问高航："顾朝庚有没有留下遗书？"高航说："好像有一封信，不过交给敖局长了，不知道上面都说了些什么。"

顾昱母亲接连遭受儿子和丈夫去世的打击，精神失常，被送往康宁医院治疗。曹元明去找顾母，看看能不能得到什么线索。

护士正在给顾母梳洗，她看到镜子，突然发疯了一般，边尖叫着"把镜子拿开"，边伸手将镜子打翻在地："就是这些镜子让我儿子和老顾掉了魂儿。"再看地上，镜子碎了一地。

曹元明想起顾昱一家四口只剩顾母孤单一人，心情十分沉痛，说："阿姨，我是明明，来看您了。"顾母望着曹元明怔怔出神，忽然拾起尖利的碎镜片刺向他，哭骂是他害了自己全家，护士吓得逃走。曹元明呆呆跪在地上，手上身上被刺多处，就是不还手。高航冲进来夺下顾母手里的利器，顾母咬伤了高航的手。正在康宁医院研修的沈辞云闻讯赶来安抚，顾母这才渐渐缓和下来，搂着沈辞云放声大哭。

换药室，一个年轻护士正给曹元明上药。他手上身上血迹斑斑，但内心的痛楚更胜于肉体。他脱下外衣，胸背都是新伤旧痕，有刀伤有枪伤，把小护士吓得花容失色，换药托盘"咣当"掉在地上。沈辞云进来，接过托盘说："我来吧。"

曹元明歉然说："不好意思，吓着你们了。"

沈辞云说："没什么，也许对你来说，这上面每一道伤疤都是一枚勋章。"

曹元明苦笑了一下："你太抬举我了，我办砸过不少案子，到头来自身难保。"

"噢，你都办砸过哪些案子，说来听听。"清创很疼，沈辞云用聊天分散他的注意力。

"太多了，说来惭愧，还是不说吧。"

"我可是听说你是刑警大英雄，前不久还从隧道里救了一个小孩儿出来。"

"我不是什么英雄，那次救人失败了，责任在我。"

"为什么？那个小孩不是好好地救出来了吗？"

"死了两个人……"曹元明叹息一声，"如果当时我不出意外就好了。"

"什么意外？"

"我一进那个隧道，心就被一种似曾相识的恐惧感紧紧攥住，导致我的言行出现了差错，反应也慢了半拍，本来很有希望零伤亡解救人质。"

“你以前有过‘幽闭恐惧症’吗？”

“这以前没有过……那个隧道的噩梦也就是从此而生的。”

沈辞云若有所思，停下了拿着消毒棉球的镊子。

这时护士长进来了，问：“伤口处理得怎么样了？”

曹元明问：“上次说起的罗涛医生，你后来打听到他去哪了吗？”

护士长说：“他移民去 A 国了。”

曹元明有些遗憾地“噢”了一声，回想起刚才的情景，感觉沈辞云和顾昱的妈妈好像认识……这怎么可能？是自己看花眼了，还是记性又出问题了？

敖文年看着顾朝庚的遗书，眉头拧成一团。遗书上没有其他的供述，只是说：“我受党和国家培养几十年，可是他们却钻进了我的脑子，控制了我的灵魂。他们无孔不入，无所不能，人世间就是一场噩梦。我还有老婆，我怕亲人会受牵连，我有罪，只有先走一步。”

“‘他们’是谁？”敖文年问娄昆和臧进荣。他们没有回答。

“看来，我们要面对的不是一两个人，而是一个集团、一个组织。”敖文年气愤地说，“从布莱克算起，这已经是第三条人命了，可是我们还乱糟糟的一点头绪都抓不到！”

臧进荣说起曹元明在康宁医院与顾母的遭遇，问：“还要继续监视吗？”

娄昆说：“他可是案件的关键人物。”

敖文年说：“他已经有所察觉，而且对我们并不信任。

没有证据之前，不要再拘押他，也不要跟太紧，要想更好的办法去注意他的一举一动。”

臧进荣说：“曹元明提了一个建议：查一下顾朝庚最近的通讯记录。他认为，他去顾家之前，已经有人电话通知了顾朝庚，所以顾朝庚才会烧掉一些不可告人的东西。”

娄昆说：“我们在顾家，确实发现了焚烧纸张的痕迹。”

敖文年问：“在顾家找到了其他有价值的线索吗？”

娄昆尴尬地回答：“还没有。”

敖文年问：“顾昱的母亲有没有提供什么线索？”

娄昆说：“她是个家庭主妇，文化程度不高，平时从不管顾昱父子的事，而且现在精神不正常，说话颠三倒四，问不出什么来。”

敖文年说：“曹元明的建议，只要对侦查有利，后果可控，就应采纳。”

臧进荣说：“是。顾昱坠楼后，他所在的单位主要领导均被停职接受调查，项目被叫停，一大批人受到处分。世态炎凉，顾昱的追悼会都没什么人参加，亲朋好友已经很少和顾朝庚联系……这个电话要找出来不难。”

敖文年晚上回到家，发现小区院子里特别安静，往日这个时候，总有一大群熊孩子敲锣打鼓，今天都不知哪儿去了。他有些奇怪，问起妻子。

妻子得意地说：“多亏了小静的好点子。”

“以前说过孩子们多少次，找过家长和物业，都没辙，小静有什么好办法？”

“你还不知道小静的厉害。前些天我和小静说起过，我有失眠，小区里的孩子们太淘气太闹腾，让人无法入睡，真伤脑筋。小静就告诉我一个办法：让我给孩子们奖励，鼓励他们吵闹……”

敖文年奇怪地问：“不赶他们，还给奖励？”

“你听我说完嘛。第一天，我给孩子们许多糖果，说谁吵得凶谁得到的糖果就多，说是报酬；第二天，我又给他们糖果，但要比第一天少些；第三天、第四天更少，到第五天，我就不给了。孩子们开始很起劲，后来拿到的糖果越来越少，也就越来越不乐意，最后没有糖果了，也就再也不来敲锣打鼓了。我今天遇到那个孩子头，故意说晚上来阿姨门口敲鼓吧。他说，没有报酬谁来啊！转身就走。结果，长久困扰我的噪音就这样消失了。”

敖文年沉思片刻，就往外走。

妻子喊：“老头子，饭都不吃，你这是去哪？”

敖文年丢下一句话：“我找小静去。”

沈辞云住在城北的“白鹭枫江”，这是一处三面环水的高档小区，五彩灯光照映下，小桥碧水，绿树掩映，成群的白鹭栖息其间，楼台亭阁错落有致，宛如繁华都市中的世外桃源。

敖文年来到沈辞云的住所。这是一户一百八十平方米的大平层，居室以天蓝色和白色为主色调，浅浅的原木色地板，白色的亚巧克力板桌椅，简约的照明灯，整个屋子显得简朴而又温馨。

敖文年见客厅里摆放着击剑、跆拳道护具、画笔画架、小提琴，除此之外没有任何装饰物，说：“你这装修也太简单了，连个电视机都没有，整天对着大白墙，不觉得乏味吗？白瞎了这么大的房子。敖勇和装修公司很熟，我让他找人帮你设计设计。”

“不用了，我喜欢极简主义的生活方式。”沈辞云光着两只洁白可爱的小脚丫，趿着一双粉色拖鞋，随随便便地把披肩长发挽了个美人髻，盘在头上用发簪别好。她端上一盏香茗，茶雾氤氲，茶香淡雅。

敖文年说明来意：“你的法子很管用，孩子们再也不闹腾了，这个从心理学上怎么解释？”

沈辞云说：“任何行为的背后都有动机。小孩恶作剧是很单纯的内在动机，他们觉得很快乐，糖果奖励是外在动机。内在的东西很难直接消除，我的方法是让外在动机替代内在动机，之后再将外在动机消除，使得小孩没了动机，不愿意再做。”

敖文年点头：“说到动机，有位前辈说过，破案时找到了罪犯的作案动机，就等于成功了一半。”

沈辞云微笑着说：“我说过，我不喜欢犯罪心理学。”

敖文年说：“我了解，但舅舅现在工作上遇到了非常棘手的问题，需要向你请教。”

沈辞云见他脸色郑重，说：“请教谈不上，你说吧。”

“你这个动机替代的法子很巧妙，相当于操控了对方的心理。既然小孩的心理可以被大人操控，那么，成年人的心理也可能会被心理大师操控。我产生了一个担忧：心理学武器如此巧妙而又强大，如果被心术不正的人用于犯罪活动，将是一件非常可怕的事。比如说，催眠一个人，让他迷失了心智，按催眠师的意志行事，甚至可以遥控他去做一些危及自身的事，而这么做，几乎不会留下可见的证据。”

“舅舅，你对心理学可能有误解，要从心理上控制一个人是非常困难的，因为人的心理活动非常复杂，有许多不确定的内在和外在的干扰因素。一般来说，催眠只是影响了你的潜意识，并不是控制你的行为，在催眠状态下，你的意识仍然在工作，如果催眠师让你做强烈违背自己意愿的事情，比如说出银行存款的密码，通常是会被你的意识拒绝的。”

“你说的是‘一般’‘通常’，那是否存在某些特殊情况？”

沈辞云沉吟片刻，说：“我明白你的担忧，但这个问题我现在还无法回答，给我一点时间。”

敖文年脸上忧色更重，隔了片刻，换了一个话题，问：“曹元明现在认出你了吗？”

沈辞云摇了摇头。

“二十年了，你们都变化很大……”敖文年说，“这样也好，你说过，心理咨询师和来访者不能有双重关系。”

沈辞云说：“也许他没有变，是我变了。我想进一步了解他，解除他的心魔。”

敖文年重复了一句：“他的心魔？”

“一个发生于隧道里的噩梦，像魔鬼一样占据了他的大脑，这是他记忆中的一个死角、一个黑洞。”

“你想怎么去了解？催眠？”

“是的。要真正地了解一个人，就要了解他的潜意识。弗洛伊德认为梦是通往潜意识的皇家大道，荣格认为梦是潜意识与自我的交谈。催眠就是一种了解梦境、了解潜意识的有效手段。在催眠状态下，意识的作用淡化，欺骗与隐瞒的能力完全丧失，潜意识充分体现，因而能了解他的真实内心世界，了解他的过去，了解他到底是谁，从而发现和排除他的心理障碍。”

“我和钱学易院长沟通过曹元明的病情。他的看法与你不谋而合，他说，用催眠的记忆回溯来查具体原因，并在知道具体原因后同时进行治疗，效果会比较好，但催眠师必须具备非常深厚的功底。考虑到曹元明的特殊情况，他想不出可以胜任的人选。”敖文年殷切地说，“希望你当好曹元明的心理咨询师，真正走进他的内心！”

市局技术部门对顾朝庚自缢当天接到的四个电话进行了排查，发现只有一个电话可疑。这个电话是通过手机打进来的，而且信号有微弱变化，说明通话者在不停地移动，但手机号码用的是网络 IP，无法精确定位，只能将范围缩小到两条街区。他们调取了那个时段的监控录像，人人都倒吸一口凉气，这两条街是河山市的繁华商业区，又是周末闹市，肩摩辐辏，人山人海，要从一百多个摄像头里把这个人找出来，简直是大海捞针！

曹元明说：“让我试试。”他站在巨大的屏幕面前，让技术员以四倍的加速播放所有的监控画面，他的大脑仿佛置身于浩瀚的信息海洋中，飞速地扫描每帧画面，捕捉其中每个人的特征。第一遍放完，他说：“第二遍，八倍速度。”“第三遍，十六倍速度。”播放越来越快，他忽然喊“停！”

曹元明走到一张定格画面前，指着街角便利店门口的一个戴着网球帽的高个子男子身影，说：“放大。”画面放大后，可见他竖起的后领露出了手机，他正一边走路一边打电话。由于摄像头分辨率和光线角度问题，那个男子的面容是一团模糊的像素，而且还戴着宽大墨镜，无法辨认五官。

曹元明很肯定地说："我记得这个身影，从离山铁矿公用电话亭打电话给炮哥的人就是他！"

技术员将两段监控调出来，但这个人的面部做了伪装无法识别，连身高和步态特征都不一样，AI 无法判断为同一个人。曹元明说："步态特征是可以改变的，很简单的办法，在鞋里面放上一颗小石子就行了，身高要改变更容易，穿增高鞋就行了，但是，越是细微之处的特征，越难以掩盖。"他指着画面某处，"这个人右手握着电话时，左肩会微微耸起。"

众人仔细一看，果然如此。

高航问："这是为什么？"

曹元明说："这个人可能过去患有脊柱炎，留下了后遗症，这是连他自己都不会注意到的细节，因为人看不到自己的后背。"

几位专家经过仔细对比，终于认同了曹元明的判断，这两个身影是同一人！这无法用偶然的巧合来解释，说明其中存在必然联系——顾朝庚之死不但有他杀的嫌疑，还与那起特大贩枪案有关！进而可以推测，结束顾昱父子生命的幕后黑手，有公安内部的人员参与！

众人发出了一阵惊叹。遗憾的是，由于这个男子只在寥寥几处地方留下背影，无法进行追踪。

敖文年感叹："都说曹元明记忆力非凡，真是百闻不如一见。"他问曹元明："你能找到这个人吗？"

曹元明冥想了一会儿，说："我的大脑中没有储存他的信息，但只要他进入我的视线，我一眼就能辨别出来。”

敖文年问：“你的顺行性遗忘症好了？”

曹元明说：“不，最近的很多事物，我还是记不起来，必须借助本子记下，但只要有本子上的提醒，我就不会忘记，而且记忆越来越清晰。沈博士说过，我这叫超特定性的记忆，这种强大记忆力其实是大脑对遗忘症的一种代偿。”

曹元明从公安局回家，路上接到唐媛媛惊惶的电话：“贝贝不见了！”这段时间，贝贝一直托在唐媛媛家里。曹元明大吃一惊，和唐媛媛四处找寻，请同事帮忙调看监控，发微信朋友圈询问，但一直没有结果。

夜幕降临，曹元明从来都是临危不乱、处变不惊，这时却是满头大汗。唐媛媛也是脸色苍白，连说“怎么办”。这时曹元明手机响起，是沈辞云打来的：“贝贝和我在一起。”

这句话简直就是天籁之音！曹元明飞奔到儿童公园旁边的“新宝”商场，沈辞云正和贝贝坐在顶楼的长椅上，望着远方的晚霞唱着童谣。曹元明不由放慢脚步，这场景依稀有些熟悉却又想不起来。

原来，今天是曹元明的生日，贝贝拿零钱去给爸爸买生日礼物，但地铁乘过站了，她转来转去，找不到回家的路。她听爸爸说过，如果走丢了，不要乱跑，要在原地等大人，她便又返回商场。沈辞云从朋友圈里得知贝贝走失的消息，想起贝贝曾说，要在爸爸生日这天去“新宝”买手套作礼物，便赶了过来，果然找到贝贝。

曹元明接过贝贝的手套，紧紧搂住女儿，感动地对沈辞云说：“谢谢你！你总是帮我，我不知道该怎么感谢你。”

沈辞云抿嘴一笑："现在知道我是好人了吧，愿意向我敞开心扉了吗？"

曹元明低声说："只是我有很严重的心理疾病，我担心你会……"

沈辞云说："你的那点儿心理疾病不算严重，百分之八十七的人一生中或多或少会受到心理疾病的困扰，这不足为奇。你真正要面对的，是那个发生在隧道里的梦。"

曹元明问："那我该如何面对呢？"

沈辞云说："把这个梦还原为场景记忆！你之所以恐惧和焦虑，是因为你看不清梦里的一切，当你清楚地记起这段往事时，一切恐惧和焦虑将烟消云散，因为你是一个无所畏惧的警察。"

"场景记忆？"

沈辞云解释说，早在 1972 年，恩德尔 · 托尔文首次提出了场景记忆（意指对过去发生事件的记忆）的概念，以区别于语义记忆（指的是知识经验一类的共有记忆，而并非个体特有的记忆）。在噩梦这样非常情绪化的梦境中，梦境高度情景化，创伤性事件会被非常真实地（即掺杂了时间、空间、感觉、知觉和情感等多种因素）再现出来。

曹元明说："你说过，会帮我解开这个梦……你愿意和我一起面对这个难题吗？"他有些忐忑地等待沈辞云的回答。

"我愿意！"沈辞云郑重地说，"今天是你的生日，我的这个承诺就当是送你的生日礼物吧。"

曹元明有些感动地说："好，一言为定！"这真是一份特殊的生日礼物，只是他现在还没有意识到这份礼物是多么的珍贵!

贝贝拉起两人的手拉钩。

沈辞云手如柔荑，肤如凝脂，很难想象这样一个女子居然会挺身而出用跆拳道放倒歹徒，这让曹元明产生了极大的好奇心。他满脑子疑问，但感觉询问的时机未成熟，只是说："真希望我的梦中出现你这样的朋友，而不是那条让人毛骨悚然的隧道。"

沈辞云幽幽地说："我即使出现在你梦中，你也会忘记的。"

曹元明问："这话怎么理解？"

沈辞云绕开话题："你就是记性再好，百分之八十的梦都是记不住的。"

曹元明点点头，说："据说每个人每晚都会做好几个梦，但我以前睡眠质量很好，倒头就睡，醒来几乎不记得做过什么梦。因为入睡太沉，打鼾，贝贝的母亲还因此责怪我，要和我分房睡。"

沈辞云问："你们为什么离婚？总不会是因为打鼾。"

曹元明没想到她会问起这个，说："这个责任在我，是我不好，工作太忙不顾家，冷落了她，女人是需要男人花时间去哄的，我这个丈夫太不称职了。"

贝贝却告诉沈辞云："妈妈在外面找了一个叔叔，不要我和爸爸了。"

曹元明不愿多说，问："你怎么跆拳道这么厉害？"

沈辞云说："奇怪吗？我还练习过击剑。"

曹元明不好意思地挠头，憨笑着说："我以为你这样温柔的女孩子，喜欢待家里读读书，养养花草虫鱼，顶多练个瑜伽什么的。”

沈辞云说：“你错了，在我家，除了我没有别的活物，因为我一点也不温柔，我很暴力的，花草虫鱼全都活不了。”

唐媛媛赶到，看到曹沈两人有说有笑，很不是滋味。

“金爵”击剑馆，沈辞云和马修斯持剑相斗。

马修斯倒在了沈辞云剑下，气喘吁吁地问：“你真要做他的心理咨询师吗？”

沈辞云说：“除非你能找到更好的办法。你我都明白，这个发生于隧道之中的怪梦源于他早年亲身经历的严重精神创伤，这是一个非常有研究价值的病例，要根除他的心病，我们不能墨守成规。”

马修斯说：“凯瑟琳，我提醒你，心理咨询师和患者产生咨询之外的任何联系都是违反职业道德的。”

沈辞云意味深长地说：“大卫，希望你也遵守这一点。”

马修斯爬起身来：“你太在意他了，这不能用研究价值来解释，我想知道为什么？”

沈辞云用剑挑起地上的剑还给马修斯：“我们继续比试下去，也许答案就在下一局。”

一局斗剑后，马修斯又败下阵来，无奈地说：“还是你技高一筹，你的剑法和你的治疗方案一样神出鬼没。”

沈辞云收拾器具离开时，马修斯在背后说：“我将向督导汇报，我想你不会介意吧？”

沈辞云站住了，说：“这是你的自由。”

“心岸”心理疗养院。一间静谧的咨询室，拉着厚厚的窗帘，只有空调运转的轻微噪音。曹元明和沈辞云分别坐在两张夹角六十度左右的沙发上。空调的温度很低，他盖着薄毛毯，在她轻柔的语音催眠下渐入梦境：

“你想去看一看大海吗？大海就像是母亲温暖的怀抱，让人觉得充满了安全感。到了那里，就再也不会害怕了。想象一下，海水渐渐覆盖了你的全身，从你的脚趾、小腿、大腿、小腹、肚子……直到淹没你的头顶。你感到从未有过的舒服、从未有过的安全，这是一个绝对安全的地方。”

曹元明仿佛悬浮在水中，丝毫感觉不到重力，水不冷不热，温度适中，他在水中自由地翻转、漂移，耳畔传来了水流声、鸟叫声和风声……他渐渐停止了翻转，脚踏实地，睁开了眼，在梦境中回到了故乡春岭镇。

阳光明媚，蓝天白云，青山绿水。

碧波万顷的玉川水库，曹炳生带着曹元明在游泳，忽然指着前方说：“你看。”只见山坡上，一只狐狸正在掏兔子洞，从洞里叼出一只肥肥的大野兔，把它咬死，不吃而是扔到一边，继续刨土。曹炳生说：“里面肯定还有一窝小兔。”果然，狐狸又叼出了一只小兔、两只小兔……洞口都是兔子尸体，有的小兔还在哀鸣抽搐。曹元明于心不忍，爬上岸大声叫嚷，把狐狸吓跑，但只剩下一只小兔子还活着。曹元明抱走了这只小兔，还要埋掉其余的兔子。曹炳生说：“这是狐狸辛苦抓到的猎物，狐狸没有吃也会饿死的，就留给狐狸吧。”

曹元明和小静携手来到山脚下，他在这里搭了一个小屋。小静一看，小屋里有一只小兔子静静地卧在里面，又惊又喜。曹元明说："这是小兔子的家，它没有爸爸妈妈，我们一起照顾它。"小静将小房子打扮得漂漂亮亮，给小兔子喂青草胡萝卜，牵着曹元明的手说："这就是我们的家了，我们永远不分开。"顿时，一种从未体验过的幸福感充溢他的胸膛。

曹元明嘴角浮现出微笑。

沈辞云悠远的声音响起，仿佛来自另一个世界："你看到了什么？"

曹元明喃喃地说："爸爸，还有小静。"

"小静是谁？"

"是我小时候的玩伴，最好、最好的朋友。"

"她长什么样子？"

梦境中，曹元明将鲜花做成的花圈戴在小静的头上，小静盈盈一笑，灿如云霞。

"像小仙女一样漂亮可爱。"

沈辞云沉默了一下，说："好了，时间快到了，你和爸爸还有小静说再见。继续往前走，让我们一起去那个隧道里看一看。你走前面，我就在你身后，放慢脚步，告诉我你都看到了什么。"

曹元明缓缓地说："我找到了那条隧道，就在一座大山脚下，洞口好黑……"说到这里停住了。

"对黑暗环境的恐惧是人类原始的本能，但心理形式的恐惧和任何真实的紧迫危险无关，梦境中的一切都不可能真实地伤害到你，所以放松，深呼吸，让我们一起进去看一看。"

"好……我进去了，听到了奇怪的声响……"

“什么样的声音？”

“听不清，好像混合着雨声、雷声。”

“嗯，继续往里走。”

“闪电，我看到了闪电……有三个人……”

“这三个人在干什么？”

“在搏斗，他们发出了惨叫声……”曹元明的语速伴随着呼吸快了起来，“一个人被打倒了，另外两个人拖着他……”

“他们长什么样？”

“看不清。”曹元明痛苦地说，“又一种巨大的声音响了起来……”他忽然坐了起来，胸口起伏，睁开了双眼，眼神中充满了惊恐。沈辞云停止了催眠，拉起窗帘，让阳光照射进来。

曹元明渐渐平复了心情。这是他第一次主动地走进隧道，但梦境仍是一片模糊，恐惧感依旧挥之不去。他形容噩梦中的这条隧道——就像一个魔窟、一个另外的时空、一个被折叠的次元，与阳光灿烂的现实世界格格不入，但它又像是真实存在过一样，一旦出现在脑海中便再也抹不掉，而是变成了一个疯狂的肿瘤、洪荒的源泉，不断释放着痛苦的恐惧感。

沈辞云对这种好似呓语的荒诞描述毫不意外，认真倾听。

曹元明说：“你说过，这不是一个普通的梦，而是我的潜意识所唤醒的记忆。”

沈辞云问：“是的。你看过弗洛伊德《梦的解析》吧？”

曹元明点头说：“这本书是每一个心理学爱好者床头必备的书籍。”

沈辞云："弗洛伊德认为，在梦中，人们能在潜意识支配下去完成自己想做而又不能做的事情——你想回到那条隧道里去，你想看清楚里面的一切。"

"是的，因为我感觉这个噩梦就是二十年前我父亲被害的场景。"曹元明语音有些酸楚，"我看过你的一些论文和报告，太专业的东西不懂，但记得你说过一点：梦境能够对发生过的事件片段进行非常真实的模拟，如果通过特殊的技术手段还原梦境，有可能再现真实的场景记忆，记忆和梦是一对镜像运动……这让我想起了一部电影《盗梦空间》……"

沈辞云摇头说："《盗梦空间》里面，可以潜入别人的梦境窃取秘密甚至种下他人原本不存在的想法，这对于科学家来说是一个遥不可及的幻想，和我说的是两回事。"

"噢，那是我的理解有偏差。"曹元明说，"冒昧地问一句：你在这方面成功的案例有多少？"

沈辞云说："这样的案例还没有在人身上发生过，我只在小白鼠身上做过实验。"

她详细解释这个实验的科学原理："早在 1973 年，美国哈佛医学院精神病医师艾伦·霍布斯和罗伯特·麦卡莱通过在大脑表层植入微电极来识别产生电脉冲的神经细胞，提出了一个全新理论：梦是大脑在睡眠中从记忆储存中随机抽取的一些记忆片段产生的电脉冲活动。现在，借助于功能性核磁共振显像，我们不光能看到大脑表面的情况，而且还能深入了解大脑深处的活动情况。打个不太恰当的比方，大脑的海马体相当于电脑内存，大脑皮层相当于硬盘。我们白天所经历的一些事情储存在海马体，当夜晚进入到快速动眼睡眠阶段时——在这个睡眠阶段，大脑甚至比清醒时还活跃，但身体其他部位基本处于麻痹状态，这也是梦最多的阶段——海马体神经组织异常活跃，将这些记忆片段进行重演、筛选，然后转存于大脑皮层永远记忆区。老鼠的脑部基本结构与人没有什么差别，它们也会做梦。我的实验是这样的，用精细的电极‘窃听’老鼠的单个海马神经元，当老鼠通过迷宫中每一个位点时，对应的神经元会对这个具体的空间位置产生反应，反应产生的电脉冲活动形成记忆片段存储起来，这样的话，走过几次迷宫之后，老鼠就形成了记忆，再也不会迷路。有意思的是，当老鼠做梦时，这些精细电极所接受到的电脉冲活动图像，与它在清醒状态下通过迷宫时的图像特征有很高的吻合度，这说明老鼠梦到了迷宫，更有意思的是，当我收集到了足够数量的梦境电脉冲活动图像后，再运用 SHADOW 软件处理还原，得出的迷宫图形居然跟真实的迷宫相差无几——这不但证实了记忆是产生梦境的基石，还证实了记忆和梦的镜像关系，通过梦境有可能还原现实。”

沈辞云这段话的信息量比较大，曹元明消化了好长时间，热忱而决然地说：“明白了，我其实就处在梦境迷宫里！你拿我当小白鼠来做这个实验吧！”

沈辞云半开玩笑地说：“我说过，我对小动物可是很暴力的。”

曹元明说：“只要能还原那个噩梦，你怎么来都行！你尽管放心，不用担心我的忍耐力，我们可以签免责协议。”

沈辞云却泼了冷水：“要将这个理论成功地运用于人的实践没那么简单。其一，人的大脑功能非常复杂，是老鼠远不能比拟的，其中充满了未知领域，梦的成因和过程，目前在生理学和心理学上还缺乏完善而精确的理论指导；其二，你的这个梦境，太模糊、太破碎，给出的信息量太少，老鼠走迷宫，只是一个简单的二维场景，而你要走出的梦境迷宫，是过去了二十年的一起杀人事件，难度不是一个数量级的。”

曹元明说：“难道就不能试一试吗？哪怕百分之一的希望，我也愿付出百分之百的努力。算是我恳求你，可以吗？”他脸上充满了祈求和期盼。

沈辞云沉思良久，说：“梦不受时空维度的制约，因此从理论上来说，这个实验是有可行性的。”

曹元明忙问：“梦不受时空维度的制约？”

“就像古话说的‘黄粱一梦’。”沈辞云说，“有时候一个很完整度过了几年的梦，而且梦境在遥远的地方，但当你被及时唤醒后，回到当前的时空维度时，你发现其实只过了几分钟，梦中的一切都历历在目。也就是说，梦境中几年前发生的事情，在你的记忆里只不过发生在几分钟之前的眼皮子底下，自然是记忆犹新。我们不需要去弄清楚梦的所有生理奥秘，只需要利用梦和记忆的镜像关系，在梦境中跨越时空，将过去的记忆‘提取’并在梦境中‘呈现’出来，就达到了‘记忆犹新’的还原效果。”

曹元明激动地问：“怎样才能达到这种神奇效果？”

“催眠。催眠可以进行全心象回忆，打开记忆库的封印，探索前尘今时。”

“我们刚才不是在催眠吗？但还是看不清楚，是不是我没有配合好？”

“你做得不错，注意力集中、想象力丰富，催眠效果很好，但你仅仅进入催眠的初级阶段，我们还要更深一步。量子催眠和超深度催眠的迅速发展，已经让催眠的能量超越了很多人甚至一些心理学专家的想象。有一个著名的案例，国际催眠大师米尔顿·艾瑞克森通过催眠术使受术者回想起了二十五年前看过的一本书的全部内容，还能准确地说出页数。”

曹元明精神大振：“那我们下一步要进入什么阶段？”

“我们可以尝试一下‘梦境孵化’。”

“梦境孵化？”曹元明头一次听到这个词。

“我们可以把梦比喻成一个鸡蛋胚胎，起初处于混沌之中，什么也看不清，在孵化过程中渐渐出现心血管、卵黄囊、眼睛、翅膀、喙……最后，一只鲜活的小鸡破壳而出，每一根羽毛都看得清清楚楚。”

“明白了。梦境通过孵化，变得清晰而完整，就可以还原记忆。”曹元明说，“鸡蛋要孵出小鸡，需要适宜的温度和湿度，‘梦境孵化’需要什么条件？”

“必要的内在条件和外在条件，可能还需要一些运气，有的我能解决，有的需要我们一起来解决。”

“我会全身心地配合你，需要我做什么？”

“我们就从这个残缺的梦入手，运用梦的诱导技巧，将梦引导到具体问题上，借力打力，通过梦来解决这些问题。”

“我不太明白。”

“无论梦的内容有多么奇怪，但梦中的情绪体验是真实的。做噩梦时，你是真的在害怕某种东西，所以，要把解梦重点放在情绪和原始动机的探索上。”

“如何探索？”

“这要从你的经历上去找寻答案。”

“我的经历？”

“我问一个问题：你对自己幼年的经历记得非常清楚吗？”

曹元明思忖了一会儿，说：“别人都说我记忆力非常好，其实只有我自己知道，我的记忆有大片的盲区。我和顾昱聊天，他说起小时候很多事情，我都记不清。尤其痛苦的是，我记不住二十年前父亲离奇失踪的情景，仿佛那段经历在我的人生中不存在。但母亲告诉我，那天我是和父亲一起出去的，最后只找到我一个人。”他双手抱头，“你曾说过，我工作中表现出的强大记忆力，其实是遗忘症的一种代偿，这么看来，我的遗忘症不是在离山隧道绑架案后才出现，而是老早就有了……”

沈辞云说：“是的，这个病根就在二十年前，很可能就发生于你父亲遇害的当时！”

曹元明呆住了。

沈辞云说：“这在医学上叫作‘创伤性失忆症’。一个经受过严重挫折的人，由于记忆太痛苦无法忍受，大脑自动把相关的记忆‘封存’起来，使人忘记了那段痛苦经历，这是一种自我保护机制。创伤性综合征的治疗难度很大，而你那时可能并没有接受过正规的心理治疗，所以一直处于懵懂之中。”

曹元明问：“为什么忘了二十年的情景，又突然出现在梦中？”

“这段记忆只是‘封存’在大脑皮层的某个角落，并没有真正地抹去。离山绑架案中，你的大脑受到外伤或者手术刺激时，某一个特定的‘记忆扳机点’被意外地触发了，这扇封存记忆的大门被打开了一条裂缝。”

曹元明喃喃地说：“原来如此……离山隧道受伤后，医生诊断我患有‘顺行性遗忘症’，没想到……”

沈辞云说：“其实，你既患有‘顺行性遗忘症’，你发病之后经常忘事，也患有‘逆行性遗忘症’，你遗忘了发病之前的很多事情。‘顺行性遗忘症’才几个月，而‘逆行性遗忘症’发生于二十年前的那场心理创伤。”

曹元明点了点头，说：“要查明顾昱父子遇害的真相，就必须克服‘顺行性遗忘症’，要查明我父亲遇害的真相，又必须克服‘逆行性遗忘症’——我从警以来从没有遇到过这样的难题！”

沈辞云轻声说：“这很难，命运对你不太公平。”

曹元明轻松地一笑：“也许吧，但我要扼住噩运的喉咙！”

他深知眼前的困难是前所未有的，除了病痛的折磨，更危险的是那些看不见的敌人，他们既有狡诈的内鬼策应，又有强大的境外势力撑腰，正如顾朝庚的遗言所说“无孔不入，无所不能”。但他不能退缩，为了那些死去的人，为了警徽下的誓言，为了正义和法律，哪怕前方是刀山火海，也必须赴汤蹈火！

第六章　狩梦人

深夜，曹元明约黄利平在城郊的湖滨公园见面。这里远离城市的喧嚣，四周黑沉沉的，一片寂静。

曹元明开门见山：“大黄，你要帮我一把，你在黑白两道都有很多关系，看看能不能找到孙洪的下落。这个人是跟鹰叔混的，是‘威尼斯’夜总会的舵把子，以前坐过牢。他过去跟我没有交集，指使闵宝玉诬陷我杀顾昱，他的背后肯定还有人，这是一个有组织、有计划的犯罪团伙。”

黄利平说：“通过公安系统查可以省很多事。”

曹元明说：“他们也在查，但是我不抱希望。”

“嗯……”黄利平敏锐地捕捉到了他的顾虑，“你不信任你的同事？”

“直说吧，我现在孤立无援，周围没有可以信赖的人。公安或者国安的内部，可能有内鬼，他们在暗处，我在明处。不论是 CLH82 芯片泄密案还是贩枪案，我都有这种直觉：那个‘内鬼’就在我身边，却影影绰绰不可捉摸。”

“臧进荣、娄昆都是你的老上级，还有新来的敖局长，这些人你都不信任？”

曹元明怫然起身：“你不帮就算了。”

确实，曹元明和臧进荣、娄昆并肩战斗十多年，彼此很熟悉，但最近经历波折之后，却发现这两位领导一下子都变得陌生起来。臧进荣外表大大咧咧，但专横独断，有时为了破案甚至“不择手段”，而且和鹰叔等人有着说不清的纠葛；娄昆平时笑眯眯，轻易不动怒，一碗水端得四平八稳，别看他斯斯文文像个书生，健身房里一脱外衣一身腱子肉，他的内心就像肌肉一样包裹得严严实实；至于敖文年……曹元明记得母亲曾告诉过自己：父亲失踪那天似乎有什么预感，临走时跟母亲说：“如果晚上我还不回来，你就去找保卫科的同事敖文年，我给他打过招呼，他知道该怎么办。”到了晚上，父亲仍然没有回家，母亲急了，去找敖文年，但敖文年却不在保卫科值班，错过了救人的最佳时机。过了两天，人们才在水库里找到奄奄一息的自己，而父亲却不知所踪。母亲永远不能原谅敖文年，临死时还耿耿于怀——曹元明现在怀疑，当年敖文年的离岗和父亲的死有关，而父亲的死和顾朝庚的死存在某种联系。他还记得，他去看望顾昱父母之前报告了敖文年，结果一到顾家，顾朝庚就“自杀”了……这么推想下来，二十年前那桩悬案的凶手不但逍遥法外，而且仍在作恶，很可能就在眼前！

这些都只是猜测，没有证据，所以曹元明没有和任何人提及。

黄利平拉住他：“你不说，我能理解，我会帮你的，谁让我们是兄弟呢！”他顿了一下，“不过，你这样单枪匹马跟他们斗是很危险的，为什么不退一步？你已经不能重返刑警岗位了，追查到底不属于你的职权范围，退一步海阔天空，要是把他们逼急了……你想过后果吗？”

曹元明望着黑漆漆的远方，仿佛想看穿黑暗深处：“顾昱跳楼前回望了我一眼，他那双眼睛，就像烈日下在河滩上暴晒的鱼眼，充满了绝望、痛苦和无助，就这样在我眼前跳了下去，结束了他的一切，也结束了他父亲的所有希望……”他说到这里神色酸楚，“我们从学走路开始就在一起玩，好得可以穿一条裤子，三十多年的好伙伴就这么没了……你说，我能退吗？”

黄利平说：“顾昱临死前跟你说了什么？”

曹元明抱头说：“我很多事都不记得，只记得他朝我大喊‘不，不是我推的’，还给我发了一个数字，但我记不清了，不知道这里面包含什么意思。”

黄利平“嗯”了一声，问：“心理咨询效果怎么样了？”

曹元明说：“现在沈辞云博士在做我的心理咨询师。”

“不是马修斯博士吗？”

“沈博士好像和我更匹配。”

“匹配？”黄利平说，“依我看，马修斯是‘心岸’里面最棒的。”

“从心理学上说，最棒的心理咨询师并不一定是最匹配的，在咨询所有的差异变量中，匹配度是咨询成功与否最重要的因素之一。”

“我倒是听说，这位沈博士是一位天仙般的大美女。”黄利平嘴角露出一丝暧昧的笑容。

“你想到哪去了，匹配度指的是感到被倾听、被理解以及被尊重。”

“你现在聊起心理学也是一套套的了。”

“久病成良医嘛。”曹元明问，“顾昱接受心理咨询有多久了？”

黄利平说："这个不太清楚……他没跟你说？"

"没有，他只是向我推荐了马修斯博士，听说当初还是你介绍的。你怎么认识马修斯的？"曹元明心中一直有一个疑问：顾昱平时和自己无话不说，连老妈贪便宜买了几斤臭鸡蛋这样鸡毛蒜皮的事儿也会发几句牢骚，为什么偏偏回避了这么严重的一个问题？

"'心岸'有政策扶持，像顾昱这样的高级工程师可以减免费用，这是一项福利政策，他们的心理咨询效果确实不错，这一点我有切身体验。"黄利平点燃一支香烟，"你还记得当年我为什么脱下警服吗？"

五年前，公安局接到线报，港口仓储区的一辆集装箱车里夹带有毒品。晚上，娄昆带队前去搜捕，分成两个小组，他和黄利平分别担任组长，采用包抄战术将毒贩一网打尽，但有一个毒贩漏网。这个毒贩逃出港口区，在加油站劫持了一个路人，躲进快餐店，与追上来的黄利平枪战，娄昆和章国全随后赶到支援。枪战中，毒贩被当场击毙，但人质的大腿中枪，股动脉被切断，抢救无效死亡。现场勘验和尸检表明，击中人质的是7.62毫米口径子弹，来自于警用七七式手枪——这是一起严重的误伤事件，严重性在于，人质当时已用牙齿咬断了绑在手上的绳索，再晚几分钟就有可能翻窗逃脱，更严重的是，此人正是时任副省长湛继圣的儿子！在短暂的交火中，黄利平打光了一个弹匣七发子弹，娄昆打了四发，章国全过于紧张没开枪。由于子弹飞出了人体造成贯穿伤，无法进行弹道痕迹检测比对，混战中难以确认这一枪是谁开的。调查时，娄昆矢口否认是自己打的，章国全说这一枪是黄利平打的。黄利平起初不肯承认，说实在记不清当时的细节，在持续不断的调查中，他背负了沉重的心理压力，整夜难眠，大把掉头发，经过马修斯的心理辅导和治疗，才从困顿和失眠中走出来。他终于回忆清楚了，承认了自己急躁冒进不慎误伤人质，随后的处分也就顺理成章：开除公职！

曹元明惋惜地说："你不干刑警真是市局的一大损失，他们给你取了个绰号'大黄狗'，虽然不雅，但都说你的破案嗅觉很灵，如果你在，那些奖状表彰哪里还轮得到我？"刚参加工作的刑警，都会跟个"师傅"以积累办案经验，曹元明跟的就是这位同门大师兄，黄利平对这个师弟也是照拂有加，把从警多年来的经验毫无保留地传授给他。

黄利平嗤之以鼻："什么损失？我跟你算笔账，我走那会儿十年工龄，月薪六千，加班费每月一千，住房公积金扣一千五，半年奖五千，年终奖三四万，其他杂七杂八一年能发个七八千，其他一分钱没了，至于灰色收入，我不屑，那种烂钱收多了，要损阴德。二十四小时值班，随时出现场，节假日还要加班加点，累死累活，为了几个铜板，值吗？我脱了这身衣服无拘无束，只要放开手脚，一年百八十万闭着眼也能挣到，每年都带老婆孩子出国玩几圈，比起过去不是强了百倍？"

曹元明默然无语。想当年，只要队里抓获重大案犯，黄利平都要主动请缨参加审讯，而且一审就是通宵达旦……现在的他和当年已是判若两人。

黄利平浓浓地喷出一口烟雾，大发牢骚："你也知道，公安系统晋升极其困难，顶天儿当个主任科员，三十多岁政治生涯就到头了，想往上爬的如果没关系，靠扎实工作要付出比别人多十倍的努力，即使上去了，也是累得老病缠身。你看那些到了中年的同事，除了手脚没毛病，哪个身上都有一堆的病，什么高血压、糖尿病、肝病、胃病、肺病……”

黄利平被开除后，局里考虑到他从警多年，经验丰富，受过专业训练，担心他在外面走弯路，安排他去公安局下属的保安公司管后勤，既帮他解决了工作，又不让他远离公安系统，便于管理。但黄利平并不领情，当起了私家侦探，利用自己积累的人脉关系，生意做得风生水起，还开了自己的公司。

“干私家侦探，至少生意是明码标价，合同白纸黑字，我早就说了，你干脆也脱了这身衣服，跟我一起干！”

曹元明说：“大黄，你就别劝我了，我不像你，拿得起放得下，我没得选，也不能退，我跟他们势不两立！你要是兄弟，就帮我这一把！”

“人各有志，勉强不来。你放着阳关大道不走，偏要走独木桥，到头来会后悔的，我可是劝过你。”黄利平说完将烟蒂远远扔出，一点红色的微光“嗤”地落入水塘，四周又是一片黑暗。

曹元明回到家中已经是半夜十二点，唐媛媛和贝贝还在等他。唐媛媛说：“贝贝一定要等你回来才肯睡。”望着女儿憔悴的小脸，他满怀愧疚，心想：是该给贝贝找个妈妈了。

曹元明抱着贝贝进了卧室，将她哄睡后回到客厅。

唐媛媛问：“你去找沈辞云了吗？”

曹元明说：“我去找黄利平了……很晚了，我送你回去吧。”

唐媛媛低头说：“我不走。”

曹元明说：“那也行，你睡卧室，我睡沙发。”正要转身，只听唐媛媛幽幽地说：“你还要我等多久？”他愣住了。唐媛媛站起身来，走到他跟前。

曹元明这才注意到唐媛媛的脸化了淡妆，嗅到扑鼻的香水气息，他下意识地退了一步，躲避迎面而来的炽热目光：“媛媛，我知道你这些日子一直很辛苦，我很感谢……”

唐媛媛跟进一步，深情款款地说：“我不要你谢谢我，我要你抱抱我。”

曹元明没有动：“媛媛，你听我说……”

唐媛媛一把搂住了他的腰，把脸庞贴在他的胸口：“我爸妈都很喜欢你，也都喜欢贝贝。贝贝需要一个完整的家，我……也需要你。”

曹元明缓缓将她推开，唐媛媛睁大了眼，眼神里的期盼变成了失望，问：“为什么？”

曹元明说：“我现在的处境比较危险……我怕会牵连你。”

唐媛媛问：“什么危险？”

“我还不能告诉你。”

“这都是借口！”唐媛媛恼怒地问，“是不是你心里有了别人？”

“说什么呢，莫名其妙。”

“那你告诉我，你都已经洗清嫌疑了，还有哪儿来的危险？”

“媛媛，你就别问了，这里面的水很深，你没必要整天担惊受怕跟着我搅这趟混水。女人最需要的是安全感，可我给不了你。”

唐媛媛坚定地说：“我不怕，我的命是你救的，无论有什么危险，我都要跟你在一起！”她拉开拉链，外衣落在地上，脸颊绯红，双肩袒露，手臂再次抱紧曹元明。

曹元明用力推开她，说：“我去收拾一下。”

唐媛媛又羞又气，哽咽地问：“我有什么不好？”

曹元明站在卧室门口，背朝她，说：“不是你不好，是我不好。贝贝就在隔壁，我们不能这样……我这个人说话比较无趣，请原谅！”

唐媛媛的眼泪“唰”地流了下来。她回忆起往事。

唐媛媛有个中学同学名叫胡小江。她刚参加工作不久，就多次遭到胡小江的纠缠骚扰，要求和她谈恋爱。被严词拒绝后，胡小江心怀怨恨，并伺机报复。一天晚上，胡小江喝得酩酊大醉，携刀强行闯入唐媛媛家，与唐媛媛的母亲发生口角和厮打。唐媛媛一进屋，胡小江就将她踹倒，叫喊：“不跟我谈恋爱，就挑断你的脚筋！”说着就拔出刀向唐媛媛刺去。唐母不顾一切地用手电筒打胡小江的头部，唐媛媛得以逃出门外呼救。曹元明闻声进屋时，只见胡小江正向老迈的唐母行凶，大怒之下上前制止，夺刀的过程中，不幸刺中胡小江的胸部。经法医鉴定：胡小江系右肺受锐器刺伤，造成血气胸急性失血性休克死亡。案发后，曹元明立即向公安机关投案自首。经法院审理，认为曹元明的行为系正当防卫行为，不负刑事责任。从此，唐媛媛的一颗心便牢牢系在曹元明身上，无人可以代替他。

曹元明在沙发上辗转反侧，他又失眠了。经过这段时间的调养和治疗，隧道噩梦出现的频率有所下降，随之而来的恐惧感也逐渐减低，但无论在梦中还是清醒时如何努力地去看去想，隧道仍是一片黑暗、一片模糊。

他干脆起身开灯，按照沈辞云布置的作业，收集、整理儿时的记忆。沈辞云的要求是回忆越详细越好，诸如春天家门口开了什么花，屋檐下有几只燕子筑巢……事无巨细都记录在笔记本上，文字表达不清的还要用图示，并附上童年的照片，这些记忆素材将作为“孵化”梦境的土壤。在回忆时，不时地有浮光掠影闪现在记忆长河中，但都是惊鸿一瞥，随即无影无踪。他有时会想：“这样做真的有用吗？曾听说过勤记笔记有助于预防老年痴呆，难道她认为我的脑子已经未老先衰了？”尽管有些不解，但他还是认真完成作业，这几天写完了一本厚厚的笔记本。

大脑工作时间长了，又开始隐隐作痛，打断了他的回忆。他伸了个懒腰，站起身来，吃了一颗药，走到窗前搓揉太阳穴。

东方的天际露出鱼肚白，首班轻轨列车从远方的高架线上无声地疾驰而过，又是一个不眠之夜。这时，手机突然响了，来电显示，是一个异国号码。

曹元明激动地按下接听键，果然是前妻欧阳绚打来的。

“元明，你和贝贝还好吗？”也许是因为国际长途的信号问题，欧阳绚的声音透着一丝颤哑。

“我们很好，很好。”眼下的处境，无论如何谈不上一个“好”字，但曹元明不想让她担心。

“别瞒我了，黄利平都跟我说了，你这段日子过得很糟，差点没命。”

曹元明记起来了，他在看守所时让黄利平去通知欧阳绚，那时以为自己很可能出不来了，怎么这会儿她才打电话来？他说：“大黄就喜欢咋呼，其实事情没那么严重。”

欧阳绚说：“你这个人我还不清楚吗？嫉恶如仇，不撞南墙不回头，做事不给别人留余地，最后吃亏的是自己。”

曹元明简略地说：“是遇到了一些麻烦。”

欧阳绚问：“贝贝呢？”

曹元明看了一眼紧闭的卧室房门：“她还在睡觉。”

“噢，我在A国时间长了，都忘了时差，你们这会儿还没天亮。”欧阳绚有些歉然，“这段时间谁在照顾她？”

“我一个同事。”

“我马上回国。”

曹元明抑制不住欣喜：“真的吗？”

“当然，我是贝贝的亲妈，哪个女人也不能代替我。”

曹元明从抽屉里拿出一张多年前的全家福相框，那是他、欧阳绚以及贝贝的三人合影，贝贝经常拿出来看，虽然不说，但他知道女儿在想妈妈。相框没有一星灰尘，但他还是拿起抹布擦拭，伫立良久，想起过去的岁月。

欧阳绚原是河山医科大学附属医院特护病房的一名护士，外表靓丽，生性多情。河山市著名企业家刘万河在一次住院时与她相识，刘万河未婚，主动发起爱情攻势，而她一心想嫁入豪门，住院期间两人就建立了恋爱关系，却不料刘万河风流成性，很快便另有新欢。曹元明的母亲买菜时被摩托车撞倒，路过的欧阳绚将她救起送往医院。欧阳绚和曹元明是高中同学，两人毕业后并没有多少联系，但曹母却喜欢上了欧阳绚，她笃信算命签运，认为这是上天赐予的姻缘，欧阳绚就是未来的儿媳妇，极力撮合儿子和她谈恋爱。曹元明是个孝子，不敢违拗母亲，欧阳绚被抛弃后情绪陷入低谷，便匆匆嫁给了曹元明。婚后，由于曹元明工作繁忙，她感到生活没有情调，不甘寂寞的她红杏出墙，离婚去了国外，留下贝贝给了曹元明。曹母临终前对曹元明说："这姑娘太俊了，花艳招蜂啊，她要是以后有什么好去处，你也不要为难她。"因此，尽管欧阳绚出轨在先，但曹元明记着母亲的话，多次低声下气向欧阳绚示好，希望她回国，欧阳绚却表示覆水难收……现在，她终于要回来了！

唐媛媛带着贝贝起床，看到那张全家福相框挂到了墙上。曹元明见她神色有异，解释说："欧阳绚就要回国了，你以后就不用这么辛苦了。"

唐媛媛"噢"了一声："怪不得……你怎么不早说？"

曹元明说："我也是刚接到电话。"

唐媛媛淡淡地说："这么着急往上挂，恭喜啊。"

贝贝听到了，从房里跑出来，欢声叫道："妈妈要回来了吗？"

曹元明说："对，到时候爸爸去机场去接她。"

贝贝说："把我也带上！"

曹元明抱起贝贝："好嘞。"

唐媛媛默默地收拾餐桌，心中五味陈杂。

门铃响了。曹元明有些纳闷，这么早有谁会来，开门一看，一个中年妇女牵着一个少年站在门口。那个少年一见曹元明就高兴地大喊："曹大哥！"正是姜阿奇，曹元明也是又惊又喜。

那个中年妇女是姜阿奇的母亲，双膝一屈就要下跪，曹元明连忙一把搀住：“大嫂，你这是干吗？”

姜母紧紧拉着曹元明的手，泪水纵横：“恩人啊，可找到你了。没有你，我这孩子一辈子就完了！我没本事，没什么可以报答你的，以后，我给你做牛做马，当老妈子，做到干不动的那一天为止。”

曹元明说：“大嫂，别这样，我只是做了我该做的。阿奇是为了救你才不得已伤人，他有孝心，懂事了，这样的孩子应该有前途。”

这时，唐媛媛带着贝贝出门去幼儿园，姜母对唐媛媛说：“你是恩人的夫人吧？这孩子真可爱。”

唐媛媛白了曹元明一眼：“不是。”

曹元明问姜阿奇：“工作有着落了吗？”

姜阿奇摇了摇头：“我这样的人，谁会要？”

姜母刚收拢眼泪，又泫然欲泣：“都是我连累孩子，那个人发过狠话，谁给孩子饭吃就砸谁的锅。”

姜阿奇说：“我送了几天外卖，老板一听这话，二话不说就把我辞了。”

唐媛媛气愤地说：“谁这么无法无天？一个孩子，凭什么把他往绝路上逼？”

曹元明说：“今天我还有事，过两天你再来找我，我带你去一个地方。”姜阿奇连连点头。

曹元明再一次来到“心岸”心理疗养院。这次，沈辞云将他带到一个封闭的暗室，这里非常安静，四面都是白墙，陈设简单，只有一张单人床，一把椅子。在沈辞云的指示下，曹元明戴上 VR 头显和耳麦，又戴上一个插着各种电极的头罩，胸口和四肢连接上电极片，左上肢戴上血压袖套。

沈辞云说：“今天，我们开始一项史无前例的人体实验。根据你提供的记忆素材，我构建了一个梦，一个‘真实’‘清醒’的梦，当你进入梦境后，会发现其中的一切都是真实发生过的，而且你的神志和感官会一直保持清醒。不过我要提醒你，我们的实验没有经过伦理委员会审查，所以只能秘密进行。”

曹元明说：“你放心，我已经写好了免责声明书，一切后果自负，与你无关。还需我做什么吗？”

沈辞云说：“你只要全心全意配合我就行，我会随时监测你的血压和脉搏，会和你一起面对危险，我们在一起，明白吗？”

曹元明点头说：“明白。”指着头罩说，“还要做脑电图吗？”

沈辞云说：“不，这是 SHADOW，你也可以认为这是脑电图的升级版。”

曹元明问：“SHADOW 究竟是什么意思？”“SHADOW”在英文里是影子和幽灵的意思，给人一种高深莫测的感觉。

沈辞云说：“它只是一个代号，你可以理解为梦境还原，很快，你就会进入到‘清醒梦’之中去体验它的神奇。”

沈辞云离开了房间，去隔壁操作仪器。曹元明平躺在床上，在沈辞云的话音引导下进入催眠状态，在她的提示下睁开了眼，展现在眼前的是一幅绝美的风景画：

群峰如油画，河川如玉带，高大的西伯利亚红松、千年的红豆杉矗立林海。这里的四季是五彩的：积雪尚未消融，款冬、顶冰花等早春植物就已钻出地表；春风拂来，五颜六色的野花次第绽放，在森林地表铺就一层林下花海；夏季，绿涛阵阵，山涧潺潺；秋风送爽时节，万山层林尽染；冬季的林海雪原，一望千里，气势磅礴。

这是家乡春岭的景色！曹元明呆住了，这是一种壮丽的美、一种令人窒息的美。

沈辞云的提示音响起："别发呆，我们的时间有限，跑起来。"

曹元明在梦境里跑了起来。

几个孩子在旷野中追逐、奔跑，耳畔响起熟悉的童谣："傍晚的天空，秋风徐徐吹来，清澈的流水……"微风拂面，小鸟叽喳，天边的彩虹，雨后泥土的芳香，露珠在草叶上滚动，胸前飘动的红领巾……这些全方位的细节都是那么的逼真、自然，让曹元明分辨不清是VR产生的还是记忆产生的，带着身临其境的感觉回到了童年时代，回到了二十年前。

沈辞云说："告诉我你都看到了什么。"

曹元明边跑边说，他经过家门口、学校、工厂、街道……陆续见到了父母、朋友、同学、亲戚、师长……这些人不论现在已经去世还是在世，他们的音容笑貌都是栩栩如生，就这样擦肩而过……他忍不住放慢脚步。

沈辞云说："继续跑，不要停。"

曹元明说："让我停一停吧，我想和他们多待一会儿，说几句话，就几分钟。"

沈辞云说："不行，这不是我们的目的地！我们构建的这个梦没有足够多的素材来支撑，你这样做会让它崩塌。"

曹元明只得继续往前跑。

梦境里的天气变了，阴云密布，雷声阵阵。

他开始气喘吁吁，心跳也加速了。

沈辞云问：“怎么了？”

曹元明回答：“要下雨了……那种感觉又出现了。”

“嗯，现在你可以放慢脚步了。”

“妈妈在后面喊我。”

“她在说什么？”

“让我早点回家。”

“你爸爸呢？”

“我在找他……我看到了……”

“你看到什么了？”

“他开着吉普车，从公路过来了。”

“你在哪里？”

“我在车上，躺在后座上。”

“你为什么躺着？”

“我发着烧，晕乎乎的，一点力气都没有。”

“雨下得很大？”

“是的，好大的雨……”

“你在车上还看到了什么？”

“车窗上都是水，天暗下来了，什么也看不清……”曹元明的声音忽然打了颤，手心全是冷汗，“噢，那条隧道出现了，就在前面，马上要进去了……”

沈辞云的声音响起，但曹元明听不清，一种非常奇怪的声音混合着雷雨声充斥耳膜，他努力瞪大眼睛，但眼前突然闪出一片刺眼的白光，让他不由自主地闭上了眼，等睁开眼时，却是一片黑暗……车停了，电闪雷鸣之际，有人在说话，但不知说什么，父亲下车了，背影顿时被黑暗吞没，再也没有回转身来……嘈杂的声音响起，恐怖的人影出现在了车窗前……

曹元明的大脑一片混乱，他已经听不到沈辞云的指示了，不停地提醒自己："沉住气，集中精神，注意看，注意听。"但很快，眼前出现了大片的水波，水扑面而来，他拼命挣扎，却发现自己动弹不得，像一个溺水的人一样出现了濒死感……

心电监护仪响起"嘟嘟"报警声，随着一阵急促的铃声，眼前和耳畔的一切都消失了。沈辞云及时终止了催眠。

曹元明胸口像压了一块巨石，全身像僵化了，连一根手指也动弹不得。沈辞云在一旁指导他："想象一下，你就是一个机器人，躺在棉花堆里，你的身体很重，棉花很轻，你深深地陷进去，每陷进去一点，你就轻松一分……越陷越深，你越来越轻松……"

曹元明慢慢恢复了行动能力，他坐起身来，气喘吁吁，口干舌燥，这时监护仪的报警声才停歇。

沈辞云说："结束了，摘下VR头显和SHADOW头罩。"

曹元明摘下设备，沈辞云站在面前，脸色平静，但眼神中充满关切。

曹元明喘息甫定，接过沈辞云递来的一杯水，大口倒入嘴里，大声呛咳起来，水泼洒出了不少。

沈辞云说；"不要急，这是喉头痉挛，平静呼吸后再慢慢喝。"

曹元明说："催眠不能停，我们继续。"

“不能继续，你的脸色很不好，刚才差点休克。”

“我好像溺水了，清醒后还是动不了，感觉胸口像压了一块大石头……但你说过，梦境中的一切都不可能真实地伤害到我。”

“那是一般的梦，但今天你进入的是一个特别的梦，梦中的一切感受都是你过去的真实体验。你感觉自己溺水了，说明在那个时间，你真的溺水了。”

“是的。”曹元明悚然，“我和父亲失踪两天后，他们在玉川水库里找到了我，我那时还昏迷不醒，醒来之后什么也不知道，像个白痴一样，一个多月后才会吃饭说话。”

“所以，这种溺水的感觉是真实的，你会像真的溺水一样，发生喉头痉挛，抑制迷走神经，甚至出现心搏骤停，你感觉胸口像压了一块大石头，就是心脏缺氧的警告，这些都会危及生命。”

“现在已经可以确定，那个噩梦的确就是我父亲被害的场景，他开车带着我经过隧道时遇害了，可是仍有许多关键东西没有搞清，无法确定凶手的身份和作案细节……”曹元明问，“我们能不能再尝试一下？我现在有心理准备了，我一定能承受！”

“不行，至少今天不行，我必须保证你的安全！刚才你的脑电波出现了癫痫的先兆。你今天太累了，先回去休息。”

“那么明天？”

“你等我的消息。每一次治疗后，我们都要进行总结，这样才能决定下一步的方案。”

曹元明擦拭汗水，感慨地说：“VR 技术用于催眠实在是太令人震撼了，我不但没见过，连想都想不到，整个人感觉就像是穿越了时光隧道！你说SHADOW是脑电图的升级版，我看脑电图跟它相比实在太LOW了。”

沈辞云说：“这就是尖端科技的神奇之处。SHADOW是AI的最新成果之一，是VR（虚拟现实）、AR（增强现实）和MR（混合现实）等技术的集大成者，光是这副不起眼的头显，就用到了光子光场芯片、光纤扫描激光显示器、数字光场投射到用户眼中等高科技。你在梦境中所看到、听到的一切，是综合运用3D-Mapping、虚拟现实元素及脑电波诱发的视听特效等科技相结合的产物，这种新技术用于催眠尚在实验阶段，但已经在重拾记忆方面取得了难以置信的疗效，因为它能最大限度地让实验者出现身临其境的奇妙感觉，而回忆其实就是一种潜意识下的‘触景生情’或者说条件反射。”

曹元明思忖片刻，说：“我想到了一个科幻名词‘缸中之脑’。”

“缸中之脑”是哲学家希拉里·普特兰于1981年提出的一个假想：一个人的大脑被切下来放进一个盛有维持脑存活营养液的缸中，人脑的神经末梢连接在电脑上，这台电脑按照程序向人脑传送信息，以使之保持一切完全正常的感觉。因为一个人所体验到的一切最终都要在大脑中转化为神经信号，所以对他来说，似乎人、物体、天空还都存在，自身的运动、身体感觉都可以输入，这个脑还可以被输入或截取记忆——截取掉大脑手术的记忆，然后输入他可能经历的各种环境、日常生活……因为缸中的大脑和头颅中的大脑接收一模一样的信号，而且这是他唯一和环境交流的方式，从大脑的角度来说，它完全无法确定自己是在缸中还是在颅中——有关这个假想的最基本的问题是：“这世间的一切可能都是虚假的，你如何担保自己不是在这种困境之中？”

沈辞云说：“‘缸中之脑’是一个哲学问题，不是一个科学问题。虽然这个问题是以现有的部分科学理论为基础的，但它的怀疑论本质可以借由其他思想实验来阐发，本质上和科学无关。比如，中国的古代传说‘庄周梦蝶’也指出了同样的怀疑论，但并没有以现代科学作为基础。但SHADOW 不一样，这是以大脑的神经电生理活动为理论基础进行的一项科学实验。”

曹元明翻开笔记本：“前面你跟我谈过老鼠走迷宫的实验，说明了梦和记忆的镜像关系，其中也谈到了你说的这个神经电生理活动，既然这是SHADOW 的理论基础，能不能详细谈一谈呢？我总结了一下，刚才在梦境中的情景，百分之四十来源于我提供的回忆素材，百分之六十是‘封存’已久的记忆，这是我自己都从未意识到的记忆，SHADOW是如何做到这么神奇的呢？”

“打破砂锅‘问’到底是你的职业习惯。”沈辞云微微一笑，“早在1954 年，脑科学家威尔德·彭菲尔德在研究癫痫时就发现，当人们回忆嗅到一种气味、听到一种声音、看到一种颜色时，都是由大脑内特定部位的微量电流刺激引起的；反之，刺激大脑皮层的某些区域，某些往事的记忆就会历历在目，仿佛录像带的放映，具备了事件原始场景的所有感知和情绪。他由此提出了‘中央脑系统学说’：颞叶和海马体的环路是人类记忆的主要区域，这一区域像一个录音录像装置，把人的全部经历毫无遗漏地记录下来，这种记录虽然在大多数情况下未被人主观意识到，但在一定条件下可以被脑电流或者外部电流所激发。SHADOW一方面能够通过电刺激模拟出回忆场景，另一方面，又能捕捉回忆场景中的‘扳机点’，沿着潜意识的作用方向，触发更深入更广阔的大脑皮层记忆区，形成记忆的正反馈。”

“嗯，这个原理并不复杂，但要真正做到这一点很不容易。”曹元明若有所思，“SHADOW是谁发明的？是你吗？”

沈辞云说：“这项伟大的计划不是某一个人的发明，而是团队合作的结晶，我只是在其中做了一点小小的工作。”

“这样的项目投资一定很大，如果成功前景无量，是什么大公司大财团在支持？”

沈辞云没有回答。

曹元明有些尴尬：“我不该问这么多。”

沈辞云说：“我们要做的，是把那个梦孵化出来，找出你要找的东西。”

曹元明说：“是，我肯定见过凶手的真面目，一定会记起他。”

沈辞云说：“这个过程就像在黑暗森林里狩猎一样，既要耐心，还要小心。”

曹元明说：“这个比喻好，我们狩猎的目标不是森林里的野兽，而是梦境里的凶手。如果说我是猎凶的人，你就是狩梦的人，你带我进入那片森林，在黑暗中为我指引方向。”

沈辞云见他额头都是汗水，说：“你太累了，先休息一会儿。”

曹元明走出“心岸”，已是夜幕低垂。只见远处的树林飘笼着淡淡的夜雾，成群的萤火虫在如烟的夜色里四处流动，鼻中嗅着风信子带来的泥土清香，温泉湾度假村仿佛成了一个童话世界，这里的一切和家乡简直一模一样。他来到草坪上四仰八叉地躺下，眼前是满天星斗、银河如练，他忽然发现，自己已经很久没有静静地仰望夜空了，柔软的草坪就像一张巨大的绿色席梦思，他非常享受这种全身心放松的感觉，不禁哼起了当年的童谣：“傍晚的天空，秋风徐徐吹来，清澈的流水，下垂的胡枝子，金铃子在歌唱，玉露沾在芒草上……”他眼前浮现出两个孩子的背影，他俩正欢快地举着网兜抓萤火虫，哼唱着同样旋律的歌曲……这是什么时候发生的？他想了又想，还是记不起来……一阵睡意袭来，他沉沉睡去……

不知过了多久，沈辞云唤醒了曹元明，他这才发现，自己根本没有走出咨询室！原来，刚才又是SHADOW制造的一个梦境，沈辞云见他身心太疲惫，给他安排了一场放松体验，这个梦不过十几分钟，但效果就像熟睡了几个小时。

曹元明说：“你要是不唤醒我，我都不知道自己身处梦境之中，这和以前的催眠体验完全不一样。”

沈辞云微笑着说：“在以前的催眠中，负责逻辑推理的背外侧前额叶并没有停止工作，它能让大脑一下子跃进到‘清醒’状态，让你明白原来身处梦境之中；而刚才这个叫‘清醒梦’，和普通梦都发生在快速眼动睡眠期间，也就是说，刚才你是真的睡着了，不然如何放松呢？”

两天后，姜阿奇和母亲再次来到曹元明的住所。姜母不论曹元明如何劝阻，一定要帮他家搞卫生洗衣服烧饭。姜阿奇问：“曹大哥，你让我来，是要带我去什么地方吗？”

曹元明说：“你跟我来。”

姜阿奇说：“好，不过，我先给你看一样东西。”

曹元明有些奇怪：“什么东西？”

姜阿奇从怀里掏出一本书来：“这个送给你。”

曹元明一看，是汽车维修手册，说：“你可真有先见之明，我今天正要带你去一家汽修店，但你送我这本书干吗？”

姜阿奇垂眸示意他：“你翻开就知道了。”

曹元明打开一看，又惊又喜，只见里面夹着许多纸张，上面密密麻麻地写满了字符、数字、草图，正是自己原来那本被毁掉的笔记本上的内容！他被关押看守所时，先是被章国全收掉了那个记载有“6.19”谜案许多信息的红色笔记本，他只能在床单上记录一些记忆碎片，后来还了笔记本，他把床单上的记录抄录到了本子里，但本子又被号长蓄意撕碎，让他痛失了许多重要记忆而一筹莫展，万万没有想到姜阿奇存下了“备份”！他问：“阿奇，你怎么知道要把这些东西抄下来？”

姜阿奇说：“你睡觉都把这个本子枕在头下，肯定很重要。不管你去接待室还是办公室，只要你一出去，号长就贼兮兮地翻这个本子。那天你发癫痫，晚上没回来，号长做手工活儿时偷了一个打火机，我怕他会烧掉这个本子，就连夜躲厕所里打手电把本子上的东西都抄下来了。果然，第二天早上，号长就假装上厕所把笔记本顺走，撕下许多页纸烧了。”

曹元明一把抱住姜阿奇：“好兄弟，你可帮了我的大忙！”

姜阿奇说：“我依葫芦画瓢，怕被他们发现，赶时间，抄得很乱……”

曹元明说：“作为提示已经足够了，我的字本来就很潦草。”他翻看纸张，只见其中抄着一句话：“姜阿奇说：‘我得想法子养活自己，给我妈养老。’这是个孝顺孩子，我要帮他找律师。”这是自己当时写在床单上的提醒，姜阿奇在这句话旁边画了一个大大的笑脸。

曹元明开车带姜阿奇来到城东一家汽修店，指着店门口的招牌说：“知道这是什么意思吗？”

姜阿奇见招牌上写着“金不换汽修店”，喃喃地说：“金不换，金不换……浪子回头金不换？”

曹元明点头说：“对，浪子回头金不换！这家店的老板是我的朋友，和你有相似的经历，我跟他说好了，以后你就到这儿干活。”

姜阿奇简直不敢相信：“真的？”

曹元明拍了一下他的肩膀：“我什么时候骗过你？你不是喜欢修汽车吗？”

姜阿奇喜极而泣，“呜呜”大哭。

“金不换”的店主叫庞海，刑满释放人员，也是曹元明的线人。为了破案，经验丰富的刑警都会各自掌握几个特情。庞海出狱后陷入困境，是曹元明借钱给他开店，给他介绍头几笔生意，一步一步帮助他走上正轨，两人交情匪浅，有时曹元明深更半夜还开车带他去看点查案。

曹元明对庞海说："这个孩子就交给你了，你要把他当弟弟一样看待，做好传帮带，让他早点自立，可不许出什么岔子，否则唯你是问。"

庞海"呵呵"笑着说："放心吧，这小子看上去挺机灵，咱们是多少年的交情，我亏待不了他！"

曹元明对姜阿奇说："你就要满十八岁了，这份工作就当是我的生日礼物。你是个聪明懂事的孩子，十八岁就是真正的成年人了，可要记住自己说过的话：养活自己，给妈妈养老。记住了吗？"

姜阿奇郑重地点了点头："我记住了！"他暗下决心，要用一辈子来报答眼前这位好心的曹大哥。

曹元明回到家中，打开笔记本，仿佛黑暗中重见光明，那些字符、数字、草图都活了起来，它们在诉说、在呐喊，不久之前的往事纷沓而至。他的大脑飞速运转，梳理思路，将 CLH82 芯片泄密案（与顾昱坠楼、顾朝庚自缢可归于一案）、"5.10"特大贩枪案总结如下：

一、顾昱父子双双"被自杀"，整个作案过程不露痕迹、不留证据，相当高明，但作案手法类似，幕后操纵者应为同一人或同一团伙，有国际间谍背景；

二、芯片泄密案与贩枪案有交集，突破焦点应是那个打电话的神秘男子；

三、国内涉案的犯罪势力，涵盖公安局、看守所、黑社会、医院等，可谓神通广大、无孔不入，这不是一两个人，而是一张大网；

四、父亲的死与顾朝庚的死有必然的联系，噩梦中那条深不可测的隧道暗处，不但藏着二十年前悬案的秘密，也藏着当前一系列谜案的凶迹。

顾昱留下的“1502”显然隐藏着一条重要线索。曹元明在小纸片上写下1、5、0、2四个数字，将它们拆分、组合，打乱后，再次拆分、组合……反反复复，却毫无头绪。

就在这时，黄利平打来电话：“你要找的那个孙洪有线索了！”

曹元明从椅子上一跃而起：“大黄，真有你的！他在哪儿？”

孙洪收买闵宝玉做假证，抓住他，就能打开一个突破口。

深夜，黄利平开车带着曹元明驶入离山厂矿区，在小路边停下。

这里的化工、印染、水泥、发电厂、煤矿和铁矿等一度是河山市的工业支柱，繁荣一时，近年来随着经济转型压力和环境治理力度的不断加大，这些高能耗重污染的企业纷纷关停整顿，变得日渐萧条，到了晚上更是漆黑一片。这里的小巷密如蛛网，到处是垃圾和污水，电线杆和墙上贴满了办假证、治性病的小广告，没有几盏路灯，寥寥几处灯光，都是麻将馆和按摩店之类的藏污纳垢所在。

这里是犯罪高发地区，曹元明对此很熟悉，他在这里处置过多起案件。他脑子里又过了一遍孙洪的影像资料，对黄利平说：“我先上，二十分钟后如果还没回来，你就去找我。”

黄利平点头说：“好，你见机行事，我不清楚他这里有没有同伙，有危险别硬上，抓他不急于一时，躲得过初一躲不过十五。”

孙洪醉醺醺地从夜店里出来，在一条肮脏的小巷里大呕。这时有人拍他肩膀，他一回头，见是一个陌生男子，便把手一挥，粗鲁地说：“你是谁？”

曹元明冷冷地说：“我是警察，跟我走。”

孙洪大惊失色，打了个寒战，酒醒了一大半：“你找我干什么？”

曹元明说：“孙洪，你装什么糊涂，我们到处找你。”

孙洪眼珠一转，见没有旁人，咧嘴一笑：“警察同志，你认错人了，我不是孙洪，不信？来，我给你看身份证。”说着把手伸向腰间。

曹元明的目光何等老辣，不等他把匕首拔出来，一个箭步冲上，闪电般地擒住他的手腕，转体拧臂下压，同时提膝狠撞其下腹部。孙洪吃痛，匕首掉落地上。曹元明紧跟着就是一记仰面摔拳，打断了他的鼻梁骨。孙洪惨叫着像个沙袋一样瘫倒在地。

曹元明一脚踩住他的面颊，喝问：“是谁指使你收买闵宝玉做假证？”

孙洪鼻血直流，兀自嘴硬：“我不知道你在说什么？”

曹元明脚上加劲：“我就是刑侦支队的曹元明，你现在明白了吗？”

孙洪艰难地说：“我不知道……我不敢说，说了我就没命了……”

曹元明掏出手铐，冷冷地说：“不说是吧，那我们换个地方接着聊。”

孙洪眼睛里忽然闪过一丝异色。

曹元明察觉背后有人，正想回头，头部猛遭重击，他晃了一晃，晕倒在地。

一个高高的黑影出现了，他手持一根粗大的木棒。

孙洪爬了起来："你看到了，我可什么也没有说……我走了。"

黑影说："别急着走，我给你引见一个人。"

另一个黑影出现了。

孙洪脸上露出了难以置信的表情："是你？"

高个子黑影冷冷地说："现在知道为什么警察一直逮不住你了吧？"

孙洪点头如鸡啄米："是的，是的，有他老人家在，天塌了也不怕。"

高个子黑影走到孙洪身后："给大哥鞠个躬，感谢救命，然后赶紧滚蛋。"

孙洪刚把头低下，高个子黑影一棒狠狠砸到他后脑勺。他闷哼一声倒在地上。

高个子黑影问："现在怎么办？"

另一个黑影用力一脚踩在曹元明头上。曹元明颤抖了一下，眼皮似乎动了一下。

高个子黑影捡起匕首："还没死，给他几刀。"

另一个黑影低声说："不，这里会留下他的血迹。"他的声音细哑，像是故意捏着嗓子说话。

"那怎么办？"

另一个黑影指了一下不远处发电厂高耸入天际的烟囱。

高个子黑影点了点头："对，这样干净……孙洪呢？"

“这个人早就不该留，干湿活手脚要麻利。”那个黑影说完便没入暗处。

高个子黑影将昏迷的曹元明和孙洪扛进汽车，开进发电厂的后门。这家发电厂采用火力发电，除了常用的燃煤外，为响应“生活垃圾无害化和资源化”的新举措，还有比较先进的垃圾焚烧发电设备，为了彻底焚烧有害垃圾，鼓风机高速吹入纯氧，焚烧炉温度超过两千摄氏度，人只要掉入其中，几分钟就将化为乌有，连一点黑烟都不会有。

值班员在前大门的值班房呼呼大睡，偌大的厂房静悄悄的，一个人都没有。

高个子黑影找来麻绳，将孙洪牢牢捆住，嘴巴堵上，放在传送带上，按动电钮，目送孙洪进入燃烧的炉膛，一个大活人就这样从世上彻底消失了。

他露出了狞笑，刚转过身来，却一下子瘫倒在地——曹元明不见了！

第七章　最真实的梦境是现实

隧道里的噩梦又一次出现在曹元明脑中。他在梦境中睁大了双眼，想看清隧道里藏着的凶手究竟是什么模样，但梦境再一次被奇怪的声响和大片水波打断。他发出了痛苦的呻吟。不一会儿，熟悉的童谣响起，他平静下来，进入了另一个世界，这个世界是温馨而熟悉的，周围是欢声笑语的小伙伴，儿时游玩过的街道、工厂、操场、电影院、山野一一呈现在眼前，似乎还嗅到了花香，听到了鸟语、广播体操的声音……

曹元明悠悠醒转，发现自己正躺在河山医科大学附属医院急诊室的病床上，头部做了包扎。黄利平、唐媛媛和贝贝都守候在旁边，外面的天色已经大亮。

曹元明问："我怎么在这里？"他的头还在涨痛，却想不起昨晚发生了什么。

唐媛媛说："你可醒了，是大黄把你送到医院里来的。"

贝贝紧紧搂住曹元明的脖子，带着哭腔喊："爸爸醒了，爸爸醒了。"

曹元明抚摸贝贝的头发："爸爸没事了。"

唐媛媛含泪说："还说没事，医生给你包扎时，你都发癫痫了，贝贝在旁边唱儿歌，你才安静下来。"

曹元明心想："原来梦里听到的童谣是真的，是贝贝在唱，好熟悉呀……"他一思索，头就疼了起来，问黄利平："我这是怎么回事？"

黄利平说："昨晚的事，你一点儿印象都没有？"

曹元明摇了摇头："我的脑子真不行了，一片空白。"

黄利平说："昨晚你去抓孙洪，跟我说，二十分钟后没回来就去找你，我后来去找你，发现你晕倒在一条小巷里。"

曹元明努力回想昨晚的事，但头痛欲裂，什么都想不起。唐媛媛见他表情痛苦，劝说："别胡思乱想，医生让你多休息。"

曹元明问："医生怎么说？"

唐媛媛说："做了 CT，说是脑震荡，硬膜下有血肿，还说……"

黄利平接口说："说你的脑壳真硬，抗击打能力特强。"

曹元明自嘲地说："要不怎么有人说我是花岗岩脑袋不开窍呢。"

唐媛媛问："谁说的？"

曹元明说："贝贝的妈妈。"

唐媛媛的脸色黯淡下来。

曹元明说："你带贝贝先回去吧，我会听医生的话。"

唐媛媛带着贝贝走了，曹元明对黄利平说："你带我去现场看看。"

黄利平拗不过，只好开车把他拉到那条小巷。曹元明感觉昨晚自己似乎和谁搏斗过，但这时已经是中午，这里人来人往，现场已经破坏了。他想了想，拿起手机报了警。

高航带人赶来，臧进荣随后也到了。高航报告说："可能是由于现场破坏太严重，或者是有人清理过现场，丝毫找不到打斗的痕迹。这一带犯罪猖獗，摄像头都是徒有其表，经常是换上去没几天就被砸烂，起不到监控作用。”

臧进荣骂道：“一句有料的都没有，都是废话！出了事只知道查监控，没监控就是两眼一抹黑，饭桶！”

公安局里，敖文年接到汇报说：“在这个到处布满监控摄像头的天网大数据时代，实施恶性犯罪的风险和成本急剧升高，这有力地震慑了犯罪分子，但过于依赖技侦，让我们的职业本能出现了退化。”

娄昆说：“有些东西是书本上没有的，要靠言传身教。曹元明本来可以好好带一带他们，可惜……”

技术人员从曹元明的鞋底提取了极少量的人体组织和血迹，经过与孙洪的DNA（孙洪服过刑留有DNA样本）比对，确定这就是孙洪留下的，印证了曹元明确实和孙洪有过激烈的肢体接触，但孙洪到哪儿去了呢？这又是一个谜。

臧进荣问曹元明：“你得知孙洪的线索，为什么不第一时间报警？”

曹元明说：“我犯了个人英雄主义毛病。”

臧进荣说：“别扯淡，你以为我看不出，你不相信我，也不相信组织！你这是在玩火！你和孙洪发生了搏斗，他随后失踪了，你是嫌疑人，我现在完全可以拘捕你。”

曹元明说：“有这么傻的嫌疑人？自己报警抓自己。”

臧进荣说：“虚虚实实，谁知道你在搞什么鬼名堂？”

曹元明说：“我当时晕倒了，大黄可以作证。”

臧进荣说：“那好办，把他也拘起来，你们俩是一伙。”

黄利平给臧进荣敬了一支烟：“臧局，我可是守法公民，你大发官威，我可要告你诽谤哟。”

臧进荣吞云吐雾：“大黄狗，你的秉性我还不晓得？你就嘚瑟去吧，哪天踩了红线，看我怎么收拾你。”

曹元明回到医院，打电话给沈辞云：“我昨晚去追查一个重要的嫌疑人时被偷袭了，后脑勺挨了一记闷棍，昏倒了。逆行性遗忘症又发作了，之前的事什么也记不得。你能不能用 SHADOW 帮我找回这段记忆？”

沈辞云问：“就发生在昨晚？有具体的地点吗？”

曹元明说：“是的，时间和地点都很明确。”

“嗯，你把能记起的东西都告诉我，明天下午你到‘心岸’来找我。”

翌日下午，曹元明如约来到“心岸”。沈辞云让曹元明戴上 VR 头显和 SHADOW 头罩，在她的催眠下，曹元明的呼吸变得轻缓绵长，身子也完全放松下来。然后，她引导曹元明重新“回到”事发的当时当地。

沈辞云在昨天晚上去过离山厂矿区，在曹元明描述的时间段内，用星光摄影机拍摄了大量的影像资料，并以此构建起了一个梦境。一切都是那么逼真，曹元明的大脑在精细的电脉冲刺激下，甚至凭空产生了嗅觉——当他在梦境中路过垃圾堆时，酸臭气息扑鼻而来。

沈辞云说：“这里有很多小巷，你找到去过的那一条。”

曹元明在梦境中步行查看，说：“嗯，找到了。”

沈辞云将场景画面做了一个定格保存，继续说：“进去吧，告诉我你看到了什么？”

“一个酒鬼趴在那里呕吐，他就是孙洪。”

“你接下来做了什么？”

“我走上前去，告诉他我是警察，要带走他。”

“他是什么反应？”

“他想逃，拿刀子刺我，我夺下了他的刀，制服了他。”

“然后呢？”

“有人从背后袭击了我。”

“看清了这个人的长相吗？”

“没有，他一棍子结结实实打在我的后脑，我‘嗡’地一下子就什么也不知道了。”

“再仔细想想，你的脑电波说明，你应该还保留着一点点听觉和视觉。”

“真的记不得了。”曹元明呼吸有些急促，似乎就要从催眠中醒来。

沈辞云轻轻拍了一下他的后脑勺：“就这样一击，你便晕倒了。”

“是的。”曹元明呼吸又变缓了。

“你倒在地上，一点力气都没有。”

“嗯。”曹元明再次放松下来，身体陷入了沙发。

“你动不了，但你的感觉还没有丧失，你在听。”

“……好像有人在说话。”曹元明进入了更深的梦境。

“几个人？说什么了？”

“有三个人，说什么听不清。”

“你不光听，还在看。”

“我眼前有一个黑乎乎的东西。”曹元明的眼皮抽动了一下，“是鞋底，我看到了上面凹凸的纹路……”

催眠结束了，这一次，沈辞云成功地让曹元明恢复了那晚的记忆，记忆中的一些细节有可能是日后破案的重要线索。曹元明激动地握紧了沈辞云的手，她微微一挣，没有挣脱，便任由他握着，他这才发现自己握的时间太长，赶紧松手，说："要是二十年前的梦境也能这么清楚就好了……上次的实验可不可以继续？"

沈辞云说："还原的记忆是二十年前的，还是两天之前的，难度有天壤之别，不具有可比性。上次实验时你出现了濒死感而不得不中断，这样很难取得突破性进展。"

曹元明说："怎样才能让'梦境孵化'有突破性进展？"

沈辞云说："我说过，'孵化'需要一定的内在条件和外在条件。最重要的外在条件，就是构建起尽量接近真实的梦境，这需要大量的记忆信息和线索。"

"可是，怎样做到尽量接近真实？我的记忆都枯竭了，再想不起更多的了。"

"这又回到内在条件上来了。我还说过，要把解梦的重点放在情绪和原始动机的探索上。你既然已经意识到了这个噩梦的本源，只是细节记不清楚，为什么不回到你父亲被害的地方去实地寻找记忆信息和线索呢？弗洛伊德精神分析学主张，探询病人过去的经历才是问题的解决之道！"

"你是说让我回春岭老家？"

"是的。"沈辞云一字一字地说，"最真实的梦境，就是现实！再真实的模拟，也比不过真实本身！"

曹元明怔住了。

沈辞云进一步解释："我们身处的世界包含有四个维度，三个空间维度加上一个时间维度，一切事物都运行于这四个维度之中。要从梦境中还原记忆，必须是四个维度同时还原才不失真，SHADOW 也必须从四个维度来构建梦境。很显然，如果只需要还原一个维度，或者说只需要构建一个维度，难度将大大降低。这四个维度中，只有时间是运动的、不可逆的，而空间是固定的、可重复的。想象一下，当你真正地身处于你父亲被害的现场，这时再接受催眠进入梦境，‘梦境孵化’所达到的效果将比 SHADOW 技术来得更直接、更真实！”

曹元明感慨地说：“你的话常常让我茅塞顿开，你要是警察就好了，多少犯罪分子都会无所遁形！”

沈辞云说：“我不喜欢和犯罪打交道。”

曹元明真诚地说：“可是你一直在帮我。”

“我的能力有限……”沈辞云微微摇头，“作为心理咨询师，我只能给你建议，解决问题还要靠你自身。”

曹元明说：“我是打算回一趟老家，我父亲遇害二十周年的忌日就要到了。”他叹息一声，“刑案的最长追诉期是二十年，还有不到一个月的时间……注销的户口簿上写的是‘失踪’，想作为刑案立案都不行，不立案就无法动用侦查手段，只能靠我自己，可我连他的一根骨头都找不到。”

沈辞云说：“你很爱父亲，听说他原来是工厂的保卫科科长？”

曹元明说：“是的，他原来是军人，后来转业去了国营五八六厂当了保卫科科长。二十年前，工厂发生了一起严重的泄密案件，他恰恰就在那时失踪了，有人居然怀疑他参与泄密后潜逃了，真是岂有此理！我父亲为了保卫祖国可以牺牲自己的生命，怎么可能做出这种叛国通敌、抛家弃子的混账行径？他一定是在侦查此案时发现了什么蛛丝马迹，而被敌特分子灭口，只是一直没有证据和线索，这个案子就成了悬案。”说到这里，曹元明语音哽咽，“我父亲参加过对越自卫反击战，是尖刀连的副连长，作为全军开路先锋，炸碉堡，蹚地雷，枪林弹雨里一往无前，负过重伤，拿了二等功……噢，说来也有意思，我父亲也是伤在头上，军医都说他命大、骨头硬，不然弹片再进去一点就没命了……我还真是遗传了他这点。”

沈辞云点了点头，打开春岭镇的电子地图，说：“其实要找到你父亲遇难的地点并不难。从梦境中看，这个地点应该具备三个特征：隧道、水和奇怪的声音。你和你父亲一起失踪，两天后有人在玉川水库发现了你，你当时处于无意识状态，应该是顺流而下，这个隧道应当位于玉川水库的上游。”

曹元明的手指在屏幕上滑行，停在了埋甲山：“你说得没错，埋甲山的山脚下有一条很长的隧道。我前些天也想到了这个问题，但当时受伤了，现在，是该回埋甲山隧道探查一番了！”

沈辞云说：“新闻上说那里正在搞旅游开发区。”

曹元明说：“嗯，那条隧道已经荒废很多年了，再不去看看，都要被填掉了。”他转头问，“我在催眠下出现的隧道梦境的细节，远比做噩梦时更清楚更丰富，你是不是去过我梦境中的那些地方？就像用 SHADOW 还原离山厂矿区那样？”

沈辞云说：“我说过，这是因为你大脑中某些特定的‘记忆扳机点’被 SHADOW 触发了，激活了封存的记忆，形成了记忆的正反馈。”

曹元明还想问什么，沈辞云的手机响了，她接听后说：“这次咨询时间到了，‘心岸’有贵客，我就不陪你了。”

看着沈辞云远去的倩影，曹元明心底升起一种奇特的感觉，这种感觉像一团雾，朦朦胧胧，说不清、道不明，却逐渐浓郁。她美丽恬静、气质优雅，仿佛在云端里那般遥不可及、高不可攀，而她眼神里偶尔闪过的忧郁和执念，又仿佛是自己期待已久的亲人——可这忧郁和执念又源自何方？

曹元明走出咨询室，见郭正梁在一群人的簇拥下前来视察“心岸”心理疗养院，并探望在此疗养的科技工作者和离退休老干部。“心岸”位于温泉湾度假村的中心，周围环绕着温泉酒店、人工湖、露天剧场、竹林、茶场、高尔夫球场、跑马场以及数个生态小农庄，这里空气清新、环境清幽，是个特别适合修身养性的地方。

郭正梁风度翩翩，谈笑风生。曹元明远远向他挥手致意，郭正梁微笑颔首作答，一点架子都没有。

曹元明对郭正梁颇有好感，不仅是因为住院期间得过他的亲自慰问，更是因为他的成长历程就是一部励志大片：出生于河山市最偏远的春岭镇，父亲早亡，由母亲含辛茹苦拉扯大，家境贫寒，高中才穿上第一双球鞋，但他天资聪颖、学习刻苦，以县中第一名的成绩考上名牌大学，入党、担任学生会主席、读研、成为A国某名校的访问学者，回国后开始从政，从一个农家少年变成了前途无量的代理市长。

“心岸”的工作人员都列队相迎。郭正梁和他们一一握手，面对沈辞云令人炫目的美貌，握着她的手犹如握上了一只带有温度的精瓷，他的目光略显迷离，问：“刚来中国不久，一切都还习惯吗？”

沈辞云说：“习惯，我就是这里长大的。”

旁边有人低声介绍了几句，郭正梁脸上闪过一丝惊色：“了不起，了不起，你这样的人才回来，填补了国内的一项空白，我要向你表示敬意，希望你能发挥所长，更好地为河山人民服务。”

沈辞云说：“在这里我也学到了很多东西，感谢大家的支持和帮助，我知道该怎么做。”

郭正梁等人继续前行。

“福万”集团是“心岸”和整个温泉湾度假村的最大民间投资方，集团老总刘万河这天也跟随郭市长前来视察。他对沈辞云说：“我说过，有缘会再见面的，我们又见面了，还真是有缘。”

沈辞云说：“和我有缘的，都是心理遇到问题的人。”

刘万河举起光秃秃的双手：“你看，我不戴戒指了，原来的那个女友吹了，我现在是彻底的光棍。这话如果有假，我甘愿被雷劈。”

“你言重了，这跟我毫无关系。”

“就当我是因为相思病而患有抑郁症，能否占用一次你的咨询时间？我们好好聊聊。”

“你不觉得这话很可笑吗？请不要做这种不符合你身份的事。”沈辞云毫不客气地说。

这时，一对父女捧着鲜花锦旗走来，一见沈辞云就拉着她连声道谢。父亲激动不已，竖起大拇指说：“沈医生真是神医！她的心理治疗效果真是立竿见影！我女儿出车祸截瘫在床一个多月，被她一下子就治好了，现在跟正常人没两样。”

一位在度假村疗养的老干部目睹此景，忙问缘由。他名叫湛继圣，曾任省委秘书长、副省长，现已退休，但能量依然很大，郭正梁就是他的女婿。

沈辞云简略地说：“这位姑娘只是情绪障碍，不是真的截瘫，所谓心病还得心药来医，我只是揭示了她情绪下的潜意识，改观她的认知，让她出离头脑活在当下，成为自己的疗愈师。所谓‘神医’太言过其实，实在不敢当。”

湛继圣“嗯”了一声，像在思考什么。

傍晚，沈辞云正要下班，钱学易陪着湛继圣来拜访。

钱学易对沈辞云说：“湛老的女儿，就是郭市长的夫人，去年也是因为车祸双腿瘫痪，患上了严重的抑郁症，整天一句话都不说，请了很多专家都不管用。郭市长日理万机，回家还要照顾爱人，从来没有一句抱怨，但一直这样下去也不是办法。湛老心疼女儿，头发都白了，今天听了你那个成功的病例，一下子看到了希望，女人和女人容易沟通，想请你去给他女儿做心理治疗，不知你能否答应？”

沈辞云说：“那位姑娘的病情和湛老先生的令爱可能不一样。那位姑娘其实是癔症，所以通过心理暗示能够起到出其不意的效果。”她说起了详情：

这个姑娘自幼丧母，由父亲一手拉扯大，视父亲为唯一的亲人和依靠。看到女儿长大成年，父亲便开始相亲找老伴了，不免有些冷落女儿，女儿认为父亲不爱她了，患上了抑郁症，前来“心岸”咨询，由沈辞云接待。女儿心理咨询后回家，不慎被摩托车撞倒，后颈在马路护栏上磕了一下，顿时瘫痪在地，四肢再也无法活动。父亲找到沈辞云，说女儿瘫痪一个多月，医生用了很多治疗方法都没见效，希望她去看一看。沈辞云来到病房，发现女儿的“瘫痪”很奇怪：她的呻吟没有伴随相匹配的面部表情；颈椎的高位截瘫症状虽然如教科书般经典，却能自主控制大小便；她的神经、精神症状经常出现较大的波动，却没有相应的神经影像学和肌肉电生理学证据支持……回溯心理咨询的病史，沈辞云很快就明白，姑娘的身体并没有受到器质性损害，她患的是一种精神心理性疾病：癔症。由于害怕失去父爱，为了博取父亲的同情和关注，她才不由自主地陷入了“自我表演”当中。沈辞云给她催眠，暗示：“只有父亲一整晚坚持不懈并倾注亲情的按摩才可以起到关键的疗效”。父亲也很配合，一个晚上都在给她按摩。结果，第二天医生查房时，这位姑娘便自己拿掉了各种监护设备和保护性颈托，在众目睽睽之下瞬间完成了起坐、翻身、下床、大步流星走出房门等一系列动作，动作的连贯性和灵活性令人瞠目结舌——“瘫痪”就这样神奇地痊愈了！

湛继圣问：“她为什么会患这种病？”

沈辞云回答：“这位姑娘天生就存在癔症的潜质：敏感、多疑、压抑、固执、夸张。敏感和多疑的个性能及时感受到外界的任何细小风吹草动，内心的不自信和刻意的压抑又急需得到释放和外界认可，但固执而夸张的性格又阻止了他人的理解和包容。”

湛继圣“嗯”了一声：“其实，我女儿也有这种潜质……癔症的发病机理和治疗原则又是什么？”

沈辞云说：“癔症是患者无法解决的内心冲突和愿望的象征性转换，因此也叫‘分离性障碍’。可以把癔症比喻为一个‘真实梦境’或‘梦魇’，一个深埋在脑海里的恐怖性‘剧情’进入了现实之中，并左右其行为，使人的行为表现徘徊在似梦非梦之间，而他自己并不知道这是在‘表演’。打破这个梦魇最安全的方法不是立即叫醒他，而是通过催眠给予引导式的暗示。”

湛继圣问：“那么，你愿意治疗我女儿吗？我以一个患者父亲的名义请求你，救救她，哪怕是尝试一下，好吗？”

沈辞云说：“让我考虑一下。即使我尝试，结果恐怕也不能如你所愿。”

湛继圣悲凉地说：“结果如何，我不抱多大希望，你不要有任何顾虑。她这一年多以来一点起色都没有，如果你也没办法，我就彻底死心了……我儿子早年被人误杀，我就剩这么一个女儿，实在不忍心看她后半辈子……”他再也说不下去，掏出手绢擦拭浑浊的老泪。

曹元明回到了老家春岭镇，春岭镇距河山市区约六十公里，不算远，但他却是十多年来第一次回来。父亲遇害后，母亲把父亲的遗物统统烧光了，说一见这些就心痛，带着自己来到河山市生活，一直没有回去过。母亲想和悲痛的过去做彻底切割，但却无法从破碎的心中抹去父亲，她独自拉扯自己长大成人，一直守寡到去世，从未动过改嫁的念头。她内心还抱着一丝希望，对自己说：“说不定哪天你爸回来了，我要是再找了其他人，怎么有脸见他？”但最后等来的还是一场空。

春岭面积八十多平方公里，大部分是山区，埋甲山雄居于左，鼎岳山巍峙于右，玉川江穿流而过，镇子就位于河谷平原上，全镇人口约三万，其中三分之一的居民是原国营五八六厂职工及家属。这是有历史原因的，五八六厂是一家规模庞大的军工企业，全盛时期全镇三分之二的建筑物都属于该厂，可以说，是先有了五八六厂才有了春岭镇，那个时代，厂子弟学校就是全镇最好的中小学，厂医院、电影院、图书馆、体育馆、大广场、银行、邮局就是镇公共设施，保卫科就是镇派出所，供应科铁路货运站就是镇火车站，副厂长就是副镇长兼政法口负责人。但历经市场经济的汹涌冲击，五八六厂也难逃破产厄运。

曹元明在老厂区漫步，这里厂房、住宅区、学校连成一片，是他自幼成长的地方，有他的家、他的童年和梦想，只是再也看不到昔日的热闹和辉煌。空旷的生产车间和办公楼，门窗脱落，雨水将墙壁浸润成斑驳古怪的图案，工人篮球场上坑坑洼洼，长满了青苔，曾经繁忙的工厂火车站早已停运，铁轨已被蒿草掩没。学校里一个人影都见不到，参天大树、紧锁的大门和老旧的课间娱乐设施成为一个逝去的时代的缩影。他大步走进住宅区，楼房都是统一的苏式，红砖裸露在外，旁边修着水泥墩子，这些水泥墩子是防止路过的汽车撞到围墙，这些饱受四五十年风雨的老房子再也经不起任何冲撞。每栋楼都是五层，每层住着两户人家，住在这里的人，都是五八六厂的职工和家属，不过现在厂子破产了，大部分已人去楼空，青壮年都去河山市区工作买房，只有一些退休职工还留在这儿，弄堂、茶馆、麻将馆、菜市场，是这些老人精神生活和物质生活的全部，听说因为开发区建设这里就要大规模拆迁了，他们就这样慵懒地等待着旧城改造后的新生。

曹元明走向老厂区的后山，山坳向阳处有一片墓地，埋葬的都是五八六厂的职工和家人，按照顾朝庚生前的遗愿，他和孩子的骨灰都埋在这里。墓地很僻静，只有曹元明一个人，他来到了顾朝庚的墓碑前，顾昱和妹妹顾滢的墓和父亲并列在一起，三个墓碑前各放着一束花。顾朝庚曾是五八六厂的工程师，从事发动机某部件的研制工作，顾昱参与某信息工程也算是子承父业，谁能想到最后是这种结局？曹元明看到顾昱和顾滢墓碑上的生辰卒日，兄妹俩逝世于同一天：6 月 19 日，只是相隔了正好二十年——这也太巧了！他的心"咯噔"一跳，掏出笔记本，上面记载着顾昱坠楼那天留下的片言只字。

"你还记得今天是什么日子吗？"顾昱阴郁的话音再次响起。

"那天是顾滢的二十周年忌日，我怎么一点儿都记不起来了呢？"曹元明懊恼地抱住了头，"如果我记得，我劝他，顾昱可能就不会自寻短见！"他的大脑开始嗡嗡作响、隐隐作痛，他担心刺激之下癫痫又要发作，不敢多想，扶着墓碑慢慢坐下来，默默祈祷："你们若是在天有灵，就保佑我早日抓到害人的真凶。"

曹元明这时发现，顾朝庚父子三人墓前的花都是勿忘我，花瓣还比较新鲜，花的颜色各不相同，顾朝庚的是黄色，顾昱的是蓝色，顾滢的是白色，都是各人喜欢的颜色，显然不久前有人来看过他们，而且跟顾昱一家人都很熟悉，连二十年前就不在人世的顾滢喜欢白色都知道——这人会是谁呢？他会不会知道顾昱一家更多的秘密呢？

曹元明是一个富有好奇心的人，臧进荣对他的评价是

“好奇心是优秀刑警的特质”，就像老饕会拼死去吃河豚这样的珍馐，他对于有疑问的事物，有一种似乎是与生俱来的探究真相的本能需求。

这时不是清明，一般不会有人打扫墓地。曹元明把整个墓地都转了一遍，发现还有一座坟前也是刚有人打扫过，放上了一束黄色康乃馨。他的目光射向墓碑上的姓名以及卒日，只见卒日写着：1995 年 9 月 16 日——与父亲同年同月同日逝世！这又是一个“巧合”。

刑侦经验丰富的曹元明从不轻信难以解释的“巧合”，一个接一个的“巧合”的背后，很可能存在某种必然的联系。

墓碑上的姓名被凿去了姓氏，只有两个字“文娟”，显然是一位女性，墓志铭曰：“回天乏术，鹣鲽永别，音容杳杳，人天相隔。怨苍天兮，不待皓首，怨隆地兮，呜咽之秋！”落款也被凿去，不过从文字看是丈夫给妻子立的。他默念着“文娟”两字，一团影子从脑海里冒了出来，但飘忽不定，模糊不清，他恨不得伸出一只手到脑子里去把它抓住……

这位“文娟”女士和父亲的死有关联吗？二十年前的 9 月 16 日究竟发生了什么？

曹元明带着满腹疑窦离开墓地，来到镇中心街道，在河山市政府“全力推进春岭高新技术开发区和埋甲山风景旅游区的开发建设”的政策刺激下，这里呈现出和老厂区迥然不同的勃勃生机，具备了中国所有城镇的千人一面：超市、加油站、房地产……从那些金碧辉煌的名字里，能看到这座城镇的热望：“香格里拉”娱乐城、“皇冠”大酒店……

一切都已物是人非！他伫立于熟悉而又陌生的街头，

怅然若失。

曹元明吃过午饭，稍事休息，驱车前往埋甲山。在乡间的林荫道行驶了十几分钟，就看到一条蜿蜒的小河，这是玉川江的支流，小河很浅，河水清澈，可以见到河底的沙子。远处连绵雄伟的群山就是埋甲山，相传，几百年前，一支军队经过这片大山时遭到敌军合围，一夜之间全军覆灭，很多年后人们还能在山上挖出兵器盔甲，故而得名“埋甲山”，而这条小河又叫“断头河”。

他停下车，涉水过河，登上一片翠绿的山坡，举目四顾，胸襟大开。

这是一个初秋的午后，太阳明媚，万里无云，一只鹞子正在追逐一只鸽子，除外便不见其他的鸟儿，山下是大片的金色田野，以及林立着杨树和电视天线的村庄。金色的阳光覆盖了他的全身，很快就把他的思维意识带入回忆之中：这就是梦境中的童年秋日，有山有水、晴朗、清爽……

他走下山坡，忽然，一株大松树后传来一阵银铃般的笑声，那是童年的玩伴小静！他兴奋地走去，却发现树后空空如也，这才醒悟，自己混淆了现实和梦境。

这株不老松据说有五百多岁，不远处就是埋甲山的山脚，那里有一个以树为名的小村子松树峪。老松树高大挺拔，亭亭华盖，阳光照射下，粗糙的树皮里渗出黄色的散发着清香的松脂。过去，他经常和小静在这里捉迷藏，松树上的几个大树洞，则用来玩“藏宝”游戏。

他继续往前走。松树峪很小，只有几十户人家，旁边却开辟了一个很大的停车场，停着不少大型工程车和货车，周围还搭起了几排帐篷，插着红旗和各种横幅标语，人来车往，喧闹声远远传来，看来埋甲山的大开发已是箭在弦上。

埋甲山地区重峦叠嶂，这些山峰，有的以雄秀见长，有的以险峰争奇，有的以幽静取胜，山野天池、绝壁怪石、苍松山花、流泉飞瀑，景致优美而多姿多彩，如果不是受限于交通和历史原因，这里早就是旅游景区。曹元明小时候经常和父亲进山游玩，用气枪打猎、钓鱼、采蘑菇，有时也和小伙伴一起爬山探幽。

村口有一家小店，门口挑着一块白布，用墨汁写着“豆腐羹”三个大字。豆腐羹是春岭有名的小吃，曹元明自幼爱吃，他走了大半天，肚中饥饿，眼见斜阳西沉，便进去吃饭。这家店原是一间小小的便利店，因为施工队的到来改成小饭店，里面陈设非常简单，就是几张小方桌、方杌凳和马扎儿，聚集了不少人，都是施工人员，因为位置不够，有的人蹲在门口吃。曹元明买了一碗肉末豆腐羹，入口爽滑，滋味鲜美，感觉比母亲做的更好吃，怪不得人这么多，他吃完一碗又要了一碗。

店主是个矮小的老太太，一头银发梳得整齐，慈眉善目，说话和气，一身洗得泛白的老旧蓝外套，系着围裙，脚穿圆口布鞋，走路时右腿有点瘸。曹元明想起，这位老太太姓祝，二十年前她就在这个小村庄卖豆腐羹了，有时还见她去五八六厂捡垃圾，不过现在小摊子换成了小饭店。

天色渐渐阴暗下来，“呼呼”地刮起了大风。祝老太太站在门口，看着暮色中的山峦，说：“日落西风住，不住挂倒树，要下大雨了。”

有人说：“还用你说，天气预报说明天有雷阵雨。”

祝老太太摇头说："是大暴雨，要连下好几天。"

那人调侃说："你老人家还开啥小店，怎么不去气象站当专家？"

祝老太太捶了捶腿，说："我在这住了一辈子，了解这大山的怪脾气，我这老寒腿不会骗人，酸得很，很多年前那场大暴雨也是这样，说来就来……"她说到这里，脸上出现了奇怪的神情，像是悲天悯人，又像不堪回首。

曹元明心想："老太太以前肯定有一段伤心的往事。"

曹元明吃完饭，沿着长满杂草的盘山公路上山，长坡荒凉，虫声唧唧。天色已黑，他果然远远看到了一条隧道——这就是那条无数次出现在噩梦里的隧道吗？他的心跳开始加速，大山、公路和隧道的轮廓都能在记忆中找到印证，自己小时候确实是来过这里的。他打开手电筒，黑暗中的隧道就像一条张开血盆大口的巨蟒，静静地卧在眼前。这条隧道和公路一起废弃很久了，作为那个特定年代的产物被历史无情地抛弃了，但是现在，他却要从这里找回自己的历史。

曹元明一进入隧道，阴森的寒气渗入骨髓，脚步声放大成悠远的回声，惊飞的蝙蝠掠过手电筒的光柱。他一边走一边默数步数，这段隧道不是很长，大约四百米，但出了隧道后，不远处又是一个隧道口……他花了一个小时走完了埋甲山中的三条隧道，前面一条四百米，中间一条六百米，最后一条五百米，走马观花看下来，这三条隧道都没有什么差别，没有唤起任何噩梦中的记忆，无法确定父亲被害现场是其中的哪一条——二十年下来，即使当年留下过什么蛛丝马迹，也早就灰飞烟灭了！如果找不到现场，就无法实现沈辞云所说的“比SHADOW技术更直接更真实”的“梦境孵化”。曹元明有些沮丧地回去了，想白天再来看看。

但就在当天晚上，电闪雷鸣，狂风暴雨来临了！

沈辞云应约来到市委大院，这里树荫浓密，环境幽静，空气中飘荡着沁人的桂花香气，围墙包绕着一栋栋独立小楼。她通过对讲机通报了姓名，郭正梁家的门开了，保姆将她迎进门，只见郭正梁正在给妻子湛秋华洗脚、剪趾甲，动作轻柔，目光关切，湛秋华却是一脸的漠然。

沈辞云说明来意：“郭市长，您好，湛继圣老先生让我来看看湛秋华女士。”

郭正梁说：“噢，是小云啊……”顿了一下，改口说，“沈博士，请进，岳父跟我说起过，麻烦你了。”吩咐保姆端茶让座。

沈辞云说：“不用客气，我不知道能不能帮上你们。”

郭正梁看了一眼轮椅上的妻子，说：“尽人事，听天命。无论结果如何，我都会感谢你。”他抱出一个又大又厚的档案袋，里面装着湛秋华在各个医院所有的看病资料，从手术记录到药物、心理治疗方案，从每一张CT片、每一次化验结果到出院记录，都按照时间顺序整理好，另外他还写有一本厚厚的日志，记录她每天的病情变化，包括吃了多少东西，几次大小便等，足见他的仔细认真。

沈辞云称赞说：“像您这样用心的家属真少见。”

郭正梁平时走路说话，左手都插在口袋里，这时两手怀抱档案袋，沈辞云无意中一瞥，发现了一个瑕疵。郭正梁迅速收回了手。

保姆告诉沈辞云："郭市长不管多忙，回家后都要给妻子喂饭按摩，这么多年来一句怨言都没有，从没见过这么好的男人。"

郭正梁抱起妻子的腿按摩，说："只是我工作太忙，每天都是开会、听汇报、看文件、实地调研、布置工作、汇报工作，没什么时间陪她。"

沈辞云说："你是一市之长，没必要事必躬亲。"

"你在A国长大，他们是小政府大社会，中国的国情不一样。"郭正梁说，"这段时间市委叶书记去中央党校学习，担子都落我一个人头上，最近春岭开发区大批项目上马，更是忙得脚打后脑勺，秘书们分成白班和晚班，就这样都喊顶不住。"

"没想到您这样级别的领导干部还这样辛苦，这样下去，您的身体能吃得消吗？"沈辞云一边阅看病历，一边关注湛秋华的表情。

"俗话说，人前显贵，背后受罪。厅局级干部加班熬夜身体出问题的大有人在，到了这一级别，人生已经不属于我个人。"郭正梁的脸上写满了疲惫，但按摩动作却始终是轻柔而专业的。

湛秋华还是面无表情，好像这一切都与她无关。

湛秋华的诊断有一长串，最主要的是三个：截瘫、抑郁症、精神分裂症。沈辞云看完病历后，对郭正梁说："我想和你妻子单独待一会儿，可以吗？"

郭正梁的手停住了，说："恐怕不行，她最怕见生人，让我守在一边吧，我不会干扰你的治疗。"

沈辞云说："心理治疗必须遵循一对一原则。

郭正梁对妻子说："沈女士是海归心理学和精神医学博士，水平很高，她会想办法治好你的，你和她单独聊一聊好吗？"

这时，雨点伴随着雷声落下，敲打着窗户。

湛秋华对丈夫的话不置可否，但当沈辞云伸手去推她的轮椅时，她却发出一声凄厉的尖叫，仿佛伸过来的是一块烧红的烙铁，吓得保姆从厨房里跑了出来。

沈辞云停下手，柔声说："不要害怕，我不会伤害你。是你父亲让我来看你的，他跟你说了，让你好好听我的话，对吗？你一向是最听父亲的话了。好了，深呼吸，放松……"湛秋华瞪着她，脸色渐渐平静下来。

雷雨声响越来越大，正当沈辞云要把手挪开时，湛秋华冷不丁狠狠地挠了她一下，歇斯底里地喊："滚开，滚开！我不要看医生，不要再见到你！"抓起一只水杯砸到沈辞云的身上。

郭正梁赶紧护着沈辞云躲开，让保姆把妻子推进书房，将书房反锁。沈辞云的手臂上留下了一条红红的抓痕。郭正梁歉然说："真是对不起，她对心理治疗从来是抗拒的，上次一个心理咨询师也是这样被气走的。"郭正梁取来云南白药膏要给她敷上，拇指似乎无意地搭在了她晶莹如玉的手臂上。沈辞云婉拒，说："一点小伤，不要紧的，她这种情况什么时候出现的？"

郭正梁说："车祸后就这样。"

沈辞云说："我是问她自残的情况。"她注意到湛秋华的手腕有多处割伤的疤痕。

郭正梁说："自杀、自残有好几次，最近一次在两个月前。

现在，家里的剪刀、水果刀、玻璃杯什么的都收起来了，窗户加了护栏，药都是我亲自喂她。”

沈辞云说：“严重的话必须住院，心理咨询解决不了这种问题。”

郭正梁苦笑着说：“我们是康宁医院的常客了，进去治疗一段时间，好些了出院，不好了再进去。钱院长说，精神分裂症是精神病里最严重的一种，很难治愈，只能靠长期吃药来控制，安坦、氟哌啶醇这些药从没断过。”

“精神分裂症难治的主要原因是没有去除心理因素，药物只能控制症状。”

“是的，但心理问题怎么解决？你想，她从小就被我岳父视为掌上明珠，结婚后我也是什么都宠着她，从来都是心高气傲，一下子遭遇飞来横祸，变得连生活都不能自理，能不郁闷吗？”

沈辞云思忖片刻，问：“嗯，我明天可以再来吗？”

郭正梁说：“我不想耽误你的时间，你不是说，心理咨询解决不了这种问题吗？”

沈辞云说：“心理咨询是解决不了精神分裂症，但可以解决一些其他的问题。虽然我没什么把握，但是既然答应了湛老先生，就得尽力试一试。”

“他们说你是女中豪杰，一诺千金。”郭正梁沉吟了一下，“好，请你还是这个时候来。如果明天再发生类似的情况，为了安全起见，只有终止治疗。”

就在这时，电话响了。郭正梁一接电话，声音立即严肃起来：“我知道了，我马上到，叫小刘把车开过来。”他转头喊保姆，“阿姨，赶快帮我收拾几件换洗衣物，我这几天都回不来了，家里你多费心。”

保姆忙问：“出啥事啦？”

郭正梁说：“玉川水库新大坝决堤了！”

保姆“哎哟”一声：“出大事了。”

外面雷声隆隆，郭正梁戴上耳机，冒着风雨钻进了奥迪车，临走时对保姆说：“叫一辆车送沈博士回去。”

保姆打电话叫车，这时，书房里传来了“哗啦”一声巨响，沈辞云让保姆开门，保姆有些犹豫：“郭市长从来不让外人进书房的。”

沈辞云说：“赶快，里面的人可能有危险。”

保姆取出钥匙开了门，只见湛秋华从轮椅上滚落在地，地上都是镜子碎片，她的额头已经划伤了。沈辞云急忙把她抱起来，她紧紧抱住沈辞云的身体，眼神里充满了恐惧，嘴里“喃喃”直叫，却听不清在说什么。

书房里有两面大镜框，但是一面镜子已经被打碎了，看着满地的尖利碎片，沈辞云心中一动：“既然把小刀玻璃杯都收起来了，为什么不把镜子收起来？”她安抚湛秋华，让保姆取来医药箱，给湛秋华包扎额头伤口时，她注意到了书架上的书籍和一张陈旧的相框。

雨一直下，沈辞云从郭正梁家里出来，拨打了湛继圣的电话：“湛老先生，对不起这么晚打搅您，我想向您了解一下令爱的一些情况，我们约个时间谈一谈……”

春岭的倾盆暴雨持续了一天一夜，昔日清澈的大小河流变成了暴涨的洪水，城镇内涝，交通中断。这天，雨势终于消停了，但通往埋甲山的路仍没有完全开通。曹元明等不及了，今天就是9月16日，是父亲遇难二十周年的忌日，他不能再等，带上香烛和祭品再次前往埋甲山，车开到一半路不通，他就弃车步行，赶到山下的小饭店时，已经是傍晚了，他照例要了豆腐羹。

村子边的停车场空了，帐篷都撤走了，这里恢复了往日的寂静，店里只有曹元明一个客人。

这个小村庄因为地势较高，没有受到大的影响，供电已经恢复，小店里的电视正在播送新闻《河山焦点》：玉川水库水坝垮塌，造成山洪泥石流齐发。当晚，气象台发布了暴雨红色警报，水坝下游的黄溪河村已经开始转移村民，但决堤来得太突然，洪水瞬间就冲进了村子，扫荡了房屋和家具、家畜，有好几户来不及转移的村民被卷入洪水中，人员伤亡情况还不明了。郭正梁代市长第一时间赶到现场设立抢险指挥部，部署抢险组、综合协调组、交通保障组、安全保卫组、电力保障组和医疗保障组等展开救援。郭市长强调，事故调查组已经成立，他亲任组长，将聘请国内知名水利专家对事故原因深入分析，事故调查工作已全面启动，不论是哪个环节出了问题，都要一查到底。电视中出现了郭市长背老人下山、为伤员献血、边吃方便面边指挥以及向遇难遗体鞠躬的画面。

曹元明回头时，发现祝老太太望着电视里的郭正梁怔怔出神。他听说这位老太太生活非常简单，从不和亲戚来往，小店就是家，早起打扫卫生，扫扫门前的道路，一日三餐，早点是干馒头就咸菜喝白开水，中午晚上吃豆腐羹和面条，一年三百六十五天，天天如此，几十年如一日。他搭讪："您认识郭市长？"

祝老太太回过神来，说："我一个小老百姓，哪认识这么大的官儿。"她的话有些冷淡，曹元明不好再问什么了。

曹元明又一次在夜间来到了埋甲山隧道，由于连降大雨，盘山公路变成了一条小溪，鞋袜都湿透了。本来这里就很荒凉，这时更是万籁无声。就要接近隧道口时，一只受惊的夜鸟从树林里"扑棱棱"飞出，吓了他一跳。

曹元明打着手电筒进入了积水的隧道，刚走了几步，忽然听到隧道里传来了蹚水的脚步声，里面居然还有一个人！

那个人影显然知道有人进来了，脚步声正往前方的出口而去。

"谁会在这个时候来这里呢？"曹元明脑子里冒出一个大大的问号，想上前看个究竟。那人加快了脚步，三步并作两步，很快跑出了隧道。

曹元明追出第一条隧道，但那人已经消失在山下的黑暗中，再也找不到了。他回过头来查看隧道，嗅到了一股淡淡的气味，好像是烧香的气味！他俯下身来，举着手电筒一米一米地检查，果然在泥水里找到了半截香。他手里正拎着香烛祭品，猛地一个激灵："今天是父亲的忌日，这个人来到这里烧香，很可能和父亲的死有关！为什么晚上偷偷摸摸过来，不敢见人？难道是当年的凶手之一？"想到这里，他心跳加速："难道是父亲显灵，让他在二十年后再次出现？我一定要抓住他。"

曹元明走出隧道，往那人远去的方向看去，山下只有那个小小的松树峪，黑漆漆一片，定睛细看，村口的那个小店浮动着一团光亮，那不像灯光，而像是坟场里的磷火一样。

他想下去看个究竟，这时，雷声再次响起，又开始下雨了。雷雨声在隧道里回荡，他在强烈的场景刺激下癫痫又发作了，倒在了地上，半昏迷之中，那个噩梦又一次占据了他的大脑：奇怪的声响，晃动的人影……由于俯面跌倒在隧道的积水里，水流冲刷着他的口鼻，刺激着他的记忆神经……

在噩梦中，他也是口鼻呛水，也是在拼命挣扎，只听有人说："那只是个孩子。"另一人说："你忍心让他们父子分离吗？"闪电中，一只沾着鲜血的不倒翁在摇晃……

曹元明努力睁大眼睛，要看清噩梦中的景象，但口鼻渐渐被水浸没，胸口就像塞进了一团棉花，让他眼冒金星。他想挣脱梦魇，但却无法动弹，越着急越动不了，眼看就要溺亡，忽然，他想起了沈辞云教过的自我催眠方法，默念："我是一个机器人，躺在棉花堆里，我很重，棉花很轻，我深深地陷进去，每陷进去一点，就轻松一分……"先让自己的一个指头慢慢动起来，然后是整个手，最后是颈部，他从泥水里抬起了头，呼出一口长气，等全身都能动了再爬起身来，逃脱了危险。这是真实的溺水，但和沈辞云催眠下体验到的溺水感受一模一样。

回顾刚才的梦境，曹元明在笔记本上画下一个不倒翁。他此时确信，沈辞云的"梦境孵化"是对路的，噩梦中的细节越来越清晰，迷雾将会一点一滴地消散。

他走出隧道，让冰冷的雨水浇凉发烫的脑门。山下村庄的火光消失了，难道刚才看到的又是一场梦？不，现在，他清楚地记住了，那不是梦！就像癫痫一样，遗忘症的魔力也开始在他身上失效了！

曹元明一整夜都留在山上勘查现场，找寻那个神秘人物留下的痕迹，直到手电筒的电量用尽。他打了个盹，天蒙蒙亮时继续工作。下了一晚的雨，水流和泥石流的冲刷下，路上没留下什么，只在泥泞的草丛边上发现了一枚不完整的新鲜脚印，这不可能是其他人的。

他打电话给唐媛媛，让她带工具过来，用石膏翻版提取脚印。

唐媛媛问："要报告吗？"

曹元明说："那我还喊你干吗？这是私活。"

唐媛媛问："究竟怎么回事？"

曹元明说："干活吧，少问这么多。"

雨后天晴，碧空如洗，埋甲山云雾缭绕，一道亮丽的彩虹斜挂天边。唐媛媛赞叹："这里的景色真美啊……"指着前方山峰一处突出的山崖，"你看，真像个大元宝。"

曹元明举目遥望，只见彩虹照映在那块山崖上，确实像一块金光灿灿的大金元宝，说："这就是元宝台，小时候我和小伙伴经常爬上去玩的。"

唐媛媛挽着他的手臂，说："现在你就带我去玩。"

曹元明耳畔又响起顾昱的声音："元宝台，我要去元宝台……"他哪有心情，把她的手拉开，说："现在不是玩的时候，我还要去一趟'心岸'。"

唐媛媛一听"心岸"，小嘴一扁："如果是沈辞云让你陪，你肯定愿意。"

曹元明说："你想哪儿去了？我是有重要的事情。"

唐媛媛问："什么重要的事？你什么都不肯跟我说！"

曹元明说："有些事你还是不知道为好……"见唐媛媛还是气鼓鼓的模样，又说，"这样吧，等埋甲山风景区开发得有点模样了，我带你来好好玩玩。"

唐媛媛叹气说："那要到什么时候？水库大坝决堤，出了这么大的事情，整个埋甲山的开发工程都停了下来。"

郭正梁去了春岭，湛继圣陪同沈辞云前往郭正梁家。路上，沈辞云似乎是随口一问："郭市长学过心理学吗？"

湛继圣说："他喜欢读一些心理学方面的书，我不反对，这对提高一个人的情商和交际能力有益。秋华生病后，他还请教了很多心理学专家。"

沈辞云若有所思："郭市长对妻子还是很尽心的。"

"尽心就好。"湛继圣显然对这个女婿颇为满意，说起来滔滔不绝，"正梁聪明、能干，工作起来像拼命三郎，忙起来一天只睡四个小时。他刚毕业还在省团委挂职锻炼的时候，我就看中了他。记得有一次，他白天忙了一整天，半夜里还在赶稿子，我就下命令让他睡觉，身体是革命的本钱，不能因为工作把身体搞垮了嘛。看着他睡着，我这才放心离开。第二天早上，我一看，他还在呼呼大睡，但稿子已经赶出来了。我问他，你怎么不听话？他醒来一看，说睡着、睡着也不知怎么地就把稿子写好了。他就是睡梦中也不忘记工作的人！五加二、白加黑，是他的工作常态。我那时就有意培养这样有干劲的青年，把他下派到地方，从基层的县委副书记、县长、县委书记一直干到市国资委党委书记、主管经济建设的副市长、代理市长，一路顺畅，没有我，他没有今天。"

来到郭正梁家中，保姆正和一个秘书说话：“鲁秘书，你把月饼拿回去吧！我告诉你，郭市长最不喜欢的东西就是月饼了，留下来我不好处理，他肯定要训斥我。”

鲁秘书说：“这是我妈做的手工月饼，不是花钱买的。郭市长帮忙解决了纺织厂退休职工的工资拖欠问题，他们这些老工人感恩戴德，中秋节就要到了，送几盒月饼表示一点心意。”

保姆很坚决：“不行就是不行！郭市长从来不碰月饼，家里也不准有月饼出现。”

鲁秘书拎着月饼一脸的无奈和尴尬，走也不是，不走也不是。

湛继圣说：“鲁秘书，这几盒月饼送我成不？”

鲁秘书赶紧说：“当然可以。”将月饼放下，逃也似的走了。

湛继圣拆开月饼盒查看了一下，确定里面没有夹带，送给司机：“我有糖尿病，吃不得这个，送你了。”

沈辞云说：“还好你替鲁秘书解围了。”

湛继圣笑着说：“是啊，你看，市长家一个保姆都比秘书威风。现在，中组部明确要求秘书提拔不得过快，秘书飞黄腾达的时代过去了。”

沈辞云问：“郭市长为什么这么不喜欢月饼？”

湛继圣说：“可能跟他小时候的遭际有关吧，他从不过中秋节。”

有父亲在场，湛秋华没有再出现过激的举动，但仍是面无表情、不言不语，就像一座雕像。征求湛继圣同意后，沈辞云给湛秋华戴上了一个电子手镯，将她推进卧室，和她进行一对一的心理疏导。

她却突然尖叫起来："不，我不去卧室，那里有鬼！晚上我能听到鬼叫的声音！"

沈辞云问："什么鬼叫的声音？"书房里、卧室里，湛秋华都有异常反应，看来这个家到处充满了让她恐惧的东西。

湛继圣严厉的眼光射向保姆。保姆从柜子里取出一个像是血压计袖套的东西，说："郭市长晚上会戴着这个袖套睡觉，就是这个有时候会发出声音。"

湛秋华尖声说："赶快拿走、拿走！"

湛继圣叹息一声："正梁有高血压，这是一个既可以监测血压又可以按摩穴位降血压的电子产品，他还送了我一个，确实有些效果。他跟秋华解释过，但她就是不听，现在正梁晚上已经不戴了，她还是忘不了。"

沈辞云拿起袖套仔细看了看，还给保姆，把湛秋华带进另一个小房间，拉上窗帘，没打开灯，外面一个霹雳炸响，湛秋华神色大异，满脸恐惧地从轮椅上滚下地，双手合十，像忏悔似地拜倒在沈辞云面前……

沈辞云扶起湛秋华，让她倚靠在轮椅上，点燃了一支蜡烛。湛秋华看着那缕火焰，瞳孔中倒映着一抹碧绿。沈辞云说："我知道你害怕的不是打雷，而是某一样藏在你内心里的东西，现在，这团火焰照亮了你的内心，你看到吗？"湛秋华点了点头。"很好。"沈辞云微笑着说，"火越来越大，你感到很温暖，那个让你害怕的东西正慢慢地被火烧掉，你越来越放松了……"

曹元明将石膏脚印模型放入汽车后座，驾车往市区驶去。根据立体脚印初步判断，这是一个身高在一米七五至一米七八、体重七十至七十五公斤的中年男子，从脚步声判断，此人体力充沛，健康状况良好，由于自始至终都没看到他的相貌和身形，这枚脚印将是找寻他的唯一证据。

唐媛媛赌气，驾车往另一条路走了，曹元明无暇解释，他想尽快找到沈辞云。她说过："最真实的梦境，就是现实！"这话一点不错，"梦境孵化"有了新的重要信息！

汽车从一条山间的长坡上驶下，这个坡度比较陡，一侧是山崖，一侧是岩壁，这是通往市区最便捷的路。曹元明下意识地踩刹车，但汽车发出了"咯噔噔"的怪声，车速丝毫未减，他暗暗叫苦："糟糕，刹车失灵！"汽车如脱缰野马在狭窄的山道上直冲而下！他试着抢低挡，猛打方向盘，将车紧靠一侧岩壁，车门擦出一串串火花，伴随着刺耳的金属擦刮声，却没有丝毫的减速，眼看前面就是转弯，下面就是悬崖。他拉动手刹，汽车猛地蹦跳起来，打了几个转，倾覆在路边。

第八章　折断达摩克利斯之剑

安全气囊弹出，曹元明昏迷过去。

童谣声响起，幼年的玩伴出现在眼前，小静、顾昱、顾滢，他们在高高的元宝台上玩过家家，地上摆着盛有鲜花和青草的小碗小盆……忽然，风云突变，飞沙走石、山崩地裂，他们脚下出现了一个巨大的漩涡，将小静和顾滢卷入其中，哭声和呼叫声响起……

他昏迷中喃喃自语：“小静，别怕，我来救你……”

他从梦境中悠悠醒转，汽车四轮朝天，他头朝下，睁开眼看到的世界是颠倒的，远处的山峰是倒立的，近处的草木也是倒立的。他挣扎着爬出驾驶座，从掉落的后视镜里看到的车牌号码也是倒立的镜像。

忽然，顾昱的话音响起：“你看，镜子把天空分割开了，好多好多的镜子，整个世界都颠倒了，无穷无尽，没有人能走出去……”

颠倒的镜子……

曹元明的脑海中闪过一道灵光，撕下一张纸，写下“1502”四个阿拉伯数字，把它倒转过来，放到后视镜前，在镜子里，“1502”变成了“1205”！

顾昱坠楼前那失魂落魄的眼神又一次浮现在眼前，绝望的叫声在耳畔响起："不，不是我推的！""元宝台，我要去元宝台……"

曹元明猛然明白了，随之而来的是一阵揪心：顾昱死得太冤了！很多事情本来可以说清，但他却选择一死了之，因为这个世上有比死更恐怖的东西！

顾朝庚的遗言其实也是顾昱临死时的心理写照："……他们钻进了我的脑子，控制了我的灵魂。他们无孔不入，无所不能……我怕亲人会受牵连，我有罪，只有先走一步。"

顾昱不想死，但更怕那些监视着他、控制着他的人，他心有不甘，明知他的通信工具很可能已被监控，仍想方设法把线索留给了最好的朋友，是为了日后能帮他伸张正义。

"1205"指的是什么？是某个密码，还是另有其意……这又是一个谜。曹元明猜测，这个数字显然指代一个常见的东西，否则顾昱没必要这样掩饰。

周围静悄悄的，没有过往的车辆。曹元明给庞海打电话："我在路上翻了车，你到现场来一趟，帮我看看刹车。"

庞海说："哥，你没事吧？要不要帮你叫交警和保险公司？"

曹元明说："你先来，我再叫拖车公司。"

庞海开车赶到，姜阿奇也跟来了。庞海一眼就发现，刹车的油管被剪断了，说："有人下了黑手，报警吧。"曹元明摇了摇头，这辆车一直停在埋甲山下，荒郊野外没有监控，又是晚上，报警无济于事。

曹元明查看车内，石膏脚印模型已经粉碎，这条线索中断了，但这反而说明自己已经逼近真相，他们害怕了！

贝贝在幼儿园玩耍时磕破了头，老师给家长打电话，但曹元明和唐媛媛当时都在埋甲山上，因为山区信号的原因没有打通，贝贝说："我还知道一个阿姨的电话。"

沈辞云接到老师打来的电话，立即赶到医院。老师问贝贝："这个阿姨是谁啊？"

贝贝说："是我爸爸最好的朋友。"

老师看着容貌气质俱佳的沈辞云，逗贝贝："你怎么知道？是你爸爸说的，还是她说的？"

贝贝说："他们没有说，但我知道的，他们是最好、最好的朋友。"

沈辞云问："老师，贝贝伤怎么样了？"

老师说："孩子的伤不碍事，医生说不需要住院。她说，你和她父亲是最好的朋友，对吗？"

沈辞云说："是的，孩子交给我吧。"贝贝欢快地投入了沈辞云的怀里。

沈辞云要给曹元明打电话，贝贝说："我没事，先不要告诉爸爸，爸爸的脑子要多休息。阿姨，你可以带我去度假村玩玩吗？听说那里可好玩了。"

沈辞云答应了，给曹元明发了一条短信："我和贝贝在温泉湾。"

雨后初晴，清辉普照，草木青翠欲滴，秋风送来泥土的清爽气息，沁人心脾。沈辞云带着贝贝在跑马场骑马，在人工湖划船。

小船上，贝贝把头埋在沈辞云的胸前，幸福地呢喃："真像是妈妈回来了。”

沈辞云问：“你想妈妈了？”

贝贝点了点头。

沈辞云问：“那为什么你跟爸爸一起呢？”

贝贝说：“因为爸爸是世界上最好、最好的爸爸……可是他生病后好像变成了另一个人，幸好有阿姨，让疼爱贝贝的爸爸又回来了，谢谢你。”贝贝说完在沈辞云脸上亲了一下。

沈辞云被曹元明和贝贝深切的父女之爱打动了，轻轻地搂着贝贝，问：“还记得我教你的那首歌吗，我们一起唱吧。”

曹元明来到温泉湾，只见晚霞下，沈辞云搂着贝贝坐在波光荡漾的湖边，天风琅琅，衣袂飘飘，哼唱着童谣：“傍晚的天空，秋风徐徐吹来，清澈的流水，下垂的胡枝子，金铃子在歌唱，玉露沾在芒草上……”曹元明触景生情，那种“似曾相识”的感觉再一次占据了他的大脑。

贝贝欢叫：“爸爸！”

曹元明抱起女儿亲了一口，对沈辞云说：“我回了一趟春岭，有很多疑问要向你咨询，可以约个时间吗？越快越好。”

沈辞云说：“可是，明天和后天我的日程都排满了，你想让我晚上加班吗？”

曹元明不好意思地挠头憨笑，这副表情就和小时候一样。

沈辞云见状，嘴角微扬，似嗔似笑，这让曹元明又产生了“似曾相识”的感觉，一瞬间，眼前的她似乎化身为了童年时代的小静。

沈辞云见他发愣，说："就算我拒绝加班，你也不该这样瞪着我。"

曹元明忙说对不起。

沈辞云问："你刚才在想什么？"

曹元明问："你从小是在 A 国长大的吗？"

"你不应该打听心理咨询师的故事。"

"我们是朋友。"

"但现在我们还是咨询关系。"

"如果你治好了我，我就不再是患者，那时能告诉我你的故事吗？"

"你为什么这么有兴趣听我的故事？"沈辞云微微侧头。

"不知怎么地，我越来越觉得你像一个人。"

"谁？"

"我童年的一个玩伴，叫小静。"

"你曾说起过，小静就像小仙女一样，我想听你和她的故事。"

"你对小静感兴趣吗？"

"别忘了，回忆往事是治疗的重要部分。"

曹元明抱着贝贝在湖畔长椅上坐下，说起了一桩桩和小静的童年往事：过家家、捉迷藏、下棋、钓鱼、划船、爬山……他一边说着故事，一边轻轻摇晃贝贝。贝贝玩了一天，渐渐在爸爸的怀里入睡，发出轻微的鼾声。

"嗯，都是你带着小静在玩儿。"

"不全是，小静很聪明，国际象棋就是她教会我的。"

"后来呢？"

“后来小静一家搬走了，去了很远、很远的地方，再也没有联系，一晃都二十年过去了。”曹元明话中透着无限遗憾。

“你想念她吗？”

“是的。她家有海外亲戚，经常给我带国外的奶糖、饼干、葡萄干，可好吃了，我想念那种味道。”

沈辞云“扑哧”一笑：“你是个吃货？”

“也许原来是，但她走了以后，我就再也没有吃过零食。”

“因为她，你变了。”

“她走了，也带走了我的许多记忆，也许我真的变了，只是我自己不知道。”

“你为什么不去找她？”

“我连她什么时候走的都不知道，更不要说她去了哪儿，怎么找呢？”

“她是你最好的朋友，为什么连她什么时候走的都不知道？”

“她走的时候，我刚从水库里被人救起来，一直在鬼门关打转，什么也不知道，话也不会说，住院一个多月才学会了生活自理。”曹元明望着波光粼粼的湖面，“我出院后就去找小静，但她家大门紧锁，才知道她母亲得急病去世了，她跟父亲去了国外，我们连道别也没有说一声。我父亲不见了，小静也不见了，我那时心情很惆怅。”他想起了翻车后做过的一个噩梦，那个发生在元宝台上的噩梦，小静被卷进可怕的漩涡消失了……

“你俩的故事就这些？”沈辞云问，“你的表情告诉我，你和她一定还有更精彩的故事。”

曹元明说：“除了小静，我小时候还有两个玩伴，一个叫顾昱，一个叫顾滢，他们是兄妹，我们四个人经常一起玩。我刚做过一个梦，梦见我们一起在元宝台的大石头上过家家……不，这不是梦，这是我的记忆，我记得小静和顾滢出了危险……”他摇了摇头，再怎么努力地回想，也记不清当时的情景。

沈辞云轻声说：“看来二十年前那场隧道里的灾难对你大脑伤害确实很大。”

曹元明说：“所以我才来找你，这一次回春岭，我找到了那条隧道，有了新的收获，我想请你继续‘梦境孵化’。”

沈辞云说：“今天太晚了。”

曹元明眼见日落月升，天色渐暗，只得按捺内心的焦急，说：“如果你明后天没空，那么两天后……”

沈辞云说：“只要不是周末，我的日程安排都很紧。”

曹元明高兴地说：“今天是周末。”

沈辞云说：“如果你想让我晚上加班，那得找一个可以说服我的理由。”

曹元明试探着开玩笑：“为了小静，可以吗？”

沈辞云居然就答应了：“这是个好理由。”

曹元明激动地说：“谢谢你！”他打电话给唐媛媛，让她把贝贝接走。

唐媛媛来接贝贝，酸溜溜地问曹元明：“你晚上还回家吗？”

曹元明说：“我就呆一个咨询时间，个把小时。”

沈辞云抚摸着贝贝的头说：“贝贝很像当年的我，我很喜欢她，欢迎她经常来玩。”

唐媛媛说：“我看她一点都不像你。”

贝贝却说：“真的吗？我长大后能像你一样漂亮吗？”

沈辞云笑着说：“贝贝长大后肯定是个大美女。”

曹元明刮了一下贝贝的鼻子：“要像沈阿姨一样有学问才好。”

唐媛媛在一旁撇了撇嘴。

曹元明跟着沈辞云走进“心岸”心理疗养院，将这次回春岭的经过从头到尾说了一遍，遵照沈辞云的要求，能回忆多少就说多少，连吃了几碗豆腐羹都说了，特别提及父亲忌日那晚埋甲山隧道里的不速之客：“这个人离我就几十米远，可惜没能逮住他。”

沈辞云说：“你的记忆力在恢复，这一趟收获很大。”

“是的，虽然我最终没能在二十年的刑事追诉期内找到父亲遇害的确切证据，立案侦查的希望看来是没有了，这很遗憾！但我感觉你的方法和方向都很正确，只要继续走下去，就会离真相越来越近。”曹元明拿出一张白纸，画下草图，“埋甲山隧道共有三段，但我不知道现场在哪一段，隧道噩梦的细节还是不清楚。”

沈辞云说：“但你从梦境中找到了一件重要的东西，这是以前没有出现过的。”

曹元明问：“你是说……不倒翁？”

沈辞云点了点头。

两人来到一间小型的多功能厅，门窗紧闭，窗帘低垂，仿佛是与世隔绝的二人世界。

沈辞云让曹元明戴上头显，一个不倒翁清晰而立体的VR影像出现在眼前的桌子上。

沈辞云问："你认识这个不倒翁吗？"

曹元明说："是的，怎么会在你这里？"他心底流过一股暖流。这个不倒翁有些陈旧了，是父亲亲手做的，也是母亲留下的唯一和父亲有关的遗物，贝贝一直把它当成宝贝。

沈辞云："上次贝贝摔坏了，我把它修好了。"

"谢谢你，修得很漂亮，跟新的一样。"

"你盯着它看，什么也别想。"

周围的环境黯淡下来，只有不倒翁在发光，渐渐地，它开始晃动……

催眠中，曹元明再次进入了童年世界。

草地上，曹炳生用凿子做木头不倒翁，曹元明趴在一边看："爸爸，头还要圆一点。"

"让我摸摸看。"曹炳生伸手摸摸儿子的后脑勺，"明明是扁的嘛。"

曹元明说："小静的头是圆的，这个送给小静。"

曹炳生笑骂："小兔崽子。"

不倒翁不停地晃来晃去……

曹元明拿着不倒翁去找小静，路上遇到了顾昱和顾滢兄妹。

顾昱说："好漂亮的不倒翁啊，给我们玩会儿吧。"

曹元明说："这是送给小静的。"

顾昱说："你就记得小静，我们也是你的好朋友。"

顾滢拉着曹元明："明明哥哥，给我玩，给我玩。"

曹元明左右为难。

沈辞云的声音响起："不要纠缠，拿着不倒翁，往隧道的方向走。"

不倒翁继续晃动……

曹元明往前走，但不知不觉却走向了元宝台。在那里，顾昱、顾滢和小静在向他招手。

这时，沈辞云叫停了催眠。

曹元明问："怎么这么快就结束了？"

沈辞云说："你没有进入隧道，你的潜意识被干扰了，心里想着另一个地方。镜子蒙了灰尘如何显现万物，水不澄清如何映现明月，同样的道理，心不清净如何回忆往事？"

曹元明说："是的，我现在一回到童年，就会想到元宝台……要不我们再尝试一下？我尽量把注意力集中到隧道。"

"你的情绪不能沉淀下来，心情不能安宁下来，就不能进入全心象的回忆。"

曹元明闭目沉思，沮丧地摇了摇头："我一想起小静，就想起顾昱和顾滢他们。"

沈辞云说："你梦见和他们一起在元宝台的大石头上过家家，后来小静和顾滢出了危险。"

曹元明说："是的，这个梦和顾昱的死有关，可我怎么想也记不清了。"

"既然是这样，我们今天的催眠就从这个梦开始。"

"好！"曹元明又问，"这会影响到隧道梦境的孵化吗？”

“不会，条条大道通罗马，直路不通，我们可以迂回。”沈辞云说，“何况，你的潜意识已经认定，这两个梦之间存在某种联系。”

不一会儿，曹元明眼前呈现出一块悬空飘浮的巨大沙盘，只听沈辞云说：“元宝台是春岭埋甲山的标志性景点，这个是人工合成的实景 3D 图，你看像吗？”

“嗯，很像。”

“现在，就在这块沙盘上，你把你们过家家的家重新建起来。”

曹元明的双手在虚拟的沙盘上移动，SHADOW 捕捉到他的脑部电脉冲和手部的肌肉姿态，按照他的回忆和想象，房子、花园、喷泉、小汽车和花草树木出现了，沙盘变得生机勃勃。

沈辞云说：“这里有四个动物玩具（VR 中出现了一匹小马、一只小兔子、一只小猪和一只小羊），你给自己还有小静、顾昱和顾滢各挑一个，作为他们的替身，将这四个小动物放到大石头上。”

曹元明给自己挑的是小马，小静是小兔子，顾昱是小猪，顾滢是小羊，然后将四只小动物放在了沙盘上，小马旁边是小兔子，小猪和小羊待在一起。

花园中央，一只笑眯眯的不倒翁晃来晃去，四只小动物在周围追逐嬉戏，小马和小兔子一起买菜、做饭，照顾不倒翁。

忽然“轰隆隆”一声巨响，悬浮的沙盘开始倾泻，上面的小世界分崩离析，花园、房子、花草树木和小汽车纷纷坠入万丈深渊……四只小动物惊慌地奔逃。小马力气大，跑得快，一下子就蹦了出来，小兔子力气小，跑得慢，眼看就要被流沙裹挟进深渊，这时，勇敢的小马不顾危险跳了回来，屈膝卧下驮起小兔子，就在脚下沙土下坠的一刹那，像箭一般飞奔离去……那一边，小猪和小羊都在惊惶地逃跑，小羊跟在后面跌倒了，发出了“咩咩”的呼叫，但小猪什么也没听到，只顾自己逃命……

沉浸在梦中的曹元明不知道，在隔壁房间里，沈辞云也戴上了 VR 头显。SHADOW 捕捉到了两条心电图和脑电图曲线，二者逐渐呈现同步趋势。

铃声响起，曹元明从催眠中醒来，摘下设备，他没有睁眼，因为尘封已久的记忆正像开闸的潮水一样涌入大脑。

沈辞云进来了，问：“怎么样？”

曹元明没有马上说话，他要将这些重生的记忆进行回顾整理，以形成长期记忆。半晌，他睁开眼，如释重负地说：“我明白了！”

沈辞云问：“明白什么了？”

曹元明说：“小时候，我和小静，还有顾昱和顾滢，在埋甲山元宝台上玩，不知怎么回事，有一块大石头突然松动了，顾昱吓得远远逃开，他妹妹和大石头一起掉下了悬崖。那一天，是二十年前的 6 月 19 日。今年 6 月 19 日，顾昱从元宝酒店的天台上跳下，这个天台和元宝台外形很相似，他选择在这个日子这个地点自寻短见，和他妹妹的死是分不开的。他跳楼前对我说‘不，不是我推的’，我推测，他可能以为当年是他把妹妹推下悬崖，因此充满了内疚，一直走不出这个心理阴影，这个心理包袱越发沉重，最后让他崩溃了。”

沈辞云“嗯”了一声，不置可否。

曹元明说：“作为他最好的朋友，我对此一无所知，没能及时发觉并阻止他，我有很大责任！”

沈辞云说：“这不能怪你，你失去了那段记忆，而他从来没有把这个埋藏内心深处的阴影告诉过你。”

曹元明说：“我确实有责任。顾昱的心理压力是双重的，除了妹妹的死，他还有另一个严重的心理压力，他曾经透露给我，但我来不及帮他。”

“另一个心理压力？是什么？”

“这个涉及保密纪律，抱歉，我无可奉告。”

“不需要抱歉，我对你们的那些机密不感兴趣。”沈辞云微微蹙眉，“你说你和小静也在那块大石头上，大石头掉下去了，你们怎么样了？”

“我跑开了，小静那时还小，来不及跑开，我就回过身去拉她，大石头落下去时，我拉住了一根藤条，后来就没事了。”曹元明轻描淡写地说。

“你一只手拉着小静，一只手拉着藤条……那个场面很惊险吧？”

“运气好吧，藤条眼看要断了，但我俩爬上来了。”

“你有没有想过松开小静的手，这样你自己活命的机会大得多？”

曹元明挠头憨笑：“那怎么行，小静肯定没命了。”

沈辞云凝视着他：“假设现在小静遇到了危险，向你求助，你会松开她的手吗？”

曹元明有些苦涩地说：“这个假设不成立，小静不会再需要我的帮助了。她在国外，可能早就结婚了，一家人过着幸福的生活，也许我们再也不会见面，也许她早忘了我。”

“其实刚才在沙盘梦境里你的潜意识已经给了答案。”沈辞云说，“小马会驮起小兔子，你就不会松开小静的手。”

“是吗？这个沙盘……好像在心理学上叫‘箱庭疗法’？”

“不，这是能唤起你记忆的SHADOW，只是借助了箱庭疗法的形式。”

曹元明沉吟片刻，说：“这种方式在重拾记忆方面的能量怎么如此强大？我瞬间就回忆起了二十年前元宝台上发生的一切，为什么我们在回忆隧道场景的时候不采用呢？”

以前沈辞云总是会耐心解释，但她这次只是简短地说：“这两者没有可比性。”

曹元明见她不愿明说，也就不再问，说：“我心里有很多疑问想向你请教，但又怕……”

“你什么时候学会前怕狼后怕虎的？”

“那我就说了，先说第一个。”曹元明说，“顾昱对我说，不是他把妹妹推下去的，那时他的表情是绝望的、疯狂的，情绪上有激烈的矛盾冲突，说明他心里想的和嘴上说的截然相反，他心里就以为妹妹是他推下去的。刚才我的回忆清清楚楚，顾滢确实是自己跌倒的，来不及逃走才掉下去，顾昱逃走时和妹妹没有身体上接触，为什么他会被这种错误的记忆困扰？”

沈辞云沉吟不语。

曹元明说：“我之所以问你这个问题，是因为顾昱曾经在‘心岸’接受过心理咨询。”

沈辞云点了点头："我知道。"

曹元明欲言又止。

沈辞云说："我明白你的意思，但我现在还无法回答你这个问题。你不是还有其他问题吗？"

曹元明正思考该怎么问才好，这时手机响了。唐媛媛说："时间不早了，咨询该结束了吧？我和贝贝还没回家，可是一直在外面等着呢。"

曹元明说："要不下次我们再谈吧。"

沈辞云"嗯"了一声。

曹元明走出"心岸"疗养院，和唐媛媛、贝贝一起回家。

安顿好贝贝，曹元明送唐媛媛出门，她忽然说："我告诉你一个秘密，沈辞云是马修斯的女朋友。"

曹元明淡淡地说："这跟我有什么关系，我是去看病的，你别多事了。"

唐媛媛说："好心当成驴肝肺，我是担心你。心理学上的东西太玄乎，你可不要被引入歧途。心理咨询师凭的就是一张嘴皮子，最擅长揣摩人的心理，趁你感情空虚的时候……"

"好了，姑奶奶，好意我心领了，你就别瞎想了。当心理咨询师可不容易，哪里是靠耍嘴皮子，在A国，心理咨询师必须是心理学或哲学博士加医学博士，而且借助的都是高科技手段。"曹元明简略地说起SHADOW的神奇之处，能在VR头显里建造一个逼真的梦境。

"VR头显？"唐媛媛侧头一想，"顾昱跳楼的那天在玉川酒店开了一个房间，里面就摆着一副VR头显。"

曹元明一惊，回想当时的情况：自己赶往原先约定的玉川酒店，但顾昱不在，后来才想起他可能去了元宝酒店，赶到时正遇到他跳楼。顾昱死后，警方检查了他的工作室、家庭，自然也会检查他开过的酒店房间，只不过当时自己嫌疑在身，他们不会把情况告诉自己。他问："酒店房间里还发现过什么异常吗？"

唐媛媛摇了摇头，说："是娄局长带队去检查玉川酒店的，详细情况要问他。"

曹元明想起，当晚赶到元宝酒店的是臧进荣，没想到娄昆去了玉川酒店。玉川酒店虽然不是死亡现场，但顾昱在那儿待过后精神就变得不正常，那里可能会提供更多的线索。

唐媛媛说："好了，反正你也不会留我，我走了。走之前，我再多说一句：这个姓沈的心理咨询师很奇怪，她对你好像有所图，你要小心，不要被她迷住了。"

曹元明说："人家是海归女神，学术大咖，要什么有什么，我在她眼里不过是个病人，有什么值得她图的？"

唐媛媛说："我就是有这种直觉，难道你不觉得她对你热心过头吗？如果不是有所图，她为什么花那么多精力在你和贝贝身上？你忘记了吗，顾昱跳楼的那天，她就在现场，这绝不是巧合！"

曹元明脸色凝重："我没有忘记。"

唐媛媛说："那你还说我多事、瞎想？"

"好吧，你说得有道理。"曹元明拿出一张门票，"这些天辛苦你了，我这里有张演唱会的票，是你最喜欢的歌手，你去好好放松一下。"

唐媛媛转嗔为喜："就我一个人啊？没人陪我可不去。"

曹元明微笑着说："当然不是你一个人。"

翌日，唐媛媛做了精心打扮，来到演唱会的门口，但等来的不是曹元明，而是高航。

唐媛媛问："你怎么来了？"

高航说："曹队送我的票，让我陪你散散心，我也挺喜欢这个人的歌。"

唐媛媛生气地说："我干吗要让你陪？"

高航鼓起勇气说："曹队早就看出我对你有意思，说我就是患得患失，不敢表白，不够主动。师姐，其实我这个人……"

唐媛媛说："其实你这个人不讨厌……"高航一喜，却听她接着说，"就是无聊。"转身就走。

高航追上去："你只是平时不关注我，其实我一点都不无聊。这样吧，我给你变个魔术，保证你喜欢。"他先展示一双空手，再撸起袖子，然后在唐媛媛耳边打了个响指，一枚硬币凭空出现在他手里。

唐媛媛掰开他的袖子，一枚藏在里面的硬币掉了出来，魔术就此露馅。

高航尴尬地一笑。

唐媛媛白了他一眼："还不无聊？"

曹元明来到市公安局，找娄昆询问顾昱死后勘查玉川酒店的详情。

娄昆说："你现在的主要任务是养病，就不要操心这些了。"

曹元明说："我就想知道那个房间里有什么。我不止一次地想象顾昱如何走向绝路，却总觉得有什么东西没有想到，以至于无法再现整个过程，如果能让我看到房间里的情景，说不定我能想起什么。"

"你就这么自信？"娄昆一笑，"其实没有什么特别的发现，他就留下了一部笔记本电脑，电脑里面都是普通的工作软件和娱乐软件，还有一些办公文档，但不涉及泄密。"

"还有一副 VR 头显，是吗？"

娄昆手指弹着桌沿："嗯，他当时在玩一种仿真度很高的 3D 游戏。"

"这不奇怪吗？顾昱平时工作很忙，经常加班加点，怎么会有时间玩游戏？从他那天的精神状况看，更不可能有闲情逸致先玩几盘游戏，然后再跑到另一家酒店跳楼。"

"这你就想错了。我们查过，这款游戏叫'暴龙猎人'，顾昱在玩家里面的等级很高，好像是两个 A，他应该在上面花了大把的时间，甚至长期沉溺其中。"

"他住的是哪间房？"

"619。"

"619……6 月 19 日……这个房间号码不会是顾昱随便选的，他一定是在提示我们，这个房间里藏有重要信息。"

"有这种可能，但就是没发现有价值的东西。"娄昆说到这里，仿佛想起了什么，"有一点倒是奇怪。"

曹元明问："是什么？"

"技术部门刚刚发现，顾昱坠楼那天，除了给你打电话，还给一个人打了电话，不过用的是另一部手机，那部手机登记在顾昱母亲名下。"

“这个人是谁？”

“沈辞云！”娄昆看着曹元明，“而且，他和沈辞云之间早有联系。”

曹元明怔住了，这件事顾沈两人都没向他提起过。他问：“既然如此，你们做了询问吗？”

“问过了。沈辞云说，她在设计一种仿真的梦境体验技术时，向顾昱多次请教过，因为顾昱是电脑芯片专家，是AI方面的高人，这些都是有电子邮件和书面公函作证的。至于是不是就这么简单，那就见仁见智了。”娄昆反问，“你在她那儿治疗有一段时间了吧，你了解她吗？”

曹元明无力地摇了摇头，头又开始胀痛、眩晕，他不想再问什么了，摇摇晃晃地从娄昆的办公室出来。

唐媛媛问：“你怎么了？”

曹元明扶着墙坐下，什么也不说。

唐媛媛说：“是不是听到了对沈辞云不利的话？我猜得到，不然你的脸色不会这样难看。”

曹元明还是不说话。

唐媛媛问：“你还会去找她治疗吗？”

曹元明抬起头来：“这么难得的机会，为什么不去？”

曹元明回到家中，打开电脑，下载“暴龙猎人”游戏的国际客服端。这款游戏是国际某著名网络公司开发的MMORPG游戏，据说画质、射击手感、三维模型、剧情动画都是游戏界数一数二的。他不知道顾昱的用户名，只能以游客的身份进入游戏。游戏里绚烂多彩的画面和紧张刺激的打斗并没有吸引他，他的思绪一直不能安定。虽然他把顾昱当好朋友，但顾昱却有很多事都瞒着他，更没有想到顾昱认识沈辞云。顾昱是有心理疾病的，自杀会不会与沈辞云有关呢？

想到这里，他内心隐隐作痛。他清楚地记得，沈辞云“巧合”就在顾昱跳楼的当口上出现，如果他不是因为“龅牙三”抢了她的包而耽搁了时间，说不定能赶在跳楼前救下顾昱。他一直没有询问沈辞云这个“巧合”，是因为他内心害怕某种连自己都说不清的东西，现在，这种害怕越来越清晰了。

他想起唐媛媛的话：“你要小心，不要被她迷住了。”难道自己真的被沈辞云迷住了，这才不敢问吗？我的直觉和职责去哪儿了？他闭眼反思，但浮现在眼前的却是沈辞云的音容笑貌……

一颦一笑一倾城，一举一动一失魂。他的心思乱了。

沈辞云和马修斯又来到“金爵”击剑馆。马修斯问起曹元明的治疗情况。沈辞云说：“现在他是我的病人，不是吗？”

马修斯说：“我有不好的预感，我们应该像 CIA 在二十年前终止星门计划那样终止这次治疗。督导很关心你，希望由我接手。”

沈辞云手里的剑垂了下来。

马修斯盯着沈辞云说：“亲爱的，我们在一起学习工作这么多年，可我一直无法看到你的内心，我一直爱着一个我不了解的人，我不知道这是为什么。”

沈辞云说：“大卫，请不要这样说，我真的会害怕的。”

马修斯从身后缓缓拥抱她，温柔地说：“亲爱的，我不想在中国再待下去了，我们一起回 A 国吧，离开这里对我们都好，我会保护你的。”

沈辞云冷静地推开他：“不，你知道那不是我想要的生活。”

马修斯忽然烦躁起来：“够了，我要知道这是为什么？”

“作为心理咨询师，你不能失去冷静，否则就失去了主动，怎么完成工作？”

“只有在你面前我才会失去冷静，是爱让我失去了主动，变成了弱者，你明白吗？”

沈辞云明亮的眼睛望着他：“不，真正的爱只会让一个人的内心变得更加强大，马修斯，你变成弱者是因为你献出了自己灵魂，你正在走向自己挖的陷阱。”

马修斯呆住了。

沈辞云说：“对不起，马修斯，我以前就告诉过你，我们不会在一起。”她抛下剑，转身离去。

马修斯没有追上，而是站在原地说：“我们的比试还没有结束。”

SHADOW 的输出设备上打印出了呈现同步趋势的两条心电图和脑电图曲线，一条是曹元明，一条是沈辞云。

黑暗中，模拟梦境的全息投影打开，随着山崩地裂，深邃的隧道呈现在眼前，幽灵般的黑影，各种奇怪的声响……

一个修长的人影站在隧道的阴影里，虔诚地举起手机：“尊敬的 Queen，您的预言不幸成真了，他拔出了达摩克利斯之剑，如果这两个人合二为一，剑就将落下。看来，当初我们走错了一步棋。”

Queen说：“亲爱的Knight，不要担心，我们会折断那柄剑。他只是一个活在梦幻里的堂吉诃德，我已经做了最好的安排。上帝与我们同在，会站在我们这一边。”

欧阳绚终于从大洋彼岸飞回来了！曹元明带贝贝去机场接她。欧阳绚光彩照人，翩翩而来。多年后，分离的一家三口终于聚在一起。曹元明在国贸大厦的云顶餐厅安排了烛光晚宴。国贸大厦位于河山市商业中心，是全市最高的建筑，云顶餐厅三百六十度透明观景，晚上六点餐厅开始旋转，以人所感觉不到的缓慢转速两个小时刚好一圈回到原处，也就是吃一顿饭的时间正好把大半个河山市区的夜景看了个遍，配合着融融月色，甚是惬意。

欧阳绚见曹元明点的菜是黑椒牛仔骨、蒸菜蚧和疙瘩海鲜汤，都是自己喜欢吃的，说：“听说你受伤后记性不好，难为你还记得我的口味。”

贝贝说：“爸爸怕忘记，都把菜名写在小本子上了。”

欧阳绚有些感动：“在这里吃顿饭，价格不便宜吧？”

曹元明说：“千金万金，也难买你回来一次。”

欧阳绚有些伤感：“我回来得晚了，让你一等就是三年。”

曹元明说：“三年不长，白素贞等了许仙一千年。”

欧阳绚不说话了。

曹元明忙说：“我没别的意思，只希望你多陪陪贝贝。”

贝贝紧紧拉着欧阳绚的手说：“妈妈，你不会再走了吧？”

欧阳绚说：“这就要看你爸爸的表现了。”

曹元明说："只要你和贝贝在我身边，我什么都听你的。"

欧阳绚说："你这话可别说太早。"

饭后，曹元明送欧阳绚去酒店住宿。在房间里，欧阳绚沐浴后裹着浴巾出来，挨着曹元明坐下，匀称丰腴的大腿裸露在外，曲线妙曼的酮体散发着热度。曹元明有些尴尬，正要挪开，欧阳绚却张开玉臂环绕着他的头颈，凑过嘴来，口脂香阵阵袭来。他天旋地转，不由自主地将她抱住，两人热吻起来。曹元明的接吻动作笨拙，欧阳绚"咯咯"娇笑："一看就知道你这些年没碰过女人。"伸出丁香小舌在他嘴里温柔地搅拌，接着去脱他的衣服。

曹元明气喘吁吁地说："我们这样是不是太快了！"

"你这个大傻瓜。"欧阳绚拥抱着曹元明倒在床上，摸到他脑袋上凹陷的疤痕，调侃地说，"你这个朝天洞，医生们修补得怎么样了？"

一提到脑部的伤势，曹元明就想起了沈辞云，顿时兴致全无。

欧阳绚敏感地问："你怎么了？"

曹元明翻身坐起，说："你刚下飞机，还在倒时差，早点休息吧。"

"看来你脑子的毛病是没好！"欧阳绚生气地说。灯光下，看得出她沐浴后的精心补妆，浓重的眼影掩盖了眼角可能的细微皱纹，一双杏眼仍然灵动，但却不再清澈，玫瑰色的口红突出了性感的唇形，却如同人造花瓣失去了自然本色。

曹元明感到，跟沈辞云相比，欧阳绚的美丽显得有几分矫揉造作。他惶恐起来："我这是怎么了，为什么老是想起沈辞云？太不应该了！”他不敢久留，带着自责匆匆告辞：“对不起，我明天约好要看心理咨询师，晚安。”

晚风拂面，曹元明出门后冷静下来。欧阳绚的热情来得太突然，让他有些手足无措，他现在无暇顾及其他。沈辞云的真实面目如何，必须进一步的接触了解，这是更重要的事情。

第二天，在欧阳绚要求下，曹元明带她一起去见沈辞云，到了温泉湾“心岸”心理疗养院，却见不少人在驻足观望。

天空传来轰鸣声，一架私人直升机盘旋在疗养院上空，拉出一条长幅：“祝沈辞云小姐生日快乐，永远年轻、更加美丽！”一辆玛莎拉蒂敞篷轿车缓缓驶来，后座堆放着九千九百九十九枝金箔玫瑰花，仿佛是一座金山。司机径直来到沈辞云面前，送上一个红色天鹅绒盒子，说：“这是刘万河先生送给您的生日礼物。”

沈辞云打开盒子一看，是一把车钥匙，她平静地说：“现在这辆车属于我了，我可以按我的意愿处理它，是吗？”

司机说：“当然了。”

沈辞云将盒子塞还给他：“好，那现在我将它送给你。”

司机惊讶地说：“那……那怎么行？”

沈辞云严肃地说：“‘心岸’是一个修养心境的地方，最忌讳喧哗吵闹，你们的行为严重影响了来访者的休息，严重干扰了我的工作，我已经报警了！”

刘长河坐在直升机上，示意驾驶员在“心岸”前方的大草坪上降落，这时，电话响了。

话筒传来一个冷冷的声音：“还没玩够啊？闹得沸沸

扬扬，我这儿都接到报警了，你还嫌不够丢人现眼？”

刘长河说：“我追求她，是光明正大的。”

“你知道她是谁吗……”

刘长河吃了一惊：“我哪知道？”

“不知道底细就往上扑，色令智昏，做事一点档次都没有！……眼前有多少大事等你去做，居然还有这份闲心？”

刘万河悻悻地放下电话，对驾驶员说：“返航吧。”

沈辞云头也不回进了“心岸”，直升机和玛莎拉蒂都远去了。

曹元明微笑着说：“今天可真开了眼，能让‘福万’的刘总当众碰一鼻子灰，这可是头一遭。”

欧阳绚看在眼里，酸在心里。

曹元明进入咨询室，沈辞云向他展示了VR里的故乡：家、街道、学校、工厂、田野、山岭……以及父母和小伙伴等人物，每一帧画面的细节都很逼真，连人脸上的雀斑都清晰可见，显然，她根据他提供的素材下了极大的功夫来营造这个虚拟世界。她让他仔细观察和确认这些影像的真实度，并按照他的意见进一步修改，做到精益求精、尽善尽美，因为越是逼真的画面，越能激发起真实的回忆。按照她的计划，“梦境孵化”下一步将进入“全景”模式，在这种高级别的模式中，梦境的主角不再是过客，而是可以与梦中的人物和环境进行互动。

然后，沈辞云开始催眠曹元明，但这一次SHADOW技术神奇不再，曹元明无法按照提示在梦境中行动。看着杂乱的脑电波，她意识到了什么，叫停了催眠，问：“你今天怎么了？一点状态都没有？”

曹元明说：“可能没休息好，精神不太集中。”

“不对，别忘了我是你的心理咨询师，我能看到你的潜意识。”沈辞云一针见血地说，“你不能进入梦境是因为失去了对我的信任。”

曹元明不知如何回答，只好沉默。

沈辞云干脆地关掉设备，曹元明忽然问：“你以前就认识顾昱，对吗？”

沈辞云点了点头。

曹元明问：“他接受过你的心理咨询吗？”

沈辞云摇了摇头。

曹元明悄悄舒了一口气，又问：“你和顾昱之间还有其他的故事，可以告诉我吗？”

沈辞云不说话，凝望了他一眼，眼神中又是失望又是悲伤。

曹元明感到自己说错了话，却又不知错在何处。

沈辞云说：“今天你不在状态，我也是，今天的咨询提前结束。”

欧阳绚找到沈辞云，说：“沈博士，我要和你单独谈谈。”

两人来到一个单间会客室，欧阳绚开门见山地说：“我是曹元明的前妻，他的病情究竟如何，我有知情权，你要如实告诉我。”

沈辞云简明扼要地告知病情。

欧阳绚说：“也就是说，就算用 SHADOW 这样先进的技术，也没有把握恢复他的记忆和健康？”

沈辞云点了点头：“因为这只是一种尝试。”

欧阳绚不满地说：“没想到他花费了这么多时间，得到的是这样一句话。”

沈辞云不多解释，只是歉然地笑了笑。

欧阳绚继续问：“尝试就会有风险，是吗？”

“是的。”

“最大的风险是什么？会死人吗？”

“因为没有先例可循，有些风险是难以预知的。”

“你这样做，违反了医学的伦理道德！”欧阳绚语气严厉，“我要求你立即停止这种危险的实验。”

“您不是他的前妻吗？”

“对，但我俩已经打算复婚，所以我才回国。”

“这项实验，他是在充分知情的情况下自愿参加的，并且他还主动写了免责声明。‘梦境孵化’就要进入到关键阶段，这个时候中断，那就前功尽弃了。”

“你以为我不懂吗？什么‘自愿’‘免责声明’，没有伦理委员会授权都是不作数的。”欧阳绚咄咄逼人，“沈博士，你原来一直在A国，为什么这时跑到中国来从事SHADOW研究？你这是在钻中国法律的空子，你把他当成小白鼠，为的是自己出名。因为你很清楚，如果在A国干这种事，一个好律师会让你倾家荡产！”

沈辞云站了起来，严肃地说：“欧阳女士，我想我们没有必要再谈下去了。如果您能代表他的意思，那么，我会立即解除和他的咨询关系。”

回去的路上，欧阳绚对曹元明说："这个沈博士看上去很不靠谱，我不喜欢她，你以后不要找她咨询了。"

曹元明说："你刚回国，根本不了解她，怎么妄下结论？她是一个非常棒的心理咨询师。"

"是吗？亏你这么信任她，可她只是把你当小白鼠。"

"那是我自愿的。我大脑受伤后，两眼一抹黑，没有她，我都不知道接下来的路该怎么走。在她的治疗下，我恢复了很多记忆，癫痫也很少发作了。"

欧阳绚停下脚步，注视着他说："你对她很着迷，处处护着她，你变了。"

曹元明诚实地说："不知怎么的，第一次见到她我就产生了一种奇怪的感觉，觉得她是个多年未见的亲密朋友，而我和她之间，似乎刚刚完成了某种轮回。"

欧阳绚说："我就是不喜欢你这种神经兮兮的感觉！"

曹元明开玩笑地说："你这是吃醋了吧？"

"对，就是吃醋！我太了解男人了，这个女人对任何男人都有致命的诱惑力，没有哪个男人会例外。"

"你误会了，我和她的关系仅仅是医患关系，我可以发誓。"

"男人发誓就跟吃饭一样！我在国外这么多年，累了，回来就想有个家好安安心心过日子，而她会偷走你的心！我吃醋是因为我在意你，你在意我吗？你想想贝贝，想想这个家，难道我们两个还不如她一个人重要？"

"你这是小题大做，有点无理取闹吧？"

"你要这么说，那我现在就走！"欧阳绚转身就走。

曹元明赶紧拉住她："你怎么还像以前那样任性呢，

我不都说清楚了吗。”

“我只是让你换一个心理咨询师而已！你不是说什么都听我的吗？”欧阳绚眼中含泪。

“已经建立了的心理咨询关系不能随意更换，这会严重影响效果。”

“你最早的心理咨询师不是马修斯吗？那时说换就换，现在为什么不能换回去？”

曹元明暗暗叹息：她怎么对沈博士会有这么大的成见？难道是因为沈博士太优秀了吗？女人嫉妒起来就会丧失理性，媛媛也是这样。他思量再三，说：“我先给她打个电话。”

曹元明问沈辞云：“马修斯博士也掌握了SHADOW技术吗？”

沈辞云回答：“是的。我说过，SHADOW不是某一个人的发明，而是团队合作的结晶，我只是在其中做了一点小小的工作。”

曹元明问：“冒昧地问一下，他的水平怎么样？”

沈辞云说：“他是我的师兄，心理学入门比我早。”

曹元明“噢”了一声，正想着该怎么措辞。

沈辞云对他的想法一清二楚，说：“我不希望我们之间的咨询关系会给你的生活带来困扰，再说，贝贝的心理健康成长也需要一个完整的家庭，我会向‘心岸’完整地移交你的咨询资料，但希望你慎重地选择下一位心理咨询师。”

曹元明说：“我很抱歉……”

沈辞云说：“没有必要，我尊重你的决定。”说完就挂断了电话。

曹元明感到手机变得异常沉重，无力地放下手机，对欧阳绚说：“我答应你，以后心理咨询只约马修斯。”

欧阳绚抱着曹元明亲了一口：“这才听话。”

市政府市长办公室，玉川水库大坝垮塌事故调查组正在向郭正梁汇报工作。

对于这次二十年一遇的洪水预警不够及时的问责，气象局长解释说，本次降水为对流性降水，持续时间短，雨量分布很不均匀，局地性分散性明显，导致可预报性弱。

调查组的一份报告则指出，施工中有人为因素控制土方、沙石、钢材等材料市场价格，存在明显不符合市场规律的经营行为。

郭正梁没有在这些次要问题上过多纠结，直截了当地问调查组长：“你要以一个共产党员的党性作保证，回答我一个问题：这起事故是不是一起严重的安全事故？”

调查组长说：“我们初步认为，这确实是水坝施工中偷工减料造成的安全事故。”

郭正梁问：“证据充足吗？”

组长说：“我们派出了潜水员进行水下勘查，在决口的坝基水下三米处发现好几处涌水通道，这必然造成水坝坝体沉降、开裂最后酿成溃坝。取样分析表明，大坝的主钢筋和钢筋混凝土都没有达标。”

郭正梁看了水下摄影的图像和分析报告，连说：“可恶！”

组长说：“可是施工方一再推诿责任，说是因为抢工期、个别施工人员的责任心不够，这才致使沙浆含泥量超标，抗压、抗挤和抗碱达不到标准。”

郭正梁问：“涉及的企业有哪几家？”

“目前看主要有两家，一是‘茂源’沙石公司，二是‘十方’建筑公司。”

郭正梁沉吟了一下，问：“水库建设管理处的侯处长呢？他今天怎么没来？”

鲁秘书说：“侯处长因为工作太操劳，加上水坝出了事故，今天凌晨突发脑溢血，住进了河山医科大学附属医院的脑外科。”

“病情严重吗？”

“半身不遂，不能说话，医院正组织专家紧急研究手术方案。”

郭正梁思忖片刻，叮嘱说：“在事故责任没有完全明确之前，不能将这些消息外泄，以免打草惊蛇影响后续的调查取证。”

郭正梁开完会回家，在门口遇到了沈辞云，沈辞云完成了对湛秋华的心理治疗正要离开。

郭正梁问起湛秋华的病情，沈辞云断然说：“她没有精神分裂症。”

郭正梁吃了一惊：“这是很多医生的诊断，你怎么一下子就给推翻了？”

“她的精神分裂症有哪些表现？”

“这种表现很多。我举个例子，她老是说身上有虫子爬来爬去，其实她身上都是干干净净的，衣服被褥常常换洗。医生说，这是精神分裂症患者典型的幻觉。”

“我看过她的病历，确实记录过这个症状，但我感觉有点儿蹊跷。所以，我上次特地给她戴上了一个电子手镯，手镯会不定时地振动，并记录她的大脑反应信号，结果振动引起的反应信号是先强后弱的，这是‘逆向幻觉’的标准模式，也就是说，这是正常人的反应，精神分裂症患者是无法实现‘逆向幻觉’的。”

郭正梁说：“我没听明白。”

沈辞云说：“触觉在大脑中的预测模式与其他感官正好相反，因为触觉的信息量太大，比如皮肤与衣服的摩擦、身体与座椅的接触时时发生，大脑在处理这些无关紧要的信息的同时，还要及时处理更重要更危险信号，比如让我们及时缩手躲避烧开的水壶。为了优化整体信息处理流程，大脑会采用‘逆向幻觉’的方式筛除掉大部分触觉信息，但精神分裂症患者不会，所以这可以解释为什么皮肤接触衣服会让他们产生身上爬着昆虫的幻觉。只不过，这种幻觉是通过人的嘴说出来的，而电子手镯不会说谎。”

郭正梁看了一眼屋里，问：“你的意思是，她是在假装精神病患者？”

沈辞云说：“对，模仿得很像，她可能接触过精神分裂症患者，或者读过这方面的书籍，但假的就是假的，再像也不是真的。精神分裂症的患者是不适合催眠的，催眠会导致病情恶化或诱发幻觉、妄想，但是她在催眠状态下并没有出现这种表现，这时她的潜意识是无法被意识隐藏的，她无法假装。”

郭正梁轻轻咳嗽了一下：“她这么做是为什么？”

沈辞云摇了摇头：“我现在还不知道。”她看了一下手表，“时间不早了，再见。”

郭正梁说："一起吃个便饭吧，家里一直冷冷清清，一点儿温馨气氛都没有，难得你来，我还想再向你请教一二。"

沈辞云婉言拒绝："谢谢你的好意，我和舅舅说好了去他家吃饭。"

郭正梁还想劝她，突然接到紧急电话，说是春岭镇的五八六厂区聚集了许多老职工及家属，因开发商和拆迁办所提供的补偿方法和回迁方案极为不合理，他们拉起横幅拒绝拆迁，拆迁公司雇来的流氓和老职工发生了流血冲突。

郭正梁来不及吃饭，连忙叫上司机赶往现场调解。一路上，他通过电话指示公安部门立即拘捕动手打人的流氓，将伤者及时送医，指示宣传部门做好把关，各新闻媒体要淡化此事，不能让不实负面报道流出。

山区多雨，赶到厂区时，雨水又淅淅沥沥下起来。

厂区门口，一群赤膊大汉正乘坐铲车和卡车撤离，警车和救护车的车灯闪耀成一片。地上都是砖瓦和混凝土块，一片狼藉，一幢楼房已经拆了一半，刨开的断口像张狰狞的大嘴在吞噬夜空。

郭正梁脸色铁青下了车，镇长赶紧给他打伞，被他一把打飞。

五八六厂一位已退休的车间老主任钟援朝从护厂人群中站了出来，义愤填膺地向郭正梁控诉，说奸商勾结贪官贱卖工厂土地致巨额国有资产损失，要求政府主持公道查明真相，并递交了工人们集体签名按手印的请愿书。

郭正梁问镇长："拆迁公司的老板是谁？"他知道，

这些老工人在这里生活了几十年，根深蒂固、血脉相连，如果抱团起来上访闹事，后果难以收拾。

镇长低声说：“老板叫刘万林，是‘福万’集团老总刘万河的哥哥。”

郭正梁大声说：“你现在就告诉这个老板，拆迁必须立即停止！”他站在废墟上，拿着话筒对群众说：“工人同志们，你们过去为工厂、为国家做出了很大贡献，党和政府绝不会对今天的局面不管不问。请你们相信我，相信市委市政府，我保证一个月之内，一定会把这件事情查个水落石出，还你们一个公道！”

敖文年家。沈辞云正帮舅妈做菜，这时敖勇回来了，手里拿着一只长筒。表姐弟俩也是多年未见面，寒暄了几句。沈辞云问敖勇怎么前段时间这么忙，他说：“工期催得紧，天天要协调建材和工人，协调公司内部，陪领导等等。”

舅妈问：“你手里拿着什么玩意儿？”

敖勇说：“老爸喜欢的东西。”打开长筒，展开卷轴，只见这是民国书画大师郑锦先生的一幅柳下花鸟画，“我有个朋友，知道我爸喜欢国画，便送了给我。”

沈辞云看了看，不禁赞叹：“真是好画！既有中国古画的华美优雅，又有院体画的绚烂均衡。从苏轼开始，中国画逐渐从工笔沦为匠意，变成了文人的雅趣，唐代金碧辉映的技法流失了，没想到近代出了郑锦先生这样复古创新的大师。”

舅妈说：“你外公出身书香门第，你舅舅和你妈妈从小就喜欢这种玩意儿……嗯，这个郑锦是谁？”

沈辞云说：“他是清末官派到日本留学学美术的，回国后是首任北平美专校长，名气不是很大，传世的画很少，但资历和水平都很高。我在A国学美术时，专门有一节课讲他的画。”

舅妈说：“啊，那要不少钱呢！”

敖勇说：“真迹哪里买得起？这是郑锦学生的临摹画，也就值个几千块。”

舅妈说：“就是这样也不能拿。”

沈辞云有些意外：“是临摹的吗？”

敖勇怕敖文年回来，不让她细看，把画收好，说：“妈你放心，我给过钱了。”将画卷藏在书房的橱柜里，准备给父亲一个惊喜。

敖文年回家了。电视新闻里正在播放黄溪河村泥石流灾害的专题报道，他问儿子：“出了这么大的事情，你们公司有没有问题？如果有，要及早向有关部门反映。”

敖勇矢口否认：“我们每一道工序，图纸、施工、审核、整改，都是按照条例和合同严格执行的，现场监督员每天检查，还有复检、终检，最后上报建设管理处备案，有问题也不会出在我们身上。”

敖文年说：“但愿如此。”

沈辞云默默地吃饭。

敖文年问：“小静，你最近工作不顺心？”

沈辞云说：“嗯，遇到了一些难题。”

敖文年问：“是不是与曹元明有关？他恢复得怎么样了？”

沈辞云黯然说：“他现在已经不是我的病人了。”

敖文年吃惊地问：“他认出你了？”

沈辞云摇头："我不想让他知道，这会影响治疗。可我刚进入他的内心世界，没想到他这么快就关上了心灵之窗。"

敖文年沉吟了一下："你多想想办法去帮助他，坏人上次陷害他没成功，一定会采用更隐蔽更毒辣的方法。"

第九章　萨提亚冰山

春岭镇玉川江畔，一大片新裸露出来的滩涂上，一群孩子正在抓螃蟹、捉泥鳅。

这里距离水库大约五百米，原来有大片的芦苇和瓜田，每逢夏日，绿草茵茵，瓜果飘香，芦苇丛绵延纵深，是适合游玩和谈恋爱的好地方，但由于水库大坝决堤，汹涌奔腾的洪水不但将芦苇瓜田扫荡一空，还改变了地形地貌，大片河堤坍塌，河床被大大拓宽。洪水退去后，这里变成了一片滩涂地。

一个男孩见泥泞地里露出蛇皮袋的一角，好奇地把袋子挖了出来，袋子很沉，扎得很紧，他费劲地把袋子解开，一泡污水和几块大石头滚了出来，孩子们尖叫着一哄而散——里面有一个骷髅头！

春岭镇派出所的民警赶到现场，初步勘验表明，这是一颗成年人的头骨，有多处钝器击打的痕迹，而且蛇皮袋里只有头骨没有身体其余部分的骨骼，这就基本排除了意外死亡或自杀可能，考虑为他杀后抛尸。派出所条件有限，便将这一情况上报分局、市局，请求技术支援。

这天，曹元明带着贝贝去酒店接欧阳绚，欧阳绚问："今天我们去哪儿玩？”

曹元明翻开一个绿皮小本子，说：“去海洋公园，我答应过贝贝去看海豚表演，今天要兑现承诺。”贝贝高兴得蹦了起来。

欧阳绚问：“现在你还记笔记吗？”她知道曹元明过去办案有个习惯，总是随身带着一个笔记本，将案件的每个细节记录在内，唯恐漏了某一点、某个人、某件事，错过重要线索，调查就是围绕着这些线索展开。曹元明的记忆力非常好，但他却常说“好记性不如烂笔头”，这种严谨细致的办案风格令人称道。

曹元明说：“是啊，记性不行了，很多事不看本子要忘记。”

欧阳绚说：“我记得原来你有个红皮本子。”

曹元明拍了一下口袋：“在这里。”

欧阳绚问：“你还在办案？”

曹元明笑了笑：“我已经没资格办案了，带着它只是个老习惯。”

海豚表演很精彩，站立行走、握手、顶球、穿呼啦圈，还和现场观众互动，逗得贝贝拍手大笑。看完表演，欧阳绚带着曹元明和贝贝来到售卖外国食品的高级连锁店，这里的货架和橱柜塞满了光鲜的时令果蔬、海鲜和熟食。他们买好食物前往城郊湖滨公园，就在湖边的草坪上野餐，一边欣赏湖光山色，一边用食物逗引野鸭、鸽子。

曹元明看着欧阳绚和贝贝一起欢笑嬉戏，一种久违的温暖又回荡在心间：“真想就这样一直陪着你们母女俩。”

至少在今天，这个三口之家又重圆了。

三人回到家中，欧阳绚主动为曹元明放好热水，让他去洗澡。曹元明脱去上衣，露出肌肤上的累累伤痕。欧阳绚眼眶红了，说：“这几年你真是在拼命，图个啥呀？”

曹元明说：“没事，烈士陵园的风水和我的八字相克，我想进都进不了。”

欧阳绚眼一瞪：“你以为自己是金刚不坏之身？听我的，以后别干警察了。”

曹元明苦笑着说：“我不干警察还能干啥？”

欧阳绚说：“你这样的人，到哪里都有饭吃。我早就想好了，你带着贝贝跟我去 A 国，我们一家人在那里重新开始生活，和这里的一切断绝关系。A 国的环境比这里好多了，对贝贝的成长有好处。”

曹元明说：“太突然了吧？这么大的事，我一点心理准备都没有。”

欧阳绚说：“我回国就是为了和你商量这个事的，你好好考虑吧！”

等曹元明洗漱完毕，欧阳绚已经张罗好了一桌饭菜，打开一支香槟，含情脉脉地说：“今大晚上我们重新开始一切。”

曹元明感慨地说：“真像是做梦一样，不，我做梦都没有想到你会这么快回到我身边。”他将杯中酒一饮而尽。这时，手机响了，是唐媛媛打来的，告诉他说，玉川水库下游挖出了一个男人的头骨，死者年龄约在四十岁左右，死亡时间在十五年到二十五年之间，她问：“你父亲的头部有什么显著特征吗？”

曹元明立即站起身来，说：“我父亲在战场上头部受过重伤做过手术，你注意检查这个颅骨有没有手术的痕迹……你现在哪里？已经回到市局了……可以提取DNA吗……好，我马上过来。”他胡乱吃了几口饭就要出门，对欧阳绚说：“好好照顾贝贝。”

欧阳绚问：“又是火急火燎的，出什么事了？”

曹元明说：“法医找到了一个东西，怀疑是我父亲的。”

欧阳绚说：“那怎么可能，你爸都死了二十年了。”

曹元明匆匆赶到市公安局法医检验鉴定中心。这是一座四层小楼，坐落在城市边缘，远离喧嚣，夜幕降临，大门紧闭，他只得在门口的台阶上来回踱步。秋夜凉风习习，他却感到有些燥热不安，这个头骨是不是父亲的？如果确定是父亲，那么，那些污蔑父亲参与泄密并潜逃的怀疑将不攻自破，而头骨上必然会留下父亲遇害的重要信息和线索……

门开了，唐媛媛穿着防护服戴着口罩头套走了出来，曹元明问：“结束了吗？”

唐媛媛摘下口罩说：“解剖检验结束，今天还有一点收尾工作，后续可能还要做毒物筛查等理化检验和物证学检验。我怕你等时间长，先出来了。”

曹元明询问死因：“是外伤还是溺死，或者是其他原因？”

唐媛媛说：“颅骨有多处开放性骨折，后部一处凹陷最为明显，呈弧度向下的月牙形裂口，这应该是致命伤，从创口的大小和形状看，可能是榔头一类的工具，但还不能最终定论，因为尸检的时机早就过了，常温四十八小时、冻存条件下七天以内，这是常规尸检的时限要求。致命性外伤和伤后窒息的鉴别，主要在于溺死过程中是否存在活体反应，这个头骨少说也埋了十五年，哪怕就是几个月，软组织都腐败得完全看不出证据了。至于是否中毒，理化检验的结果也不会理想。”

曹元明问：“那身份如何确定？”

唐媛媛说：“从颅骨的额头、眉弓、颌骨夹角特征看，性别为男性；根据牙齿的磨损程度看，死亡时的年龄约在四十岁左右；根据尸骨腐化和脆化程度推测，死亡时间在十五年到二十五年之间。由于只有颅骨，其余身形体貌特征无法得知。春岭镇派出所查阅了那个时间段里登记的所有符合条件的失踪人口，名单上有你父亲，所以我问起你来。”

曹元明问:“可以依据颅骨用计算机技术复原头像吗？”

唐媛媛摇头：“颅骨损伤太厉害，即使复原头像也会失真。”

曹元明心中一痛，眼前浮现出这位死者头部被榔头砸得脑浆四溢的残忍场景，问：“头骨上有手术痕迹吗？”

“我仔细检查过，左侧颞骨有个切口周围有骨质生长愈合的痕迹，说明在这个切口发生后他还存活过很长时间，这应该是手术形成的。”

“这就对了！当年就是一块手榴弹的碎片插进了我父亲的头里，就挨着左边的太阳穴，所以都说他命大。”曹元明说，“他的左臂也有伤……只找到这个头颅吗？”

“是的，只有头骨，这是一起分尸案。”

“知道头颅是用什么工具切下来的吗？”根据作案工具可以推断凶手的体力状况和职业特长。

“头颅不是剁下来的，而是‘解’下来的，从手法看，符合解剖原理，不是屠夫就是外科医生。我用立体显微镜看过头骨的断口，刀痕细小而利落，一般来说，只有外科医生有这样锋利短小的工具。”

“这是一个重要信息！”曹元明又是悲伤，又是激动，“发现头骨的地点具体在哪？”

“水库下游不远处的一片滩涂，应该不是第一现场。”

曹元明点了点头，问：“我可以进去看一看那个头骨吗？”

唐媛媛说：“现在不行，娄局正在里面呢。”

曹元明一怔：“他怎么也在？”

唐媛媛说：“市局正在建设刑事技术DNA实验室，娄局是管技术的，一直在抓这个事儿。今天他下班了还来这边察看，碰上我们把颅骨带回来，就亲自做检验。他是法医出身，他出手，我们都得靠边站。”

曹元明问：“DNA取样了没有？”

唐媛媛说：“你放心，已经取样了，你上次在城南派出所有留样，比对结果还要等好几天。”

曹元明想起章国全的嘴脸，说：“你还是给我再采一次血吧。”

这时，娄昆出来了，和曹元明打了个招呼。曹元明问：“娄局，我想进去看一眼，可以吗？”

娄昆带着倦意说：“可以，等一下让媛媛带你进去，我有些累了，就不陪了。”

几个法医跟着出来了，人人脸色沉重，都没有什么交流。每个案件都是一起悲剧，这种场合下，谁都不想说话。

曹元明戴上头罩换上鞋套，跟着唐媛媛来到解剖室。

不锈钢解剖台上，摆放着分解成许多小块的颅骨。这里很安静，只有负压空气净化机发出“嗡嗡”的声音。看着颅骨上黑洞洞的眼窝，曹元明眼前浮现出父亲死不瞑目的双眼，这真的是父亲吗？只有等待DNA比对的结果了。他心中惴惴，即使确定这是父亲的头骨，也过了刑事追诉的最长期限，还要报请最高人民检察院核准立案，就算一切顺利得到批准，刑侦支队就这点人手和办案经费，也不可能为一个二十年前的案子浪费有限的警力资源，因为局里今年还压着好几起命案，这些案子破不了，年底考核要吃大亏，这才是领导最关注的。

曹元明出来后，对唐媛媛说：“你脸色不太好，怎么了？我们很久没聊聊了，一起散个步吧。”

唐媛媛有些冷淡地说：“我还要回单位写尸检鉴定报告。你早点回去吧，欧阳绚肯定在等着你呢。”

曹元明回到家，已经快十点了。他正要进门，忽然发现门口的树影下蹲着一个人。那人站了起来，居然是迟茂财！

迟茂财就像霜打的茄子那样垂头丧气，曹元明问：“迟总，你怎么这么晚来这里？有什么事，我们进屋谈。”

迟茂财说：“进去就不必了，会影响你家人休息。”他掏出一个厚厚的纸包塞到曹元明手里，“你对我们迟家有大恩大德，我说过，你的一切医药费用都由我承担。可是你病还没完全好，我却不能履行诺言了，这点钱先将就着用，以后如果我大难不死，再报答你吧。”

曹元明不接钱，问：“究竟出什么事了？”

迟茂财叹息说：“说来话长，总之，我被人坑了，要出去躲一阵子。我这么晚来也是没办法，白天根本不敢出来。”又要把钱塞给曹元明。

曹元明坚决拒绝：“现在你有困难，更需要钱。事来了，躲是躲不过的，你可以寻求法律帮助，是非曲直，总能说个清楚。”

迟茂财苦笑：“有些事能说清，有些事说不清。”

这时，欧阳绚听到外面有人，开门一看，对曹元明说：“这么晚了，你在跟谁说话呢？快回家！”

曹元明应了一声，欧阳绚“砰”地把门关上。

迟茂财问：“刚才这位是？”

曹元明说：“我前妻。”

迟茂财问：“刚从 A 国回来？”

曹元明有些诧异：“你怎么知道？”

迟茂财踌躇片刻，说：“兄弟，你是实在人，凡事都得多长个心眼啊。”

这话没头没脑，曹元明不知所云：“你说什么？”

迟茂财咬牙切齿：“刘万河不是个东西！”

曹元明问：“你说被人坑了，就是他吗？”

迟茂财点了点头。他简略地说，他和刘万河很早就有交情，都是从挖沙船主发家致富的，但刘万河的路子更广，攀上了高枝，比迟茂财更早发达，所以他一直求刘万河带着他赚钱。前不久，刘万河牵头搞了个 A 国的投资移民项目，撺掇他投进去不少钱，但这个项目现在出了问题，不但颗粒无收，还可能要面临 A 国的法律诉讼，他这个法人代表只能跑路。

“既然是刘万河牵头搞的，那应该去找他啊？”

“刘万河这套路玩得溜，一大堆空壳公司和基金管理公司，怎么追也追不到他本人头上。要怪，只怪我太贪心，交友不慎。”迟茂财唉声叹气，“我不能久留，你多保重吧。”转身消失在黑暗中。

曹元明进了屋，见贝贝已经睡了。

欧阳绚问：“到底出什么事了？”

曹元明说：“一个被害人的头被割下来了，但过了很多年，无法确定身份。”

欧阳绚说：“别说了，怪吓人的。”

曹元明说：“是，我现在头又有些晕乎乎的了。”他走进盥洗室洗了个冷水脸，欧阳绚进来了，从身后紧紧搂住了他。曹元明这才发现她换上了一条薄如蝉翼的杏黄色真丝吊带睡裙，后背感受到她富有弹性的温暖躯体，心中一荡，说：“这样不好吧，贝贝……”他还没说完，身体便被扳转过来，嘴被欧阳绚的嘴堵住了。

欧阳绚含含糊糊地说：“你难道不想……我们迟早要在一起的……”一只手探索着他的身体，一只手去解他的裤带。

曹元明意乱神迷，下意识地头往后仰，躲避这热烈的攻势，头不慎磕到了洗手台前挂着的镜子上，只听“哗啦”一声大响，镜子掉落下来摔得粉碎。

贝贝被惊醒了，叫：“爸爸，妈妈。”

曹元明这下兴致全无，欧阳绚瞪了他一眼：“都怪你！”转身出去哄贝贝。

曹元明拿着笤帚和簸箕打扫卫生，只见镜子碎片散落一地，变化成无数的小镜子。忽然，他脑海里闪现出顾昱的话："镜子把天空分割开了，好多好多的镜子，整个世界都颠倒了，无穷无尽，没有人能走出去……元宝台，我要去元宝台……"顾昱发来的最后一条短信"1502"，实际上是"1205"，他一直不明白这四个数字的含义，现在豁然开窍："1205"就是元宝酒店的房间号码，顾昱把想说又不敢说的东西藏在了那个房间里，打碎镜子就能看到真相！

这太重要了！曹元明担心遗忘症不知什么时候又会发作，立即拿起小本子记下："元宝酒店 1205 号房间，打碎镜子。"他走到阳台上，拿起手机拨通了元宝酒店的总台电话，说想预订一个房间。

服务员说："有标间和套间，套间有商务套间和豪华套间，您要订哪一种？"

曹元明问："你们这儿 1205 号房间空着吗？我上次来住过，感觉很舒服，我想再住一次。"

服务员说："真不巧，1205 号房间现在住着客人，其他的房间可以吗？"

曹元明说："我就喜欢这个房间，什么时候空了，请打电话通知我。"

曹元明沉沉入睡，欧阳绚扮演起了贤妻良母的角色，将他和贝贝的衣服收拾好放进洗衣机清洗，那本红色封皮的笔记本从口袋里掉了出来，她捡了起来，似乎是不经意地打开了这个本子。

翌日，曹元明和欧阳绚一同前往"心岸"心理疗养院。从这一天开始，马修斯正式接管了曹元明的心理咨询工作。

咨询开始之前，曹元明向马修斯问起顾昱情况。马修斯说：“正如你所说，我担任过顾昱先生的心理咨询师。我对他的不幸逝世非常抱歉，我只注意到他工作的压力，没有想到他还隐藏着更严重的心病。”

曹元明知道，警方请精神病和心理专家调阅过顾昱的心理咨询记录，认为只是典型的工作压力过大造成的焦虑症和失眠，并没有发现其余的特别之处。正如马修斯所说，顾昱隐瞒了内心最脆弱的一面。如果不愿意对心理咨询师敞开心扉，那么心理咨询就不会有多少效果。曹元明心想：“顾昱对我又何尝不是诸多隐瞒呢？”他问：“顾昱在您这儿接受心理咨询有多久了？”

马修斯说：“有两三年了。”

曹元明有些惊讶：“这么久？”

马修斯说：“他的咨询都是断断续续的，说是工作很忙，有时一两个月才来一次，所以我也爱莫能助……”他耸了耸肩。

马修斯照例将自己的蓝色领带解下放在曹元明胸前，开始了催眠。

这一次，按照曹元明的请求，马修斯也运用了SHADOW技术进行梦境重建，梦境的素材仍然来自于沈辞云的数据库。

梦境中，曹元明又一次来到了那条隧道的洞口前，依然是电闪雷鸣，依然是黑暗里的惨叫，但他发现梦境“退化”了，和沈辞云催眠时相比，隧道里的情景更加模糊不清。他越是深入隧道，就越感觉到呼吸困难、头晕眼花，仿佛在漆黑的水底行走，迈出每一步都是轻飘飘的，落脚无处着力。

马修斯说:“你的生命体征不稳定,停止前进,慢慢转身,走出来。”

曹元明说:“博士,请让我再走几步。”他努力地移动脚步,大脑忽然像裂开一样剧痛起来,他倒在沙发上抽搐起来,大口喘气。马修斯立即终止了催眠,翻转他的身体,让他仰面朝天保持呼吸通畅,帮助他放松。曹元明好一阵子才缓过劲来,大汗淋漓,全身虚脱。

马修斯从输出设备上取下心电图和脑电图记录,严肃地告诉曹元明:“刚才的催眠诱发了癫痫,这会危及到你的生命安全,我们不能再继续进行还原隧道噩梦的尝试了!”

曹元明心凉了半截,几乎是恳求:“博士,拜托了,这个噩梦很重要……”

马修斯打断了他:“我知道它对你意味着什么,但是,在来访者健康受到伤害的情况下,心理咨询必须终止。这是心理咨询师必须遵循的原则!你接受沈博士催眠时,也发生过濒死感的临界状态,这是一个很糟糕的预示。”

见曹元明还在恳求,马修斯说:“这样吧,我们先暂停催眠,我需要对你的脑部病变做一个全面的评估。”曹元明只得答应。

马修斯和河山医科大学附属医院脑外科合作,在曹元明的头部皮下组织植入微电极,在催眠状态下对他的大脑进行全脑核磁共振功能成像,然后是视频脑电图、脑磁图、神经电生理检查和心理认知评估等一系列检查。

他告诉曹元明,癫痫是外伤引发的脑器质性病变造成的,建议他再次手术,切除癫痫病灶,从根本上杜绝癫痫的发生，否则只要受到刺激就会诱发癫痫，这甚至会带来生命危险。欧阳绚也劝曹元明听话做手术。

曹元明有些疑惑："可是沈博士从没有跟我提及手术的事儿。"

欧阳绚说："她只管自己研究，哪会管你的死活。"

曹元明担心手术之后那个隧道噩梦会随着癫痫一起消失，就再也找不到凶手了，因为这个噩梦就始于三个多月前那场手术，并且伴随着癫痫出现。他说："能不能通过心理治疗控制住癫痫？我这段时间经过沈博士的心理咨询，癫痫发作的频率明显减少了。"

欧阳绚说："你别左一个沈博士，右一个沈博士，听听马修斯博士怎么说。"

马修斯并不介意，解释说："早期的一些心理学家认为，心病从心中来，得用心药医，只要持续不断的心理治疗下去，一定能够痊愈，不再复发。随着现代医疗技术尤其是脑影像技术、神经生化技术的发展，发现很多心理——精神疾病都有明显的脑器质病变或者遗传 DNA 缺陷。换句话说，靠心理治疗是没法彻底治好的，只能缓解症状到一个相对稳定的状态，这时，他可能表面上和正常人无异，但在压力刺激下，这类群体比正常人群更容易罹患、复发某种心理——精神疾病，这也被称为'易感人格'。这就好比普通人的体能再怎么锻炼，也无法和奥运冠军的体能抗衡。"

曹元明颓然说："我就是那种'易感人格'，可是我不想忘记那个梦……"

马修斯意味深长地说："我早就说过，上帝让人们学会遗忘不愉快的往事，是在保护我们自己。"

欧阳绚问："如果不做手术，会怎么样？"

马修斯说："不同的个体差异是非常大的，有一部分群体经过几次短期治疗之后，多少年也没再犯，有一部分则会受到疾病的持续困扰。就曹先生的情况看，是属于后一种。他的癫痫发作往往没有征兆，如果在室外活动，比如开车时发作，会出现严重危险。所以，我建议及早手术。"

曹元明问："手术成功率有多高？"

医科大学附属医院方面一直在关注曹元明的病情，脑外科的杜远达主任曾是他的主刀医生，现在又主持了他的病例讨论会。杜远达告诉他："一般的癫痫手术的成功切除概率只有百分之六十到七十，手术最大的问题在于难以精准地找到病灶，所幸的是，有马修斯博士SHADOW技术的帮助，这个难题迎刃而解了。SHADOW可以在手术中进行神经导航和功能定位，你的病灶已经精确定位于海马体和胼胝体，可以通过损伤最小的微创手术方式来切除癫痫病灶。我们研究过手术方案，总体预估术后效果良好，成功把握在百分之九十以上。"他特别强调，"这个方案得到了孔烛尘教授的认可，就是他把你从死亡线上拉回来的。"

曹元明又问："手术有什么风险吗？"

杜远达说："开颅手术肯定是有风险的，但目前癫痫手术已经很成熟，危险性已经下降到最低，而且我们有充分的应急预案，你不必担心。"

曹元明一时难以抉择，这时，元宝酒店的电话打来了："先生，今天1205号房间空出来了，您还需要吗？"

他立即说："要，给我留下，我马上到！"转头对马修斯和杜远达说，"让我考虑一下吧。"说罢匆匆赶往元宝酒店。

当曹元明打开元宝酒店十二楼 1205 号房间时，却一下子坠入冰窖之中，只见洗手间一地的碎镜玻璃，一个清洁工大妈正在收拾，见到他忙说："先生，对不起，马上就好。"

曹元明问："这是怎么回事？镜子是谁打破的？"

大妈说："是总台让我来打扫的，我也不清楚。"

曹元明说："你不用打扫了，这些东西统统留下。"他把大妈支开，关上门，趴在地上将镜子碎片一片一片收拢起来拼成了一块完整的镜子，挂镜子的墙面没有什么异常，镜子正面也没有异常，只是镜子背后一角黏乎乎的，这是强力胶留下的痕迹，从痕迹的大小看，上面原来粘着一个长约五厘米宽二厘米的小物体，这会是什么呢？他第一个想到的就是优盘！这么小的物体藏在镜子背后是很安全的，任谁也不会想到。从痕迹残留的黏度看，这个优盘应该刚刚被取下。

显然，有人抢在他之前将顾昱留下的重要物证夺走了！顾昱告诉自己这个秘密时加了双重保险，一是加密了"1205"这个房门号码，二是要打碎镜子，因此这个优盘完好地保存了三个月，怎么恰巧就在此时被人捷足先登呢？

曹元明感到有双眼睛就在暗处一直盯着自己！他来不及多想，前往总台，询问前面那位房客的情况。总台服务员说那是一家三口，他们跟随旅行团来河山旅游，住了三个晚上，今天一早退房，旁边好几个房间都被这个旅行团一起预订了。曹元明又问："他们退房后有什么人进去过？"服务员说只有清洁工。

"他们退房时你们应该检查过房间，镜子没有被打破吧？”

服务员说：“没有。”

“那会是谁打破的呢？”

服务员说：“这我就不知道了。可能是挂钩老化自己掉下来，也可能是清洁工不小心打破了。不就是面镜子吗，我们马上给您换一面新的，不会影响您入住休息的。”

曹元明问：“我可以看一下今天上午你们这里的监控吗？”

服务员警觉地问：“您是哪个单位的？没有公安局的手续，谁也不能调看我们的内部监控。”

曹元明回到房间，仔细查看门锁，这是酒店常用的电子感应锁，刷卡开门，但门锁有被撬的痕迹，显然这个人并不是酒店内部人员，他叫来大堂经理：“门锁被人撬动过。”

经理说：“没有住客报失，我们报警也没用，我给你换一个房间吧。”他怕报案会影响酒店的生意，前不久顾昱跳楼已经让酒店的声誉蒙受阴影。

曹元明说：“我就是警察，我要看一下你们的监控。”走廊人来人往，脚印杂乱，而且清洁工刚刚拖过地板，这个人的脚印已不可循迹，而且进门时肯定会戴上手套，也不会留下指纹，但他不可能隐身。经理无奈，只得将这层楼的走廊监控调出，只见一个高个子男子在 1205 号房门口稍稍停留了一下，见周围无人，便掏出开锁工具迅速开门，闪身入内，在里面待了不到三分钟就出了门，扬长而去。这个人穿戴和清洁工一样：蓝色的工作服和帽子、白色口罩、劳保手套，面目遮得严严实实。但是，曹元明一眼就认出这个人——从离山铁矿公用电话亭打电话给炮哥的是他，顾朝庚自缢当天接到的可疑电话也来自于他，他的身形和步态特征已经深深印刻在曹元明的脑海里！

曹元明掏出了手机，但按键时却犹豫了，该打给谁呢？公安内部藏着级别不低的内鬼，找错人就等于通风报信。他眼前浮现出臧进荣和鹰叔在十字路口言谈甚欢的一幕，耳畔响起“龅牙三”的话“是刑警队的臧队长让我这么干的”，又想起那晚在离山厂矿区抓孙洪反而被打晕，是臧进荣带队现场勘查，结果什么也没查到。他思量再三，把电话打给了娄昆。

娄昆听了汇报很重视，立即让曹元明来到“天网”系统的控制平台，调看事发当时酒店周围的全部摄像头监控画面。遗憾的是，追踪到一条街道时，由于摄像头的故障和角度的原因，目标丢失了，要再把这个高个子男子从几百万人口的市区找出等于是大海捞针。由于摄像头的广度和精度有限，AI 技术尚不成熟，记录、检索和识别经常需要花费大量人力，市局曾经为侦破一起命案，几百名警察放下手上工作，每人守一台电脑连看三天三夜，从几万个小时的监控画面里找到了涉案汽车。要找到这个高个子，采用这种堆砌人力的战术是不现实的，因为在人海中找一个人，比之在车流中找一辆车，难度呈指数级上升，这种成本是难以承受的。

这天，唐媛媛打来电话，告诉曹元明一个坏消息：那个在玉川水库下游发现的骨头经过比对 Y 染色体的 DNA，排除了与他的直系亲缘关系，也就是说，这不是他父亲的头骨！

曹元明犹如被当头泼了一瓢冷水，浇灭了刚冒出来的希望火花。他想了想，问：“你们送检的样本不会出错吧？”

唐媛媛生气地说："怎么可能错？解剖现场除了娄局和我，还有一个记录、一个摄像，一共四个法医，四双眼睛看着，我亲眼看着娄局从颅骨中取出一根小指骨，我自己提取的骨粉。"

曹元明说了句"对不起"。

唐媛媛说："法医的工作是倾听死者的声音，可他什么也没说，我们也没办法，帮不了你。"

"那个装头骨的蛇皮袋能不能提供什么线索？"

"这就不是我们法医的事儿了，听说物证鉴定的同志说，是当年很常见的袋子，用来装货装垃圾，到处都买得到。"

唐媛媛的话音显得无精打采。

曹元明知道她这段时间一直有情绪，说："晚上有空吗，我请你去'时光屋'喝杯咖啡，怎么样？"

"我现在对咖啡不感兴趣。"

"要不，我请你吃顿怀石料理。"

唐媛媛说："今天没空。"说完就挂了电话。

曹元明叹息一声。不能确定尸源，破案将无从入手。此路不通，还得另想办法。

曹元明约黄利平在"时光屋"咖啡馆见了面，问："大黄，你在政法系统里有老关系，能不能找到当年五八六厂泄密案的办案人员？"

黄利平说："二十多年了，你还不死心啊？"

曹元明说："就算再过二十年、五十年，直到我死了，只要这个案子破不了，我也会和我妈一样死不瞑目。"

黄利平沉吟了一下，说："好吧，我帮你找人。"又问，

“听说医生建议你再次手术切掉癫痫病灶？”

曹元明点了点头：“可我不想做这个手术，我不想忘掉那个噩梦。”

“那是你想当然，噩梦和癫痫有什么关系？我劝你还是做吧！把身体调养好，和欧阳绚好好过日子，把这些乱七八糟的案子和烦恼统统丢掉，这才是明智之举！”黄利平敲着桌子，压低嗓音说，“你要是一味地犯轴，会招来杀身之祸！”

“他们对我下毒手又不是一两次了。”

“好，就算你身手了得，躲得过一两次，躲得过每一次吗？他们的能耐你是知道的，你有几个脑袋？你如果有个三长两短，贝贝就没爹了！”

曹元明说：“好几次，我都感到已经触摸到了真相，但总是功亏一篑，我都开始怀疑……”他把头埋进双肩，良久抬起头来，“可是只要一想那些死去的人，我就知道，我没得选择！”

“你真是魔障了！”黄利平气恼地将杯子重重地砸在桌子上，咖啡四溅，引得周围人侧目。

曹元明通过黄利平的介绍，找到了退休的老公安许维舟，他当年是侦查五八六厂泄密案的专案组副组长。

许维舟长着花白胡茬和肿眼泡，脑袋像鸡蛋壳一样光秃秃的，虽已退休，却每日忙个不停。他有剪贴报纸的习惯，适逢中央的重要指示，他都会细心剪下贴到笔记本上，到各处居委会和街道办宣讲。最近赶上人口普查，他又自愿报名当工作人员，走门串户地查户口。听说他有个小毛病，就是爱打麻将牌，“小赌怡情”，来去就几块钱，身边的人都笑他是“铁公鸡”。他家的老屋兼作社区老年活动中心，大厅就摆着两张牌桌，一群老头打得兴致盎然，也没人来管。

许维舟把曹元明带到后屋的小院子，这里用竹篱笆圈出几块小小菜地，种着白菜、萝卜、茄子，空地上摆满了大大小小的花坛花盆，但一株花卉都没有，种的全是葱蒜辣椒之类。许维舟说：“我现在吃的全是自己种的菜，真正纯天然无污染，连肥料也是我自己拉的。”这里很安静，两人在葡萄架下的竹背靠椅上落座，就着一壶茶，说起这个二十年前的悬案。

许维舟唏嘘不已：“你父亲的工作能力很强，为人也仗义。那时，五八六厂保卫科还要兼镇派出所，你父亲当一把手的那几年，把全厂和镇子的治安治理得井井有条，打架斗殴和盗窃案件少了很多，他还评上了省先进，全市通报表彰，领导和职工的反响都很好。可是这么一个能干的人就这样突然消失了，活不见人死不见尸，一晃这么多年过去了，至今没个交代，真是造化弄人。”

曹元明说：“我患有遗忘症，过去的很多事情都忘记了，可我经常在梦里见到父亲，一想起他，我心里就像有把刀子在搅。”

许维舟说：“五八六厂的这个案子是一个失败的案例，没人愿提。既然你来了，我就把案子捋一捋，因为还没有解密，有些事儿不能说太细。”

曹元明“嗯”了一声：“您老拣能说的说。”

“有些事情可能并不像你想象的那样，你听了可不要见怪。”许维舟颇有深意地看了他一眼。

曹元明说："我明白您老的意思，我以前也听到过一些关于我父亲的风言风语。"

许维舟"唔"了一声："你从小在春岭这个地方长大，满山遍野跑，爬树掏鸟下河摸鱼，有没有发现什么和其他地方不一样的？"

曹元明说："山里有很多工厂、仓库、隧道，有些地方还拉着铁丝网，有哨兵站岗。大人告诫我们，这些地方是不能靠近的。"

许维舟说："春岭地区是我国国防工业三线建设的布局点之一，有很多重要的军工基地，五八六厂就是其中之一。这个工厂是全国重点保军单位，但是二十世纪九十年代，五八六厂却发生了严重的泄密事件。现在厂子早已停产，说出来也无妨，泄密案一发生便惊动了上上下下，省里和部里都派出专家前往河山，指导专案组的侦办工作，还派侦查员进驻工厂调查。为了不打草惊蛇，这一切都是秘密进行的，侦查员也是以普通职工调动工作的名义进厂。专案组找工厂保卫科科长、也就是你的父亲曹炳生了解情况，他表示会全力配合侦查工作。专案组当时对你父亲是信任的，经过调查分析，发现问题最可能出现在资料科，包括科室主任在内，从工程师到制图员，所有能接触到机密图纸的人都进行了排查，发现八个人有嫌疑，其中就有顾朝庚。当然这么多人不可能都参与泄密，怀疑的范围越大，只说明我们掌握的证据越少，尤其不清楚图纸是如何泄露出去的。资料科是单独的一幢小楼，第一层入口设有保卫科值班室，按照保密制度，人员进出都要接受全身检查，换工作服换鞋，不可能夹带微型照相机之类的间谍工具进去，也不可能夹带工作笔记和图纸出来。在案子没有头绪的情况下，我们考虑到了这种可能：保卫科有人和资料科的人串通，里应外合，把图纸偷了出去。这样一来，嫌疑人的名单又扩大了。”说完这些，他端起茶杯“吸溜溜”喝茶。

曹元明说：“侦查工作就是要开放思路考虑到所有可能，所谓大胆假设、小心求证。你们这种考虑有逻辑上的合理性，但找到了事实依据吗？”

许维舟说：“如果找到了证据，后来的悲剧就不会发生。保卫科有两个人比较可疑，一个叫敖文年，另一个就是曹炳生（曹元明听到这里全身一震）。敖文年也是保卫科干部，那段时间资料科的值班工作主要由他负责，而曹炳生和资料科嫌疑人之一的顾朝庚是好朋友，两人平时来往密切。因为这种串通是要冒很大风险的，金钱不是万能的敲门砖，如果两个人原本就是朋友，就容易一拍即合。”

曹元明感觉有些口渴，几口喝光了杯中茶：“你们监视他俩了吧？有什么发现吗？”

许维舟说：“假如曹炳生参与了泄密，那对侦查工作就是一场灾难，因为他是极少数知道内情的人，有侦查和反侦查经验，所以如何监视成了一个难题。就在这时，一个机会出现了。那段时间，顾朝庚情绪低落，心理状态很不稳定，他的小女儿因为一场意外去世了……”

曹元明心中一动：“顾滢去世是 6 月 19 日，我父亲失踪是 9 月 16 日，这中间大约有三个月，泄密案正好就发生在这段时间。”

他听许维舟继续说：“……顾朝庚患上了失眠和抑郁症，经常去厂医院接受药物和心理治疗，这是一个失去女儿的父亲的正常反应，但他治疗时，曹炳生多次出现在他身边，这就不正常了。两个人的关系再好，也只会表现在日常生活中，曹炳生又不是医生，为什么这么关注他的治疗？”许维舟注视着曹元明，“你们两家是世交，你知道这是为什么吗？”

曹元明摇了摇头，这些事他根本不知道。顾滢的死是一条导火索，这颗炸弹在二十年后引爆了，最终要了顾昱和顾朝庚的性命……他直觉地感到，这其中存在一种神秘的力量，否则从逻辑上难以自圆其说。那么，这股神秘的力量究竟是什么呢？他问：“顾朝庚也接受过心理治疗？”

许维舟说：“你为什么说‘也’？”

曹元明说：“他儿子顾昱跳楼的事，您老肯定知道，顾昱和我，都接受过心理治疗，或者叫心理咨询。”

许维舟点了点头：“五八六厂医院有一位脑外科医生很了不起，听说他在心理治疗方面虽然是半路出家，但水平很高，治好了很多人，顾朝庚找的心理医生就是他，而曹炳生也经常去找这位心理医生。为了弄清楚情况，组织上让我假装成抑郁症患者找这位医生求治，借机接近曹炳生和顾朝庚，因为我的真实身份他们是不知道的。”

曹元明问：“这位厂医叫什么名字？”

“他那时的名字我一下子还想不起来，现在的名字你一定听说过，他就是国际知名专家、医学泰斗级的人物孔烛尘！”

曹元明惊讶地“噢”了一声，说：“孔教授给我动过脑部手术，没想到五八六厂小小的厂医院里能走出这样了不起的人物。”

“你可别小看五八六厂医院，你小时候还没有概念，当年这个医院有七八百张床位，和省城大医院的规模差不多，有的高难度手术还是省内头一个开展，很多外地医生来进修，本院的医生也有出国进修的。”

曹元明知道这不是夸大其词。河山医科大学附属医院脑外科主任杜远达，就是从五八六厂医院出来的，现在已是全国脑外科专业委员会常委。当年的五八六厂，不光医院，子弟学校也很棒，从小学到高中，教学质量都可以和省重点媲美。他问：“你找孔烛尘看病，他有没有发现你是装病？”

许维舟咧嘴一笑：“我装抑郁症应该没问题，我年轻时因为相思病患过抑郁症。那时心理治疗在中国还是一个新鲜事物，孔医生出国学习过西方最先进的心理学理念，做了很多开创性工作。”一壶茶喝完，他揭开壶盖加水，“这话扯远了，我们再回过去说。顾朝庚经过心理治疗，精神状况明显好转，但我发现，有时候，不是孔医生，而是曹炳生和他待在心理治疗室。”

曹元明心中一动：莫非父亲对心理学很感兴趣？也懂心理学吗？曹元明对此一点印象都没有，只听许维舟继续说：“……你既然接受过心理治疗，应该知道，治疗室最首要的条件是隔音效果要好，在这个隔绝的空间里，里面的人说了什么、做了什么，外面的人一无所知。考虑到曹炳生和顾朝庚的反常情况，我请示组织，运用技术手段对他们在心理治疗室的谈话进行了录音，如果他们有什么不可见人的勾结，在这里说是最适合的。”

曹元明知道，这是在心理治疗室内安装了窃听装置。他问：“你们听到了什么异常的东西吗？”

“这样的录音有两次。第一次，听到他们两个人在下棋，下国际象棋。”

“在医院的治疗室里下棋？”曹元明难以置信。

“很奇怪吧？但听到的就是这样。”许维舟有些无奈地一摊手。

“第二次呢？”

“第二次还是下棋，看来两人都是棋迷，不过这一次你也在场。”

曹元明一头雾水：“我什么时候去过那个咨询室？”

“难怪你说患有遗忘症。”许维舟眼光闪烁，摩挲着茶杯，“我们事后了解了情况，那天，曹炳生的儿子发了高烧，他带着儿子来医院看病，进了咨询室，让儿子躺在一边打点滴，他和顾朝庚在一旁下棋。当时的心理治疗室就是普通病房改的，有病床和输液架。”

“他们都说了什么？”曹元明实在想不起这个情景，毕竟过去了二十多年，但想必这次谈话很重要，不然父亲不会在儿子生病的时候还要找顾朝庚谈话。

“不知道。”许维舟摇了摇头。

“你们不是安装了录音设备吗？”

“录下的只有‘沙沙’的噪音，什么也听不清。”

曹元明一怔：“出故障了，还是被干扰了？”

“我们检查过，设备是正常的，这只有一种可能，那就是被人发现了，这个人为了防止谈话内容泄露，拿了一个小小的蜂鸣器放在录音设备旁边。只要空气中有声波，录音设备就开始工作，周围就会产生细微的电磁场，而这又会启动蜂鸣器工作。蜂鸣器工作的声音很小，比电风扇的声音还小，旁边的人不会注意到，但因为就放在了录音探头上，探头就什么也录不下来——当然，这都是推测。这种蜂鸣器我至今也没见过实物，据说国外的间谍组织用过。”

“你说录音只有两次，为什么不进行第三次？”

“因为第二次录音的当天晚上，你父亲就失踪了！”

曹元明悚然：“那一天是九月十六日？”

许维舟神色凝重，点了点头：“顾朝庚自杀了，现在看来，他很可能就是二十年前泄密案的罪犯之一，和你父亲的失踪有直接关系，可惜当年我们缺乏有力的证据，案子至今悬而未明，还在继续死人，顾朝庚在九泉之下也不得瞑目。”

曹元明问：“我父亲有没有向专案组反映过顾朝庚的情况？”

许维舟摇了摇头，说：“这在事后分析，都是疑点。”

曹元明问起父亲遇害的情形。许维舟说：“曹炳生那晚是开着吉普车出去的，一去不复返，后来在玉川水库里找到了汽车，那一带当年非常荒凉，没有目击者，车内没有发现搏斗的痕迹，车头保险杠、发动机罩和车灯都有破损，车身有火烧的痕迹，看起来像是从山崖上的公路坠下的意外事故，但没有发现尸体。”

“火烧的痕迹？”

“现在的汽车会自动切断油路电路，过去那种老式的吉普车，翻车会造成油路断裂漏油，电路因为碰撞短路产生火花，就会引起着火甚至爆炸。车子检查确实发现了油箱有破损。”

“现场就发现这些吗？”曹元明苦涩地问。

“那天有雷暴雨，大雨下了一天一夜，还发生了洪水和泥石流，什么都冲得干干净净，人都找不着，还谈什么现场勘查？”许维舟想了一下，“不过，事后检查曹炳生的遗物时，我们倒是发现了一些与他收入不符的钱物，你母亲也无法说明来历。”

曹元明思忖片刻，问了一个看似荒诞的问题：“我是怎么活过来的？”父亲是带着自己一起遇害的，为什么凶手放走了自己呢？

许维舟说：“你是两天后在玉川江下游被发现的，被水流冲到岸边，高热昏迷了好几天才缓过来，你妈差点疯掉。”

曹元明感到这其中仍有许多不解之处：那天我发高烧，还在打点滴，父亲为什么不把我留在医院里，而要带我一起走？他穿过埋甲山隧道要去哪儿？如果发现了重要线索，为什么不向上级汇报？

“敖文年呢？你不是说他也可疑吗？”曹元明记得母亲说过，父亲失踪那天似乎有预感，临走时交代母亲如果晚上还不回来，就去找敖文年，但母亲却找不到敖文年，错过了救人的最佳时机。

许维舟说：“当时只是根据他的工作岗位所提出的疑问，也是没有证据的。”

曹元明说：“我父亲事发当晚，他好像不在岗位上？”

许维舟说：“对，他脱岗了，因为家里出了事，临时请假。”

曹元明“哼”了一声：“会有这么巧？”

许维舟说：“小伙子，你不要钻这个牛角尖，搞公安工作都要讲证据，没有证据的话不能讲。因为这个案子，所有涉嫌人员都被调离了敏感的工作岗位，分管副厂长也被撤职，但敖文年没受什么影响，现在已经当上河山市公安局局长了，证明组织上认定他是没有问题的，你不就是在他手下吗？他的为人，你应该比我清楚啊。”

曹元明微微摇头，沉吟片刻，说：“我父亲出事那天和顾朝庚的谈话太重要了，可是这两人都已经不在世上，他们说了什么已经无人知晓。”

许维舟直视着他：“不，还有一个人知道！”

曹元明苦笑了一下：“我吗？你说我当时在场，可我什么也记不得。”

许维舟靠着椅子，慢悠悠地说：“事在人为，办法总比困难多。”

曹元明心中一动。

曹元明把和许维舟的谈话内容告诉了黄利平。黄利平说：“去找马修斯博士，让他用催眠帮助你找回这段记忆，只要你记起了那天你父亲和顾朝庚说了什么，很多谜团就解开了。”

曹元明不由得想起了沈辞云，说：“不知道马修斯博士的把握有多大？”

黄利平说：“我早就说过，他是‘心岸’最有水平的，他曾帮我找回了记忆，虽然那段误伤人质的记忆很不愉快，但我也因祸得福，从此开创了一番事业。”

曹元明来到“心岸”，欧阳绚全程陪同，这是她的要求。曹元明找到马修斯，说明来意，说：“很抱歉，我暂时不想做手术，这段丢失的记忆非常重要，找回来之后，我一定会考虑你的手术建议。”

马修斯说："我答应你的请求，运用SHADOW帮助你。不过，我提醒你，你在梦境中经历的奇幻之旅，也许会遇到许多美妙的故事，给你带来欢愉，但也有可能这种体验是痛苦的，你的航船将会撞上一座冰山。"

曹元明有些奇怪："冰山？"

"萨提亚冰山。"马修斯说。

"什么冰山？"欧阳绚没听明白。

"这是一个心理学术语。"曹元明说，"每一个人都是外在和内在的结合体，外在的行为表现只是很少的一部分，而更大一部分的内在世界却藏在更深层次，不为人所见，就像一座冰山。"他对马修斯说，"我有这个心理准备，我来心理咨询，就是想了解不为所知的内心世界。"

"从你的咨询史和病史来看，你不一定真正意识到了这座冰山下藏着什么，这种心理准备是不充分的。"马修斯说，"因此，为了避免可能出现的刺激引发癫痫，我需要用药物抑制你大脑的部分功能，你可能会暂时失去知觉，这是为你的安全着想。这一点希望得到你的理解和同意。"

曹元明说："明白了，我同意。"他知道自己没有别的选择，临别时，似乎是随口问起，"这几天好像没看见沈博士？"

马修斯耸了耸肩："噢，这几天她在休假，我也不知道她去了哪儿。"

"金爵"击剑馆，沈辞云和马修斯再次斗剑。但这一次马修斯剑法异常凌厉，咄咄逼人，沈辞云步伐散乱，很快被逼到剑道一角。她摘下护盔，秀发上全是汗水。马修斯得意地说："亲爱的，你输了。"

沈辞云回到家中，拉起了小提琴，伴随着《舒伯特小夜曲》的旋律，她的思绪静静地在夜空流淌……

曹元明的话音在她耳畔回响："你和顾昱之间还有其他的故事，可以告诉我吗？""他接受过你的心理咨询吗？"

沈辞云放下小提琴，走到电脑前，点开SHADOW的界面，接着打开邮箱，从几个月前一位朋友发来的邮件中下载了一个名叫"Piggy Running"的小程序，并运行了它。Piggy Running采用了一系列脚本模拟对SHADOW防火墙进行了攻击，然后对结果进行分析，很快便找到防火墙的网络漏洞，就像在坚固高大的城墙下找到了一个老鼠洞。她很吃惊，保护来访咨询者的个人隐私应该是心理咨询师最起码的职业道德，正因为SHADOW具有非比寻常、不可预测的能量，它的数据库的安全必须绝对可靠，因为其中存放着来访者最隐秘的内心世界。尽管SHADOW研发机构强调说已经为数据库设立了一道万无一失的防火墙，她还是不放心，请这位精通黑客技术的朋友设计了Piggy Running进行穿透实验和安全审计，几个月前进行测试时，这道防火墙还是密不透风的，没想到很快就变得不堪一击！这位朋友在邮件的留言中很有预见性地说，如果以后出现这种情况，那就说明有人"激活了SHADOW预留的后门"，换句话说，从一开始，SHADOW的设计者就是别有用意的！她的心颤抖了一下。

这位朋友此时已然不在人世，他就是顾昱。

沈辞云通过这个后门进入了曹元明的数据库，这样不会留下访问的痕迹。数据库里的虚拟世界已经发生了某些改变，有人正在建造新的梦境，她清楚这是要干什么，她纤细的手指点开了另一个触屏……

马修斯开始催眠，曹元明进入了童年的回忆。不知怎么的，他老是想起和小静一起玩耍的情景，这已成了进入催眠后的条件发射。马修斯一再纠正他、引导他，让他将注意力集中于父亲的回忆。但曹元明歉疚地说："博士，我在努力，但潜意识不听使唤。"

马修斯不慌不忙地说："没关系，不要紧张。我们先下盘棋放松一下，就像我们第一次见面时那样，你回想一下当时的情景。"

VR 中出现了一张巨大的国际象棋的棋盘。两人开始对弈。

战局进入了白热化，曹元明全神贯注于棋盘，这时，棋盘开始旋转，先快后慢，幻化为无数个小方格组成的漩涡，占据了他的整个视野。药物也开始一滴一滴注入他的静脉。终于，小静从潜意识里消失了，他的意识也很快消失，一种异样的梦境体验开始了。

曹元明的脑海里，回忆之门以全景方式打开，他能在梦境中看到完整的自己，就像在观看过去的录像。二十年前的场景一一展现：和父亲一起下棋、游泳、钓鱼、做不倒翁木偶，骑在父亲肩头看露天电影，进山打野兔和麻雀……经过一番"热场"，梦境逐渐步入正题，除了他们父子俩，第三个人出现了。父亲和这个人有频繁接触，在家中、在厂里、在街上，两人有时高谈阔论，有时又窃窃私语。有一次在家中，曹元明刚睡醒时，透过门缝看到，父亲和这个男子在房间里低声交谈，看到他打开门缝，便挥手让他走开，显得神秘兮兮。

这个人是谁？起初只是一个模糊的男子影子，在马修斯的引导下，此人的特征渐渐浮现：戴黑框眼镜、身材微胖、走路外八字……对，他就是顾昱的父亲顾朝庚。

不过这个家中谈话的场景有个奇怪之处，曹元明刚打开门缝时，房间里很阴暗，他抬头望了一眼电灯，灯泡是碎的，但当父亲挥手让他离开时，灯光又亮了。

他来不及多想，一个令人心跳加速的场景出现了，父亲和他来到了五八六厂医院。外面下着雷雨，天色很暗，医院的走廊里弥漫着来苏水的气味，走廊很长，就像一条隧道，灯光下，两个人的影子拉得长长的……嗯，影子怎么和人不相连，是分离的……他感到头晕脑热，跟在父亲后面跌跌撞撞地走，父亲说：'看脚下，当心楼梯。'他抬脚上楼，一个一个台阶往上爬，爬了好久，抬头一看，还是在原地……又开始爬，在阶梯上转了好几圈，但仔细一看，又回到了原地……这是什么楼梯啊？医院里有这样的楼梯吗？

他晕乎乎地进了一个房间，倒在病床上，床边的输液架子上挂着盐水瓶，桌子上摆着一副国际象棋，两个人在下棋，是父亲和顾朝庚……噢，这就是许维舟说起的情景！

不知是谁说了一句："如果你的兵往前拱，那我的马就跳到这里。"

他探头一看，发现这棋路明显不合情理。他说："兵往前拱就是送死，马也不能这样跳。"但两人充耳不闻，他看到梦境里的自己还躺在床上打点滴，顿时明白了，这个梦境只是一场录像，他只是观众。而在马修斯催眠下，他是用自己的各种感官去体验梦境、推动梦境发展，而不仅仅是一个旁观者。

两个人下完棋，开始窃窃私语。他的全副注意力都集中到了双耳。谈话声音时断时续，内容听不太清，只见顾朝庚交给父亲一个信封说：“你已经被盯上了，快点想法子走，这是那边给的酬劳……”

猛然，曹元明惊醒了，“这是那边给的酬劳”这句话犹如在他耳畔炸响了一个霹雳！

马修斯立即暂停了SHADOW，问：“你怎么样？”

曹元明呆若木鸡，简直不敢相信，但这句话却清清楚楚在耳畔回荡，这只说明了一个残酷的事实：一向被自己视为英雄的父亲居然已被收买，和顾朝庚同流合污！

马修斯盯着他问：“还要继续吗？还是先休息一下？”

曹元明摇了摇头，一颗心空荡荡的，好一会才回过神来，低声说：“博士，正如你所预料的那样，我好像真的落入水中看到了冰山下隐藏的东西。”

马修斯说：“你的感觉很不舒服，你很恐惧。”

“是的。”曹元明痛苦地问，“萨提亚冰山指的是一个人的自我，可我看到的是另一个人……这是为什么？”

“这就是SHADOW的神奇之处。催眠是打开人的内在世界的一把钥匙，而SHADOW不但能透视来访者的内心，还能打开梦境中其他参与者的隐秘世界，因为这些秘密实际上已经储存在你的记忆深处，只是你的潜意识欺骗了意识，将它们刻意地掩盖了，因为它们会带来不快。就像一个已经破碎的美丽花瓶，在你的想象中仍然是完整的、美好的。”

曹元明头痛欲裂，昏昏沉沉地走出了“心岸”。

二十年来，为父亲洗冤报仇一直是他的最大夙愿和终极动力，成了溶入血液、刻入骨髓的人生信条和精神支柱，现在，他发现梦境里的父亲变成了一个不认识的人！原来萨提亚冰山之下，才是一个人真正的一面，这实在是太残酷了！他感觉天都要塌了！

晚上，曹元明来到西市街，在酒吧里狂饮烂醉，倒在了冰冷雨夜的街道上，他的癫痫又发作了……

沈辞云伤感地目睹了这一幕，拨打了120急救电话，她告诉敖文年："曹元明的精神状态很不稳定。"

敖文年说："我一直不明白，曹元明原来的记忆力是出了名的好，但怎么对你一点记忆都没有，他为什么会变成这个样子？你能从心理学上解释吗？"

沈辞云说："再给我一点时间吧。"

黄利平匆匆赶到医院，把曹元明带回了家。欧阳绚也赶来了，给曹元明洗脸洗手换衣服。曹元明抱着母亲的遗像痛哭流涕，似乎明白了为什么母亲要全部烧掉父亲遗物的苦衷。贝贝不知道发生了什么，也抱着爸爸哭了起来。

第十章 失去记忆，失去自我

几天后，黄利平开车带曹元明一家三口来到新开的主题乐园，说：“元明，你这段时间够憔悴的，今天你给自己的大脑放个假，什么都别想，痛痛快快玩一场。”

曹元明沐浴在明媚的阳光下，看着欧阳绚和贝贝在魔法城堡、水世界和星际旅行里尽情地玩耍，回顾过去这几个月的煎熬，感觉就像做了一场噩梦，眼前的一切才是真实的！他的眼角有些湿润了。

黄利平来到他身边，说：“怎么样，有什么感想？”

“大黄，谢谢你，我明白你的意思。”曹元明说，“我想起马修斯博士曾说过：‘恢复记忆不一定是好事，上帝让人们学会遗忘不愉快的往事，是在保护我们自己’。”

“舍得，舍得，有舍才有得，要想得到眼前的快乐，就要学会割舍痛苦的过去。”黄利平问，“你想通了吗？”

曹元明沉默良久，点了一下头：“欧阳绚不知劝过我多少次，对她，对贝贝，我确实没有尽到责任。这几天我想了很多很多，这个癫痫手术还是得做！”他这才知道，原来那些关于父亲的谣言并非空穴来风，许维舟已经含蓄地点明，而自己还执迷不悟，最后碰得头破血流才清醒过来。如果手术能让他忘却那个隧道里的噩梦，将是一种解脱！他已经丧失了面对真相的勇气，决定做一个可耻的逃兵，不论隧道里发生了什么，他都不想再进去了。他在心中默念：“我要和二十年前的历史做一个彻底的切割！父亲，请你原谅我！”

黄利平拍了拍他的肩膀：“那就好，男子汉就要拿得起放得下，忘记过去，你将脱胎换骨，重新开始美好的生活。”

闵宝玉因为诬陷曹元明一直拘押在看守所里等待法院宣判，这天蔡东阳律师来看他。他说：“我没钱请律师。”

蔡东阳说：“有人替你付过钱了。”

闵宝玉说：“你来也没用，孙洪早就溜没影儿了，我只有自己扛。”

“我会想办法帮你减刑。你这个诬告陷害罪，操作得当关个一年半载就可以出去，前提是你得和我好好合作。”

“怎么合作？”

“我想向你了解一些情况。你有个妹妹叫闵宝珍，对不对？”

闵宝玉警觉地问：“你是谁派来的？问她干什么？”

蔡东阳说：“她有个相好，叫迟茂财，是‘茂源’沙石公司的老总，对吗？”

闵宝玉恍然：“你是迟茂财派来的？”

蔡东阳点了点头：“除了他，还有谁会救你？”

闵宝玉长舒一口气：“我不想惊动迟总，这事儿挺丢脸的，不想让我妹妹为难，没想到她还是去说了。”

蔡东阳说：“不，迟总不是听你妹妹说的，你妹妹遇到了麻烦，躲起来了，他很焦急，想找到你妹妹。”

闵宝玉急切地问：“我妹妹到底遇到什么麻烦了？”

蔡东阳说：“有人对你怀恨在心，你关了起来，他奈何不了你，就找你妹妹出气。你妹妹开了一个饭店，他就指使一帮流氓隔三岔五去捣乱，大吃大喝不给钱，还一人占一个包厢，吓得客人都不敢上门，她只好关门大吉。就这样还不放过，追到她家，泼油漆、堵锁眼、扎轮胎，尽使些下三烂手段，她没办法，只好躲起来。”

“为什么不报警？”

“警察管得了一时，管不了一世，再说，你那个仇人是有警方背景的。”

闵宝玉恨恨地说：“一定是曹元明！卑鄙！”

蔡东阳不置可否：“迟总得知情况后很焦急，可是怎么打你妹妹的电话都不通，他更着急了，生怕她出了什么事。他知道你们兄妹俩感情很好，就托我来见你，希望你能告诉他，在什么地方可以找到你妹妹？”

闵宝玉抱着头说：“我在牢房里，哪知道外面出了这么多事，都是我鬼迷心窍连累了她。”

蔡东阳说：“尽快找到她，我们才能保护她。”

闵宝玉想了想，低声说：“我有个老舅，在成化寺当住持……”

曹元明住进了河山医科大学附属医院脑外科，入院后完成术前检查和准备。这天正在吃早饭，忽然听到监护警报声响个不停，护士站一片忙碌，原来，一位脑溢血患者手术后一直昏迷不醒，现在因为并发脑疝出现了呼吸困难，血压下降，正紧急抢救。这个患者，就是玉川水库建设管理处的侯处长。听到病房里传来的哭号，曹元明心下恻然。

杜远达来到病房，按照规定与曹元明和欧阳绚进行术前谈话，拿出手术知情同意书让他们签字。曹元明看到同意书上写着：手术可能会因为麻醉、出血、急性脑水肿、颅神经损伤等出现生命危险、意识障碍、精神异常、痴呆、长期昏迷、植物生存等医疗风险。他惴惴不安地问：“这样的情况多吗？”

“这种切除癫痫病灶的手术很成熟，很少发生意外，签字只是例行公事，你不必过于担心。”杜远达看了一眼病房外，“每个病人的情况都不一样，没有可比性。更何况，你的手术方案我们经过了多学科讨论，得到了孔烛尘教授的首肯，把握很高，风险可控，这些以前就跟你谈过了。”

欧阳绚说：“我看到上面这些字就心惊肉跳，有没有万无一失的方案？”

杜远达说：“任何手术都有风险，即使是阑尾炎这样的手术都有可能死人，没有哪个医生会给你担保万无一失。”

欧阳绚有些不悦：“你这话有点儿推卸责任的意思，我希望你们全力以赴，仔细考虑每一个环节，把风险降到最低。”

杜远达说：“我行医几十年，做过不知多少台脑外伤、脑肿瘤的手术，碰到过形形色色的家属，看尽了人间百态，是否要全力救治患者，考虑到经济、家庭和感情等因素，有些家属的态度是有保留的、消极的，甚至有的患者都会自我放弃——只有一种人总是最希望患者痊愈的，那就是医生！欧阳女士，请你放心，没有哪个医生会拿患者的生命和健康开玩笑，只要上了手术台，就会全力以赴。曹先生的手术，市公安局领导都很重视，我们当然会慎之又慎。”

曹元明素来无所畏惧，此时拿着这张薄纸，却没来由地心虚，沉吟不决。

杜远达见状，说：“孔烛尘教授很关心你的病情，和上次一样，他会亲自指导手术。他让我转告你，如果你不做手术，他的风险是零，如果你做手术，那么，这个风险将由他和你一起承担。孔教授把每一次手术都当是在完成一件艺术品，他不会允许手术失败，就像久负盛名的大国匠师不会允许艺术品出现任何的瑕疵。这是你的幸运，要知道，多少有权有钱的患者想请他都请不到呢。”

曹元明听到孔教授都这么说了，便不再犹豫，对欧阳绚点了点头，欧阳绚作为家属在同意书上签了字。

杜远达来到办公室，打了一个电话：“他已经签字了，手术将按计划进行。”放下电话，伸了个懒腰，这时，有人敲门，他说：“进来。”

一位楚楚动人的女子出现在门口，杜远达想起来了，她是“心岸”的心理咨询师沈辞云，笑着问：“沈博士，有何贵干？”

沈辞云说：“杜主任，打扰了，我在做一个科研课题，想调看一下最近几年来的开颅手术录像资料，还有一些大脑核磁共振功能成像的影像学资料。”

杜远达问：“是什么课题？”

“脑神经损伤后再生修复过程中某种神经递质的分子信号通路的变化。”

杜远达“噢”了一声，他今年刚申请了一项国家自然科学基金，就是研究这种神经递质的基因表达，如果能分享沈辞云的研究成果，那将事半功倍。他知道沈辞云和孔烛尘的关系，说：“可以，不过你只能在医院看，不能拷贝带走哦，这些资料按规定只作教学使用，不能用于其他途径。”

黄利平驾驶一辆丰田阿尔法商务车前往成化寺，过了石桥镇再往南十多里，只见山坡上松林环绕着一座古旧的庙宇，这就是成化寺了，据传始建于明朝成化年间而得名。成化寺几经沧桑，山门上红漆斑驳脱落，四周的粉墙风化出片片坑洼，寺内香火凋零，一片寂静，和大部分寺庙善男信女络绎不绝的景象形成鲜明反差。

黄利平进庙烧香，像游客一样信步而行，走过天王殿、伽蓝殿、大雄宝殿及藏经楼，目光停留在了后门旁边的寮房。他下山后回到车内，释放了一架载有摄像机的小型无人机，打开平板电脑操作，遥控无人机轻巧地停留在寺庙后门外高高的树冠上。

他注视着传回来的画面，拨打了一个电话：“今天晚上行动。”

夜幕降临，一个头戴僧帽、身披僧袍的人影从寮房里溜了出来，在空寂的大殿里踱步，望着夜空长吁短叹。月光照在他浮肿的脸庞上，正是迟茂财。

就在这时，一条黑影从佛像后闪出，猛地扑倒了迟茂财。迟茂财正要张嘴呼救，一柄精光霍霍的匕首顶住了他的喉咙，他立即闭嘴。

那个黑影恶狠狠地说：“姓迟的，你是属王八的，可真会挑地方躲，找你找得好苦，跟我走！”

迟茂财十分惶恐，问：“是刘万河派你来的？”

黑影“哼”了一声：“是又怎么样？”

迟茂财说：“朋友，他给你多少钱？我给双倍的价，只求你放我一马。”

黑影冷笑着说：“死到临头，还在做梦。”就在这时，一根木棒重重地敲在他的后脑勺上，他哼都没哼便“扑通”一声倒在地上。

迟茂财惊魂未定爬了起来，只见面前站着一个魁梧的汉子，他颤声问：“你是谁？”

这个汉子就是黄利平，他低声说：“我是救你的人，这里不能再呆了，想活命就跟我走！”

丰田商务车在山间公路上疾驰。

迟茂财问：“你怎么知道我藏在成化寺？”

黄利平说：“闵宝珍跟你钻过一个被窝，这个地方迟早会被找到。”

“你要把我带到哪儿去？”

“去一个安全的地方，一个刘万河和警察都找不到的地方。”

迟茂财抓住黄利平的手：“不，你一定要告诉我，否则我不跟你走！”

商务车发出尖利的刹车声，停在了悬崖边。

黄利平打开车门，把迟茂财拉下车，冷冷地说：“你如果不信任我，现在就可以走。”

迟茂财面如土色，脚下就是万丈深渊，问：“你到底是什么人？”

黄利平说：“我是什么人不重要，但雇我的老板神通广大，什么都办得到。在这个世界上，只有他们能救你。”他接着说了一句话。

迟茂财一听就惊呆了。

“你是个聪明人，放了个出国外逃的烟幕弹，其实就躲在本地的寺庙里，这招‘灯下黑’玩得还算漂亮，可惜要弄死你的人也不是善茬，你这点儿小聪明什么用都没有。”

迟茂财哭丧着脸：“我倒是想出国，现在还出得去吗？”

“这说明你没听明白我刚才的话。”

迟茂财连忙说：“明白，明白。”

“我们救你是有条件的，那就是和我们合作。我会问你几个问题，你必须老实交代。”

“什么问题？”

“你和刘万河那些见不得人的勾当，还有刘万河背后的势力。”

“你不会是警察吧？”

“迟总，刚夸过你，怎么又糊涂了？我要是警察，就把你拘起来了，一审问你什么都得招，用得着费这个劲儿？”

“让我考虑考虑。”

黄利平点燃了一支烟：“可以，不过你只有一支烟的时间。”

夜黑风高，周围静得像坟场，一两声夜枭的怪叫让迟茂财心惊肉跳。

黄利平猛吸一口，扔掉烟蒂，转身上车。

迟茂财一把拉住他，乞求道：“等一等，我想明白了……

我什么都告诉你。”

黄利平嘴角露出一丝笑容。

明天就要手术了，这天晚上，欧阳绚为曹元明准备了一顿丰盛的晚餐，让他放心手术，她和贝贝会一起等他康复出院。贝贝唱起歌，为爸爸鼓劲。曹元明将自己的钥匙、银行卡和基金证券密码都交给欧阳绚保管，以防万一。

越是临近手术，一种莫名的恐惧就越强烈，让他产生了走向黑暗隧道的感觉，他也不知道这是为什么。

曹元明返回医院，地铁经过元宝酒店，在这里，他与沈辞云第一次邂逅，这也是顾昱结束生命的地方。他不由自主地下了车，来到元宝酒店门口，看着人群来去匆匆，他没有挪步，下意识地好像在等什么，却又不知道等的究竟是什么。他伫立片刻，走进酒店，上了电梯，来到了顶层那个元宝状的天台。这时，他发现天台上站着一个白衣女郎，夜风中衣袂飘飘，不是沈辞云是谁？

曹元明还以为这是梦境中的幻觉，揉眼再看，见沈辞云也望着自己，眼神中似嗔似喜。他又惊又喜，急忙走过去。但沈辞云却退后，他只得停步，说：“真没想到你会在这里。”

沈辞云说：“我却猜到你会来。”

曹元明说：“你总是料事如神。”

沈辞云摇了摇头：“你这话言不由衷。”她转身就走。

曹元明赶紧追上：“你是在这里等我吗？你一定有什么事情，为什么不告诉我？”

沈辞云站住了，一字一字地说：“不要手术！”

曹元明问：“为什么？”

沈辞云沉默片刻，说：“失去记忆，失去自我。”说完，她头也不回地快步离去。

曹元明想追上去问个究竟，但黑暗中传来沈辞云的话：“请你不要再追了。”

他呆立半晌，直到感到凉意才下了天台。他怏怏地回到医院，躺在病床上，各种梦境纷沓而至，有和小静玩耍的，有和沈辞云咨询的，这两个梦境渐渐重叠在一起，接着梦到了去世的父亲，那个隧道噩梦再次出现，还是那么的模糊……“失去记忆，失去自我”这几个字却清晰地闪现在脑海。

早晨的清风叩开窗扉，踅入房中，令人为之一爽。

一夜无眠的曹元明犹如醍醐灌顶，完全明白了沈辞云的意思。

根据弗洛伊德的心理驱动论，“自我”是意识的存在和觉醒，“本我”是完全的潜意识，代表原始的欲望，“超我”则是良知和社会行为准则。沈辞云曾经比喻，自我是骑手，本我是马，超我是前进的目标。自我是人格的执行者，是有理性的，应该让骑手驾着马向目标前进，如果骑手反而被马牵着走，那就意味着失去了自我，人格被原始欲望驱使，就不再是一个完整道德的人。面对梦境中陌生的父亲，他感到恐惧、张皇失措乃至退缩，是一种本能的原始欲望，如果屈从于这种潜意识，逃之夭夭，那“我”还是原来的自己吗？过去的那些誓言、努力、为此奋斗的一切，不都成了海市蜃楼吗？那“我”的人生的意义又在哪里？

查房时，曹元明对杜远达说：“杜主任，我不做手术了！”一众医生瞠目结舌。他迅速办理了出院手续，欧阳绚大为恼火，认为他中邪了，两人大吵一场。

曹元明来到“心岸”心理疗养院，找到马修斯，说：“博士，真抱歉，我没有手术。”

马修斯大吃一惊，迅速让表情平静下来：“任何人都不能代替你自己的决定。”

曹元明搓了搓手，有些为难地说：“我想麻烦你，继续帮助我回忆过去，可以吗？”

马修斯问：“你考虑清楚了吗？上次的回忆可是让你撞上了冰山。心理咨询的目的是摆脱烦恼，放松心情，而不是相反。”

曹元明说：“我考虑清楚了，我不想失去自我。不论冰山下潜藏的东西多么令我难堪和苦恼，不论我父亲做过什么，我都必须面对，因为这就是事实！而且这些事实牵扯到不止一个人的生死。作为一名警察，我没有理由逃避真相！”

马修斯沉吟片刻：“这是一个勇敢的决定，坦率地说，有些出乎我的预料。”他话锋一转，“OK，明天，我们将继续 SHADOW 带来的奇幻之旅。”

送走曹元明，马修斯的手机响起了一个提示音，他点开笔记本电脑上的一个游戏程序，弹出了语音对话框，传来一个男子的声音：“Knight，事情正在失去控制。”

马修斯冷冷地说：“不，尊敬的 Rook 先生，事情仍在我的掌控之中！但是，另外还有一件非常重要的事情，我需要你的解释……我们约个时间面谈！”

刘万河的奔驰迈巴赫在国贸大厦停下，他怒气冲冲地上了电梯，刘万林的“风云”拆迁公司就设在大厦的黄金楼层。

办公室内“哗啦”一声，一个精致的景泰蓝瓷瓶被刘万河砸了个稀巴烂。

刘万林肉疼不已：“老弟，这玩意儿价值好几万呢，我知道你好这口，让人专程坐飞机去买来，你就是瞧不上瓶子，也不能这么糟践钞票。”

刘万河指着他的鼻子：“你尽给我添乱！你干的那些蠢事，迟早要把我带进沟里去！老子当年带你出来混真是瞎了眼。”

刘万林说：“你火气这么大，冲谁呢？我还是不是你大哥？”

刘万河压低嗓门：“我问你，是不是你派人去杀钟援朝了？”

刘万林一时没反应过来：“钟援朝是谁？”

“五八六厂一个退休的车间老主任，上次抗拒拆迁，给郭市长递过请愿书。”

“噢，我当是谁，原来是这个老东西。”刘万林咧嘴一笑，露出满嘴金牙，“其实也没啥，我呢，请了一个道上的兄弟去教训教训那几个带头的老工人，让他们知难而退。本来是让这兄弟去亮个刀子吓唬一下就成，不料他嗑了药，没把握好分寸，一刀把人给捅伤了。”

刘万河恨不得一拳打落那几颗金灿灿的门牙：“也没啥？这老头正在抢救，要是翘辫子了，你吃不了兜着走！我都说过多少次了，如今不比往常了，现在是风口浪尖，多少双眼睛在盯着我们！”

刘万林脖子一梗：“一人做事一人当，顶多我有麻烦，赖不到你头上。”

“你想得太简单了，拔出萝卜带出泥，我也难逃干系！”

刘万林呆了一呆，说：“要不找人和家属私了，不管赔多少，都先捏着鼻子认下来再说。”

刘万河“哼”了一声：“等你这会儿想起来，黄花菜都凉了。我已经派人去谈了。钟援朝有个儿子，三十好几还没老婆，主要是没工作，没房子，我的人告诉他，只要不闹事，不报案，就送他一套市区的房子，安排到物流公司坐办公室。”

“那不就行了吗？”

“所以说你是个蠢货！这老头现在还昏迷，谁知道他醒转过来是什么态度？”刘万河说，“我们要做两手准备，那个道上的兄弟叫什么？”

“绰号‘龅牙三’，刚从看守所出来。我给笔钱让他跑路吧。”

“你跟他约个见面的时间地点，你不用去，剩下的事我会让人去做。”刘万河阴恻恻地说，“另外，你也赶紧出去躲一躲。”

刘万河回到车里，打了一个电话：“告诉老大，我正在想办法补救。”

对方说：“这个窟窿捅得太大了，‘龅牙三’不能留。”

“我知道，鹰叔会安排的。”

“迟茂财呢？”

“我这边还是没消息。”

“浑蛋！”对方骂了一声，“老大很生气，让我警告你，你的贪心太大，手伸得太长，不知收敛，惹来的麻烦越来越多……从现在开始，你要和那些乌龟王八蛋彻底切断联系，不能再出一点岔子，凡事都要小心再小心！”

刘万河忿忿不平：“我这是为了啥？还不是为了老大，为了大伙儿！现在倒好，我来背锅！”

“不是让你背锅，是让你找好背锅的人！还有，曹元明那边要持续给压力，决不能让他和沈辞云走到一起！”

“上次你就不该阻止我追求沈辞云。”刘万河露出一丝淫笑。

“癞蛤蟆想吃天鹅肉，这会儿还做梦！我是让你抓紧欧阳绚。”

“你放心，她老爸在我们手里，会听话的。”

郭正梁主持市常委扩大会议，强调反腐败工作任重道远，要严肃党风廉政建设。他首先谈到了玉川水坝施工偷工减料导致垮塌事故和泥石流灾害，造成四人死亡，数百人无家可归。他说：“黄溪河村一位老人对我说：‘当年，我们用人力车、石夯修筑的老大坝，几十年都没出过事，现在的新大坝全部用现代化大型机械施工，建成不到一个月就垮了，怎么反倒还不如穷得响叮当的当年？’我当时就脸红了，因为我无言以对！玉川水库建设管理处的侯处长，现在成了一个植物人，他已经不能说话，但他曾对家属说过这样一句话：‘看调查组怎么查，不查没问题，小查小问题，大查大问题。’这话真是振聋发聩！我在这里代表市委、市政府明确表态，对于这个祸国殃民的豆腐渣工程，必须从源头查起，一查到底，该问责的问责，该判刑的判刑！”

郭正梁接着谈到了五八六厂部分老厂区的拆迁改造，这是春岭高新技术开发区的规划项目，但是却有大批社会闲散人员参与开发商征地拆迁，以摆队形、站场子等形式威胁、恐吓征地拆迁对象。“这些人公然叫嚣：‘有不服的想去哪里告就去告，你们没有那份能力，我们不怕告，怕告就不这么干了！’真是猖狂至极！”他激动地说，“这背后存在深层次的腐败问题，要坚决打掉黑恶势力的‘保护伞’，谁跟老百姓过不去，党纪国法就跟他过不去，谁毁了老百姓的家，监狱就是他的家！”

散会时，几个干部窃窃私语：

“以前可真没见过郭市长这样大发雷霆，看来是要动真章了。”

市委副书记兼政法委书记王铭德把敖文年留下单独谈话。王铭德先是问新官上任有什么感想，敖文年说：“一言难尽，水比想象的深。”

王铭德说：“上级派你过来，就是希望你打开局面，有什么困难可以直接找我。我看过案情汇报，你们铺得很大，头绪看似很多，其实都是盲人摸象，只抓一点，没有触及全貌。”

“谈何容易，案情本身就非常复杂，敌人给我们设立了一些前所未有的障碍，在侦办过程中阻力重重，既有外部干扰，又有内部掣肘。”

“这些我都了解，你一定要想办法找到案件的突破口。省委和叶书记一直都很关心这边的情况，叶书记还说，如有必要，她会提前结束在北京的学习。另外，我提醒你一句：打铁还需自身硬。我已经听到了对你不利的风言风语。”

敖文年说：“有人沉不住气了，想把水搅浑，这反倒说明了一些问题。”

王铭德说：“不能坐等他们沉不住气，要争取先机，否则局面会越来越被动，今天会议的气氛你也看到了。”

敖文年问：“你说的是……”

王铭德点了点头：“以前也有人举报过水坝的工程建设有问题，但不管谁来查，都是这样的结论：设计图纸正规，护坡按标准施工，块石厚度不小于设计要求，全坝实用工料甲级，上级单位、设计单位和建设施工单位的验收意见、公章一样不缺。现在出大事了，谁也捂不住这个粪坑，但很明显，这不是几个人的腐败问题，真要查起来，就是一场大地震。”

敖文年紧锁眉头离开市府，越想越不安，给敖勇打了一个电话：“你什么时候回家，我们爷俩好好谈谈。”

敖勇此时正在“威尼斯”夜总会的包厢内等人，说：“我今天回不来，外面有应酬，有什么话不能电话里说？”

敖文年说：“我再问你一遍，你一定要老老实实说，水库大坝出了这么大的安全事故，‘十方’公司有没有问题？你有没有责任？”

敖勇说：“您老就别咸吃萝卜淡操心了，这是你管的事儿吗？”

敖文年严厉地说：“这不是开玩笑，你不说，我就把你抓起来审！”

敖勇走出包厢，来到洗手间，低声说："我天天跑工地，大坝的水泥砂浆质量怎么样，我是有数的，有些地方裂缝很明显，用手一掰，大块的混凝土就掉下了，用点力就捏成了粉末。这的确是个烂工程，但不关我的事。"

"你是采购部经理，怎么不关你事？"

"实话跟你说吧，公司只是投标时挂个名，实际上都是层层转包，这些施工材料都是包工头搞来的，标段包工头为了'节约'，就让民工少放水泥，就连沙子都有猫腻，上面一层沙子合格，下面就用泥沙充数。这还没法查，因为这些标段都有施工方案、计划书、图纸和购买发票，当然查不出问题。如今一个工程，漂走的工程款一般是百分之二十，但这次他们也太过分了，这个大坝国家投进去三个亿，我估计一半都漂没了，能不出事故吗？"

"这些沙石都是哪儿来的？"

"大头是'茂源'沙石公司，不过他们的老板迟茂财已经跑了。"

"你发现了这么严重的问题，怎么不去反映？水库有建设管理处，还有水利局，还有那么多专门的监督机关和党组织！"

"爸，你搞了这么多年公安工作，怎么还这么幼稚？看到问题的人多了去了，但又见谁去反映了？更别说管了！水库建设管理处的侯处长只管闷声收钱，就这样人家还是不放心他那张嘴，要把他往死里整。你要是不识相，坏了人家的事，人家能放过你吗？"

"你马上回来！"敖文年气恼地说。

这时，有人拍了一下敖勇的肩膀，敖勇回头一看，见是刘万河，刚招呼：“刘总……”刘万河把食指竖起放在嘴唇上，敖勇立即噤声，对手机说：“我朋友来了，等会儿再说。”不管敖文年说什么就挂掉了电话。

刘万河亲热地搂着敖勇的肩膀来到包厢里：“今天我带了一瓶罗曼尼康帝，咱兄弟俩边喝边聊。”

敖勇忙说：“刘总，我哪敢跟您称兄道弟啊。”

领班带着两个性感妩媚的陪酒女郎进来：“刘总，这两位是新来的，青春、靓丽、乖巧，知道您今天订了包厢，特地为您留的。”

刘万河示意小姐开瓶斟酒，然后甩出一千块钱小费，挥手让她们出去：“我要跟兄弟谈正事，别让人打扰。”他端起酒杯，对敖勇说，“干了这杯酒，我们就是兄弟啦。”

一瓶洋酒很快见底了。

刘万河将护照、机票和一部新手机交给敖勇：“我的话都说到这份上了，这事儿代市长亲自督办，我兜不住了，你先出去避一避，等这阵子风头过了再说。”

敖勇脸上表情又犹豫又痛苦：“问题不是出在我们这里，而是上游的供货有问题，我已经向总公司反映过……”

刘万河打断他：“兄弟，现在不是撇清责任的时候，越抹只会越黑！再说，你这个采购部经理经手的账何止千万，就没拿过一点儿好处？追责起来，你有什么好果子吃？”

敖勇不说话了。

刘万河拍了拍他的肩膀：“所以呀，还是听我的话，事不宜迟，今晚就走！跟任何人都不能联系，包括你老爸，否则害他又害己，你明白吗？”又塞给他一张中国银行的

VISA卡，“别担心，那边我已经安排好人接应，你去了就是金矿的业务经理，这笔钱够你潇洒几年，等这阵风一过，我们再一起干大事。”

敖勇左思右想，终于点了头：“哥，我听你的。”

刘万河拥抱了一下敖勇：“好兄弟！”让敖勇从夜总会后门走，那里已经停了一辆汽车，直接将他拉往机场。

刘万河看着汽车远去，打了个电话，得意地说：“他今晚就登机，明天就会从这个世界彻底消失。公司那边，财务都安排好了，律师也找好了。”

对方说：“他的手机处理好了吗？手机芯片要分开处理。”

“处理好了。”

“还有一件棘手的事。”

刘万河说：“你说的是迟茂财？有你在，我不相信公安能找到。”

“你太乐观了，除了公安，还有人想找迟茂财，我们得抢先一步找到他，让他永远闭上嘴！”

敖勇一夜不归，电话也打不通，敖文年打电话给娄昆：“你让技侦处马上定位一部手机。”

娄昆问：“谁的手机？”

敖文年说：“我儿子敖勇。”

娄昆说：“这需要电信运营商的配合，要办立案手续。”

“手续最快什么时候能办好？”

“得看是什么理由。”

“他今天一晚没回家。”

“您这理由太牵强。敖勇都三十了，还把他当小孩子？他可能和朋友一起玩耍喝醉了，说不定明天就回来了。”

敖文年看了一下挂钟，“唔”了一声：“我是关心则乱，担心他受人蛊惑，引入歧途。”

直到翌日中午，敖文年才得知，敖勇已经在凌晨乘坐国际航班去了非洲某国。

曹元明应约来到“心岸”，在马修斯的催眠下又一次进入了梦境。他再次进入埋甲山隧道，但看到的仍然是“退化”了的梦境——隧道里的一切仍旧是一团模糊。

马修斯见他的心率和呼吸出现波动，暂停了催眠，说：“除了顾朝庚，当年与你父亲来往密切的还有哪些人？说不定可以从这些人的回忆中找到新的启示。”

这句话提醒了曹元明，他说：“我父亲在五八六厂保卫科有个同事叫敖文年。”

马修斯微笑了一下：“很好，我们就从他开始。”

梦境中，一个陌生而又熟悉的人出现了，那就是敖文年。青年敖文年的形象渐渐清晰起来：蹭曹炳生的烟，下棋喜欢耍赖，还是个远近闻名的游泳健将，在玉川水库游几个来回不歇脚……

在马修斯的引导下，埋甲山隧道又一次出现了。曹炳生开着吉普车带着儿子进入隧道，风雨中，一个人影站在隧道上方的山坡，盯着山下的隧道口……这个人影慢慢放大，面带杀气，从五官看，俨然就是敖文年……

曹元明悚然惊醒，冷汗涔涔，那种渗入骨髓的恐惧感死灰复燃了！

马修斯问："看到了什么？"

曹元明喃喃地说："我看到山坡上有一个人……"他心想："怪不得以前在噩梦里看到大片的水波，难道是潜意识在提示那个凶手是一个喜欢水的人吗？不，那应该是浸入水里的感觉……"他试图再次进入梦境，但无法更清楚的还原那个山坡上的场景。他想起沈辞云说过，这是大脑反复接受相同刺激后产生的神经疲劳，更换催眠方式或者环境可以消除这种疲劳。他突发奇想，问："能不能让我在游泳池里接受催眠？"

马修斯淡淡地说："抱歉，我从不靠近游泳池，我不喜欢水。"关掉了 SHADOW 设备。

这次咨询时间结束了，曹元明和马修斯约定了下一次时间，晕乎乎地离开了"心岸"。他想："难道敖文年真是杀害父亲的凶手？这么说，母亲的耿耿于怀就是对的。但如果父亲被敌特收买，敖文年作为保卫科干部有所察觉，应该向上级反映，为什么暗下杀手？"顾朝庚对父亲说："你已经被盯上了，快点想法子走……"看来敖文年这么做就是为了杀人灭口，难道他就是敌特分子？！噢，这样也能解释，那个隐藏在公安或国安高层的内鬼究竟是何人了……只是如何拿到证据呢？

他回望"心岸"，眼前浮现出沈辞云的倩影，觉得有好多话想和她说，但看看身边的欧阳绚，又生生压下了这个念头。

沈辞云再次来到郭正梁家。郭正梁和妻子都不在家，只有保姆在。

保姆歉然说："郭市长的妻子觉得治疗效果不好，不肯再治疗下去，郭市长怎么劝都没有用，因此只好请你终止治疗。"并送上报酬。

沈辞云心中雪亮，说："那是我才疏学浅，能力有限，怎么还好意思收取报酬。"离去时似乎是随口一问："郭市长说家里冷清，为什么不把母亲接来一起住？"

保姆低声说："自古以来婆媳就很难相处，清官难断家务事。"看了一眼门口，生怕有人进来，不敢再说。

沈辞云点了点头，和保姆道别。

沈辞云走出市委大院时，正遇到敖文年。敖文年刚去王铭德家拜访，他让沈辞云上车，说："你有空去陪陪你舅妈吧，敖勇不辞而别，她整天唉声叹气，失眠的老毛病又犯了。"

沈辞云问："敖勇出什么事了？"

"他走了邪路，做贼心虚，躲到国外去了。"敖文年叹了一口气，"我抓了一辈子坏人，到头来连自己的儿子都管不好。"

沈辞云说："儿大不由娘，您管不了他一辈子。"

"唉，说起这个逆子我就气不打一处来，不说他！"敖文年问，"你是从郭市长家出来吧，他爱人的心理咨询效果怎么样了？"

"精神症状有改善，但我的咨询工作到此为止了。"

敖文年问："为什么？不是有效果吗？"

沈辞云自嘲地说："可能是我的好奇心犯了人家的忌。"

"好奇心？"

“为了查清湛秋华的病因，我可能看到了不该看的东西。”

“噢，听说她的精神病很重，难道其中有难言之隐？”

“如果两个人都有精神疾病，而且生活在一起，会发生什么情况？”

敖文年吃惊地说：“你说的是……这可不能开玩笑！”

沈辞云说：“好吧，不开玩笑。”

敖文年严肃地说：“在我国，哪怕是提拔一位科级干部，组织部都要经过德、能、勤、绩、廉等多方面的严格考核，何况是他这样级别的领导？真有问题能上去吗？我和他有过工作接触，对他的能力是非常钦佩的。他学过心理学，有一年在党校开学典礼上，他提出要将党性教育与心理健康教育相结合的理念和构想，给我的印象非常深刻。你怎么能够这样轻率的评论一位领导干部？”

沈辞云狡黠地眨了一下眼：“舅舅，您说了一大堆，其实比我更好奇。”

“不是好奇，而是……”敖文年轻轻摇头。

“我知道，您最近的压力特别大，案子很棘手。”

“真有点儿力不从心的感觉。”敖文年说，“如果你和曹元明能够……能够一起合作，一起帮助我们，那就好了。”

“可是，我已经不是他的心理咨询师了，我们不会合作了。”

“为什么明明咨询有效果，却进行不下去了呢？你想过原因吗？”

“不光曹元明，湛秋华也是这种情况。”沈辞云说，“可我并不想知道其中的原因，不想面对那些丑恶的事物，这会让我做噩梦！作为心理咨询师，我能做的只有这些。”

敖文年叹息了一声：“小静，对不起，舅舅是有私心的，确实不该让你卷进去，如果你有什么意外，我怎么向姐姐的在天之灵交代？但是，我希望你不要放弃曹元明……噢，我指的是你们的心理咨询关系。曹元明那边，我会找他好好谈一谈。”

敖文年把曹元明叫到办公室里谈话，先是询问了曹元明的病情。

曹元明回答：“半死不活，就这样。”

敖文年说：“我从国安局调到公安局已经好几个月了，这几个月来出现了许多复杂情况，我越发感到肩负的使命分外沉重。”

曹元明说：“局长，有话请直说。”

“嗯，你对顾朝庚、顾昱父子自杀有什么新的看法？”

“我要说的都说过了。”

“不对，你有很多话没说。”敖文年摇了摇头，曹元明语气生硬，这让他有些诧异，“我知道你放不下这个案子，你一直在找寻答案。你是一名非常优秀的侦查员，又是顾昱的好朋友，今天请你来，就是想开诚布公，我们彼此交换一下意见。”

“你是代表你个人，还是代表局党委和我谈话？”

“你归队的问题，还要走组织程序，我现在是以个人身份和你谈，我们要抓紧时间。”

曹元明语带讥嘲：“谢谢局长的关心。”

“你的处境危险，孤军作战是不明智的，我不想你重蹈前人的覆辙。”

曹元明一听“前人的覆辙”便激动起来:“既然开诚布公，那我问你一句话：我父亲曹炳生和你曾经一起在五八六厂保卫科工作，他究竟是怎么死的？”

敖文年略一迟疑，说：“他失踪了，有可能是被害。”

“为什么凶手一直找不到？”

“我现在无法回答你。案情很复杂，他失踪后，在他的遗物里，我们找到了对他不利的东西。”

“不就是些来历不明的钱吗？”

敖文年一怔：“你怎么知道？”

“你不要忘记，小时候我爸特疼我，我是他的跟屁虫，他的事我都记在这里。”曹元明点了一下自己的脑袋，“而且”，他加重了语气，“总有一天，我也会记起凶手的模样。”

敖文年问：“这件事已经过去了二十年，你为什么突然提出来？”

“如果你是我，你也不会忘记。”

“你父亲是我的上级和战友，他突然失踪，我也很悲痛。我忘不了那一天，我的一位至亲也是在那天去世……”

曹元明听到这里，忽然有个影子闪过大脑，但转瞬即逝，留下一片空白。遗忘症仍然在作怪，而他只能暗自嗟叹。

敖文年继续说：“……所以我理解你的心情，我也很想弄清那天到底发生了什么，但是，现在不是追查这个陈年旧案的时候，眼前有更紧迫的案子，我们还是回到现实吧。”

曹元明稳定了一下情绪，说：“分析顾昱父子自杀的疑点，不难看出，这个地方有他们的人。”他轻轻跺了一下地板。

“他们是谁？”

“杀害我父亲的人，杀害顾昱父子的人，还有……”曹元明盯着敖文年，“三番五次想杀我的人。”

“这个问题上次你就提过，你那时说没想好，现在能不能详细谈一谈？”敖文年做了一个手势。

“其实，你比我更清楚！康宁医院我都留下了物证，可是调查结论是什么？摄像头遍布大街小巷，同一个打电话的人都出现三次了，电话亭、商业街、元宝酒店，为什么就是抓不到？如果说这个人面目不清找不到还情有可原，那孙洪呢，他进过监狱，从标准像到指纹全都有案底，为什么也找不到？再说顾昱父子的自杀，你们最喜欢拿出来说事的‘巧合’就是我都在现场——这其实是障眼法，是在掩护那些真正的‘巧合’。”

“真正的‘巧合’？”敖文年眉毛微微上扬，“都有哪些？”

“比如说，我们都推测顾昱父子不是单纯的自杀，但两次现场勘查都提供不了任何一件有价值的发现，这不就是一个‘巧合’吗？”

“这不是巧合。”敖文年摇了摇头，“任何可靠的推测都必须有证据支持，这话不像是一个有经验的刑警说的，你没有往点子上说。”

“我伤得太重，大脑很多机能都退化了，那些胡思乱想恐怕都不在点子上。”

敖文年无法深入下去，两人的谈话不欢而散。

曹元明走后，敖文年点燃一支香烟，将曹元明刚才的话从头到尾梳理了一遍，写下了“康宁医院”“孙洪”“视频追踪”“现场勘查”等关键词，每个词后面都打着若干个问号。案情就像眼前的烟雾一样扑朔迷离，他陷入了沉思，又在一张白纸上写下了公安局几位主要负责人的名字，笔尖在“娄昆”和“臧进荣”之间徘徊。一支烟抽完，烟雾渐渐散去，他的笔尖停了下来。

敖文年把纸点燃放进烟灰缸里烧掉，给臧进荣打了一个电话，让他到办公室来。敖文年将一些视频和画面放给臧进荣看了，都是臧进荣和鹰叔以及他的手下来往的内容，其中有臧进荣和孙洪交谈的画面。

敖文年说：“有人举报你有涉黑嫌疑。”

臧进荣坦然说：“我是和鹰叔有过接触，有的时候为了掌握一些破案线索，必须要用一些非常规的手段，前提是不触犯红线。”

敖文年说：“曹元明上一次在离山厂矿区差点就抓住了孙洪，结果还是被他溜走了，是你负责的现场勘查，但一无所获。”

臧进荣说：“根据曹元明的叙述，这样的打斗不可能一点痕迹都不留。我后来仔细分析过，那个地方很可能不是现场。”

“曹元明记错了地方？”

“也可能是故意指错。如果根本就不是现场，我们能发现线索那真是见鬼了。”

“曹元明为什么要故意指错？”

“也许是他不信任我们，也许……指错的另有其人。”

“另有其人？”

“曹元明有严重的遗忘症，他昏迷了一个晚上，还能记得多少东西？那个地方，相似的小巷多得是。当然，我也只是猜测。”

“周边的监控都调看了吗？”

“视频侦查这块儿，一直是娄昆的人在做，他们什么都没发现，说有好几个摄像头都出了故障。”

敖文年“唔”了一声。

臧进荣指着画面上的孙洪说：“还有，这位仁兄跟我确实是老相识，他头一次进监狱就是栽在我手里，出狱后成了我的线人，五年前港口区毒品案就是他提供的线索，我们还给他发过奖金，但我不可能给他通风报信。有人翻我的账，给你写信挑拨离间，这种不入流的伎俩你一眼就能识破。”

敖文年沉吟片刻，说：“进荣同志，我把这个给你看，就是想和你推心置腹谈一谈。他们放出这个烟幕的目的，是为了引开我的目光，限制我的思路。这种手法原本并不高明，但我刚来局里，很多人事都不熟悉，一时被蒙蔽了眼睛。案件的侦办迟迟不能取得突破，我有责任。”

臧进荣说：“受蒙蔽的不止你一人。”

“你说的是曹元明。”敖文年说，“他是打开密室的一把钥匙，但他对我抱有很大的戒心，不肯吐露心声，我不知道这是为什么，这背后肯定存在人为设置的障碍。你是他的老上级，能和他好好谈一谈吗？他对案件侦办工作太重要了。”

臧进荣说：“他也不信任我，我一直纳闷，十多年的交情都到哪儿去了？”

敖文年说：“这说明曹元明不是一个感情用事的人。”

臧进荣说："不，以我对他的了解，他是一个性情中人。别看他平时不苟言笑，办案心思慎密，但冰山下蕴藏着一团火焰，这团火焰会突然迸发。"

"唔，能举个例子吗？"

"几年前，他为救唐媛媛杀了一个流氓，差点被判防卫过当，结果虽然判定无罪，但他这个早该扶正的副大队长一直耽误到现在，他妻子因此大为生气，也成了离婚的一个诱因。其实那时唐媛媛刚参加工作，两人没有任何私情，他仅仅是出于对同志的爱护就一腔热血冲了上去。"

敖文年问："唐媛媛是娄昆的表妹？"

臧进荣点了点头。

敖文年若有所思："重情重义是好的，但这也给了别有用心之人以可乘之机。"

臧进荣说："以我对曹元明的了解，他不会丧失警觉，别看他脑子受伤，心里跟明镜似的。"

敖文年说："他从看守所、康宁医院直到现在，一直身处危险之中，当然不会丧失警觉，但过于警觉就会分不清敌我，感到谁也信不过。可是，神经绷得太紧会断掉，老虎也有打盹的时候，靠他自己单打独斗，迟早要出大问题。"

"我也跟他说过，搞个人英雄主义，这是在玩火！"

"我们要争取他的信任，不能光停留在嘴上，要从行动上表示出我们的信任和诚意。"

"你有什么具体的建议吗？"

敖文年说："顾昱在香港注册的秘密账户，曾经接受过一家投资公司好几笔大额汇款，这家投资公司设在开曼群岛，最近因为在A国的投资触犯了当地法律被曝光了，它的金主就是‘福万’集团的总裁刘万河。”他说到这里顿了一下，“无论是玉川水库大坝事故的责任方‘十方’建筑公司和‘茂源’沙石公司，还是拆迁五八六厂引发冲突的‘风云’拆迁公司，都与‘福万’集团有着千丝万缕的联系，它们有的与‘福万’有长期合作关系，有的干脆就是‘福万’的子公司。我们是不是可以做一个推测，这一切都与‘福万’集团股份有限公司的董事长刘万河有关？”

臧进荣说：“你是说，间谍案和腐败案是有关联的？”

“这很好理解，堡垒最容易从内部攻破，贪婪无耻的腐败分子是敌方间谍机关最喜爱的猎物，因为这些人为了一己之私，什么都可以出卖。”敖文年脸色凝重，“国安和上级部门已经注意到这一重要情况，但是，我已经无法继续领导市局的侦办工作了，这是非常遗憾的事情。”

臧进荣惊愕地问：“为什么？”

“我儿子敖勇，是‘十方’建筑公司的采购部经理，现在已经逃往国外。这个案子，我不得不回避。王书记还和我做了一次诫勉谈话，虽然不正式，但触及的问题是严重的……接下来，就要看你的了。”敖文年记得，敖勇最后一次和他通话时，叫了一声“刘总”，很可能是在和刘万河打招呼。

臧进荣看到了敖文年目光中的勉励，点了点头：“我知道该怎么做。”

敖文年拍了拍他的肩膀：“千万不要马虎大意，这里面有官商勾结、警匪勾结，还有与境外敌特组织的勾结，刘万河一个商人不可能有这么大的能量，他背后还有人，我们的敌人不是某一两个人，而是一张大网！我就算不再主管这个案子，也会想法子继续帮你。”

曹元明和欧阳绚好好谈了一次，正式提出复婚的请求，请她考虑，并且诚恳地表示自己过去忙于工作是不对的，没有照顾好家庭，今后一定改。

欧阳绚说：“要照顾家庭需要好的身体，你脑子的毛病不断根，还怎么照顾家庭？我让你去做手术是为了你好，为了这个家好，你倒好，不但手术不做，连招呼都不跟我打一声就出院了，说明你心里没有我，没有这个家！”

曹元明说：“有一位心理医生建议我不要手术。”

欧阳绚讥嘲地说：“是那位美女博士吧？听说她的催眠可厉害了，几下就能勾走男人的魂。”

曹元明指着母亲的遗像说：“你说男人发誓像吃饭，我可以对着我妈的在天之灵发誓，我跟沈辞云之间，没有任何越轨的行为！她是个好医生，几次救过我，还帮我找回了贝贝，你不要说这么难听！”

欧阳绚冷笑：“我踩着你尾巴了，这么激动干吗？”

贝贝跑出来，牵着欧阳绚的手说：“沈阿姨给我讲故事，教我唱歌画画，对我可好了。”

“小孩子懂什么，多嘴！”欧阳绚粗暴地打断了贝贝，对曹元明说，“你做不做手术，给我一句痛快话吧！”

曹元明无奈，说：“我再和马修斯博士商量一下。”

欧阳绚丢下一句话：“我的耐心是有限的，你好自为之。”抱着贝贝关上了房门。

曹元明站在房门口，举手想敲门，但又停下了。贝贝需要母亲，什么也代替不了母爱的滋润，好不容易把欧阳绚盼回来了，他真心希望这次一家人不再分开。但他又无法下做手术的决心，上一次手术改变了他的记忆机能和精神世界，再来一次又会发生什么？他担心就像沈辞云说的那样，这将会“失去自我”！无论如何，他都必须继续前往“心岸”，因为脑子里沉淀了太多的未解谜团，连马修斯、沈辞云乃至“心岸”本身都充满着谜，这不仅仅是重拾过去的记忆，更有迫在眉睫的紧迫性。

他打马修斯电话，问今天晚上能不能继续催眠。

马修斯说：“今天晚上我有一个 VIP 的访问约会，明天再说吧。”

马修斯放下电话，点击电脑触屏，向万里之外一位特殊人物汇报说：“尊敬的 King 先生，今天晚上，我将和 Rook 先生进行恳谈，我会想办法让他说实话。”

“亲爱的 Knight，我希望这次谈话是友好的、富有建设性的，有助于我们的共同事业。”

“无所不能的 Queen 已经赐予了我神奇的力量，一切都会按照计划进行。”

“通常来说，这种对话应当以对方所熟悉的形式进行。”

“明白，技巧上的问题请放心。”马修斯顿了一下，“我想提出离开中国区的申请。”

“现在恐怕不行，亲爱的 Knight，能告诉我原因吗？”

“我已经受够了这些所谓的情报人员，他们就是一帮寄生在阴沟的蠹虫，他们为了捞钱所做的一切，已经让我倒尽胃口。这群人在心理咨询时暴露出的贪婪和无耻，任何一个文明人都会心生鄙夷并敬而远之，我不止一次地祈祷他们下地狱。”

“看来您的内心被倾倒了太多的心理垃圾，Queen 先生会疏导您的。”

“我们一定要与这些浑蛋合作吗？”

”King 说，“要遏止中国的崛起，就必须与这些腐败分子合作。他们捞起钱来越是卑鄙无耻，对我们就会越忠诚。这样的腐败分子收买起来非常廉价，我们只需出示他们在海外存款的账单复印件，就可以让他们俯首帖耳，多省事啊。”

“未必如此，叛国者不可能有高尚的人格，有迹象表明，Rook 和他的同伙们已经不再对我们俯首帖耳，他们正在蠢蠢欲动，伸出贪婪的口器破坏我们的共同事业，所以我才和他有了这个约会，我们都不希望看到这种不绝对的忠诚。”

“忠诚不绝对，就是绝对不忠诚。请转告他，我们能给他多少，就能从他那里拿走多少，而且连本带息，最后他将一文不名。”King 说，“您的才华和进取心一直得到我们的肯定，祝您成功。”

翌日，曹元明接到臧进荣的电话，得知了一个惊人的消息：马修斯死了！臧进荣说：“马修斯博士是你的心理咨询师，你们昨天还通过话，我想了解一下情况。”

曹元明耳畔仿佛又响起了“隆隆”的雷声，二话不说，立即赶到刑侦支队。

第十一章 上帝面具

臧进荣先向曹元明介绍了马修斯死亡的情况："今天早上，玉川酒店的服务员打扫房间时，发现马修斯躺在床上一动不动，已经停止了呼吸，立即报警。我们赶到现场发现，他衣着整齐，门窗锁闭完好，没有撬动痕迹，随身携带的贵重物品如钱包、手机、笔记本电脑等都未丢失，桌上还放着一个空酒瓶，牌子就是平时爱喝的那种威士忌，全身没有外伤和打斗的痕迹，也没有中毒迹象，现场没有留下任何他人的发丝、皮肤碎屑、脚印或指纹。因此，初步认定是醉酒引发的猝死，是一起意外身亡。现已通知了其所在单位'心岸'心理疗养院及 A 国领事馆，并正在联系其家人，如有必要将进行尸体解剖。"

曹元明心想："又是玉川酒店，这真是个不祥之地。"问："那你想了解什么情况呢？"

臧进荣问："昨天你和马修斯在电话里都聊了什么？"

"我想找他做心理咨询，他说晚上有一个 VIP 的访问约会，明天再说。就这些，通话时间很短，不到一分钟。"

"晚上的 VIP 约会？他就是在昨晚上死的，他有没有说和谁约会？"

"没有。"

"通话时，你感觉他的情绪怎么样？有焦虑或者悲观厌世的表现吗？"

"说话的声调语气都和平时一样，背景还有轻音乐播放的声音，他当时的心态应该是稳定的、放松的。"

"唔，我们经过初步调查，也基本排除了自杀的可能性。"臧进荣问，"你和马修斯认识多久了？"

"四个多月了。"

"你对他应该不陌生。"臧进荣点燃一支香烟，先抽了两口，再像过去那样递给曹元明，"他平时身体如何？有没有什么特殊嗜好？有没有比较特别的社会关系？"

"这些你应该问他身边的同事亲友。"

"我们当然会问，但你是一个经验丰富的刑警，你看问题的角度和普通人不一样。"

"我去'心岸'是去接受心理咨询，不是去执行任务。"

"你在'心岸'治疗了这么久，就没察觉到那里有什么异常的情况？"

曹元明干脆地摇了摇头。

"再仔细想一想。"

"你们怀疑马修斯的死不是意外？为什么？"

"马修斯是有一定影响力的外籍专家，所以必须郑重其事。"

"你给的这个理由不充分。"

臧进荣犹豫了一下，说："马修斯的死亡现场有蹊跷之处，你看一下现场勘查的画面。"

曹元明说："我已经停职了，让我看这个，不合适吧？"

顾朝庚死时，曹元明要求去勘查现场，臧进荣以他已停职为由拒绝了，虽然后来敖文年同意了，但已错过了最佳的勘查时机。

臧进荣说：“元明，过去的事儿就不要放心上了。现在是什么情形，你可能比我更清楚。我很怀念过去我们齐心协力的日子，你是我们局里最出色的刑警，我真心希望你不计前嫌，重新拿出你的英雄本色来。”

曹元明没有说话。马修斯的死讯来得很突然，但他却并不感到特别地意外。顾昱父子离奇自杀的共同点之一，那就是他们都接受过心理治疗，顾昱死前心智迷失、“鬼魂附体”的言行，顾朝庚的遗言“钻进了我的脑子，控制了我的灵魂”，都指向了同一件事——这种“心理治疗”很可能是一种隐秘的心理操纵！马修斯长期担任顾昱的心理咨询师，他的猝死，很可能与顾昱之死背后的阴谋有关。

现场的照片印证了曹元明的怀疑。

只见马修斯表情痛楚，双手紧握呈现抓东西的动作，但手里并没有物体，他头戴 VR 设备，VR 设备连接在一部笔记本电脑上。

曹元明问：“他死时，笔记本电脑上正在运行什么程序？”

“正在玩一种 MMORPG 游戏，也许是为了缓解压力。法医说，醉酒后玩这种完美视界、高度仿真的游戏，过度刺激神经，会导致心脑血管出问题。”

“你认为是游戏夺去了他的性命？”

“那只是一种猜测。”

“如果我没猜错，这款游戏名叫‘暴龙猎人’，对不对？”

“没错。”臧进荣点头说，“巧合的是，顾昱死前也玩过这款游戏。”

曹元明一格一格放大了照片，这时，一个细节引起了他的注意：马修斯的那条蓝色领带没有系在胸前，而是解下来横放在胸前！他喃喃地说：“这不是巧合。”

臧进荣问：“为什么？”

曹元明反问：“这台笔记本电脑检查过了吗？”

“里面安装的软件、文件和访问的 IP 都没有发现什么问题。”

“你们好好查一下‘暴龙猎人’这个游戏，问题可能就藏在这里。”曹元明沉吟，“MMORPG 游戏除了回合制战斗，聊天占据了相当一部分网络流量，顾昱的用户名和密码，技侦处应该破解了，他在里面的交友和聊天内容都查过吧？”

“查了，但有价值的发现没有。‘暴龙猎人’在亚太地区的主服务器设在东亚的 J 国，这款游戏专门设有一个聊天服务器，设在大洋彼岸的 A 国。因此，无法调取聊天内容。”臧进荣有些无奈地说，“国内的通信工具、社交软件和电子信箱，无论是语音还是文字，我们都可以运用技术手段进行调查，唯有这一块儿是技术监控的盲区。”

“这不是什么新鲜手段，听说国外的恐怖分子就利用国际网络游戏的聊天室传递情报。”

“马修斯在这个游戏里扮演的角色，我们也会调查。”

“他是什么时候死亡的？酒店的监控调看了吗？”

“尸检表明，死亡时间大概是昨晚二十时至二十二时，他入住是昨天下午十六时，十八时左右出去用过一次晚餐，此后一直没有出门。在整个案发的时间段里，监控都没发现其他人进入过他的房间。”

曹元明说：“我想去现场看一下。”

臧进荣痛快地说：“没问题，我陪你去。”

两人来到玉川酒店。马修斯的房间已经做了现场保护，床单保持原样，上面有一些皱褶。臧进荣说：“马修斯临死时感到了不适，试图挣扎，却没有能移动身体。”马修斯的遗体和笔记本电脑、VR 头显等私人物品都已经搬走。

曹元明想起沈辞云的话：“SHADOW 是 AI 的最新成果之一……光是这副不起眼的头显，就用到了光子光场芯片、光纤扫描激光显示器、数字光场投射到用户眼中等高科技。”他说：“顾昱死前在这个酒店也留下过一副头显，你拿这副头显和他那副一起去做一个鉴定，看看是普通的头显还是某种高科技产物。还有，你可以去了解一下最先进的虚拟现实和梦境重建技术。”

曹元明打开笔记本，画下现场的草图，来到卫生间，水龙头正在“滴答”滴水。现场确实没有发现任何他杀的迹象，但他却感到有不可名状的诡异气息弥漫在空气里，并进入他的肺部，压迫着他的呼吸，这是令人窒息的感觉——哪怕你有再多的理由去怀疑，却找不到一丝可供支持的证据——这会是又一场教科书式的完美谋杀吗？

看着沉默不语的曹元明，臧进荣说：“查不出什么异常，就只能认为是意外身亡了。”

曹元明说：“争取尸体解剖吧，他的亡灵说不定有话要说。”

臧进荣说：“这要征求家属的意见。”

曹元明正要离开，臧进荣说：“等一等！”

臧进荣拿出一个物证封装袋：“你见过这个吗？这是马修斯身上戴着的。”

曹元明见塑料袋子里装着一枚银质的精致徽章，上面有两个字母铭文“MG”。他想不起见过这个东西，摇了摇头。

他离开酒店之后，拿出手机想拨打沈辞云的电话，但电话一直拨不通。

曹元明参加“心岸”心理疗养院为马修斯举行的悼念仪式，除了中方的同事、朋友，还有马修斯的家属、A国领事馆代表及天主教神父等外籍人员。马修斯的母亲早已逝世，他的父亲并没有表现得很悲伤，神色比较平静，马修斯正当壮年，身体健康，突然去世，他同意进行尸体解剖以明确死因。

曹元明终于看见了沈辞云。沈辞云身穿黑色衣裙，面带戚容，沉默不语。

曹元明安慰她说：“马修斯是在睡梦中去世的，走得没有痛苦。”

沈辞云说：“你在撒谎，你看到过他去世的情景。”

曹元明有些尴尬地说：“我知道他是你的男朋友……”

沈辞云纠正说：“他是我的好朋友。”

曹元明说：“我怕你会难过，所以……”

沈辞云说：“如果连他是怎么去世的都不知道，我会更难过。”

曹元明满腹疑惑，早就想请教沈辞云，说：“我们单独谈谈好吗？”

追悼会后，两人来到“时光屋”，在一个僻静的角落坐下。

曹元明将马修斯身亡现场的情景描述给她听，为了更直观，还将笔记本里的几张现场草图给她看。

沈辞云问：“你认为他是被人杀害的？”

“他杀只是一种可能。”曹元明问，“马修斯有没有什么隐性疾病、不良嗜好或者比较特别的社会关系？”

沈辞云说：“这些问题你们已经问过了，还问了不止一个人，我没有对你们有帮助的答案。”

曹元明说：“好，那我再问一个他们没有问过的问题：马修斯自己有心理疾病吗？”

沈辞云微微一怔：“你为什么会问这个？”

“马修斯在催眠他人时，会在对方胸前放上一条蓝色领带，以防止催眠中出现强烈的情绪反应，但是，他死的时候，这条领带横放在他自己的胸口，说明他很可能进入了别人对他的催眠。他死的当天，我曾和他通过电话，他说晚上有一个 VIP 的访问约会，他说的‘约会’，一般是指心理咨询，而且对方是重要人物。”

沈辞云“嗯”了一声，沉思起来。

曹元明说：“还有，马修斯死时戴着 VR 头显，顾昱死之前也留下过 VR 头显，这让我想起了 SHADOW，二者之间是不是有联系？”他顿了一下，像是在下某种决心，“你以前认识顾昱，我就直说了，希望你不要见怪。顾昱两三年前就在马修斯那里接受心理咨询，他和马修斯之间究竟是不是单纯的心理咨询关系？他是否接受过 SHADOW 催眠？还有最重要的一点……”他说到这里又停了下来。

沈辞云说：“你直说好了。”

曹元明沉声说："对一个人进行催眠，可以改变他的潜意识，甚至控制他的思维吗？"他屏息凝视，等待着她的回答。

沈辞云微微摇头："心理干预的作用没有你想象的那么神通广大，否则每年全世界不会有近百万人自杀。"

"但是，我感到有一只看不见的神秘之手把他们推向死亡，在遍布监控的大数据时代能不留丝毫痕迹地杀人，我设想了多种可能，排在第一位的就是心理学手段。所以，我想知道你是怎么看待这个问题的。"

沈辞云脸色依然平静，问："你们会凭直觉办案吗？"

曹元明说："当然不会，一切都要靠证据说话。"

沈辞云说："所以，我的看法并不重要，重要的是证据。我现在只能回答你一点：SHADOW 的全系统是最近才完成的，但它不是空中楼阁，而是建立在成熟的理论构想和既有的子系统的基础之上。比如，有的子系统虽然不能像 SHADOW 那样通过建立复杂的、连续的梦境场景来还原丢失已久的记忆，但可以在 VR 里建立起已经形成的记忆场景来反复加深这种印象，这在催眠中也是非常有用的，可以迅速让人进入超深度催眠状态。假设顾昱和马修斯头戴 VR 是为了心理咨询，那么，他们就有可能接受了这种催眠方式。"

"能在 SHADOW 或者其他的什么系统里找到相关的资料吗？比如他们接受催眠的病因、内容、时间和催眠师是谁，这些信息应该都会留下记录。"

"这些系统的数据库都在 A 国，涉及个人隐私，我没有权限。"

"遇到这样的问题，我只有向你求助。"曹元明失望地说，“你这儿也没有证据？”

“没有。”沈辞云干脆地回答。

曹元明难掩失望之色，连连搔头。他小时候遇到为难之处就是这副模样。

沈辞云见状，又触动了内心的柔软之处。她说：“我这儿没有，说不定其他地方有。”

曹元明眼前一亮：“你是说现场？我带你去……不过，这会儿现场早就清理过了。”

“那有什么关系？没清理之前，你们不还是什么也发现不了？”

“也是，如果现场还在保护，他们也不会让我带你进去。”

“看来，你的上级并不怎么信任你。”沈辞云莞尔一笑。

曹元明问：“你信任我吗？”

沈辞云没有回答。

曹元明诚恳地说：“现在能帮我的，只有你。”

沈辞云不接这个话茬，问：“马修斯是什么时间死亡的？”

“大概是晚上二十时至二十二时。”

“好吧，我们就这个时候去。”

曹元明赶紧在小本子上记下这个重要的决定。

晚上二十时许，按照约定，曹元明和沈辞云在玉川酒店见了面。马修斯去世的房间已经被曹元明预订了，两人乘坐电梯上了顶楼。

玉川酒店是一家五星级酒店，顶楼带着高空花园和无边游泳池，马修斯的房间就靠近游泳池。两人进入房间，即使没开灯，房间里也比较明亮。在璀璨的夜景灯下，外面的泳池波光反射进房间，在天花板形成一张波光粼粼的大网，就像水底世界。这是白天不曾看到的景象。曹元明有些震惊，呆立当地。

沈辞云说："看来你有新的疑问了。"

曹元明说："是的。这个房间看上去像是一个水晶宫，也许这是酒店搞的噱头。但马修斯说过，他不喜欢水，从不靠近游泳池，为什么会选择这个房间？"

沈辞云翻开笔记本，看着上面描绘马修斯死状的草图，若有所思："你的判断也许是对的。"

曹元明问："你是说，这背后有心理学推手……"

沈辞云指着草图说："你看他死时的面容表情以及双手紧握呈现抓东西的动作，像不像一个溺水的人？"

曹元明点了点头："可是房间里没有水。"

沈辞云说："你的潜意识很敏锐，虽然图上只是寥寥几笔，但准确地抓住了死者的关键特点，而你自己意识可能还没有跟上。"

曹元明说："我有点不明白，就算他看上去像是溺水，但在逻辑上和物证上是说不通的，人在空气中不可能被溺死。"

沈辞云说："就算房间里没有水，但只要他接受到催眠，或者说心理暗示，让他相信自己浸没在水中，同样可以造成溺水身亡的效果。"

曹元明一怔："这个……不太可能吧？"

"你刚才问到，对一个人进行催眠，是不是可以改变他的潜意识甚至控制他的思维。”沈辞云说，“这个问题很宽泛，也很难回答。但是，心理暗示——包括外在的和自我的——作用力是非常强大的，可以做到‘无中生有’。心理学家曾经做过一个实验，在受试者的皮肤上贴上一片普通的湿纸，告诉受试者这是一种有特殊功效的纸巾，能使局部皮肤发热，要求他们用心去感受皮温的变化，结果，十分钟后取下纸巾时，所有受试者被贴处的皮肤都发红发热，有的甚至出现了燎泡。还有两个案例更能说明问题。一位工人下班后被锁在冷库里，第二天被发现时，他已经死亡，而且表现就和冻死时一模一样，但实际上那天冷库根本没有通电，里面是常温；还有一位电工，工作场所布满高压设备，有一次他不慎触碰到了一根电线后立即断气了，身上呈现出触电致死的症状：身体皱缩，皮肤出现紫红色斑点，然而事实是，当时电闸并没打开。”

曹元明惊呆了：“马修斯是被活活‘吓死’的？”

沈辞云说：“这些都是理论上的推测，没有证据，法官不会采信。”

曹元明说：“是的，先得搞明白马修斯为什么怕水。”

“小孩子都喜欢游泳，这是因为人在胚胎状态时，就处于母亲羊水的包围之中，所以当人们看到水时很容易产生亲近的想法。但是，马修斯却不喜欢水，甚至害怕水，我老早就注意到了，但不知道这是为什么。”

曹元明说：“我还以为你很了解他。”

沈辞云轻轻摇头：“每个人内心深处都有不能触碰的隐私，这要从他的成长经历和家庭背景去找寻答案。看来，我得回一趟 A 国。”

曹元明说："不，你……别去。"

"为什么？你不是很想知道答案吗？"

曹元明迟疑片刻，说："先是顾昱，再是顾朝庚，现在又是马修斯，他们的死很可能是因为接触到了某个秘密，这是一个跨越国界的危险的秘密。你要是一个人去 A 国，身边没有人保护，会有危险。"

"在这里，我也是一个人啊。"

"我……我可以保护你。"

"真的吗？"沈辞云注视着他。

"你也许觉得有些好笑，因为我脑子不太好使，但我这话是认真的。"曹元明真诚地说。

沈辞云说："也许最后当你找到真相时，会发现一切都不是你所想象的那样。"

曹元明想起"萨提亚冰山"，心里一阵难过，说："我有过这种痛苦的体会。但是，我想明白了，不管是做一个警察，还是做一个人，实事求是是最基本的原则，不管真相最终会带来什么，我都没有理由拒绝和逃避。"

沈辞云问："你在找寻真相时，会遭遇各种各样的心理压力，有时候，心理压力甚至可以摧毁一个人。你真的做好了准备吗？"

曹元明说："是的。我很喜欢你的催眠，很享受回到童年的感受——干净、光明、纯真，这是只有梦境中才会出现的净土，现实中永远回不去，但它会一直存留在我心底，告诉我，这个世界曾经那么美好，是因为我们那时的心灵是纯净的。不管将来要面对什么压力，我都要守住这片最后的净土。"

沈辞云轻声说：“你还是你，没有变。”

曹元明没有听清：“你说什么？”

沈辞云微笑着摇了摇头：“没什么。”

曹元明又问起马修斯身上那个徽章：“你知道 MG 是什么标志吗？”

沈辞云说：“这是Masks Of God的英文缩写，意思是‘上帝面具’。”

曹元明问：“上帝面具？”

沈辞云说：“对，上帝就在人间，只是戴着面具。”

曹元明还想再问，沈辞云说：“时间不早了，你问这问那，还有时间继续我们的治疗吗？”曹元明一怔。她说：“你不是一直想看清楚那条隧道里都有什么吗？”

曹元明一阵激动，因为在马修斯的催眠中，始终无法看清隧道里面的情景，他深感只有沈辞云的方法才是对路，只是两人的合作被欧阳绚打断了。他问：“你愿意继续帮我‘梦境孵化’吗？”

沈辞云说：“我们拉过钩的，你忘了吗？既然你答应做我的保镖，那么，我就可以放心地帮助你了。在接下来的梦境里，我会陪你进入隧道，不管隧道里藏着什么，我们都会勇敢地面对它、战胜它，否则的话，永远走不出黑暗！”

曹元明和沈辞云走出玉川酒店，正准备前往“心岸”，不料，欧阳绚正等在酒店大堂门口。曹元明问欧阳绚：“你来干什么？”

欧阳绚满脸寒霜，说：“你这几年可真长进了！一晚不回家，原来是瞒着我去和另一个女人开房，亏你做得出来，还问我来干什么？”

众目睽睽之下，曹元明感到很尴尬，说：“我和沈博士是去查案子，你胡说什么呢？”

欧阳绚“哈哈”冷笑：“笑话！你早已不是刑警了，就这副病怏怏的模样，去超市买个东西都丢三落四，还能查什么案？再说她，”指着沈辞云，“不就是个忽悠人的心理咨询师吗，凭什么查案？谁给她的权力？”

曹元明低声说：“我们能不能换个场合说话？我会跟你详细解释。”伸手去拉她的手。

欧阳绚一把甩开：“你不做亏心事，心虚什么？”

沈辞云对欧阳绚说：“欧阳女士，你已经不是他的妻子了，他和谁在一起是他的自由，你的反应未免有些过分了吧？”

欧阳绚转而挽起曹元明：“谁说与我无关，我们都已经住在一起了！他可是信誓旦旦说过要跟我复婚！”对曹元明说，“你告诉她，是不是这样？”

沈辞云听了一怔。

曹元明说：“我是说过要和你复婚，你是为了照顾贝贝才住进来……”

欧阳绚打断他：“你当着我们的面发个誓，说从此不见这个女人，否则我们就玩完，这个家就玩完！”

曹元明为难地说：“不要再胡闹了，你怎么变得这么蛮不讲理？这根本就是两码事。”

欧阳绚不依不饶：“看来你是色令智昏了，我今天非得让你断了这个念想。”逼近沈辞云，讥嘲地说：“果然是个亭亭丽人，难怪男朋友刚死就这么快找到新欢了。”

沈辞云说了一句："无聊。"转身就走。

"话没说清就走！"欧阳绚伸手去拽沈辞云。

沈辞云不愿和她纠缠，返手一钩，欧阳绚一个趔趄，差点摔倒。曹元明见状赶紧扶起欧阳绚，顺势一把推开沈辞云。

沈辞云被曹元明推开，惊愕之下，面色苍白，快步离开。

她那双明眸里流露出的失望、嗔怪、痛楚映入了曹元明的眼帘，一刹那间，那种熟悉的"似曾相识"又占据了他的大脑，让他一阵眩晕。

他来不及多想，赶快追上。

沈辞云语气坚决地说："你别再跟着我，我不想影响你的生活！"

曹元明说："刚才的事对不起了，我会跟她解释，也会跟你解释。"

沈辞云说："没必要道歉，更没必要解释，你的所作所为已经解释得很清楚了。"

曹元明支支吾吾地说："那我们拉钩的事……"

"算了吧，我们拉过很多次钩，你又不是每一次都遵守诺言。"

"怎么会很多次钩？"

"忘了这件事吧，刚才在房间里，你跟我说的那一大堆废话，也忘掉吧！"沈辞云脚步不停。

曹元明边追边说："你到底在想什么？如果我哪里做错了，你给个明白话。"

欧阳绚赶来，说："你还跟她废什么话？你要是跟她走，就永远见不到我和贝贝！"曹元明只得停下脚步。

沈辞云凄然一笑，说：“其实我才是被梦困住的人。”说完毅然快步离开。

望着她的倩影消失在夜色中，曹元明怅然若失。

酒店外的一辆汽车内，有人正注视着这一幕。

曹元明和欧阳绚回到家里，欧阳绚投怀送抱，但他推说头痛，依然没有接纳她。

深夜，曹元明在连续不断的噩梦中辗转反侧，贝贝抱着不倒翁睡在小床上；另一间房里，欧阳绚放下接听的手机，站在窗前一口一口地吸烟。

这个家庭的团圆，仅仅停留在了表面上。

翌日，曹元明接到臧进荣的电话：“马修斯留下的VR 头显检查过了，就是普通的头显，市面上有卖，没有特异之处。”

曹元明说：“会不会有人狸猫换太子，把马修斯的头显换成了外形一模一样的普通头显？”

“你这种猜测无根无据。”

“别忘了，那个‘内鬼’一直潜伏在我们中间。”

“你上次跟我提到了虚拟现实和梦境重建的新技术，据我了解，是有一些公司在做这方面的实验，他们把 VR、AI之类的概念吹得天花乱坠，靠着几个酷炫demo融资圈钱，结果到了检验真章的时候，或是迟迟交不出产品，或是交出来的东西让人大跌眼镜。”

曹元明说：“你听说过 SHADOW 吗？它就是这些技术的集大成者，我亲身体验过它的神妙和威力！最好查一下，SHADOW 项目背后有哪些公司、财团和势力的支持。”

臧进荣问:“你说的这个SHADOW,和案件有关系吗？”

曹元明说：“有可能。”

黄利平约曹元明吃饭，让他把唐媛媛也喊上。

曹元明说:“她来了我们哥儿俩还能痛痛快快喝酒吗？”

黄利平说：“人家照顾贝贝这么久了，我作为贝贝的大伯请她吃个饭，怎么不行？”

黄利平开车把曹元明和唐媛媛带到城郊一家名叫“立春”的饭店。到了一看，曹元明发现这不过是个路边的小饭店，路边挂着一块松木做的大木板，上面写着“立春”两字，就算是招牌了，门口摆了一片大排档，生意倒是不错，人声鼎沸，菜香扑鼻。进了饭店，让他奇怪的是，并不是在这里用饭，饭厅后有个小门，从小门出去，穿过林中的一条小径，来到一座小木楼，上楼后在二楼就座。窗外是一片翠绿的竹林，远处是黛青色的群山，屋里挂着腊肉、熏鱼、香肠，地上摆着米缸、酒缸，只摆着一张桌子。这里很安静，和喧闹的外面似乎是两个世界，这应该就是饭店的“高级雅座”了。

黄利平见曹元明和唐媛媛打量四周，说：“别看这儿条件简陋，主人可烧得一手好菜，现在不都兴农家菜吗，寻常人来这儿吃饭都得排队叫号。你们尝尝这里的炖冬瓜、毛毛菜、冰糖肘子，尤其是鲜椒爆炒小山鸡，鸡是地道原生态，自家养的，吃虫子、草籽长大，加上独特的烹饪，吃到嘴里那是满嘴留香，比起那些人工饲料养大的鸡，味道一个在天一个在地，保管你们下次还要来。”

曹元明说：“今天托大黄的福，我们要打牙祭啦。”

唐媛媛却说:“无故献殷勤……后面那句话怎么说的？”

曹元明笑着说："对了，媛媛这句话提醒了我，无功不受禄啊。大黄，你有什么话就直说吧。"

黄利平说："就一顿饭，你们想到哪去了。"

曹元明说："好，既然如此，要是吃饭时你扯了一句别的，我和媛媛立马拍屁股走人。"

黄利平说："别，我认输，确实有点事，我们边吃边聊。"

这儿的饭菜口味确实不错，黄利平连连劝酒，几杯店家自酿的米酒下肚，唐媛媛双颊酡红，已是微有醉意。

黄利平开始谈起马修斯之死，对唐媛媛说："我跟他相识五年，是老朋友了，平时好端端一个人，说没就没了，谁也想不到。他的家属要求做尸体解剖，结果怎么样？"

唐媛媛说："我们解剖发现，心肺表面有点状出血，喉头黏膜明显出血水肿，气管内无异物，胃内有暗红色稀粥样胃内溶物，有酒味，TXY-I酒精定量检测仪检验心内血，酒精含量110.5mg/100ml，说明死者生前曾大量饮酒。出具的《死亡鉴定书》结论是醉酒导致的喉头充血水肿引起窒息死亡。"

黄利平问："你参加解剖了吗？"

唐媛媛说："参加了。"

黄利平问："鉴定书是你写的吗？"

唐媛媛说："我签的字，但主要工作不是由我负责。马修斯是有一定影响力的外籍专家，上面很重视，由娄昆副局长负责他的死因调查，尸检工作是他抓的，法医是他的老本行，领导放心。"

曹元明知道其中有文章，放下筷子，听他俩谈话。

黄利平说："你从事法医工作有七八年了吧，经验很丰富，有没有发现他的死因有什么奇特之处？”

唐媛媛面带愠色：“你这话我不爱听。死者家属对鉴定结果是认可的，考虑到尸体出境太麻烦，还要求火化尸体，带骨灰回国，所以殡仪馆已经火化了尸体，这件事情已经了结，不作刑事案件立案。我能说的就这些，不要再提了。”

曹元明对黄利平说：“大黄，你作为马修斯的好友想知道死因，这可以理解，但我提醒你，调查死因超越了你这个私家侦探的权限。”

黄利平反问曹元明：“对马修斯之死有疑问的人恐怕不光是我吧？我看到你去现场了，而且不止一次！”他对唐媛媛说，“据我所知，警方内部对他的死因调查和结论是有分歧的，如果哪天娄局罩不住了，你作为签字的主检法医师，承担得了这个责任吗？你可要考虑清楚。”

唐媛媛生气地说：“你已经脱下警服离开了公安队伍，不许你这么说！”站起来拎起小包就要走。

曹元明拉住她：“大家难得聚一次，不要为这种事情生气。”对黄利平说，“这事不要再提了。”黄利平打了个哈哈，便不再说了。

上洗手间时，曹元明问黄利平：“你调查马修斯的死因，肯定不是因为你们是老朋友。我调查得到了臧局的许可，你是受谁所托？”

黄利平拒绝透露：“行有行规，这不能说。”

曹元明说：“马修斯的死因背后，可能牵涉到间谍和谋杀这样的重大罪行，你以私人侦探的身份去调查，既不合法，也有危险。”

黄利平说：“多谢提醒，这事儿，骑驴看唱本走着瞧吧。”

饭后，唐媛媛不愿和黄利平一起走，坐上曹元明的车回家。

唐媛媛问：“你对马修斯之死怎么看？”

曹元明说：“现在没有任何可靠的证据表明马修斯死于他杀，但我的直觉总是怪怪的。”

“看来，你还是倾向于他杀？”

“没有证据一切都只是猜想，如果确实是谋杀，那凶手的手法实在太高明了。”曹元明说，“他也有可能死于过度惊吓，你尸检时真的没发现什么异常？”

“唉，你就别问了，我也不知道怎么回答。”唐媛媛说，“你现在还去‘心岸’吗？”

曹元明意识到另有隐情，说：“我去‘心岸’，一是治疗自身的毛病，二是从心理学角度去解析案情。我和沈辞云的咨询本来很有成效，但欧阳绚很不高兴，硬是让我换成马修斯，没想到马修斯也死了，这条路走不通了。”

唐媛媛轻轻“哼”了一声：“欧阳绚还是那么咄咄逼人？”

曹元明说：“她也是为了这个家。”

唐媛媛一听就来气：“她以前是怎么抛弃这个家的，你都忘了吗？现在还处处迁就她，好了伤疤忘了疼！”

曹元明说：“那都是过去的事了，我也有做得不好的地方。她这次回来，是真心实意地要和我还有贝贝一起过日子。”

自从欧阳绚回国后，唐媛媛就知趣地疏远曹元明，这会儿再也忍不住了：“她会真心实意？骗你这个大头鬼吧！你办案时火眼金睛，怎么一遇到她就变成瞎子了呢？你还不明白，你对她再好都是肉包子喂狗，她根本就不会把你放心上……”

曹元明按了一下喇叭，打断了她的连珠炮：“什么乱七八糟的！你再胡说，我可真生气了。”

唐媛媛怒气未消：“好，我今天就让你亲眼见识一下她的真面目，免得说我胡说。”她打了一个电话给高航：“你把那个地址发过来……别啰嗦，我让你发就发，出了事我担着……我跟曹队在一起，你懂了吧……”

她通完话，把手机往曹元明眼前一摆：“按上面的定位走。”

曹元明问：“你跟高航在搞什么名堂？”

唐媛媛说：“去了就知道，怎么，不敢啊？”

汽车开到温泉湾的一座别墅旁边，那正是刘万河的私邸。这是一座三层别墅，房顶铺着黄色的琉璃瓦，在阳光下发出夺目的金光，宛如传说中的天宫。别墅门前是修剪得很漂亮的草坪，自动喷水龙头正在慢慢旋转，周围是浓密的树林。唐媛媛让曹元明在林间小路上停车，带着他钻进了树丛中。

不一会儿，见一辆出租车来到别墅门口，欧阳绚下了车，刘万河开了门，把手亲昵地放到了欧阳绚的腰际，欧阳绚给了他一个热吻，两人相拥着进了门。

曹元明目睹这一幕，如入冰窖。多年以前，欧阳绚就和刘万河有过恋情，被始乱终弃之后，才匆匆嫁给了他，没想到两人依然旧情未了。

唐媛媛说：“怎么样，我没骗你吧？她和刘万河一直有亲密来往。”

曹元明想起迟茂财见到欧阳绚时说的话：“兄弟，你是实在人，凡事都得多长个心眼啊……刘万河不是个东西！”“原来他们早就知道欧阳绚和刘万河的关系，只有我被蒙在鼓里。”他想到这里，头又开始隐隐作痛，身体微微发抖。

唐媛媛赶紧扶着他：“我只是告诉你一个真相，这样水性杨花的女人根本不值得你去爱、去伤心！”

曹元明怒道：“不要再说了，上车！”

汽车咆哮着在林间小路上飞驰，卷得落叶纷飞。

唐媛媛吓坏了：“慢一点，慢一点！”

汽车发出一声惨叫，猛地停了下来。

唐媛媛的头差点撞上仪表盘：“你疯了！”

曹元明把着方向盘，问：“你们在监视欧阳绚？”

“不是监视她。”

曹元明顿时明白了，警方正在监视刘万河。

曹元明送走唐媛媛，去见臧进荣，问：“你们对刘万河的侦查有什么发现吗？”

臧进荣一怔，说：“我们的确在调查‘福万’集团的财务情况以及刘万河的行踪、社会关系，但刘万河可能有所察觉，遇到了重重阻力，所以还没什么进展。”

“你们怀疑刘万河与CLH82芯片泄密案有关？”

“是的，还可能牵涉到几起重大腐败案。”

“迟茂财应该清楚刘万河的底细，他们交往多年，还是生意上的合伙人，你们找过他吗？”

“你说的是‘茂源’沙石公司的老总吧，黄溪河泥石流灾害发生后，这个家伙就脚底抹油溜没影了。”臧进荣问，“对了，你带沈辞云去现场，有没有什么新发现？”

曹元明说：“我们是晚上去的，由于游泳池的反光，那个房间就像在水底。”

“嗯，这有意义吗？”

“有意义。因为马修斯是一个怕水的人，而他死时状态很像一个溺水的人。”

“开什么玩笑，他身上没有一滴水。”

“不一定要真的有水，只要他想象的梦境中有水。”曹元明把沈辞云关于心理暗示“无中生有”的分析说了出来，他还提到，自己在催眠中也出现过溺水的生理反应，和真正的溺水一样。

臧进荣听完，脸色从不以为然转为凝重，打开电脑：“你过来看，这是在马修斯的笔记本电脑里采集到的动态图像，都是水。”

只见一圈一圈的水波纹层层叠叠，环环相绕，组成无限循环的镜像，中间那个空洞就像是一条无尽的隧道，这个隧道正在不停地旋转、在扩大……曹元明的心又被那种熟悉的恐惧感攥紧了。

曹元明疲惫地回到家。姜阿奇的母亲来到他家，和往常一样带来了许多时鲜的蔬菜，帮他做菜煮饭，打扫卫生。曹元明劝过很多次了，不要这么客气，但她执意要来，曹元明说多了她就流泪：“你是不是看不起我？”曹元明只得由她。贝贝和姜母混熟了，姜母有时还带零食和玩具给贝贝。

姜母说起姜阿奇在“金不换”汽修店干得不错，庞老板给他涨了工资，她现在在菜市场卖菜，一个月也有好几千块钱的收入，母子俩现在的日子还算过得去。曹元明很为他们高兴。

欧阳绚也回来了，若无其事地打了个招呼。姜母做好饭菜，告辞而去。

贝贝趴在桌上认真地画画，说：“老师说要才艺展示，同学们有的跳舞，有的唱歌，我想画漫画。”

曹元明爱怜地抚摸女儿的头发，心中五味杂陈，想不好要不要和欧阳绚摊牌。他冷静下来，仔细回想欧阳绚回来后所发生的一切。自从被人抢先一步从元宝酒店 1205 号房间拿走秘密时，他就感到在暗处有双眼睛盯着自己，这个人是谁？刘万河卷入了案件，那欧阳绚呢……他越想越不安，但还是想给欧阳绚最后一个机会。

他在笔记本里悄悄夹上了一根头发，放到洗手间外面的桌上，对欧阳绚说：“今天查案有进展，就是太累了，我先去洗个澡。”欧阳绚应了一声。他关上了门，开始洗澡，洗得很慢，他的内心在煎熬。洗完澡，他走出来，发现笔记本里面那根头发果然不见了，笔记本被翻动过了！其中记录的案件关键信息和他的记忆、灵感，都早已不再是秘密了。他的心一阵绞痛。

欧阳绚在餐厅喊：“吃饭了。”

三人围坐在一起吃饭，热腾腾的香味，曹元明尝到的却是满嘴苦涩。

吃完饭，贝贝拿出画好的画给曹元明看：“爸爸，你看我画得好吗？”

贝贝画的是明明和小静的故事，她指着这些漫画讲故事："明明和小静是一对好朋友，拉钩约好一起去山上看日落。小静从中午就坐在大松树下等明明，明明却和其他小伙伴玩得忘记了拉钩的事儿，直到天黑才想起来，赶快跑去，只见小静孤零零一个人还在树下等，周围黑漆漆，见到明明大哭起来。明明说，对不起，我回来晚了，不要怕，明明要永远和小静在一起。后来，明明带着小静一起去抓萤火虫，看牛郎织女和银河，他们又成了好朋友……"

曹元明如梦初醒，抓住贝贝的肩头问："这是不是沈阿姨给你讲的故事？"

贝贝点头说："画画也是沈阿姨教的，她画得比老师还要好看。"

曹元明终于醒悟，原来沈辞云就是幼时青梅竹马的玩伴小静！

二十年前的一幕幕从脑海里纷涌而出：不倒翁、熟悉的童谣、萤火虫、手拉手拉钩、悬崖上的藤条……玉川酒店门口沈辞云的眼神和大松树下小静那楚楚可怜的眼神再次重叠在一起，看来这些年她过得并不顺心，而自己无意中又伤了她的心……

贝贝指着不倒翁，说："那也是沈阿姨送给我的。"这个不倒翁和原来那个一模一样。

曹元明这段时间很少陪女儿，居然一直没有察觉！他暗自懊悔，给沈辞云打电话，但回音是："您拨打的电话是空号，请查证后再拨。"

翌日，曹元明去康宁医院找顾昱的母亲，拿出了沈辞云的照片给她看。顾母精神虽不正常，但认出这就是小静，因为沈辞云亲口告诉过她。曹元明心中释然，难怪顾昱早和沈辞云有联系，但又生新的疑窦：顾昱为什么一直瞒着自己？

曹元明赶去“心岸”，依然找不到沈辞云，询问工作人员，也不知道她的去向。她会去哪儿？曹元明忽然想到，她很可能会去春岭老家！他嘱咐欧阳绚照顾好贝贝，自己要外出一段时间。

欧阳绚说：“我不管你去干什么，就是不能去找沈辞云。”

曹元明说：“我回老家去找一个童年的玩伴。”

敖文年把臧进荣找来谈话。

这些天，敖文年明显疲惫了许多，说：“敖勇失踪了，一直没有消息，我很担心。”

臧进荣说：“听说他的公司和水坝施工问题有关。”

敖文年说：“我担心不仅仅是这个，里面牵涉到的问题太多。我今天找你来，就是要告诉你，如果我出了什么意外，无论有多少阻力，你一定要把案子查下去。”

臧进荣问：“曹元明真的可靠吗？”

敖文年说：“CLH82 芯片泄密案发生后，专案组就决定将他吸纳进来，让他去接近顾昱侦查案情。他的能力和忠诚，组织上都是考察过的，只是没想到后面会发生这么多意外情况……你要注意保护他。”

臧进荣说：“他对我们仍不是很信任。他掌握了多少东西，我仍不知道。从他对案件的某些分析看，充满了未经验证的猜想，证据贫乏。”

敖文年说："他一个人孤军奋战肯定是不行的，我们只有采用变通的方法。"

臧进荣问："那……沈辞云可靠吗？"

敖文年没有回答。

断头河畔，埋甲山下。沈辞云来到松树峪，在祝老太太的小店买了一碗豆腐羹，一边吃一边和老太太唠家常。

祝老太太说："小静，你年年都回来，可是每次都只待一两天就走，今年要多待一些时日吧？"

沈辞云说："我还要工作，还有学业，待不了多久。"

祝老太太问："你在国外读的什么书啊？"

"心理学啊。"

"心理学是干什么的？"

"就是研究人的心理活动和心理疾病的。"沈辞云注意观察祝老太太的细微表情反应，"比如说，夜游症。"

祝老太太一听便问："夜游症能根治吗？"

沈辞云："可以，但要看病根是什么。"

祝老太太嘴一动，但话到嘴边却又咽下去了。

沈辞云换了个话题，问："祝阿婶，这么多年您也不挪个窝？老早跟儿子去享福去。"

祝老太太长叹一声说："没那个福气啊。"又改口说，"老啦，不想动了。"

沈辞云说："您还是这么固执。"

祝老太太说："别说我这个老太婆固执，你这个小姑娘也固执着呢，还不是每年都来这里等明明？"

祝老太太有些腰酸背痛，打烊后，沈辞云帮着收拾小店小屋。祝老太太住的小屋陈设很简陋，五斗橱、木床、床头柜等一看都是上了岁月的老旧家具，唯有一座紫檀佛龛非常醒目，供着观音菩萨像，供桌上摆着新鲜水果和清水。祝老太太虔诚地给菩萨上完香，拉开一只柜子的抽屉，里面满满的都是小孩的衣服，每一件都是新做的，叠得整整齐齐。她捧起一件衣服轻轻抚摸，无声地叹息，满脸都是落寞和哀愁。沈辞云见状生疑，又不好多问，想起了另一个家庭里的情景。

曹元明返回春岭，前往昔日和小静游玩的地方一个挨着一个去找，都不见沈辞云的踪迹。

此时已是秋天，草木落黄，鸿雁南归。曹元明独自一人走在枫林遮天的山路上，踏着落叶，迎着夕阳，望向那一望无际的红叶，红叶在金色余晖下闪亮，是如此的鲜明耀眼、如火如荼。一阵秋风吹过，红叶纷飞，眼看寒冬将至，这大片火红的枫叶又能剩下几许？无边情怀，是否已到尽头之时？他心中一阵伤感。

太阳没入了地平线下，一轮明月冉冉升起。

曹元明来到埋甲山脚下那棵五百年的大松树下，这就是当年明明和小静相约去看日落、捉迷藏的大树。他抚摸大树，睹物思人，惆怅满怀，想起沈辞云的话“我们拉过很多次钩，你又不是每一次都遵守诺言”，忍不住大声重复当年的话：“对不起，我回来晚了，不要怕，明明要永远和小静在一起！”

他忽然发现刮去树皮的树干上刻着几行字，打开手电筒，只见这是一首诗：

枫叶似曾红，

晚风染秋霜。

奈何秋将尽，

明月谁与共？

树皮是新鲜刮去的，这首诗显然刚写上去不久。他细细咀嚼这首诗的含义，如怨如慕，如泣如诉，除了沈辞云，还会是谁？她果然来过这里！

她写这首诗是在怨我吗？是在等我吗？诗句带着他的思绪，穿越了尘封的久远记忆，尤其是最后一句“明月谁与共”，让他感慨不已——明月当空，抬头望向那远方天际，试问往后的日子，有谁和我共享这皎洁明月，夜阑静，有谁共鸣……

曹元明心潮起伏，思忖半晌，斟酌词句，在树干上写下了自己的相思之言：

徘徊夕阳中，

惊梦在朝夕。

弹指二十载，

点滴寄秋风。

这首诗既说明了自己的幡然醒悟，也表达了期盼和她见面的意思。他自幼喜爱诗词，经常背古诗给小静听，从“鹅鹅鹅，曲项向天歌”“明月松间照，清泉石上流”到“怒发冲冠，凭栏处、潇潇雨歇”，不一而足。就读政法大学时，他这个“文艺青年”还不时有诗词在校刊发表，但工作后没有了这种闲情逸致，诗歌荒疏已久，水平显然不如沈辞云那首，只是有感而发。

接连几天，曹元明都在童年的游玩之地徘徊，希望沈辞云看到树上的留言能来和他相聚，但都落空了。

这天晚上，夜雾弥漫，曹元明信步而行，不由自主地来到埋甲山隧道的洞口，想起沈辞云在运用 SHADOW 帮助他重拾记忆时，VR 技术呈现出来的场景比他的回忆更加丰富多彩，其实早该想到她是小静。对于童年一起游玩的记忆，沈辞云比他更深刻、比他更珍惜，她给过自己那么多的提示，一直在等待这场相认，可自己遗忘症缠身，一再让她失望。现在，他来了，可是她又在哪里呢？想到这里，曹元明的头又开始隐隐作痛。

这时，背后传来了细碎的脚步声，曹元明回头一看，是一个窈窕的身影，下意识叫了一声："小静，是你吗？"身影转身就走。眼看那个身影消失在雾气中，他灵机一动，故意"哎哟"叫了一声，假装癫痫发作摔倒在地。

远去的身影停顿了一下，隔了片刻，转身过来查看。

曹元明睁眼一看，又惊又喜，她果然是沈辞云，当年的小静！他像孩子一般蹦了起来，紧紧攥住她的手，大声说："明明要永远和小静在一起！"

沈辞云一边挣扎一边说："你说话不算数，我不相信。"

曹元明不肯放手："你拉紧我的手不要动，不然我们就一起掉下去了。"这句话是当年悬崖上他一手抓住藤条一手抓住小静时说的。

沈辞云这才不动了。曹元明携着她的手来到隧道外面，在一块大石头上坐下来。

仰望着满天星斗，沐浴着习习夜风，两人静静地坐着，脚踝感受着青草上夜露的清凉。这种彻底放松的心情，这种自然而然的安宁、安定、安详之感，曹元明久违已久，时间似乎倒流回了二十年前。两人心意相通，都没有说话。

他首先开口：“你怎么会到这里来？”

她说：“我很无聊，随处走走，正好撞上了。”

他说：“不是。上次我父亲忌日时，我在这里发过癫痫，你是担心我再发病，所以跟来了。你一直在关心着我。”

她轻轻啐了一声：“脸皮真厚，谁关心你了？”

他说：“小静，别再生气了，千错万错都是我的错，我早该认出你来，看到那个不倒翁我就该想起来。”

她说：“这不能怪你，这二十多年来我的变化比你大多了。”

他问：“你怎么成了心理咨询师，你小时候的理想不是当飞行员吗？”

她微笑着说：“我后来长胖了，飞不动。”

他笑了，又问：“你怎么去了A国？你现在跟你妈妈姓？你爸呢？”他父亲失踪后，他住进了医院，等出院后，小静已经不在了，听说小静因为母亲去世跟父亲去了外地，从此杳无音信。

沈辞云眉头微蹙：“我跟我外婆姓。”见曹元明还想再问，便说，“我回来是履行我的承诺，帮你从噩梦中解脱，如果你还是改不了打破砂锅问到底的职业病，再问起我的过去，我就再也不回来了！”

曹元明见她语气坚决，便转移话题，问：“你为什么让我不要手术？”

沈辞云说：“你大脑的边缘区域可能会在手术时受到不可逆的损伤——那里掌控着人类的一切潜意识活动。如果失去了这些潜意识的记忆，你将不再是你自己。”

曹元明有些不明白：“为什么这么说？”

沈辞云说：“弗洛伊德认为，人格中的‘意识’部分只是露出水面的冰山一角，藏在水面之下的就是我们无法感知的‘潜意识’。对人类的心理而言，潜意识所占的比重，比意识多多了。潜意识是不受意识控制的。举个例子，你走路是先迈左脚还是右脚，你平时根本意识不到，这就是潜意识在潜移默化地决定我们的行为。潜意识是绝对诚实的心理部分，是心理活动的基础和主体，会展现出我们最真实的一面。”她望着长空圆月，继续说，“你说过，很喜欢我的催眠，很享受回到童年的感受，不管将来要面对什么压力，你都要守住这片最后的净土。我知道你说的是真心话，你向我敞开了心扉，因为当你在催眠中进入童年梦境时，大脑的生理变化诚实地反映了你的潜意识。但是，如果手术损伤了大脑的边缘区域，你不但会丧失许多记忆，还会发生精神和人格的蜕变。当一个人失去了他原有的记忆、情感和价值观时，他还是原来的他吗？他所剩下的，只是一副旧躯壳。”

曹元明喃喃地说：“会有这么严重？”

“你以为我危言耸听？我仔细看过你上次的手术录像，复习过你所有的检查结果。你的‘梦巢’和‘记忆扳机点’都在手术中受到了损伤，所以才会带来那么多的后遗症。”

“我相信你的专业判断力。‘梦巢’和‘记忆扳机点’究竟是什么？”

“这是一个形象的说法，指的是中颞叶、海马体、基底前脑以及脑穹隆等大脑结构，这里是产生记忆和梦的工厂。”

“嗯，既然手术有这样的危险，为什么杜主任和马修斯博士没有跟我提起过呢？”

“这个问题超出了我的专业范畴。”

曹元明心中一动：“这么说，一个人的潜意识，其实可以被他人改变和控制？这个问题我曾问过你的。”

“是的。不仅如此，借助于专业训练或者仪器，人们还能对自己的潜意识进行一定程度的干预或控制，有的人就可以控制自己的梦境。”

“这些受到干预和控制的潜意识，还是诚实的心理部分吗？”

“仍然是。梦就是一种最为典型的潜意识心理现象：晚上入睡后，我们大脑的意识部分进入休眠，潜意识因而活跃起来，一些过于活跃的潜意识，就会悄悄渗入意识，让我们能够感知，这就是梦。SHADOW 可以建造一个梦境，一个潜意识的世界，但这个梦境中的细节都是真实的，情感体验也是真实的，比如说，你潜意识里害怕蜘蛛，当梦境中出现蜘蛛时，不管蜘蛛是大是小，是多是少，你只会感到厌恶和恐惧，而不会是欢乐。SHADOW 只是放大或者加强了某些潜意识。”

“SHADOW 梦境中的细节确实很真实，你肯定来过这里。”

沈辞云点了点头：“从你对隧道的梦境描述，我就猜到是埋甲山隧道。还原梦境细节最好的办法是回到现实中，我拍摄制作了一些现场图像用于催眠你的 VR 情景展现。”

曹元明想起了在离山厂矿区被打昏后，沈辞云用 SHADOW 构建梦境帮他恢复了当晚的记忆，梦境的素材就是用星光摄影机拍摄的夜间影像。他说：“我父亲忌日那晚，隧道里还出现了一个人，我想追上他，但发了癫痫，他跑掉了。你认为这个人是偶然出现，还是和我父亲的被害有关？”

她说：“当然不是偶然出现，否则他为什么要逃走？”

他点头说：“我后来仔细想过，那人在那个特殊时刻出现，而且还烧了香，可能就是杀害我父亲的凶手；但从犯罪心理来说这又是矛盾的，犯罪现场会勾起罪犯的回忆以及潜藏心底的恐惧，所以一般来说罪犯不会回到现场。”

她说：“你是个经验丰富的刑警，那你说说，什么情况下罪犯会返回现场？”

他微一沉吟，说：“罪犯返回现场需要强大的心理素质，大致有这么几种情况：一、毁掉罪证；二、获得快感；三、持续学习；四、脑洞大开，智商下线。”

“如果他是罪犯，你觉得他符合哪一点？”

“犯罪行为已经过去了二十年，前三点都不符合，难道这么多年来他突然会脑洞大开？我看也不像。”

“你提了四种可能，我这儿还有一种可能：他脑子里装着和你同样的一个噩梦，被某个契机激发出来，于是，在你父亲忌日这个特殊时刻，他在潜意识驱动下返回了现场。”

“你这种说法天马行空，有些玄乎，无法印证。”

“如果其他的可能都排除了，那么剩下的最后一种可能，不管听起来怎么玄乎，那就是真相。”

他微笑着说：“你这个当医生的倒像是警察。”

她说：“医生要从症状诊断病因，就得会推理，和你们一样，都是从表象去发觉真相。”

曹元明思忖片刻，说：“假设你说的是对的，那这么多年来，他可能不止一次回到过现场……可还是那句话，我们需要证据。”

“面包会有的，证据也会有的。”沈辞云莞尔一笑，“你回想一下，那天晚上，除了在隧道里，还发现了什么特别的事情？”

他想了一下，说：“当时，我往那个人影逃走的方向望去，发现松树峪村口有一团光亮，不像是灯火，像是火光。那么晚了，整个村黑漆漆一片，只有这点光。”

她微微点头。

他问：“你对此有什么看法？”

她说：“我现在还没有成熟的意见。”

“如果通过‘梦境孵化’仍无法完成犯罪现场再现，那么，我们是不是可以尝试犯罪心理画像？”

“犯罪心理画像要建立在犯罪分析、受害人信息和符合逻辑的证据基础之上，我没有这方面的经验。”

“虽然时间太久找不到犯罪现场的物质痕迹，但犯罪分子作案的心理痕迹却未必无迹可寻，就比如刚才我们分析的几种可能，再结合被害人的生活轨迹，也许就可以进行画像了。”

“犯罪心理画像不管用的是精神分析理论还是人本主义心理学，它都不是科学，而只是一种推测，从方法上来说是归纳而不是演绎，A 国的很多案例，心理画像和实际抓获的罪犯并不相符，它没有你想象的那么神奇……而且，我对犯罪心理学一向是敬而远之。”

“你说过，不管隧道里藏着什么，我们都会勇敢地面对它、战胜它。”曹元明扶着沈辞云的肩头，“帮帮我，可以吗？”

沈辞云沉思片刻，点了点头：“我知道你和曹叔叔的感情，我也体会过失去亲人的痛苦。”

曹元明说：“不是光从感情出发，我只是想搞清事实，还原真相。如果光从感情上说，我其实不愿意追查下去。”

沈辞云有些诧异：“为什么？”

曹元明痛苦地说：“我原以为父亲是个英雄，其实，他是被敌特收买了。”他一五一十地说起父亲和顾朝庚来往勾结的情景，以及在父亲遇害那天山坡上出现了敖文年的身影。

沈辞云越来越吃惊，问：“这些情景你是怎么想起来的？”

第十二章　记忆篡改

曹元明说："我是在马修斯催眠下回忆出来的……"见沈辞云神色有异，问，"有什么问题吗？"

"不管曹叔叔有没有被坏人收买，都不能成为凶手逍遥法外的理由。"沈辞云说，"也许他接近顾叔叔，是为了麻痹坏人，好收集证据，他遭到毒手，说明不是真的被收买了，而是被坏人察觉后灭口了。"

曹元明叹息一声："我多么希望你说的是真的，萨提亚冰山下藏着的东西让我几乎要崩溃了。"

"萨提亚冰山？"沈辞云秀眉蹙起，仔仔细细地询问了马修斯催眠的方式和回忆内容，思索良久后，"梦境里，你在家里和医院看到了曹叔叔和顾叔叔秘密交谈，但你有没有察觉这些梦境有什么不对劲的地方？"

"在你和马修斯的催眠中，我感受梦境的视角是不一样的，前者我是参与者，后者只是旁观者。"曹元明回想了一下，"马修斯构建的梦境，确实有几个地方不符合常理。比如，电灯明明碎了，但后来电灯却又亮了，人和影子不相连，还有一座奇怪的楼梯，爬了半天，还在原地打转。"

"你的回答证明了两点。第一点，你的遗忘症已经大为好转了，说明你的病情通过心理治疗和药物治疗是可以控制的，手术没必要。”沈辞云说，“第二点，马修斯让你进入的梦境，是经过修改的梦，这个梦不是真实的记忆。”

曹元明一惊：“你能详细解释一下吗？”

“我说过，SHADOW 所展现的场景，细节都是真实的。如果梦境不真实，就不能唤起原本的潜意识，不能再现真实的记忆。”沈辞云说，“梦境中的那一座奇怪的楼梯，心理学上叫‘彭罗斯阶梯’，电灯先碎后亮，这是时间在倒流，人与影子分离，在正常情况下也是不会发生的。加入了这些违背常理的细节，就是在提醒你，这只是梦，而不是真实的记忆，不是真实发生过的场景。”

曹元明仍不解：“马修斯既然要帮助我重拾记忆，又为什么要提醒我这不是真实发生的场景？”

“提醒你的不是他，而是我。”沈辞云说，“SHADOW 是打开精神世界大门的钥匙，这把钥匙不能滥用，更不能用于不良企图。但是，我发现有人进入了本该绝对保密的 SHADOW 数据库，盗取了构建你的梦境的数据包，里面的素材都是我精心收集制作的，要让你相信梦境是真实的，这些素材是不可或缺的。那个人明明可以通过正常渠道提出申请，却采取了这种偷偷摸摸的行径，其用心不言而喻。所以，我就在素材中加入了这些反常的细节，意在提醒梦境中的你，这不是真实的场景，可惜你当时没有醒悟。”

曹元明颤声说：“你的意思是，我在梦境中见到父亲和顾朝庚交往的那些场景，并不是真实的记忆？”

沈辞云说：“这些记忆就算大部分真实，但一些关键的地方可能就是虚构的。当然，这只是我的猜测，就算我以小人之心度君子之腹吧。”

“不，马修斯才是小人！”曹元明难掩内心的激动，紧紧握住她的手，“帮帮我，帮我找回真正的记忆，好吗？”

沈辞云满脸通红：“你别这么激动嘛，冷静才能保持判断力。”

曹元明这才发觉自己太用力，忙松开手：“对不起，对不起。能不能告诉我究竟是怎么回事？”

沈辞云说：“人们只会相信自己愿意相信的事物，你看，哪怕是我的一句猜测，你马上就相信了。而马修斯要让你相信你最不愿意看到的场景，就不那么容易了，所以他除了盗用我的素材，还运用了特殊手段。”

“你不光有水平，还是个很谨慎的医生，从不轻易猜测。”曹元明说，“马修斯用了什么特殊手段？”

“别给我戴高帽了，我们还是实事求是吧。”沈辞云莞尔一笑，“你提到了很重要的一点，在马修斯和我的催眠中，你感受梦境的视角不一样。从心理学上讲，马修斯给你打开的是第三人称视角，你所获得的是 Observer，意思是‘观察者视角记忆’，我给你打开的是第一人称视角，也就是 Field，这叫‘场景记忆’。”

“为什么马修斯采用了 Observer，而不是 Field？”

“因为 Observer 视角不是来自你自己，而是催眠你的人！”

曹元明凝神倾听。

沈辞云解释说：“Observer 回忆需要的信息量比 Field 少很多，要轻松很多。比如，我让你回忆昨晚在干什么，你那时在看电视，如果以 Field 回忆，就需要回忆电视屏幕上的内容，回忆才能完整连贯，但是以 Observe 回忆，即便把电视内容模糊掉也不妨碍回忆的完整连贯。一般来说，当人们回忆印象非常深刻的细节或近期发生的事，会用 Observe，而回忆时间间隔遥远或不那么印象深刻的事会切换成 Field。举个例子，你试着回忆一下初吻的情景，肯定是 Field，而回忆跟同学逛大街吃饭这些日常会切换成 Observe。这是因为我们的大脑每天都要处理海量的信息，为了效率，大脑只能舍弃那些被判定为并不重要的或者是久远的信息，把它们埋入潜意识，平时并不会回忆起来，也许当发生某件触发性事件时，才有可能突然回忆起来。Field 形成的记忆是鲜活的、真实的，而 Observe 可以看成我们的大脑在偷懒，大脑其实很喜欢偷懒或者说擅长休息，正因为如此，Observe 过程中大脑通常都会进行再加工，再加工就意味着回忆不是完全真实的和客观的。”

曹元明说：“我还以为，只要记起来的事情，就是真相，好记性帮助我破了很多案子，没有想到……”说到这里，他摇了摇头。

沈辞云说：“大多数人对自己的记忆力都深信不疑，但实际上记忆往往比想象更离谱，记忆中出现的场景并不意味着就是事实的真相，而可能是带有主观偏见的一种虚假构造。记忆可以分为 Copies（影像拷贝）和 Reconstructions（重建）两部分。当记忆不清晰时，我们会自主或不自主地脑补出‘自认为合理’的剧情，来使记忆连贯，这就是 Reconstructions，是大脑的一种自我保护措施。Reconstructions 包括两大类，就是我前面说的 Field 和 Observer。如果别有用心的人利用了 Reconstructions 的生理弱点，通过暗示和诱导，完全能在你脑中植入一段虚假的或者经过修改的记忆，而你却浑然不知。要做到这一点，Observer 相比 Field 要容易许多，因为需要的信息量要少得多！”

曹元明急切地问：“你说这些是你的猜测，那么，能不能找到证据，证明马修斯给我灌输的这些记忆是假的呢？”

沈辞云说：“从你的描述来看，梦境中出现的曹叔叔和顾叔叔的交往场景，都不是完整的。这些碎片状的场景，哪怕其中有真实的成分，也可以错误组合或者断章取义生成假象，但是要找到证据……”她微微摇头。

曹元明有些泄气：“我明白，他们二位都已不在人世，已经无法对证。”

沈辞云眼睛一亮：“有一个人还在人世。”她站了起来，望着眼前巍峨耸立的埋甲山，月光洒遍大地，满山一片银辉，“二十多年了，这座大山的景色一点都没有变。”

曹元明说：“是啊，这里的月光，这里的一草一木，还有这条隧道，都是老样子。”他长长地呼吸了一口空气，“连气息都没有变。”

沈辞云回头看着他：“这里就是最真实的梦境！”

曹元明醒悟：“对，你说过，任何对真实的模拟，也比不过真实本身！”

沈辞云指着隧道口前方的山坡说：“在马修斯构建的梦境里，你在这里看到了一个人。”

曹元明点了点头。

沈辞云说：“现在你闭上眼睛，回想一下这个情景。”

曹元明依言闭上眼，在沈辞云的催眠下，进入了双重梦境——从梦境里对另一个梦境进行回忆：

风雨中，一辆吉普车疾驰而来，一个人影出现在这座山坡上，盯着隧道口……这个人影的面目渐渐清晰起来……确实是敖文年。

沈辞云只问了一个问题便击碎了这个虚构的梦境："敖文年的容貌是青年时的，还是现在的？"

一语点醒梦中人！曹元明猛然醒悟，回答："是现在的模样！"

这是一个完全不合理的细节，因为这段回忆的时间坐标是在二十年之前！

沈辞云说："马修斯在对你的催眠中，察觉到了你潜意识里对敖文年的不信任，就利用这一点篡改了你的记忆。他不可能知道二十年前的敖文年长什么模样，但他认为你会忽略掉这个漏洞，因为你潜意识里愿意相信那人就是敖文年。这足以说明，马修斯用 SHADOW 呈现的有关曹叔叔的那些 Observer，极有可能不是事实，而只是按照他的意志而虚构的梦境。如果马修斯没死，他会在你后续催眠中进一步完善和强化这些虚假的记忆，直到你把它们当成颠扑不破的真理。"

"这就是'洗脑'？"曹元明悚然。

沈辞云点了点头。

曹元明如释重负，感慨地说："拨开云雾见天日，守得云开见月明。"

他忍不住仰天长啸，多日来积攒在心中的郁气一扫而空。

月过中天，夜已经很深了，曹元明和沈辞云一起并肩下山。

山风凉意甚浓，曹元明脱下外衣披在沈辞云身上。

沈辞云白了他一眼，一把推开外衣："少来！你那位欧阳绚要是知道，又要大大地不高兴了，你还怎么跟她复婚？"

曹元明痛苦地说："唉，我现在才发现，她这次回国是受人指使，复婚只是一个幌子。她不但充当安插在我身边的耳目，还不遗余力地破坏你和我的关系，为的就是把我推进马修斯设下的圈套里。我一厢情愿以为她还爱着我，为了贝贝，过去的一切我都可以不在乎，谁知道她一直在欺骗我。"

沈辞云说："你这个人吧，其实挺矛盾的。你的记性时好时坏，你的聪明劲儿也是这样的。"

曹元明说："是的，我办过很多复杂的案子，也立过一些功劳，可我却很容易受骗。"

沈辞云说："因为你的善良被人抓住了，所以容易被骗。"

"有人说我心狠手辣，只要一出枪，别人就遭殃，只有你说我善良。"

"他们不了解你。"

曹元明心中一阵感动："我在想，二十年前五八六厂发生泄密案时，马修斯还是个小孩子，他不可能参与其中，现在之所以用催眠来欺骗我，是受人指使，指使他的人，可能就是杀害我父亲的凶手，马修斯的死与这个凶手有关吗？"他摇了摇头，"还是有很多未解之谜。"

"这个指使马修斯的人，对你的精神世界是很了解的。"

沈辞云说，“要彻底摧毁一个人，摧毁他的精神支柱，比折磨肉体更有效。曹叔叔就是你的精神支柱。但是，你被打倒后，又站了起来，你很坚强。”

曹元明深情地说：“因为有你在。”

沈辞云甜甜一笑。

曹元明问：“我上次回来，看到顾昱一家三口的墓前放着鲜花，是你来过吗？”

沈辞云点了点头。

曹元明又问：“你和顾昱早就有联系，对不对？”

沈辞云说：“是的。你这个问题含在嘴里都快化了，终于吐出来了。”

曹元明不好意思地搔了搔头，说：“我以前一直想问又不敢问，也不知道为什么，我后来才明白，我不敢问，是怕……是怕这话一出口，就再也见不到你了。”

“那怎么现在又问了呢？”

“因为我们之间完全信任了。”

沈辞云撩了一下被风吹散的秀发，说：“我和顾昱的联系，是从去年开始的。SHADOW 要在梦境中达到对人的视听感觉和思维方式的全真模拟，其中包含着计算机、信息控制以及神经生理学、心理学、仿生学等学科的最新结晶。顾昱学的是计算机专业，他在国外留学时，就发表过关于 VR 技术中视觉信号的处理和转换的论文，论文的级别还挺高。SHADOW 进入一个关键节点时遇到了技术难题，我在检索论文时看到了顾昱的名字和简历，这才联系到了他，请他帮忙，他果然帮我解决了这个难题。”

曹元明说：“是的，这个情况娄局长跟我提过。顾昱出事那天，还给你打过电话吧？”

沈辞云点了点头：“那段时间他很焦虑，说是很想见我一面，让我给他做心理疏导。我知道他不是在开玩笑，就匆匆提前回国了。但我刚下飞机，他就打电话问我，记不记得那天是什么日子？我回答他，是你妹妹不幸罹难的日子。”

曹元明接口说：“他当时也问过我这个问题，可是我就是没记起来。”他捶了一下自己的脑袋。

沈辞云说：“我意识到他的心理出了很大问题，但飞机上无法通话，等我赶到元宝酒店时，他就跳楼了，如果我早到一步，现场进行心理疏导，他可能不会自寻短见。”

两人都想起了那悲痛的一幕，一时都没有说话。当时的情况千钧一发，如果不是被“龅牙三”拦路抢劫横插一杠，曹元明和沈辞云都有可能救下顾昱。

曹元明低声问：“顾昱向你提起过我吗？”

沈辞云说：“我问过他，他说和你很久没联系了，只知道你结婚了。我见到你时才知道，原来你和他一直是朋友，还离了婚，独自带着一个小孩。”

曹元明有些生气：“他怎么能骗你，这算什么朋友……算了，他都已经……”他连连摇头，“我明白了，顾昱一直单身，他心里一定还思念着你。小时候玩过家家，他一定要做你的新郎官。”

沈辞云说：“可是，每次我选的新郎官都是你，他每次都不高兴。”

曹元明说：“顾昱担心如果告诉你实情，小时候的情景就会再一次出现。”

沈辞云莞尔一笑：“你就这么自信？”

曹元明赶紧说:“我只是随口一说,对不起,其实我知道,以我的条件……”

沈辞云打断他:“你在欧阳绚面前经常道歉,这都成习惯了吧。”

曹元明不知如何回答是好,只好尴尬地搔头。

沈辞云微笑着说:“你继续说案子吧。”

“综合掌握的情况分析,马修斯有国际间谍的嫌疑,很可能参与了导致顾昱死亡的芯片泄密案。”曹元明说,“马修斯既然能在催眠中给我植入错误的记忆,那么也就完全存在这种可能——篡改顾昱的记忆,让顾昱误以为当年是他在慌乱中把妹妹推下山崖的,背上了本不该有的心理包袱,并且这种错误记忆被不断地强化放大,让顾昱一直走不出心理阴影,最终导致精神崩溃自杀。”

“你这个分析在逻辑上是讲得通的。”沈辞云说,“你曾经和我说过,顾昱的死和他妹妹的死是分不开的,他可能误以为是他把妹妹推下悬崖。顾滢不幸身亡时,我和你都在现场,我们亲眼看见,没有人推她,是她自己掉下去的。但在那种极度紧张慌乱的情况下,加之失去妹妹后遭受的自责压力,会让作为当事人的顾昱失去清晰的记忆和判断力。”

曹元明插话说:“你用箱庭疗法的形式催眠让我很快就记起了二十年前元宝台上发生的一切,其实你是又一次提醒我,你就是小静,我还傻乎乎问为什么在隧道回忆时不采用这种方式。”

“别打岔。”沈辞云说,“听你这么一说,我就在‘心岸’仔细查阅了顾昱留下的所有资料。顾昱平时工作忙碌,精神压力大,而且因妹妹坠崖有恐高症,因此在马修斯那里接受了很一长段时间的心理咨询。资料中并没有反映出顾昱的记忆是否被篡改，但从心理咨询的过程和效果看，马修斯对他暴露出来的心理问题没有进行及时和正确的心理干预，这种失误不应该发生在马修斯这样经验丰富的心理咨询师身上，仅从这一点来说，他就违反了心理咨询师的职业道德。”

“是的，特别是在泄密案发生后，顾昱的精神压力倍增，更给了马修斯可乘之机。”曹元明说，“这么说来，顾昱有可能是死于意念杀人？”

“意念杀人那是特异功能，属于玄学，不客气地说就是江湖骗术，我从来不信这种东西。”

“是我表达不当。我的意思是，一个人的记忆，或者潜意识，或者其他的什么心理弱点，被另一个人用心理学手法控制了，被操纵着走向自我毁灭，这样在物理上就不会留下任何谋杀的证据……这个推理从心理学范畴来说是行得通的吗？”

沈辞云微微点头。

曹元明继续说：“顾昱父子和马修斯的死，有共同的疑点，如果能用心理学的理论解释，并找到心理学方面的有力证据，这些疑点就迎刃而解了！”

沈辞云说：“你的直觉确实敏锐。你所说的共同疑点，指的是谋杀手段都采用了记忆篡改或者心理暗示之类的心理操控方式，是吗？”

曹元明说：“是的。你跟我说起过心理暗示（催眠）的强大力量，我当时非常震撼。假设马修斯运用这种手段杀害了顾昱，而另一个凶手以同样的方式杀死了马修斯——这个凶手一定是心理学高手。”

沈辞云说："看到马修斯死亡的情形，我是产生过这样的怀疑，但有一个技术难题：马修斯受过心理学的专业培训，熟知整个心理治疗的过程和方法，常规的催眠对他根本无效。"

"如果马修斯毫无防备呢？马修斯被害那天晚上要去见一个 VIP 客人……"曹元明若有所思，"这个凶手有可能伪装成需要帮助的心理咨询者，马修斯想催眠他时，却反而被他出其不意地催眠了——有催眠师被受术者反向催眠的例子吗？"

"有，甚至我都体验过。我在学习催眠时，曾经拿我父亲当试验对象，结果反而被他催眠了。"

"你父亲也会催眠？"曹元明惊讶地问，"他也是心理咨询师吗？"

沈辞云没有回答，说："如果对方使用的语言或催眠诱导方式非常符合被催眠者的感知觉类型，那么将很快进入催眠状态……还是那句老话，我们需要证据。"

"水！"曹元明说，"这又得回到以前我们谈过的那个问题：马修斯为什么怕水？"

沈辞云说："我可以帮你去找证据。"

曹元明说："你上次说起过，要回 A 国做调查，但这会有危险，马修斯的死本身就是一个警示。"

"这些调查不由我来做，难道你还有更好的人选？"

"不，我宁愿拿不到这些证据，也不愿你去冒险。"

"危险不可怕，孤独才可怕。"

"孤独？"曹元明一时不明所以。

"现在不孤独了。"沈辞云轻声说。

曹元明看着沈辞云连日奔波憔悴的脸，又是感动又是爱怜，轻轻搂住她。

沈辞云却躲开了："不许这样。"

曹元明又碰了个钉子，赶紧转移话题："你玩过'暴龙猎人'这款游戏吗？马修斯和顾昱在死前都进入过这个游戏。"

沈辞云说："我注册过，但没怎么玩过，只是个初级用户，不过，MG 俱乐部很多会员都在里面注册过账号，而且玩得很嗨。"

"MG？上帝面具？"曹元明想起来了，警方从马修斯的尸体上发现了 MG 徽章，他问："听说 MG 俱乐部会员的社会层次都很高，为什么喜欢玩这个游戏？"MG 俱乐部一直蒙着神秘面纱，据说源于 A 国，近年来开始在中国某些城市发展会员，成员都是各界名流，但从不显山露水。

"这款 MMORPG 游戏很有特色，它同时是一个私密性很强的社交平台，配合 VR 技术和仿真技术，可以进行视频聊天和角色互动，这种感受就像朋友之间面对面一样逼真，甚至有恋人在上面……亲热。"

曹元明敏锐地问："这么说，在上面进行心理咨询、催眠，也是可以达到面对面一样的效果？"

沈辞云点了点头："马修斯在网络上进行远程心理咨询时用到过这个平台。"

"他的用户名是什么？"

"Knight。"

"你知道他和几个人建立过这种远程心理咨询关系吗？"

沈辞云问："我必须回答这样的问题吗？"

曹元明诚恳地说："人命关天，请你帮帮我。"

"我们一般不进行远程咨询，因为咨询有可能会出现意外情况，除非是特别熟悉的关系。"沈辞云侧头想了一下，"与马修斯联系比较多的有三个人，被咨询者是 Rook、Pawn，咨询者是 Queen。"

"马修斯还要被 Queen 咨询？"

"心理咨询师整天见招拆招，经常接触负面情绪，一点儿也不轻松。在 A 国，心理咨询师首先要有三年的被咨询经历才能上岗。上岗后，心理咨询师作为心理垃圾的中转站，也必须及时释放压力，否则这些垃圾就会对自身造成伤害，所以他们大都会有自己的心理咨询师，就算不是全程护航，至少在某些节点上是有的。"

曹元明心想：Queen 是国际象棋里威力最大的棋子，他会是谁呢？他问："你有自己的心理咨询师吗？"

"我曾跟你说过，我这个人很暴力的，都是通过暴力宣泄压力。"

"噢，怪不得你练习跆拳道和击剑。"曹元明问，"顾昱有没有参加 MG 俱乐部？在'暴龙猎人'里的用户名是什么？"

沈辞云说："他在国外留学时就参加了 MG，至于'暴龙猎人'的用户名……"摇了摇头。

曹元明喟然："如果顾昱不向我隐瞒这么多事，他也不至于走向死路。"

"顾昱已经后悔了，不然不会在死前给你留下线索。"沈辞云说，"你问了我那么多，我也有一个疑问。"

曹元明说：“你问吧，我知无不言。”

“顾昱跳楼后，你为什么要故作失忆，给人以你从顾昱那里掌握了重要证据的假象呢？”

“正是因为我没有证据，只有这么做才能引蛇出洞。刑侦人员应该善于进行换位思考，要想犯罪嫌疑人之所想，做犯罪嫌疑人可能的动作。”

“你把自己当诱饵，让他们来谋害你，这样才能抓住证据，这么做实在太冒险了。”

“这是没有办法的办法，好在有你，我不但寻到了端倪，还活到了现在。”

“又来了，我不喜欢你的油腔滑调。”

曹元明诚恳地说：“这是真心话。”

沈辞云问：“你为什么不相信你的上级？”

“两个副局长一直钩心斗角，而且两个人可能都与案件有说不清的瓜葛。”

“那新来的敖局长呢？”

“我以前一直以为敖局长和我父亲的遇害有关，现在看来，这是个误会。马修斯把敖局长推出来当挡箭牌，反而说明敖局长是可靠的。”曹元明一边思索一边说，“但是案情太复杂，有些问题我从来没有遇到过，所以我还不能轻易地相信敖局长。我已经走了好几步错棋，再错，想翻盘就难了。”

沈辞云问：“你说有些问题从来没有遇到过，指的是心理学方面的问题吗？”

曹元明说：“是的，心理学实在太神奇，你提到的篡改记忆和心理暗示，这些概念超出一般人的理解范畴。”

沈辞云说："没有那么神奇，心理学研究的不是什么未知的化学物质，也不是遥远星球的天候地貌，而是我们自己的内心世界。它不深奥，也不复杂，同样要遵从科学规律。就拿篡改记忆来说，只有当记忆久远或者记忆不清晰时，才有可乘之机，你对今天那顿难吃早餐的记忆，神仙也改变不了。"

曹元明说："你能不能向我的同事们解释一下篡改记忆和心理暗示？这些是解析案情的关键。"

沈辞云沉吟了一下，说："如果他们有时间，我可以用心理实验的方式形象地解释。"

寂静的夜晚，两人并肩行走，谈谈说说，呼吸着秋夜的空气，就像沐浴在清凉的水流之中，月光下的断头河像条闪耀着鳞片光芒的青色长龙，茂密的树林和灌木林飘荡着淡淡的果实气息，让曹元明心情格外踏实舒畅，感到漫长的道路似乎一下子就走到了头。

两人来到了沈辞云的住所，她这段时间住在二十多年前她家的老房子里，这栋老房子一直没有卖掉。门外的小花园拾掇得干干净净，门口有一棵银杏树。曹元明记得这棵银杏还是在沈辞云很小的时候他带着她一起种下的，两人经常去给小树浇水，如今已是雄伟挺拔、枝繁叶茂，树上结了累累果实，随着一场隔夜秋雨带来的寒意，金黄的银杏叶洒满地面。他站在树下，想起往事，怔怔出神。

沈辞云问："你怎么了？"

曹元明轻轻抚摸树干，说："我在元宝酒店门口第一眼看到你时，就有一种似曾相识的感觉，你仿佛从我的梦中走来，从此就像谜一样留在了我的心里。”

沈辞云说：“现在我就站在你面前，这不是梦。”

曹元明心想：“可是你身上还有很多谜……你愿意和我一起回到过去重新成为小静吗？”

沈辞云含笑着问：“你还有什么话吗？我可是很困了。”

曹元明摇了摇头，道了晚安后离去。

曹元明回到河山市，找到臧进荣，谈到了对顾昱和马修斯之死的意见——两人死于可以在无形中置人于死地、杀人不见血的心理操控。

臧进荣听完说：“这些都是纯粹的推理，并没有实据，而且这些推理也只是沈博士的一家之言。”他沉吟了一下，“我想当面会会她，看她怎么现身说法。”

曹元明说：“我也是这个想法。”

这天，在刑侦支队一个小会议室里，坐着十名观众，他们都是年轻的刑警，臧进荣担任裁判，黄利平也赶来观看。

在黄利平的不断追问下，曹元明将玉川酒店顾昱和马修斯的离奇死亡、埋甲山隧道父亲离奇失踪等案子的大致情况告诉了他，并请教了他对案情的看法。黄利平听到“梦境孵化”“SHADOW”“心理暗示”“记忆篡改”这些概念时，感到不可思议，因此这次一定要亲自见识一番。

沈辞云播放了一段视频录像，说：“这是监控摄像头记录下发生在 A 国某市的一起真实的刑事案件。我只播放一遍，请仔细观看。”

视频中，一个男青年持枪闯入一家珠宝店，打破橱窗，抢走了许多珠宝，店老板开了枪，男青年慌忙夺路而逃，但刚冲出店门口，就被一辆飞驰而过的汽车撞倒。

视频很短，不过三分钟。沈辞云关掉录像，让十名年轻警察两人一组分成五个小组，以组为单位上交一份案情回顾报告，报告越详细越好，每个小组待在一个房间，组内成员可以讨论，但组与组之间不得串通。他们在写报告时，沈辞云分别进入每个房间，就案情细节进行一些启发性的提示，比如：店内有几个顾客？男青年戴的围巾是什么颜色？他砸碎了几扇橱窗？店主和男青年谁先开枪？谁开了最后一枪？店门口是否有斑马线？红绿灯亮的是红灯还是绿灯？等等。

五份报告上交后，臧进荣吃了一惊，因为找不到两份一致的报告，许多细节描述甚至是截然相反的。

沈辞云以慢镜头重新播放了录像，五份报告中，没有一份细节描述完全正确，有的报告更像是在描述另一起不同的案件。

所有的人都惊呆了。

沈辞云说："我想，作为警察，你们对案件细节的记忆比没有受过训练的普通人要强得多，这个案件的场景并不复杂，而且在看完录像后立即开始回忆，但就在这种有利条件下，你们的记忆仍然出现了很大的偏差。这是为什么？是因为我在给你们提示时，用心理暗示的方式扭曲了你们的记忆。比如说，我问你们，男青年的围巾是什么颜色？给出的暗示是，他戴了围巾，而实际上他根本没有戴。人的记忆力不能像摄像机那样完整、客观地记录下所有发生的事，对于一件事某些部分的记忆丢失，会发生在所有人的身上。记忆不是静态的、固定的，而是相互关联的抽象框架，对于这些缺失的记忆部分，大脑会在回忆时进行不自觉的修正和重建，在这个过程中很容易被心理暗示左右，而且你压根儿不会意识到。越是久远的事物，你回忆的次数越多，修正和重建的次数就越多，记忆和事实的偏差可能越明显，甚至出现完全虚构的记忆。”

高航说：“如果人的记忆力真那么不可靠，那我们搜集目击证词还有什么意义呢？”

沈辞云说：“我没有否定目击证词的重要性，但是，对犯罪的判定除了目击证词还需要其他证据才能保证审判的公正性。在A国，由于目击证词会受到环境干扰和人为干预，如何获得可靠的目击证词，一直是警方亟须解决的课题。”

臧进荣说：“刚才的实验样本数太少，这会不会是一个特例？”

沈辞云说：“十个人还不够多吗？好吧，那请看下面这段录像，催眠师是怎么通过心理暗示（催眠）改变大量旁观者对同一件事情的记忆的。”

她播放了一段心理学实验录像。这次是她和几位心理学家在A国的街上随机采访过往人群，说出一个根本就不存在的旅游景点，问受访者是否去过。在采访者不断的心理暗示下，令人惊奇的事情发生了：大部分的受访者最后都承认自己去过那个景点，而且其中绝大多数的人都认为，自己是很小的时候去的。

沈辞云说：“在这个街头的心理实验中，在心理暗示下，你的潜意识接受了‘我曾去过’的信号，并会根据经验产生一些虚假信息，这些信息渗入意识，就会欺骗我们自己。心理暗示在唤起你潜意识的同时，意识的执行能力会大大减弱，意识的监督也会完全不起作用，所以，你丝毫意识不到这是欺骗。为了让我们相信一切都是真的，潜意识还会制造出更多的虚假信息来完善这种欺骗。从心理学来说，这就是意识的‘补偿反馈机制’，也就是潜意识对意识的欺骗，心理咨询师大部分无察觉的催眠，就是通过这种手段进行的，甚至可以通过引导使人产生幻视或幻听。”

臧进荣等人都惊呆了。他们不得不接受一个颠覆性的结论：人的记忆力是非常不可靠的，可以通过心理暗示进行扭曲、篡改和虚构！

黄利平坐在后排，阴沉着脸，一直没有说话。他感到有一条吐着信子的毒蛇爬进了内心。

实验结束，臧进荣、曹元明和沈辞云来到办公室。

臧进荣说：“假如心理暗示改变了顾昱的记忆，那么，心理暗示又是如何杀害马修斯的呢？”

曹元明说：“沈辞云说过，心理暗示可以‘无中生有’，导致人死亡。”他举了工人冷库冻死和电工触电身亡这两个例子。

臧进荣对沈辞云说：“这些案例都不具有代表性和说服力，不能作为证据链的一环采用。”

沈辞云说：“我并没有说这是证据，只是基于心理学上的一种推测。”

臧进荣说：“这样吧，你能不能现在就在我身上做个实验，用催眠……也就是心理暗示来改变我身上的生理状态，看看有没有你说的那么神奇。”

曹元明一怔：“这里？不合适吧？”

臧进荣说：“否则我怎么相信？”

沈辞云笑着说：“不是每一个人都容易催眠的，有百分之二十的人无论用哪种方法都很难催眠。再说我也不敢拿您做实验，万一有什么意外，我和曹元明可就吃不了兜着走啦。”

臧进荣说：“没那么夸张，你尽管往我身上招呼吧，我不亲身感受一下，总是不放心。”

沈辞云观察了一下臧进荣的办公桌，见上面除了办公用品，还摆放着一个“络活喜”药瓶，问：“您有高血压？”

臧进荣说：“是啊，刑警是一惊一乍的工作，案子说来就来了，这没头绪，破不了，上面再压得紧点儿，着急上火；这好不容易有了线索，追查下去，短则三五天，长则三五个月，累个够呛；案子破了要喝庆功酒，协调各方关系打开局面都得酒开路，五脏六腑受得了吗？比酒更伤身的是缺觉，干我们这行的哪有够睡的，熬夜，熬的就是心血，没烟顶不住。又是烟又是酒，还没得睡，这体格能好吗？”他从抽屉里取出一个电子血压计，一量：“哟，血压的高压有160mmHg，怪不得我觉得太阳穴发涨头发晕，该吃药了。”

沈辞云说：“先不忙吃药，你先坐下，好好听我的话……好，请闭上眼，全身放松，忘掉一切案件和烦恼，无忧无虑地享受着轻松感和美妙感……很好，你的心情很平静，你头部、颈部的肌肉已经完全放松了，你能体验到这种轻松、舒适的感受……请注意，你头部的血管已经放松了，头部有一种轻松感，血液的暖流已经从你的头部慢慢流向颈部，流向你的手心、脚心，你感到全身是那么温暖、轻松和舒适……非常好，你的太阳穴不再发涨，头不再晕了……注意，你的血压已经开始下降了……你的心中充满了平安喜乐，血压已经得到了很好的控制，现在的你，非常舒服，非常放松……”

在沈辞云的示意下，臧进荣睁开了眼，惊讶地发现，血压计上的读数变成了 130mmHg，整整降低了 30mmHg。

曹元明问：“现在相信了吗？”

臧进荣长舒一口气，点了点头：“真有点儿难以置信。”

沈辞云把络活喜递给他，说：“这只是催眠的一个小小功效，不能代替降压药，你的生活习惯和脾气也要改一改。”

臧进荣服下药片，说：“我这臭脾气是改不了了，有些习惯也由不得我，但我现在相信，你从心理学方面提出的那些推断，都是有道理的。”他转头对曹元明说，“你提出请沈辞云作专案特情的建议，我认为可以考虑，我会向组织汇报，尽快走程序。”

沈辞云却摇头：“不，我不同意！”

曹元明和臧进荣都是一怔。曹元明问：“为什么？你不是很关心顾昱和马修斯的死因吗？不想知道真相吗？”

沈辞云说：“如果我想做这个专案特情，老早就答应敖局长了。我做心理咨询师，把来访者当客人一样尊重，当朋友一样理解，发挥我的观察力、想象力、创造力让他们直面自己的内心世界，帮助他们解决问题，是因为这是一门与心灵沟通的艺术，能带来爱和温暖，而不是为了与犯罪打交道。现在做的这些，已经大大违背了我的初衷。”

臧进荣说：“沈博士，实际上你已经在帮助我们做事了，这只是履行一个手续而已。你说违背初衷，那当初为什么又要做这些事呢？”

沈辞云说：“我说了，为了爱和温暖。”

臧进荣一脸懵圈，曹元明却是心中一暖：“她是为了我。”

曹元明送沈辞云离开公安局。

曹元明说：“你还会继续帮我找回 Field（场景记忆），是吧？”

沈辞云说：“我们拉过钩的，我可不像你那么会耍赖。”

曹元明说：“是的，是的。可是，我感到‘梦境孵化’到了一个瓶颈。你说过，Field 需要的信息量很大，但我们能找到的只是一些碎片，要完整连贯起来太难了。”

“场景再现不一定要在梦境中完成。”

“你的意思是……”

“我说过，最真实的梦境，就是现实！再真实的模拟，也比不过真实本身！”

“也就是说，我们可以用现实的场景将记忆缺失的部分补充起来，把这些记忆碎片粘贴起来，还原成一幅完整的画面？”

“你的脑筋转得不慢。”

“那么，我们如何把现实场景融入‘梦境孵化’之中？”

“你等我的消息，我想好了会约你再去埋甲山隧道。”

“好的，好的。”曹元明连连点头，欲言又止。

沈辞云说：“你是不是还想劝我做你们的专案特情？我不想重复回答。”

曹元明说：“你如果能答应，对我们如有神助。”

沈辞云秀眉微蹙：“别把我想得那么神，你曾经是那么出色的刑警，鬼神挡道也要勇往直前，怎么现在变得神神叨叨？”

曹元明说：“我的什么想法都瞒不了你。在康宁医院你让我猜扑克牌，一下就猜中了我选梅花Q，其实我只是随便选的，连我自己都不知道该选哪张。就像你说的那样，我自己的意识还没有跟上潜意识的时候，潜意识已经被你识破了。”

沈辞云莞尔一笑：“那只是一个小魔术，别当真。”

曹元明惊讶地说：“魔术？”

“对，不管你选的是哪一张Q，都只有四种选择，我事先只要做好四张空白牌放在不同的地方就可以了。这个小魔术只是为了在你面前树立起心理咨询的信心而已。”

曹元明一怔，“哈哈”大笑。

沈辞云瞪了他一眼，他赶紧收敛笑容。

黄利平走了过来，对沈辞云说：“沈博士，我想占用您一点时间，可以预约心理咨询吗？五年前的一桩案子，至今还在我心底里留有阴影，我想请你帮我回忆一下当时的真实情景。”

唐媛媛听说曹元明回市局，想去找他，却看到这一幕，心里很不是滋味，一个人坐在办公室生闷气。

这时，娄昆进来了，亲切地问她：“媛媛，嘴巴噘得老高，可以挂油瓶了，谁惹你不高兴了？”

唐媛媛说：“还不是那个故作神秘的美女博士沈辞云？她今天跑到刑侦支队耍把戏、出风头，哄得一群人围着她转，臧局还说要请她作‘6.19’的专案特情呢！”

娄昆坐下，跷起二郎腿：“乱弹琴！沈辞云长期生活在国外，背景复杂，她的很多情况我们都没掌握，怎能让她介入保密级别这么高的重要案件？”

唐媛媛小嘴一撇：“你没看到曹元明对这个女人唯命是从的模样，他什么时候变这么磕碜了？”

娄昆开导她：“你呀，不要太小家子气，有些事情要讲缘分，不能强求。”

唐媛媛说：“我就是气不过她那副故作高贵冷艳的模样，摆什么谱！”

娄昆说：“别这么说，她倒还真有点儿来头，她是敖局长的外甥女，这下你明白了吗？”

唐媛媛一怔：“原来如此，那曹元明……”

娄昆说：“元明还不知道这层关系，一直蒙在鼓里，他的性子我是知道的，不会拍马屁，他完全是被迷住了。”

唐媛媛问：“那我们怎么办？”

娄昆说：“沈辞云很特别，我很想了解一下，你能帮我引荐吗？”

唐媛媛说：“啊，她刚刚离开不久。”

娄昆说：“不，最好是一个私人的场合。”

夜幕下，西市街一间茶室里，在唐媛媛的介绍下，娄昆和沈辞云见了面。娄昆先是寒暄和恭维了一番，对沈辞云参与办案表现出热情，希望沈辞云分享她的心理学专业知识。沈辞云的态度不亢不卑，不冷不热。当娄昆问起她对马修斯之死的看法时，她很干脆地回答说：“对此没有兴趣。”

谈话很快结束。望着沈辞云远去，娄昆对唐媛媛说："这个女子值得我们注意。"

沈辞云出门时，一路跟踪唐媛媛而来的黄利平看了一下手表，从时间上看，这次谈话不会有任何成果。

娄昆出门时，身藏暗处的黄利平做了一个手枪的手势，对准他轻轻地吐出一个字"啪"。

唐媛媛接到黄利平的电话，约她晚上在"立春"饭店见面。

黄利平再次提起了马修斯的死因，要一份真实的尸体解剖报告，唐媛媛不想搭理他，转身就要离开。

黄利平不紧不慢地跟在后面说："我并不是对你或者对你表哥不敬，这不是你们的错，而是凶手太狡猾，马修斯的死因非常特别，正是这种特别让我怀疑沈辞云就是凶手！"

唐媛媛站住了。

黄利平知道这话产生了效果，继续说："首先沈辞云是有这个动机的。马修斯和沈辞云原来就是男女朋友关系，曹元明出现后，沈辞云马上就移情别恋了。马修斯当然不甘心，一直希望沈辞云和他重归旧好。但沈辞云的个性很强，说一不二，心肠狠辣，为了摆脱马修斯的苦苦纠缠，采用了一种非常隐蔽和特别的手法杀死了他，结束了这段三角恋情。"

唐媛媛问："这些你怎么知道？"

"别忘了，我和马修斯还有曹元明，都是好朋友。"

"光说动机有什么用？我不信沈辞云会有这么狠毒，

有这么大胆。”

黄利平说：“你太天真了！你整天和尸体打交道，不知人心险恶，正因为她自以为杀人的手法不露丝毫痕迹，警方找不到证据，才敢下这种毒手。”他接着从心理学上分析了沈辞云作案的独特手法，指出马修斯是死于强烈的心理暗示。

这些专业的分析，其实是曹元明告诉黄利平的，但唐媛媛是头一次听到，惊讶得连嘴都合不拢：“马修斯自己就是心理学高手，怎么会被心理暗示杀死？”

“这就叫‘以彼之道还施彼身’，这样才能出其不意，一击致命！”

“那杀死马修斯的人也是心理学高手？”

“对，所以你想，从作案的动机和手法看，除了沈辞云还能有谁？”

唐媛媛无力地坐在长椅上，不知是因为夜风寒冷还是黄利平的冷酷分析，她不禁打了个寒战。

黄利平说：“如果不是她内心有鬼，为什么拒绝与警方合作？还有一点你想到没有，顾昱跳楼时，她为什么正好出现？为什么她一出现，元明就被抓走了？顾昱涉嫌的泄密案，有A国的背景，沈辞云就是刚从A国回来，这里面难道全是巧合？”

唐媛媛把黄利平的话从头到尾想了一遍，说：“你的分析确实有道理，但是这都是推理，没有证据。”

黄利平说：“所以我来找你啊！我们必须抓住她作案的证据。你只要帮我写一份马修斯尸检报告就可以了，把你看到的真实情况完完全全写出来，从此入手可以推断凶手具体的作案手法。”

唐媛媛说：“报告早就有了，你可以通过正常渠道向局里申请。”

黄利平说：“你心里很清楚，那份报告不完全真实。现在公安内部对此案的阻碍很大，我们只能走非常途径。”他还提醒了一句，“人多嘴杂，这事不能让其他人知道，包括娄局和元明。”

唐媛媛还在犹豫，黄利平说：“元明太善良了，他被这个阴险的女人迷住了，没有意识到危险就在身边，我怎么劝他都不听，劝多了，他反而有逆反心理。”

唐媛媛悚然，问：“你是说，她会去害曹元明？”

“沈辞云今天能杀马修斯，明天如果移情别恋，难道不会害元明？元明救过你，现在轮到我们救他。”黄利平说，“你还记得胡小江吧？别忘了，我也帮过你们。”

黄利平说：“你知道的，我国司法对正当防卫的认定条件非常严格，一百起中能认定的不到五起。按法律来说，元明夺下胡小江的刀的行为是正当防卫，但将刀抢在自己的手里而胡小江赤手空拳的情况下，明知向他的身体要害部位连刺数刀的行为会超过防卫的必要限度，可能造成伤残或死亡，但却放任这种结果的发生。因此，元明的行为属于间接故意，构成故意伤害罪，只是应当减轻处罚。还好，那天接警的人是我，是我帮你们修改了口供，这才有了正当防卫的判决。”

唐媛媛沉默不语。

黄利平眼光闪过一丝狡猾，说：“当时你吓蒙了，说什么情况都不记得，但现场勘查是我做的，什么都瞒不了我。

元明很仗义，为了保护你大包大揽，其实……”他压低了嗓音，“捅死了胡小江的不是他，而是你，对吗？”

唐媛媛惊叫：“不，不是！你在胡说！”

黄利平说：“别怕，事情都过去了。如果我当时把这个事实说出去，你这个故意伤害罪可是免不了，你这如花一般的岁月，可就要在监狱里度过了。”

唐媛媛连连摇头：“你疯了！”

黄利平说：“当时发生的一切你都忘记了，但我会帮你还原这段记忆。你要是相信我，就跟我来。”

“立春”饭店旁边就是一间出租屋，黄利平带唐媛媛进去，里面很安静，陈设器物大致都是当年胡小江被杀时唐媛媛家里的模样。唐媛媛一进门，睹物思旧，就感到胸闷头晕。

黄利平让唐媛媛坐在椅子上，关掉电灯，打开一只打火机，手指搓动开关，黑暗中一缕幽绿的火焰“蓬”地点燃，耀眼的火光让她不由自主闭上眼。只听黄利平低沉浑厚的嗓音响起:“看着这团火焰，想象一下，你被温暖的阳光笼罩着，空气清新、干燥，四周静悄悄的，所有的一切都是静止的、安静的，你能听到自己的心跳，自己的呼吸，甚至自己的思想。你不用睁开眼，也能感受到周围的一切……好了，现在回到了五年前，你回家了，打开门……胡小江跟着进来了，他手里拿着一把刀……这把刀你很熟悉，很熟悉……”

唐媛媛进入了催眠状态，回忆起了五年前那桩发生在眼前的血案，并在黄利平一步一步地诱导下，她“看到了”这样一幕：曹元明和胡小江扭打在一起，刀子掉落在地，她拾起刀子，猛力地一刀又一刀捅进了胡小江的身体……

唐媛媛从噩梦般的回忆中惊醒，她脸色苍白，眼神中充满了惊惶。

黄利平知道，对于唐媛媛这种心思敏感而且依赖性比较强的女子，催眠很容易奏效，似笑非笑地望着她："怎么样，记起来了吧？"

唐媛媛几乎是瘫在椅子上，点了点头。

黄利平说："你放心，我当时为你保守了这个秘密，就会一直保密下去。我跟你提起这事，是为了说明一点：元明看似沉稳，有时却会冲动，而且太重感情，太讲义气。我最担心的就是有人会利用这一点给他设套。他现在被沈辞云迷住了，对她毫不设防，这是很危险的。元明对你那么好，为了你可以承担防卫过当的严重后果，你难道眼睁睁看着他身陷危险吗？只有找到沈辞云的犯罪证据，我们才能唤醒元明！"

唐媛媛终于答应了，只有这样曹元明才会摆脱危险，回到她的身边。

唐媛媛走后，黄利平从烟盒里抽出一支烟，却迟迟没有点上。他的计策成功了，这再次证明了沈辞云关于心理暗示可以篡改记忆的观点是对的，但他却没有丝毫喜悦之情，有的只是被愚弄的愤怒和仇恨——同样是在五年前，发生在港口区那起误伤人质的枪战情景又一次浮现在脑海，当时情况很混乱，在马修斯的催眠下，他最终承认那误伤的一枪是自己打的，由于人质的特殊身份，他被开除出了公安队伍，而娄昆则平步青云，今年差点儿就要当上公安局一把手。但是，他多年来一直压抑在内心深处的潜意识却被沈辞云的心理实验唤醒了，在心理咨询时，沈辞云运用SHADOW让他清晰地记起：那误伤的一枪，实际上是娄昆打的！

黄利平捏扁了手里的烟盒，低声诅咒："你们这群混蛋、骗子，我要让你们知道愚弄我的下场！"

曹元明和沈辞云相约，再次来到了埋甲山隧道，在白天进行了实地场景回忆，并没有什么新的收获。

他们往回走，路过山脚下松树峪时，沈辞云指着祝老太太的小店说："我们去那里吃豆腐羹吧。"

曹元明说："我前不久吃过，还是当年的味道。"

"我记得你最爱吃香菇豆腐羹。"

"你最爱吃的是肉末豆腐羹。"

两人相视一笑，进了小店。由于施工队撤走，小店很冷清，偶尔有人进来买东西，但没有人吃饭。两人在窗边就座。

曹元明说："事发时间应该是傍晚，我们等晚上再来。"

沈辞云说："你回忆进入隧道时，出现了两种感觉，一个是刺眼的白光，一个是奇怪的声音，这对Field来说是两个很重要的提示，必须得到再现。"

曹元明问："如何再现？我们还不知道这两种异样的感觉来源于何处。"

沈辞云说："你的梦境中不是有雷雨吗？"

曹元明问："你会在VR场景中还原那天的雷雨天气？"

沈辞云想了想，说："不，用更直接的方法！天气预报说明天要下雷雨了，等雷雨开始时，我们再来。"

祝老太太一瘸一拐端上豆腐羹，问沈辞云："小静，往年都是你一个人来，这次怎么是两个人？”

沈辞云指着曹元明，笑问：“祝阿婶，你还认得他吗？”

祝老太太仔细端详了一下曹元明，吃惊地说：“他……就是你每年都来等的明明？”

曹元明说：“对，我就是当年和小静一起玩的明明。”

“哎哟。”祝老太太手一抖，手里的豆腐羹泼洒出少许，流到了曹元明肩头。她手忙脚乱拿来抹布：“对不住，对不住。”

曹元明接过抹布自己擦拭：“不碍事。”

祝老太太说：“我去给你再盛一碗。”转身走进厨房，只见她衣袖微微抖动，显然十分激动。

沈辞云低声说：“祝阿婶见到你有些反常，你以前调皮捣蛋，在这里做过坏事么？”

曹元明低声说：“怎么会？”笑着说，“原来你每年都在这里等我这个捣蛋鬼。”

沈辞云瞪了他一眼：“不许提这个，吃饭！”

翌日傍晚，乌云压顶，电闪雷鸣，曹元明和沈辞云再次前往埋甲山隧道，这正是他们期盼的气象条件。这个时节雷雨天就要绝迹了，不能错过每一次机会。

两人经过断头河和松树峪，来到埋甲山的山脚。一阵狂风卷来，尘土落叶飞扬，紧接着黄豆大的雨点“噼里啪啦”落到地上，溅起团团土腥味。两人加快了脚步，快到隧道口时，山岗上突然滚下一块巨石。沈辞云走在前面，被雨水打湿的头发挡着了眼睛，黑暗中巨石“隆隆”狂奔，来势极猛，她还来不及反应，眼看就要砸到身上！曹元明奋不顾身地推开她，自己跟着往旁边一闪。沈辞云安全了，他的肩头却被巨石擦伤，倒在泥水里。

沈辞云一声惊叫，赶紧去搀扶曹元明。曹元明看到山岗上似乎有人影一闪，不顾伤势，打着手电就要冲上山岗，山下却传来一位老人急促的呼救声。沈辞云说：“是祝阿婶！”两人赶紧奔下山，发现祝老太太躺在山脚下，腿上鲜血淋漓。

祝老太太一把死死拽住曹元明，说：“我被石头磕了一跤，痛死了，走不了路了，行行好，送我去医院吧。”她全身颤抖，头发散乱，满脸乞求之色。

沈辞云对曹元明说：“你去山岗上，我送祝阿婶去医院。”

曹元明看了一下高高的山岗，漆黑一团，知道抓人的时机已经错过，担心沈辞云一人会有危险，说：“我跟你一起去。”

曹元明和沈辞云把祝老太太送到镇上的卫生院，拍了片子，没有伤着骨头，只是皮肉外伤。

曹元明问：“祝阿婶，这么晚了，下着大雨，你往山上跑干什么？”

祝老太太脸色苍白，语无伦次：“我……我就是害怕打雷下雨……害怕又发大水，想去高处……”

沈辞云请医生给曹元明检查肩头的伤势，医生让他去拍个片子，曹元明活动了一下肩膀，说：“没事，就是擦破点儿皮。今天赶时间，我们得走了。”

曹元明和沈辞云离开卫生院，返回埋甲山。整座大山死一般寂静，只有天际的雷雨声，一个人影都没有。

曹元明来到山岗上，发现巨石是被人推下来的。这块石头原来就突兀在路边，根基已经被挖松了，本来上面还绕着几根粗大的藤条，也被割断了。这个人走的是背向隧道的一道缓坡，他显然非常熟悉周围环境，而且有一定反侦查经验，一直是踩在草上行走的，一路上都没有留下清晰的足迹。

坡下就是断头河，曹元明打着手电筒耐心寻找，终于在河边一处裸露的沙地上发现了一枚脚印，看来那个人是从这里涉水过河了。下雨后河水不断上涨，眼看这枚仅存的脚印就要被水淹没，他赶紧用手机拍照，由于没带尺子，他将一枚一元硬币放在脚印边作为比照，用手机上的画图软件测量了脚印的尺寸。

雨一直下，两人全身都湿透了，清澈的河水变成了一股浑浊的洪流。曹元明拉着沈辞云回到山上，钻进隧道里避雨。他说："从脚印上看，推石头的人，和我父亲忌日那晚出现在隧道里的人，可能是同一个人。"

沈辞云问："你有把握吗？"

曹元明说："当时提取了石膏脚印，但后来翻车，石膏脚印破碎了。我只是凭印象画了脚印的草图，跟这个脚印的尺寸和步幅特征都很相似，但因为没有留下原始的物证，所以不能完全肯定。我想起你曾经分析过某种可能：杀害我父亲的凶手脑子里也藏着一个噩梦，在我父亲忌日这个特殊时刻，在潜意识驱动下返回了当年的现场。因此，从犯罪逻辑上来说，这两个脚印来自同一人是可以解释的：他从心底里害怕我们找到真相，想尽一切办法阻止我们！"

沈辞云轻声说："想阻止我们的人可不少。"

曹元明说："是的，我们必须打起十二分的精神来。今天的事情太危险了，从现在开始，你不能离开我。"

沈辞云脸一红，说："你有没有发现祝阿婶很反常？"

曹元明说："是的。我父亲忌日那天晚上，她的小店门口好像在烧什么东西。今天如果不是她喊救命，也许我们就能逮住那个推石头的人。我在山脚下的泥地上发现了许多脚印，右脚浅，左脚深，一看就是她的脚印，因为她右腿瘸了。这些脚印散乱没有方向，显然她一直徘徊在山脚下。"

沈辞云说："她知道你是当年的明明后，非常紧张。"

曹元明"嗯"了一声："她和这个推石头的人，很可能认识。"他环顾了一下漆黑的隧道，"对方下手了，说明我们来对地方了。"

话音未落，一个惊雷炸响了，接着是两个、三个，这是非常罕见的连环落地雷，两人的耳膜被震得"嗡嗡"作响。等耳朵里的"嗡嗡"声退去后，突然之间，一种奇怪的声音传来，像是很遥远，又像发生在近前，在整个隧道里回荡着，

曹元明激动地喊了起来："对！噩梦里出现的就是这个奇怪的声音，就是这个声音！"

第十三章　最熟悉的陌生人

这声音在隧道内形成回声，开始模糊不清，接着越来越响，能听清是人喧马嘶，喊杀声、惨叫声、兵器磕碰声响成一片，像是两支大军在厮杀！

曹元明喃喃地说："皇天不负有心人，终于等到它了！真是太神奇了，它是怎么出现的？"

沈辞云也是又惊又喜，凝听一会儿，说："这是大自然几百年前的录音！雷电产生磁场，将某一个时刻的声音记录下来，就像录音机一样的原理，然后每当出现与当时条件相同的情况，这段声音便会不断地重复。法国、土耳其，还有中国的山海关、玉门关都有这样会录音的磁山。"

两人都想起了那个故老相传的古代故事：一支军队经过埋甲山时遭到敌军合围，一夜之间全军覆灭。落地惊雷，大雨滂沱，闪电之下，只见横尸遍野，血流成河……那场残酷的战斗，肯定发生在和今天一样的天气里！

沈辞云打开了录音设备，将这罕见的自然现象录了下来。三段隧道里，只有头一段有这种声响，毫无疑问，这才是当年曹炳生遇害的地点。

曹元明眼前迸发出耀眼的白光，这是沈辞云用闪光灯模拟了他噩梦中的白光，同时伴随着放大音量的混战声音。这些就像刺穿黑夜的光芒，一下子照亮了他大脑深处的噩梦！

沈辞云让曹元明靠着隧道壁坐下，开始了催眠。她的声音轻柔却富有感染力："我知道，你想起来！我们已经回到了二十年前，我们就在现场，告诉我，你都看到了什么？"

曹元明喃喃地说："是的，我看到了……凶手有两个人……"

在梦境中，二十年的那一幕终于以曹元明的第一人称视角连贯地再现：

吉普车从五八六厂医院开出，顺着盘山公路一直开到埋甲山的隧道口。

风雨交加，电闪雷鸣。他发着高烧，全身无力，躺在后座上，透过车窗看见山坡上站着一个人，但面目看不清……是的，太远了，下着雨，车子开得又快，确实看不清……

汽车刚进入隧道，忽然车内一声闷响，闪起一片白光……不，是火光，还有烧焦的气息，像是爆炸，就发生在驾驶座边上……父亲惨叫一声，汽车失控撞上了隧道，他的头也撞在座位上，一阵迷糊……这时，一个人影出现在车灯前，因为背光，看不清面目……那个人向父亲招手，父亲痛苦地蹲在地上，眼睛已经看不见了，问什么人？那个人说，别怕，我来帮助你……父亲问你怎么在这里？看来他们是认识的……那个人走到父亲身前，突然用一根棒子狠狠敲在父亲头上，父亲闷哼一声倒在地上，那个人抡起棒子再打，父亲突然奋力而起，一把抓住他，两人滚倒在地，拼死搏斗……这时，另一个人影悄然从车后走了出来，手里举起了一把榔头，照着父亲后脑勺狠狠砸下，传来了骨头碎裂的声音……他当时本来就烧得迷迷糊糊，看到这一幕更是吓傻了，想张嘴呼救，却什么声音也发不出，像被施了定身法，一动也不能动……那两个人影还在砸父亲，父亲已经一动不动了……他努力地挪动身体，想爬下车去救父亲，但就像被恶鬼压身，只有一只手能动，手里的不倒翁掉出了车子，跌落到地上不停晃动……突然，一只沾着鲜血的脚踩住了不倒翁……

曹元明的 Field 里仍有很多关键的细节不清楚，在沈辞云的精心引导下，那些包绕着噩梦的迷雾就像阳光下的积雪开始消融，隐藏着的暗影随之变得清晰、立体起来：

踩住不倒翁的，是头一个用棒子敲倒父亲的人，脚上穿的是打了补丁的球鞋，看来年纪比较轻。另一个从车后走出的人影，就是那个站在山坡上的人影，这个人俯身试探父亲的鼻息，确定他断了气，然后走过来打开车门，对那个年轻人说："还有一个人。"

年轻人说："那只是个孩子。"

那个人冷酷地说："你忍心让他们父子分离吗？"

隧道里太黑暗，两个人的面目都看不清。他恐惧地闭上了眼。

这时，天际处传来天崩地裂的巨响。

年轻人惊惶地说："泥石流，隧道要塌方了！"

年长者冷冷地说："天助我也！这里的一切都将永远地抹去。"

隧道里响起了千军万马的厮杀声，年轻人又颤抖着说了一句："过阴兵了，好多好多人都死在这里，今天又是一个。"

年长者说了一句话……

曹元明回忆到这里顿了一下。

沈辞云问："他说了什么？"

曹元明回想了一下，说："那句话是……'上帝与我们同在，会站在我们这一边。'"

沈辞云仿佛被电流击中了一样，呼吸变得急促起来，她的身体摇摇欲坠，无力地扶着隧道壁。

催眠中的曹元明听不到她的声音，睁开眼睛，这才发现沈辞云情况不对，赶紧扶着她问："你怎么了？身子不舒服吗？"

沈辞云虚弱地说："我的头很疼。"

曹元明问："你的脸色很难看，怎么一点血色都没有，是不是你刚才受伤了不跟我说？要不要去医院检查一下？"

沈辞云摇了摇头说："不，送我回家……"

隧道噩梦的还原取得了突破性进展，但沈辞云意外地出现了身体不适，曹元明只得中断回忆，将她送回老厂区的家里休息。沈辞云关上门的一刹那，他忽然感到一阵莫名的失落感，似乎这扇门不会再打开了。他在门外悄立片刻，觉得自己是不是想多了，默默地转身离开。

黎明时，祝老太太腿缠绷带，一瘸一拐回到了松树峪的小店里，她关紧店门，来到里屋的观音佛龛前跪下，手持佛珠，念念有词，脸上肌肉不住地抖动。

翌日清晨雨停了，曹元明不放心，去敲沈辞云家的门，但无人应门。他心想，她昨晚脸色很不好，多休息一会儿也好，便往埋甲山而去，想继续勘查山岗滚石现场，看看白天能不能发现新的线索。这时，唐媛媛打来电话问：“你在哪儿？”曹元明说：“我在老家春岭，上次你来过的地方。”

曹元明在埋甲山一带转悠了一圈，没发现有价值的东西。他抬头望着远处的元宝台，想起二十年前上面一块大石头也是忽然坠落……他心中一动，登上了藤枝蔓蔓的元宝台，上面空荡荡的，眼前不禁浮现出四个小伙伴在上面过家家的欢乐场景，一切仿佛就发生在昨天那般鲜活，可一瞬间欢声笑语便烟消云散……

元宝台上建起了一道围栏，竖着一块告示牌，写着：“危险，严禁攀爬！”曹元明记得，自从顾滢从这里掉下去后，这块告示牌就立下了，这么多年下来，告示牌上的字迹仍然清晰，看来管理部门会定期维护更换。

曹元明仔细观察元宝台，这座突出的山崖形成了埋甲山的一道自然奇观，历经岁月沧桑，风吹雨打，山崖的风化已经很严重了，基底石头已经开裂，有些地方好在有藤枝紧紧缠绕，但只要割断几根藤条，这些部分是很容易松动掉下去的。听说埋甲山旅游开发区筹管会正在组织专家商讨人工加固的方案。

二十年前的那起不幸的坠石事件，会不会和这次山岗上的滚石一样，也是人为的？

这个念头让曹元明心中一紧。

从犯罪的心理惯性来说，如果此前的作案一直没有被发现、没有得到惩处，犯罪者很可能会重复运用同样的作案手法。

他想去找沈辞云，请她分析。

曹元明经过隧道口时，唐媛媛赶到了。她得知曹元明昨晚和沈辞云在一起，说：“你要当心，这个女人很阴险，她可能就是杀马修斯的凶手，跟顾昱的死也有关系，已经在调查她了。”

曹元明斥责：“乱嚼舌头，胡说八道！当警察这么久了，还学不会慎言慎行？”

唐媛媛气愤地说：“没想到你为了这个女人居然会这么骂我！欧阳绚的事，你开始也不信，结果呢？我都是为你好！你要是跟沈辞云有什么瓜葛，到时连你自己也洗不清，你和她到此为止吧！”

曹元明又气又好笑：“你从哪里听来的流言蜚语？”

唐媛媛说：“你这几个月来都不在刑侦支队了，局里的情况是你了解还是我了解？别忘了，娄局可是我的大表哥。这种事情没根没据，我会跟你胡说？你不要被这个狐狸精的美色所迷，再不悬崖勒马就来不及了！”

曹元明警觉地问：“这些话是娄局跟你说的？”

唐媛媛说：“不是，娄局还想请沈辞云帮助破案呢，可她根本不领情。”

曹元明问：“那究竟是谁跟你说的？”

唐媛媛硬邦邦地顶了一句：“你别管，反正人家有理有据，不是胡说。”

曹元明不屑一顾：“如果她真和马修斯、顾昱的死有关，警方早就采取行动了。”

“所以说你一直被她蒙蔽了。”唐媛媛冷笑一声，“我索性再告诉你一个小秘密，沈辞云是敖局长的外甥女。如果没有这个局长舅舅罩着，她能得意到今天？”

曹元明吃了一惊。

唐媛媛说：“你明明回忆起了与你父亲被害有关的人是敖文年，她却极力替敖文年开脱，你现在知道这是为什么了吧？”

曹元明微一沉吟，立即明白了：“是黄利平告诉你的吧？这个大黄狗，沈辞云刚刚帮他找回一段记忆，他怎么就来这一手？太不地道了！”

唐媛媛说：“大黄是关心你……”

曹元明挥手打断她：“够了，我会找沈辞云和敖局长好好谈一谈。”

他俩在隧道口争执，并没有想到，沈辞云就藏在隧道角落里，这些话都听到了。

沈辞云心思慎密，猜想到了昨晚的作案人可能会以一种特殊的方式返回松树峪，所以曹元明将她送回家后，她不久又出了门，来到了埋甲山脚下。在那里，她看到的一幕果然印证了自己的猜想，但也激活了隐藏内心最深处的那个噩梦！她在山上徘徊良久，情难自禁，柔肠百转，看到曹元明远远而来，一个心碎的念头冒了出来“我再不要见到你”，便躲进了隧道里。

沈辞云病倒了，发起了高热，孤零零地躺在床上，内心承受着一波接一波的激烈撕扯，噩梦像冬眠苏醒的蛇一样噬咬她的心，各种恐怖的幻觉包围了她。她比曹元明更真切地认识到了埋甲山隧道杀人案的真相，但曹元明能得到她的心理疏导，却没有人可以帮她驱散脑海里的恶魔。

她在煎熬中拨通了一个号码，迟迟没有说话。

电话里传来一个略显苍老而又慈祥的声音："小静，是你吗，回家吧。"

沈辞云问："妈妈还好吗？"

对方顿了一下，说："妈妈做了你爱吃的豆腐羹，我们都在等你回来。"

沈辞云泪如泉涌："不，不，妈妈不会回来了……"

"你只是在梦里，闭上眼睡一会儿，醒来后，噩梦就过去了。"

"不，这不是梦，所以我永远也醒不过来。"

"孩子，戴上 VR，我们来下一盘棋吧，看看你的逻辑推理能力怎么样。"

VR 画面中出现了一条清澈的小溪，溪水在石上淙淙而流，水上漂浮着桃花的花瓣，溪流来到了一片开阔平坦的草地，就像大地覆盖上了一块绿色的地毯，草地上放着一副硕大的国际象棋。

沈辞云进入了半梦半醒的催眠状态，与梦中人开始对弈。

"小静，你用的是格林菲尔德防御，放弃了对中心的控制，想靠子力的灵活性和我打游击战，如果走好了，对我中心兵群的压力会非常大，但一步不慎就可能致败……你输了！"

沈辞云喃喃地重复了一句："我输了。"

"你再回忆一下刚才的棋局，还记得吗？你输得莫名其妙，而且也不记得你是怎么输的。"

"我不记得了……"

“这是因为你大脑的背外侧前额叶被抑制了，这说明你仍在梦中，睡吧，孩子，睡吧……”

《舒伯特小夜曲》舒缓的旋律响起，沈辞云昏昏入睡。

大洋彼岸的另一侧，一根手指点开了另一个对话框：“她苏醒了……从棋局看，对抗的潜意识已经很明显了……不，你们不能这么做，我会让她重新入睡。”

曹元明发疯般地到处寻找沈辞云，埋甲山、松树峪、断头河、五八六厂区、康宁医院、“心岸”心理疗养院、“金爵”击剑馆……凡是能想到的地方都找了一遍，到处找不到，却丝毫不敢停下疲惫的脚步，担心她的健康，担心她遇到坏人，不知打了多少电话，发了多少信息，都无音信，沈辞云好似人间蒸发了！她从梦中走来，又似乎从梦中离去，难道这终究是大梦一场？曹元明感到心里空荡荡，这时他才意识到，沈辞云已经成了自己生命里不可或缺的一部分！

唐媛媛把马修斯的尸体解剖报告给了黄利平，说：“你们怀疑马修斯死于过度惊吓，确实有这种可能。”

黄利平点了点头，给了她一个厚厚的信封，说：“这是你的酬劳。”

唐媛媛没收，说：“我是凭良心做事。”

黄利平把信封塞进她的皮包里，说：“这玩意儿比良心更靠得住，收下吧，这是你应得的，你爸不是得了尿毒症等着用钱吗？”

唐媛媛紧张地看了一下四周，还想问曹元明的事情，但黄利平放下信封就走了。

春岭山区有两条山脉，一条是埋甲山，另一条就是鼎岳山。鼎岳山的山势更加险峻，更加荒凉。

鼎岳山一个废弃的矿洞里，黄利平和迟茂财见了面。

黄利平带来了装满烧鸡烤鸭的保温瓶，迟茂财这段时间都是生吃方便面和饼干充饥，见到熟食一阵狼吞虎咽，吃得满嘴冒油连打饱嗝。他问起外面的情况，黄利平说："有什么好问的，满世界的人都在找你，在这里最安全。"

迟茂财问："你什么时候送我走？"

黄利平说："等这阵风头过去再说。"

迟茂财已经在这里躲藏多日，蓬头垢面，浑身长满跳蚤，成天担惊受怕，说："你不是在骗我吧？警察布下天罗地网，我还走得出去？干脆我去自首好了，这日子我实在是熬不下去了。"

黄利平说："放心，我不骗你，确实是时机还不成熟。我干过很多年警察，他们的那一套我都很熟悉。警察的技侦能力并没有你想象的那么强，官方的说法是'技术能力还不能满足一线警察的需要'，他们主要的侦查方法还是靠线人、摄像头和人海战术。新发的案件层出不穷，警方不可能一直高强度专注一个案件，一旦久拖下去，他们倾注的力量会大幅度下降，到那时候，你逃走的机会就来了。"

迟茂财问："敖勇呢？"

黄利平冷笑着说："他没你走运，听信刘万河的话逃到了非洲，一下了飞机就被……"说着做了一个抹脖子的动作。

迟茂财脸上的肌肉一抽："刘万河这个畜生，就想让我们永远闭嘴！”

黄利平说：“他想让你闭嘴，你就得张嘴，这样才能救自己。”

“你问的那些，我都已经告诉你了。”

“我想知道得更详细。”

迟茂财还在犹豫，黄利平打开手机，播放了一段他的儿子在幼儿园玩耍的视频。迟茂财攥着手机，贪婪地看着儿子，眼角泛出了泪花。

黄利平说：“你儿子吉人天相，绑架案大难不死，你要是想见到他，得过眼前这道渡劫，明白吗？”

黄利平走出矿洞，顶着狂乱的山风来到鼎岳山主峰，鸟瞰苍茫大地。他很喜欢这种“会当凌绝顶，一览众山小”的感觉，很快他就要永远离开这个国家，而且不会再回来。

敖文年正在办公，秘书进来报告说：“局长，省纪委有两位同志要找您，就在小会议室等。”

敖文年“噢”了一声：“那就让他们过来吧。”

秘书有些尴尬说：“还是你过去吧。”

敖文年微微一怔，随即明白发生了什么事。他放下手里的工作，摘下老花镜放到桌子上，揉了一下眼睛，站了起来。

小会议室，省纪委的来人向敖文年出示了工作证件和法律文书，说他儿子敖勇涉嫌渎职和受贿，现已畏罪潜逃国外，有人举报，他与这个案子有牵连，让他交出钥匙、通信工具和武器，配合调查。

敖文年平静地说：“敖勇突然失踪，我已经向组织汇报，我有义务配合你们调查。”

敖文年从市局办公大楼被带走，很多人都看到这一幕，人人表情各异。娄昆和臧进荣都注视着这一切。

曹元明本想找敖文年了解沈辞云的情况，刚到大门就见敖文年被簇拥着进了一辆挂着省纪委牌照的汽车，一时惊愕不已。敖文年进入汽车前向他微微一笑。曹元明感到一阵心酸。

俞虹报道了公安局局长敖文年被双规的消息，顿时舆论哗然。

敖文年以配合的姿态向纪委调查人员交代问题。

调查人员说：“现已查明，‘十方’建筑公司在修筑玉川水库大坝时，违规大量使用低标号混凝土和劣质钢筋，是垮塌事故的主要责任方，采购部经理敖勇是主要责任人之一。水坝是市重点工程项目，‘十方’公司成立不过两三年，却能在一众有实力的公司中脱颖而出中标，很不正常，你是否以权谋私参与了这个项目？”

敖文年很肯定地说：“我没有利用职务之便给儿子的公司打招呼开绿灯，更没有从中收受过任何好处。”

“你书房里藏着的那幅郑锦的画，究竟是怎么回事？”

“这个事先我不知情，后来听我爱人说，这幅画是我儿子的一个朋友送来的，是临摹品，价值不过几千人民币，而且已经付过钱了。”

调查人员严肃地说：“经过专家鉴定，那幅画是真迹，市价起码五十万！”

敖文年一时无语。敖勇失踪，已经无法对证。

敖文年接受调查期间，河山市公安局暂由第一副局长娄昆主持工作。

娄昆找臧进荣单独谈话，说：“老敖上任伊始，我就感到他是一个工作认真、待人诚恳、严于律己的好领导，没有想到这么快就栽了跟头，这给我们敲了警钟。据说，老敖麻烦大了，不光是他儿子的事，还可能和其他案子有关。老臧，我们是老朋友、老战友，我不希望你也卷进去。”

臧进荣说：“咱们共事这么多年，彼此都知根知底，有话你就直说。”

“那我就打开天窗说亮话了。我这里有几个问题：第一，马修斯死后，你领着曹元明去查看现场，曹元明并不是办案人员，你为什么这么做？”

“马修斯死因奇特，曹元明在他那儿接受过心理治疗，我想从中找到一些启示和线索。”

“找到了吗？”

臧进荣摇了摇头。

娄昆说：“你这属于擅自主张，违反了侦查纪律。第二，你为什么安排人去监视刘万河？”

臧进荣说：“这是敖局长的布置，并且已经汇报过检察院和政法委。刘万河的‘福万’集团存在严重的违纪违法问题，我们对他的侦查是依法办事。”

“我们接着往下说。顾昱跳楼那天，你带队到元宝酒店的现场，可是却发生了闵宝玉指认曹元明杀人的怪事。”

“你是怀疑我捣鬼吗？”

“闵宝玉供述这是受孙洪的指使，孙洪是你的线人，对吗？”

臧进荣平静地说：“这个我已经和敖局长汇报过。”

娄昆跷起二郎腿：“现在和我谈谈不行吗？”

臧进荣说：“这事以后，我就没再见过孙洪。”

“那你找过他吗？”

“当然找过，没找到。”

娄昆的手指弹着桌沿：“我们从老敖的办公室搜出了孙洪和你来往的举报信和电子物证，但他把这些都私自扣下，隐瞒不报，已经构成违纪，所以……”他往椅子上一靠，“你得把手里的案子都移交一下，等这些事儿查清了再说。你这段时间休假吧。”

臧进荣眼中怒火一闪而过，慢慢站起身来：“好啊，多谢了。平时工作太忙，我最大的愿望是能把手机关掉，找个没人的地方待上三五天，什么也不想，就那么待着喝点小酒吹吹风，想想都美死了。”

黄利平来到地下停车场，正要开门，曹元明出现在眼前。

曹元明脸色严肃，说：“大黄，我们谈一谈。”

黄利平故作惊讶地说：“哥们怎么跑这儿逮我了，有事给个电话呗。”

曹元明脸上毫无笑意：“事情很重要。”

黄利平说：“要不我们去‘立春’，边吃边聊。”

曹元明缓缓摇头：“跟我走！”

曹元明驾车把黄利平拉到郊外的湖滨公园，在一条寂静无人的小路上停了车。

黄利平环顾了一下周围，说：“现在好说了吧？”

曹元明问："你对唐媛媛都说了些什么？"

黄利平还在装糊涂："你这话云里雾里的，什么意思？"

曹元明沉声说："沈辞云失踪了！我到处都找不到她。"

黄利平双手一摊："这跟我有什么关系？我跟她不熟，连朋友都谈不上。"

"你既然跟她不熟，为什么要把马修斯之死的脏水往她身上泼？"

黄利平一怔，低声咕哝了一句："唐媛媛这张嘴就是缺个把门的。"

曹元明盯着黄利平："大黄，我一直把你当兄长、当朋友，这件事，你必须给我一个解释！"

黄利平强笑了一下，说："自己兄弟，有必要把气氛搞得这么销魂吗？"

"敖局长出事了，情况比我预想的更复杂，我必须马上找到沈辞云，她可能有危险！"

"看你紧张的，也许她是赌气了，躲着你呢。"

黄利平打开车门，就要下车。他一只脚刚伸出去，曹元明就一把揪住了他的领口，把他压在座位上："她到哪儿去了？"

"这我哪知道？"黄利平喘着气说，"你爱上她了吧，别做梦了，这个女人一般男人驾驭不了，刘万河这个花花公子见到她惊为天人，用尽了各种手段她都无动于衷，换了其他女人，一百个也拿下了。"

曹元明喝道："少扯其他的，我就想知道你为什么要污蔑她？"

黄利平连连摆手："兄弟，你松手，有话好说。"

曹元明稍稍松劲，黄利平咳嗽了几声，说："沈辞云这个女人很不简单，她是一个有魔力的女巫，她本身就是一个谜，猜出谜底的人会遭受厄运，马修斯不是死了吗？我奉劝你，离开她是明智之举，找她是自找麻烦。"

曹元明冷笑着说："看来我是被她施了魔法！"

黄利平说："你已经无药可救。"

"那也是我自找的！快说！"

黄利平无奈地说："好吧……我是受客户所托，他们想搞一份马修斯的真正的尸体解剖报告，我就去找了媛媛帮忙。"

"为了让媛媛听话，你就编了一套谎话去诓她，说沈辞云害死了马修斯。"

黄利平眼珠一转："这我也是听客户说的，我就是个中间人。"

"你撒谎！客户怎么了解唐媛媛的心理？分明是你自己的鬼主意。"

"信不信由你。"

"客户到底什么人？"

"客户没有说，干我们这一行的得守规矩，不会多问。"

曹元明手上加劲："你和马修斯是朋友，关于沈辞云，你肯定知道一些我不知道的情况。你说，在什么地方能找到她？"

黄利平脸涨成猪肝色，差点翻白眼，艰难地说："你这不是强人所难嘛，也许她回 A 国了……"

曹元明继续加劲，黄利平没有法子，断断续续地说："我……我知道一个地方……但不能保证……找得到她……”

曹元明松开双手，黄利平委顿在地，大口喘气，过了半晌，说：“三天后，MG 俱乐部会在温泉湾度假村搞一个派对，沈辞云可能会出现。”

“MG？上帝面具？”

“是的，沈辞云、马修斯都是这个俱乐部的贵宾会员，我也是会员。”

“我怎么进去？听说这个俱乐部不对非会员开放。”

黄利平从口袋里掏出一个 MG 徽章：“这是我的徽章，算是我借你的，徽章里有电子感应芯片，戴着这个就可以进去了。”

曹元明接过徽章，见这个徽章外形和马修斯的一模一样。

黄利平说：“入场券要五千大洋，我已经预付过了。元明，我们兄弟一场，我能帮你的就只有这么多。我不应该去诓媛媛，这是我的错，但你也要体谅我的难处，别再逼了，我有家有小，这碗饭不好吃。”

两人返回市区，夜幕下，环城路上的汽车尾灯形成了红色长龙，黄利平感到有些燥热，放下车窗，让风吹拂进来。下了环城高架，曹元明忽然加快了车速。

黄利平问：“你怎么绕路了？”

曹元明指着后视镜中一辆灰色帕萨特：“有车跟踪！”

黄利平似乎预感到了什么，说：“看来我也进入了一条隧道，要一条道走到黑了。”

曹元明说：“你有很多事都在瞒着我。”他说，越来越多的迹象表明，二十年前的五八六厂泄密案、他父亲被害，到如今的 CLH82 芯片泄密案、顾昱父子和马修斯相继被害，以及孙洪、迟茂财、敖勇等人的失踪，直到敖文年被双规，都不是孤立的，最后说："大黄，一张黑暗的大网正在铺开，你可不要掉进去。"

黄利平沉默片刻，说："你就不怕掉进去？"

曹元明说："我早就掉进去了，但我没退路，只有往前冲。你和我不一样，你要是真把我当朋友，就听我的劝，赶紧回头，赶紧坦白。"

黄利平苦笑了一下："你干了这么多年刑警，怎么还这么天真？是黑是白非要分个一清二楚？这个世界是灰色的，不黑也不白。"

这时曹元明的手机响了，是臧进荣打来的，听到黄利平在旁边，他没有多说就挂了。

黄利平说："是臧进荣给你打电话吧？作为朋友，我再提醒你一句：和他保持距离！据我刚刚得到的消息，臧进荣有涉黑嫌疑，已经被暂停职务，公安局内部正在调查他。"

曹元明一惊："有证据吗？"

黄利平说："臧进荣和孙洪有密切来往，有人举报，有录像证据。"

"孙洪是他的线人。"

"上次你差点逮住了孙洪，后来却被人袭击打昏，现场是臧进荣的人去勘查的，却什么也没发现，你不觉得可疑？"

曹元明望着五光十色的街景，没有说话。

黄利平继续说："臧进荣在刘万林的'风云'拆迁公司有红股，账本都翻出来了，'风云'公司在五八六厂搞野蛮拆迁，引发舆论众怒，你看着吧，卷进去的人没有一个有好果子吃。”

曹元明家中，姜阿奇的母亲正在剖洗鲫鱼，问欧阳绚喜欢红烧还是清蒸。欧阳绚心不在焉地说：“你看着办吧。”她在镜子前用眉夹修理眉毛，看到一根白头发，不禁黯然伤神。这时，她接到一个电话，立即喜上眉梢，说：“姜师母，我有事出去一趟，你和贝贝吃饭吧。”

姜母问：“那曹警官呢？”

欧阳绚说：“噢，这我就不知道了，你们等会儿，他也许马上回来。”她说完拎起精致的小包，又在镜子前仔细端详了一下容颜，匆匆出门而去。

这一幕都被贝贝暗中看到了，她悄悄跟在妈妈后面出了门，见街道拐角一个男子开着豪车把妈妈接走了，手还很恶心地在妈妈的屁股上摸了一把。

姜母发现贝贝不见了，赶紧解下围裙去找，打开门一看，贝贝已经站在门口，眼睛含泪，满脸都是悲伤。她问贝贝：“宝贝，你怎么了？”贝贝摇摇头，什么也没说。

曹元明回到家中，贝贝正在埋头画画，桌子上烧好的饭菜盖得严严实实，一点儿都没动过。贝贝看到他，立即欢快跑来，抱住爸爸的腿。姜母说，欧阳绚出去很久还没有回来，贝贝肚子很饿，但一定要等爸爸回来再吃饭。

曹元明心生愧疚，连忙抱起贝贝。贝贝低声啜泣：“妈妈和一个叔叔出去了。”

曹元明猜到欧阳绚又去幽会刘万河了，装作若无其事地问：“来，让爸爸看看你都画了些什么？”贝贝把画藏到身后，说：“还没画好呢。”曹元明说：“好，爸爸等你画好再看，我们先吃饭。”对姜母说，“姜师母一块儿吃吧，真是辛苦你了，干脆，你以后把阿奇也喊到我们家来，大家一起吃饭热闹些，免得你两头跑。”姜母连说不用客气，告辞而去。

贝贝吃饭吃到一半，问：“沈阿姨好久不见了，什么时候会来陪我玩啊？我好想她。”

曹元明苦笑了一下，问：“妈妈也不在，你不想妈妈吗？”

贝贝没有回答，忽然说：“如果沈阿姨是妈妈就好了。”

曹元明有些吃惊：“为什么？”

贝贝说：“因为只有沈阿姨是真的对你好。”

曹元明一怔，女儿忽然说出这么懂事的话来，他倒不知该如何接口。

刘万河的别墅内有一个巨大的卧室，油光闪亮的红木床边摆放着一个博古架，陈列着青铜器和瓷器，既有高仿，也有真品，靠窗的花丛中，一架循环水车模型正发出潺潺的水声，墙壁上挂着张大千的猛虎下山图，莫罗尼壁炉旁边挂着山水锦屏，地上铺着暗红色的波斯地毯，天花板是镶满施华洛世奇水晶的枝形吊灯……整个房间中西风格混杂，有些不伦不类，显示出主人追求视觉奢华而又格调不高的品位。

这个卧室楼下庭院内就有一汪温泉泡池，周围砌着大理石围栏，此时柿子红透，白霜渐起，温泉却“咕噜噜”冒出热气，弥漫的暖意洗涤着都市人的疲惫。

刘万河和欧阳绚先是在温泉中泡了鸳鸯浴，回到卧床，一番云雨之后，她从床上起身，一边穿衣一边抱怨：“够了，我不想再过这样的日子，他迟早会知道我们的关系。”

刘万河赤身裸体躺在床上，慵懒地点燃了一支烟，说：“我交代你的事，你还没办好。”

欧阳绚说：“你当他是什么人，傻子吗？他的一颗心早就被那女人勾走了，我根本拴不住他的心！”

刘万河冷冷地说：“没想到一向自命不凡的你，也会有甘拜下风的时候。”

欧阳绚说：“除了她，还有哪个女人敢在你面前自命不凡？”

刘万河听了这话从床上蹦起来，一把抱住她，伸手入怀，恶狠狠地说：“在我面前，没有任何女人能自命不凡！”

欧阳绚把他的手格开：“我就不明白，你哪点不比曹元明强？为什么这么怕他俩在一起？”

刘万河冷笑一声：“你以为我仅仅是为了得到这个女人吗？你不了解她，也不了解八年前就跟你做了夫妻的曹元明！”

欧阳绚说：“既然我不了解，为什么要找我？”

刘万河又把手伸进她怀里，淫笑着说：“因为曹元明不会防范你。”

欧阳绚愤懑地说：“我不想成为你的工具！”

刘万河猛地一把将她推倒在地板上，用燃着的香烟指着她的鼻尖：“你也是见过世面的，别像个傻子一样，想想你爹，凭什么和我讨价还价？”

曹元明来到了温泉湾度假村的“万豪皇冠”酒店参加MG俱乐部的派对。“万豪皇冠”是全市最豪华的五星级酒店，门口是一座巨大的水池喷泉，水帘后面是造型各异的西洋天使雕塑。

派对的气氛神秘，参加的宾客都戴着面具，并按要求上交手机。从他们的言谈举止看，大部分都是成功企业家、上市公司 CEO、文化名流等。由于大家都戴面具，不识庐山真面目，反倒营造出畅所欲言、其乐融融的氛围。

曹元明穿上了自家衣柜里最贵的西装，但当经过高大的西洋门厅廊柱来到金碧辉煌的大厅时，立刻就感到一种纸醉金迷的压力扑面而来，令他不禁有相形见绌之叹。放眼望去，绅士淑女们雍容华贵，珠光宝气，满眼都是名牌服饰、首饰、手表、提包、手机……他发现刘万河和俞虹都在宾客中，却没有见到沈辞云。

这些人所谈论的各种奢侈消费，让曹元明大开眼界：

送孩子到英国去读贵族学校，一年学费就要二十五万英镑；一种顶级的白鳇鱼子酱，一公斤八万元人民币，因为白鳇十二年才产卵一次；产自 1811 年的拿破仑白兰地，一瓶三万元；Chateau Latour 特别版老雪茄，一盒八千八百元……

派对上的侍者，都是身穿十八世纪西洋军服的高挑美女，脸蛋精描细绘，量身裁制的贴身制服包裹着丰胸翘臀，更显得凹凸有致。她们手托无比精致的小碟小盅，盛着一口就能吞下的起司点心、红酒、海盐巧克力，宛如花蝴蝶一般在人群中穿梭。曹元明取过一枚点心，精美细腻，金光闪闪，不像食物而像是一件艺术品，让人舍不得吞下。据说这是由马来西亚椰奶加上马达加斯加香草以及混有苦艾酒的麝香猫咖啡制作而成，最后再加上五克拉的金箔。

很显然，这里的一切都在表明这样一个事实：这不是单单你有多少钱的问题，关键是你是否有资格品尝这些烟酒美食。在这个追求感官刺激的年代，这些有钱人想享有独一无二的东西，他们需要的是能吹嘘的资本，最激动人心的体验不是滋味，而是与众不同，MG 徽章就是一种独特的身份象征，它表示你有资格享有这种常人难以企及的高级服务。

在这里，钱已经不能拿来炫耀了，别出心裁的方式才能打动人心。比如说，花上一百万美元，便可以用你的名字命名一颗小行星，尽管这是一颗连大多数天文望远镜都看不到的小星星，但却能极大满足一个暴发户的虚荣心。

曹元明目睹了这样一个场景：一名泡茶师傅正在表演泡茶，滚水、高冲，前几泡一点味道都没有，众人窃窃私语，会不会是假货？师傅不慌不忙，一直到第十泡，“唰”地一下顿时满堂皆香，博得满堂喝彩。

只听刘万河介绍说：“这茶叫母树大红袍，在香港的一次拍卖会上，一克就卖到一万港元。”

俞虹说：“这么贵？”

刘万河得意地说：“真正的珍品是有市无价的。就那几棵母树，日夜都有人守着，一年产出的成品茶叶只有七两，产量最高的年份也就八两，那还是在乾隆年间。你就是再有钱，又上哪儿买去？但 MG 就能搞得到！”

俞虹低声说：“这是你为老大搞来的？”

刘万河也低声说：“老大的老丈人吃穿住行都不讲究，就是喜欢喝茶，到了他这种级别，市面上能买到的茶根本看不上，他喝的单枞、龙井是年年要让人上山预订的，都得靠老主顾的面子才拿得到，出茶几天就没货了。茶叶这玩意儿水太深，真正品的不是茶叶的味道，而是它所代表的东西。如果没有这点儿手段，老大怎么博得他的欢心？”

俞虹低声说：“我看享受的东西太名贵，反而折了他老丈人的福，这不，儿子死了，女儿也残了。”

曹元明心中一动，明白了他们所说的“老大”就是代市长郭正梁，“老丈人”就是原副省长湛继圣。

他一直没见到沈辞云，焦急地四处游走。

这里的宾客，不仅处处表露出物质上的超人一等，还着意地表现自己的附庸风雅的一面，听巴赫、读歌德、看莎士比亚，都是他们的谈资。

在大厅旁边的回廊里，挂着许多西洋画，许多人驻足观赏。他信步走过，只听一个小个子男子指着一幅画夸夸其谈：“从蒙德里安、马蒂斯、米罗、康定斯基和毕加索开始，他们对于照相时代和艺术复制时代的绘画作为一门艺术的价值与便捷，进行了极其严肃和深刻的讨论。德库宁汲取了抽象主义、表现主义和立体主义等各流派的营养，成为抽象表现主义的代表人物，把对女人的爱慕与憎恨，对混乱世界的迷惑与愤怒洒进了他的作品里……”

那个小个子男子讲得兴起，不小心碰到了曹元明的脚跟，两人都说了声“对不起”。小个子继续说：“大家请看这件作品，这是我们 MG 会员凯瑟琳女士的大作，是不是很像德库宁的风格？虽然功力比之略逊一筹，但不同于德库宁的紧张和愤怒的张力，她有一种儿童似的天真与忧伤，还有孩子气的害怕，让你想安慰她，好啦好啦不用怕，那个妖怪伤害不到你的。”

众人都笑了起来。

曹元明看了一眼那幅画，都不知道画的是什么东西，只觉得是色彩鲜艳的信手涂鸦之作。他不懂绘画，迈步走开，只听小个子男子说："凯瑟琳女士多才多艺，不但是绘画高手，还是一位小提琴大师，等会儿将登台献艺……"

音乐会开始了，一名挽着乌云般发髻的美丽女郎手持小提琴翩翩登台。曹元明一颗心顿时狂跳起来：正是沈辞云！她这次没穿往常的白衣，而是一袭高贵典雅的黑色晚礼服，瀑布般的黑色秀发披散在裸露的象牙色肩头，长裙一侧过膝，另一侧则如流云一般飘逸着斜向腰肢，就像一个妙龄少女在溪边妩媚地挽起裙角，又像是高傲的公主在起舞中的华丽定格。她拉的是《舒伯特小夜曲》，弓弦之间缓缓倾注出柔丽抒情的旋律，好似荡漾的水波，迷人的柔板乐章倾倒了所有人。演奏完毕掌声雷动，曹元明心驰神醉，激动不已。

女郎下场后，曹元明赶紧迎了上去："小静，我找你找得好苦。"

不料她一脸错愕，仿佛从来不认识他一样，说："先生，您认错人了，我叫凯瑟琳。"

曹元明一怔："不，你就是小静，为什么要躲着我？跟我走好吗？你这样很让我不放心。"说着伸出了一只手。

女郎却警觉地后退了一步："您是谁？"

一位系着红色领结的中年男子走来，他是 MG 乐团的领队恩斯特，问："这位先生，有什么事吗？"

曹元明放下手，说："我想和这位女士谈一谈。"

女郎说："恩斯特先生，我根本不认识这位先生，他认错人了。"

曹元明说："她的中文名字叫沈辞云，是我的心理咨询师，曾在‘心岸’心理疗养院工作。”

恩斯特对曹元明说：“很抱歉，先生，这是一个误会。凯瑟琳一直在A国生活，经常和我们一起演出，根本就不是什么心理咨询师。请你离开。”

曹元明的直觉告诉他，眼前的女郎就是沈辞云，绝不是相貌相似的另一个人，她忧郁的气质和眼神里的执念，谁也模仿不了，但她错愕的神情又不像是伪装的，并且，她说话的吐字语调就跟出生在海外的华人说中文一样，和熟悉的沈辞云不同。

他喃喃地说：“小静，你到底怎么了？你答应过我，会和我一起走出那条隧道的黑暗。我们拉过钩的，你都忘记了吗？”

曹元明一再纠缠沈辞云，引起了众人的侧目。恩斯特不客气地叫来保安，将他请出了会场。

俞虹认出了戴着面具的曹元明，她一直注视着他，直到他离开。

黑夜里，曹元明仰天长叹：“小静，我以为我读懂了你的忧郁和执念，其实没有！我要怎么做，才能让你回心转意？”

他明知不会有回音，依然日复一日地给沈辞云原来的手机号码发信息，倾诉衷肠，仿佛她就在自己身边一样。

曹元明又回到了春岭，在埋甲山隧道里徘徊，但没有沈辞云帮助就是想不起当年的情景。

这天晚上，他来到了沈辞云家的老宅，一时无数谜团涌入脑中，令他情难自抑。他给沈辞云发了一条信息：“我想知道你的过去，对不起了，我得去你家看一看。”

他毫不费力地打开了门锁进入屋内。虽然是旧房子，但里面收拾得井井有条，纤尘不染。

客厅里有一个木柜子，他拉开抽屉，小静小时候的玩具码放得整整齐齐，竹蜻蜓、布老虎、不倒翁等玩具都是他送给她的，难为她件件收好，而且没有一星灰尘，显然最近还拿出来把玩过。

满满一抽屉，流淌出来的全是岁月和情感。曹元明不由得痴了。

客厅一角摆放着小静母亲的遗像，遗像前是琳琅满目的奖杯、奖状、奖牌，囊括国内外的医学、心理学、计算机、音乐、击剑、跆拳道等众多领域，它们无言地告诉妈妈，她有一个多么优秀的儿女。

一间房间空荡荡的，只摆着两面相对平行而立的镜子，由于相互反射，镜子内呈现出一系列相同的、无限循环的镜框，好像组成了一条深不可测的隧道。曹元明感到一阵头晕目眩，忽然想起，顾朝庚自杀时，房子里也摆着这样的两面镜子，只是镜子被打碎留下的只有镜框。

另一间房子里满满的都是画像，显然都出自沈辞云之手。曹元明一一看过去，画像中有很多幼时就熟悉的游玩场景，都是小静和妈妈、小静和明明等人的形象，但从小静的少女时代开始，画像全是黑白色的，背景基本上都在 A 国，妈妈和明明都消失了。

这些画大都有些时日了，其中有一幅是新的，画的是一棵大松树下坐着一个孤单的小女孩，她望着天空的明月，影子被拉得长长的，旁边有一行题字：“你还会回来吗？”

曹元明心想："是她在等我吗？"但凝目一看，发现"你还会回来吗"这句话里的"妳"是女字偏旁，难道指的是小静自己？自己等自己，这可说不通。他心中一动："莫非，她是想要找回过去的自己？"

还有一幅新画引起了他的注意。画面的背景是一片黑暗，不知道在哪里，一个小女孩跪在地板上哭泣，她前面摆放着一束康乃馨，花是黄色的，这是画中唯一的色彩，淡淡的光芒照在她瘦小的身躯上，显得特别无助。小女孩身后，有一架长长的楼梯，又像是一条竖立的隧道，但末端一团漆黑，只有两个方形的小亮斑，好像是眼镜片阴森的反光……

这时，另一幅画面出现在他的脑海里：墓碑前放着一束黄色康乃馨，墓碑上面写着逝者的名讳是"文娟"。沈辞云当时去墓地看过顾朝庚一家，这束黄色康乃馨应该是她给妈妈的！

曹元明大脑中沉睡的记忆慢慢被唤醒了：小静的妈妈是一位贤妻良母，笑容像月牙儿一样美丽，话音像春风一样轻柔，她很喜欢小朋友，给他们讲格林童话和安徒生童话，还给他们做了许多好吃的小吃……他还记得第一次去小静家玩，换鞋时露出了袜子上的一个破洞，细心的小静妈妈看到了，翌日就送了他一打手织袜子，那袜子真暖和、真舒服……

他想："我得去看看小静的妈妈。"

曹元明来到墓地，找到了小静妈妈的墓碑，轻轻地将墓打扫干净，仿佛她睡着了，生怕吵醒她。

月光融融，万籁无声。他在墓前双掌合十，低声祈祷：

“阿姨，小静现在的处境有危险，我担心坏人会害她。您若是在天有灵，就保佑小静平平安安、无忧无虑，请告诉她，无论发生过什么事，我都愿意像小时候那样保护她。”

墓地旁边的树丛中，一双美丽而忧郁的眼睛正注视着他。

曹元明见墓碑上镌刻的小静妈妈的忌日，和他父亲是同一天：1995 年 9 月 16 日。他一直有一个疑问：“难道这仅仅是巧合？如果不是巧合，那又会是什么？”

他见墓志铭上写着：“回天乏术，鹣鲽永别，音容杳杳，人天相隔。怨苍天兮，不待皓首，怨隆地兮，呜咽之秋！”这明明是丈夫悼念妻子的话，但落款被凿去了，这是为什么？忽然，一个念头冒了出来——为什么小静的所有画里都看不到她的父亲，也从来不提起她的父亲？

曹元明记起，小静的父亲是一位医生，姓姚，当时在五八六厂医院工作，那么，他会不会是许维舟提及的那个精通心理治疗的脑外科医生孔烛尘……想到这里，他没来由地打了一个寒战，耳畔响起了唐媛媛的话音：“头颅不是剁下来的，而是用手术‘解’下来的……”眼前浮现出小静的那幅画：小女孩身后那长长的像隧道般的梯子，末端闪烁着眼镜片的反光，活像夜间猛兽的碧绿眼睛……

他忽然想到了什么恐怖的事，但各种记忆碎片蜂拥而至，又将大脑冲得一塌糊涂，眼前只剩下隧道深处那双猛兽般的可怕眼神……

他头痛欲裂，那个发生于隧道里的噩梦再一次占据了他的大脑，诱发了癫痫。他一下子倒在地上抽搐起来。

曹元明由于脸部着地，呼吸越来越艰难，这时，迷迷糊糊感到有人在帮助他翻身，他下意识地呻吟：“小静，小静，是你吗？”对方没有说话，将他平躺在地上，解开衣领衣扣，把头偏向一侧，保持呼吸通畅。不知过了多久，120救护车赶到了，施救者不知什么时候已经离去。

曹元明完全清醒时，已是次日上午。阳光洒进病房，仿佛昨晚的一切都是一场梦，但他知道，那不是梦，沈辞云又一次救了他。为什么她会一再躲开自己，为什么会变成另一个人？他隐约猜到了一点端倪却又陷入更深的迷雾中。

他脑海里响起了那首经典歌曲《最熟悉的陌生人》：

还记得吗／窗外那被月光染亮的海洋／你还记得吗／是爱让彼此把夜点亮／为何后来我们用沉默取代依赖／曾经朗朗星空／渐渐阴霾／心碎离开／转身回到最初荒凉里等待……于是梦醒了／搁浅了／沉默了／挥手了／却回不了神……

病房门口，杜远达正在向欧阳绚交代注意事项。欧阳绚走进来对曹元明说：“杜主任又说了，这个病只有做手术才能断根，你为什么一直不肯去手术？”

曹元明淡淡地说：“我还没想好。”

欧阳绚问：“你到底在胡思乱想些什么？”

曹元明说：“等我想清楚了再告诉你。”

欧阳绚一摆手：“我都说了多少次了，苦口婆心你当耳边风，我不想再过这种生活！”她去拉贝贝的手，“我要带贝贝去A国，你想怎么样就怎么样。”

贝贝却紧紧握住曹元明的手，坚决地说：“我跟爸爸在一起！”

欧阳绚甩手就是一个耳光，打得贝贝“哇哇”大哭。

曹元明气得发抖，戟指怒目，吼道：“你疯了，怎么能打孩子？”

欧阳绚从没见曹元明发这么大火气，后退了一步：“我打我女儿，关你什么事？”

贝贝的小脸肿起了五个红色手指印，曹元明心疼地把她抱在怀里，沉声说：“从小到大，我从来没骂过贝贝一声，你要是再打她，我们就结束。”

欧阳绚冷笑一声：“既然你把话说到这份上了，我也明白地告诉你：你的健康状况已经不适合行使抚养权，我的律师会找你办理变更抚养权的手续。”

曹元明说：“打官司我奉陪。”他低头给贝贝擦拭眼泪，柔声问，“疼吗？”

贝贝搂住曹元明的脖子抽抽噎噎地说：“不疼了，妈妈不会再打我了，爸爸妈妈不要分开。”

曹元明伤心地望着欧阳绚，说：“你怎么还不如一个孩子懂事？”

欧阳绚心里五味陈杂，不知如何接口，过了片刻，说：“我也是为了你着想。我知道你想干什么，可你也不想想，你一个人能掀起什么浪来？你要是真查到点什么，拔出萝卜带出泥，他们能饶过你吗？你斗不过他们，别逞英雄了！”

曹元明说：“我不是英雄，我是警察。”

欧阳绚转身快快离去。

这时，唐媛媛进来了，对曹元明说：“还是听嫂子的话做手术吧。你要不放心，我们可以请国际上的专家来做，只要能治好病，再贵都行。”

曹元明说：“这不是钱的事儿，你帮我带一下贝贝，我去找杜主任谈谈。”

曹元明离开后，唐媛媛悄悄将一个装满钱的牛皮信封塞进他的包里，这是上次黄利平给的钱。

曹元明来到主任办公室，杜远达热情地接待了他：“你的病情，上级领导和院方都很关注，都希望你早日康复。”

曹元明询问病情，杜远达做了详细解释，反复强调了手术的必要性。

末了，曹元明问：“杜主任，看您的专家介绍说，您原来是五八六厂医院出来的？”

杜远达说：“是啊，这一晃都快二十年了。”

“那么，孔烛尘教授原来也是您的同事？”

“他是我的导师，不管是医学之路还是人生之路，对我帮助都很大。我处处以他为榜样，但他的成就是我永远无法企及的一座丰碑。”杜远达的话里对孔烛尘充满了发自肺腑的崇敬。

“我原来也是五八六厂的子弟，在春岭出生长大，孔教授现在都成了家乡的一张名片，是我们春岭走出去的大人物。”

“是啊，你跟他还有缘呢，上次的手术多亏了他亲自援手，否则那些子弹还不一定能取干净。”

曹元明似乎不经意地问了一句：“他有个女儿，是A国的心理学博士，对吗？”

杜远达“噢”了一声，摇头晃脑地迟疑了一下：“这个嘛……我倒不大清楚……”

这个回答欲盖弥彰，曹元明心头雪亮：孔烛尘就是沈辞云的父亲！

心底里涌起一股无形的暗潮，让他惴惴不安。

第十四章 与虎谋皮

曹元明一出院就去 MG 乐团找沈辞云，得知乐团就要回 A 国了，他急忙赶到机场，却还是晚了一步，旅客已经登机。他冲出候机楼，放声大喊“小静”，但无人回应，眼睁睁看着飞机腾空而去，他怅然若失，心也仿佛被飞机一起带走了。

曹元明从机场出来时，发现包里多了一个大信封，里面装着四万块钱，他猜到是唐媛媛塞进来的，打电话给唐媛媛，让她拿回去。

唐媛媛说：“这是你的医药费，手术还要一大笔钱呢。”

曹元明说：“你家也不宽裕，你爸每个星期都要做透析，你就那么点工资，我怎么能要你的钱？”

唐媛媛顺口说：“反正也是意外之财。”

曹元明追问：“这钱到底是怎么来的？”得知是唐媛媛拿马修斯的尸检报告和黄利平换来的，生气地斥责她太糊涂，这是严重违纪。

曹元明回到家中，唐媛媛也赶来了，想解释一下。曹元明严肃地说：“你什么也不要说了，马上把钱上缴，并向纪委说明情况，争取宽大。”

唐媛媛脸一阵红一阵白，跺脚说：“你这是把我往坑里推。”

曹元明说：“如果我视而不见，那才是把你往坑里推，你根本就不知道这背后的情况有多严重，千万不要被卷进去！你要是不敢，我陪你一起去！”

曹元明不见姜阿奇的母亲，往常这个时候她都会来帮忙做饭，莫非病了？问欧阳绚，欧阳绚冷冷地说：“我哪知道。”听邻居说，这几天都不见她过来。

曹元明有些放心不下，前往“金不换”汽修店找姜阿奇。唐媛媛说：“你刚出院，我开车送你去。”顿了一下，又说，“我会向领导汇报钱的事情。”

曹元明在汽修店里还是见不到姜阿奇的影子，问庞海：“阿奇哪儿去了？”

庞海把曹元明拉到一边，低声说：“阿奇本来在这里干得好好的，可前几天，他的那个什么狗屁继父找上门来了，还带来一帮兄弟。你知道的，这个人以前发过狠话，谁给孩子饭吃就砸谁的锅。他说，如果阿奇在这里继续干下去，他就把店给砸了。我劝阿奇留下来，阿奇说不想给我添麻烦，还是走了。”

“欺人太甚！”曹元明一拳重重砸在墙壁上，“这个王八蛋叫什么？”

“叫赵奎，绰号‘灰毛’，听说是鹰叔的得力干将。”

“你为什么不跟我说？”

“哥，你的情况我们都清楚，怎么还管得了这些小事？阿奇特意叮嘱我不要告诉你，怕影响你养病。”

“这怎么是小事！阿奇不在这干，还有哪儿能找到工作？”曹元明问，“阿奇和他妈妈现在哪里？”

“可能回老家了吧。”

“阿奇老家在农村，他又不会种地，怎么生活？这样很容易学坏。你马上打电话让他们回来！你告诉阿奇，不要怕‘灰毛’，我来摆平。”

庞海为难地说：“哥，这事只怕不太好办。”

“我有办法，你只管按我说的做。”曹元明望了一眼店门口装着的摄像头，“对了，你把监控调出来，让我看看这个王八蛋长什么样儿？”

庞海调出了当时的监控录像，只见七八个彪形大汉在门口站队，他们佩戴大金链，恶龙凶兽刺青，神态彪悍、跋扈，一看就不是什么善类。姜阿奇被推搡着出了店门，为首一人举起右手打了他几个耳光，然后狠狠一脚踢到他小腹，他痛得跪倒在地。庞海上前劝阻，几个大汉蛮横地将他隔开。

庞海指着画面里为首的那个人说：“他就是‘灰毛’。”

曹元明定睛一看，顿时心跳加速，原来是他！他就是从离山铁矿公用电话亭打电话给炮哥的人，就是在商业街打电话给顾朝庚的人，从元宝酒店偷走顾昱所藏证据的也是他！虽然他前几次在监控中出现时都做了精心伪装，无法辨认面部，连步态都变过，但这逃不过曹元明敏锐的眼睛和大脑：他右手举起时，左肩微微耸起，这个细小的特征暴露了他的真实身份。

曹元明又仔细观看了一遍录像，确定无疑，这个绰号“灰毛”的赵奎，就是案情的关键人物之一！

唐媛媛开车回家，她心神不宁，左思右想，在巨大的心理压力下，半路改道去公安局找娄昆，向这位大表哥吐露了黄利平给四万块钱要马修斯尸检报告的事。她像做错了事的小学生一样咬着嘴唇低着头，等待着狂风暴雨的来临。

娄昆不动声色地听完，问：“除了曹元明，还有谁知道这件事？”

唐媛媛摇了摇头。

娄昆说：“你谁也不要说，我帮你兜下来。”

唐媛媛简直不敢相信自己的耳朵：“你说什么？”

娄昆拍了一下那包钞票：“现在要处理的事情太多了，我们要学会抓大放小，不要事事都钻牛角尖，这种小事就到此为止吧。”

唐媛媛又惊又喜，看了一眼办公室墙上的横幅“难得糊涂”，会意地说：“多谢表哥。”

娄昆站起来踱步：“你这段时间都和曹元明在一起吗？”

唐媛媛说：“差不多吧，不过前段时间他和沈辞云一起在春岭，情况不太清楚。”

“他从春岭回来后，有什么反常吗？”

“他今天去了‘金不换’汽修店，查了监控，说是有一个重大发现。”

“什么发现？”

“那个给枪贩子和顾朝庚打电话的神秘人物现身了。”

娄昆“噢”了一声，当即停下了脚步。

曹元明回到家中，在阳台上徘徊。姜阿奇的继父是鹰叔的手下，臧进荣与鹰叔有交情，他本来想请臧进荣去和鹰叔沟通，放孩子一马，但得知赵奎的真实身份后，他犹豫了，要不要向臧进荣汇报这一重要发现？他拿起手机，又放下了。

这时，手机响了，是一个陌生的号码。曹元明接听了电话，令他意外的是，里面传来的居然是“龅牙三”的声音：“曹警官，我向你反映一个重要情况，我知道孙洪的下落。”

曹元明心中一动，问：“你为什么要向我反映？”

“你是一个正直的警察，我想戴罪立功！”“龅牙三”说，他受“风云”公司的雇佣充当打手，去恐吓不愿配合拆迁的老工人，不料失手伤人，现在东躲西藏，惶惶不可终日。

曹元明问：“你说过，你在元宝酒店门口故意冲撞我，是受了臧进荣的指使，他是公安局的领导，你为什么不向他反映孙洪的情况？”

“他不过是把我当尿壶，用完就扔。”“龅牙三”恨恨地说，“他对孙洪也是这样，这会儿，他正四处找我和孙洪，想弄死我们，杀人灭口。公安局都是他的人，我不知道该找谁好，只有找你。我想尽快见到你，就我们两个碰面，你千万不能告诉别人，不然我就没命了。”

曹元明想起黄利平的话：臧进荣有涉黑嫌疑，和孙洪有密切来往，在刘万林的“风云”拆迁公司有红股……“龅牙三”的话具有一定的可信性，便同意和他见面。

“龅牙三”搁下电话，战战兢兢地对眼前人说：“毛哥，我什么都照你说的做了，可以放我走了吧？”

那人脑门上耷拉着一撮灰色的头发，正是绰号“灰毛”的赵奎。他问：“你想知道孙洪去哪儿了吗？”

“龅牙三”连连摇手：“不，不，我啥也不想知道，你放我走吧，我保证什么也不说。”

赵奎点了点头，扔给他一个沉甸甸的皮包，说：“那就好，你走吧，钱和证件都在这里。”

“龅牙三”打开皮包看了一下，喜出望外：“多谢毛哥，多谢鹰叔。”转身就走，但没迈出几步就响起了枪声，一股大力将他推倒在地，紧接着，仿佛是烧红的铁棍穿过了他的身体，剧痛从脊背向全身弥漫开来，痛得他眼冒金星。他努力地睁着眼睛，他不想死，一闭上眼就再也睁不开了。

眼前出现了一支冒着青烟的枪口，赵奎蹲了下来，说：“你不想知道孙洪去了哪儿，他却很想你，我这就带你去跟他见个面。”

“龅牙三”张开了嘴，不知是想呼救还是想骂人，但什么声音也发不出，只吐出了一串血泡，两眼像金鱼肚一样翻白。

赵奎吹去了枪口的青烟，站起身来，拢了一下头发，戴上帽子，望着不远处发电厂高耸的烟囱狞笑起来。他拨打了一个电话，报告说：“‘龅牙三’解决了，接下来就是那个姓曹的，今晚把他们一勺烩。”

对方说：“曹元明没有那么容易解决，上次都把他拉到锅炉边了，你这个蠢货还让他跑了。”

赵奎说：“是，我一直纳闷，是谁救了他？”

“那个人过去可以说是我们的人，但现在变成了我们的敌人。”

“看来情况越来越不妙……”

“动脑子的事用不着你，照我说的做就可以了。做事的时候牢记：任何菩萨心肠都是多余的。”

“明白，明白。”

深夜，曹元明应约来到离山厂矿区关闭已久的“蓝天”舞厅。过去，这里的工厂矿山一片热火朝天，大批青工们涌入这里，舞厅生意常常爆满，但这一切都成了过眼云烟。

曹元明留了一个心眼，没有直接进入“蓝天”舞厅。这个舞厅是仓库改建的，紧挨着市第二化肥厂的仓库，他就是在那里击毙了以炮哥为首的四名枪贩，对这一带地形非常熟悉。在夜幕的掩护下，他进入了同样废弃的化肥厂仓库，从仓库顶部的天窗钻出，跃到咫尺之外的舞厅屋顶，再从屋顶的天窗进入舞厅。他的动作轻如灵猫，没有留下什么声音。

舞厅窗户全部遮上厚厚的窗帘，外面的光线一丝也透不进来，一片漆黑。舞厅分三楼，一楼是舞池，二楼是茶座，隔成一个个狭小的包厢，很适合调情，三楼堆放杂物。虽然见不到人影，也听不到声音，但曹元明嗅到了一股淡淡的烟味，舞厅里面刚刚有人吸过烟！他从杂物间摸起一个茶杯，往楼梯下一滚，茶杯“叮叮咚咚”顺着旋转的楼梯一直滚到一楼。

只听下面有人低声说：“他来了！”另一人骂：“笨蛋，人怎么会飞进来，那是只猫，盯紧大门！”果然有埋伏！过了片刻，楼梯传来了轻微脚步声，看来埋伏者并不放心，上楼查看来了。那人来到三楼，打开手电筒，只见眼前一人犹如怒目金刚，正是曹元明。他尖叫一声，就要逃走。曹元明伸脚将他钩倒，一个擒拿手抓住了他，将他手里的短刀夺下。

这下就像捅了马蜂窝，楼下一阵乱叫，二楼包厢里蹿出好几个手持刀棍的歹徒，他们跑了上来。曹元明一脚踹倒当先一人，将手里的歹徒猛力推下，楼梯滚倒一大堆人。他大喊："一小组封锁大门，二小组从天窗强攻！"抢起杂物间的沙发椅、音响电器等重物劈头盖脸往楼下猛砸，只听一片鬼哭狼嚎。他见对方人多，不敢恋战，趁他们慌乱之际，攀上天窗逃出舞厅。

曹元明回到家中，辗转反侧，翻开笔记本，拿出白纸，却写不下一个字。他思忖再三，敖局长被双规，臧进荣看来也不干净，手里掌握的线索只有向娄昆汇报，下一步如何行动，也需要向他请示。

翌日，曹元明去公安局找娄昆。秘书说："娄局长去市政府开会了，你请回吧。"

曹元明说："我就在这儿等着。"

秘书说："这会也不知道什么时候结束。"

曹元明说："不论到什么时候，我等他回来。"

章国全夹着文件包走了过来，见曹元明站在局长办公室门口，便转身离开，走到走廊拐角，给娄昆打了一个电话："曹元明在你门口等了半天了，我看有重要的情况。"

娄昆"嗯"了一声："我马上到。"

章国全见左右无人，低声问："昨晚那事，如何善后？"

娄昆"哼"了一声："意料之中，一帮成事不足败事有余的废物，我们这边就是没有曹元明这样的人……"

娄昆把曹元明带进局长办公室单独谈话。

曹元明说："娄局长，打扰你开会了，我有重要事情向你汇报。"

娄昆笑着说："我知道，你是无事不登三宝殿，所以我提前赶回来。”坐在沙发上，习惯性地跷起二郎腿，“你坐吧。既然来找我，就不要有什么顾虑了，有什么说什么，要相信组织，相信党，我们会给你做主。”

曹元明在他对面坐下，问：“听说臧局长休假了？”

娄昆说：“你不是外人，我不瞒你，老臧有涉黑问题，正在调查。”

曹元明低头去口袋里拿笔记本，无意之中瞥见到了娄昆翘起的鞋底，他的心猛跳了一下，手僵住了。

娄昆问：“怎么了？你是想拿什么给我看吗？”

曹元明迅速抽回手：“我烟瘾上来了，想抽支烟，可以吗？”

娄昆“呵呵”一笑：“在我面前不要拘束，要抽就抽，你小子的烟瘾不小嘛。”

“我刚参加工作时不抽烟，到了刑警队给那帮老烟枪一带就抽上了。”曹元明略显尴尬地说，“我一摸口袋，才发现走得急没带烟。”

娄昆掏出香烟递给他：“刑警就没有几个不抽烟的，不过你身体不好，以后要少抽。”

曹元明接烟时手一抖，香烟掉到地上，他俯身捡烟，将娄昆的鞋底尽收眼中。

没错，这只鞋底上面凹凸的纹路特征，与他在离山厂矿区截住孙洪却挨闷棍倒地后所看到的鞋印是吻合的——当时，这只脚就踩在他头上！

曹元明猛抽了几口烟，掩盖自己的吃惊。

娄昆问：“到底有什么重要的事，现在可以说了吧。”

曹元明说：“我想通了，我的身体和脑子都干不了刑警了，我想调去办公室管档案，请你帮我通融、通融。”

娄昆目不转睛地盯着曹元明，手指不停地弹桌沿：“你今天来找我，就是为了这个？”

曹元明点了点头：“如果你为难的话，我干脆辞职，跟亲戚做点生意。”

娄昆说：“这种事你根本不用操心，我早就和政治部干部处说过你换工种的事儿，就等局党委会讨论通过，只是这段时间局里发生了不少变故，就耽搁下来了。”

曹元明高兴地说：“多谢娄局长，我心底里这块大石头总算落地了。”喜滋滋地告辞而去。

娄昆脸色阴沉，把章国全叫了进来，说：“情况不妙，他明明已经发现了赵奎的身份，却不跟我提半个字，看来是对我起了疑心，这个人要尽快处理掉！”

章国全说：“好，‘灰毛’正想将功赎罪，让他去办……”

娄昆骂道：“赎个屁！这个蠢货早该有多远滚多远了，跑出来现眼，惹出这么大麻烦，还嫌死得不够快吗？”

章国全不知该如何接口，只好垂下头。

娄昆气恼稍平，说：“曹元明外和内刚，八字极硬，你们多少次下手都奈何他不得，这次，不能再有差池！”

这时，娄昆的手机响起，来电显示“黄利平”。他挥了挥手，让章国全出了办公室。他等铃声响了半天才接听。

黄利平说：“娄局长真是贵人事忙哪，现在想和你说几句话都难喽，是怪我没来得及祝贺你高升正局么？”

娄昆说：“哪里话，我们多年的交情，别说我只是暂时代理局长，就是市长，也不能不给你这个面子。谁不知道你大黄狗鼻子最灵，是不是最近又嗅到了什么风声？”

黄利平说：“这事电话里可说不清，我们找个地方慢慢聊，你懂的。”

娄昆“嗯”了一声，放下手机，脸色变得阴沉沉的。他思忖片刻，把章国全又叫了进来：“麻烦越来越多了，有一个人比曹元明更危险，赶快做好准备……”

“银色月光”浴场。

黄利平包了一个浴池，里面只有黄利平和娄昆两人。浴池里水蒸气郁勃氤氲，弥漫着昏昏欲睡的气氛。两人泡在池里，头搭毛巾仰天靠在池壁上聊天，全身的肌肉都被热水松弛下来，但两人的心却没有丝毫松懈。

娄昆说：“怎么选了这么个又破又小的地方？”他瞄了一眼黄利平的手牌号码：303。

黄利平说：“这地方咱们过去常来，好叙旧。”

“别来这一套。”

“咱们这样赤条条的，才显得坦诚相见啊，你也不用怕我身上藏了窃听器。”黄利平说，“咱们还像当年一样，我先给你搓个背，咱们接着聊。”他拿起打火机给娄昆点烟，再把打火机放在一边，给他搓背。

这个打火机其实是伪装的录音笔，录音键已经打开。

黄利平说：“曹元明今天去找你了？”

娄昆说：“他已经对我起了疑心，那晚你在离山发电厂就不该救他，留下了后患。”

“是我把他拉来的，他要是出了事，我脱得了干系吗？”

“你怕出事，为什么会听‘灰毛’的话，引曹元明去找孙洪？”娄昆冷笑，“你不是为了救他，你是要利用他，利用他查案，抓我的把柄。”

“不错，我不这样做，幕后的人不会出场。”黄利平搓澡的动作顿了一下。

“你倒直爽，我就喜欢你这种人。”娄昆重重喷了一口烟，“当时‘灰毛’一看曹元明不见了，吓得够呛，知道是你搞的鬼才缓过劲来，其实他当时就该跑路。”

“后来我故意指错了现场，让臧进荣他们一无所获。”黄利平说，“我这也算堵了漏。”

“曹元明有失忆症，昏倒在地跟个死人一样，你就是不指错，他也记不起来。”

“没有你想的那么简单。沈辞云用催眠帮曹元明找回了那晚的记忆，他在 SHADOW 里认出了真实的现场画面。这是曹元明亲口告诉我的。”

娄昆全身一震：“沈辞云真有这么厉害的本事？你为什么不早告诉我？”

“你的小表妹整天跟在曹元明身边，什么都向你汇报，你不比我更清楚？”

娄昆抓起毛巾抹去满额的汗水：“我早就说要动这个女人，可是……”

“可是考虑到她的身份，Rook 让你不要轻举妄动。”

娄昆问：“曹元明为什么要告诉你这个，是在试探你？”

“不，他一直信任我，不然只要拿 SHADOW 现场画面和我指认的现场做个对比，就露馅了。”黄利平说，“我想找沈辞云催眠重拾记忆，他就现身说法告诉我。”

娄昆吸了一口烟：“曹元明这个人看似聪明，就是太重情重义，容易犯糊涂。”

“那是，婊子无情这么浅显的道理都不懂，不然顾昱藏在玉川酒店的证据也不会落到你手里。”

娄昆忽然想起一事：“你为什么要找沈辞云重拾记忆？”

“你还记得五年前港口区的那起毒品案吗？”

娄昆的心“突”地猛跳了一下：“老早的案子了，你怎么又提起来？”

黄利平手上加劲，阴恻恻地说：“我现在终于记得当时的情景了！”

娄昆“哎哟”了一声：“轻点。”

黄利平说：“这个案子，是孙洪向臧进荣提供的线索。人人都以为孙洪是臧进荣的线人，鹰叔在公安里的‘保护伞’是臧进荣，其实，那个人是你！港口区缉毒这步棋是你导演的，目的是帮助鹰叔整倒竞争对手猫叔，因为那些货是猫叔的，案发后，河山的毒品交易市场就被鹰叔垄断了。”

娄昆扔掉香烟爬起身来：“大黄狗，你脑子抽风了吧？”

黄利平冷眼看着他：“我的话可还没有说完。你最擅长找人背锅，不但臧进荣，连我也替你背了锅！”他一字一字地说，“开枪打死湛副省长儿子的人，是你！”

“真是莫名其妙。”娄昆叹息一声，“你的妄想症不轻啊，该去‘心岸’接受心理治疗了，不然很危险。”

“‘心岸’是干什么的，马修斯是什么人，我很清楚，只是没有想到你们会合起来愚弄我。我要是再去‘心岸’，真的会被整出精神病来。”黄利平把搓澡毛巾揉成一团狠狠扔到水里，“你们这招丢卒保帅玩得很溜啊，湛副省长当时可是放了狠话的，没我替你顶缸，你能有今天？”

娄昆说："你今天找我就是为了这个？这样吧，为了安抚你的胡思妄想，我可以做一点儿人道主义的补偿。"

"这个价格，我怕你一个人出不起。"黄利平说着伸出五根手指。

"五十万？狮子大开口，心理治疗没这么贵。"

黄利平摇了摇头，慢吞吞地说："不，五千万！"

娄昆不怒反笑："别扯淡了，五年前的那个贩毒枪击案，整套侦查案卷从言证、书证、物证到鉴定结果都是完整的，事实清楚，证据充分，结论真实，凭你这几句梦话就想翻案？"他差点连眼泪都笑出来了，拍着黄利平的肩膀说，"大黄，我知道你是跟我开玩笑，不过，有的玩笑能开，有的不能开。"

黄利平拨开他的手："如果这五千万买的是马修斯的一条命，你还会觉得贵吗？"

娄昆的表情和动作都僵住了："你什么意思？"

黄利平坐了下来，拿起打火机点着了一支烟："我有足够的证据表明，马修斯死于精心策划的谋杀，杀死他的人就是你的老大 Rook！"

娄昆平日的斯文模样渐渐化为狰狞可怖："你要想清楚，你说的每一个字所带来的后果！"

黄利平不为所动，继续说："我还有足够的证据，Rook 授意你和刘万河不择手段地捞钱、转移财产，目的是有朝一日潜逃海外，自谋出路。你们早就背叛了 Queen 和 King 先生，背叛了你们曾经发誓要忠于的共同事业！正因为马修斯察觉到了这一点，你们干脆就杀了他。你们机关算尽，这事做得滴水不漏，但别忘了 Queen 和 King 背后代表着什么，你们的老底全都攥在他们手里。不瞒你说，他们已经怀疑马修斯是被害身亡，委托我调查死因，只要我一松口，你们就是灭顶之灾！”他说到这里，连吐了五个烟圈，看着烟圈袅袅化为一片蓝色的烟雾，“五千万买我封口，大家平安，一起发财，这笔生意绝对划算。”

娄昆连连摇头：“五千万，你是真疯了！”

黄利平轻松地说：“五千万对你们来说不过是毛毛雨，光是玉川水库大坝一个项目，你们就赚进一个亿，春岭开发区国际商贸城地皮拍卖，又是一个亿……这么些年下来，Rook 经手的项目有多少？别说他，就你也是亿万身家了。”他猛吸一口，拧灭烟蒂，“我这个人做生意一向实在，说到做到，给钱就绝对保密，以后大路朝天各走半边。你要是有兴趣，我现在就可以透露一部分证据让你见识一下，看看值不值这五千万。”

曹元明在白天前往了离山厂矿区，来到“蓝天”舞厅，里面的打斗痕迹都清理干净了。他查到赵奎有一个正式单位，就是离山发电厂，又来到发电厂，问门卫：“赵奎是不是在这里上班？”

门卫问：“你是他什么人？”

曹元明说：“我是赵奎的远房表弟，因为家里出了事，想找他帮忙。”

门卫懒洋洋地说：“他确实是在这儿领工资，但早就不来上班了，别问我去哪儿了，厂长也不知道。你到这儿来找人，那是烧香进食堂，找错门了。”

不远处就是他抓孙洪反而被偷袭的小巷，看来那晚袭击自己的两个人，除了娄昆，另一个可能就是赵奎。孙洪此后再也没有留下一丝痕迹，就像人间蒸发了，娄昆把他弄到哪儿去了？

曹元明来到那条小巷，虽然已经时隔多日，而且警方勘查什么也没有发现，但他还是抱着碰运气的希望再来查看一下。沈辞云催眠让他重拾这段记忆之后，他就再没有来过这里，当重新站在小巷里时，却突然发现，这条小巷和当初警方勘查过的不是同一条小巷！他怔住了，难道是SHADOW出了问题？不，沈辞云不会骗他……他立即明白，问题出在黄利平身上！是黄利故意指引了错误的现场，难怪臧进荣他们什么也发现不了。黄利平找唐媛媛要马修斯的尸检报告，还可以解释为受人所托，但掩盖真实的案发现场混淆视听，只能说明他与娄昆等人有勾结！

曹元明一阵心痛，和黄利平十多年的交情，一直把他当成知己和兄长，对他简直是无话不说，现在才明白，他跟自己就不是一路人！

每当案件侦查进入到关键阶段，总是被突然打断，或者被引入歧途，这是为什么？曹元明的脑子里一直萦绕着这个疑问，现在，疑云一点一滴地消散开了，但他却被更伤心的孤独感包绕，欧阳绚、娄昆、黄利平……甚至唐媛媛都不能信任，还有谁是朋友？

他不禁思念起了沈辞云："她现在A国干什么？她安全吗？她还会回来吗？"

就在这时，手机响了，是黄利平打来的。他立即按下接听键，但手机里传来的不是话音，而是"呼哧呼哧"的粗重呼吸音。他问："大黄，是你吗？有事吗？"对方没有回答，过了一会儿，电话响起了“嘟嘟”的忙音。难道是误拨？他又打了过去，无人接听。

过了一会儿，黄利平回了一个信息：“今天晚上十点湖滨公园见面，有事面谈。”并发来了一个地址，这是一个很偏僻的地点。

曹元明准时来到湖滨公园旁的树林里，周围一片漆黑，远处偶尔有车灯划过夜幕，就像鬼火一样微弱飘忽。

黄利平的丰田阿尔法商务车就停在林边的一棵大树下，却没有看到他的人，车子的尾灯还亮着，说明车没熄火。曹元明快步走近，发现黄利平倒在车里，双眼紧闭，昏迷不醒！他暗叫不好，一探鼻息，呼吸非常缓慢微弱，翻开眼睑，发现瞳孔像针尖一样缩小。曹元明立即对他进行 CPR，并拨打 120 急救。

黄利平神志略微恢复，见到曹元明，嘴唇翕张，但已经说不出一个字。

曹元明把耳朵放在他嘴边，还是听不到话音。

黄利平将全身残余的力量全部集中在嘴唇和舌头上，用力张大嘴巴，就像变魔术一样，从嘴巴里吐出了一把钥匙。嘴藏香烟是他的一项绝技，魔术的要领就是用舌头压住香烟，在口腔里形成足够的空间，需要循序渐进反复练习才能熟练到不露破绽。现在，在他生命的最后一刻，这个逗人一乐的小魔术帮他保存了最重要的东西。

曹元明赶紧将钥匙收好，说：“大黄，我懂了，你坚持住，我会救你的。”

黄利平眼光涣散，这一下已经用尽了仅存的一丁点精力，他再也支持不住，头一歪倒在地上，停止了呼吸。曹元明这才拨打了110。

110警车和120救护车几乎同时赶到，一辆市局的警车也随即赶到，如此不寻常的出警已在曹元明的意料之中。果然，又是章国全做笔录，追问黄利平都说了些什么。

曹元明说："我见到黄利平时，他就没气了。"

章国全说："你撒谎，既然人死了，你为什么打120？"

曹元明说："我不是医生，不能下死亡诊断，万一抢救后能起死回生呢？"

章国全翻来覆去问不出什么，只好让他回家了。

翌日，唐媛媛打电话告诉曹元明："大黄尸检发现有多处皮下瘀血，有遭殴打和捆绑的痕迹，直接死因是过量海洛因导致的呼吸循环衰竭，双臂有多处针孔，看来是被人胁迫注射毒品死亡。"

曹元明问："现场勘查有什么发现吗？"

唐媛媛说："高航说，潜血蓝光试剂没有在车内检测出潜血痕迹，周围也没有打斗痕迹，那里不是第一现场。大黄是私家侦探，社会关系网非常复杂，一时难以判断凶手的动机和身份。"她很担心黄利平给四万块钱的事被查出，那就说不清了。

曹元明说："这事你已经向娄局长反映过，所得钱财全部上缴，我可以作证。但是，你必须告诉我，马修斯死因的疑点。"

唐媛媛犹豫了一下，说："马修斯实际上是死于心肌梗死，而不是醉酒引起的窒息……大黄手里有详细的尸检报告，会不会因为这个被害？"她越说越怕。

曹元明说："媛媛，大黄死了，他们也不会放过我。这段时间你暂时不要和我联系，我不在你身边，你自己一定要多加小心，不论在单位还是在家，都不要单独一个人，外出要结伴，注意观察四周，看到有人跟踪或者其他异常情况，要及时报警。"

唐媛媛含泪点头："那你怎么办？"

曹元明说："放心吧，没有人可以打败我，因为我后面是国法和天理！"

章国全向娄昆报告："法医说，根据尸体的超生反应和尸温来看，死亡时间不到一个小时，也就是说，曹元明赶到现场时，大黄狗有可能还活着。"

娄昆手指弹着桌沿，不满地说："有可能？"

章国全说："您要求曹元明一赶到，他就断气，这个药量实在没法掐得这么精准。但请您放心，那条狗身上每一个毛孔、车上每一个部件，我们都彻底检查过了，干干净净，不会留下任何证据。我们安装在车边树根下的窃听器，也没有听到大黄狗说话的声音。"

娄昆说："不能大意，狗改不了吃屎，就算那时他不能说话，只要还没有断气，还可以通过手势眼神交流。"

章国全说："是，我们会一直盯着曹元明。"

黄利平留下的那把钥匙上写着"银色月光 405"的字样，

曹元明来到“银色月光”浴场，用钥匙打开405号储物柜，里面放着一个U盘以及一个录音笔。

他前脚刚走，跟踪的便衣警察就赶到浴场，询问浴场老板后，报告了章国全：“姓黄的很狡猾，开了两个储物柜，除了那个303，还有一个是405，曹元明刚刚把405柜子里的东西取走了！”

娄昆气得一拍桌子：“不要磨蹭，马上行动！”

他像笼子里的困兽一样来回踱步，冷静下来后，给俞虹打了电话，说：“这条船现在到处漏水，堵了这边，那边又漏，洞越来越大，狂风巨浪要来了……我们要做些准备。”

曹元明带着U盘和录音笔回到家，进了书房，反锁房门，打开电脑，发现了里面存有黄利平收集整理的大量材料证据。黄利平不愧是刑警出身的资深侦探，这些证据包括了当事人陈述、物证、视频录音、电子数据等，构成了比较完整的证据链，甚至还有“活证据”——刘万河合伙人迟茂财的藏匿地点。

证据披露的细节让他震惊不已，更让他痛心的是，通过黄利平和娄昆在浴场的谈话录音可知，黄利平发现这些罪行后，并没有及时报告有关部门，反而利令智昏，以此要挟娄昆，索取巨额“封口费”，这给他带来了灭顶之灾。

黄利平还给曹元明录制了一段独白视频，视频背景是一个小屋里，他话音压得很低，画面昏暗摇晃，显然当时他身处的环境不正常：

“元明，当你看到这个视频时，我已经死了。首先，我要向你道歉，我一直在利用你，没有你，我不可能收集到这么多的证据，特别是一些关键证据离不开你的帮助。我一直瞒着你，我不配做你的朋友。我说这些，并不是乞求你的原谅，而是不想死得不明不白，不想欠你太多。我就要死了，作为回报，我要告诉你我所知的一切。由于时间紧迫，很多事来不及细说，但我下面说的这些话，每一句都是真实的。

“我五年前在马修斯的引诱下加入了 MG 俱乐部，当时他是我的心理咨询师，帮助我解决了被开除后的心理问题，使我振作起来重新创业，因此我对他是言听计从。但我那时不知道，马修斯不是天使，而是一个魔鬼！我一开始就被他利用了，并且越陷越深，等到我想上岸已经来不及，只有一条道走到黑。

“你一定会问马修斯是怎么利用我的。我五年前第一次接受他的心理咨询，他就用催眠偷偷篡改了我的记忆，诱骗我承认在港口区缉毒时误杀了人质，他的催眠真是太高明了，让我心甘情愿地替娄昆背锅。有了第一次，就有第二次。顾昱从事保密程度很高的军工科研工作，工作压力一直很大，小时候还留下过心理阴影，马修斯就通过我的介绍成了顾昱的心理咨询师，抓住他的心理弱点控制住他。他俩表面上是医患关系，实际上是情报链条上的两个节点，情报交易的场所就在‘心岸’心理疗养院。‘心岸’名义上是为河山的领导干部和科研人员进行心理服务的疗养胜地，其实是 A 国情报机构设立的一个秘密工作站。这个情报站的手段非常特别，不是像一般人所想象的那样以金钱、美色为诱饵把目标拉下水，他们的手段巧妙而高效，那就是催眠！催眠能充分暴露一个人真实的精神世界。随着反腐力度不断加大，贪腐官员很多都有精神抑郁和人格分裂，恐惧症、强迫症之类的精神疾病很常见，他们貌似高高在上，其实内心无比虚弱，四处拜佛算命，精神上毫无信仰和寄托，这就给了马修斯等人可乘之机：通过催眠洞悉他们内心，让他们跪倒在心理阴影下，成为精神世界的阶下囚，再要从他们嘴里套取情报就是探囊取物，他们会毫无抵抗地说出潜意识里隐藏的一切。马修斯他们逐渐把触角伸入到精神病院和河山医科大学附属医院的脑外科、神经内科等相关机构，形成了一个完整的心理——精神控制体系。不知有多少人成了他们的猎物，其中也包括我。我平时自诩精明，落入圈套居然浑然不觉，可见他们的这种手段非常隐蔽，计划也是很周密的。多少年来，他们从没有失手过，只有一次例外。

“CLH82 芯片泄密案一发生，国安就把怀疑的目光对准了顾昱，考虑到你是他的发小，准备调你进专案组，让你通过朋友的身份去接近他。由于有内鬼，他们知道了这个侦查计划。我不知道他们为什么这么忌惮你，也许是因为你从警经历太优秀了，一开始就想要除掉你，硬的手段不行，就来软刀子——仍然是他们最拿手的催眠，但这一次，他们失手了……”

曹元明听到这里暂停了一下，让高速思考的大脑有一个缓冲：“5.10”贩枪案时，正当他与炮哥交易的关键时刻，赵奎打电话告知炮哥他的真实身份；“5.25”绑架案，娄昆力主让他进入离山隧道，并一出隧道就下令开枪——是的，早在那个时候，他们就动手了。他明白，他们之所以这么忌惮自己，不仅仅因为他有过多么出色的功绩，更重要的原因在于，他们控制顾昱的心理学手段是建立在一个虚假的“记忆”（把妹妹推下山崖）之上的，而这段记忆的真实情景一直保存在他的脑子里，如果他让顾昱从这个凭空臆造的梦中醒悟过来，那么，整个阴谋都会破产。

曹元明又回想起沈辞云的话：“我仔细看过你上次的手术录像，复习过你所有的检查结果。你的‘梦巢’和‘记忆扳机点’都在手术中受到了损伤，所以才会带来那么多的后遗症。”他不禁打了个寒战，莫非那场手术……一想到沈辞云，他就情难自抑，时间紧迫，他不及多想，点击了继续播放按键。

但黄利平偏偏提到了沈辞云：“在你身上，他们无孔不入、无所不能的催眠遭到了唯一一次失败，因为你有沈辞云！沈辞云的出现，让他们所有的心理学战术统统失效，而且破绽百出，这将令他们满盘皆输！这下，他们是真的害怕了，想方设法要离间你和她！说到这里，你应该猜到，欧阳绚回国是受人指使的，就是要阻挠你和沈辞云在一起。你不要怪欧阳绚无情，她父亲欧阳德被刘万河那个 EB-5 投资移民项目给坑死了，被扣在 A 国，她不敢不听话。”他说到这里，停顿了一下，“元明，去找沈辞云吧，只有她能帮你！娄昆和刘万河是一丘之貉，他们背后还有更大的势力，凭你个人的力量根本无法对抗。沈辞云是个好姑娘，你千万不能辜负她，你需要她，就像她需要你一样，你们合作将是最有力的武器！”

曹元明心潮起伏，喃喃地说：“我每天都在担心她，恨不得立即飞到她的身边。”

黄利平可能感到危险正在迫近，加快了语速：“时间要来不及了，我得赶紧说一下马修斯的死因。一个叫 Queen

的人找到我，说他怀疑马修斯死于谋杀，请我暗中查找真正死因，聘金之高让我无法推却。唐媛媛提供的尸检报告表明，马修斯死时血液循环系统中儿茶酚胺含量剧增，这会引起心血管的极速收缩，使心跳突然加快到难以想象的速度，导致一系列并发症，最严重的就是急性心肌梗死，尤其是有基础性心脏疾病时。儿茶酚胺的剧增，通常跟外界的刺激有关。这印证了你的判断——马修斯死时惊恐痛楚的表情说明，他在 VR 里看到了极其恐惧的画面，是被活活‘吓死’的。我参加 MG 俱乐部后，也学过一点心理学，知道催眠是一件多么神奇而又可怕的武器。而娄昆主导的尸检报告却说，马修斯猝死的原因是酗酒引发的呼吸窒息，显然在撒谎，真正死因是急性心肌梗死引发的循环衰竭。娄昆为什么要掩盖真相，原因只有一个，那就是他们才是杀死马修斯的真凶。娄昆和马修斯本来是一个阵营的，没有马修斯，他五年前就要脱警服，但现在他们出现了严重的内讧，内讧的原因在于娄昆他们自以为翅膀硬了、有钱了，不想做提线木偶，想摆脱 A 国情报组织的控制。

“我劝你去找马修斯做心理咨询、引你去找孙洪、劝你再次做脑科手术、去找许维舟了解情况，我还污蔑沈辞云杀马修斯，这都是受人指使。我是一错再错，这辈子已经无法弥补这份愧疚了，因为我最后犯下了一个致命的错误：与虎谋皮！我查出了马修斯的死因，却没有向 Queen 报告，因为我发现马修斯这帮混蛋愚弄了我整整五年，我不想继续被人利用，相反，我要利用马修斯的尸体为自己创造价值，我要和娄昆做一个交易，但这是我在一气之下的决定，我过于自信了……”

就在这时，传来了急骤的敲门声。

曹元明知道情况不妙，迅速关闭电脑，他的眼光落到了贝贝的不倒翁上。不倒翁除了底座，上部分是中空的，他将 U 盘和录音笔藏在里面。

曹元明打开房门，欧阳绚和贝贝都是惊恐眼神，他说："你带贝贝进房间，外面的事我来应付。"

门开了，章国全带着几个便衣警察闯了进来，章国全拿着有娄昆签字的传唤证，以传唤为名，宣布对曹元明进行双规（指定居所监视居住）。

曹元明问："为什么没有纪委的签字？双规有任何违法违纪的事实前提吗？"

章国全说："有娄局长的签字就行，手续可以补办，事实以后再说。"

曹元明拒绝在上面签字，说："章国全，你这是胡来！你要想清楚，为虎作伥从来都没有好下场。"

章国全冷冷地说："娄局长吩咐过了，你的情况特殊，特事特办，可以先动用技侦手段，再办立案手续。"

一个警察特意摸了一下电脑机箱，发现有温热，开始检查电脑和房间。

曹元明抗议："你们没有搜查令怎能乱翻东西？"

贝贝抱着不倒翁不停地哭泣，欧阳绚也是瑟瑟发抖。

章国全命令带走曹元明，贝贝大哭："叔叔，我爸爸是好人，我就要过生日了，让爸爸留下和我一起过生日吧。"

曹元明心如刀绞，让欧阳绚照顾女儿，安慰贝贝说："爸爸一定会回来的，生日一定给你买蛋糕。"

曹元明戴上头套，被带到一个偏远的招待所隔离起来。这个房间门窗全部加固封死，内外都安装摄像头，房子里只有一个 15 瓦的立式台灯发出昏沉的黄光。这里没有热水，也没有洗漱用品，窗帘紧拉，外面的空气都很难进来，被褥散发着汗臭味。

他手腕缠上毛巾，在毛巾外面铐上手铐，两只手一上一下背靠坐在凳子上接受突击审讯。不论章国全问什么，曹元明只回答一句话：“我要见娄局长。”

娄昆终于出现了。他说：“我们接到群众举报，你包庇犯罪嫌疑人庞海，还私藏弹药，涉嫌受贿和渎职。元明，我以前一直很看好你，知道这些很是痛心，希望你迷途知返，配合调查，交代这些问题。”

曹元明当即以事实反驳上述指控：“我接近庞海是为了获取证据所采取的侦查策略，最终逮捕书上的被告人均被我抓获，我因此荣立三等功，市局还发过简报，所有的证据都表明，庞海并未涉案，只是一个线人，何来包庇之说？至于私藏弹药也是无稽之谈，我是一名现职刑警，配枪十年，历年配发的子弹，凡是没消耗完的，结余后都放存在办公室里，每一发都登记在案，怎能算私藏？”

娄昆模棱两可地说：“这些事情的弹性很大，可大可小，你如果态度端正，老实交代，就不会移送司法机关，可以马上放你出去，什么事都没有。”

曹元明问：“我还能交代什么？这些所谓的指控毫无根据，纯属子虚乌有。”

娄昆亮出了底牌：“黄利平死前都跟你说了些什么？交给了你什么东西？”他们仔细检查了曹元明家中的电脑，

从硬盘文件到上网痕迹，都没有发现存储、下载、上传过异常的东西，只有在USB接口读取过不知名的文件，这些文件保存在外接的存储介质（有可能是U盘、移动硬盘、数码相机、录音笔、手机等）里。曹元明从“银色月光”回家，时间很短，不太可能藏在别的什么地方，但翻遍了他家也没有找到想要的东西。

曹元明干脆地说：“什么也没有，我赶到时他就断气了。”

“不要以为你的问题仅此而已，你的麻烦大了！”娄昆厉声说，“我们早已掌握了黄利平被境外敌特组织收买的情况，他的死你有重大作案嫌疑！”接着，他一一列举“证据”：黄利平死亡现场的指纹、脚印，两人的手机信息、银行转账记录等，以及从他家中搜出的装满钱的信封，信封上有他和黄利平的指纹，这说明他和黄利平早就同流合污。他杀人的动机是为了灭口，或者分赃不均。

曹元明明白，银行转账记录是他们让欧阳绚干的，因为自己曾在准备手术时把银行卡交给了欧阳绚保存以防万一。唐媛媛也没有认识到娄昆的真面目，什么话都被他套出来了。

娄昆还出示了一小袋海洛因：“这是从你家中搜出的，你长期精神异常，不得不依赖毒品麻醉自己，黄利平就是死于过量注射毒品！”他又取出一纸签过名按过手印的纸，“这是我们刚抓获的一个毒品贩子的证言，你在他那儿买过海洛因，还不止一次。”

曹元明故作惊惶地说：“这么说我死定了？”

娄昆跷起二郎腿：“不要等见了棺材才掉泪。我说过，你如果态度端正，老实交代，就不会移送司法机关。”

曹元明突然笑了，说："我要求走司法程序！"并提出几点要求：出示立案理由和通知书，检察机关参与办案，依法对个人合法权利予以维护，对家人提供安全保障。

娄昆脸色阴沉，没有答复这些要求，说："曹元明，天堂有路你不走，地狱无门闯进来！你真是花岗岩脑袋不开窍？我不懂，你跟我作对，究竟因为什么？"

曹元明一字一字地说："因为我是一名共产党员！"

娄昆大笑："笑话，我的党龄比你长。"

曹元明目光炯炯："你不懂，因为你不是真党员！"

娄昆干笑两声，避开他的目光，站了起来，交代旁边的章国全："不要让他睡觉，让他想问题。"他走到门口，转身对曹元明说，"你是蜡烛不点不亮，我可以告诉你，我这里从没关错过一个人，不要以为你能扛多久，到时你会跪在我面前。"

曹元明被剥夺睡眠，忍受没日没夜的疲劳审讯，两只背铐的手腕被手铐勒得发黑，起泡溃烂。章国全拿了一瓶碘酒倒在他手腕上，疼得他惨叫起来，就算消毒了。章国全就是不松铐，到后来曹元明整个手臂都麻木不能动弹，但他依然不肯低头合作。

曹元明被关进来后，手机和身上所有钱物都被搜去，二十四小时都有三班倒看守监视，每班两人，窗前一个，门前一个，没有一个警察敢和他讲话，连上厕所都有人跟着，可谓戒备森严，想逃出去是不可能的。

曹元明知道这样熬下去，铁打的人也会顶不住。他心生一计，假装癫痫发作，倒地不起，全身抽搐，小便失禁。

章国全无奈，请示娄昆说：“他的老毛病又犯了，如果死在这里，处理起来比较麻烦。”在娄昆示意下，将他送进了康宁医院。

在医院里，曹元明单独关押在一个小房间，门窗也都加了铁栅栏，照样有警察二十四小时值守监视。

这几天，仍是原来那个护士长推着小车来发药，曹元明每次都和护士长扯几句不痛不痒的闲话，趁她不备，悄悄藏起了镇静用的安定片。

晚上十二点，是交接班的时间，两个警察前来接班，其中一个是高航。

曹元明见时机到了，说：“高航，我肚子好饿，看在同事的份上，你叫几份夜宵过来，大家都辛苦了，算我请客。”

另一个警察不许，高航素来敬佩曹元明，说：“大家同事一场，这点情面还是要讲的。”便叫了外卖，三人一起吃夜宵。

曹元明乘机将安定碾成粉末拌入饭菜中，两个警察吃了很快呼呼大睡。

他从高航身上掏出钥匙，打开手铐，迅速逃离了医院。

曹元明来到汽修店，唤醒了熟睡的庞海，说：“我现在遇到了麻烦，必须马上离开这里，你帮我个忙。”

庞海揉了揉惺忪的眼睛，说：“哥，啥都别说了，你的事我早知道了，我再不成器，也知道义气两个字怎么写。”

曹元明说：“我现在最需要的也是最危险的东西是手机，你去找人搞一部装新卡不实名登记的手机，还要一张假身份证。”

庞海想了一下，说：“最快要明天，我到哪里找你？”

曹元明说：“鼎岳山野栗坑有个开采铅锌的矿洞，二十多年前就废弃了，你知道这个地点吗？”

庞海摇了摇头。

这时，门外传来了一个少年的声音：“曹大哥，我知道。”

曹元明一回头，只见姜阿奇站在门口，手捧一个包裹交到他手里。他打开一看，包裹里都是巧克力压缩饼干罐头等食物，还有几件衣服。

姜阿奇说：“庞老板说，你被坏人带走了，只要逃出来，一定会到这里找他。我日日夜夜都在店里等你，这些东西你用得着。”他将五千元现金给了曹元明。

曹元明没收钱，说：“好孩子，这是大人的事，很危险，你不要卷进来。”

姜阿奇说：“你说过，我满十八岁就是个正儿八经的男子汉了。你救过我，我为什么不能帮你？”

庞海问姜阿奇：“你怎么知道那个矿洞？”

姜阿奇说：“三年前我跟几个朋友去鼎岳山探险，无意中到过那里，洞前都是树林杂草，路都看不到，一般人很难找到。”

庞海对曹元明说：“警察知道你我的关系，还是让阿奇去找你吧，他的目标小。”

曹元明点了点头，说：“城里到处是监控，不得不委屈你们一下。”说完将庞海和姜阿奇五花大绑，随后消失在黎明前的黑暗之中。

天亮后，两个警察醒来发现曹元明已经从康宁医院逃走，立即报告娄昆。

娄昆气得差点摔了手机，匆匆赶到医院，只见臧进荣已经在场，正严厉训斥高航："你这个多年的刑警，为什么还这么麻痹大意？"

娄昆问："老臧，你不是去休假了吗？"

臧进荣摸了摸脑袋，说："我是劳碌命，政法委王书记找我谈了话，让我不要闹情绪，就算有些案子需要回避，也要继续留在岗位上发挥余热，等待组织部和党委会的决定。"

娄昆"哼"了一声，问高航："我记得昨天不是你值班呀？"

臧进荣说："张建永昨天食物中毒拉肚子，我让高航去顶班。"

高航说："都怪我麻痹大意，辜负了领导的信任，我做检查。"

章国全问高航："昨天中午你跟张建永一起吃饭，如果是食物中毒，为什么你好好的？"

高航说："这我哪知道，从小我妈就说我的胃是铁打的，什么都能吃。"

娄昆阴恻恻地对高航说："我看你不是麻痹大意，而是有意渎职！凭你没这么大胆子，我倒要看看是谁给你撑腰？"命令立即停职反省，先做自我检查，等候处理。然后，他让章国全发布对曹元明的通缉令。

臧进荣问："理由呢？"

娄昆说："双规期间脱逃监视。"

臧进荣说："双规是党纪措施，不是法律措施，他就算脱逃，也不触犯《刑法》，怎么能作为通缉犯罪的理由呢？这违反了《刑诉法》。"

娄昆说："老臧，你不要干扰我的工作！"在他强硬的行政命令下，警方开始在车站、路口设卡盘查，并在新闻媒体和网络上播发了通缉令，一张追捕的大网铺了开来。

娄昆带人来到"金不换"汽修店，调出监控，曹元明果然来过这里。他亲自审问庞海。

庞海说："曹元明半夜里跑来向我要车要钱，我早听说他犯事了，这是来者不善哪，不想给，他就把我绑了起来，不给就要我的命。我没办法，就故意给了他一辆刹车有毛病的车。"

娄昆问："你知道他逃哪儿去了吗？"

庞海说："他往春岭的埋甲山去了。"

娄昆说："作假证是犯法的。"

庞海说："我保证，句句属实。"

娄昆立即派人往埋甲山方向追去，发现了一辆汽车掉在盘山公路下的玉川水库，从型号和车牌看，正是庞海说的那辆车，现场看上去像是刹车失灵导致车毁人亡，但不见曹元明。这里的山区还没有做到"天网"工程的全覆盖，警方一边组织打捞，一边派人在附近搜查，就是活不见人死不见尸。

曹元明出逃的消息在河山掀起了轩然大波。市政府市长办公室，鲁秘书正要进来汇报工作，听到办公室里传来了激烈的斥责和争吵，好像还有打耳光的声音，赶紧退开。门打开，娄昆出来，一手抚脸，面色阴沉。

温泉湾度假村角落里有一个生态小农庄，乍看不起眼，进去后却别有情趣。这是一个不大不小的院子，门前是一棵修剪整齐的罗汉松，院子里种着盛开的秋菊和桂花树，中央是一个小池塘，上面架着小木桥，下面养有锦鲤数十条，两边的喷泉从桥上交叉喷过，晚风吹来，一股带着草木清香的气息扑面而来。地上有一排作为脚踏石的石墩，从院门伸展到木屋门口。木屋门口挂着一个小灯笼，夜色里发出柔柔的黄色灯光。屋内是柚木地板，日式榻榻米，上面放着六个蒲团，围绕在一个茶几旁，茶几上摆放着素净的插花和茶具。整个设计风格返璞归真，让人心归平静。但此时榻榻米上的一对赤裸的男女却发出了粗重的喘息，透着焦躁的亢奋。

娄昆将俞虹压在身下，一边用力挺进，一边发泄郁气："你再打我啊，再打啊！"

俞虹呻吟："轻点，你疯了！"

娄昆说："我是疯了，要被他逼疯了！"

俞虹问："究竟怎么了？"

娄昆问："你爱他还是爱我？"

俞虹搂住娄昆吻了一下："当然爱你！你说过，我是你唯一的、永远的女人，今天我们失去的一切，明天老天爷会加倍补偿。他不过是把我当生育机器，不敢离婚，他害怕前程；而你直到今天还不结婚，就是承诺要给我一个正式的名分。"

娄昆爬起身来，披上衣服，点了一支烟："我和他都是贫寒子弟出身，相互扶持走到今天很不容易，但这个人可以同富贵却不能共患难！他为了自己，连马修斯都敢杀，变着法子把老婆往死里整，这样的心肠，还有什么事做不出来？伴君如伴虎，哪天看我不顺眼，杀我也就是动动心思的事，我不能与虎谋皮！”

“他这个人心高气傲，不甘人下，不会一直听从马修斯他们的摆布，无论他位置多高，只要不摆脱这种控制，他就永远没有安全感。”

“问题是，他实在是贪得无厌，到处伸手，一点都不知收敛，用刘万河这样的草包帮他洗钱，姓刘的骨子里就是个没见识的农民，成事不足败事有余！我早就提醒他了，国内国外那么多双眼睛盯着你，这样搞下去迟早要出事。他就是不听，结果不可收拾……”娄昆连连摇头。

“他不止一次跟我说，每天坐在办公椅上就像坐在地雷上，要摆脱马修斯的控制，要去国外过自由自在的生活，没钱万万不行……”俞虹见娄昆只顾吸烟，问道，“亡羊补牢还来得及吗？”

“亡羊补牢？这是女娲补天！”娄昆叹息，“我只是船上的修理工罢了，如果船长下令向着礁石航行，那么，不论修理工多优秀，这船注定是要沉的！”

“真有这么严重吗？曹元明一个小警察，有那么难对付？”

“你别小看这个人。”

“不就是个天不怕地不怕的二杆子嘛。”

“一个什么都不怕的人，就是最可怕的！”他又点了一支烟，“我估计他没死，只是放了一个烟幕弹……”

“硬的不行，软的也不行吗？”

“不是每个人都可以收买的，曹元明是个赌上性命的复仇者。”娄昆摇了摇头，“上次我就跟你说过要做些准备，要赶快。”

“是的，我已经在准备了。”俞虹说，“他早已通过我的香港账户往东南亚打钱，给自己留后路，但他做梦也想不到，我和你才是一家人。”

娄昆搂住她纤腰说：“还有球球，我们一家三口很快就要团聚了。对了，他对球球没有起疑吧？”

俞虹摇了摇头说：“他一直以为球球是他的孩子……我们什么时候动身？”

娄昆猛吸一口烟：“随时等我的消息。注意，千万不要在他面前透露半点风声，不能让他赶在我们前面！”

第十五章 隧道，没有尽头

贝贝听说爸爸掉下山谷，精神受到极大刺激，整天抱着不倒翁发呆，对周围的一切不闻不问，也不说话，无法上学，欧阳绚只得在家照顾她。

刘万河来到曹元明家里，贝贝认出他就是和妈妈来往的男人，眼光中充满敌意。

吃饭时，贝贝不论欧阳绚怎么喂饭就是不肯张口。欧阳绚气恼地打了贝贝，不倒翁摔在地上，U 盘掉了出来。贝贝悄悄把 U 盘坐到屁股下，不让刘万河看到。她见爸爸被带走前把 U 盘藏进了不倒翁，小小心灵已经明白这个东西的重要性。

欧阳绚抱着贝贝号啕大哭："天啊，都三天了，你得吃饭啊！"刘万河却无动于衷，到处翻看寻找什么东西。欧阳绚对刘万河说："这个家已经完了！我要带贝贝去 A 国，去找最好的心理医生。"

刘万河冷冷地说："没有我点头，你哪儿都不能去！"

欧阳绚眼泪汪汪："我现在对你已经没用了，为什么还不放过我们母女？"

刘万河说："怎么没用？谁也不知道他死了没有，只要你们还在这里，他不死就一定会回来，我只管等着好了！"

欧阳绚忍不住骂："你是冷血动物！"

刘万河一把捏住她的脸颊："你给我老实点，如果不听话，我会让你见识什么叫痛不欲生。"

深夜，离山厂矿区的垃圾场，"灰毛"赵奎带着一帮流氓正对庞海拳打脚踢。他们打了一阵，问庞海："在哪里可以找到曹元明？"

庞海被打得鼻青眼肿，咬牙顶住不说，又是一顿痛打，他惨叫连连："别打了，出了人命，你们谁都逃不了！"

赵奎把手机递给满脸是血的庞海："嘴还挺硬，报警啊，看有谁能救你。"

庞海不敢接，说："毛哥，我是真不知道啊，放了我吧。"

这时，一个人出现了。庞海吃了一惊："章警官。"

章国全将一个装满钱的黑色大袋子放在庞海面前，打开口袋，露出一沓沓红色的百元大钞，说："这里是五十万，作为朋友的价钱这已经够高了，帮我们找到曹元明，这笔钱就是你的；如果不合作，你还有几件案子没撇清，我马上送你进去再吃十年牢饭！我给你五分钟考虑。"

庞海低下了头，沉思半晌，说："那个小孩姜阿奇知道曹元明在哪儿。"

曹元明翻山越岭，来到鼎岳山野栗坑，在那个废弃的矿洞里找到了迟茂财。

迟茂财又惊又喜，问："曹警官，是黄利平让你来救我的吗？他人呢？"

曹元明点了点头："是的，不过，黄利平已经死了。"

迟茂财又惊又怕：“究竟发生什么事了？你什么时候救我出去？”

曹元明说：“外面情况复杂，这里反正冬暖夏凉，你就多待几天。”

迟茂财拉着曹元明的袖子说：“你快帮我想想办法，我一天也不想待在这里。”

曹元明仔细询问迟茂财，印证了黄利平所言不虚。他说：“你要想活命，只有站出来作证。”

迟茂财失望地说：“不行，我不想坐牢。我要自首，也不会等到今天。”

曹元明说：“这是你唯一的生路，不要死抱着那些不切实际的幻想，那只会带来危险。”

迟茂财抓耳挠腮，坐立不安：“我要是跟你下山，你能保证我的安全吗？”

曹元明说：“我会尽力保护你，将来我还可以在法庭上为你作证，算你有自首情节。”

这时，外面传来了纷杂的脚步声。曹元明侧耳倾听，发现来的不止一个人，让迟茂财躲进角落。

一个人在洞口叫了几声“曹大哥”，是姜阿奇的声音。

曹元明没有答应。

姜阿奇走了进来。赵奎探头探脑地跟在后面，一手拿手电筒，一手拿着手枪。

矿洞很深，姜阿奇故意把地上的锅碗瓢盆踢得“当当”作响。赵奎一把抓住他，装腔作势地叫嚷：“姓曹的，我看到你了，再不出来，老子开枪了！”

“别开枪，别开枪！”迟茂财举着手，瑟瑟发抖地从暗处角落走了出来。

赵奎叫道：“曹元明呢？”

迟茂财往身后一指。

曹元明手里本来攥着一块尖利的石头，见状只好走了出来。在这个幽闭的空间里，他的脑子又开始隐隐作痛，力量和敏捷性都下降了，在赵奎持枪且有防备的情况下，已经不可能制服他。

赵奎见曹元明现身，狞笑着举起了枪说：“姓曹的，这回终于可以送你上西天了！”

曹元明自知难逃一死，眼前浮现出了沈辞云和贝贝的笑容，长叹一声，扔掉了石头，说：“赵奎，你就算杀了我，也逃脱不了法网！你帮娄昆干了那么多湿活，他也不会让你活多久！”

赵奎怔了一下，就在这时，旁边的姜阿奇猛扑上去夺他的枪。枪响了，姜阿奇中弹倒下了，洞口又冲进几个持刀歹徒。

赵奎还来不及爬起来，曹元明的铁拳狠狠砸到他头上，赵奎的枪脱手了。曹元明飞快地拾起枪指着他的头，让其他人退开。

曹元明挟持赵奎，让迟茂财赶快查看姜阿奇的伤势。迟茂财拿起手电筒看了看，摇了摇头。曹元明见姜阿奇胸口连中三枪，鲜血染红上衣，双眼睁圆，一副死不瞑目的模样，已经断气了，悲痛不已，狠狠扼住赵奎的喉咙：“畜生，如果不是要你作证，我现在就崩了你！”

曹元明押着赵奎走出矿洞，迟茂财抱着姜阿奇的尸身跟在后面，几个歹徒投鼠忌器，不敢乱动，只好把路让开。

突然树丛里枪声响起，赵奎脑浆迸裂，还来不及惨叫便一命呜呼。曹元明飞快地侧身滚倒，向树丛里的人影开枪还击，乱飞的枝叶中响起惨叫，弹匣里剩余的子弹瞬间打光。

歹徒们先是四散趴下，见曹元明打光了子弹，便挥舞砍刀一拥而上，迟茂财躲闪不及，被乱刀砍倒，血流满地。

曹元明拼命逃跑，歹徒们紧追不舍。前面是一道飞流直下的瀑布，情急之下，他抓住藤条从数十米高的悬崖滑落到山下的水潭，歹徒们不敢冒险跟着滑下，眼睁睁地看着他湿漉漉地从水潭中爬起身来，消失在山岭之后。

曹元明跌跌撞撞在茫茫山林穿行，又累又饿，浑身都是荆棘划开的伤痕，手臂上还有刀伤。他十余小时没有饮水，口唇干裂，眼冒金星，处于半脱水状态，看到灌木林中结着不知名的野果，他不敢摘食，如果中毒是得不到医治的，在身体极度虚弱状态下腹泻也会致命。他鼓励自己一定要坚持找到水源，这是野外生存的第一步。

夜晚，密林深处分外寂静，他竖起的耳朵终于听到了潺潺的流水声，找到了一泓山涧。他趴在水里尽情地喝饮，然后用清水洗刷伤口，从衬衣上撕下布条包扎，阵阵痛楚让他忍不住呻吟起来。

他躺在地上，仰望星空，姜阿奇和迟茂财惨死的景象历历在目。他一时满怀英雄末路的悲怆，感到天下虽大却无容身之地。

极度疲惫和饥饿之下，他昏过去了。那个隧道里的噩梦一如既往出现，但是，沈辞云的音容笑貌驱散了噩梦。她款款深情地说："你快回来，小静等着你。"

他醒了，冥冥之中一股力量重新让他站了起来，他坚信她真的在等着他！

天蒙蒙亮，曹元明从水里看到了自己的倒影——衣着褴褛、蓬头垢面，只有透过那双燃烧着仇恨的眼眸可以看到这是一位昔日的刑警英模。水里的影子渐渐化为一系列画面：一个正在警徽下宣誓入警的热血青年、一个正在党旗下宣誓入党的铁血刑警，他曾在汹涌的洪水中抢救出战友的生命，在熊熊烈火中抢出将要爆炸的煤气罐，徒手攀越五层高楼生擒身绑炸药的杀人犯救出人质，以一敌四捣毁国际贩枪团伙，斗争磨炼出来的骁勇与策略令河山黑道闻之胆寒……铮铮誓言犹在耳畔："献身于崇高的人民公安事业，不怕艰苦，不怕牺牲，坚决捍卫法律的公平正义，做祖国的忠诚卫士……"

他仰天长啸一声，向埋甲山而去。

从鼎岳山到埋甲山都是连绵群山。曹元明只敢在夜晚走山间小径，白天则在密林潜行，白天依靠太阳光线的移动、晚上依靠北极星来定位。此时已是暮秋，夜间寒风袭人，所幸的是在一个山谷里捡到了登山爱好者丢下的一副破烂帐篷，撕下来做了外套。夜晚，他会偷偷下山从农民的地里挖红薯摘苞米，有时实在没得吃就以草根树皮充饥，等到埋甲山时已是七天七夜之后，他这时和一个野人已经没什么两样了。

深夜，曹元明来到埋甲山的山脚下，找到那棵见证了明明和小静成长的大松树，在树干上那两首诗的旁边，用鲜血写下“我回来了”四个字。

曹元明白天藏身于埋甲山，夜晚时则去那棵大松树查看。连续几晚都没有动静，这天晚上，他再也忍不住，抱住大树流下眼泪，哽咽着说：“小静真的走了，真的走了。”

他连日奔波，饱受折磨，还发起了高烧，只靠这个梦想苦苦支撑，这时已是心力交瘁。

不管自己在隧道里如何拼命奔跑，却总是见不到一丝光亮，难道这真是一条没有尽头的隧道？

他一时万念俱灰，甚至想到不如去自首，这样还能见到日夜思念的女儿。

当他蹒跚离开时，忍不住最后一次回头，发现皎洁的月光下正站着一位女郎，恬静如斯，淡然如怡，不是沈辞云又是谁？

沈辞云静静地望着他，目光中充满了关爱、怜惜和痛楚。巨大的惊喜让他不敢相信自己的眼睛，又是揉眼，又是掐腿，这才确信，这不是梦境！

他紧紧握住那双如温玉般的双手，喃喃自语：“小静，你告诉我，这不是梦，不是梦。”

沈辞云说：“我的手好疼，这肯定不是梦。”

曹元明赶紧松开手，忽然想到，自己这副样子实在太吓人，而且浑身恶臭，又退后了一步，不好意思地说：“早知道你今晚会来，我应该去洗个澡换身衣服。”

沈辞云说：“想洗澡，想换衣服？跟我来。”将曹元明带去老宅。

曹元明坦言："我开玩笑的，实话告诉你，我被通缉了，警察正在到处找我。"

沈辞云不以为意地"嗯"了一声。

曹元明说："你不能把我带到你家去，不然他们会诬陷你包庇罪。"

沈辞云又"嗯"了一声，还是不停步。

曹元明站住了："小静，你不能冒这个险，你可以报警，我认命。"

沈辞云问："那你跑来见我，又是为什么？"

"能见你一面我已经知足了。我还有一个奢望，在这最后的时刻，你能帮我完成那个尚未完成的隧道噩梦，因为我有太多疑团，死也要死个明白。"

"既然如此，那就跟我走！"

"我们去隧道里好吗？如果在你家被发现，你知道这会给你带来什么危险吗？"

"我知道。"沈辞云说，"我从网上看到了你的通缉令，所以才从A国赶回来。"

"你这样做是为什么？"

"为了兑现我的诺言，让你走出那条可怕的隧道！"

"你救过我多次，我很感激你，不需要为一句话冒这么大的风险。"

"你什么时候变得这么婆婆妈妈？"沈辞云正色说，"你也不止一次救过我，我们之间还需要感激吗？你以为在野外就安全了？你的伤口感染，还发着烧，再拖下去就会危及生命。"

曹元明还在犹豫。

沈辞云说："我这么做，不光是为了你，也是为了那些二十多年来都不得安生的死者。"

曹元明听了全身一震。

这是黎明前最黑暗的时刻，大地死一般的寂静。

两人进入了沈辞云家的老宅子。

沈辞云端来速食面和瓶装水，先让曹元明饱餐一顿，小憩后，再口服抗生素，接着拿出碘酒、剪子、镊子和纱布，给他清理伤口。有的伤口里已经化脓，需要剪去烂肉再消毒。曹元明紧咬毛巾，额头渗出了一颗颗豆大的汗珠，身体微微颤抖起来。他很虚弱，在剧痛刺激下，随时有可能晕厥。

沈辞云停止了清创，指着房里两面相对平行而立的镜子问："你以前见过这种镜子吗？"

曹元明疼痛减轻，舒了口气，说："我在顾昱家里看到过这样摆放镜子，当时就觉得很奇怪，这代表什么意思？"

沈辞云指着镜子内由无限循环镜框所组成的隧道，说："这在心理学上有个名词，叫视觉上的'德罗斯特效应'，这种无限循环产生的递升效果可以在 VR 中通过 Mathmap 软件完美地表现出来，辅以高明的催眠，可以帮助植入潜意识、操控思想。"

曹元明忽然明白了，说："马修斯在我回忆父亲时，让我注视一张棋盘，棋盘幻化为无数个小方格组成的漩涡，那也是德罗斯特效应？"

"是的。人脑只能专注于一件事，催眠时需要受术者精神专注，如果你不能集中注意力于催眠，就先把你的注意力转移到另一件事上，比如下棋，当你心无旁骛，再用德罗斯特效应的图像潜移默化地取代这件事物，催眠就开始发挥效果。盯着德罗斯特效应的图形很容易让人进入半梦半醒的状态，意识逐渐蛰伏，潜意识则缓缓苏醒，并且尚未产生自我保护的能力，在这种状态下潜意识非常容易接受暗示，哪怕是十分直接的暗示。从这时起，你的潜意识就被他侵入并操纵了。为了能彻底压制你的潜意识，他还使用了一种叫K-DMA的药物。”

“K-DMA……是什么药？”

“一种苯丙胺衍生物，可以让人产生时空错觉和幻觉。正常情况下，心理咨询师是不会使用药物催眠的，尤其是这种精神类药物，因为长期使用会导致心理依赖，甚至妄想和思维分裂。”

曹元明一听到“苯丙胺”就明白了：“这是毒品。”

“很多药物和毒品并没有明确界限，如果滥用就是毒品。”

曹元明望着镜子，陷入了回忆之中：“我想起来了，不光顾昱父子受过这种操纵心理的催眠，马修斯死时，他的笔记本电脑里也藏着类似的图像，不过组成镜框的是水波纹，更让人产生了身处水底的感觉。”

沈辞云重新拿起剪子，说：“这进一步证实了你的猜想：马修斯死于心理学手段的谋杀。我回A国查阅了马修斯过去的医疗档案，得知二十多年前，他和母亲乘坐游艇时意外翻船，母亲不幸去世，这段经历让他产生了强烈的恐水症，而且他既往有阵发性室上速病史，这种疾病一般没有大碍，但是极度恐惧之下会诱发阿－斯综合征，导致心搏骤停和猝死。心理问题和心脏疾病叠加在一起，就变成了潜在的杀人武器。如何发挥这种武器的潜能呢？那就是心理暗示。凶手一直在暗中观察并巧妙利用了马修斯的致命弱点，在马修斯对他进行催眠时，出其不意地反向催眠，让马修斯产生了溺水的错觉而活活吓死了他。”

曹元明说：“从理论上来说，你的推理符合逻辑，而且这个结论与马修斯尸检的真正死因是吻合的。但我还是不太明白，心理暗示真有这么强大的威力吗？”

“你玩过多米诺骨牌吗？最初只需要推倒一块火柴盒大小的骨牌，通过一系列连锁反应，最后可以推倒一座帝国大厦，这就叫‘四两拨千斤’。小小的暗示运用得当，可以产生心理上的链式反应，引发常人意想不到的强大能量，就像导火索引爆炸药，而点燃这根导火索最常用的方法就是恐惧，也就是一切负面情绪的根源。你想一想，这和马修斯操纵顾昱自杀的心理学手法是不是如出一辙？”

“马修斯真是报应不爽……”曹元明点头说，“这种手法就像借刀杀人。”

“对，这把刀就是暗示者本身容易受到暗示的人格特质，是不见血的。”

“我们要拿这个推论去说服法官可不容易，毕竟，马修斯的母亲溺水身亡已经过去了这么多年。而且，马修斯笔记本电脑里的敏感信息都被清光了，可能是凶手植入木马程序全面掌控了他的电脑，也可能警方有人做了内应。”

“其实已经有不少证据了，马修斯真实的尸检报告，死亡现场的勘查报告，他的电脑还可能找到更多的电子物证，我还有马修斯医疗档案的影印件。”

曹元明问：“国外刑事案件中有这样的案例参照吗？”

“我对犯罪案件没有研究，只能给你举两个心理学上类似的例子。”沈辞云一边清创，一边娓娓道来，“第一个例子。英国著名网球手吉姆·吉尔伯特小时候，母亲因为拔牙突发心脏病死在了牙医的手术椅上，她目睹这一幕后留下了深深的心理阴影，此后数十年，虽然经常被牙痛折磨却从不去看牙医。有一次她的牙实在痛得受不了，丈夫就劝她把牙医请到家里来治疗，说家人都在场，一定没事的。结果，牙医还在整理手术器械，她刚躺上手术椅就断气了。伦敦的报纸报道说，吉尔伯特死于四十年前的一个念头。不可思议是吗？其实，心理学家早就发现，高明的催眠师即使停止催眠之后，受术者仍会受到心理暗示的作用，甚至几年、几十年后的行为还会受到这种暗示的影响。第二个例子。俄国科学家做过一个实验，将一名死刑犯解押到刑场，告诉他将采取切断动脉的方式处决，并向他出示了解剖刀，然后蒙上他的双眼，在手臂上轻轻划了一刀，并不伤及动脉，再用一股细细的温水顺着裸露的手臂流淌，地上放着一个铁盘子，水滴在盘子里发出‘滴滴嗒嗒’的响声，犯人开始挣扎，很快就断了气。尸体解剖发现，犯人死于心脏停搏。”她说到这里顿住了，手上也停了下来，“感觉怎么样？”

曹元明说：“这两个例子很有意思。”

“我是说你感觉还疼吗？”

曹元明这才发现，不知不觉之间，她已经完成了清创。他笑了：“开始疼得受不了，好在你成功地转移了我的注意力，我都不感到怎么疼了。”

沈辞云用纱布包扎伤口。曹元明感受到她的细心熨帖，心中荡起一阵温暖的涟漪，她的发丝掠过脸庞，让他心里也痒痒的，赶紧定了定神，问：“小静，你以前就推测杀马修斯的凶手是心理学高手，现在你知道是谁了吗？”

沈辞云点了点头，指着那两面镜子说：“我在凶手的家里也看到了这个。他早就想杀马修斯，为此反复练习过如何运用德罗斯特效应植入潜意识。他练习的对象，就是他可怜的妻子。”说到这里，她咬着下唇，仿佛下决心地说，“他不光杀害了马修斯，还杀害了你父亲！”

曹元明差点从椅子上蹦起来：“他到底是谁？”

沈辞云问：“娄昆、刘万河的背后，是不是还有更深的背景？”

曹元明说：“是的。越来越多的证据表明，在河山市存在一个长期形成的贪腐圈子。娄昆和刘万河分别扮演“护法”和“白手套”，真正的老大另有其人。马修斯是敌特组织在河山的代表，和他们有勾结也有斗争。娄昆极力掩盖马修斯的死因，就是为了保护这个地位更高的老大。”

“其实这个凶手是谁，你心里已经有答案了。”

“是，但我还有很多不明白的地方，尤其是……他为什么会杀害我父亲？你不说，我想不到这一点。”

“任何行为的背后都有动机，我可以从心理学层面上试着剖析一下。”

“是，破案时找到了罪犯的作案动机，就等于成功了一半。”

“这话敖局长也跟我说过。”沈辞云有些黯然，“可我当时对涉及犯罪的东西一概抗拒，没有接受他的请求，不然事情可能就不会是今天这个样子。”

“敖局长是……你舅舅？”

“是的。”

曹元明还想再问什么，沈辞云说：“我们抓紧时间吧。你曾从脚印分析，在你父亲忌日那天出现在隧道里的神秘人影，以及推下巨石的人，是同一个人。这个人害怕我们找到真相，想尽一切办法阻止我们。”

曹元明说：“对，只是我有点不明白，既然他害怕我们找到真相，为什么在我父亲忌日这个特殊时刻，他会回到当年的案发现场呢？”

“我曾经分析了凶手返回现场的可能原因，你还记得吗？”

“嗯，你说他的脑子里也藏着一个有关隧道的噩梦，被某个契机激发出来，在潜意识驱动下回到现场。”

“我是这么猜测的——当时他在梦游。”

“梦游？”曹元明瞪大了眼睛，“可是他却灵活地躲开了我。”

“成人梦游是一种病态，梦游中的人并非茫然无知，而是处于一种半醒状态，可以被唤醒，唤醒后会全然忘记梦游的行为。他听到你的声音就从梦游中醒来了，因为经常梦游，所以很快意识到发生了什么，迅速逃离现场。”

“经常梦游？”

“他的岳父告诉我一件事，他在睡梦中还继续工作，这其实是梦游症的表现。他有一个类似血压计袖套的东西，他妻子很害怕，说这个东西晚上会鬼叫，其实，这是一个治疗梦游的仪器。马克·吐温曾经用恶作剧般的口吻说过，只要在床前撒上一把图钉，保准可治好梦游，虽然是玩笑话，但它符合治疗梦游症的心理原理——厌恶疗法。这个仪器就是采用了厌恶疗法，只是施行的方式要温和得多：戴上它之后，它就能感知到人体位的变化，当你无意识地从床上下来时，就会发出尖利的刺激声唤醒你。他不想让任何人知道这个秘密，包括妻子，便买了一个外形一样的血压计袖套送给岳父。”

“可那天晚上他又梦游了，这个仪器没发挥作用吗？”

“这个仪器放在他家里已经有一段时间没用了，也许梦游症很长时间没发作，他以为治愈了。当时玉川水库大坝垮塌，他急急忙忙赶到春岭，没有带上，这是他的一个疏忽。人的思维真是很奇妙，人们总以为自己足够了解自己，却很少意识到，他可能连自己真正害怕的是什么都不知道。那段时间雷雨不断，雷声和雨点正落在他内心最敏感脆弱的地方——他的恐惧来源。因为杀害你父亲时也是这样的天气，他那时还是一个心理未完全成熟的少年，雷雨的声音就机缘巧合地成了这种恐惧的象征。成年后，刻意的压抑和沉稳，加强了他对类似声音的抵御能力，但较为强烈的声音出现时，还是会产生逃避和抗拒的本能，最直接的表现就是雷雨天他会戴上耳机。还有一个佐证，当霹雳炸响时，他妻子吓坏了，很可能以前目睹过他在这种情况下异常的精神和行为表现。每当雷雨出现，潜意识就会在他毫无察觉的情况下在心底掀起波澜，在你父亲忌日那天，这种波澜达到高潮，在强烈的恐惧和赎罪感推动下，他回到了当年的犯罪现场烧香祭奠亡魂。”

“梦游中烧香？”

“是的，梦游中的人可以完成很复杂的动作。梦游是一种潜意识压抑的情绪在适当时机发作的表现，在某种程度上是一种象征性的愿望补偿，梦游的行为代表了他内心深处的真实想法。”

曹元明想了想，说：“他第二次在隧道出现时，滚下大石头伤人，这可不是梦游，是对我们的谋杀。其实以他的地位，这种湿活可以交给手下的喽喽去办，他这么做太冒失了。”

“冒失吗？这个人办事的风格就是事必躬亲，因为他内心缺乏安全感，对任何人都缺乏信任，何况是这样的大事？杀你，他还可以交给别人去做，杀我，杀马修斯，他必须亲自动手。”

“这又是为什么？”

“因为我的身份与你不同。”

这句回答很含糊，但曹元明没有多问，他知道，她愿意说的会详细解释，不愿说的再问也没用。他说：“诡异的是，祝老太太为了掩护他逃走，宁可自己摔伤腿，两人的关系非比寻常。我一直想从祝老太太那里寻找端倪，只是事情越来越紧急，一直没机会。”

沈辞云说：“这位老太太，就是他的母亲啊！”

曹元明说：“你的思路总是走在我前面，你是怎么猜到的？”

“不是猜。我给他妻子做心理咨询时多次到过他家，无意中看到了他书房里藏着的母子合影。少年时代的杀人阴影让他套上了沉重的心理枷锁，长期患有神经衰弱和梦游症。母亲察觉到了儿子内心深藏着不可告人的秘密，每天都在胆战心惊地保守着儿子这个秘密，一直守在那条隧道附近，特别是杀人的日期和雷雨天，因为每当这时就会刺激儿子的梦游症发作，不知什么时候就会梦游到隧道里去。儿子就是她的整个世界，她不能让他出一丝意外。这是一位可怜又可悲的母亲，每天都要跪拜观音像，祈祷减轻儿子的罪孽，因为潜意识里罪恶感越重的人，就越是笃信鬼神。”

曹元明说：“怪不得祝老太太那个小店一开就是二十多年，从不挪窝，外界谁也不知道她就是郭市长……郭正梁的母亲。”

“也不是没有人知道，但知道的人都不会透露，这里面原因很多。”

“嗯，组织上肯定知道这个情况，按说郭正梁也该把母亲接到家里一起住，否则被人知道了影响不好。”

“那是因为他的家庭存在很严重的问题。”

“你怎么知道……噢，你去给他妻子做过心理咨询，这些瞒不了你这个女福尔摩斯。”

“别把我当福尔摩斯，你们的东西我不懂，我只是从心理学角度通过一个人的言谈举止和衣着打扮去判断他的性格特征和行为模式。”沈辞云分析说，“我第一次到他家，他叫我‘小云’，这样的男人初识女人，对女人的称呼应该是客气而礼貌的，这个称呼显得很奇怪。没等我做出反应，他就立即改了口，叫我‘沈博士’。口误恰恰表明了他内心的真实想法。弗洛伊德在《精神分析引论》中提出过一个观点，即大多数口误都非偶然，而是说话者潜意识的一种表达。在内心深处，他渴望叫我‘小云’，用小来形容我，其实是在反衬他的大，这种大，象征着雄性的支配地位，他对我有一种潜在的难以自制的支配欲望。他还用拇指对我的手臂进行过下意识的抚摸，这是很失礼的，和他的身份明显不符。

我当时就意识到，他的家庭有问题，而且与女人和性有关。”

“听说他的妻子出了车祸残疾了，这是很不幸的。”

“不幸的症结不在于车祸，他们夫妻之间的心理裂隙早就产生了。在外人面前，他可以戴上夫妻恩爱的面具伪装成一个不离不弃的好丈夫，但在我面前，他那颗包藏着的祸心一览无余！”沈辞云愤愤地说。

“包藏祸心？”曹元明吃了一惊，“你提过，他为了运用德罗斯特效应植入潜意识谋杀马修斯，不惜拿妻子当练习的对象。”

“他对妻子湛秋华做的坏事远不止这些，车祸造成的残疾只是诱因之一，他的心理摧残才是造成妻子精神异常的主因。”沈辞云说，“美国心理学家罗宾·斯坦恩根据二十多年的临床经验写了一本书，叫《煤气灯效应：远离情感暴力和操纵狂》。他利用‘煤气灯效应’摧残湛秋华的理智和意志，采用心理操纵把她往绝路上逼。我第一次进行心理咨询时就发现，湛秋华有自残行为，而且是由外因推动的，如果不及时干预，很快就会自寻短见。”

“他为什么会对结发之妻下这样的毒手？”

“这个只能猜测。我查过湛秋华的所有病历，发现她不能生育。她大学时谈过恋爱，因为宫外孕大出血切除了子宫。祝老太太做了许多小衣服放满了柜子，就盼着抱孙子，但这个愿望永远无法实现。郭正梁可能在婚前还不知道这件事，婚后感到受了蒙蔽，而又慑于岳父的权威不敢离婚，于是就想用这种隐蔽的方法惩罚妻子。”

“可恶！”曹元明拍案说，“说不定把湛秋华撞成残废的车祸也是他指使的！”他曾听一个交警朋友私下说起过这起颇有影响的车祸的一个疑点：现场没发现刹车痕迹，而当时视界良好，肇事卡车司机没有酒驾毒驾，按常理，即使躲闪不及也会有一个下意识的踩刹车动作。司机一口咬定是疲劳驾驶，以交通肇事罪判了一年半徒刑。有小道消息说，司机出狱后拿了很大一笔安家费去了外地。

沈辞云说：“湛秋华命大没被撞死，但正好成了郭正梁进行负面心理干预的突破口。”

“这么说来，郭正梁应该是个很善于隐蔽的心理学高手，连马修斯也着了他的道。”

“对于他这种高智商的学霸来说，掌握心理学专业知识并不是难事，有个例子可以说明他的水平确实不低。”沈辞云说，“人的大脑中有一个叫PCS（副扣带沟）的皮层，它是在胎儿后期发育形成的，能保证人有能力区分现实和想象，但百分之二十七的胚胎在发育过程中没有形成这一结构，这些人很容易凭空臆想出来一些场景，出现幻视或者幻听，很容易患上精神分裂症。湛秋华就属于这种人。郭正梁把她的病历资料拿给我时，故意漏掉了一份大脑核磁共振功能成像的检查结果，但我在医院的存档影像里找到了，因为我必须了解湛秋华的所有病情才能治疗她，影像学图片里能清楚地看到湛秋华大脑中的这一生理缺陷。郭正梁这种欲盖弥彰的做法，反而说明他正在有意识地利用这一点以达到不可告人的目的。”

“湛秋华无论心灵还是肉体都已是遍体鳞伤了，她会有生命危险吗？”

“郭正梁对我的防范之心越来越强，我知道心理咨询会随时被他终止，于是，我故意设了一个电子手镯的局，告诉郭正梁，湛秋华的精神分裂症是假装的，打击了他的自信，让他不敢继续用这种方式折磨她。否则，在持续加压下，湛秋华迟早会‘被自杀’。”

曹元明思忖片刻，说：“他残害湛秋华，不光是为了发泄和惩罚，还有可能是为了掩盖他的秘密。你说过，每当雷雨出现，他内心罪恶的潜意识就会兴风作浪，湛秋华很可能目睹过他的异常表现，比如梦游。我想，除了梦游，他还可能会说梦话，会把他内心不敢表达的东西都说出来。只要把湛秋华折磨成精神分裂症，那她说什么，别人都不会相信。”

沈辞云点了点头：“不错，湛秋华说的鬼叫，可能不光是那个仪器发出的，还有郭正梁的梦话。有一次听到打雷声时，她做出跪下忏悔的动作，其实就是在模仿郭正梁的梦游行为。”

曹元明说：“你的分析环环相扣，合情合理，但证据链仍不完整。可惜脚印石膏模型毁了，画着脚印草图的笔记本也被娄昆他们收缴了，不然可以采集郭正梁的脚印进行比对。”

沈辞云一手支颐，思忖片刻，问：“你发现没有，郭正梁的左手小指是缺失的？”

曹元明回想了一下：“我印象中，不论在新闻画面还是现实里，他的左手一直插在口袋里。”

沈辞云说：“他这是在掩饰这个缺陷。我无意中看到时，他很快把手缩了回去，潜意识里很害怕别人看到这个瑕疵。我问过他岳父，说是小时候割猪草伤的，这是谎言，否则没必要刻意掩饰。”

曹元明脑子里忽然灵光一闪，想起唐媛媛的话："我亲眼看着娄局从颅骨中取出一根小指骨，我自己提取的骨粉。"当时，唐媛媛告诉他：这个在玉川水库下游发现的骨头经过 DNA 比对，排除了与他的直系亲缘关系。现在想来，娄昆从颅骨中取出的小指骨，很可能就是郭正梁的，所以会得出那不是他父亲头骨的错误结论！为什么小指骨会和头骨混在一起，最可能的解释是，父亲在搏斗时，在身受重伤的情况下咬下了凶手的一根小指头留作证据！只要重新检验那具头骨的 DNA 与自己的比对，再提取郭正梁的 DNA 与原先那份指骨的 DNA 比对，两相吻合，就是郭正梁杀害父亲最有力的证据。

沈辞云说："你的联想和记忆都已经很敏捷了，可见造成你失忆的主因并不是器质性病变，而是心理问题。即使你的大脑受过物理损伤，但大脑有强大的自我修复功能，海马体能够根据输入的信息产生新的神经突触，再通过传递形成新的回路，大脑大部分都处于待机状态，潜能很大。"

曹元明说："还好你及时劝告我，没做那个手术。"

沈辞云不接这个话茬，说："还有，你上次跟我说起过'暴龙猎人'，马修斯和顾昱在死前都进入过这款游戏。我进入了'暴龙猎人'的后台，查看了 Web 服务器日志记录，发现在马修斯死亡时，代号'Rook'的用户在线，与他进行过'全景模式'聊天，而且两人共用同一个 VPN 服务器。"

曹元明问："网络上进行远程心理咨询，采取的就是这种'全景模式'聊天模式吗？"他记得她曾提过，马修斯在那个平台上的代号是"Knight"，与这位"Rook"是咨询和被咨询关系。

沈辞云点了点头："虽然聊天的内容加密了，但如果能证实郭正梁也是 MG 会员，而且在'暴龙猎人'社区平台的用户名是'Rook'，就又是一个证据。"

"只要有涉案涉诉的证据，公安部门可以动用技术手段去查。"曹元明说到这里心中一酸，他想到了顾昱，沈辞云说过，马修斯在"暴龙猎人"平台上的被咨询者是 Rook 和 Pawn，如果郭正梁是 Rook，那么剩下的 Pawn 应该就是顾昱。Pawn（兵）是国际象棋中实力最弱小的棋子，只能向前不可向后走，顾昱就是这样不能回头，一黑到底，最后丢了命。

他问："这个 MG 俱乐部，到底是干什么的？"

"你不是去亲身体验过吗？你觉得呢？"沈辞云反问。

"啊哈，这说明音乐会上的凯瑟琳确实就是你！"曹元明问，"为什么你会突然离开我变成了另一个人？"

沈辞云秀眉微蹙，表明她很不高兴："我拒绝回答这个问题。"

曹元明只得接上前面的话题："我觉得 MG 俱乐部是一个刻意营造出来的与平民社会隔绝的'上流'小圈子，一种人造的优越感和不平等，但又不仅仅只是这么简单。"

沈辞云说："MG 俱乐部从内在到形式上，都在复制 A 国社会权力核心的典型本质：在这个号称全球民主典范的国家，那些制定国家政策和社会游戏规则的人，实际上是一个具有封闭性和享受封建特权的贵族阶层，一个保守的旧势力捍卫组织，一个具有亚宗教性质的'新骑士团'。"

曹元明心中一动，说："MG 俱乐部想在中国复制这种模式，隐藏的野心可真不小。"

沈辞云说："这个话题就点到为止吧，这个世界上不存在完全的平等，人与人之间也不会有完全的平等吧？"

曹元明问："你说过，MG是'上帝面具'的意思，上帝就在人间，只是戴着面具，这又是什么意思？"

沈辞云说："上帝的面具让世人看不清真相，当摘下这个面具时，我们就打开了上帝视角。"她进一步解释，"瑞士心理学家荣格提出了'人格面具'一词，认为人格是由面具组成的，每一个面具都可以代表人格的一个侧面。当一个人需要应对多种不同的环境时，需要为自己塑造多个面具。比如面对父母时，需要戴上乖巧的面具；面对上司时，需要戴上谦顺的面具；面对敌人时，又要戴上愤怒的面具。"

曹元明恍然大悟："上帝面具后面，就是一个人真实的心理世界？"

沈辞云点了点头："每一个人都是自己的上帝，只是我们没有学会怎么摘下面具，不知道如何走进自己的内心世界。"

曹元明沉吟片刻，问："这么说，MG俱乐部应该有浓厚的心理学背景，我看过你的介绍，你是A国心理学会心理咨询协会国际会会员、国际整体暨自然医学学会认证催眠师、SHADOW计划的主要设计者。这些组织都介入MG俱乐部了吗？SHADOW这个项目需要庞大投资，除了民间投资，有官方支持吗？"

沈辞云摇头："我不知如何回答你的问题，有些事情我也才刚刚明白。"

曹元明心中仍有很多疑团，指着屋里那些奇怪的画像，说："我想知道小静和明明分开之后的故事。"

沈辞云说："我说过，如果再问起我的过去，我就再也不回来了！"她的话音虽低，却充满了决绝。

曹元明痛苦地感到，她内心深处一定藏着不为人知的巨大悲痛，但谁也无法走进她内心。他说："还记得小时候抓萤火虫吗，你说萤火虫就是掉落凡间的星星，我抓得住星星却抓不住你。我们靠得这么近，我都能听到你的呼吸，可是不知为什么，我却觉得我们离得很远。我认识的那个小静不是现在的你，我心里很是不安……"

沈辞云严肃地说："你还有很多事要做，不要再为我的过去纠结。你的任务很艰巨，要迎战的不是一两个人，而是一张无形的大网！"

曹元明振作精神说："是，我听你的！我原本就没退路，只有拼个鱼死网破，有你的帮助，我现在把这张大网捅了个大窟窿！"他整理了一下思路，"黄利平留下一个保存了大量证据的U盘，就藏在贝贝的不倒翁里，拿到了就可以向检察机关和中纪委举报娄昆和郭正梁。眼下的难题是如何拿到U盘，我家肯定被他们监视得死死的。"

沈辞云说："我今天和你见面，还有一件重要的事。"她打开一个手机视频，上面是电视台滚动播出的一则寻人启事，丢失的儿童正是贝贝。

曹元明一看就急了："你怎么不早说？"

沈辞云说："别急，你不是说家里一定被监视得死死的吗，贝贝怎么可能丢失？他们放出这个消息就是个圈套，你如果沉不住气，一给欧阳绚打电话，你的位置马上就暴露了。"

这时天色渐明，门外传来了犬吠。这一带是老厂区，为了阻止拆迁公司强行拆迁，老工人们自行组成了护厂队，只听他们在盘问几个陌生人：“你们到这里干什么？”曹元明挑开窗帘，见那几人赫然就是在鼎岳山追杀自己的歹徒。歹徒们悻悻离开了。

他放下窗帘，沉思半晌，说：“我这么躲下去不是长久之计，一是拿不到证据的，二是迟早要被找到。我只能跟他们赌一把。你能不能去帮我弄一部手机来，要那种装新卡不实名登记的手机。”

沈辞云说：“你要考虑清楚，这可是拿命去赌。”

曹元明说：“将计就计，这个电话我非打不可。”

沈辞云犹豫片刻，从里屋抽屉里拿出一个新手机：“这部手机是没登记过的。”

曹元明有些惊讶：“你怎么事先准备好了？”

沈辞云说：“这是我舅舅很早前就交给我的，他已经预料到了这一天，让我帮助你、等着你！”

曹元明心底里泛起一股暖流。

手机旁边还放着一个微小的耳塞，这是无线电定位器。

沈辞云说：“他让我转告你，虽然很多问题还没有搞清，但组织上对你一直是关心的，遇到紧急情况，可以找臧进荣。”

曹元明离开了沈辞云家，来到埋甲山山麓，拿起手机给欧阳绚打电话：“贝贝怎么样了？”

欧阳绚说：“你快回来，不然就永远见不到贝贝了！”

曹元明说：“不要怕，我手里有他们想要的东西，如果他们乱来，我就交给检察院和纪委。”

果然，曹元明刚放下手机，娄昆就用技术手段锁定了他，打来电话：“元明，你在哪里？”

曹元明说：“娄局长，你这不是明知故问吗？”

娄昆说：“我劝你马上到公安机关投案自首，否则……”

“否则我的下场就和黄利平一样，对吗？”曹元明冷笑着说。

“你想到哪去了？法网恢恢，疏而不漏，我们不会冤枉一个好人，也不会放过一个坏人。听我一句劝，回来自首吧。”

“这句话奉还给你，死了那么多人，你该悬崖勒马了，去自首吧！”

“我好言相劝，你不要敬酒不吃吃罚酒。”娄昆撕下了面具，“你要明白自己的处境，你已经走投无路了！”

“我知道，这会儿你正在调集打手往我这边赶。”曹元明说，“我也跟你摊牌：你们的处境比我好不了多少！除了检察院和纪委，还有更可怕的势力正在查你们！我把黄利平的东西藏在一个安全的地方，只要我一死，那些东西马上就会流出去，要死就一起死！”

娄昆干笑几声：“你胡说什么呢？要不我们约个地方好好谈一谈？我是诚心想拉你回头。”

曹元明说：“我不信任你，我要见你的幕后老板——郭正梁！我要和他做一笔交易！”

娄昆放下电话，给俞虹打了一个电话。

俞虹很惊讶：“让我去见曹元明？你脑子进水了？”

娄昆说："我也是没办法，这家伙简直是孙猴子转世，怎么都整不死，到了这一步，只有用缓兵之计。你代表郭正梁去谈，他会相信的，但我还是那句话：千万不要在郭正梁面前透露风声！"

曹元明按约定来到埋甲山元宝台，但来的人不是郭正梁，而是俞虹。

俞虹直白地说："郭市长不方便见你，让我做他的代表。我是他最信赖、最亲近的女人，你有什么话都可以对我说。"

曹元明看着妩媚动人的俞虹，什么都明白了，故意问："我可是听说他是个模范丈夫，怎么你成了他最亲近的女人？"

"既然来见你，我就不瞒你。郭正梁的妻子湛秋华相貌丑陋、性格刁蛮，他根本不爱这个女人，只不过湛秋华的父亲是省委秘书长、副省长，两人结婚只是利益交换。湛秋华堕过胎不能生育，婚前有意隐瞒了这一点，结婚后，湛秋华一直在家里颐指气使，看不起出身贫寒的他，甚至不让婆婆进家门，他为了顾全大局一直隐忍再三，两个人毫无感情可言。"

曹元明说："郭市长有什么话要跟我说？"

俞虹说："只要你肯合作，把黄利平留下的东西交出来，并对此守口如瓶，就可以一家团圆，我们可以把你全家送到国外，并奉送'福万'集团百分之二的股权，外加一百万美元，这笔钱足够保证你们后半辈子衣食无忧！"

曹元明问："如果我不合作呢？"

俞虹柳眉倒竖："这条件够优厚了，如果敬酒不吃吃罚酒，那么等待你的将是家破人亡。”

曹元明问：“我怎么相信你们的话？如何保证我家人的安全？”

俞虹用手机播放了贝贝的录像：“你女儿没有丢，仍在家里。”

曹元明坚决要求与女儿对话，以证实这是实时视频。俞虹同意了。

贝贝见到手机屏幕里的曹元明后不停地哭喊“爸爸”，曹元明含泪应了一声：“哎，听到了。”

欧阳绚却毫无惊喜之情，反而惶恐不安，从画面看，屋子里还有第三个人在拿着手机，从欧阳绚若即若离的眼神看，这个人应该是刘万河。曹元明知道，欧阳绚沦为了刘万河的工具，但她是贝贝的母亲，没有确凿证据，即使警察来也带不走贝贝。

贝贝哭着问：“爸爸，你什么时候回来？明天就是我的生日了，你答应过要送我一个大蛋糕。”

“爸爸答应过的，一定做到。”曹元明见贝贝紧紧抱着不倒翁，便问，“小囡这几天淘气吗？”“小囡”是不倒翁的名字。

贝贝抽抽噎噎地说：“我一直抱着她，她可听话啦。”

看来，U 盘还在不倒翁里。

曹元明对欧阳绚说：“贝贝喜欢吃‘琪美’的慕斯蛋糕，明天记住让姜师母去买一个送来，就算是我这个做父亲的最后一点心愿吧。”

欧阳绚眼眶红了，说：“知道了，你……你不要再跟他们犟了，想想我和贝贝，有什么不好商量的？”

曹元明点了点头。

俞虹关掉手机，问："你的东西呢？"

曹元明说："明天我要看到贝贝吃蛋糕，给她唱一首生日歌，尽完一个父亲的心愿，这才能将它交出来。"

俞虹勃然变色说："你想耍花招？"

曹元明放声大喊："娄昆，你出来！我知道你在这里！"

娄昆从隐藏处现身，面无表情，拿着一支手枪。

曹元明说："黄利平向你们要价多少？三千万还是五千万？我只不过想多看几眼女儿，这个要求不过分吧？"

娄昆慢慢举起手枪："黄利平打错了算盘，你也是。"

曹元明走近几步，额头几乎要顶住枪口："开枪啊！你不敢？"

娄昆冷冷地说："你怎么知道我不敢？你还记得这枪吧，它可没案底。"打开了手枪保险。

曹元明当然认得这是一支格洛克手枪，他只身捣毁炮哥跨国贩枪团伙，用这种手枪连毙三人，缴获手枪及零部件二十二件，但还有一些枪支此前已经流出。

他毫无惧色："你如果敢，早就开枪了，还犯得着让一个女人来谈判？"

娄昆依然端着手枪，将一副手铐扔给曹元明："好，我让你再多活一天。"

这是一副刚刚装备的电子手铐，不同于可以用金属丝捅开的传统机械手铐，这种手铐采用指纹识别，没有锁孔，防砸防水，还安装有自动定位和报警装置，只要犯人离开设定的范围就会触发报警、警灯爆闪，执法人员携带的手持监控自动报警器也会同时报警，使犯人无法逃脱。

娄昆不敢大意，眼前的曹元明虽然是一副病猫模样，但衣服下裹着一身蓄势待发的肌肉和一颗无所畏惧的心，这只豹子说不定什么时候就会突然跳起来用利齿锁住对方的喉咙。

曹元明给自己铐上，举着手铐："这样还不放心吗？"

娄昆将曹元明带到一间出租屋关押起来，由章国全亲自看守。章国全和刘万林在鼎岳山开枪伏击曹元明，打死了赵奎，但遭到曹元明凌厉的还击。"曹队一出枪，歹徒准遭殃，"真是名不虚传，虽然他们躲在树丛里，刘万林还是被当场击毙了。章国全穿着防弹衣才没有大碍，饶是如此也把他吓了个魂不附体。他对曹元明又恨又怕，捆住曹元明用皮带狠抽了一顿。

曹元明被脱光衣服，搜去了所有的随身物品，但藏在耳朵里的无线电定位器没被察觉。

晚上，沈辞云找到姜阿奇母亲，轻声交代了曹元明的话，给了她一个不倒翁。这个不倒翁原来被贝贝摔坏了又被沈辞云修好了，和贝贝现在抱着的不倒翁一模一样。

姜母问："你知道阿奇被他们弄到哪儿去了吗？"

沈辞云心中悲痛，说："阿奇现在下落不明。"

姜母明白了几分，哽咽着说："你放心，我一定把曹警官交代的事办好，让这帮混蛋早日完蛋。"

姜母来到"琪美"蛋糕店，定制了一个慕斯蛋糕，送去曹元明家。

章国全和欧阳绚打开各自的手机，让曹元明和贝贝视频对话。

曹元明强颜欢笑，为贝贝唱起了生日歌。

欧阳绚点亮了生日蜡烛，切好蛋糕，刘万河冷眼旁观。

贝贝把一块蛋糕放在手机屏幕前："爸爸先吃。"曹元明说："爸爸嗅到香味，真好吃。让妈妈和叔叔一块儿吃吧。"贝贝听话地把蛋糕分给欧阳绚和刘万河。

曹元明对欧阳绚说："这可能是我们给贝贝过的最后的一个生日，我们一起吃吧。"

刘万河不肯吃蛋糕，欧阳绚露出乞求的神情，说："你就吃两口吧。"她这段时间有意培养刘万河和贝贝的感情。刘万河不情愿地拿起蛋糕吃了几口。

屋里的人谁都没有注意到，姜母趁他们围坐在手机前吃蛋糕的时机，悄无声息地从装菜的布袋里取出不倒翁，和贝贝的不倒翁做了调换。她告辞后迅速离开。

蛋糕中加入了三唑仑，没过多久，贝贝、欧阳绚和刘万河便沉沉入睡。

曹元明有个习惯，将家门钥匙放在门口台阶的第二个花盆下面。沈辞云用钥匙开门，抱走了贝贝，驱车赶往一座立交桥下，那里是监控死角，臧进荣正等着她，两人准备在那换车，就在这时，近在咫尺的警笛声响起，娄昆的人来得好快！原来，曹元明的住所四周已经布满摄像头，不留一个死角，沈辞云一出现在监控视野，娄昆就接到了报告，立即派人去拦截沈辞云。

当这些人追上时，却见臧进荣正在质问沈辞云为什么贝贝会在她手里，要把她带走。娄昆的人则坚持要把沈辞云交给他们调查，但又不敢对臧进荣动粗，双方僵持不下。

娄昆这会儿还在从春岭回市区的路上，他判断这是臧进荣和沈辞云演双簧，命令决不能放走臧沈两人。他一边赶往现场，一边打电话给唐媛媛，让她先把昏迷的贝贝送去医院。

唐媛媛很快赶到，她对沈辞云一直有抵触心理，劈头就问："贝贝不是失踪了吗？原来是在你手里！你给她做了什么手脚，现在还昏迷不醒？"要带贝贝去医院。

沈辞云无奈，只得交出贝贝，叮嘱唐媛媛："你要保护好贝贝，除了她爸爸，不能把她交给任何人！"

唐媛媛没有作声，抱走贝贝后，冷冷地丢下一句话："猫哭耗子假慈悲！"

娄昆赶到后，有他撑腰，手下的人以调查"儿童失踪案"为名，将臧进荣和沈辞云带回局里接受询问。娄昆又派人赶到曹元明家，唤醒了欧阳绚和刘万河，告诉他们，贝贝在医院里，让欧阳绚马上把贝贝要回来。

此时已是夜晚。在公安局的禁闭室，娄昆和臧进荣单独谈话。他拿出早就罗织好的"涉黑犯罪"材料要挟臧进荣，希望臧进荣"幡然醒悟、迷途知返"。这种谈话隔靴搔痒，清汤寡水，臧进荣根本不吃这一套，只是敷衍"让我再考虑考虑"。娄昆情知已到非常时刻，但要不要打明牌，仍举棋不定，因为他摸不透臧进荣手里的牌，不知道黄利平留下的东西到底藏在了哪里，他还抱有侥幸心理。

娄昆想从沈辞云身上找寻突破口，但这个姑娘身份特殊，软硬不吃，更不好对付。他在走廊抽闷烟，苦思对策，突然接到报告："高航去找了政法委王书记！"这个消息犹如五雷轰顶，顿时粉碎了他的一切幻想！他一直派人盯着曹元明家，盯着臧进荣，谁知臧进荣和沈辞云玩了一个障眼法，把监视的目光都吸引过去，实际上暗度陈仓，真正的东西早已送走。

原来，姜阿奇母亲拿到贝贝的不倒翁后，立即交给了高航。高航取出U盘，并复制了两份。此前，曹元明已经写好了三封举报信，分别写给中纪委监察部、省纪委监察厅和市政法委书记王铭德，并由沈辞云交给了高航。高航将复制的U盘连同两封举报信分别寄给中纪委监察部、省纪委监察厅，再带着U盘原件和第三封举报信去见了王铭德。

娄昆知道大势已去，顾不得沈辞云和臧进荣，赶紧通知俞虹："船要沉了，快跑，任何人都不要联系，一分钟也不要耽搁！"

俞虹问："不杀了曹元明再走？"

娄昆说："杀他已经不重要了，把这个包袱丢给姓郭的也好，可以吸引火力。"

两人按照事先准备的计划碰头、化装、处理善后，然后用假护照登上了国际航班。短短几个小时后，飞机就已越过国境线，向某个遥远的太平洋岛国飞去。

王铭德听了高航的汇报，看了曹元明的举报信，高度重视，马上将U盘交给技术部门处理，并第一时间向上级纪检部门和在北京学习的叶书记做了汇报。举报信和U盘中的大量证据显示，郭正梁、娄昆等人在干部任免、土地出让、工程建设、招标投标等方面搞贪污腐化，充当黑恶势力“保护伞”，尤为严重的是还与境外反华情报组织暗中勾结，窃取了大量国家机密，并致多人死亡。河山市国安部门和纪检机关紧急召开联席会议，决定以涉嫌泄漏国家机密、故意杀人、滥用职权及收受贿赂、组织、领导、参与黑社会性质组织等多项罪名对郭正梁等人立案侦查，并采取针对性措施。

臧进荣和沈辞云恢复了自由。臧进荣根据无线电定位器的信号带队将曹元明所在的房子包围起来，喊话让里面的人出来投降。章国全知道彻底完了，丧失了负隅顽抗的勇气，当下便缴械了。他痛哭流涕，不等正式问讯，在警车上就主动交待了赵奎杀害孙洪和“龅牙三”并在发电厂里焚尸灭迹的罪行，而将自己的罪行全部往娄昆身上推，说自己在威逼利诱下不得不奉命行事。

曹元明看到沈辞云心情激动，张开双臂想拥抱她。沈辞云却矜持地退开，说：“贝贝在唐媛媛那里，你快去接她吧。”

曹元明打电话给唐媛媛，却得到一个噩耗：“贝贝被她妈妈从医院里接走了。”他质问唐媛媛：“沈辞云不是告诉你不要把孩子交给任何人吗？”

唐媛媛还不明就里，委屈地说：“你让我怎么办，欧阳绚是她亲妈！”

曹元明家里没有人，打电话给欧阳绚，手机已经关机。曹元明要求立即对刘万河采取强制措施，但当警察包围刘万河的别墅时，发现已人去楼空。

盘山公路上，刘万河驾驶奔驰迈巴赫疾驰，车上贝贝一直哭闹，嚷着要爸爸，欧阳绚又哄又吓，贝贝就是不停歇。

刘万河猛地刹车，跳下车，拉开后车门，暴躁地说：“再哭老子捏死你！”贝贝眼见他额头青筋暴涨，一副凶神恶煞的模样，吓得钻到欧阳绚怀里，再也不敢出声。

刘万河说：“这个小蹄子是累赘，把她扔掉！”

欧阳绚紧紧搂住贝贝：“你要是扔掉她，我跟你拼命！”

刘万河狞笑了一下：“我都气糊涂了，是不能扔，这可是曹元明的心肝宝贝啊。”

前方出现了路卡，刘万河只得掉头往回走，这时，几辆警车追了上来。

刘万河弃车改走吊桥，吊桥前方也出现了一辆警车，曹元明从车里钻出来，拿着高音喇叭步步逼近：“刘万河，你已经无路可逃，没有人可以救你！你老老实实跟我走，坦白交代你的罪行，争取宽大。”

刘万河凶相毕露，从腰间拔出手枪，拎起贝贝叫道：“你们再过来我就把她扔下去！”

桥下是轰鸣奔腾的河水，贝贝“哇哇”大哭：“爸爸救我。”

曹元明说：“刘万河，你是个聪明人，不要做傻事！你不过是被郭正梁和娄昆利用了，你有罪，但罪不至死，如果扔下孩子，那就是死路一条！”

刘万河见曹元明还在靠近，叫道：“站住，让他们都退开！”

曹元明只得停步，让警察们退后。

刘万河把贝贝架在吊桥上，半个身子斜在外面，向曹元明喝道："给我跪下！"

贝贝吓得不停地蹬脚大哭。

曹元明心如刀绞，只得缓缓下跪。

"你有什么了不起，跟我争女人，坏我的事！"刘万河一脚狠狠踢到曹元明脸上。曹元明倒在地上，鼻血直流，没有还手。

刘万河挥舞着手枪，疯狂地说："你以为我不知道，就算我放了你女儿也是死罪！你在鼎岳山杀了我弟弟，我今天就当着你的面杀了你女儿，让你也尝尝失去亲人的滋味儿，再杀你！反正杀一个够本，杀两个赚一个！"

欧阳绚再也忍不住，揪住刘万河骂道："你这个畜生，贝贝是你的孩子！"

刘万河一怔，曹元明抓住这一刹那的战机，猛地扑倒了他，救下了贝贝。

刘万河在挣扎中开了枪，击中了一旁吓呆了的欧阳绚。警察一拥而上制服了刘万河。

贝贝抱着欧阳绚大叫"妈妈"。子弹击中了欧阳绚的左胸，鲜血从胸前的弹孔随着心跳的频率一股一股喷涌出来，昔日那张精致的脸蛋上都是斑斑血迹，往日风情万种的一双眸子已是散乱无神。曹元明知道这是致命伤，流下了悲痛的眼泪。

欧阳绚虚弱地对贝贝说："你以后要听爸爸的话，他是世界上最好、最好的爸爸。"对曹元明说，"孩子就交给你了，在国外那几年，我没过几天好日子，这次回来是真的想和你破镜重圆，但是很多事由不得我，我对不起你，你对我的恩情只有来生再报答……"慢慢合上了双眼。

第十六章　没有做完的梦

郭正梁下班回到家，“福万”集团下属投资公司一位财务经理向他报告：公司所拥有的五百多万流通股前段时间已分头质押给了两家证券公司，一千多万的法人股抵给了某公司做最后的融资，某公司刚打进账的三千多万融资贷款就在今天和一家熟悉的合资公司私下换了汇，并通过这家公司将五百万美元打到了境外的账户。

郭正梁对这种越级报告很是生气：“谁让你打给我的？这种事情你应该向刘万河报告！”

财务委屈地说：“我一发现就马上打电话给刘总，但他不接我的电话。事情太大了，我只好向您汇报。”

“福万”集团名义上的董事长是刘万河，实际上由郭正梁遥控操纵。郭正梁感到情况不对，立即询问俞虹，因为她是公司重大账目的财务监管，但手机不通。他又给刘万河打电话，果然不通，再打娄昆的电话，也打不通！像娄昆这种级别的干部，按省委规定二十四小时都不能关机。

这是前所未有的情况，郭正梁内心升腾起一股巨大的恐惧感，末日终于到来了！

手机响起了提示音，他收到一封电子邮件，这是俞虹用定时发送功能发来的：“正梁，当你看到这封信时，我和我的爱人娄昆已经在异国他乡。我们走得匆忙，没来得及向你告别，现在是时候补上这句‘再见’了……”

这封信就像一把大铁锤，直接把郭正梁砸倒在椅子上。

四年前，在河山市电视台周年庆典的酒会上，俞虹过来给郭正梁敬酒。这位美艳撩人的女子第一次进入他眼帘时，就在他心里扎下了根。如果说女人是水果，那她就是一枚饱满多汁的水蜜桃，任谁都想咬一口。当时，他是全省最年轻的副市长，可谓意气风发，前程似锦，旁边的市委宣传部和电视台的领导们看在眼里，人人都是心知肚明。果然，几天之后，他便得偿心愿将这个尤物收入怀中。

他认为自己不是坏人，不是那种只贪恋肉体的色狼，他与俞虹除了床笫之欢还有精神上的依恋，他是钟情的，没有再找别的女人，特别是俞虹在香港生下球球，弥补了他“无后”的极大缺憾，更是对她宠爱有加，专门在温泉湾买了一套精致的小别墅金屋藏娇，许多隐秘的事务都信任地交给她去打理，包括最重要的财政大权——诸如在资产审计制度不完善的国家成立皮包公司进行海外收购、通过中介与来华的某机物换汇转账等，将数以亿计的贪污所得神不知鬼不觉地绕过监管转移到国外。他许诺，总有一天要和她在东南亚某国隐姓埋名组建一个幸福的新家庭，而那个脾气暴躁的黄脸婆只是一块最终要扔掉的烂招牌。

他以为找到了真正的爱情，迟来的爱更显珍贵，在她面前就像个情窦初开的毛头小子，这时看了信才知道，她在十九岁时就和娄昆做了地下夫妻，只不过因为他横刀夺爱，娄昆才不得不忍痛割爱，她和娄昆才是真命鸳鸯。

俞虹在信中讥嘲地说：“我的青春不是无价的，娄昆的忠诚也不是无价的，现在终于到了谈报酬的时候。很感谢你这些年来为我们所做的一切，让我和娄昆后半生的富足生活有了保障；另外，我还要感谢你为球球设立的信托基金和购买的大额保单，受益人是我和娄昆，因为他才是球球的亲生父亲……”

郭正梁勃然大怒，没等看完就一拳砸碎了电脑，像中箭的野兽一样嚎叫起来：“无耻贱人、叛徒、混蛋、骗子！”

他罕见的暴怒吓坏了喊他吃饭的保姆，这时他才注意到妻子不在家中。保姆说：“秋华想回娘家，给父亲打了电话，车刚把她接走。”

郭正梁忽然想到，湛秋华的精神病是不是已经被沈辞云医治好了？这段时间是在装病，是在暗中监视自己，甚至连保姆都可能成了她的内应……

保姆看到他目露凶光，吓得后退了几步，结结巴巴地问：“郭市长，你怎么了？如果嫌饭菜不对胃口，我给你重新做。”

郭正梁挥了挥手：“你回老家吧，我这里用不上你了。”

保姆手足无措，不知自己做错了什么。

郭正梁冷静下来，说：“我是说，明天给你放假，什么时候上班我会让人通知你。”他从书房拿出一个厚厚的信封给保姆，“这是你三个月的工资。”

保姆连忙推辞：“哪有这么多。”

郭正梁把钱塞到她手里：“拿着！多的算是我给老人的一点心意。你收拾收拾，这就回老家去吧。”

静静的夜，偌大的屋子，只有郭正梁一个人了。往常，这会儿他还在伏案工作，现在他却躺在床上一动不动，就像躺在了坟墓里。

他试过了手机银行，几张 VIP 卡都已不能提现转账，预订机票和高铁票的支付功能也暂停了，几个化名的海外账户还没有被封，但都已经被清空了。

一切都完了！他自诩一世聪明，没有想到后院起火，一切的努力都付之东流，不过是为他人做了嫁衣。

他一夜无眠，往事一幕幕在脑海里闪现，时光倒转到二十多年前。

一个衣着朴素的少年背着满筐的猪草在山路上吃力地行走，他坐下喘息，脱下鞋子，一只袜子上有个大洞，回眸一望，正是少年时代的郭正梁。

他出生在一个贫苦的农家，自幼丧父，由母亲含辛茹苦拉扯大，母子俩相依为命，孤儿寡母总是受人欺负。他小时候，衣裤破烂不敢见生人，有人搞恶作剧，专门把他拉到人群里展示他屁股上的破洞，惹得哄堂大笑……他考上了县中学，母亲走十几里山路给他送生活费，不舍得住旅店，就在学校外的围墙下坐了一个晚上，被同学耻笑为乞丐婆。

某年中秋节，正好是他八岁生日，一个永远铭记于心的生日。

回家的路上，他停下了脚步，目光被商店货架上陈列着的苏式大玫瑰月饼牢牢吸引住了。那是刚从食品厂送来的新鲜月饼，香喷喷、热乎乎，对一个饥肠辘辘的孩子充满了诱惑。

月饼一块钱一盒。母亲翻遍了口袋，只找到皱巴巴的五角钱，她问售货员："能不能买一个？"

售货员白了她一眼："拆开了，剩下的卖给谁去？"

她噙着泪，攥着衣角，对眼巴巴看着她的儿子说："你先回家，妈妈等会儿就给你买来。"

儿子一向懂事，恋恋不舍地走了。

今天是儿子的生日，儿子长这么大还没吃过月饼……她无论如何也要满足儿子的心愿。

儿子没走多远，实在按捺不住口水，又悄悄溜了回去，却看到了永生难忘的一幕：一群人高喊着"抓小偷"，当街围住一个女人，让她跪下，扇嘴巴，打得她鼻血直流，沾着血的月饼从口袋里滚落到地上，那个女人还想去捡，月饼被一脚踩了个稀巴烂……这个偷月饼的女人，就是他的母亲。

他幼小的心灵受到了极大创伤！从此，他最恨吃月饼，从此，他意识到："钱很重要，没有钱就没有尊严！"

虽然家境贫寒，但他却天资聪颖，是全县中学生中成绩名列前茅的佼佼者。高二那年，母亲因为子宫肌瘤做了手术，身体孱弱，经常晕倒，不能干活，借遍了所有亲戚的钱都凑不够学费，母亲去医院卖血，却因为贫血被拒之门外……眼看他就要辍学了。这时，一位有社会地位的"叔叔"出现了，给他家送来了宝贵的生活费，叮嘱母亲："这孩子放在过去那是状元郎的命，今后肯定大有出息，千万不能辍学，有什么困难我帮你们解决。"

"叔叔"没有说空话。他家以前为了砌猪圈要半袋水泥，还得去村里求爷爷告奶奶，"叔叔"一句话，手扶拖拉机就拉来了满车的砖头、木料、水泥，帮他家把房子修缮一新。他人生的第一件白衬衣、第一双网球鞋，都是"叔叔"买的。在"叔叔"的安排下，母亲到镇上的五八六厂当了清洁工，专门捡垃圾，这个活儿比干农活轻松多了，收入也有保障。

在五八六厂，他第一次接触到了“高级”的生活方式：工厂里的职工和他们的家属，谈吐举止、衣着消费都和当地人泾渭分明，那些工厂子弟身上穿的时髦衣服，玩的羽毛球和溜冰鞋，都让他艳羡不已，当他们大吃零食时，他只能躲在一边咽口水，不要说巧克力、牛奶糖，就是五分钱的冰棍、一角钱的糖和两角钱的汽水，对他都是一种奢侈。工厂有的不仅仅是稳定的工作、更好的福利、更高的津贴，还有生活上从摇篮到坟墓的方方面面的保障。在他看来，国营工厂就代表着体制内的高等和优越，他暗下决心：“我要走出去，走出贫穷的山村！”

“叔叔”和他谈心，知道他的心思后说：“劳心者治人，劳力者治于人。你有远大的前程，眼光放在这个工厂太局促了。我会助你一臂之力，让你步步高升，成为人上人！但要成为人上人，先要吃得苦中苦。”

高三那年，“叔叔”给了他一张路线图，详细盘点了他的优势，他日后成长的每一步，路线图里都一清二楚，堪称现代升官图。

在“叔叔”的点拨下，他上大学、入党、担任学生会主席、读研、去 A 国某名牌大学做访问学者，再去省团委，下派到地方，从基层一直干到市国资委党委书记、主管经济建设的副市长、代理市长，二十年来从一个贫寒的农家少年成长为学者型明星副市长。他明白，寒门出身的子弟，没有贵人相助，根本不可能爬到这一层，“贵人”就是这位“叔叔”和他背后的神秘组织。

母子俩对这位活菩萨自然是感激涕零。但是，天上不会掉馅饼，这是一个亘古不变的道理。他被带进了一个做梦也不敢高攀的世界，但这同时也是一条永远黑暗、不能回头的隧道。这一切，都离不开“叔叔”的“帮助”。

他清楚地记得迈进隧道的第一步是在什么时候。母亲在五八六厂做清洁工，他放学放假时就到厂里帮母亲干活，清理和运送垃圾，时间一长，厂里的保卫科都熟悉了这个勤劳孝顺的中学生，对他不再警惕。有一天，“叔叔”告诉他：“今天下午四点钟左右，你经过资料科那幢楼时，楼东面下的花坛里会有一个扔下来的小本子，你把本子捡起藏在身上带出来给我。记住，一定要机灵，千万不要让别人看到！”他知道，五八六是军工企业，资料科的小楼是戒备最严密的，门口有值班室，他是不能进去的，楼里一片字纸都不允许乱扔，里面的垃圾从不让清洁工打扫，都是楼里的工作人员集中到楼东面的专用垃圾通道内定时焚烧销毁，烧成灰烬之后，再装垃圾箱由清洁工运走。“叔叔”到底是干什么的，他心中已猜到一二，但他还是愿意吃这个“苦中苦”，因为“叔叔”“人上人”的许诺充满了不可抗拒的魔力。

有第一次，就有第二次、第三次……他有时候会感到害怕，但“叔叔”总有神奇的办法让他鼓起勇气、唯命是从。他后来才知道，这种神奇的办法叫催眠。

他越陷越深，“叔叔”交给他的任务也越来越重，甚至发展到杀人！这种念头原先是想都不敢想的，但却在“叔叔”的“洗脑”下付诸行动。他内心挣扎过，但无法抗拒，他知道，从迈出第一步开始，就不能回头了！

当亲手杀死的这个人躺倒地上时，他才发现这是五八六厂的保卫科科长曹炳生，一个有恩于他的人！曹炳生平时常把结余的饭票送给他母子俩改善伙食，有一次他过小铁路时为躲避火车，匆忙之中扭伤了脚踝被卡在铁轨上，是曹炳生在千钧一发之际扳开道岔这才捡回了一条命。当“叔叔”要他杀死曹炳生的儿子时，面对那双恐惧悲痛的眼睛，他没有了勇气，而是把那个少年扔到车上，连人带车推入水库，给孩子留个全尸，也算是稍稍弥补深深的愧疚之心。

从此，隧道杀人的阴影深深烙印在了他的脑海里，雷鸣闪电和头骨碎裂的声音，就像来自地狱的呼号，不时在他耳畔回荡，让他陷入神经衰弱难以自拔，失眠、梦游甚至是歇斯底里。为了消弭这种心理阴影，先是这位“叔叔”而后是马修斯，和他建立了心理咨询关系。他的心理症状得到了改善，学业有成并步入政坛，外表越来越光鲜，但内心的心理枷锁并没有打开，反而又加了几道枷锁——他必须不断地向“叔叔”提供他们想知道的内部文件、报告、材料，随着他的仕途步步高升，这些情报也从“秘密”“机密”上升到“绝密”。他惶惶不可终日，他很清楚，每一笔交易都是向死亡深渊又迈进了一步，但魔鬼已经夺去了他的灵魂，控制了他的思维，即使是条不归路，他也只有走到底。

他开始不择手段敛财，只有钱才能充实空虚的灵魂，才能摆脱迟早要到来的灭顶之灾——他不能坐等党纪国法的制裁，“必须游出去”！

他在当副市长主管经济时，就利用把持大笔拆借资金（这些资金说是企业借贷，其实都是来自下属的事业单位，有税务局的退税还有扶贫款）的特权，从自己掌握的五个机动账目中调动上亿资金以支持本地“福万”集团公司上市重组，借用这次收购机会，在二级市场炒作一把，净赚一千多万，两个月后借出的资金全部归位，神不知鬼不觉。他尝到了甜头之后，便一发不可收拾，亲手缔造了一条贪腐的生物链以及与之伴生的人身依附网——看着账目上积攒起来的天文数字，他忘乎所以起来，认为谁也不能阻止他，包括法律，包括“叔叔”和马修斯——你们要是挡道，当初怎么教会我的，我就怎么干掉你！

现在，他真正睁开了眼睛，才发现二十多年来不顾一切地去追逐的那些钱财、名誉、情色，最终不过是大梦一场！

翌日，郭正梁像往常一样上班，召见市里工业、农业，财政、环保等部门负责人，详细交代下一步的工作计划，然后认真地写材料，向上级阐明自己对本市经济发展的意见，以及所面临的重大问题的解决方案……

中午传来了刘万河落网的消息。湛继圣打来电话，说：“正梁，我早就告诫过你，做人做事都要光明正大，要牢记权为民所用、情为民所系、利为民所谋，任何时候都不能丧失一个共产党员的立场，不然的话，别说在中纪委、省委那里过不了关，在我这里你都过不了关！你受党教育多年，要好自为之！”

他苦笑着挂了电话，眼前浮现出湛继圣那张布满褐色老年斑的脸，以及脸上那种熟悉而又生厌的倨傲神色，心中冷笑：“这老头子现在急于撇清他自己，你女儿读书时被人搞大了肚子，你却连哄带骗让我娶了这个不能下蛋的母鸡，你的光明正大在哪里？”

他只喝了一杯茶，没有吃饭，他知道该走了。对于涉及犯罪的那些事实，他不想写，也来不及写，苍天在上，无话可说。离开办公室时，他又回望了一眼书有“民在心中”四字的苍黄色石头，落款是“春岭镇黄溪河村全体村民”，心中感慨不已。

郭正梁让司机开车带他回春岭镇。路上，司机警觉地说：“市长，后面有一辆车一直跟着我们。”他说着就要停车去质问对方。

他摇了摇手：“随他去，你只管开车。”

他来到春岭松树峪，最后一次看望了老母，吃了老母做的豆腐羹。村民们簇拥过来，说郭市长为老百姓做了很多大好事。祝老太太一直把儿子当成最大的骄傲，唠叨他要记住为人民服务。

这时，村口开来了一辆车，他认出是纪委的车，最后的时候到了！

他整理了一下衣服，带着悔恨交加的心情登上埋甲山，走向元宝台悬崖。

王铭德书记赶来了，说：“正梁同志，请你下来，组织上要找你谈话。”

站在悬崖上，山风将他的头发吹得凌乱不堪，他说：“我现在只想见一个人，请你们把曹元明找来，我想跟他聊聊。”

曹元明上了悬崖，注意到郭正梁的左手确实缺了一个小指头。

郭正梁见他盯着自己的左手，凄然一笑：“曹警官，你不用费心思去查了，我那根小指头是被你父亲咬下来的，二十年前杀害他的凶手就是我！还有，害死顾朝庚女儿的凶手也是我！”

曹元明吃了一惊。

郭正梁说：“悬崖上的大石头是我故意弄松的。”他用脚踩了一下地面，“就在这个地方。”

曹元明愤怒地问：“一个小孩子哪里得罪你了？你怎么下得了手！”忽然醒悟，“你这些都是受人指使，他们是谁？”

郭正梁摇头说：“他们无处不在，能控制你的灵魂，我不能说，否则我的老母亲会没命的。”

曹元明问：“那你叫我来聊什么？我没心思陪你吹风看风景。”

郭正梁说：“你父亲救过我的命，可我却恩将仇报，我只想跟你说一句对不起！”

曹元明冷笑着说:“这句‘对不起’有意义吗？这些年来，你和你的手下害死的人有多少？你对他们，何曾有过一丝悔过之心？”

郭正梁说：“听说你一直被隧道里的噩梦困扰，可你知道吗，我也同样被这个噩梦折磨，它折磨了你大半年，却折磨了我二十年！这二十年来，我就是一具被遥控的行尸走肉，没有睡过一天安稳觉，明知是噩梦却永远醒不过来，这种痛苦你能体会吗？你体会不了，谁也受不了！这是一条深不可测、一团漆黑的隧道，你只要进去了，就不能回头，不知通向哪里，没有景色，没有寄托，没有希望，连你也不能属于自己……”

曹元明说：“我也曾陷入隧道之中，但我可以走出来，而那些内心黑暗的人，永远看不到光明。”

郭正梁长叹一声：“你说得对。如有来生，我希望当一个像你一样的好人。当坏人太累了，我想好好睡一觉，睡一个再也没有噩梦的安稳觉。”

说罢，他脸露如释重负的微笑，缓缓张开双臂，就像一个巨大的十字架。

曹元明立即意识到情况不对，赶紧冲上前：“不要跳！”但还是晚了一步，郭正梁已纵身跳下悬崖！

曹元明一阵眩晕，这样的场景，这样的悲剧，顾昱已经在元宝酒店天台上演过一次。

山下传来了祝老太太凄厉的呼喊：“我的儿啊！”

有人惊呼：“着火了！”只见村口那间小饭店燃起了熊熊大火。祝老太太疯了！她坐在大火中呼唤着郭正梁的小名又哭又笑，怀里紧紧抱着儿子的一大堆遗物——从小学到大学的相框、奖状、证书，这些引以为豪的东西，为了儿子的家庭，为了儿子能好好做官，一直藏在箱底不见天日，夜深人静时才会捧在手心里摩挲，现在，她要带着它们和所有的希望，追随着儿子的脚步一同离开这个世界……

曹元明回到家中，将贝贝搂在怀里，但贝贝却躲开，欧阳绚对刘万河说“贝贝是你的孩子”这句话对她幼小的心灵伤害太大。贝贝又变得不肯说话了。

曹元明求助于沈辞云。

沈辞云说：“你先告诉我，你真的不介意这件事吗？”

曹元明诚恳地说：“其实我早猜到了，但血缘不能代替亲情。第一个在产房门口迎接她的人是我；第一杯奶粉是我给她泡的；她的第一声‘爸爸’是喊给我听的；不管工作多么辛苦，回到家中，一听到她叫‘爸爸’，一切疲劳都烟消云散。贝贝就是我的女儿，永远都是我的心肝宝贝！”

沈辞云点了点头，对贝贝说：“妈妈对坏蛋那么说是为了救你，是骗坏蛋的。你没听妈妈说，你有世界上最好、最好的爸爸吗？这才是妈妈的实话！”

贝贝抱着沈辞云哭了，说：“我妈妈没有了，阿姨你当我的妈妈吧。我喜欢你，爸爸也喜欢你，他做梦都在喊你的名字。”

曹元明有些尴尬又有些期盼地看着沈辞云。沈辞云却没有任何的表情，相反，她目光中的痛楚越来越深，他的心也揪了起来。

郭正梁一案的专案组在公安、国安和工商部门的联合行动下，查封了所有涉案公司的账目和经营资料，控制了经营实体的法人，通过国际刑警组织对外逃的娄昆、俞虹发布红色通缉令，同时对温泉湾度假村进行全面彻查。检察机关在对松树峪小店搜查时，从未完全烧毁的天花板隔层和水泥地板底层，发现了完好和部分残缺的人民币一千五百多万，美元一百八十万，还有价值数百万的金条、金锭、名表。这只是极小部分赃物。对刘万河的审讯取得了突破性进展，根据他的供述，经初步估算，郭正梁犯罪集团的涉案金额超过十亿。以“心岸”心理疗养院为据点的 A 国某情报机构和国内腐败分子相勾结的黑幕已水落石出。

河山市电视台还播放了一条爆炸性新闻：英伟国（绰号“鹰叔”）等人组织、领导、参加黑社会性质案已由河山市人民检察院依法向河山市中级人民法院提起公诉。报道说，经过近二十年发展，英伟国涉黑犯罪团伙已形成严密的组织结构、稳定的成员队伍、约定的帮规戒约、雄厚的经济实力，成为一个危害巨大的典型涉黑组织。英伟国团伙千方百计腐蚀、拉拢国家工作人员，寻求“保护伞”，巩固和扩张其社会影响力。从经济上看，该组织通过走私武器、毒品、放高利贷、赌博诈赌、非法拘禁、强迫交易、串通投标等犯罪活动疯狂敛财，并将非法所得用于违法犯罪活动或维系组织的生存、发展；从手段上看，该组织成员在作案过程中不择手段、肆意妄为，导致多人死伤……报道还说，以英伟国为首的涉案人员和因此案延伸拓展被公安机关抓捕的其他相关人员已达上百人。

这一系列案件有一个鲜明特点，它是公安、监狱和“黑”律师交织的司法腐败窝案。由于某些涉案人员长期在司法系统工作，知法、懂法、执法，反调查能力非常强，还有一些涉案人员是黑社会性质组织成员，他们不乏“二进宫”“三进宫”，有丰富的反审讯经验。省纪委监委和国安局合作，及时成立了深挖彻查涉黑腐败及“保护伞”专项工作办公室，负责统一组织、协调、督导侦办工作。随着工作的进展，更大的余波还在震荡，河山医科大学附属医院的脑外科主任杜远达、康宁医院院长钱学易，都在接受调查。

敖文年解除了双规，回到市局重新主持工作，代表组织和曹元明约谈，让他重新回到刑侦支队工作。就在不久前，从中国驻非洲某国使馆传来了敖勇遭不明身份枪手枪击身亡的消息，敖文年沉浸在深深的悲痛之中。

曹元明不知如何安慰他，说：“人死不能复生，敖勇的很多事都对你隐瞒，是他自己走错了路，你不要太自责。”

“子不教，父之过。他的死，我是有责任的。”敖文年从悲痛中站了起来，望着窗外迎风飘扬的五星红旗，“与国内贪腐分子和境外敌特势力的这场斗争是残酷的，是你死我活的。我们国家幅员辽阔，物产丰富，人民勤劳，只要团结一心就没有战胜不了的困难，历史上那么多的侵略者都被我们赶走了，但是这些年腐败在不同程度地滋生蔓延，这场战斗远还没有结束！”

曹元明说：“我明白。隧道里杀害我父亲的凶手有两个，还有一个漏网。”他耳畔回响着郭正梁临死前说的“无处不在”“控制灵魂”等类似的话，顾朝庚临死前也说过。看来，潜藏得最深的那个罪魁祸首并没有露面。

敖文年说：“这条漏网之鱼非常狡猾，我们现有掌握的证据都不能落实到他头上，要抓住他，有一个人是关键。”

曹元明想起了那个一直没有做完的隧道噩梦，问：“是沈辞云？”

敖文年问：“你了解她吗？”

曹元明点了点头，又摇了摇头。

敖文年说：“小静是个命苦的孩子，看到她，就让我想起了去世的姐姐。”

曹元明想了一下，问：“小静的妈妈名叫‘文娟’，对吗？她去世的日期，是不是 9 月 16 日？”

敖文年说：“是的，我姐姐敖文娟，和你父亲在同一天去世。这么多年来，我一直在想，他们两个人的死有没有关联，因为那天发生的事情太蹊跷。”

他回忆起了1995年9月16日的往事："那年是我国实行双休日的第一年，那天正好是星期六，整个工厂区都很安静，但是天气却很异常，一早就很闷热，中午时天边还隐隐传来雷声，预示着一场暴风雨即将到来……"

那天，在保卫科值班的就是敖文年。五八六厂不久前发生了严重泄密案，人人心头都笼罩着乌云，虽然曹炳生休息，但还是像往常一样到单位来查岗。这时，曹炳生妻子把电话打到值班室，说孩子发高烧了，得马上送医院。五八六厂很大，也很分散，厂医院和工厂生产区、居民区相隔十多公里，还要经过埋甲山隧道。曹炳生思忖片刻，决定回家接孩子，走的时候，特意嘱咐敖文年："小敖，我去医院不光是给孩子看病，还要找一个人了解重要情况，你守在值班室，保持电话线路通畅，等我的消息。如果到傍晚六点，我一直没有电话打来，你就打电话到医院找我，如果找不到，你就打这个电话。"他写下一个电话号码，"这是专案组的电话，你把情况一说，他们就会采取紧急行动。"

曹元明听到这里，忍不住问："后来呢？你并没有给专案组打这个电话，对吗？"

敖文年说："是的，因为那天下午我睡着了，外面狂风暴雨，我却睡得像个死人一样，什么也听不到，什么也不知道。等我醒来的时候，已经是半夜的十二点。交班的人把我叫醒，这时我才知道，你父亲开车离开医院后就失踪了，而我家里也出了大事，我姐姐从楼梯上掉下来摔死了！"他说到这里，神色酸楚，"我父母早亡，姐姐就像妈妈一样带着我长大，她是我唯一的亲人。"

曹元明问："为什么恰巧那天你会睡得这么沉？"

敖文年说：“只有一种解释，有人给我服用了强效安眠药。”

“这个人是谁？”

“我姐姐。那天是我的生日，中午的时候，姐姐特意做了我最喜欢的饭菜带给我，我吃了个精光。”敖文年痛苦地说，“我万万没有想到，我的生日成了姐姐的忌日……当时我整个人都是蒙的，无法相信这一切，也无法思考、解释这一切，我只能沉默，把所有的悲痛和怀疑埋藏在心底。”

曹元明说：“你姐姐绝不会害你，是别人在饭菜里下了药。我甚至可以大胆地推测，你姐姐从楼梯上摔下来不是意外，而是和我父亲一样被人杀害。”他想起了沈辞云那幅奇怪的画：一个小女孩跪在地板上哭泣，她前面摆放着一束康乃馨，小女孩身后，有一架像垂直隧道的长长楼梯，楼梯口闪烁着眼镜片阴森的反光。

敖文年微微点头，语带双关：“小静是个命苦的孩子。”

曹元明说：“我不信命，我要帮小静，就像她帮我一样。”

敖文年问：“她的出身、工作和海外生活的背景，你都了解吗？你怀疑过她是境外的敌特分子吗？”

曹元明与敖文年已不再心存芥蒂，坚定地说：“她绝不是！没有她，别说案子破不了，我早没命了！但是她身上确实有很多疑问。”

敖文年说：“一切让事实来说话。把情况搞清楚，不但是我们的职责，对她也是一种保护。她现在的处境有危险，我刚得到报告，她要回 A 国了。”

曹元明一惊：“她不能回去！我马上去找她！”他站起身来，正要离开，忽然想起一事，“许维舟这个人，你了解吗？”

敖文年说：“老许的为人，我是知道的，他最大的缺点就是好赌。党政干部都要上交港澳通行证，他实在心痒难耐，就坐‘大飞’去澳门玩，被那边的监控拍到了，有人举报，一查没有出入境记录，双开，前程尽毁。公安系统出了这种事说出去太丢人，对外就说他是退休。如果他不出事，今天这个局长的位置就是他的，他跟‘猫叔’有交情，‘猫叔’也不会处处被‘鹰叔’压一头。他现在正在接受调查，据说在澳门欠下了几百万赌债，找黄利平做中介借高利贷抵上，其实都是刘万河的钱。”

曹元明点了点头，又解开了一个疑团。

曹元明在机场候机厅截住了沈辞云，恳请她留下来：“这次出了这么大的事，你回 A 国太危险了，那边的人一定不会放过你。”

沈辞云淡淡地说：“留下来也一样，我已经为你做了所有的一切，还不够吗？”

沈辞云的话有些自暴自弃，曹元明心疼地扶着她的肩头说：“你不能走！我们相互倾听，相互理解，相互帮助，明明要永远和小静在一起！”

沈辞云拂开他的手说：“你不了解我，我们不可能在一起。”

曹元明说：“你帮我走出了黑暗的隧道，我也要帮你走出来。我的那个梦还没有做完，我知道，那就是解开你心结的钥匙，无论遇到什么困难，我都愿意和你一起去面对！”

登机广播响起，沈辞云凄然说：“一切命运都有归宿，你何必勉强？红尘中有太多的爱恨情仇，其实都是过眼云烟，又何必执迷不悟？忘了我吧！”

曹元明拉住旅行箱的杆子，激动地说：“你明知不可能，除非摘掉我的大脑！二十年前，明明失去了小静，结果，小静变了，原来天真漫烂变成了忧郁悲伤，原来什么话都会对明明说，现在她被内心的痛苦压得喘不过气来，却一个字都不肯说——明明不可以再失去小静，不可以再犯这样的错误！”

这时，机场的一位安检工作人员走过来通知沈辞云：“您的护照出了点问题，暂时不能离境。”

沈辞云明白了什么，对曹元明说：“既然如此，晚上去‘心岸’找我，去完成那个梦。”

沈辞云找到唐媛媛。唐媛媛由于收受黄利平的贿赂已经被停职接受调查，她对沈辞云说：“我败了，输给你心服口服，他爱的人是你。”

沈辞云说：“不，我是来告诉你，只有你才能给他和贝贝一个完整的家，是我打扰了你们，以后一切都会像从前一样。他是好人，也会是个好丈夫，请你善待他，善待贝贝。”

唐媛媛有些不明所以，问：“你是要回 A 国了吗？”

沈辞云笑了一下：“我要去一个很远、很远的地方，祝你们幸福，告辞了。”

晚上，曹元明如约来到“心岸”心理疗养院。“心岸”已经停止运行，里面静悄悄的没有一个人。沈辞云不在，她在咨询室留下了一条录音，教他如何操作 SHADOW：“你想要的梦，我要说的话，都在这里面。”

曹元明戴上了VR，绚丽多彩的画面将他又一次带回到了童年，山花烂漫千百度，姹紫嫣红万里情，那是一个如诗如画的世界。

沈辞云轻柔的声音响起：“我真想穿越时空，回到过去，远远地看看那时候的自己，那时候的妈妈，那时候的你，走走那时候的老街，吃点那时候的小吃，今天晚上，小静和明明终于在一起了……”

SHADOW以她的第一人称视角展开场景：两个好朋友一起过家家、捉迷藏、下棋、钓鱼、划船、爬山……

VR播放到后半段时，画风突变，全部变成冰冷的黑白色，曹元明消失了。

沈辞云的声音变得苦涩：“一开始见到你，我就有种不祥的预感，我不知道为什么，现在知道了。我们建立了心理咨询关系，互为镜子，我看到了你，也陪着你看到了我自己，我们一起重新过了一遍快乐的童年。我以为，我们的互动将永远改变生命的土壤，从而孕育出全新的生命之花。我帮你摘下了上帝的面具，可是，当摘下我自己的面具时，我却发现，我用意志力支撑的围墙崩坍了，接下来就是那个墙后的世界，就是你想要知道的一切……”

VR呈现出来的仿真动画让曹元明手心冒汗，心跳加速。

那个雷电交加的傍晚，在埋甲山隧道里所发生的一切，他终于真真切切地看到了，并且明明白白地知道了：杀害父亲的主谋是沈辞云的父亲孔烛尘——当年五八六厂的厂医姚涤新！

隧道噩梦完整而真实地得到了还原，沈辞云兑现了她的承诺，但VR没有停止播放，她要告诉他的还不止这些。

在那个杀人的雷雨天，孔烛尘匆匆回到家中，火烧血衣，这一幕被沈辞云的母亲敖文娟无意中目睹，她意识了问题的严重性，两人开始了争吵，这是他们结婚多年来第一次吵架，也是最后一次吵架。孔烛尘心烦意乱之下，将妻子推下高高的楼梯，导致她当场身亡！而这悲惨的一幕，被幼小的沈辞云从门缝中窥见，她在极度恐惧下强迫自己相信这只是一个噩梦，强迫自己相信父亲的话：妈妈是自己不小心从楼梯上滑倒去世的。

孔烛尘不敢留在家乡，带着女儿去了A国投靠亲属。万里之遥，秋去春来，时空的漫长并没有冲淡沈辞云的噩梦，母亲从楼梯上滚下来的情景，成了她一生都背负的沉重心理阴影。她少女时代长期患有自闭症，大学选择攻读心理学，不仅是女承父业，更是想摆脱童年的心理阴影，但精神分析是一把双刃剑，缺乏经验的她不慎伤了自己，一度陷入多重人格症而不能自拔——这个噩梦在特定的精神刺激下便会出现，为了维持自身脆弱的尊严感，她拼命地想遗忘噩梦，方法就是创立了一个又一个的分身，由它们承担起这份哀痛与激愤，当她化身为另一个拥有完整人格、思考模式和独立记忆的人，此时原本的主人格对于这段时间是没有意识也没有记忆的。这方法虽可奏效一时，却不能带来永久的平复。分身们像滋生的蘑菇一般躲在阴暗角落里，她在表面的平静中苟且度日，总有一天，分身们会蜂拥而出，各自为政，撕扯着、分裂着她，彻底捣毁了她的生活。

她智商超群，多才多艺，不但有心理学和医学博士头衔，绘画和音乐也有很高造诣，还是跆拳道和击剑高手，周围从来不乏追求者，但却一直单身，由于内心被恶龙束缚无法解脱，她无法接纳爱情，隐藏在潜意识里的母亲被害记忆迫使她对所有男性关上了心灵之门——只有一个人例外：当她险些坠崖时是他不顾自身安危救了她，从此，他就成了她唯一可信赖的人，在此后二十年的人生旅途中，她不断回到故乡的同一地点，寻找心灵深处这份如梦幻般的感情寄托。当他又一次出现时，还是那么的忠实可爱，一点都没有变——除了记忆出了问题。曹元明对贝贝真挚深沉的父爱正是她心灵成长中缺失的最重要一环，融化了她内心的坚冰。她发现历经多次同生共死之后，不由自主地爱上了他。

然而，命运又一次狠狠地戏耍了她——当她听到曹元明说出那句“上帝与我们同在，会站在我们这一边”时，她才知道梦境孵化出来的不但是真相，还唤醒了那条盘踞在自己内心深处的恶龙——原来自己父亲杀害母亲不是一个噩梦，而是血淋淋的事实，不但如此，他还杀害了曹元明的父亲！

她无法接受这样残酷的现实，精神堤坝崩溃了，释放出的多重人格反客为主，将她变成了凯瑟琳，在这个凯瑟琳角色中，她的记忆时断时续，也许正因为如此，她才没有被阴谋者们视为一个威胁。当她跟随 MG 乐团回到 A 国后，孔烛尘对她进行了心理治疗。他认为凭着自己炉火纯青的心理操纵术，完全可以将女儿控制在掌心里，但他错了，因为他始终不知道锁住女儿的那条恶龙其实就是他自己！

当沈辞云恢复主人格意识之后，从网络上看到了曹元明被通缉、敖文年被双规的消息，她毅然回到了中国，甘愿跳入心灵的炼狱之中，为的是救出所爱的人！

曹元明泪如雨下，直到这时，他才知道沈辞云为自己所做的那些抉择经历过多少撕扯内心的痛苦。沈辞云是无辜的，但却在二十年里一直遭受着心灵的酷刑！她和自己的痛苦，其实是来自同一根源！

但是，现在她去了哪里？

这时，唐媛媛打电话过来，说起沈辞云不久前找过她，交代过的那些话让她越想越不对劲。

曹元明一听唐媛媛的转述，顿时意识到大事不好，猛地想到一个地方，风驰电掣地驱车赶到春岭镇沈辞云家的老宅。敲门无人应门，他不敢怠慢，当即破门而入，发现沈辞云躺在床上，双目紧闭，昏迷不醒，已经服下大量的安眠药！她怀中抱着两张画像，一张是妈妈的遗像，一张是明明和小静手拉手的画像。

曹元明一探她还有微弱的鼻息，发疯般抱着她往医院赶。急诊室，他精神陷入崩溃的边缘，瘫倒在地失声痛哭，嘴里一直喃喃自语“明明要永远和小静在一起”。

敖文年赶到，曹元明悲痛稍抑，擦干泪水，将沈辞云的遗言原原本本告知他。

敖文年扶着墙慢慢坐下，低声说：“可怜的孩子！”

曹元明声音沙哑：“她帮那么多人走出了心理阴影，可自己却走不出来……”他揪住自己的头发，“我真不该一再逼她。”

敖文年说：“这笔账要算在孔烛尘头上，这个人死有余辜！”他想起姐姐惨死，不禁怒火中烧。敖文娟出生于书香门第，容貌端丽，蕙质兰心，是当年春岭的一枝花，被孔烛尘的才学和抱负所吸引，不顾家人反对，与家庭成分不好而且比自己大十多岁的孔烛尘结为伉俪，没想到这段姻缘最终会以这样的悲剧收场。

“可是小静的这些话不能用作呈堂证供，孔烛尘完全可以说这只是精神病人的臆想。”曹元明抬起头来，“对杜远达和钱学易的询问有什么收获吗？”

“他们的态度倒是挺配合，但交代的东西顶多涉及学术腐败，也不能用作孔烛尘的犯罪证据。这个老狐狸早就预计到了这一天，没有留下任何把柄。我二十年前就开始怀疑他，但直到今天，还是徒呼奈何。”

曹元明问：“孔烛尘现在哪里？在A国？”

敖文年说：“他在北京参加世界脑科学大会。”

“他倒是泰然自若。”

“是啊，吃定了我们拿他没办法。”

“他应该还不知道沈辞云自杀……”曹元明沉思半晌，“局长，我有一个计划，请你批准。”

敖文年说：“你说吧。”

曹元明说：“过去，马修斯和杜远达一再动员我做开颅手术，切除癫痫病灶，还说孔烛尘会指导手术，我一直没有答应。现在，我决定做这个手术，让杜远达去请孔烛尘主刀！”

敖文年说：“玉川水库建设管理处的侯处长就是因为开颅手术死了，他本来是大坝垮塌事故最有力的人证——这事你知道吗？”

曹元明说：“我明白你的意思。我在离山隧道绑架案中受了重伤，做了开颅手术，那台手术就是孔烛尘做的，术后我的记性差了很多，忘记了很多事情，现在想来，我的遗忘症很可能是手术者有意造成的，那个时候他们就把我视为威胁，只是这种手段一般人无法察觉。小静告诫我不要再做手术，说‘失去记忆，失去自我’，她一定是发现了手术中存在的问题。”

“那你为什么还要冒险？”

“因为孔烛尘现在最恨的人是我，他一定不会放过任何一个杀死我的好机会！只要他动手，我们就能抓住证据。跟杜远达晓以利害，他会老老实实配合的。”

“你这是用自己的生命作赌注。”敖文年略一思索，“不行，这样太危险！在脑外科领域，他是国际一流水准的大师，在手术时几乎可以掌控一切，而我们将处于完全的劣势和被动，取证毫无把握，反而会搭上你的性命。”

曹元明躺到了手术台上，无影灯下是医生、麻醉师和巡回护士忙碌的身影。

杜远达低声问曹元明：“可以开始了吗？”

曹元明点了点头。

手术室响起了轻微的噪音，开颅钻和线锯打开了他的颅骨。

远在北京的国际会诊中心，孔烛尘戴上了3D电子眼镜，坐在巨大的电子屏幕前，点击平板电脑，操纵手术机器人进入了曹元明的颅内。

曹元明开始了轻微抽搐，并越来越剧烈，监护仪上的警示灯亮起来了。

孔烛尘说：“患者还有意识，加大麻醉剂量。”

杜远达说："孔教授，患者生命体征不稳定，继续加大剂量恐怕有危险。我看是噩梦又在发作，还是启动SHADOW催眠为好，等待患者生命体征稳定后再继续手术。"

手术机器人停了下来，这里距离脑干生命中枢只有几厘米。

孔烛尘微微点头，遥控机器人退出了颅脑。

SHADOW的微电极探头直接布置在了曹元明暴露的脑膜上，另一终端则戴在了孔烛尘的头上。

孔烛尘说："开始滴注药物。"

"明白。"杜远达做了一个手势，护士换上了一袋药水，但输注进入曹元明体内的实际上是葡萄糖。他向孔烛尘报告："进入了快速动眼睡眠阶段。"

在孔烛尘身后的玻璃门外，站着一大批前来观摩的脑外科和精神病专家。SHADOW可以对最隐匿的癫痫病灶进行精准定位，当患者术中出现躁狂，SHADOW还能进行超深度催眠，在不增加麻醉剂量的情况下完成手术，这样了不起的手术在国内是首次，是非常难得的学习机会。

曹元明的脑海里展开了一副巨大的国际象棋，King（王）、Queen（后）、Knight（马）、Rook（象）、Pawn（兵）等棋子各就各位。

"明明，我是姚叔叔，你还记得小时候下过的国际象棋吗？多年不见，我们这对忘年交再来下一盘如何？"

孔烛尘恢复了二十年前的身份：姚涤新，小静的父亲，五八六厂的医生，曹炳生的朋友。

曹元明采用意大利开局，攻势凌厉。

“年轻气盛不是好事。”孔烛尘说，“十步之内，你必输无疑。”他胸有成竹地走出了“王车易位”。

一切都仿佛是昔日曹元明和马修斯对弈的翻版。

然而，梦境中的棋局陡变，孔烛尘的“舒伯特小夜曲”杀手锏失效了！

曹元明已经洞悉了他的陷阱，早有准备，置双车同时受攻而不顾，弃兵腾马，象卡要道，瞬时切断了黑后与国王的联系。“check！”这一神来之笔奠定了最后的华丽结局。

孔烛尘感到不可思议：“你好像知道我下一步要走什么。”

“因为我是您女儿。”

《舒伯特小夜曲》舒缓的旋律响起，出现在孔烛尘眼前的，不是曹元明，而是沈辞云那双美丽而又幽怨的眼睛。

“小静，真的是你？”孔烛尘颤声问。

“舒伯特小夜曲不是您教我的吗？”沈辞云的声音亲昵而又哀伤，“爸爸，您能放下脚步停留一会儿吗，女儿想和您谈谈，可以吗？”

“当然可以，孩子，你是爸爸的希望，爸爸的骄傲，爸爸最爱的人。”

VR中出现了一只粉嫩的小手，牵着父亲的大手，朝阳下，两只手镶上了金色的光芒。

伴随着小提琴的旋律，画面中不断出现沈辞云幼小时候的视角，都是与父母一起生活一起玩耍的景象。

“爸爸，我真想永远长不大，永远牵着您的手。”

熟悉的人，熟悉的声音，熟悉的家，熟悉的一切……

孔烛尘沉默了，他的心率开始不由自主。

忽然，音乐消失了，代之以阴森的雷雨声，SHADOW呈现出了两个模模糊糊的梦境，一个发生在隧道，一个发生于阁楼，分别来自曹元明和沈辞云，两个梦境就像滴在宣纸上的墨汁，不断延伸、扩大，当两个噩梦重叠在一起，整个画画变为浓墨一样的黑色。

然后，一个以第三人称视角展开的场景故事开始了，时间是1995年9月16日，曹炳生和敖文娟先后被杀害……

故事的结尾，小静跪在地板上哭泣，显得特别无助，她前面摆放着一束康乃馨，她身后有一架长长的楼梯，父亲站在楼梯上端，镜片后面的寒光像是暗夜中的幽灵……

故事讲完了，沈辞云的声音再次响起："爸爸，对我来说，一切都结束了，请你快收手吧，我不想在另一个世界里也和你分道扬镳，这是我最后的请求……"

孔烛尘这才知道多年前杀妻一幕是造成女儿一生悲剧的根源，当这铁一般的事实残酷地摆在她面前时，她选择了最极端的方式来寻求解脱、表达抗争。他自以为治好了女儿的自闭症和多重人格症，给了她想要的一切，却没有想自己才是她内心的真正魔障！他这么多年来所做的一切，都是在把女儿往绝路上逼！

孔烛尘眼角渗出了两颗浑浊的泪珠，残余的良知终于击溃了最后的心理防线。他摘下VR头显，也摘下了自己的面具，双手掩面，呜咽地说："小静，爸爸对不起你，对不起妈妈！"

这个国际著名的脑外科专家、心理学专家、脑科学家，

A 国 SHADOW 计划主持人、代号 Queen 的老牌间谍，终于跌落神坛，原形毕露。

曹元明被推出了手术室，睁开了双眼。

敖文年紧紧握住他的手，说："麻醉师都惊呆了，说从来没有见过意志力像你这么顽强的人，他只用了最低剂量的丙泊酚和瑞芬太尼，整个过程你却一声都不吭，这要忍受多么剧烈的疼痛。"

"我必须保持清醒，否则怎么反向催眠？"曹元明低声问，"结果怎么样？"

敖文年微微点头："好样的！没想到，你也是催眠达人。"

曹元明露出了胜利的笑容："其实，催眠他的人不是我，而是小静。"

敖文年一脸诧异："小静？她现在还在抢救。"

"她在 SHADOW 中建造的那些梦境，就是最好的催眠。她还留下了一段专门关于父亲的回忆，那是一封写给父亲的特殊的诀别信。我只是遵照她的心愿去完成了她想做又不敢做的事。"

敖文年想起了此前曹元明和他的对话：

"……在脑外科领域，他是国际一流水准的大师，在手术时几乎可以掌控一切，而我们将处于完全的劣势和被动，取证毫无把握，反而会搭上你的性命。"

"正因为如此，他膨胀的自信心会削弱警惕性，这就给了我们出奇制胜的机会。"

"出奇制胜？"

"手术时，他会和上一次一样用到 SHADOW。"曹元明说，“马修斯在催眠郭正梁时，在毫无防备的情况下，被郭正梁反向催眠了。一个人一旦被催眠，潜意识就暴露无遗，我们就能打开他内心世界的大门。”

“你是想反向催眠孔烛尘？”敖文年连连摇头，“异想天开，怎么可能？”

“正因为不可能，所以他不会防备。”

“你又不懂催眠。”

“催眠并没有想象的那么难，普通人一样可以成为催眠师。”

“你如何解除他大脑的防卫系统，让他顺从地接受催眠？”

“我和他下国际象棋。”

“他是国际象棋的高手，你这不又是投其所好吗？”

“是的，越是投其所好，就越能出其不备。小静说过，潜移默化地转移一个人的注意力，当他心无旁骛时，催眠就可以开始发挥效果。”

“你能控制棋局吗？如果几步就被他杀败，如何能让他专注呢？”

“我已经了解了他的棋路，请教过象棋专家。”

……

出院后，曹元明审讯了孔烛尘。

孔烛尘穿着囚服，坐在审讯椅上，脸上再也没有了往昔雍容华贵的神采，变得面无表情。曹元明发现，短短几天他就苍老了许多，几乎是一夜白头，双手也微微颤抖。

孔烛尘眯着眼看着曹元明。他曾戏称曹元明为“活在梦幻里的堂吉诃德”，现在来看，他当初大意了，曹元明其实是为父报仇的古希腊英雄俄瑞斯忒斯，反向催眠让他猝不及防、一败涂地。失败有很多种方式，但被自己最擅长的方式所击败，这对他的自信是毁灭性的打击。他问：“小静怎么样了？”

曹元明说：“还在昏迷之中。”

“给我一部电话，我可以请世界上最好的专家来给她看病。”

“我们有这方面的专家。”

“你要好好待她。”

“我会像爱护我的眼睛一样爱护她。”曹元明一字一字地说。

“那就好，我是个失败的父亲……”孔烛尘叹息一声，“没有她，你们赢不了我！”

“如果她不是你女儿，你们早就对她下手了吧？就像对我一样。”

“你被绑匪打伤脑子后，是我用手术救了你，那时如果要杀你，我只要动一下手指头，但我没这么做，因为念着故人之情，我只是想彻底清除你儿时的记忆。但是，人的大脑结构和功能实在太精妙了，我太自负，以为我无所不能，没想到打开了另一段往事的封印，让它以噩梦的方式再现。”

“如果我死在手术台上，对你的名声会很不利。你在我的脑子里做手脚，让我患上失忆症变成废人，跟杀我也没什么区别。二十年前，我从水库里被捞起来的时候，也是因为你发现我什么都不记得了，才没有继续下手，对吗？”

“随你怎么想，我不辩解，这对我毫无意义。”孔烛尘顿了一下，“但我可以保证一点：小静与你们调查的案子，没有一丝的关系，她从头到尾都不知道马修斯的真实身份，也不知道我的所作所为。”

“这话我相信，但要让法官相信，你就必须老实交代你的罪行。”

孔烛尘说：“你没必要套我，因为我根本不打算隐瞒什么。”他很淡定地做了认罪供述：

少年时，由于他有海外关系受过不公正对待，遂心生怨念。青年时代就暗中收听境外敌台。工作后，由于表现出色，他作为五八六厂医院的重点培养骨干被送往A国进修，这在当时是一个非常难得的机会，但却给了他与A国情报机构取得联系的机会，他成了一名正式雇员，一名具有特殊价值的间谍。

由于河山拥有五八六厂等原因，A国情报机构为此专门设立一个课题叫“河山研究”，千方百计地搜集河山的情报。作为一名熟知医学心理学前沿和边缘领域的学者，他提出了一个令所有人耳目一新的策略——通过催眠来控制人的思维、操纵人的潜意识，这样的话，这个人就毫无秘密可言，要策反他变得易如反掌，这在间谍和反间谍工作中将无往不利，许多难题将迎刃而解。当人们精神脆弱时，是最容易被攻破心理防线的，百分之八十七的人一生中或多或少会受到心理疾病的困扰，每一个人都有自己的心理弱点，这将为施展这一策略提供多么广阔的舞台！情报机构对此非常感兴趣，投入了大量资金和技术支持，SHADOW就是这项计划的最新成果。他更是利用高超的心理专业知识以及合法的国际大师招牌，以心理疗养为名，将“心岸”发展成为套取情报的重要据点，以此为中心编织成一张恐怖的蜘蛛网，坐等一批又一批“飞蛾”（饱受各种压力而焦虑不安的官员、科研人员、企业家等等）自投罗网——一个人所处的社会阶层越高，往往压力越大，而这些压力之源往往潜藏在阴暗处，无法通过正常渠道宣泄——私密的心理咨询将发挥奇效！

郭正梁和娄昆的案情已基本明了，曹元明最关心的，还是那起二十年前的案子。他问：“五八六厂泄密案你是主谋，你让顾朝庚从资料科把抄录的机密扔给了郭正梁，可你为什么要指使郭正梁去杀害他女儿？顾滢当时只有九岁！”

孔烛尘慢条斯理地说：“我没有指使郭正梁去杀一个小女孩，我只是跟他说，要想办法让顾朝庚陷入精神崩溃的境地。”

曹元明略一思索，便明白了他的歹毒用心。到了九十年代，五八六厂变得举步维艰，有时甚至连工人的工资都不能照额发放，人心浮动，很多人都产生了迷茫和失落，辞职下海的比比皆是。但是，厂里对顾朝庚这样的工程师是重点照顾的，工资待遇水涨船高，两相对比，顾朝庚更应该珍视这份工作。顾朝庚父亲是革命军人，家庭关系和睦，要让他背叛奉献了青春年华的事业，背叛几十年的党龄，背叛家庭，单纯的利诱是办不到的。苍蝇不叮无缝的蛋，孔烛尘想办法在这个蛋上砸开了一条缝——顾滢突然丧生，顾朝庚陷入了极端痛苦之中，找他做心理治疗，他便可以趁虚而入，运用催眠这样的心理手段把顾朝庚拉下水。

“但我没有想到，郭正梁会采用这种极端的手段，差点连我女儿都被他害了，还好有你……”孔烛尘眼光狡猾，顿了一下，“那时我就发现，郭正梁的心理是病态的，贫穷的经历扭曲了他的人性，他对家境良好的孩子有一种泛化的仇恨。二十年后，我的学生马修斯离奇猝死，我马上就怀疑到了他头上，因为从青春期开始一个人的心理特质就不会再改变，所谓江山易改本性难移，冬眠的毒蛇睡得再沉，也终归会苏醒。”

曹元明微微摇头，心想：“你的心理何尝不是病态的？一个心理病态的心理咨询师，一个披着袈裟的刽子手。”他问：“我父亲被郭正梁杀害后，是你碎尸的吧？”唐媛媛说过，那颗头颅的断口刀痕细小而利落，符合解剖原理，只有外科医生有这样锋利短小的工具。但是，娄昆在检查头骨时已经料到这就是曹炳生的，也知道郭正梁的小指是怎么缺失的，故意拿骷髅口腔里的指骨进行 DNA 比对，将案情引入歧途，否则曹元明的目光早就聚焦到了孔烛尘身上。

孔烛尘点了一下头，没有说话。

“你们同事一场，却连个全尸都不给他留？”曹元明眼睛喷出怒火。

孔烛尘说：“碎尸是为了方便抛尸。”

“尸体抛哪儿了？”

“抛到玉川水库里喂鱼，水库是垂钓胜地，里面有很多的鱼，会把碎尸吃光，不留痕迹。我们的目的是隐藏第一现场和尸源，没有这两点，警察就不能立案，不立案就不能刑侦，只能报失踪协查，而协查……”

曹元明的拳头捏得直响，强行按捺住翻腾的怒火，问：“你为什么要杀我父亲？”

“因为他发现了顾朝庚的秘密，我们只好灭口。你父亲很有谋略，他先是假装对现状不满，打心理牌，瓦解顾朝庚的戒心，甚至假装要和他合作，目的是获取他内心的秘密。”

“打心理牌？这应该是你最擅长的。”

“你错了，其实你父亲是一位自学成才的心理学高手，他对顾朝庚的催眠，差一点就成功了。”孔烛尘想起往事轻叹一声，“我的心理学之路，就由他开始。”

曹元明惊呆了。

孔烛尘说：“你父亲在战争中头部受伤，患过‘战后心理综合征’，也就是创伤后应激性障碍的一种。他来找过我，我当时还是一个脑外科医生，心理学是门外汉，试着找了一些国外的心理学书籍给他看，结果，他居然自学自愈了。从此，他就喜欢上心理学，我也开始对心理学产生浓厚兴趣。对中国人来说，现代心理学完全是外来的东西，我出国攻读心理学，但没有你父亲的启发，我可能不会有日后的成就。”

在记忆里，曹元明对父亲在心理学方面的事迹没有任何印象，这些生活中的细节已经被遗忘症吞噬，而母亲早已烧光了父亲的遗物，更使他找不到一点儿提示——除了在梦境里！他想起了马修斯催眠下出现的医院治疗室场景，两个人在下棋，但棋路明显不合情理，这个场景其实是父亲在用棋局催眠顾朝庚，或许，用下棋进行催眠是父亲的首创。他心潮起伏，顺口问：“我父亲的启发？”

“他和我探讨心理学，说不要盲从西方的理论，而应发掘、结合中国传统文化中的精髓，比如将荣格心理分析和《易经》、佛学结合起来，把意象治疗和中药、气功结合起来。他的话让我耳目一新，根据他的启发，我对临床心理学进行了中西合璧式的创新，取得了相当不错的疗效。”

曹元明痛苦地问：“既然他差一点就要成功，你又是怎么发现的？”

“因为我占得了先机。顾滢死后，我就成了顾朝庚的心理咨询师，他在心理上就像一个没断奶的孩子，已经对我形成了心理依赖，然后才有五八六厂的泄密案，才有你父亲的介入。你父亲和我进行心理拔河，都在拉顾朝庚，但我能看到他，他却看不到我，根本不知道绳子的另一端实际上有两个人：顾朝庚和我。他怎么赢？因为顾朝庚在心灵之路上看到了什么风景，见到了什么人，说过什么，最怕什么，我一清二楚。”

曹元明愤怒地说：“所以，你只要让人播放一段电话录音，就能逼着顾叔叔自杀！”

孔烛尘说：“是顾昱的自杀让他站在了心理悬崖上，我只是轻轻推了一下。”看着曹元明怒容满面，他轻飘飘地说，“在那种情况下，你说我有的选吗？”

曹元明恨不得一拳砸烂这张巨奸的面孔，心中不停地提醒自己：“他故意激我，不能上当，问题还没有搞清楚，一定要镇定！”他问：“你既然早就在提防我父亲，为什么要在他快成功时才动手？”

“你父亲曾向我了解顾朝庚的心理情况，可见他一开始对我是信任的，只是在怀疑顾朝庚。他是个很聪明的人，居然想到通过催眠去了解顾朝庚的内心活动，而且自学的催眠术效果之好，出乎了我的意料。这时又出了一个变故，我知道，不能再等了，正好天气有利，就行动了。”

“什么变故？”

“我接诊过一个特殊的抑郁症患者，这个人姓许。说他特殊，是因为我通过催眠，不但发现他在装病，还知道他的真实身份是执行秘密任务的国安警察，并且在心理治疗室安装了窃听器。”孔烛尘说，“这位许警官犯了一个愚蠢的错误，在心理咨询师面前装心理疾病，再好的演技都没用，因为他可能比你还了解你的内心。”

曹元明想起许维舟说过的话，心想：“不能怪当时的专案组疏忽，因为谁也没想到幕后的真正操纵者是一位医生。”父亲被害的案情已豁然开朗，他还有一个疑问：“在噩梦中，当我父亲开车进入隧道时，我眼前突然闪出一片刺眼的白光，后来在我父亲的车里发现有火烧的痕迹，这是怎么回事？你们用了定时的燃烧弹？这是怎么做到的？”

孔烛尘说：“A 国情报部门发明了一种名叫‘鼹鼠’的爆炸装置，原理其实很简单，用光学电池供电，一旦进入隧道，周围突然漆黑一片，电池就自动放电，电路接通就会爆炸。炸药是我自制的，硝酸、铝粉在市场上可以买到，水银从体温计提取，酒精、高锰酸钾都是医院常用药，高中化学知识就可以做出这种炸药。”

“你怎么引诱他进隧道的？”

“我让顾朝庚假装被催眠，让他告诉你父亲，我们要在工厂里搞爆破行动。你父亲肯定会给敖文年打电话，当然这个电话是不会有人接的，他当然会急急忙忙赶回去，从医院到厂区，最快的路必须经过埋甲山隧道。”

曹元明心想：“我当时发着高烧，父亲为什么还把我带在身边？”心中一酸，“是了，他当时已经预感到医院里潜伏着敌人，怕把我一个人留在医院有危险。但他没有想到，他救过的郭正梁是个杀手。”

他问了最后一个问题：“你把炸弹藏在哪儿了？”

“你父亲不是很喜欢做不倒翁吗？汽车里，家里，到处摆着大大小小的不倒翁。我女儿也有一堆的不倒翁，都是你送的，我拿一个一模一样的装上炸药再放进汽车里，谁能知道？”孔烛尘说完，“格格”笑了起来。

曹元明眼前晃动着一只带血的不倒翁，他一阵眩晕，硬生生收回已经举起的拳头……

尾　声

迎着朝日的光辉，曹元明将一束燃着的香插在父母的墓前，墓碑铭上了古希腊诗人荷马的一句名言："即使正义会迟到，但邪恶终将败亡。"父亲的墓穴一直是空的，现在他终于可以将父亲的头骨放进去，让父母相聚九泉了。然后，他依次给沈辞云的母亲和顾朝庚父子三人扫墓，告慰逝去的亡灵。

敖文年一同前来。他抚摸姐姐的墓碑，看着墓碑上哀伤满怀的墓志铭，喃喃自语："你真的爱她吗？"他叫来石匠，要铲去墓志铭。

曹元明说："还是等沈辞云来决定吧。"

敖文年点了点头，告诉他："最高检会同外交部已经向南太平洋某岛国提出引渡娄昆和俞虹的请求，死刑犯不引渡是国际惯例，所以目前还只能以洗钱罪、贪污受贿罪起诉他们，完成整个法律程序估计要花上不少时间。"

曹元明问："A 国那边有什么反应吗？"孔烛尘已加入 A 国国籍，现被中国警方以危害国家安全和故意杀人的罪名正式刑拘。

敖文年说："他们矢口否认孔烛尘是受雇佣的间谍，说我们的指控是捏造的，把这件事往人权上扯。"

“又有一场口水仗了？”

“他们心虚了，明显不愿管孔烛尘死活。其实从最早史蒂夫·布莱克之死就能看出A国情报部门的冷血，他们本可以让布莱克以外交人员身份进入中国，就算被查到从事间谍活动也只能驱逐了事，没必要搭上一条命。他们不这么做，就是不想让这些棋子和官方扯上关系，不给政府形象带来负面影响，避免外交上的被动。”

曹元明想起那些代号：Queen（孔烛尘）、Knight（马修斯）、Rook（郭正梁）、Pawn（顾昱）……都是国际象棋里的棋子，也许在“他们”看来，每个人都是棋局上的一颗棋子，为顾全大局都可以舍弃，无怪孔烛尘被捕后这么坦白，他知道一旦落网没有人会救他。

孔烛尘留给曹元明的最后一句话是：“人生如火烛，一切归尘土。”也许，他早就料到自己最终的下场，才改了这个名字。

敖文年说：“另外，根据你提供的线索，我们发现MG俱乐部在国内好几个大城市都有频繁活动，他们和A国的外交学会、企业研究所、历史学会、心理学学会、经济学学会等都有千丝万缕的联系。这个俱乐部想要成为中国的‘世袭精英的孵化器’，隐藏着不可告人的野心，某种程度上已经危害到了国家安全，我们将依法查处并予以取缔。对King的追查会有人继续下去。”

这时，远远走来两个人，是市委叶书记、政法委王书记。

曹元明和敖文年迎了上去，两位书记携着他们的手来到曹炳生墓前，献上鲜花，鞠躬致敬。

曹元明含泪激动地说：“叶书记，王书记，我父亲的冤屈终于洗清了。”

王书记说：“只能说真相大白，告慰先烈。你父亲一直是清白的，组织上从来没有怀疑过他的忠诚。”

曹元明愕然。

王书记解释说：“你父亲不但是一位保卫科干部，还是一位隐藏身份的国安干警，你不要奇怪，当年重要的军工企业保卫科都安排有国安人员。五八六厂泄密案发生后，侦查工作从表面上看，保卫科在明，调查组在暗，实际上是反过来，因为敌人太狡猾，任何生人接近都会引起警觉，调查组的目标太明显，你父亲才是最隐秘、最有力的侦查员。调查组授意他在侦查中可以采取一切必要的行动，为接近敌人甚至可以做一些‘坏事’，而且为了防止敌人察觉，让他暂时中断与组织的联系。你父亲突然失踪，组织上认定是遇害，但由于事发突然，联系中断，没能及时抓住线索，对外宣称他‘失踪’，是为了迷惑敌人。这个案子其实一直没有结案，只是由于疑凶逃匿海外，线索中断，成了悬案。”

叶书记微笑着说：“元明，如果你父亲真的有问题，你考政法大学、入警、入党，一路政审过来，能这么顺利吗？”

曹元明恍然大悟。

敖文年对曹元明说：“不但如此，组织上对你也是一直关心的。我就任公安局长前后，王书记不止一次找我谈过话，如何用好你、帮助你、保护你。你的困境、你的痛苦，组织上都看在眼里，急在心里，但我们一直有信心，相信你不会被困难打倒，会重新振作起来。”

王书记拍了拍曹元明的肩膀：“叶书记说得对，虎父无犬子，我们没有看错人。”

曹元明嘴唇一动，欲言又止。

叶书记知道他的心意，说："我去北京学习期间，组织决定由燕军同志担任市长和市委副书记、党组书记，主持工作。我临走时和老燕有过一次谈话，那时常委班子对郭正梁就有不同意见，我因为刚从外地调来，情况不熟，万万没想到老燕会出事。春岭高新技术开发区和埋甲山风景旅游区是郭正梁力主上马的，他抓住了老燕急于发展落后地区经济的心理。起初，老燕被一大堆虚假报告蒙蔽了，赶上那拨全国开发热，当然也有利用国家优惠政策的考虑，不顾自己刚做心脏搭桥手术，三天两头往省委和北京跑，硬是把这个项目跑下来了，成了尽人皆知的'市长工程'。但在后来的开发区筹备会议上，郭正梁却尽让大家谈问题。老燕这才发现项目的时机和条件都很不成熟，但这时好几个亿投下去了，已没了退路，一时措手不及，怒急攻心。老燕是在与郭正梁单独谈话时突发心脏病的，其中有什么玄机，现在可想而知，可当时却认为是一起意外。由于有湛继圣这层关系，郭正梁凭借着资历和年龄优势得以顺利上位，从此更加肆无忌惮地作恶，因为他已经察觉到了末日即将到来。CLH82 芯片泄密案发后，王书记、敖局长就察觉到了案中有案，人后有人，但敌人比我们预想的更狡猾、更强大，设下了一个又一个迷局，布下了一个又一个陷阱，使得我们的工作一度陷入被动，某些环节脱节，也误导了你，让你受了苦、吃了亏。这个案子给我们再次敲了警钟，虽然如今国泰民安，但仍然有暗流涌动，境外敌对情报机构的觊觎和渗透从未停止，这场战斗将是长期的，我们脑子里无时无刻都要绷紧这根弦。真金不怕火炼，你经受住了各种严峻的考验，证明了自己是一名无愧于党和人民的忠诚卫士！”

曹元明感动地说：“没什么，我只是做了我该做的。我知道，沈辞云一再帮我、救我，都是敖局长安排的。”

王书记说：“还有臧进荣，还有高航，这些同志都在帮助你。”

敖文年说：“你和小静是互相帮助。你们的内心都是善良、纯净的，同样热爱光明和自由，人生观价值观的同质性让你们最终走到了一起。”

阳光洒遍大地，万里苍穹一片亘蓝。

灿烂的阳光直接照进了曹元明的心底里，阴霾一扫而空，让他整个人都感到暖洋洋的。

重症监护室，曹元明和贝贝守护在昏迷的沈辞云身边。

贝贝问：“爸爸，你现在还做那个隧道的噩梦吗？”

曹元明说：“爸爸不做了，因为隧道并不可怕，尽头一定是光明。”

贝贝问：“沈阿姨还会醒来吗？”

曹元明说：“一定会的！”

贝贝忽闪着眼睛问：“真的吗？”

曹元明说：“是的，因为她的心充满善良的光辉，这道光会指引她走出黑暗。”

贝贝将一幅画放在沈辞云的胸前，画上是三个人手拉手，有明明、贝贝，还有小静，稚嫩的字体写着“相亲相爱的一家人”。她唱起了熟悉的童谣：“傍晚的天空，秋风徐徐吹来，清澈的流水，下垂的胡枝子，金铃子在歌唱，玉露沾在芒草上……”

曹元明搂着女儿，凝望着沈辞云，眼中饱含深情，低声说：“你说过，我们的互动将永远改变生命的土壤，从而孕育出全新的生命之花。我和贝贝会一直等你，等着凤凰涅槃的那一天。”

这时，心电监护仪上，跳动出一个漂亮的波形！

（全书完）

（戊戌年秋完稿于绍兴一步居）